FRANK ARNAU

DREI BERÜHMTE KRIMINALROMANE IN EINEM BAND

DR. JUR. H. C. FRANK ARNAU

Mordkommission Hollywood
Heißes Pflaster Rio
Lautlos wie sein Schatten

LINGEN VERLAG KÖLN

Mordkommission Hollywood

Printed in West-Germany
Sonderausgabe mit Genehmigung der ARNETTA AG, Lugano
Gesamtherstellung Herder Druck GmbH, Freiburg

Tatjana

Die Menge drängte von beiden Seiten gegen den Polizeikordon. Die Vakuumblitze der Pressephotographen warfen Schlaglichter auf mechanisch lächelnde Gesichter. Mikrophone nahmen die Stimmen auf, deren Klang mit erregend vielen Dollars aufgewogen wurde. Die geladenen Gäste, die Größen der Traumfabriken, die Stars und Regisseure gingen, an den Autogrammjägern, Polizisten und goldbetreßten Portiers vorbei, nach der geheiligten Halle des Erfolges. Die Welturaufführung des Großfilms „Lachendes Leben" vereinigte die Elite Hollywoods.

Der Film hatte drei Millionen Dollars gekostet. Er wurde also mit fünf Millionen Produktionskosten lanciert. Mit zweieinhalb Millionen stand er in den Büchern. Auch die tatsächlichen Kosten waren nicht echt. Aber – was war überhaupt echt . . .?

„Nun haben Sie alle Größen gesehen", sagte Sam Opitz zu seinem Begleiter. „Gehen wir ins Parkett."

Er drängte sich mit seinem Gast, dem Schriftsteller Bergson, dessen Betreuung ihm von der „Metropole-Film" anvertraut worden war, durch die Halle.

„War das nicht Barbara Stanwyck?" fragte der Autor, der seit zehn Tagen darauf wartete, daß man ihm seine Aufgabe bekanntgab.

Opitz nickte:

„Wir müssen auf allererste Premierengarnitur achten. Die im Film mitwirkenden Stars brauchen einen würdigen Rahmen." Er deutete auf eine dicke, aufgedonnerte Dame, die hofzuhalten schien. „Louella Parson – ihre Filmartikel erscheinen in einhundertsiebenundachtzig Zeitungen, von Alaska bis Texas –, eine Großmacht, vor der auch Sam Goldwyn sich verneigt. Sie kann Menschen glücklich machen – zu Millionären oder zu Selbstmördern. Sie unterhält ein Spionagebüro, von dessen Umfang Sie sich kein Bild machen können. Kein entlassener Butler und kein Chauffeur entgehen ihr. Eheglück und Scheidungsklage beginnen und enden bei Louella. Ihr Lächeln ist ein ewiges Fragezeichen – was es bedeutet, erfahren die Betroffenen erst hinterher – aus den Zeitungen." Er blickte umher. „Dort – das Gegenstück – die Maxwell. Der Kampf der beiden Damen ist ewig. Er geht um Atelier- und Schlafzimmergeheimnisse. Die Maxwell bedient den ebenbürtigen Rest der Presse. Es ist ein Kampf auf Leben und Tod. – Mehr noch! Ein Kampf um Reichtum, Aufstieg oder Armut und Untergang."

„Wer ist das?" fragte Bergson. „Ich meine den Herrn mit der karminroten Dame."

„Gary Cooper und Lana Turner", erklärte Opitz. „Er wird demnächst einen Gymnasiasten spielen – mit seinen siebenundfünfzig Jahren liegen ihm jugendliche Liebhaber nicht mehr. – Die Lana hat übrigens ihre Vergangenheit entdeckt – Armeleuteschicksal! – Das ist moderner als der Millionärsvater aus dem Süden."

Bergson setzte sich. Die zehn Tage Hollywood hatten ihn reichlich verwirrt. Er kam aus Wichita und fand sich nicht zurecht. Seinen Roman „Ebbe und Flut", einen Bestseller, hatte die „Metropole-Film" zur Verfilmung erworben. Man gab ihm außerdem einen Vertrag, um am Drehbuch mitzuwirken. Fünfhundert Dollars – pro Woche – und das eigentliche Honorar, fünfzigtausend. Davon gingen ab die Agentenspesen, die Verlagsbeteiligung, die Steuer. Dennoch – es war ein Wirklichkeit gewordener Traum. Bis auf Hollywood. Er wurde im Studio begeistert empfangen, das dauerte zehn Minuten, dann wies man ihm ein Zimmer an und eine Sekretärin, und dann wartete er auf Arbeit. Die ersten fünfhundert Dollars hatte er bekommen. Die Arbeit nicht.

Er ließ sich täglich bei Bogul Yanutzki melden, aber die Sekretärin fertigte ihn mit einem auf Maß gearbeiteten Lächeln ab: der Chef sei in einer Sitzung, man würde ihn benachrichtigen. Wenn sonst etwas zu besprechen sei, stünde Sam Opitz zu seiner Verfügung. Und der saß nun neben ihm.

Das Orchester spielte Melodien aus der Zeit der Freiheitskämpfe. Opitz unterhielt sich leise mit seinem anderen Nachbarn.

Langsam ging das Licht aus. Das nervöse Gemurmel ebbte ab. Der Film lief an.

Bergson kannte seinen Inhalt. Er hielt ihn für ausgemachten Schund, genau wie alle anderen, die vom Bau waren. Die Handlung war langweilig, die Regie mäßig, das Drehbuch unter dem Durchschnitt. Da er das Buch kannte, welches dem Drehbuch zugrunde lag, wurde ihm angst und bange. Nun, sein Werk dürfte keinesfalls so behandelt werden. „Ebbe und Flut" war eine Tragödie – die Tragödie der Fischer in Neu-Mexiko. Ein menschliches, ein humanes Werk. Eine Dichtung. Und nun beschäftigten sich zwei Fachleute mit der Bearbeitung seines Romans. Paul Goddman und Ralph Ericson. Er hatte noch nichts weiter über den Fortgang erfahren. Er stieß Opitz vorsichtig an:

„Sie wollten mir doch den Drehbuchentwurf meines Buches geben – –"

„Pst!" wehrte Opitz ab. „Morgen!"

Es war das achtemal, daß ihm Opitz „Morgen!" sagte.

Der Film rollte weiter ab.

Bergson versuchte, wenn das Licht es zuließ, das Publikum zu beobachten. Er sah die Abendkleider, die tiefen Dekolletés, die figurinenhaft gearbeiteten Anzüge der Herren; Pelze höchster Klasse; echten und vermutlich auch falschen Schmuck, und er dachte an die Filmvorführungen im „Phönix" in Wichita, die so ganz anders waren.

Neben ihm zur Linken saß eine fahlblonde Schönheit. Sie hatte ebenfalls ins Mikrophon gesprochen, der Ansager führte sie als hoffnungsvolles Starlet ein – Mary Evandren. Er hörte sie einmal zu ihrem Begleiter sagen:

„Man müßte die Gesellschaft von der Leinwand mit einem Maschinengewehr abschießen."

Der Film näherte sich seinem Ende.

„Endlich!" sagte der Begleiter der Evandren leise. „Noch zehn Minuten, und ich wäre gegangen!"

Dann kam die große Parade der Stars. Applaus füllte den Saal. Scheinwerfer peitschten ihr kaltes Licht gegen die Bühne.

Dann drängte man sich zu den Ausgängen.

Als Bergson mit Opitz in der Vorhalle wartete, kamen die Stars des Films vorbei. Die Evandren und ihr Begleiter quetschten sich nach vorne. Der Regisseur, Floyd Marquess, führte Adeline Cross am Arm.

„Wunderbar!" rief die Evandren begeistert dem Paar zu. „Einmalig!"

Dankbar nickte Floyd zurück. Zur Cross sagte er, noch immer lächelnd:

„Die Ziege hat auch zum letztenmal in einem meiner Filme mitgewirkt!"

„Was machen wir jetzt?" fragte Bergson.

Opitz blickte ihn erstaunt an:

„Künstlerbankett! Was sonst?"

Man fuhr nach dem „Beverly Wilshire", und dort wurde er den Stars, die er noch nicht persönlich kannte, vorgestellt. Eine Minute nachher wußte niemand mehr, wie er hieß.

Ihm gegenüber saß eine Frau, die seine ganze Aufmerksamkeit auf sich lenkte.

Sie war über mittelgroß, schlank, leuchtend rotes Haar umrahmte ein sonderbar ausdrucksvolles, bei aller Regelmäßigkeit einprägsames Gesicht.

Ihre Lippen ließen einen Schimmer der Zähne sehen. Die Augen blickten, so schien es, stets ins Weite; und er glaubte, daß sie eine Unterhaltung führte, ohne mit den Gedanken dabei zu sein. Ihre Hände waren unruhig, von einer vollendeten Schönheit, feingliedrig und sehr schlank. Ein Solitär von seltener Größe und blauweißem Glanz war ihr einziger Schmuck.

Er blickte fragend zu Opitz.

„Myrna Lindequist", erklärte sein Betreuer, „die rote Schwedin. Sie werden sie aus dem Film ‚Nordisches Abenteuer' kennen." – Bergson nickte. Er konnte sich nicht erinnern. – „Sie hat sich von ihrem dritten Mann scheiden lassen, dem Orchesterkönig Benting." Wieder nickte Bergson. Der Name Benting sagte ihm gar nichts; aber es hatte keinen Sinn zu fragen. Man mußte immer so tun, als kenne man jeden. – „Neben ihr sitzt Eric Ashley", er wies etwas nach rechts, „der sehr blonde Engländer. Arzt von Beruf – jetzt Komponist. Er macht Musik, echte, gute Musik – aussichtslos also."

„Eine ernste Sache?" fragte Bergson, der ununterbrochen nach der roten Schwedin sah.

Opitz blickte ihn eingehend an:

„Nanu? So schnell?" Er lächelte. „Von ihm aus gesehen sehr ernst. Und die Lindequist..." Er schwieg. „Ich rate Ihnen gut – Finger weg! Es sind da bestimmte und unbestimmte Dinge..."

„Was?" fragte Bergson eindringlich.

„Dies und jenes. Seien Sie nicht neugierig." Er trank sein Glas leer. – „Suchen Sie Unfrieden? Lassen Sie die Stars in Ruhe – um Ihre Ruhe zu haben. Gehen Sie gelegentlich in die Ateliers – wenn irgendein Musical gedreht wird – alles ist voll von Schönheiten. In allen Farben, Figuren, Nationalitäten. Suchen Sie sich etwas, das Freude macht – und keinen Kummer. Suchen Sie sich etwas Dankbares. Sie sind heute der berühmte Dichter von ‚Ebbe und Flut'. Jedes Mädchen der Statisterie wird Ihnen glauben, daß Sie ihr ein Sprungbrett bieten. Die Mädchen in Hollywood sind dankbar. Die Stars –" Er schwieg und machte eine vielsagende Geste.

„Aber ich kann doch niemandem behilflich sein", wehrte Bergson ab.

„Das verlangt auch niemand von Ihnen", sagte Opitz. „Tun Sie, als ob – –"

Bergson schüttelte den Kopf:

„Ich kann in solchen Dingen nicht lügen – –"

„Wozu sind Sie dann nach Hollywood gekommen?" fragte Opitz gedehnt. „Mit der Wahrheit können Sie in Wichita bleiben und gute Bücher schreiben. Wenn Ihnen hier jemand ‚Guten Tag!' sagt, so erwidern Sie ihm ebenso – und denken bei sich: Er lügt."

Bergson sah immer wieder zu Myrna Lindequist. Sie war anwesend und doch nicht richtig zugegen.

„Sie werden mir morgen den Entwurf besorgen?" lenkte er das Gespräch, das ihm unangenehm geworden war, ab.

„Gewiß", erwiderte Opitz. „Er ist heute fertig geworden. Wie gefällt Ihnen der Titel: ‚Brausendes Meer' – Und", fügte er hinzu, „natürlich mit Untertitel: nach dem Bestseller ‚Ebbe und Flut' von Robert Bergson."

Bergson sah ihn überrascht an:

„Der Titel kann nicht ohne mein Einverständnis geändert werden, und ‚Brausendes Meer' finde ich kitschig."

„Richtig", sagte Opitz freundlich. „Das ist genau das, was wir brauchen. Der Film ist kein Roman. ‚Ebbe und Flut' erinnert an eine geographische – –"

„Geophysische", verbesserte Bergson.

„Wie Sie wollen", unterbrach ihn Opitz, „also jedenfalls an eine wissenschaftliche Sache. ‚Brausendes Meer' zieht ganz anders. Und Paragraph einundsiebzig Ihres Vertrages sieht vor, daß im Falle von Meinungsverschiedenheiten ein Schiedsgericht entscheidet. Es wird kein Mitglied des Schiedsgerichts gegen die Filmgesellschaft entscheiden – wer gegen sie stimmt, hat sein letztes Manuskript verkauft. Übrigens – wir haben auch den Vater Ihrer Heldin nicht bei dem Kentern des Bootes sterben lassen – der alte Herr muß zum Schluß bei der Trauung erscheinen."

Bergson starrte Opitz an:

„Was für eine Trauung?"

„Das junge Paar findet natürlich zum Schluß zueinander", erklärte Opitz sachlich, „es stellt sich nämlich heraus, daß einer der Fischer Seelsorger gewesen war – oder so ähnlich –, das prüft die kirchenrechtliche Abteilung noch auf die Richtigkeit – jedenfalls – –"

„Das ist vollkommen unmöglich!" rief Bergson. „Unmöglich!"

Opitz sah ihn mitleidig an:

„In Hollywood ist nichts unmöglich, mein Lieber – aber nun müssen wir gehen – ich wenigstens habe noch eine Verabredung."

Ehe Bergson erwidern konnte, hatte sich Opitz erhoben. Er nickte diskret einer jüngeren Dame zu, die an einem seitlichen Tisch saß und den kaum angedeuteten Gruß erwiderte. Sie erhob sich nach einigen Minuten und ging nach der Damengarderobe.

Opitz schlängelte sich an den Tischen vorbei, grüßte nach allen Seiten und verschwand in der Menge der sich verabschiedenden Gäste.

Bergson wandte sich um.

Myrna Lindequist stand neben Eric Ashley, der eindringlich auf sie einredete. Sie lächelte. Dann hörte er sie sagen:

„Nein – Eric – das ist unmöglich – ich muß nach Hause. Mein Chauffeur fährt mich. Ich will nicht – –" Das Lächeln stand stereotyp auf ihrem Gesicht.

Der Engländer sah sie ernst an:

„Ich wollte mit Ihnen sprechen, Nyrna – –"

„Morgen – –", sagte sie sanft, aber entschieden. Sie reichte ihm ihre schlanke Rechte. – „Morgen – wir werden sehen."

Ashley blickte ihr betroffen nach, als sie durch den Saal ging.

Bergson folgte ihr.

Er war entschlossen, sie anzusprechen – er konnte sagen, er sei ihr vorgestellt worden, und ein Anknüpfungspunkt würde sich finden lassen.

Er erreichte sie an der Ausgangstür, gerade als sie dem goldbetreßten Portier Weisung gab, ihren Wagen vorfahren zu lassen.

„Darf ich Ihnen –" fragte Bergson unsicher – „ich meine – –"

Sie sah ihn verwundert an:

„Ja – bitte?"

„Ich wurde Ihnen vorgestellt", stotterte er, „Bergson – Autor von ‚Ebbe und Flut'." Es war ihm nichts Besseres als Annäherung eingefallen.

„O ja, natürlich!" kam es in ihrer dunklen Stimme. „Wir verfilmen Ihren Roman ... ein wunderbares Buch! Herrlich! Schön, daß Sie mir gute Nacht sagen. Wir sehen uns sicher bald!"

Ein chromschimmerndes Cabriolet war vorgefahren. Der Chauffeur öffnete den Wagenschlag. Myrna Lindequist stieg ein.

Sie fuhr über Beverly-Boulevard und Fairfax nach dem Sunset-Strip, kreuzte Hollywood-Boulevard und Bowl, um den Cahuenga-Paß zu gewinnen. Die Straße führte durch sanftes Hügelland. Rechts lagen die Studios der Warner-Brothers. In der Ferne tauchten die Signallichter vom Union Air Terminal auf.

Der Chauffeur machte stets den Umweg; er kannte die Vorliebe Myrnas für eine kleine Spazierfahrt vor dem Schlafengehen.

Der Wagen hielt vor einem parkähnlichen Garten, der durch dichte Sträucher von der Straße getrennt war. Ein überdachtes Einfahrttor und eine kleine offene Tür führten hinein.

Der Chauffeur half Myrna beim Aussteigen.

„Morgen um drei Uhr, Elmer", sagte sie „oder besser, rufen Sie vorher an."

Er hielt seine Mütze in der Hand:

„Sie haben mir für zwei Tage Urlaub gegeben, gnädige Frau –"

„Ach ja." Sie nickte. „Ich hatte das ganz vergessen. Dann lassen Sie den Wagen in der Garage überholen und bringen Sie ihn morgen irgendwann zurück." Sie überlegte. „Sie wollten verreisen – wie war das noch? Ach ja – Ihre Schwester erwartet ein Baby."

„Nein, gnädige Frau", erwiderte er gemessen. „Sie heiratet. Das mit dem Baby hat dann noch etwas Zeit. Ich werde alles bestens besorgen – und nochmals Dank für den Urlaub."

Sie schritt langsam den mit Chamotteziegeln eingesäumten Kiesweg entlang. Sie hörte, wie Elmer den Wagen wendet. Sie blickte sich um. Die Schlußlichter des Fahrzeuges glitten den hügeligen Weg hinab und verschwanden hinter einer Kurve.

Sie blieb an der obersten Stufe der Freitreppe stehen.

Ihr Blick umfing die Landschaft vor ihr. Merkwürdig – sooft sie sich bewußt wurde, daß sie sich all das aus eigener Kraft geschaffen hatte, vergaß sie, wenigstens für einen Augenblick, alle Sorgen.

Sie nahm den Schlüssel aus ihrer Abendtasche und öffnete das Yale-Schloß der Haupttüre.

Dann stand sie in der Halle, und plötzlich empfand sie eine ihr sonst nie bewußt gewordene tiefe Stille. Völlige Ruhe umfing sie.

Sie schritt nach dem Treppenansatz, der von zwei massiven, geschnitzten Holzsäulen flankiert wurde, und griff links nach dem Lichtschalter. Sie schloß unwillkürlich ein wenig die Augen in Erwartung der Helligkeit. Aber der Raum blieb dunkel.

Eine sonderbare Unsicherheit umfing sie. Der erste Impuls war, nach ihrer Zofe zu rufen – aber Helen hatte ja Ausgang.

Sie lauschte. Nichts rührte sich.

Sie stand einen Augenblick still. Dann eilte sie hastig die Treppe hinauf. Sie rief laut, schon im Laufen: „Tatjana!" und, da keine Antwort kam, nochmals, lauter: „Tatjana!"

Ihre Stimme hallte in der Dunkelheit des Hauses, doch keine Antwort kam.

Die Treppe mündete auf eine Galerie, die um die ganze Halle lief. Sie riß, atemlos, die Tür zu ihrem Boudoir auf, rief in die Finsternis den Namen der Freundin – und hielt inne. Sie fühlte das Hämmern ihres Pulses. Mechanisch, ohne Hoffnung, daß es einen Erfolg haben könne, drückte sie den Lichtschalter nieder. Im selben Augenblick war der Raum hell erleuchtet.

„Sonderbar", dachte sie, aber da sie auf ihren Ruf wieder keine Antwort bekam, suchte sie eine Erklärung für die Abwesenheit der Freundin zu finden. Tatjana war unberechenbar – dennoch, Vereinbarungen pflegte sie einzuhalten. Sie hatte es abgelehnt, zur Premiere und zu dem Bankett zu kommen. Sie hatte eine Verabredung erwähnt – ein Rendezvous. Wo mochte sie sein?

Sie legte ihr Pelzcape ab und blieb vor dem hohen dreiteiligen Spiegel stehen. Die Standuhr im Hintergrund zeigte halb vier.

Sie betrachtete ihre immer noch ausgezeichnete Figur, trat nahe an den Spiegel heran und sah in ihr Gesicht. Das kunstvolle Make-up hatte seine Wirkung verloren und ließ erkennen, daß das Leben nicht spurlos an ihr vorübergegangen war. Dennoch – sie durfte zufrieden sein. Sie war fast – nein, man sollte nicht über sein Alter nachdenken – es nicht einmal in Gedanken nennen.

Sie überlegte: Wo konnte Tatjana sein – zu dieser Stunde?

Der Gedanke quälte sie.

Tatjana war ihr mehr als eine Freundin – es war der einzige Mensch, zu dem sie bedingungslos Vertrauen hatte. Sie kannte die intimsten Einzelheiten ihres Lebens.

Sie ging langsam zu ihrem Schlafzimmer, durchquerte es und betrat das Wohnzimmer, in dem sie nur jene wenigen Menschen empfing, mit denen sie wirklichen Kontakt hatte.

Sonderbar. Ein fremder, kaum merklicher Geruch irritierte sie.

Sie drehte das Licht an.

Der Raum erfreute sie immer wieder. Er war nach ihrem eigenen Geschmack eingerichtet; etwas altmodisch; mit einem sehr großen Kamin an einer Wand, bequemen, brokatbezogenen Fauteuils und mehreren Perserbrücken auf dem Fußboden.

Plötzlich blieb sie stehen und blickte nach dem mittleren Lehnstuhl. Sie lächelte.

„Tatjana!" – rief sie leise, fast schmeichelnd.

Die Freundin saß schlummernd in die weichen Polster gebettet. Ihr rechter Arm war ein klein wenig von der Lehne herabgerutscht.

Sie ging bis dicht hinter den Stuhl, strich ihr sanft über das kupferrote Haar, das in weichen Wellen nach rückwärts fiel.

Sie sagte wieder:

„Tatjana!"

Sie ging um den Stuhl herum und stand nun der Ruhenden gegenüber.

Und dann stieß sie jenen heiseren Schrei aus, den sie hundertfach geübt und zu einem stets sicheren Filmerfolg ausgearbeitet hatte. Doch diesmal schrillte er echt lebendig und entsetzt durch den Raum.

„Tatjana! Oh – Tatjana!"

Die Freundin – die einzige, die sie besaß – lag regungslos in dem Fauteuil. Ihre Augen waren nur ein wenig geöffnet, und auf ihrem Gesicht war noch jenes sonderbar mokante Lächeln, das auch in den ernstesten Augenblicken niemals ganz erloschen war. Am Boden, kaum einen Schritt entfernt, lag eine automatische Waffe. Auf dem teerosengelben Satinkleid waren nur ganz wenige Tropfen Blut zu sehen.

Myrna Lindequist fühlte, wie sich ihre rechte Hand gegen ihre Lippen preßte.

Die völlige Lautlosigkeit wurde mit jedem Schlag ihres Herzens unerträglicher. Schweiß perlte auf ihrer Stirn.

„Wer – wer – wer –?" fragte sie heiser.

Wer hatte ihr Tatjana genommen – –

Wer?

Sie verharrte regungslos und konnte ihre Augen nicht von der Toten wenden.

Sie starrte den leblosen Körper an – ungläubig und zögernd. Es konnte doch nicht sein – nicht wahr sein. Es konnte nicht so viel Lebenswille und Erfahrung einfach wie eine überflüssig gewordene Kerze verlöschen.

Von ganz weither tönten dann und wann Geräusche vorüberfahrender Autos; und irgendwelche ungewisse, undefinierbare Laute, wie sie tiefe Stille bei allen nervösen Menschen hervorruft.

Tatjana Oskanova – vor wenigen Stunden noch völlig beherrscht, bewußt mokant, immer ein wenig spielerisch kritisierend, mit jenem reizvollen Geist, der jede Situation meisterte – war tot.

Myrna entglitt der Gegenwart. Wie ein Bilderbogen zogen Geschehnisse und Menschen an ihr vorbei; und ihr eigenes Leben, seit sie Tatjana kannte.

Sie war ihr in ihrer zweiten Ehe zum erstenmal begegnet: Damals wirkten sie beide am Broadway; Tatjana entwarf Kostüme, und Myrna – eine kleine Mitwirkende in einer großen Show – beneidete sie. Die Show ging zu Ende; Myrnas Ehe mit Eddy, der das Saxophon meisterhaft beherrschte – nicht aber das Leben –, ebenfalls. Tatjana riet ihr von einer neuen Bindung ab. Als Benting drängte und Hollywood auf diesem Umweg in greifbare Nähe rückte, entschloß sie sich zu ihrer dritten Eheschließung. Tatjana hatte damals gelächelt. „Die Ehe ist das Invalidenhaus der Liebe", hatte sie warnend gesagt. Myrna empfand einen leichten Schauer.

Sie beredete Benting, sich für Tatjana einzusetzen. So bekam die Freundin einen Vertrag der „Metro Goldwyn". Sie machte schnell eine blendende Karriere. Die Freundschaft zu Myrna wurde enger, fast intim; Benting zeigte Eifersucht. Es kam zu unliebsamen Auseinandersetzungen. Er stellte ein Ultimatum: Tatjana oder er.

Acht Wochen später wurde die Ehe in Reno wegen seelischer Grausamkeit geschieden.

Benting hatte damals, als sie sich ein letztes Mal bei ihrem Anwalt trafen, etwas gesagt – etwas, das ihr jetzt erschreckend klar zu Bewußtsein kam.

„Tatjana hat dich von Eddy getrennt. Nun hat sie uns entzweit. Sie wird kein gutes Ende nehmen!"

Myrna Lindequist starrte wieder nach der Toten.

„Kein gutes Ende", klang es ihr in den Ohren.

Aber Benting – ein starker Fünfziger – korpulent und an ein reichlich gutes Leben gewöhnt – sie verwarf den Gedanken. Beleibte Bonvivants morden nicht.

Sie zögerte dennoch.

Konnte Benting vielleicht mittelbar damit zu tun haben? Er hatte ihr all die Zeit über auf zahllosen Wegen Vorschläge zukommen lassen, die Ehegemeinschaft wieder aufzunehmen. Die letzte – schroffe – Ablehnung ließ sie ihm vor wenigen Wochen durch Tatjana telefonisch übermitteln.

Benting – –!

Eine Uhr, irgendwo unten im Hause, schlug die vierte Morgenstunde.

Myrna erwachte. Zumindest glaubte sie, erst jetzt wach zu werden.

Sie sah nochmals zu der toten Freundin. Dann eilte sie mit schnellen Schritten zum Telefon.

Als sich das Police-Headquarter meldete, schrillte ihre Stimme:

„Ein Mord ist geschehen – –"

„Ich verbinde mit Homicide! Bleiben Sie am Apparat!"

Eine andere Männerstimme meldete sich.

Sie versuchte, ausführlich zu erzählen – aber die Stimme unterbrach sie schroff:

„Adresse? ... Name ...?" – – Dann: „Rühren Sie nichts an! Weder die Ermordete noch irgendeinen Gegenstand – berühren Sie nicht die Türklinken oder Fensterverschlüsse – – wir kommen sofort!"

Sie hängte ein. Dann begab sie sich in die Halle, setzte sich auf die mit einer Indianerwebarbeit bedeckte Holzbank und wartete.

Immer wieder stellte sie sich die Frage: Wer? Wer konnte ein Interesse am Tod Tatjanas haben? Wer konnte sie hassen – bis zum Mord?

Oder lieben – überlegte sie; aber dieser Gedanke löste nur ein schwaches

Lächeln bei ihr aus. Tatjana hatte man lieb – man begehrte sie, gewiß – aber lieben bis zum Äußersten? Kaum! Viele Männer hatten ihr Anträge gemacht. Tatjana hatte sie ausgelacht. „Die Fesseln der Ehe sind so schwer, mein Lieber –", waren ihre Worte zu dem letzten Freier, einem Konfektionär aus Chikago, den sie beruflich kennengelernt hatte, „daß zwei Menschen kaum genügen, sie zu tragen. Sie kleiden hundert Chorgirls für die Ajax-Film. Sie ziehen sie an – und, wenn es geht, auch aus. Bleiben Sie in ihrem Beruf."

Harris Walton war beleidigt, verreiste dann mit Tatjana für zwei Wochen nach Mexiko – und verschwand aus dem Gesichtskreis.

Harris Walton – ein Mörder? Es war zum Lachen. Andererseits, fiel es Myrna ein, gab es nicht zahllose harmlose Bürger, die plötzlich geisteskrank wurden? Oder besinnungslos verliebt – bereit zu allem?

Wer?! – Immer wieder quälte sie diese Frage. – Wer?

Männergestalten tauchten vor ihr auf.

Buddy Maloney. Ein riesiger Neger. Boxer. Akrobat. Aus vielen Filmen bekannt – der Mann, der vor Kraft nicht weiß, wie er gehen soll. Ein primitiver Koloß. Unerklärlich, dachte Myrna, was ein Mensch vom Format Tatjanas an diesem Muskelpaket gefunden hatte. Den Gegensatz?

Dann war da James Morbison. Arzt. Nervenarzt, genaugenommen. Mit einer erstklassigen Praxis. Ein blendender Dreißiger, vollendet in jeder Bewegung und selbstbewußt. Ein Gehirnmensch. Und dennoch, irgendwo, weich. Fast feminin. Gegenüber Tatjana war Morbison bis zur Schüchternheit befangen. „Ein Experiment", hörte sie deutlich die Stimme der Freundin, „aber nichts für mich. Wenn es dich interessieren könnte – –"

Ralph Langen? Der war verliebt – in sie. Myrna überlegte. Ralph Langen! Sie mochte ihn gut leiden – oder war es zeitweise mehr? Sie war schuldlos an dieser einseitigen Leidenschaft. Sie hatten sich oft gestritten, und meistens wegen Tatjana. Langen fühlte, daß Tatjana ein Hindernis für ihn war – einmal hatte er es deutlich gesagt: „Du wirst einsam bleiben zum Schluß, Myrna. Deine Freundin läßt dich nicht deinen Weg gehen. Sie wird keinen Mann bei dir dulden – keinen, der mehr ist als ein Spielzeug – keinen, der mehr will als das Abenteuer. Einer wird dennoch kommen, irgendwann einmal – und mit Tatjana abrechnen. Endgültig. Erst dann wirst du frei sein!"

Lorimer Whalt Midlay? Ein gescheiterter Schauspieler. Ein Adolph Menjou – ohne Begabung. Er hatte sich um Tatjana bemüht – und um sie selbst. Man sah ihn mit älteren Damen – vermutlich ein Ersatz für Engagements.

Thao-Ming? Der Mann, der seine Partnerin auf einem zehn Meter hohen Bambusstab die Waage machen ließ – genau über einem Kreis scharfgeschliffener, in die Bretter der Varieté-Bühne verschraubter Schwerter? Thao-Ming? Ein Chinese. Er erschien unerwartet bei Tatjana – wann immer es sich einrichten ließ und kargte nicht mit Geschenken. Er galt als reich, sogar für Hollywooder Begriffe. Er hatte einmal – Tatjana erzählte es der Freundin mit erschreckender Offenheit – versucht, Gewalt anzuwenden. An ihrem Lachen scheiterte er. Zwischen Aufmunterung und Ablehnung hielt sie ihn fest in ihrem Kreis. Myrna überlegte. Thao-Ming?

Eine schnell näherkommende Sirene brach alle Überlegungen ab.

Myrna erhob sich und ging zu der Eingangstür.

Mit knirschenden Reifen hielten zwei Polizei-Autos vor dem Parktor.

Das Tor öffnete sich. Die beiden Wagen fuhren die Rampe entlang. Die Sirene klang ab.

Ein Dutzend Männer war plötzlich in der Halle.

„Polizeileutnant Brennan", sagte ein hochgewachsener, ausgesprochen sympathischer Mann. „Sie sind Myrna Lindequist?"

„Das bin ich. Soll ich Sie nach dem –"

„Ja, führen Sie uns nach dem Tatort!" drängte er. Er wies zwei Beamte an, in der Halle zu bleiben, niemanden fortgehen zu lassen und eventuelle Besucher festzuhalten.

Er schritt an ihrer Seite, ein klein wenig hinter ihr bleibend, die Treppe hinauf. Er umfaßte sie mit seinen Blicken. Er sah ihre hochbeinige Gestalt, ihre Aufmachung; spürte den leisen Duft eines intensiven und doch nicht aufdringlichen Parfums. Das sind die Frauen für die anderen, dachte er etwas verbittert – –

Männer mit kleineren und größeren Behältern, Taschen und Apparaten folgten ihnen.

An der Schwelle des Wohnzimmers hielt sie Brennan zurück.

Er selbst blieb ebenfalls stehen, versuchte den Raum zu übersehen und sich alles, was sein Auge erfaßte, einzuprägen. Gestützt auf die Tatortaufnahmen konnte dies erste Bild später von großer Bedeutung sein.

Er winkte den Polizeiphotographen:

„Zunächst Gesamtaufnahme, von der Schwelle hier gesehen! Mit dem Teleobjektiv und dem Weitwinkel!"

Glasharte Elektronenblitze erhellten den Raum fast schmerzend klar.

Brennan ging allein bis zu dem Stuhl, auf dem Tatjana saß. Er machte jeden Schritt überlegen, betrachtete wieder sehr eingehend alle Einzelheiten und rief nach der Tür:

„Fingerabdruckgeräte! Klinken, Möbel!"

Zwei Männer begannen mit einem Zerstäuber hauchdünne Pulverschichten aufzutragen, die sie dann wieder wegbliesen, worauf die Flächen genau untersucht wurden. Dann traten die Photographen heran und nahmen die sichtbar gewordenen Abdrücke auf.

„Scheinen Frauenhände zu sein", bemerkte einer der Sachverständigen.

Brennan führte ein schmales Eisenstäbchen in den Lauf der Mordwaffe, hob sie auf und hielt sie dem Fingerabdruckmann zum Einstäuben hin. Nachdem das Pulver weggeblasen war, prüfte sie der Beamte genau.

„Sie können die Waffe ruhig in die Hand nehmen, Leutnant Brennan. Es ist nichts drauf."

Die Tote wurde von allen Seiten aufgenommen; dann markierte er mit Kreide die vier Füße des Stuhles, und die so festgehaltene Lage wurde von oben aufgenommen, indem ein Photograph eine mitgebrachte, zusammenlegbare Stahlleiter hinaufstieg und die Hochwinkelaufnahmen machte, die für die spätere Feststellung des Schußkanals wichtig waren. Die Fingerabdruckleute arbeiteten sich bis zu den Fenstern weiter. Die Ausbeute war unbedeutend.

Brennan sah einen untersetzten, kahlköpfigen Herrn an:

„Doktor Sartorius – jetzt haben Sie freie Bahn! Kommen Sie nachher in die Halle – vielleicht können Sie mir dann schon etwas sagen."

Der Polizeiarzt legte sein Jackett ab und beugte sich über die Tote.

Brennan ging mit Myrna zur Halle. Ein Polizeistenograf folgte.

Am letzten Treppenabsatz blieb Brennan plötzlich stehen und starrte ungläubig einen jüngeren Mann an:

„Parker! Ist denn das möglich? Wie kommen Sie hierher?"

„Durch die Tür."

„Bei Ihnen hätte es mich auch nicht überrascht, wenn Sie durchs Fenster eingestiegen wären", bemerkte Brennan. „Was mich mehr interessiert – woher haben Sie die Information?"

Parker lächelte:

„Man hat seine Beziehungen, Leutnant Brennan – und würde man sie preisgeben, dann hätte man sie mal gehabt. Diskretion ist die Hauptsache!" Er machte eine Pause, steckte sich eine Zigarette an und wandte sich an Myrna: „Vielleicht könnten Sie mir einige Auskünfte geben, denn Brennan ist für die Presse ein hoffnungsloser Fall!"

Ehe Myrna Lindequist antworten konnte, sagte der Polizeibeamte kurz und scharf:

„Die Fragen stelle ich! Der Fall ist völlig ungeklärt, und ich werde mich hüten, Ihnen Vorrechte einzuräumen, damit Sie beim ‚Los Angeles Star' auf der ersten Seite eine Sensation aufmachen, worauf mir dann alle anderen Zeitungen Knüppel zwischen die Beine werfen!"

Parker sah sich nachdenklich um:

„Wir haben nie gezögert, Sie persönlich herauszustellen, Leutnant Brennan und – eine Hand wäscht die andere."

Brennan, der den Reporter George Parker seit Jahren kannte und oft mit Nachrichten versorgte – wofür der Journalist ihm reichliche Publizität verschaffte –, mußte dienstlich diese Beziehung verschleiern. Fast jeder seiner Mitarbeiter und Kollegen unterhielt zu bestimmten Zeitungen aus denselben Gründen private Beziehungen; im Beisein Dritter konnte er aber einen einzelnen Pressevertreter nicht bevorzugen.

„Ich kann Ihnen keine Information geben! Es ist ein Mord geschehen. Das ist die einzige feststehende Tatsache."

„Wer?" fragte Parker, nahm ein Notizbuch zur Hand und zückte seinen Bleistift.

Leutnant Brennan blickte Myrna an und nickte kaum merklich.

„Tatjana Oskanova", sagte sie.

Ehe sie weitersprechen konnte, unterbrach sie Brennan:

„Das ist alles." – Er wendete sich an Parker: „Weitere Nachrichten können Sie morgen bei der Pressestelle bekommen. Und jetzt –" er winkte einem der Polizisten, die an der Tür standen, und sagte ihm kurz: „Geleiten Sie Parker hinaus!"

Nachdem der Journalist mit einem übertrieben freundlichen Lächeln die Halle verlassen hatte, setzte sich Brennan an einen niedrigen Tisch, deutete Myrna an, ihm gegenüber Platz zu nehmen, wartete, bis der Stenograf bereit war, und begann das Verhör:

„Sie sind Myrna Lindequist. Ist das Ihr Künstlername oder Ihr richtiger Name?"

Sie lächelte:

„Es ist mein richtiger Name."

„Sie sind von Beruf Filmschauspielerin. Sind Sie amerikanische Staatsbürgerin?"

„Seit Jahren."

„Familienstand?"

„Verheiratet – geschieden. Wieder verheiratet – geschieden. Wieder verheiratet – geschieden. Aller guten Dinge sind drei", sagte sie spöttisch – „und offenbar auch aller schlechten Dinge."

„Die Ermordete hieß also Tatjana Oskanova. Wer ist sie? Wieso befand sie sich in Ihrem Haus?"

Myrna Lindequist erwiderte sachlich:

„Tatjana war meine Freundin – meine beste Freundin, wenn ich so sagen darf. Wir lernten uns vor langer Zeit kennen – am Broadway. Wir blieben befreundet bis auf den heutigen Tag. Tatjana kam kurz nach meiner Übersiedlung hierher, ebenfalls nach Hollywood. Sie arbeitete bei der Metro-Goldwyn als Kostümzeichnerin. Nach meiner Scheidung von Benting –"

„Der Dirigent?" unterbrach sie Brennan.

Sie nickte.

„Tatjana übersiedelte nach meiner Scheidung in mein Haus."

„Wann haben Sie die Ermordete zuletzt gesprochen?"

„Heute abend, bevor ich zur Premiere fuhr. Ich wollte sie mitnehmen, aber Tatjana lehnte ab."

„Schien Ihnen das nicht merkwürdig?" fragte Brennan.

Myrna Lindequist zögerte einen Augenblick:

„Ja und nein. Tatjana war ein sehr selbständiger Mensch. Da sie mir andeutete, daß sie eine Verabredung habe, sah ich keinen Anlaß, sie zu drängen."

„Erwähnte sie, welcher Art diese Verabredung war?"

„Nein. Sie hatte ein Rendezvous. Das genügte mir."

„Haben Sie irgendeine Ahnung, welcher Art dieses Rendezvous gewesen sein kann?"

„Nein."

Brennan überlegte. Dann sagte er:

„Konnten Sie aus äußeren Umständen irgendwelche Schlüsse ziehen?"

„Welcher Art?"

„Ich meine, ob sie die Absicht hatte, zu einem Rendezvous zu gehen, oder ob sie möglicherweise Besuch erwartete?"

„Tatjana hatte dasselbe Hauskleid an, in welchem sie ermordet wurde, und das spricht wohl dafür, daß sie den Besucher hier erwartete."

„Den Besucher?" sagte Leutnant Brennan schnell. „Hätte es nicht auch eine Besucherin sein können?"

Myrna Lindequist sah ihn nachdenklich an:

„Rein gefühlsmäßig glaube ich nicht, daß es sich um eine Frau handeln konnte – aber das ist eine bloße Vermutung und nichts weiter. Andererseits wäre es durchaus denkbar, daß sich Tatjana nach meinem Weggang – gegen acht Uhr abends – zum Ausgehen zurecht gemacht hatte, dann das

Haus verließ, jemandem einen Besuch abstattete, zurückkehrte und sich wieder umzog."

Dr. Sartorius kam, seinen kleinen schwarzen Lederkoffer in der rechten Hand schaukelnd, die Treppe hinab. Er blieb vor Brennan stehen:

„Der Tod ist durch ein Geschoß vom Kaliber 38 hervorgerufen worden. Ein Herzschuß. Das Projektil drang unterhalb des Herzens von links nach rechts und schräg aufwärts gehend in den Körper. Der Tod ist sofort eingetreten. Die Ausblutung erfolgte innerlich, daher die nur spärlichen Blutspuren. Die Kugel trat dicht neben dem Schulterblatt aus dem Körper und steckt in der Polsterung des Lehnstuhles. Der Tod ist vor nicht mehr als drei und nicht weniger als einer Stunde eingetreten." Er blickte nach seiner Uhr. – „Also etwa zwischen einer Stunde nach Mitternacht und drei Uhr morgens. Die Obduktion kann noch kleinere Änderungen ergeben. Den endgültigen Befund bekommen Sie bis mittags zugeschickt." – Er nickte: „Allseits gute Nacht!"

Während er sich entfernte, wurde die in ein großes graues Tuch gehüllte Tote die Treppe herab und durch die Halle getragen.

Die Photographen und die Sachverständigen für Fingerabdrücke meldeten sich bei Brennan und verließen das Haus.

Brennan steckte sich eine Zigarette an, bot zerstreut Myrna sein Etui, gab ihr Feuer und fragte nach kurzer Pause:

„Sie sagten, daß Sie mit der Toten eine intime Freundschaft verband. Sie kannten sie also genau. Auch alle ihre Beziehungen." – Er sah sie voll an: „Haben Sie irgendeinen Verdacht? Hatte die Tote Feinde? Können Sie sich irgendein Motiv vorstellen? Geld? Eifersucht? Haß?"

Myrna Lindequist antwortete vorsichtig:

„Tatjana kannte viele Menschen. Sie nahm das Leben nicht besonders ernst. Da keinerlei Unordnung am Tatort zu sehen war – ich bemerkte, daß sie ihre Ringe trug und ihre wertvollen Ohrgehänge –, dürfte ein Raubmord wohl ausgeschlossen sein." Sie lächelte müde: „Haß? Liebe? Wer könnte mit Sicherheit auf diese Fragen antworten?"

Leutnant Brennan erhob sich und ging einige Male auf und ab; dann blieb er dicht vor ihr stehen:

„Sind Sie sich darüber im klaren, daß es zumindest einen dringend der Tat verdächtigen Menschen gibt?"

Sie erwiderte überrascht:

„Nein! Wer sollte das sein?"

„Sie!" erwiderte er kurz. „Eine Frau wird ermordet, in Ihrem Haus. Es gibt keine Tatzeugen. Aber es gibt eine Person, die den Mord der

Polizei meldete. Es ist offenbar die einzige Person, die sich am Tatort befand, außer der Ermordeten. Ich bin zunächst nur an diese Tatsachen gebunden. Es ist nicht der geringste Beweis zu finden, daß jemand gewaltsam in das Haus eingedrungen wäre; die Türen und Fenster sind vollkommen in Ordnung. Gewiß, ich habe zunächst kein Motiv. Aber wenn ein solches bestünde, könnten Sie Tatjana Oskanova erschossen, die Waffe von Fingerabdrücken gesäubert und danach die Mordkommission angerufen haben."

Myrna Lindequist erhob sich:

„Es scheint das Einfachste zu sein, Leutnant, mich zu verhaften. Und ich bin sogar überzeugt, daß Sie das mit größtem Vergnügen täten, wenn Sie nicht für Ihre Karriere fürchteten. Ihre Darstellung besteht nur aus Lücken. Tatjana besaß alle Schlüssel des Hauses – nichts spricht daher dagegen, daß sie jemanden hereinließ. Daß ich die Mordkommission verständigte, können Sie ebensogut als Raffinesse auslegen, um den Verdacht von mir abzulenken, wie Sie es andererseits als Schuldbeweis betrachten würden, wenn ich diese doch ganz selbstverständliche Maßnahme unterlassen hätte. Aber – wie gesagt – tun Sie sich keinen Zwang an. Ich bin bereit, Ihnen zu folgen."

Er schüttelte den Kopf:

„Lassen wir das. Es ist eine naheliegende Möglichkeit – ich erwähnte sie nur, um Ihnen die Situation klarzumachen. Besonders Ihre eigene." Er schwieg einige Augenblicke, setzte sich wieder und fuhr fort: „Beginnen wir mit der Zeit, da Sie Tatjana kennengelernt hatten. Gab es irgendeinen Mann im Leben der Oskanova, der eine besondere Bedeutung hatte?"

Myrna überlegte:

„Es gab einen solchen Mann, glaube ich. Es war eine Beziehung, die ausnahmsweise stark zu sein schien. Sie scheiterte nach einem Jahr –"

„Und?" drängte Brennan.

„Dieser Mann wäre wahrscheinlich eines Mordes fähig gewesen. Vielleicht zog er gerade deshalb vor, sich selbst das Leben zu nehmen. Nach diesem Ereignis veränderte sich Tatjana in ihrem ganzen Wesen grundlegend. Vielleicht suchte sie auf diese Weise zu vergessen. Nach diesem Erlebnis – oder dieser Leidenschaft, wenn Sie wollen – gab es eigentlich nur das Abenteuer. Nichts war von Bestand."

„Dennoch", meinte Brennan, „selbst vorübergehende Beziehungen können tragisch enden, gerade bei Leuten, denen man es am wenigsten zutraut. Wen gab es im letzten Jahr, während der letzten Monate, dem die Oskanova mehr als nur beruflich oder oberflächlich gegenüberstand?"

Myrna Lindequist zündete sich eine neue Zigarette an. Sie überlegte.

Was sollte sie Brennan antworten – was durfte sie sagen – was mußte sie verschweigen? – Nach einer geraumen Weile meinte sie bedächtig:

„Es gab gewisse Spannungen zwischen meinem geschiedenen Mann, dem Dirigenten Benting, und Tatjana – er machte sie für meinen Entschluß, mich von ihm scheiden zu lassen, verantwortlich. Zu Unrecht, nebenbei bemerkt. Da ich aber Ihre Fragen gewissenhaft beantworten möchte, verschweige ich das nicht."

Brennan bemerkte zu dem Stenografen:

„Notieren Sie: Benting, Dirigent, alles Material einholen." – Er wandte sich an Myrna: „Weiter –"

„Harris Walton, ein Kleiderfabrikant aus Chikago. Er lernte Tatjana beruflich kennen."

„Wie stand Tatjana zu diesem Walton?"

Überlegen lächelte Myrna Lindequist:

„Er war einer von vielen. Sie verreiste mit ihm – nach Mexiko – und schickte ihn dann zurück nach Chikago. Und nach Walton tauchte Buddy Maloney auf – Boxer und Akrobat –, ein aussichtsloser Versuch. Dann war da James Morbison, Nervenarzt."

„Den kenne ich", bemerkte Brennan. „Morbison hat eine blendende Praxis, aber wer vermag hinter die Fassade zu sehen?"

Myrna nickte:

„Tatjana war seine Patientin. Nach einer Weile vertiefte sich die Beziehung – zumindest seitens des Mannes. Bis Tatjana an Ralph Langen geriet, der durch sie in mein Haus kam. Wenn es nicht allzu banal klingt, so möchte ich wahrheitsgemäß sagen, daß er sich in mich verliebte. Es war eine einseitige Leidenschaft. Er glaubte, Tatjana stünde ihm im Wege. Aber Ralph Langen ein Mörder? Unausdenkbar."

„Wer ist der Mann? Was ist er? Wo lebt er?" fragte Brennan.

„Langen ist von Beruf Ingenieur oder Chemiker. Genau weiß ich es nicht. Eine Autorität auf dem Gebiet des Farbfilms. Ein schwaches Männlein von etwa vierzig Jahren – ein Intellektueller, das Gegenteil eines Gewaltmenschen. Heute ein Regisseur von Format."

Brennan sah sie lange an:

„Mörder sind an keine körperlichen oder sonstigen besonderen Merkmale gebunden. Der Mann, der mir den harmlosesten Eindruck vermittelte – ein Bilderrestaurator, über fünfzig Jahre alt, schmächtig, durchgeistigt und anspruchslos –, hatte drei Frauen ermordet – und als ich alle Beweise besaß, konnte ich noch immer nicht daran glauben – wenn ich ihm gegenüberstand." – Er wischte die Erinnerung mit einer flüchtigen Bewegung weg: „Wer sonst?"

„Es gab noch einen Lorimer Whalt Midley", erzählte Myrna Lindequist weiter, „der sich um Tatjana bemühte – eine unangenehme Erscheinung übrigens. Von Beruf Schauspieler, der aber nicht einmal in Hollywood Karriere machen konnte. Frauen aller Altersstufen protegierten ihn – Gattinnen und Freundinnen von Filmmagnaten und Regisseuren –, alles vergeblich. Ein alternder Bonvivant. Man hörte gelegentlich, daß er mit Briefen handele, die leichtfertige Damen ihm im ersten Rausch der Leidenschaft geschrieben hatten. Er soll sogar in solchen Fällen auf einige Tage verreist gewesen sein, eigens zu dem Zweck, zu korrespondieren. Bei den Scheidungsprozessen tauchten solche Briefe an Lorimer als Schuldbeweise auf. Er hatte sie angeblich verloren, und der zufällige Finder stellte sie, selbstloserweise, dem klagenden Ehegatten zur Verfügung. Tatjana lehnte ihn sehr ab. Aber Lorimer ließ nicht locker. Sie hatte ihm dies und jenes erzählt – und mußte sich schließlich loskaufen. Aber er tauchte immer wieder auf; man kann Geschehenes nicht ungeschehen machen"

Brennan rief einen Beamten herbei und gab ihm Anweisung, Lorimer aufzuspüren, denn Myrna konnte keine näheren Angaben über den Verbleib des Mannes machen.

„Wer noch?" fragte Brennan. Er machte sich schnell Notizen.

„Thao-Ming – der chinesische Varietémann – bedeutete für Tatjana etwas ganz Neues. Das war so eine Art Hauch aus dem fernen Osten, etwas Unergründliches. Da lebte Tatjanas ostrussische Seele auf. Thao-Ming ist eine der berühmtesten Attraktionen. Er hält, an den Leib gepreßt, eine zehn Meter hohe Bambusstange, an der ganz oben ein zartes Chinesenmädchen halsbrecherische Akrobatik vollführt. Rings um den Mann stehen scharfgeschliffene Schwerter, die in die Bühnenplanken verschraubt werden, und bei dem geringsten Fehler würde das herabstürzende Mädchen tödlich verunglücken. Während der dreißig Tage, da Thao-Ming allabendlich auftrat, saß Tatjana in der ersten Reihe des Zuschauerraumes. Es war eine ganz sonderbare und mir niemals erklärliche Verbindung."

Leutnant Brennan bot Myrna wieder eine Zigarette an, gab ihr und sich selbst Feuer:

„Und außerdem?"

Myrna Lindequist schüttelte den Kopf:

„Ich glaube, daß die Liste erschöpft ist. Wenigstens, soweit ich informiert bin. Tatjana war während des letzten Jahres zweimal verreist – sie mußte zu Filmaufnahmen –, da sie mir aber zumindest andeutungsweise stets von ihrem Leben berichtete und von diesen beiden Reisen nichts erzählte, nehme ich an, daß nichts Nennenswertes vorgefallen war." – Sie lächelte nachdenklich. – „Wundert es Sie eigentlich nicht, Leutnant Brennan, daß eine Frau ein – ein so intensives Leben geführt hat?"

Er stand auf:

„In meinem Beruf verlernt man das Wundern und das Staunen, und es bedarf meistens nicht eines Mordes, um eine Menge zu hören und zu erfahren." – Er entfernte sich, sprach mit den beiden Beamten an der Tür und ging dann nochmals nach dem ersten Stockwerk. Nach einer geraumen Weile kam er mit den zwei Polizisten, die oben geblieben waren, zurück.

„Wir haben die Korrespondenz, die wir im Schlafzimmer der Ermordeten auffinden konnten, sichergestellt. Ich gebe Ihnen hier eine Quittung über alles, was wir zu Untersuchungszwecken mitnehmen. Es sind außer den Briefen, Rechnungen und Bankauszügen nur die Handtasche und die in ihr befindlichen Gegenstände."

„Ist der Raum, in dem die Tat geschah, unter polizeilichem Verschluß?"

„Keineswegs", erwiderte Leutnant Brennan, „wir haben alle auffindbaren Spuren gesichert. Der Tatort ist verhandlungsreif photographiert worden. Sie sind in Ihrem Haus in keiner Weise behindert. Ich muß Sie nur bitten, Hollywood keinesfalls ohne unsere vorherige Zustimmung zu verlassen. Der Staatsanwalt wird ein unmittelbares Verhör mit Ihnen wünschen, und auch bei dem Verfahren des Coroners ist Ihre persönliche Anwesenheit unerläßlich." – Er sah sie merkwürdig aufrichtig an: „Sie haben mir durch Ihre Ruhe und Ihre sachlichen Mitteilungen wahrscheinlich einen sehr großen Dienst geleistet. Vielen Dank."

Er entfernte sich; seine Mitarbeiter folgten ihm.

Myrna Lindequist schritt langsam bis zur Türe und blickte durch das vergitterte Fenster hinaus.

Die Beamten nahmen in dem Wagen Platz, und wenige Minuten später, als die Fahrzeuge die Straße erreicht hatten, hörte sie das Aufheulen der Sirene, hell und scharf, langgedehnt – und dann langsam verebbend.

Das erste helle Grau des neuen Tages breitete sich aus.

Sie spürte ein leichtes Frösteln, als sie durch die Halle schritt und langsam die Treppe hinaufging. Sie zögerte unwillkürlich am obersten Absatz. An der Eingangstür der Halle wurde geklopft.

Sie blickte nach der Uhr. Ihre Zofe mußte jeden Augenblick zurückkommen. Sie hatte ihr die Nacht freigegeben, da Helen zu einer Geburtstagsfeier ihrer Verwandten gefahren war. Aber Helen besaß ihre eigenen Hausschlüssel.

Sie zögerte, ging dann aber doch die Treppe hinab. Als sie an der Tür angelangt war, hörte sie, von außen kommend, die Stimme Georg Parkers. Sie öffnete und ließ ihn eintreten.

„Ich habe meinen Bericht bereits durchgegeben", sagte er und tat, als sei er zu Hause, „aber für die zweite Ausgabe könnte ich neue Nachrichten gebrauchen."

Sie sah ihn aufmerksam an:

„Willst du dich nicht setzen?"

Ohne eine Antwort abzuwarten, ging sie zu der in einem Bücherschrank verborgenen kleinen Bar, nahm Gläser und Getränke, trug sie zu dem runden Tisch vor dem Kamin, schenkte ein und setzte sich in einen Sessel.

Er nahm ihr gegenüber Platz, trank ein Glas Whisky in einem Zug und blickte vor sich hin:

„Ich bin beruflich hier, Myrna." – Nach einer kurzen Pause fügte er mit einem bitteren Lächeln hinzu: „Ich nehme an, daß dir das lieber ist. Seitdem –"

Sie unterbrach ihn:

„Kannst du das Vergangene nicht ruhen lassen? Es war ein Geschenk des Himmels – ein Wunder. Alle Wunder sind zeitlich begrenzt. Ein Wunder, das zu lange dauert, hört auf, eines zu sein. Ein Gefühl entsteht – niemand weiß, wieso. Es vergeht, und man weiß nicht warum."

Er winkte ab:

„Das alles habe ich oft genug von dir gehört. Du besitzt die Fähigkeit, deine Gefühle zu wechseln wie deine Kleider – und ich nicht. Ich habe dich geliebt", er schenkte sich das Glas voll und trank es in einem Zug wieder aus, „und ich liebe dich heute genau wie am ersten Tag." Nach einer Pause fügte er hinzu: „Es ist schon besser, wenn ich nur beruflich bei dir bin. Lassen wir die Vergangenheit."

Sie stand auf, trat hinter ihn und streichelte über sein volles dunkelblondes Haar:

„An meiner Freundschaft zu dir, Georg, hat sich nichts geändert. Sie wird immer bleiben. Wenn das andere in mir abgeklungen ist, so darfst du das nicht falsch auffassen. Nichts wäre für mich leichter, als dir das vorzuspielen, was du dir wünschst – aber ich möchte doch wenigstens dir gegenüber aufrichtig sein können."

Er stand plötzlich auf, umfaßte sie, beugte ihren Kopf zurück und preßte seinen Mund auf ihre Lippen. Sie ließ es geschehen ohne Widerstand, aber auch ohne Erwiderung. Sie stand regungslos still. Sie schien unbeteiligt, und er ließ sie wieder los.

Nach einer Weile fragte er:

„Hat Brennan irgendeinen Verdacht geäußert?"

Sie setzte sich und erwiderte sachlich:

„Nein." Sie sah ihn nachdenklich an. „Als ich dich plötzlich in der Halle sah, hätte ich mich beinahe verraten. Du bist so unerwartet aufgetaucht –"

„Hat Brennan irgend etwas über mich gesagt – oder gefragt?"

„Nein", erwiderte sie sachlich.

„Er hat hundert Fragen über deine Beziehungen gestellt – über Tatjana – über Zusammenhänge – Männer –" Es war eine Behauptung und eine Frage zugleich.

„Es ist sein Metier", bemerkte sie lächelnd. – „Ich habe ihm einige Hinweise gegeben – geben müssen – aber –" Sie hielt inne.

„Hast du –" Er beendete den Satz nicht.

Sie verstand ihn:

„Über uns ist kein Wort gefallen. Ich erwähnte Benting. Das ist ungefährlich – für alle. Harris Walton – du erinnerst dich an ihn – wir waren zusammen nach San José gefahren – nannte ich ebenfalls –"

„Du gibst Brennan zu tun. – Weiter?"

„Maloney, Morbison, Langen, Lorimer und Thao-Ming." Sie sah ihn plötzlich sehr ernst an: „Tatjana ist ermordet worden, Georg! Ich bin entschlossen, alles zu tun, um den Täter zu finden. Alles!"

Er lächelte versonnen:

„Glaubst du ernstlich, daß einer der von dir genannten Männer als Täter in Frage kommt?"

Sie überlegte:

„Ich wüßte niemanden sonst. Es sind die einzigen, die in der letzten Zeit mit Tatjana in Verbindung standen."

Er fragte sehr betont:

„Benting?"

„Indirekt – ja. Er hat Tatjana gehaßt."

„Ich auch", sagte Parker und trank seinen dritten ungemischten Whisky. „Ich habe sie gehaßt." Er blickte sie spöttisch an: „Wäre es nicht deine Pflicht, Brennan diese Tatsache mitzuteilen? Da er gar keine verwendbaren Spuren aufgefunden hat."

Sie unterbrach ihn:

„Woher weißt du das?"

„Ich habe meine Verbindungen, ich lebe davon! Aber – wie ist es mit meiner Anregung – Brennan kann gar nicht genug Verdächtige brauchen."

Sie beugte sich etwas vor:

„Du hast viel zuviel über Verbrechen geschrieben, um selbst eines zu begehen. Und davon abgesehen, ich habe nicht die Absicht, mich selbst bloßzustellen."

„Wenn ich also die Tatsachen für einen zweiten ausführlichen Bericht zusammenfassen kann, so haben wir sieben Verdächtige, von denen wahrscheinlich keiner ein einwandfreies Alibi beibringen kann, denn man verfügt fast nie über einen eidfesten Zeugen, daß man tatsächlich zu einer bestimmten Stunde in der Nacht in seinem Bett geschlafen hat und nicht abwechslungshalber einen Mord beging." Er stand langsam auf. „Es bleibt mir also nur übrig, den Tatort genau zu beschreiben."

„Kennst du ihn denn so genau?" fragte sie.

Er zündete sich eine Zigarette an:

„Falls du nicht in den letzten Wochen grundlegende Veränderungen im oberen Stockwerk durchgeführt hast, so könnte ich eine ziemlich zutreffende Beschreibung des intimen Wohnzimmers geben."

Myrna horchte. Sie hörte, wie irgendwo im Hause eine Tür aufgeschlossen wurde. Sie geleitete Georg durch die Halle:

„Helen scheint eben nach Hause gekommen zu sein. Es ist besser, wenn sie dich nicht sieht. Brennan wird sie einem eingehenden Verhör unterziehen. Es ist nicht unbedingt notwendig, daß dein zweiter Besuch in der Mordnacht bekannt wird. Das würde nur Fragen ergeben – und zuviel Fragen sind von Übel." – Als er über die Schwelle trat, ergriff sie seine Rechte: „Georg", ihre Stimme hatte plötzlich jenen tiefen weichen Ton, dem er völlig verfallen war, „versuche doch, vernünftig zu sein." Sie fügte, scheinbar einem plötzlichen Impuls folgend, hinzu: „Vielleicht – vielleicht später –"

Er starrte sie sprachlos an.

Ehe er eine Bewegung machen konnte, hatte sie die Tür in das Schloß gedrückt.

Sie kam in die Halle und rief laut:

„Helen!"

Morbison

Der Prüfdienst für Fingerabdrücke lieferte Leutnant Brennan zu jeder Vergrößerung der am Tatort gefundenen Abdrücke ein Gutachten. Es fanden sich außer Fingerabdrücken der Ermordeten nur solche von Myrna Lindequist und der Zofe Helen sowie auf dem Fernsehgerät männliche Fingerabdrücke, die als jene eines Radiotechnikers ermittelt werden konnten, der am Tage vorher eine Reparatur an dem Gerät ausgeführt hatte. Dieser Mann verfügte über ein unumstößliches Alibi; er schied als Verdächtiger aus.

Brennan hatte seinem Vorgesetzten ausführlich Bericht erstattet. Bei einer Besprechung, zu der der Distrikts-Staatsanwalt Glenn Evans erschienen war, wurden die grundlegenden Richtlinien für die polizeilichen Ermittlungen festgelegt.

„Nach der bis heute noch unaufgeklärten Mordsache Peters kommt mir der Fall Tatjana Oskanova mehr als unerwünscht!" sagte Evans. „Die republikanische Presse ergötzt sich an unserer Unfähigkeit, und unsere Freunde von der Demokratischen Partei können uns beim besten Willen nicht in den Himmel heben, wenn überhaupt keine Erfolge erzielt werden."

„Ich habe Leutnant Brennan fünf Beamte zur Verfügung gestellt, mehr kann ich nicht tun", erklärte der Polizeichef. „Die Zeitungen der Republikaner lassen mit und ohne Mord kein gutes Haar an uns." Er schlug den Los Angeles Star auf: „Georg Parker bringt hier einen Bericht." – Er sah direkt zu Brennan: „Sie schneiden großartig ab, aber die Polizei als Behörde wird in Grund und Boden lächerlich gemacht. Können Sie mir übrigens sagen, woher er seine Informationen hat?"

„Nein!" erwiderte Brennan scharf. „Was ich mit Sicherheit behaupten kann, ist, daß er von mir nichts erfahren hat. Er erschien im Hause der Lindequist gerade, als wir mit den ersten Untersuchungen am Tatort fertig waren, und niemand war darüber mehr erstaunt als ich selbst."

„Und die Einzelheiten, die er bringt – Einzelheiten, die ein positives

Wissen verraten und keineswegs journalistische Fabeln darstellen? Und die Namen in seinem zweiten Bericht?"

Brennan lief rot an:

„Nehmen Sie mir den Fall ab und eröffnen Sie gegen mich ein Disziplinarverfahren – aber machen Sie keine Andeutungen! Myrna Lindequist hat die Namen eben nicht nur mir genannt, sondern auch andern Leuten. Vielleicht Georg Parker, oder er hat sie von Dritten zugetragen bekommen."

Staatsanwalt Evans mengte sich in das Gespräch:

„Was im Filmmilieu herumgeistert, kann man nicht mundtot machen. Aber Namen hin, Namen her; es kommt darauf an, daß wir den Täter finden. Es können nicht zwei Mordfälle unaufgeklärt bleiben. Wir haben in sechs Monaten die Wahlen." Er blickte zum Polizeichef und dann zu Brennan: „Wenn Sie amtsmüde sind und Ihren republikanischen Gegnern Ihren Platz einräumen wollen, so habe ich nichts dagegen. Im Gegenteil. Aber ich für meine Person habe nicht die Absicht, meinen Beruf zu wechseln. Bringen Sie zunächst irgendeinen Verdächtigen zur Strecke. Das beruhigt die öffentliche Meinung."

Brennan sah ihn mitleidig an:

„Und wenn Sie den Mann dann laufen lassen müssen, weil er unschuldig ist, so wird der Skandal nur noch größer werden!"

Glenn Evans erhob sich und ging zur Tür. Bevor er das Zimmer verließ, sagte er spöttisch:

„Dann würde ich Ihnen raten, Leutnant Brennan, an Stelle eines Unschuldigen den Mörder zu erwischen!"

Brennan ging in sein Amtszimmer und ließ die fünf Beamten, die ihm zur besonderen Verwendung zugeteilt waren, kommen.

Er setzte sich hinter seinen Schreibtisch und erörterte den Fall in allen seinen Einzelheiten. Zwei der Beamten – Sam Eisig und Flynn Cramer – waren mit Brennan als Mitglieder der Mordkommission am Tatort gewesen. Alban Dorsy, Lucius Santoro und Moss Katzberg notierten sich die ihnen unbekannten Details.

„Über Anhaltspunkte verfügen wir nicht", erklärte Brennan. „Die Mordwaffe wurde vor vier Jahren in Oklahoma an einen Farmer verkauft, der im Pazifik gefallen ist. Mit dieser großartigen Entdeckung können wir Ruhm ernten, falls es uns nicht gelingt, aus einigen hunterttausend Menschen jenen ausfindig zu machen, der die Waffe irgendwo zwischen Oklahoma und den Fidschiinseln gekauft hat. Die Ermordete wurde nicht beraubt, unsere Verbrecheralben können deshalb weiter im Archiv ruhen. Irgendeine besondere Technik, die auf irgendeinen Spezialisten schließen lassen könnte, wurde nicht angewendet. Es war ein Nahschuß mit Pulverspuren am Kleide der Ermordeten, und das einzig Ungewöhnliche ist der Schußkanal, denn das Geschoß ging schräg von unten nach oben. Tatjana Oskanova wurde in sitzender Stellung erschossen. Der Täter mußte sich also mit der Waffe über sie beugen, wenn wir nicht annehmen wollen, daß er in kniender Stellung vor ihr war." Er blickte sich im Kreise seiner Mitarbeiter um. „Welche zwingende Schlußfolgerung ergibt sich daraus?"

Katzberg bemühte sich, seinen Kaugummi zu einem vollendet runden Kügelchen zu drehen:

„Der Täter hat entweder eine Liebeserklärung benützt, um –"

„Unsinn!" unterbrach ihn Brennan. „Weiter?" – Er sah zu Cramer.

„Schwer zu sagen", erwiderte der Beamte besonnen. „Es könnte sein, daß die Ermordete und der Täter sich gegenüberstanden, daß er die Frau dann plötzlich rückwärts drängte, so daß sie unwillkürlich in den Stuhl fiel. Er folgte ihrer Bewegung –"

Brennan winkte ab:

„Die entscheidende Schlußfolgerung ist die, daß die Ermordete den Täter besser als oberflächlich gekannt haben muß – denn einem Fremden gegenüber wäre ihr Verhalten anders gewesen. Der Täter ist in dem stark eingeengten Kreise der Personen zu suchen, die dem Opfer keinerlei Verdacht, Mißtrauen oder gar Schrecken durch ihre Anwesenheit einflößten. Wir haben sieben Männer, die zu der Oskanova in irgendwelchen näheren Beziehungen standen, vorausgesetzt, daß die Lindequist uns keine Namen verschwiegen hat. Absichtlich oder unabsichtlich sei zunächst dahingestellt." – Er deutete auf Sam Eisig: „Du übernimmst die Nachforschungen im beruflichen Milieu der Oskanova. Vergiß nicht – es existiert kein Beweis, daß der Täter ein Mann ist. Und vergiß nicht, daß du neunzig Prozent von dem, was man dir erzählen wird, am besten gleich wieder vergißt. Deine Hauptaufgabe ist, die richtigen zehn Prozent von den falschen neunzig Prozent zu unterscheiden."

Santoro meldete sich:

„Wie steht es mit der Frage eines Selbstmordes?"

Brennan verneinte:

„Die Oskanova hatte sieben Fingernägel frisch manikürt – drei waren noch in Ordnung zu bringen. Das Maniküreservice lag neben ihr auf dem Tisch. Selbstmörder pflegen sich nicht in einer so prosaischen Tätigkeit durch einen tödlichen Schuß zu stören. Sie hatte keine Ursache zu einer solchen Tat. Sie war lebensfroh – und das ärztliche Gutachten hält es für fast ausgeschlossen, daß sie selbst den Schuß gegen sich abgefeuert haben könnte, denn sie hätte die Waffe in der linken Hand halten und mit der rechten – noch dazu mit dem Daumen! – abdrücken müssen. Da der Schuß sofort tödlich wirkte, wäre es ja auch nicht möglich gewesen, die Fingerabdrücke ihrer eigenen Hand abzuwischen..." – Er wandte sich an Dorsy: – „Du fliegst nach Chikago – wir haben bereits ermittelt, daß Harris Walton dort ist – und sieh zu, was dabei herauskommt." – Er gab Santoro einen Zettel: – „Buddy Maloney und Thao-Ming! – Cramer sieht nach Lorimer und Katzberg nach Langen. Ich selbst werde Dr. Morbison und Benting übernehmen."

Dorsy erhob sich als erster. Brennan gab den vier Beamten Instruktionen, um dauernd über den Meldedienst mit ihnen in Verbindung bleiben zu können.

„Morgen um acht Uhr, falls sich inzwischen nichts Vordringliches ereignet, hier bei mir Besprechung." – Er fügte nachdrücklich hinzu: „Keine Informationen an die Presse! Wer in irgendeinem Bericht besonders herausgestrichen wird – fliegt!"

Als die Beamten gegangen waren, nahm er den Telefonhörer ab, drehte die Nummer seiner Wohnung. Seine Frau meldete sich.

„Wie geht es dir, mein Geliebtes?" fragte er mit besonderer Zärtlichkeit.

„Sage lieber gleich, daß du nicht zum Abendessen kommst", kam das Echo. „Eine Frau, die einen Polizeioffizier heiratet, ist eine Närrin."

Er stotterte noch einige Worte in den Apparat, aber Eleanor Brennan hatte längst abgehängt.

Er verließ verdrossen das Gebäude der Polizeiverwaltung und fuhr zu Dr. Morbison. Dieser war für ihn der nächstliegende Verdächtige – neben Benting. Beide konnten nur mit größter Vorsicht in den Kreis der Untersuchung einbezogen werden. Es lag gegen beide kein belastendes Material vor. Jede übereilte Handlung konnte nicht nur unangenehme Folgen für ihn selbst und die Polizeibehörde haben, sondern, falls die eine oder andere Fährte richtig wäre, den Täter zur äußersten Vorsicht mahnen.

Morbison hatte Patienten und Patientinnen, die über außergewöhnliche Beziehungen verfügten und außerdem Mittel besaßen, die eine Gegenoperation über die Presse und über politische Verbindungen ermöglichten.

Dr. Morbison bewohnte ein eigenes Haus. Brennan wurde von einer vornehmen Hausdame empfangen und in einen Warteraum geleitet, der mit echten alten Möbeln und anscheinend wertvollen Gemälden eingerichtet war. Eine Krankenschwester betrat wenige Minuten nach seinem Kommen den Raum. Sie mochte etwa fünfzig Jahre alt sein und besaß nicht die geringste Ähnlichkeit mit ihren in den Filmen auftretenden Berufsgenossinnen.

„Leider finde ich ihren Namen nicht auf der Besucherliste für heute", sagte sie, „und so glaube ich nicht, daß Herr Dr. Morbison Sie empfangen kann. Wenn es Ihnen recht ist, könnte ich für Sie –", sie blätterte in einem Kalender. „Würde es Ihnen übermorgen zusagen? Um vier Uhr?"

„Es tut mir leid, daß ich Sie enttäuschen muß", erwiderte Brennan, „aber mein Besuch ist unaufschiebbar. Ich muß Dr. Morbison in einem äußerst dringenden Fall sprechen."

Die Krankenschwester blickte ihn verwundert an:

„Aber ich glaube, daß ich Ihnen bereits gesagt habe, Dr. Morbison empfängt nur nach vorheriger Anmeldung und Vereinbarung."

Brennan griff in seine Tasche, um seine Kennmarke zu zeigen, überlegte es sich aber anders. Er war entschlossen, jedes Aufsehen und jedes überflüssige Gerede zu vermeiden:

„Würden Sie mir, bitte, einen Briefumschlag geben –"

Die Krankenschwester entfernte sich und kam nach einigen Minuten mit einem Kuvert und einem Blatt Briefpapier zurück.

Brennan nahm seine Visitenkarte, schrieb einige Worte, tat sie in den Briefumschlag, den er sorgfältig zuklebte.

„Wollen Sie das Herrn Dr. Morbison übergeben? Ich warte so lange hier."

Sie entfernte sich. Es dauerte eine geraume Zeit, ehe sie zurückkam und, offenbar unwillig, eine breite Türe öffnete:

„Dr. Morbison läßt bitten."

Sie ließ ihn an sich vorbei und schloß lautlos die Türe. Brennan stellte interessiert fest, daß sich offenbar eine schalldichte zweite Türe automatisch zuzog, sobald er die Schwelle überschritten hatte.

Dr. Morbison saß hinter einem großen Schreibtisch. Er war in das Studium der Visitenkarte Brennans vertieft und schien das Eintreten des Besuchers kaum zu merken. Erst als sich Brennan unaufgefordert in einen seitlich des Tisches stehenden Stuhl setzte, blickte der Arzt auf:

„Was kann ich für Sie tun?"

Brennan versuchte sich eine erste Meinung zu bilden. Er nahm die Erscheinung des Mannes ihm gegenüber und den Klang seiner Stimme bewußt und bedacht auf.

Dr. Morbison verriet keinerlei Erregung, nicht einmal eigentliches Interesse; und dennoch, seine Stimme klang zu gleichgültig, um echt zu sein.

Brennan wußte aus langjähriger Erfahrung, daß niemand beim Besuch eines Beamten des Morddezernates wirklich völlig gleichgültig bleibt. Er war ein einziges Mal in seiner Praxis einem Mann begegnet, der gelassen, absolut beherrscht und ruhig seinem ersten Besuch gegenüberstand. Es war ein Mann, der sechs Monate nach dieser ersten Begegnung die Todeszelle betrat.

„Ich nehme an, Dr. Morbison, daß Sie den Zweck meines Besuches kennen." Brennan sah seinem Gegenüber in die Augen. Der Arzt nahm bedächtig seine schwere Hornbrille ab, säuberte mit ungewöhnlicher Gründlichkeit die Gläser. Dann sagte er ohne jede Betonung:

„Ich bin Nervenarzt, Leutnant Brennan, aber nicht Telepath, wenn ich mich auch mit diesem interessanten Gebiet oft beschäftigt habe."

Brennan erkannte den besonnenen Gegner. Die Verneinung seiner Frage schien ihm besonders klar anzuzeigen, daß der Arzt genau wußte, weshalb er ihn aufsuchte.

„Gehen wir also von der Kunst des Gedankenlesens, in der Sie scheinbar nicht sehr bewandert sind", sagte Brennan, „auf das Gebiet der Tatsachen über. Wenn ich richtig informiert bin, so zählte eine Frau Tatjana Oskanova zu Ihren Patienten."

Dr. Morbison lehnte sich in seinem Stuhl zurück und verschwand damit völlig aus dem Lichtkreis der Schreibtischlampe. Er setzte sich seine Brille wieder auf:

„Tatjana Oskanova zählte zu meinen Patienten." Er fügte nach einer kurzen Pause hinzu: „Und?"

Die Stimme des Arztes war völlig unverändert, aber Brennan sah das unruhige Spiel seiner feingliedrigen, schlanken Finger auf der Stuhllehne. Dr. Morbison plante, durch verletzende Gleichgültigkeit den Gegner zu irgendeiner Heftigkeit oder Unbeherrschtheit zu reizen. Die Taktik erkennend, paßte sich Brennan ihr an:

„Und das nächstliegende, Dr. Morbison! Ich möchte Ihre ärztliche Ansicht über die Patientin hören."

Dr. Morbison zündete sich sehr umständlich eine Zigarette an:

„Ich zweifle nicht daran, daß Sie die Bestimmungen über die ärztliche Schweigepflicht kennen, Leutnant Brennan. Ich darf Ihnen keine Auskunft geben."

„Das Gesetz verbietet es Ihnen, darüber bin ich mir im klaren", – erwiderte Brennan. – „Aber ich will keine Geheimnisse von Ihnen hören. Ich möchte einfach wissen, ob der Gemütszustand der Patientin Anhaltspunkte dafür bietet, daß sie sich das Leben genommen haben könnte."

„Ich dachte, sie sei ermordet worden?" fragte der Arzt zurück. Es war das erste Mal, daß seine Stimme einen anderen Klang angenommen hatte.

„Vielleicht, vielleicht auch nicht", meinte Brennan. – „Die Pulverspuren am Kleide der Toten könnten durchaus auf einen Selbstmord deuten."

„Aber nach dem ärztlichen Gutachten", stellte Morbison fest – „konnte sie die Waffe, soweit man nach dem Schußkanal urteilen kann, nicht selbst abgefeuert haben."

Brennan lächelte:

„Ich sehe, daß Sie die Berichte eingehend und aufmerksam studiert haben. Gewiß, es spricht manches gegen die Selbstmordtheorie. Andererseits weiß man nie, auf welch absonderliche Einfälle ein Mensch gerade in der letzten Minute seines Lebens verfällt. Dabei komme ich wieder auf meine Frage zurück. War Tatjana Oskanova in einem Nervenzustand, der einen Selbstmord – vom psychologischen Standpunkt aus – möglich erscheinen läßt?"

Der Arzt überlegte und sagte dann dozierend:

„Tatjana Oskanova war das, was wir wissenschaftlich einen labilen Menschen nennen. Plötzlichen Eingebungen und Launen unterworfen und überempfindlich, wenn es sich um sie selbst handelte. Von außergewöhnlicher Gleichgültigkeit, wenn es das Schicksal anderer Menschen betraf."

Brennan beugte sich vor:

„Sprechen Sie als Mann, Dr. Morbison, oder als Arzt?"

Dr. Morbison drückte seine Zigarette in einer breiten Schale aus:

„Tatjana Oskanova war meine Patientin, und darauf beschränkte sich automatisch meine Beziehung zu ihr."

Brennan überlegte einige Augenblicke und fragte dann völlig sachlich:

„Wo sind Sie von gestern nacht bis heute um vier Uhr morgens gewesen?"

Der Arzt stand langsam auf:

„Wenn dies ein Verhör sein soll, möchte ich wissen, ob Sie mich als ärztlichen Sachverständigen oder etwa als Zeugen vernehmen. Oder gar als Beschuldigten. Denn im ersteren Fall möchte ich Ihnen sagen, daß ich Gutachten nur gegen vorher vereinbartes Honorar abgebe. Im zweiten Fall müßten Sie mir verraten, wieso und wofür ich als Zeuge herangezogen werden soll. Und im letzteren Fall steht mir das Recht der Verweigerung der Aussage zu. Natürlich kann ich Sie nicht hindern, mich unter irgendeinem", er lächelte spöttisch, „gesetzlich fundierten Vorwand zu verhören, doch in diesem Fall müßte das im Beisein meines Rechtsanwaltes und durchaus formell im Amt der Polizeiverwaltung geschehen. Es würde für mich sicherlich einen bedeutenden Zulauf an neuen Patientinnen zur Folge haben, und deshalb stelle ich Ihnen anheim, so zu handeln, wie Sie es für richtig halten."

Brennan erhob sich:

„Es hat fast den Anschein, Dr. Morbison, daß Sie Ihr Studium nicht ausschließlich auf das Gebiet der Medizin beschränkt haben. Dennoch scheint es Ihnen bei dem juristischen Teil Ihrer Vorbildung entgangen zu sein, daß die wissentliche Verweigerung von Auskünften im Falle einer Morduntersuchung –"

„Ich dachte, es handelt sich um einen Selbstmord?" unterbrach ihn der Arzt, und um seine Lippen spielte dasselbe verächtliche Lächeln.

„Selbstmord ist nicht unmöglich", erwiderte Brennan, „aber Mord kann keinesfalls ausgeschlossen werden. Die Konsequenzen Ihrer Handlungsweise werden Sie allein zu tragen haben, und es ist möglich, daß eine Menge hysterischer Weiber einen eines Mordes verdächtigen Arzt einem gewöhnlichen Medizinmann vorzieht. Wenn Sie es darauf ankommen lassen wollen, mir soll es recht sein. Aber vielleicht wäre es einfacher, wenn Sie meine Frage klar beantworten könnten. Ich stelle sie also nochmals. Wo waren Sie von elf Uhr nachts bis vier Uhr morgens?"

Das Lächeln war aus dem Antlitz des Arztes verschwunden. Er überlegte, schritt einige Male auf und ab und blieb dann dicht vor Brennan stehen:

„Ich war abends bei der Premiere des Filmes ‚Lachendes Leben' – und fuhr gegen halb zwölf Uhr nach Hause. Um zwölf Uhr lag ich im Bett – und um acht Uhr morgens nahm ich, wie gewohnt, im Garten das Frühstück zu mir. Ich muß gestehen, daß ich bedauerlicherweise unterlassen habe, einen Zeugen neben meinem Bett wachen zu lassen – übrigens –, dies ist eine Vorsichtsmaßnahme, an die nur Verbrecher denken. Würde ich aber beispielsweise – so etwas soll im Leben eines Junggesellen vorkommen – für meine Anwesenheit in meinem Bett einen Zeugen haben, so könnten Sie kaum erwarten, daß ich eine solche Person nenne."

Brennan ging nach der Türe, die ihm der Arzt mit großer Zuvorkommenheit öffnete. Er wandte sich an der Schwelle noch einmal um:

„Es sind schon mehr Leute wegen mangelhafter Alibis verurteilt worden, als Sie es sich träumen lassen, Dr. Morbison!" – Ehe der Arzt etwas antworten konnte, hatte Brennan das Ordinationszimmer verlassen und schlug die äußere Türe heftig hinter sich zu.

Er eilte durch die Halle, schritt die Treppen hinunter und tat einen tiefen Atemzug. Es war ihm, als sei er plötzlich aus einem Treibhaus in die lebendige Natur zurückgekehrt.

In dem Augenblick, als er am Trottoir anlangte, hielt ein tief gebauter, resedagrüner und mit rotem Leder gepolsterter Sportwagen am Straßenrand. Dem Wagen entstieg eine Dame. Sie eilte an Brennan vorbei.

Er erkannte sie. Es war Mercedes del Acchio, der aus Mexiko neu importierte italienische Filmstar.

Brennan schritt zu seinem Wagen und fuhr zu einem kleinen französischen Restaurant.

Während er auf das Essen wartete, rekonstruierte er, fast Satz für Satz, seine Unterredung mit Dr. Morbison.

Der Mann, seine ganze Erscheinung und sein ganzes Wesen waren ihm unsympathisch. Aber in seinem Beruf konnte er nicht nach persönlichen Gefühlen gehen. Er prüfte und überprüfte die Bedeutung der letzten Stunde. Das Verhalten des Arztes konnte wirkliche Unschuld – mit bewußter intellektueller Auflehnung und gefestigter Verachtung gegenüber der Polizei – bedeuten. Es konnte aber auch auf der äußersten Vorsicht eines sich bedroht fühlenden Menschen basieren; bedroht durch die latente Gefahr des Schuldbewußtseins oder bedroht durch die Gefahr, in einen Mordprozeß verwickelt zu werden.

Es sprach genausoviel für die Schuld des Arztes wie für seine Unschuld. Er konnte tatsächlich friedfertig in seinem Bett geschlafen, aber auch ebenso gut Tatjana Oskanova ermordet haben und nach der Tat nach Hause zurückgekehrt sein.

Wenn er keine Tatsachen beibringen konnte, war auch der Gedanke an eine Anklage gleichbedeutend mit einem beruflichen Selbstmord.

Als ihm das Abendessen serviert wurde, nahm er es mechanisch zu sich. Und dann spürte er plötzlich eine bleierne Müdigkeit und wurde sich bewußt, daß er sechsunddreißig Stunden auf den Beinen war. Er bestellte sich einen doppelten Filterkaffee und trank ihn, so heiß er es vermochte.

Er rief nochmal bei seiner Frau an, aber Eleanor war nicht zu Hause. Es war ihre ständige Rache, wenn er nicht zum Abendbrot erschien, in ein Kino oder in eine Show zu gehen und zu versuchen, erst nach ihm nach Hause zu kommen. Ein Vorhaben, das ihr selten gelang.

Verdrossen fuhr er nach dem Amt. Aber es lagen keinerlei Berichte für ihn vor.

Die Briefschaften der Ermordeten waren nichts als geschäftliche Mitteilungen, Rechnungen, formelle Einladungen. Er begann sie nochmals Wort für Wort und Zeile für Zeile zu studieren.

Nicht ein einziger Liebesbrief fand sich dabei.

Hatte sie keine bekommen? Oder war sie vorsorglich genug, alle, die man ihr geschrieben hatte, stets zu vernichten?

Er nahm den kleinen Kalender, der in der Handtasche der Ermordeten gefunden worden war, zur Hand.

Er enthielt Hinweise auf Verabredungen, auf berufliche und private Ausgaben, auch Einladungen. Am fünfzehnten wies er zwei Eintragungen auf; die eine bezog sich auf ein Mittagessen und die andere auf eine Cocktailparty. Am sechzehnten waren Notizen, die sich auf das Atelier bezogen. Am siebzehnten war eine Eintragung über den Film „Lachendes Leben". Darunter stand mit Bleistift – offenbar in Eile gekritzelt:

„Elf Uhr dreißig (?)"

Kein Name. Es war die letzte Eintragung für diesen Tag.

Ein Rendezvous.

Brennan klappte das Buch zu. Ein bitteres Lächeln legte sich um seine Lippen, als er halblaut vor sich hin sagte:

„Rendezvous mit dem Tod!"

Lorimer

Bevor Flynn Cramer abends Lorimer Whalt Midley aufsuchte, hatte er alle persönlichen Daten des Mannes beim Registerbüro ermittelt. Danach war Lorimer Whalt Midley am 7. August 1903 in Preßburg als Sohn des Kaufmanns Alfred Landsberg und seiner Ehefrau, geb. Stern, geboren. Er kam mit seinen Eltern 1909 in die Vereinigten Staaten, wo sein Vater in New York naturalisiert wurde. Er verwandelte sich in Lorimer.

Whalt Midley wandte sich nach Absolvierung der Schule dem Textilfach zu, bekleidete eine unübersehbare Reihe der unterschiedlichsten Stellungen und wurde 1925 wegen illegalen Handels mit alkoholischen Getränken zu einem Jahr Gefängnis verurteilt. Aus diesen auszugsweise bei seinen Personalakten befindlichen Prozeßberichten ergaben sich Zusammenhänge mit einer Organisation von Schmugglern, die aber nicht ausreichten, um eine härtere Verurteilung zu erwirken. 1936 wurde Whalt Midley Lorimer auf Grund des „Man"-Gesetzes angeklagt, weil er in Begleitung eines minderjährigen Mädchens von einem Staat in den anderen gereist war. Da er die Betreffende heiratete, sah das Gericht von einer Vollstreckung der gegen ihn verhängten Strafe ab. Die Ehe wurde nach wenigen Monaten geschieden, und Lorimer Whalt Midley tauchte in San Franzisco auf, wo er eine Agentur zur Vermittlung von Bühnenpersonal eröffnete, die nach kurzem Bestehen von der Polizei geschlossen wurde, da sich die Anzeigen gegen ihn häuften. Es schien, daß er stellungsuchenden Showgirls weniger zu Bühnenengagements verhalf als zu anderen Tätigkeiten, die an sich erlaubt waren, deren Vermittlung aber gegen die Kuppeleigesetze verstieß.

Nach Eintritt Amerikas in den Krieg übersiedelte Lorimer nach Los Angeles, wo er aus nicht zu ermittelnden Einkünften ein gutes Leben führte, bis seine zweite Frau, die er ein Jahr vorher geheiratet hatte, Strafanzeige wegen Veruntreuung gegen ihn erstattete. Er wurde mangels Beweisen freigesprochen, ließ sich scheiden – wobei die Ehefrau als allein schuldig befunden wurde – und übersiedelte nach Hollywood, wo er in einigen Filmen als Statist mitwirkte. Sein aus dieser Tätigkeit von ihm selbst angegebenes Einkommen konnte nicht einmal die Miete seines Apartments decken. Er wurde 1951 in den bekannten Rauschgiftprozeß einiger Filmstars verwickelt, erlangte aber mangels ausreichender Beweise wieder einen Freispruch.

Mit diesem Wissen ausgerüstet, betrat Flynn Cramer die „Sun-Shine-Apartments" und begab sich zum Verwalter.

Sol Dickson, der den Besucher ablehnend empfing, verwandelte sich, nachdem der Beamte seine Kennmarke aufblinken ließ, in einen dienstbeflissenen Mitbürger.

„Sie werden über meinen Besuch reinen Mund bewahren", begann Cramer und setzte sich neben den Schreibtisch des Verwalters. „Jede Indiskretion ist zu vermeiden. – Verstanden?"

Dickson lächelte verständnisvoll:

„Aber selbstverständlich! Die Leitung der ‚Sun-Shine-Apartments' hat mit der Polizei immer gut zusammengearbeitet."

Cramer nahm mehrere Photographien aus der Brusttasche und breitete sie vor Dickson aus:

„Ist Ihnen irgendeine dieser Damen bekannt?"

Dickson prüfte die Bilder eingehend:

„Ich glaube, keine einzige der hier abgebildeten Damen zu kennen."

Cramer blickte den Verwalter an:

„Ich werde die Frage anders stellen. Haben Sie irgendeine der hier Abgebildeten jemals gesehen?"

Dickson betrachtete nochmals jedes Bild und schüttelte den Kopf:

„Ich bin selbst erst seit zwei Jahren in dieser Stellung und glaube, daß keine dieser Damen hier gewohnt hat. Vielleicht früher – wenn Sie wollen, kann ich Ihnen Namen und Adresse meines Vorgängers –"

Cramer unterbrach ihn:

„Ich habe Sie nicht gefragt, ob eine der Abgebildeten hier gewohnt hat, das könnten wir wesentlich einfacher feststellen. Ich frage Sie – und wenn Sie mit der Polizei zusammenarbeiten wollen, so überlegen Sie sich Ihre Antwort reiflich: Ist Ihnen eine dieser Damen als Besucherin irgendeines Ihrer Mieter aufgefallen? Ich möchte feststellen, daß wir es von einer positiv wissen. Ich möchte von Ihnen nur eine Bestätigung haben und die Auskunft, wann und wie oft die Betreffende hier erschien."

Dickson nahm nochmals ein Bild nach dem anderen zur Hand und deutete dann auf eine Photographie:

„Es ist möglich, daß diese Dame hier manchmal unser Haus besuchte."

Er wählte dann eine zweite Photographie aus, „und diese hier ebenfalls."

Cramer nahm beide von Dickson bezeichneten Photos zur Hand. Das eine zeigte Myrna Lindequist und das andere Tatjana Oskanova.

„Sind die beiden Damen gemeinsam erschienen?" fragte er.

Dickson verneinte:

„Nicht, daß ich wüßte! Ihre Besuche lagen zeitlich auseinander. Ich meine – die erste –" er deutete auf die Photographie von Myrna – „kam vor etwa einem halben Jahr und die andere Dame in den letzten Wochen."

„Kennen Sie diese beiden Besucherinnen?" drängte Cramer.

„Nur vom Sehen", erwiderte Dickson, „Sie wissen, wie es ist, Herr Sergeant, es kommen so viele Leute, da paßt man nicht so genau auf –"

Cramer unterbrach ihn:

„Sie haben auch noch nie die eine oder andere dieser Frauen abgebildet gesehen – in Zeitungen oder Zeitschriften?" Er fügte spöttisch hinzu: „Möglicherweise haben Sie so viel zu tun, daß Sie gar nicht zum Lesen kommen?"

Dickson rutschte auf seinem Stuhl hin und her:

„Ich kann Ihnen nur sagen, daß ich mich nicht erinnere."

„Vielleicht können wir das von dem Fahrstuhlführer erfahren." Dickson erhob sich, sichtlich mit dem Wunsch, der Konversation ein Ende zu bereiten. Er ging zur Tür.

Cramer erhob sich und folgte ihm:

„Ihre Hilfsbereitschaft dürfte bei der Polizei sehr geringen Anklang finden, Sol Dickson! Wir werden uns Ihre Diskretion merken."

Der Fahrstuhlführer war weitaus zugänglicher. Er berichtete, daß Myrna Lindequist, die er vom Film kannte, während etwa zwei Monaten fast jede Woche den Schauspieler Lorimer Whalt Midley bis vor etwa einem halben Jahr besuchte. Er erwähnte stolz, daß sie ihm ein großes Photo, das er sich im Sekretariat der Filmgesellschaft besorgt hatte, eigenhändig unterschrieb. Die andere Dame kannte er nicht näher. Sie war in den letzten Wochen häufiger bei demselben Mieter gewesen. Während Myrna Lindequist stets allein kam und auch allein wegging, war die andere Dame mehrmals mit Lorimer Whalt Midley im Fahrstuhl heruntergefahren und von diesem begleitet worden.

Cramer nahm den Fahrstuhlführer in das Büro des Verwalters. Er zog die Tür zu, ehe Dickson ihnen folgen konnte.

„Du bist ein heller Junge", begann er in freundschaftlichem Ton und gab dem Boy eine Zigarette. „Man weiß nie, wie man einen Freund bei der Polizei gebrauchen kann. Wie ist es nun? Hast du dir irgendwelche

Gedanken gemacht über den Besuch der Damen, die in den letzten Wochen zu Lorimer kamen?"

Der Boy lächelte mit dem altklugen Wissen seiner verderbten Jugend:

„Man denkt sich nichts bei diesen Dingen. Sie sind alltäglich und allnächtlich, nur daß man nachts bessere Trinkgelder bekommt."

Cramer fragte:

„Die Leute pflegen doch miteinander im Fahrstuhl zu sprechen. Denke einmal in aller Ruhe nach. Ist dir irgend etwas im Gedächtnis haftengeblieben über die Gespräche, die Lorimer mit dieser Besucherin geführt hat?" Er deutete auf das Bild der Oskanova.

Cramer spürte, daß der Junge sich Mühe gab. Nach einer Weile sagte er:

„Es drehte sich immer um irgendwelche Verabredungen in der Stadt. Einmal, glaube ich, handelte es sich um eine Reise." Er überlegte, dann sagte er in plötzlicher Erinnerung: „Vor ein paar Tagen – das letzte Mal, als die Dame gekommen war, schien irgend etwas nicht zu stimmen. Es war nichts Besonderes, aber die Dame schien ungehalten zu sein. Was Lorimer sprach, hörte ich nicht, seine Stimme war gedämpft, aber sie sagte einige Male heftig ‚Nein! Nein!' Als sie aus dem Fahrstuhl nach der Halle schritt, drehte sie sich um. Was sie zu Lorimer sagte, konnte ich nicht hören, aber offenbar bedrängte er sie – aber sie lehnte seine Begleitung schroff ab und ging allein fort."

Cramer machte sich einige Notizen und fragte dann eindringlich:

„Denke genau nach, mein Junge! Hast du gar nichts von dem gehört, was Lorimer gesagt hat?"

„Nein, Herr Sergeant." Plötzlich sah er Cramer an: „Etwas fällt mir ein. Vorgestern machte ich Nachtdienst. Nach elf Uhr bediene ich auch das Telefon. Kurz nach elf Uhr verlangte Lorimer eine Verbindung, und da ich gerade Zeit hatte, hörte ich das Gespräch mit. Es war eine Frau, die sich auf seinen Anruf meldete, aber ich könnte nicht sagen, daß ich die Stimme kenne. Lorimer drängte auf ein Zusammentreffen, aber die Frau lehnte es zunächst ab. Dann sprach Lorimer etwas von Briefen, die er ihr zurückgeben wollte, und schließlich stimmte sie zu. Es war in dem Sinne, daß er sie wieder anrufen solle, um sie aufzusuchen."

Cramer unterdrückte seine Erregung:

„Nun ja, das mag mit dem Fall, den ich bearbeite, keinen Zusammenhang haben. Aber auf alle Fälle wahre vollkommene Verschwiegenheit über meinen Besuch und unsere Unterredung." – Wie beiläufig fragte er: „Dieses Telefongespräch war vorgestern? Das wäre also am sechzehnten?"

Der Junge überlegte:

„Nein, vorgestern hatte ich Tagesdienst, es war also am Tage vorher, am fünfzehnten."

Cramer schärfte ihm nochmals ein, mit niemandem über die Angelegenheit zu sprechen und besonders nicht mit Lorimer oder Dickson.

Er ließ sich nach dem zweiten Stock fahren und schellte an dem Apartment 227.

Der Mann, der ihm öffnete und ihn mit einem ablehnend fragenden Blick ansah, hielt die Tür knapp zwei Hände breit offen. Cramer sagte kurz:

„Polizei!" – und drückte die Türe weit auf.

Lorimer wich einen Schritt zurück.

„Polizei?! Ich protestiere! Haben Sie einen richterlichen Befehl?"

Cramer drückte die Tür hinter sich ins Schloß, faßte Lorimer am rechten Arm, drehte ihn um und schob ihn mit kräftigem Griff durch den kleinen Vorraum nach dem eigentlichen Zimmer. Er sagte kurz:

„Der Haftbefehl ist schon unterwegs, aber wir wollen keine Zeit versäumen." – Er drückte Lorimer in einen Lehnstuhl. Dann zündete er sich eine Zigarette an, betrachtete den Mann vor sich und den Raum, in dem er sich befand.

Lorimer Whalt Midley trug einen seidenen Hausrock, der in grellem Blau und Gelb gestreift war. Er saß etwas nach rückwärts gelehnt, sein Gesicht schien um so älter, als die fahle Haut scharf mit den zweifellos gefärbten Haaren kontrastierte. Ein kleiner schwarzer Schnurrbart à la Adolphe Menjou vertiefte den Gegensatz. Unter den Augen war die Haut schlaff und faltig.

„Ein Haftbefehl!" sagte schließlich Lorimer. „Das ist unmöglich!"

„Was alles möglich und unmöglich ist, können Sie sich gar nicht vorstellen", erwiderte Cramer.

Der Mann vor ihm erinnerte an eine Gestalt aus einem Wachsfigurenkabinett. Die zahllosen Photographien an der Wand und eine besonders große in einem silbernen Rahmen auf einer Art Schreibtisch, die alle mit Widmungen versehen waren, wirkten lächerlich. Eingerahmte Filmprogramme hingen zwischen den Bildern. Vor der Couch lag ein abgetretenes Leopardenfell. Ein scharfes Parfüm schwebte in der Luft.

Cramer setzte sich Lorimer gegenüber:

„Sie waren einige Male mit vollem Erfolg – für Sie – in Konflikten mit der Justiz. Ich gebe Ihnen die Versicherung, daß Sie diesmal abgeurteilt werden, so sicher wie das Amen in der Kirche."

Lorimer wollte aufstehen, aber Cramer drückte ihn zurück auf seinen Sitz.

„Das ist Nötigung", rief Lorimer theatralisch. „Sie haben kein Recht, ohne richterlichen Befehl –" Er schwieg einen Augenblick. Dann fragte er: „Wessen werde ich beschuldigt?"

Cramer lächelte:

„Immer mit der Ruhe! Sie werden es früh genug erfahren!" Er machte eine Pause und nahm seine Sammlung von Photographien hervor. Er hielt jene von Tatjana Oskanova mit einer plötzlichen Bewegung vor die Augen Lorimers: „Was haben Sie zu diesem Bild zu sagen?"

„Tatjana!" sagte Lorimer. „Sie ist tot!" fügte er pathetisch hinzu.

„Sie wurde ermordet!" betonte Cramer. „Und sie war mit Ihnen befreundet. Mehr als das, Lorimer Whalt Midley – sie war Ihre Geliebte – oder besser, Lorimer Whalt Midley – Sie waren ihr Zuhälter – bis zu dem Augenblick, wo Tatjana Oskanove zur Besinnung kam. Sie machte mit Ihnen Schluß, und Sie drohten mit den Briefen, die Tatjana leichtfertigerweise an Sie geschrieben hatte und die sie zurückhaben wollte." Er machte eine Pause, ließ seine Worte in das Bewußtsein des ihn anstarrenden Mannes einsinken und setzte hinzu: „Das hatte das Telefongespräch am fünfzehnten um halb zwölf Uhr nachts zur Folge – und dann die Vereinbarung Ihres nächtlichen Rendezvous, und den Rest werden Sie dem Untersuchungsrichter erzählen!"

Lorimer starrte den Polizeibeamten noch immer fassungslos an. Dann beugte er sich plötzlich nach vorn und griff mit beiden Händen nach den Handgelenken Cramers. Er schrie fast:

„Sind sie wahnsinnig geworden?! Sie wollen mich des Mordes an Tatjana Oskanova anklagen?!"

Cramer befreite sich von dem Griff:

„Sie sehen, daß wir einen vollkommenen Tatsachenbeweis antreten können. Es ist sinnlos für Sie, zu leugnen!"

Auf der Stirn Lorimers zeigten sich kleine Schweißperlen. Er blickte gehetzt um sich. Ganz plötzlich verbarg er sein Gesicht in beiden Händen, und ein hartes Schluchzen schüttelte seinen Körper.

Cramer stand auf. Mit einem so schnellen und völligen Zusammenbruch hätte er in seinen kühnsten Träumen nicht gerechnet. Der weinende Mann widerte ihn an. Er riß Lorimer hoch:

„Das Heulen ist zwecklos. Nehmen Sie sich zusammen! Ziehen Sie sich an! Sie sind verhaftet unter dem dringenden Verdacht, Tatjana Oskanova in der Nacht vom siebzehnten zum achtzehnten durch einen Schuß aus einer automatischen Pistole Kaliber 38 ermordet zu haben."

Er wußte, daß er keine rechtliche Handhabe besaß, um Lorimer zu verhaften. Seine Macht reichte nur aus, um ihn in Gewahrsam zu nehmen. Einen Haftbefehl wegen Mordverdacht konnte nur der zuständige Richter ausfertigen. Aber er wollte die Situation bis zum äußersten ausnützen. Der psychologische Augenblick war gekommen, um ein grundsätzliches Geständnis zu erhalten.

Lorimer wischte sich mit dem Handrücken die Tränen ab. In seinem grellfarbenen seidenen Schlafrock sah er jetzt wie ein abgeschminkter Clown aus.

„Legen Sie ein Geständnis ab", sagte Cramer. „Sie erleichtern damit unsere Aufgabe, beschleunigen das Gerichtsverfahren und erwirken die Milde der Geschworenen. Nur durch ein volles Geständnis können Sie um die Todeszelle herumkommen. Sie haben Tatjana Oskanova ermordet."

Lorimer sah ihn groß an:

„Ich habe Tatjana geliebt! Sie war die einzige Frau in meinem Leben, die ich wirklich geliebt habe!"

„Sie scheinen zu vergessen, daß Sie hier weder in einem Film noch im Theater mitwirken, Lorimer Whalt Midley", sagte Cramer brutal. „Machen Sie keine Geschichten. Ziehen Sie sich an. Wir müssen gehen."

Lorimer nickte versonnen. Er legte seinen seidenen Schlafanzug ab, glättete ihn mit größter Sorgfalt, hing ihn auf einen Kleiderbügel und trug ihn zu seinem Schrank.

Dann zog er sich an und gab auf keine Frage mehr eine Antwort.

Cramer ging zu dem Telefon, ließ sich mit dem Morddezernat verbinden und verlangte Leutnant Brennan. Es hieß zunächst, er habe sein Dienstzimmer bereits verlassen; aber dann sagte der Beamte, daß Leutnant Brennan gerade noch beim Verlassen des Gebäudes erreicht werden konnte. Cramer möge sofort nach dem Morddezernat kommen.

Im Vorraum von Leutnant Brennans Dienstzimmer übergab Cramer den Häftling einem Beamten mit dem Auftrag, ihn an jeder Kontaktaufnahme zu hindern. Dann meldete er sich bei Leutnant Brennan und berichtete ihm von seinen Ermittlungen über Lorimer Whalt Midley.

„Das klingt eigentlich recht verheißungsvoll!" meditierte Brennan. „Aber irgendwie gefällt mir die Sache nicht. Der Mann ist zu erfahren, und sein Verhalten entspricht nicht dem eines Mörders. Eher vielleicht dem eines Mitwissers. Aber wir werden ihn jetzt einmal gründlich vornehmen. Bringen Sie ihn herein!"

Cramer schritt zur Tür, wendete sich kurz um:

„Meines Erachtens ist Lorimer der Täter." – Er ging zum Vorraum und schob dann Lorimer vor sich her in das Zimmer Brennans.

„Setzen Sie sich!" sagte Brennan. „Machen Sie es sich möglichst bequem, Lorimer, denn wir werden eine ausgiebige Unterhaltung haben. Ich mache Sie gleich darauf aufmerksam, daß Lügen und Ausflüchte zwecklos sind. Sagen Sie die Wahrheit, das ist der einzige Weg, der Ihr Leben retten kann!"

Lorimer blickte Brennan ungläubig an:

„Es ist doch wohl nicht Ihr Ernst, daß Sie mich des Mordes beschuldigen?! Ich bin an dem Tod Tatjanas so unschuldig wie Sie selbst!"

Brennan nickte zustimmend:

„Selbstverständlich sind Sie vollkommen unschuldig! Alle unsere Gäste bei der Mordkommission sind immer und grundsätzlich unschuldig. Zumindest behaupten sie das. Aber in Ihrem Fall kommen Sie mit diesem System nicht weit." Er machte eine Pause. Seine Stimme veränderte sich:

„Sie geben selbst zu, daß Sie die Ermordete gekannt haben. Sie geben selbst zu, daß Sie zu ihr intime Beziehungen unterhielten. Sie können nicht ableugnen, daß Tatjana diese Beziehungen, die für Sie erhebliche materielle Vorteile mit sich gebracht haben . . ."

Lorimer wollte sich erheben, aber Cramer drückte ihn auf den Stuhl zurück.

„Ich habe Tatjana geliebt! Ich habe niemals irgendwelche Zuwendungen von ihr bekommen."

Brennan nahm ein kleines rotledernes Notizbuch zur Hand. Er hatte es vor langer Zeit von seiner Frau geschenkt bekommen und wegen des kleinen Formates niemals benützt, durchblätterte es aber jetzt scheinbar sehr aufmerksam:

„Es ist Ihr persönliches Pech, Lorimer, daß Tatjana Oskanova sehr genaue Aufzeichnungen führte – über Ausgaben, Schecks, Geschenke und so weiter. Wir können also mit ziemlicher Genauigkeit feststellen, wie das Konto ‚Lorimer Whalt Midley' steht."

Der Schauspieler starrte verwundert nach dem kleinen Notizbuch. Brennan schwieg und sah ihn fragend an. Schließlich sagte Lorimer:

„Ich verstehe nicht – –" Er schwieg und überlegte. Nachdem er sich zurechtgesetzt hatte, schien er eine geeignete Antwort gefunden zu haben:

„Ich habe gelegentlich von Tatjana ein Geschenk bekommen."

„Sie wollen sagen", unterbrach ihn Brennan, „ein Wertgeschenk?"

„Es ist wohl nicht verboten", die Stimme Lorimers wurde sicherer, „daß eine wohlhabende Frau einem Freunde ein Geschenk anbietet? Daß solche Geschenke nicht bei Woolworth gekauft werden, ist klar! Andererseits habe auch ich Tatjana durch kleine Geschenke Freude zu machen versucht."

Brennan lächelte:

„Und diese Geschenke haben Sie, Ihrer Vermögenslage entsprechend, dann wahrscheinlich doch bei Woolworth gekauft?"

Lorimer protestierte:

„Wenn ich auch nicht über die Mittel wie Tatjana verfügte, so waren dennoch meine Geschenke stets von gutem Geschmack. Abgesehen davon, daß es niemanden etwas angeht, was sich liebende Leute untereinander schenken."

Brennan schien das kleine Notizbuch wieder eifrig zu studieren:

„Und wie verhält es sich mit den geldlichen Zuwendungen? Tatjana Oskanova gab Ihnen Geld. Wollen Sie vielleicht behaupten, daß auch Sie Ihrer Freundin Geld gegeben haben?"

Lorimer antwortete sofort:

„Die Summen, die mir Tatjana zur Verfügung stellte, galten ausschließlich Einkäufen, die ich für sie besorgte. Ich bezahlte ihre Rechnung bei einer Garage und beglich in ihrem Auftrag –"

„Ausgezeichnet!" nickte Brennan. – „Wir werden das mit Leichtigkeit überprüfen können. Jedenfalls geben Sie zu, Geld von der Ermordeten bekommen zu haben. Zum Begleichen von Rechnungen. Es wird Ihre Aufgabe sein, dem Gericht gegenüber zu beweisen, daß Sie diese Summen auftragsgemäß verwendet haben, denn sonst wird der Anklage auf Mord auch noch eine zusätzliche Anklage wegen Unterschlagung folgen. Aber dies ist alles unwichtig." – Er nahm ein Aktenbündel zur Hand; es betraf einen völlig anderen, noch unerledigten Fall, und er blätterte, scheinbar suchend. Dann blickte er auf:

„Wie verhält es sich nun mit den Briefen?"

Lorimer fragte, sichtlich beherrschter:

„Von was für Briefen sprechen Sie?"

„Von den Briefen", erklärte Brennan sachlich, „die Tatjana Oskanova – in erstaunlicher Sorglosigkeit! – an Sie geschrieben hatte und mit denen Sie versuchten, die von Ihnen heißgeliebte Frau zu erpressen!"

„Das ist eine glatte Verleumdung!" rief Lorimer pathetisch. „Die Briefe Tatjanas habe ich wie ein Heiligtum bewahrt."

„Das glaube ich", sagte Brennan. „Denn diese Briefe bedeuteten für Sie ein Druckmittel gegen Tatjana. Sie konnten durch diese Briefe ein gutes Geschäft machen. Sie verabredeten sich telefonisch mit Tatjana Oskanova, um ihr die Briefe zurückzugeben. Sie begaben sich zu dem Rendezvous – Sie machten Ihre Preisforderung – Tatjana lehnte Ihre Forderung ab. Es kam zu einem Wortwechsel, zu einer immer heftigeren Auseinandersetzung. Den Drohungen mit den Worten folgte die Drohung mit der Tat, und wie es in solchen Fällen nun einmal ist, der fatale Schuß ging los. Als Kenner der Dinger wischten Sie von der Waffe und den Möbelstücken alle Fingerabdrücke weg und verließen das Haus unbehindert."

Er sah Lorimer nachdenklich an:

„Aber wie jeder Verbrecher haben Sie etwas übersehen. Das kleine Notizbuch hier und die Geschwätzigkeit Tatjanas, die mehr über ihre Beziehungen zu Ihnen mit Freundinnen gesprochen hatte, als es für Sie, Lorimer, wünschenswert ist!"

Lorimer schien nach dieser Erklärung Brennans seine Selbstsicherheit völlig wiederzugewinnen:

„Sie haben eine ausgezeichnete Erfindungsgabe, Herr Leutnant. Aber von all dem, was Sie erzählt haben, können Sie nichts beweisen. Zugegeben, daß Tatjana ihre Briefe zurückverlangt hat. Und zugegeben, daß sie mit mir Schluß gemacht hatte. Und zugegeben, daß ich ihr die Briefe wunschgemäß zurückgegeben habe, aber ich bestreite eindeutig, daß ich sie ermordete."

„Also immerhin ein Teilgeständnis!" stellte Brennan fest. „Sie haben also Tatjana Oskanova die reichlich bedenklichen Briefe zurückgegeben. Um halb zwölf Uhr nachts."

Er fragte plötzlich: „Wieviel haben Sie für die Briefe bekommen?"

Lorimer brachte es jetzt bereits zu einem Lächeln:

„Ich bekam den Händedruck, mit dem zwei Menschen, die eine Zeitlang eng befreundet waren, sich verabschieden."

„Und wieviel drückte Ihnen Tatjana Oskanova mit diesem beachtlichen Händedruck in die Hände?" beharrte Brennan.

„Es ist unter meiner Würde, darauf zu antworten. Sie versuchen, einen tragischen Augenblick meines Lebens zu besudeln. Es ist zwecklos!"

Cramer meldete sich zum Wort:

„Ist es nicht das Beste, wenn wir den Burschen hier ein paar Stunden unter Scheinwerfer setzen und etwas schwitzen lassen? Ich hätte die größte Lust –"

Brennan unterbrach Cramer mit einer heftigen Handbewegung:

„Es wäre schade um den Strom!"

Er wendete sich an Lorimer:

„Sie geben also zu, am siebzehnten um halb zwölf Uhr nachts . . ."

Lorimer unterbrach ihn:

„Das habe ich niemals gesagt! Ich war um halb zwölf Uhr nachts am sechzehnten dieses Monats mit Tatjana Oskanova verabredet – und es war am sechzehnten, kurz vor Mitternacht, als ich das Haus verließ."

Brennan blickte zu Cramer. Die Erklärung Lorimers schien ihn völlig zu überraschen. Ehe Cramer in die Unterhaltung eingreifen konnte, fragte Brennan:

„In diesem Fall werden Sie für die entscheidenden Stunden der Nacht des siebzehnten ein einwandfreies Alibi haben?"

Lorimer erwiderte, ohne zu zögern:

„Gewiß. Ich war mit Abe Cohen und Jack Panzer im ‚Arcadia'. Und zwar von elf Uhr bis lange nach Mitternacht."

Brennan ließ einen leisen Pfiff ertönen:

„Das ist ja außerordentlich interessant!" Er sah zu Cramer hinüber: „Fischen Sie die beiden auf – sofort! Polizeifunk, Fahndungsdienst – nur keine Zeit verlieren." Cramer nickte und entfernte sich. Brennan nahm sein Zigarettenetui, bot es Lorimer an, gab ihm Feuer und setzte dann eine Pfeife in Brand: „Jetzt wird ja die Angelegenheit wirklich interessant! Sie gehören also zu dem Kreise des ‚Crime-Syndicat'!" – Er lächelte: „Sind Sie sich eigentlich bewußt, daß Sie Ihre Situation ganz erheblich verschlechtern, anstatt sie zu verbessern?"

Lorimer machte eine weitausholende Bewegung mit beiden Armen:

„Von zwei Übeln muß man das kleinere wählen. Ich habe kein anderes Alibi. – Was soll ich tun? Die Bekanntschaft mit Gangstern ist in Ihren Augen verwerflich, aber nach dem Gesetz ist sie nicht strafbar. Eine Mordanklage hat ernstere Konsequenzen. Sie kennen mein Vorleben. Sie kennen die Geschichte mit den Briefen. Sie haben Aufzeichnungen von Tatjana gefunden, aus denen Sie mir einen Strick drehen können, wenn ich kein hieb- und stichfestes Alibi beibringen kann. Mir blieb nur dieser eine Ausweg."

Brennan nickte. Er wußte, was eine Zeugenaussage von Abe Cohen und Jack Panzer wert war. Aber da würden noch die Aussagen von anderen Leuten hinzukommen – Bestätigungen von Kellnern, vom Barkeeper, von Gästen des „Arcadia". Bei Vorlage eines solchen Alibis würde kein Staatsanwalt mit einer Mordanklage vor die Geschworenen treten. Wenn Lorimers Zeugen seine Angaben bestätigten, war gegen ihn im Falle der Oskanova nichts mehr auszurichten.

Brennan griff nach dem Telefon und ließ sich zwei Beamte des Fahndungsdienstes kommen. Er klopfte seine Pfeife aus, stopfte sie wieder, und als es an der Tür klopfte, ging er nach dem Vorraum. Er gab den beiden Beamten Weisung, bei dem Personal des „Arcadia" Ermittlungen anzustellen, um die Angaben Lorimers zu überprüfen. Dann kehrte er zurück und setzte sich auf die Kante seines Tisches. Er begann eine Unterhaltung, die nicht mehr einem Verhör glich, sondern eher einer Konversation:

„Wie kommen Sie zu Cohen und Panzer? Ich frage Sie aus allgemeiner Neugierde. Wenn Ihr Alibi bestätigt wird, lasse ich Sie laufen. Ich belaste meine Arbeit nicht mit unnützem Ballast. Daß Sie ein Zuhälter sind –". Er winkte Lorimer, der protestieren wollte, ab: „Regen Sie sich nicht auf, es ist eine pure Feststellung und keine Beleidigung, aber ich verstehe nicht, weshalb Sie es überhaupt notwendig haben, auf diese Weise Ihren Lebensunterhalt zu verdienen, wenn Sie doch mit dem ‚Crime-Syndicat' in Verbindung stehen!?"

Lorimer schwieg eine ganze Weile. Er schien zu schwanken. Dann entschied er sich:

„Ich habe nichts Strafbares getan. Mein Leben liegt eigentlich hinter mir. Warum sollte ich Ihnen nicht die Wahrheit sagen? Wenn Sie ein Polizist wären wie all die andern – mit ‚Drittem Grad', mit Schlägen auf die Nieren oder in die Magengrube, die eine Stunde später von keinem Arzt mehr nachgewiesen werden können, dann, Leutnant, hätte ich geschwiegen. Dann würden Sie mich des Mordes angeklagt haben, und der wirkliche Täter hätte Wochen und Monate Zeit gehabt, um sich in Sicherheit zu bringen. Die Untersuchung wäre abgeschlossen gewesen, und am Tage der Hauptverhandlung hätte mein Anwalt die Alibizeugen aufmarschieren lassen. Das hätte Sie Ihre Stellung gekostet – und der Staatsanwalt wäre bei den nächsten Wahlen durchgefallen. Aber Sie waren anständig, und deshalb will ich Ihnen, wenn Sie es wirklich interessiert, die Wahrheit sagen."

Brennan läutete und ließ Kaffee und Sandwiches bringen:

„Erzählen Sie, Lorimer. Ich höre Ihnen zu."

Und Lorimer erzählte. Von seinen ersten Konflikten mit dem Gesetz, über seine erste Verurteilung hinweg bis zu seinen Freisprüchen aus Mangel an Beweisen. Er sagte lächelnd:

„Man lernt nur aus Erfahrung! Leider kommt die Erfahrung vielfach zu spät..."

Er berichtete, wie er in San Franzisco und Los Angeles mit der Organisation für „Call-Girls" in Verbindung gekommen war, ein Unternehmen, das von den Brüdern Fischetty in Chikago gegründet und dann über alle Großstädte ausgebaut worden war. Es diente der Versorgung einsamer Männer mit weiblicher Begleitung. Auf diesem Wege lernte er die Männer kennen, die im Auftrag der Fischettys und der Brüder Guzik die Eintreibung der „Pachtsummen" sicherten. So lernte er Virginia Hill kennen, den Vertrauenskurier von Frank Costello und Lucky Luciano. Das war seine große Zeit. Als aber Bug Siegel, der im Auftrag des „Crime-Syndicat" das Spielkasino und Hotel „Flamingo" in Las Vegas geleitet hatte, wegen Unterschlagung durch seine eigenen Partner zum Tode verurteilt und dann im Haus von Virginia Hill in Beverly Hills erschossen worden war, löste er sich von seinen Freunden. Nur mit Abe Cohen und Jack Panzer verband ihn weiter eine durchaus ungeschäftliche Beziehung. Eine Zeitlang lieferte er Informationen aus der Filmindustrie, für die das „Crime-Syndicat" großes Interesse zeigte. Das führte zu der Erpressungsanklage des Generalstaatsanwaltes gegen Luiz Campagna, Paul del Lucia, Luiz Kaufmann und ihre Helfer. Als Nebenkläger waren „Loew 20th Century Fox" und „Warner Brothers" aufgetreten. Die Abgeurteilten wurden nach dem Zuchthaus Atlanta übergeführt und später bedingt begnadigt. Aber er, Lorimer, wollte nicht weiter mit der Unterwelt zu tun haben.

„Sie sind ungefähr fünfzig Jahre alt", sagte Brennan, „und es gibt Hunderte erstklassiger jugendlicher Helden, die engagementslos in Hollywood herumlaufen. Ohne in Ihre Berufsgeheimnisse eindringen zu wollen, Lorimer", er lächelte, „und ich will Ihnen auch keineswegs wehtun –" er machte eine Pause und fragte dann sachlich: „Sie sind mehr als verbraucht. Sie sind alles eher als eine Schönheit. Sie sind ein alternder Mann. Wieso kommt es, daß Sie noch immer Frauen finden, die bereit sind, für Sie Geld auszugeben?"

Lorimer blickte ihn offen an:

„Frauen sind unberechenbar, Leutnant. Männer übrigens auch, denn sonst wäre es unfaßbar, daß etwa ein Carl Laemmle jun. mit all seinen Millionen ausgerechnet einer Frau wie Virginia Hill einen Heiratsantrag machte, der überdies von ihr abgelehnt wurde!... Vielleicht läßt sich mein", er lächelte trübe, „leider reichlich bescheidener Erfolg bei einem gewissen Typ von Frauen doch leichter erklären, als Sie meinen. Es ist so, daß ich niemals Fragen stelle. Es sei denn, daß es sich um eine Frau handelt, die gerade ununterbrochenes Fragestellen wünscht. Ich bin niemals eifersüchtig, es sei denn, daß meine Partnerin auf Eifersucht Wert legt. Um es kurz zu erklären: Ich verwandle mich immer möglichst in den Typ, den meine jeweilige Partnerin gerade für sich als wünschenswert, manchmal sogar für nötig hält. Außerdem bin ich bescheiden. Ich erscheine, wann man mich braucht, und verschwinde auf das erste Zeichen." Er steckte sich eine Zigarette an. Seine Stimme war müde: „Es ist kein leichtes Leben, Leutnant! Mein Traum war – Schauspieler zu sein. Er ging nicht in Erfüllung. Der Rest ist Schweigen."

Brennan betrachtete Lorimer nachdenklich. Eine merkwürdige Idee nahm Formen an:

„Ich würde Ihnen einen Vorschlag machen, immer unter der Voraussetzung, daß sich Ihr Alibi als einwandfrei erweist. Da Sie ja nun einmal Cohen und Panzer gut kennen und mit wenig Mühe auch frühere Verbindungen wieder unauffällig aufnehmen könnten, bestände doch die Möglichkeit, daß Sie uns dann und wann einen Wink geben." Er lächelte: „Unsere Mittel sind beschränkt, aber Sie bezeichnen sich ja selbst als einen bescheidenen Mann, und wir haben einen Fonds, um solche Dienste zu belohnen. Abgesehen davon, daß eine freundschaftliche Beziehung zu uns recht nützlich sein kann –"

Lorimer gab das Lächeln zurück, aber er schüttelte den Kopf:

„Das wäre das letzte, was ich täte, Herr Leutnant. Ich weiß, daß ich in Ihren Augen ganz tief unten stehe. Aber ich möchte diese letzte Stufe, die mich noch von der Erbärmlichkeit trennt, nicht hinabsteigen."

Brennan erhob sich.

„Betrachten Sie doch einmal die Rolle des Informators von einer anderen Seite, Lorimer! Sie können vielleicht durch ein Wort, zur rechten Zeit und leise gesprochen, ein Verbrechen verhüten. Das ist nichts Unehrenhaftes!"

Lorimer lehnte ab:

„Der Verbrecher, Herr Leutnant, ist ein Produkt oder, wenn Sie wollen, eine Folge der herrschenden Gesellschaftsordnung. Er führt einen ungleichen Kampf. Die ganze Macht des Staates steht gegen ihn. Das müßte ausreichen, um alle Verbrecher zur Strecke zu bringen. Der andere Weg wäre, das ganze System der Strafverfolgung zu ändern. Die Zwangserziehungsanstalten sind die Hochschulen des Verbrechertums. Die Gefängnisse und Zuchthäuser sind Institutionen, in denen Rachegefühle gezüchtet werden. Aber ich will mich nicht auf diesem Gebiet verlieren. Vielleicht macht es Ihnen eine kleine Freude, wenn ich Ihnen persönlich verspreche, daß ich für Sie, aber nur persönlich für Sie, Herr Leutnant, wenn sich je eine Gelegenheit ergibt, zur Verfügung stehen werde. Aber dann" – er sah ihn ernst an – „ohne Entschädigung."

Brennan schwieg. Es war doch sehr merkwürdig, empfand er. Sollte es wirklich wahr sein, was viele Menschenkenner behaupten, daß angeblich in jedem Menschen irgendwo etwas Gutes zu finden sei?

Das Telefon läutete. Er nahm den Hörer ab. Er hörte eine Weile schweigend zu. Dann hing er den Hörer mit ein paar nichtssagenden Worten ab.

Er wandte sich an Lorimer:

„Ihr Alibi ist bestätigt worden. Nicht nur von Abe Cohen und Jack

Panzer, sondern von unverdächtigen Leuten. Dennoch muß ich Sie darauf aufmerksam machen, daß Sie das Gebiet von Hollywood bis auf weiteres nicht ohne vorherige ausdrückliche Genehmigung von mir verlassen dürfen. Ich werde Sie vielleicht nochmals vernehmen müssen. Und jetzt können Sie gehen."

Lorimer erhob sich:

„Ich habe eine Bitte an Sie, Herr Leutnant."

Brennan blickte ihn fragend an.

„Als mich der Beamte abholte, vergaß ich, meine Zigaretten mitzunehmen. Wenn Sie mir –"

Brennan leerte sein Etui und drückte die Zigaretten in Lorimers Hand:

„Ersatz für eine Friedenspfeife –"

Lorimer behielt drei Zigaretten und steckte sich eine an.

„Das genügt für den Weg nach Hause. Ich möchte zu Fuß gehen."

Brennan geleitete ihn zur Türe und öffnete sie. Als Lorimer über die Schwelle schritt, kam Cramer den Korridor entlang. Er sah mißbilligend dem Manne nach, der sich langsam entfernte.

Brennan folgte seinem Blick:

„Dort geht Ihr Mörder, Cramer."

„Sein Alibi ist einwandfrei", berichtete Cramer, „aber ich traue ihm nicht über den Weg."

Brennan ging zurück an seinen Schreibtisch, räumte die Akten und das kleine rote Notizbuch weg und blickte nach seiner Armbanduhr:

„Halb zwölf! Vor vierundzwanzig Stunden, oder etwas mehr, wurde Tatjana Oskanova ermordet. Wir sind genau am Ausgangspunkt der Untersuchung. Das Ergebnis ist bis jetzt gleich Null." Er blickte Cramer an: „Vielleicht finde ich den Täter im Traum. Aber dazu ist es zunächst notwendig, daß ich mich schlafen lege."

Cramer ließ ihm an der Schwelle den Vortritt.

„Dann werde ich auch diesen Weg einschlagen."

Sie schritten beide den Korridor entlang, die Treppe hinab zur Straße.

Buddy Maloney

„Morgen, mein Lieber, morgen!" sagte Sam Opitz.

„Sie verweisen mich jeden Tag auf morgen", beschwerte sich Bergson, „und ich weiß nicht mehr, was ich mir darunter vorstellen soll."

Sam Opitz ließ seine beiden Füße seitlich auf seinem Schreibtisch ruhen und sah den Dichter ebenso verständnisvoll wie mitleidig an:

„Weshalb Ihre Hast? Sie sind fest verpflichtet. Die ‚Metropole-Film' sorgt für Ihr Wohlergehen. Sie haben eine reizvolle Sekretärin, die Drehbuchautoren sind eifrig am Werk, aber alles braucht seine Zeit."

Bergson ging nervös auf und ab:

„Ich bin jeden Tag zweimal zu Bogul Yanutzki bestellt, und wenn ich hinkomme, kann ich ihn nicht sprechen, weil er in einer Sitzung ist", er sah Opitz unzufrieden an: – „Wann ist ein Yanutzki einmal nicht in einer Sitzung?"

„Das ist doch ganz gleichgültig!" bemerkte Opitz. „Wenn er in einer Sitzung ist, hat er natürlich keine Zeit für Sie, und wenn er in keiner Sitzung ist, so hat er wichtigere Dinge zu tun, als sich mit Autoren zu unterhalten. Ich habe heute bereits mit Goddman und Ericson gesprochen. Wir sind von dem Titel ‚Brausendes Meer' abgekommen."

Bergson atmete erleichtert auf und blieb stehen:

„Gott sei Dank! Dann bleibt es also bei ‚Ebbe und Flut'."

Opitz stand auf und ließ sich durch den Hausapparat mit Goddman verbinden. Nach einem kurzen Gespräch legte er den Hörer auf:

„Der neue Titel ist ‚Mord auf hoher See' – außerordentlich zugkräftig und wirksam."

Bergson starrte ihn ungläubig an:

„Das kann doch nicht Ihr Ernst sein, Opitz! In meinem Roman kommt doch gar kein Mord vor! Der Vater der Heldin –"

Opitz unterbrach ihn:

„Den alten Vater haben wir gestrichen. Das ist altmodisch und unbrauchbar. Die Heldin ist jetzt ein Waisenkind, das durch einen gewissenlosen Mädchenhändler an Bord geschleppt wird –"

Bergson unterbrach ihn empört:

„Niemals! Das gebe ich nicht zu!"

Opitz winkte begütigend ab:

„Regen Sie sich nicht auf, Bergson, und merken Sie sich eines: der Film hat seine eigenen Gesetze. Sie bekommen ein phantastisches Honorar – mehr als alle Buchausgaben und Serienabdrucke zusammengenommen einbringen –, ganz abgesehen davon, daß die jetzige Fassung keineswegs endgültig ist. Warten Sie ab. Zum Aufregen und zum Protestieren haben Sie immer noch Zeit, wenn das Drehbuch fertig ist."

„Wenn das Drehbuch fertig ist?" – fragte Bergson ungläubig. – „Ich bin doch vertraglich verpflichtet worden, am Drehbuch mitzuarbeiten?"

„Dafür werden Sie bezahlt –", erklärte ihm Opitz, „aber das Ausmaß Ihrer Mitarbeit bleibt der dramaturgischen Abteilung vorbehalten. Merken Sie sich eines, verehrter Dichter: Sie dürfen nicht zuviel verlangen. Geld und Dichtung, das wäre übertrieben. Wir haben stets –"

Es wurde ziemlich heftig an die Türe geklopft, und ehe Bergson antworten konnte, betrat ein Mann in mittleren Jahren, etwas untersetzt, ohne Formalitäten das Zimmer. Ihm dicht auf den Fersen folgte die Sekretärin von Sam Opitz.

„Ich wollte den Herrn anmelden, aber er ließ sich nicht hindern."

Opitz trat auf den Besucher zu:

„Haben Sie die letzten Reste Ihrer guten Erziehung verloren, Santoro?" Er sagte es freundlich lächelnd und bedeutete der Sekretärin, sich zurückzuziehen. Dann machte er Bergson mit dem Eindringling bekannt: – „Dies ist der berühmte Dichter Bergson, dessen Meisterwerk ‚Ebbe und Flut' wir verfilmen werden." Zu Bergson gewandt, erklärte er: – „Hier mache ich Sie mit der Originalfigur des Sherlock Holmes bekannt, dem Detektivsergeanten der Mordkommission, Lucius Santoro."

Santoro reichte Bergson die Hand:

„Es tut mir leid, wenn ich Sie in Ihrer Unterhaltung stören muß, aber Dienst ist Dienst."

Bergson massierte sich, etwas abgewandt, seine Fingergelenke, die unter dem Druck des Polizeibeamten gelitten hatten. Dann entschuldigte er sich bei Opitz und seinem Besucher und verließ das Zimmer. An der Schwelle wendete er sich noch einmal um:

„Ich werde zu Yanutzki gehen und formellen Protest einlegen. Schließlich muß alles seine Grenzen haben."

„Das meinen Sie, mein Lieber!" lachte Opitz – „Aber beim Film gibt es keine Grenzen – außer bei der Bemessung der Honorare!"

Nachdem der Dichter sich entfernt hatte, holte Opitz aus seinem Bibliothekschrank eine Flasche Bourbon, schenkte dem Besucher und sich ein und nahm wieder an seinem Schreibtisch Platz, während Santoro ihm gegenüber in dem ansonst für Dichter reservierten tiefgepolsterten Klubsessel zu verschwinden drohte.

Der Beamte steckte sich behaglich eine Zigarre an:

„Ich komme in einer dienstlichen und sehr vertraulich zu behandelnden Angelegenheit zu dir." Er machte eine Pause. Dann fragte er: „Du hast sicher über die Ermordung der Tatjana Oskanova gelesen. Ich werde dich jetzt nach zwei Leuten fragen – aber ich möchte gleichzeitig feststellen, daß es sich um lediglich routinemäßige Ermittlungen handelt. Ich rechne also mit deiner absoluten Diskretion. Ich will und muß vermeiden, daß irgendein Klatsch entsteht."

Opitz nickte:

„Verlaß dich auf mich. Hoffentlich ist niemand von der ‚Metropole-Film‘ in die Angelegenheit verwickelt. Ich begeistere mich für Propaganda im Interesse unserer Stars, aber es muß nicht unbedingt im Zusammenhang mit einem Mord sein. Bitter genug, daß es im Hause der Lindequist geschah!"

„Hast du die Oskanova gekannt?"

Opitz nickte wieder, und Santoro nahm seine Aufzeichnungen zur Hand: – „Wir wissen, daß sie mit dem Boxer und Akrobaten Buddy Maloney bekannt war und mit einem gewissen Thao-Ming. Kannst du mir weiterhelfen?"

„Maloney hat bei uns vor einigen Monaten in dem Film ‚Der letzte Kampf‘ mitgewirkt. Ich kenne ihn oberflächlich. Er hatte eine vernichtende Presse, und wir haben ihn sofort abgebaut. Augenblicklich boxt er sich wieder durchs Leben, teils als Sparringspartner und teils in Kämpfen dritter Klasse. Wenn es dich interessiert, so kann ich feststellen, wo er derzeit ist." Ohne die Antwort Santoros abzuwarten, ließ er sich mit dem „Zentralbüro für Extras" verbinden, und kurz darauf blickte er zu Santoro hinüber: – „Notiere dir: ‚Olympia-Gardens‘ in Down-Town Los Angeles." – Nachdem Santoro es sich aufgeschrieben hatte, bemerkte er: – „Thao-Ming ist mir nur vom ‚Variety‘ her bekannt und von einem Film aus dem Zirkusmilieu, den die Metro gedreht hat. Es ist der Mann, der den Balanceakt mit einer kleinen Chinesin aufführte. Die Nummer lief hier einen Monat lang im ‚Palladium‘. Sie wurde drei Tage vor Schluß des Programms abgebrochen, weil die kleine Chinesin aus zehn Meter Höhe abstürzte – wie durch ein Wunder außerhalb des Kreises der Schwerter fiel und nur das linke Bein aufspießte. Die Polizei hat daraufhin die Vorführung verboten. Thao-Ming ist damit von der Bildfläche verschwunden."

„Wie kann man den Mann ausfindig machen?" fragte Santoro.

„Thao-Ming ist kein ‚Extra', er wird also beim ‚Zentralbüro' nicht geführt. Wir können es bei einer Varietéagentur versuchen. Da das Verbot im Zusammenhang mit dem Unglücksfall überall veröffentlicht wurde, wird er mit dieser Nummer in absehbarer Zeit nirgends unterkommen. Vielleicht hat er sich eine andere Attraktion zusammengestellt." Er ließ sich mit dem Vertragsdepartment verbinden und bat um telefonische Rückfragen bei den maßgebenden Agenten.

„Weißt du sonst irgend etwas über Buddy Maloney?" fragte Santoro. Opitz überlegte:

„Der Mann hat keinen besonders guten Ruf, aber das will wenig heißen. Es trifft das ganze Milieu und nicht nur den einzelnen. Er hatte eine Affäre mit Larner Mathiens gehabt – eine unangenehme Angelegenheit. Du kannst dir denken – Schwarz und Weiß –, sie hat seither kein Engagement mehr bekommen können. Als Boxer kam er nie ernstlich in Frage. Frauen und Alkohol haben selbst Weltmeister zur Strecke gebracht, geschweige denn die dritte Garnitur. Aber es kann dir nicht schwerfallen, bei den Leuten vom Bau Informationen einzuholen. Der sicherste Weg, um alles Nachteilige zu erfahren, geht über die Kollegen. Natürlich ist Maloney eine zu kleine Nummer, um bei den wichtigen Leuten des Films, in dem er mitgewirkt hat, etwas zu erfahren. Aber die Leute von der Staffage, die nicht nur während der paar Drehtage mit ihm nähere Fühlung bekommen haben, sondern auch persönlichen Kontakt hatten, könnten dir nützlich sein." Er kramte in seiner Kartothek, zog mehrere Blätter heraus und studierte sie. – „Schreib dir auf: Lars Simmons, Elmer Grey, und damit auch das weibliche Element vertreten ist: Ellis Dolland." – Er diktierte Santoro die Adressen. Das Telefon läutete. Er nahm den Hörer ab. Nachdem er das Gespräch beendet hatte, berichtete er: – „Thao-Ming hat sich in einen Zauberkünstler verwandelt und arbeitet im ‚Colisseum' in San Francisco."

Santoro erhob sich:

„Besten Dank, Sam! Wenn du mich brauchen solltest – –"

Opitz begleitete ihn zur Türe:

„Erst nach meiner Ermordung, Lucius!"

Santoro suchte zunächst Ellis Dolland auf. Er traf sie nicht an und wurde nach den Ateliers der „Pacific-Film" verwiesen. Er wartete eine geraume Zeit in der Kantine, bis Ellis Dolland sich an seinen Tisch setzte. Er sagte sein Sprüchlein bezüglich strengster Verschwiegenheit auf.

Das Mädchen, eine nichtssagende Schönheit, aber von vollendeter Figur, bestellte sich einen Eiskreme-Soda und berichtete:

„Buddy Maloney war nichts Besonderes. Er sprach wenig, er interessierte sich für nichts. Die Szenen mit ihm, außer jenen, in denen er sich prügeln lassen mußte, wurden Dutzende Male gedreht. Er versagte bei den einfachsten Dingen. Er wurde einige Male nach der Dreharbeit von einer Dame abgeholt. Sie blieb immer im Innern ihres Wagens. Ich sah nur einmal flüchtig ihr Gesicht."

Santoro breitete einige Photographien vor ihr aus:

„Könnte es eine der hier abgebildeten Personen gewesen sein? Aber überlegen Sie es sich genau."

Sie studierte die Bilder und deutete dann auf jenes der Oskanova.

„Zweifellos ist dies die Dame mit dem Auto."

Trotz aller Fragen vermochte sie keine weiteren Auskünfte zu geben.

Santoro suchte die beiden Männer auf; aber auch deren Aussagen waren belanglos. Buddy Maloney hatte sich bei der „Metropol-Film" keine Freunde gemacht – erstaunlicherweise auch keine Feinde.

Santoro begab sich nach dem Morddezernat und meldete sich nach Down-Town Los Angeles ab.

Er nahm sogleich mit der Polizeiverwaltung Fühlung auf, doch lagen über Buddy Maloney keinerlei Angaben vor.

Als er zu Abend gegessen hatte, ging er nach den „Olympia-Gardens". Er sah sich den ersten Kampf zweier Mittelgewichts-Boxer an. Als zweiter Kampf war Buddy Maloney gegen einen ebenso unbekannten Boxer, der den Beinamen „Der Töter von Texas" führte, angesetzt.

Beide arbeiteten „auf Zeit", das Publikum mußte bei jedem Schwergewichtskampf auf seine Rechnung kommen. In der neunten Runde wurde Maloney als Sieger durch technischen Knock-out erklärt.

Santoro begab sich nach den im Erdgeschoß eingerichteten primitiven Garderoben. Maloney wurde eben massiert. Sein linkes Auge war leicht angeschlagen, und ein Arzt klebte ihm einen Verband über die vorher mit einer Tinktur und einer Salbe behandelte Stelle.

Santoro trat zu dem Boxer:

„Sind Sie in einem festen Kontrakt, oder interessiert Sie eine Verpflichtung zu einer Tournee?"

Ein dicker Mann, der in der Ecke der Garderobe in die Lektüre einer Zeitung vertieft war, ließ das Blatt sinken:

„Darüber müssen Sie mit mir verhandeln! Wer sind Sie?"

Santoro wollte jedes Aufsehen vermeiden; Leute standen herum, Boxer und Masseure; er ging zu dem Mann mit der Zeitung:

„Wir sprechen darüber besser nachher. Ich habe Ihnen vielleicht einen interessanten Vorschlag zu machen. Ich erwarte Sie beim rückwärtigen Ausgang. Bringen Sie Maloney mit."

Er entfernte sich und ging vor dem Ausgang auf und ab. Er blickte wiederholt nach der Uhr. Es war bereits eine halbe Stunde vergangen, als Buddy Maloney mit seinem Manager erschien. Sie gingen zu Dritt die Straße entlang. Als sie an der Ecke des Häuserblocks angekommen waren, nahm Santoro seine Kennmarke hervor:

„Ich habe Maloney einige Fragen vorzulegen. Und nur ihm allein."

Er faßte den Boxer unter den Arm, winkte dessen Begleiter ab, rief ein Taxi und fuhr nach der Polizeiverwaltung.

Der Boxer zeigte weder Erstaunen noch Mißmut. Er schwieg beharrlich. Als sie bei dem großen Gebäude angelangt waren und den Wagen verließen, fragte Santoro:

„Sie sind wohl gar nicht neugierig, worum es sich handelt?"

Der Neger sah ihn gleichgültig an:

„Schweigen ist Gold! Sie werden es mir schon sagen."

Santoro nahm ihn in ein Vernehmungszimmer. Er setzte sich an den Schreibtisch und ließ den Neger absichtlich stehen. Dann fragte er plötzlich:

„Wo sind Sie heute nacht gewesen?"

Der Neger wiederholte ganz langsam: „Heute nacht?" Dann überlegte er eine Weile und sagte schleppend: „Das weiß ich nicht mehr."

Santoro blickte ihn lange an:

„Denken Sie etwa, daß es einen Richter gibt, der Ihnen glauben wird, daß Sie sich vierundzwanzig Stunden nicht zurückerinnern können?"

Maloney trat von einem Fuß auf den andern:

„Ich bin noch von dem heutigen Kampf benommen. Ich habe einen Upper-cut abbekommen und einen linken Haken oberhalb der Schläfe. Ich kann mich an gar nichts erinnern."

Santoro wußte nicht, ob es Vorsicht war oder Wahrheit. Wollte der Neger Zeit gewinnen, oder war er wirklich angeschlagen? Er wußte, wie er mit Leuten umzugehen hatte, die Widerstand leisteten, die unruhig wurden oder aufbrausten. Aber hier hatte er keinen Angriffspunkt. Er überlegte eine Weile und fragte dann unmittelbar:

„Wo und wann haben Sie Tatjana Oskanova kennengelernt?"

Der Neger blickte ihn erstaunt an:

„Tatjana Oskanova? Das war in Hollywood. Es ist lange her."
„Was heißt lange her? Wie lange? Zehn Jahre? Ein Jahr? Ein Monat?"
Die Antwort kam langsam:
„Ja, ungefähr."
Santoro sprang auf, faßte über den Schreibtisch hinweg den Boxer bei seinem Rockaufschlag und schüttelte ihn. Er spürte, wie in demselben Augenblick die Muskeln des Mannes sich hart spannten. – „Wenn Sie hier den Idioten spielen, so wird Sie das direkt ins Zuchthaus führen! Ich will wissen, wann Sie Tatjana Oskanova kennengelernt haben. Heraus mit der Sprache!"
Maloney brachte sich wieder in Stellung:
„Vielleicht vor zwei Monaten. Ich war bei der ‚Metro' – als ‚Extra' – aber ich kam nicht an. Als ich wegging, saß eine Dame in einem Auto. Der Motor sprang nicht an. Ich habe ihr geholfen, und sie fuhr mich nach Hause."
„Sind sie Automechaniker?" fragte Santoro.
„Das nicht", erwiderte Maloney in seiner eigentümlich schleppenden Weise, „aber ich weiß, daß man den Zündschlüssel drehen muß, bevor man auf den Starter drückt. Die Dame hatte das vergessen. Auf der Fahrt kamen wir ins Gespräch, und ich habe sie dann einige Male wiedergesehen."
„Wann haben Sie sie das letzte Mal", er machte eine Pause, und fügte dann mit besonderer Betonung hinzu: „lebend gesehen?"
Der Neger verriet keine Reaktion auf die Frage. Er dachte angestrengt nach, griff sich wiederholt an den Kopf und sagte dann:
„Ich glaube, vorige Woche."
„Haben Sie Tatjana Oskanova immer in ihrem Haus besucht, das heißt, im Haus einer Freundin, bei der sie wohnte?"
„Nein", antwortete Maloney langsam, doch ohne zu zögern.
„So reden Sie doch endlich! Wenn es nicht bei Tatjana Oskanova war, wo ist es gewesen?"
„Es war in einem kleinen gemieteten Apartment, wo man für eine Woche unterkommen kann. Auch für einen Tag. Ich mußte immer sehr lange auf Tatjana warten."
„Überlegen Sie nun sehr genau, Maloney! Sie scheinen sich ja etwas erholt zu haben. Beginnen wir mit heute. Heute abend haben Sie hier gekämpft. Wo waren Sie gestern abend?"
Maloney griff in seine rechte Rocktasche, nahm ein Päckchen Zigaretten heraus und bot es Santoro an. Nachdem der Beamte ganz mechanisch sich bedient hatte, führte Maloney das Päckchen an den Mund, holte sich mit der Zunge eine Zigarette heraus und zündete sie an:

„Gestern abend haben wir gepokert. Die ganze Runde. Da war eine –"
Santoro unterbrach ihn:
„Wo waren Sie? Darauf allein kommt es an!"
Maloney schien nachzudenken. Dann sagte er zögernd:
„Ich war nach North Broadway gefahren. Gin Ling Way. Zu Wung."
„Also in China-Town", nickte Santoro. „Und was haben Sie dort gemacht?"
Wieder brauchte Maloney eine geraume Zeit zu seiner Antwort:
„Ich traf mich mit Ben – meinem Manager –, dem Mann, den Sie fortgeschickt haben. Er brachte mir Vorschuß auf den heutigen Kampf, denn ich mußte mein Quartier bezahlen. Dann ging ich zu Wung. Und von dort in den Klub."
„In welchen Klub?" fragte Santoro ungeduldig.
„In den Neger-Klub", erwiderte Maloney erstaunt.
„Und wo ist dieser Klub?" fragte Santoro drängend.
„Hinter Macy-Streets – Nord-China-City." Maloney gähnte.
„Wie lange sind Sie dort geblieben?" drängte Santoro weiter.
„Bis in den Morgen", sagte der Boxer, „vier Uhr – fünf Uhr – wir spielten Poker – und tranken – und tanzten –"
„Und rauchten Marihuana?" fragte Santoro auf gut Glück.
Erstaunlicherweise nickte Maloney zustimmend:
„Ein wenig – ja. Aber das ist nur strafbar, wenn man erwischt wird."
„Sie scheinen weder so ‚angeschlagen' – noch so dämlich zu sein, wie Sie sich den Anschein geben wollen!" stellte Santoro fest. „Wie heißt Ihr Negerklub?"
„Little Harlem", sagte Maloney. Er fühlte nach seinem verletzten Auge.
„Dann wollen wir einmal in diesen Klub fahren und Ihr Alibi nachprüfen!" bestimmte Santoro. Er geleitete den Neger zu seinem Dienstwagen. Als sie nach dem nördlichen Broadway fuhren, fragte er Maloney:
„Und wie ist es nun mit dem Marihuana-Rauchen?"
Zögernd zuerst, und dann flüssiger, gab Maloney seine häufige Zuflucht zum Rauschgift zu:
„Ich brauche es mitunter – und manchmal ersetze ich es durch Alkohol und Schlafpulver. Ich wäre weit vorne in meinem Beruf, aber ich kann es nicht lassen. Es überkommt mich, und dann muß ich es haben. Um zum Boxen anzutreten, spritzt mir Ben irgendein Dopmittel – Koffein und noch etwas, dann werde ich hellwach –, aber nachher wirkt der Rausch nach, trotz allem."
Santoro überlegte:

„Hat Tatjana Oskanowa bei Marihuana mitgemacht?"

„Versuchsweise ja –" erzählte Maloney. – „Sie wollte es einmal ausprobieren – wie alle. Am ersten Abend, den wir gemeinsam verlebten, rauchten wir ausgiebig – es bekam ihr nicht. Es war ein verdorbener und verlorener Abend. Aber dann fand sie Geschmack daran. Marihuana lähmt und reizt zugleich."

„Und woher bekommen Sie den ‚Stoff' so leicht?"

„Da und dort – es gibt Leute, die erkennen sofort die Suchenden. Man braucht nicht zu fragen. Jemand tritt an einen heran – man schaut sich an – man nickt – man zahlt. Es ist einfach genug. Aber fragen Sie mich nicht nach Einzelheiten. Es wäre zwecklos. Ich bin kein Angeber. Kein Spitzel."

Santoro fuhr mit Maloney nach dem „Little Harlem".

Im Erdgeschoß war ein kleines Restaurant mit Barbetrieb. Die Gäste waren Farbige in allen Schattierungen. Ein Lokal wie viele andere. Er setzte sich mit dem Boxer an einen Ecktisch, bestellte zwei Drinks und betrachtete die Besucher.

Merkwürdig – es schien ihm, als würden die Unterhaltungen plötzlich gedämpfter. Man sah ihn an – kurz und prüfend – und setzte die Gespräche leise fort. Von einem Tisch erhoben sich drei schwarze Gentlemen und zahlten eilig.

Santoro hatte „Little Harlem" gekannt – es war vor nicht allzu langer Zeit eröffnet worden –, aber nur dem Namen nach. Es war, polizeilich betrachtet, jungfräulich.

„Maloney", wandte er sich an den Boxer, „hier wird weder getanzt noch geraucht. Verlieren wir nicht unsere Zeit."

„Es gibt Regeln", mahnte der Neger, „und wir müssen sie einhalten. Eine Viertelstunde ist Vorschrift."

Als der Kellner vorbeikam, sagte ihm Maloney einige Worte. Nach einem zustimmenden Nicken erhob er sich und ging mit Santoro nach dem Waschraum. Er sprach mit dem schwarzen Bediensteten. Als dieser Santoro ansah, sagte Maloney noch einige Worte, die den Mann zu beruhigen schienen. Ehe sie weitergingen, wandte sich Maloney an seinen Begleiter:

„Wenn Sie mich als Spitzel benutzen, bin ich verloren. Ich führe Sie hierher, weil ich genau weiß, um was es geht." Er schwieg einige Augenblicke und fügte dann hinzu: „Die Tatjana ist ermordet worden. Ich will nichts damit zu tun haben. Ich habe nichts damit zu tun. Ich muß Ihnen mein Alibi beweisen. Aber lassen Sie das Lokal nicht hochgehen – zumindest nicht in der allernächsten Zeit. Warten Sie, bis unser Besuch vergessen ist. Sonst werden Sie mich irgendwo finden – als Leiche."

Santoro versprach ihm Duldung – für eine Weile.

Sie wurden durch einen schmalen Korridor geführt, der zu einem Ausgang für die Angestellten führte. Es ging über einen kleinen Hof. Dann hielten sie vor einer eisernen Tür, die offenbar zu einem Lagerraum gehörte. Hinter der Tür führte eine Treppe in die Tiefe. Eine Lampe leuchtete auf. Sie durchschritten den Keller. An der gegenüberliegenden Wand öffnete sich eine Tür. An der Schwelle stand ein riesiger Neger. Seine verkrüppelten Ohren verrieten seinen eigentlichen Beruf.

Maloney führte ein kurzes Gespräch mit dem Mann. Dann wurden sie nach dem ersten Stockwerk geleitet.

Sie standen in einem großen Saal. An den Längswänden liefen kleine, abgeteilte Nischen entlang. Eine indirekte Beleuchtung ließ die ganze sanftgetönte Decke in fahlem gelbem Licht aufleuchten. Die Wände waren mit lila Stoff bespannt, der jedes Geräusch schluckte. Die Tür, durch die sie eingetreten waren, hatte innen eine dicke Polsterung. Die Fenster waren hermetisch mit schalldichten, stoffüberzogenen Platten verdeckt.

Eine siebenköpfige Jazz-Band spielte gedämpft.

Auf einer von unten angeleuchteten Glasfläche tanzten, dicht aneinandergeschmiegt, die Paare.

Santoro sah – vereinzelt – weiße Gesichter. Mehr Frauen als Männer.

Er erinnerte sich an seine Dienstjahre in New York. Dort gab es diese „Mischlokale", und kein Gesetz verbot sie.

In Hollywood hatte er derlei noch nicht erlebt. Man wußte, daß es solche Dinge gab – privat. Aber in dieser Form sah er es zum erstenmal.

Maloney führte ihn an einen kleinen Tisch, entfernt von der Jazz-Band.

Die Tanzenden nahmen keine Notiz von ihrem Erscheinen; aber einige neugierige Blicke folgten ihnen von vereinzelten Tischen, an denen nur Herren saßen.

„Wir fallen auf", sagte Santoro, „zwei Männer ohne Damenbegleitung."

Maloney hielt inne, sah ihn erstaunt an und lächelte:

„Niemand staunt darüber – es kommen viele Herren ohne Damenbegleitung hierher – und reichlich Damen ohne Herrengesellschaft –"

Nachdem sie Platz genommen hatten, winkte Maloney einen Kellner herbei:

„Zwei Bourbons. Und rufe Tony. Ich muß ihn sprechen."

Ein tadellos gekleideter Herr trat an den Tisch. Er war schlank, breitschultrig, athletisch trainiert. Seine Haut schimmerte bronzebraun.

„Tony", begann Maloney, doch Santoro unterbrach ihn:

„Nehmen Sie einen Augenblick Platz." Der Mann blickte ihn erstaunt an, folgte dann aber der Aufforderung. „Wir wollen jedes Aufsehen vermeiden. Ich bin dienstlich bei Buddy Maloney – aber nicht dienstlich hier zu Gast. Ich folgte Maloney, er konnte es nicht verhindern."

„Sie sind von der Polizei", sagte Tony leise, „aber nicht von der uns interessierenden Stelle."

„Woher wissen Sie das?", fragte Santoro überrascht.

„Wir kennen die Herren", erwiderte Tony ausweichend, „man sorgt vor. – Was kann ich für Sie tun?"

„Wann war Maloney zuletzt bei Ihnen zu Gast? Überlegen Sie es sich genau. Sie werden es möglicherweise vor Gericht beschwören müssen."

Tony dachte nur wenige Augenblicke nach:

„In der gestrigen Nacht – genauer genommen von gestern etwa elf Uhr abends bis heute morgen. Ich wurde um drei Uhr morgens abgelöst. Zu dieser Zeit war er noch hier."

„Wer sonst kann Ihre Behauptung bestätigen?" fragte Santoro. Tony stand auf und wollte sich entfernen:

„Ich werde – –"

„Sie werden hier sitzen bleiben." Santoro drückte ihn freundlich auf den Stuhl zurück. „Lassen Sie die in Frage kommenden Leute – und zwar einzeln – hierher an den Tisch rufen!"

Tony winkte den Kellner heran:

„Ted Brown!" befahl er.

Nach einigen Minuten erhob sich ein Saxophon-Bläser vom Podium der Jazz-Band und kam an Santoros Tisch.

„Was ist los?" fragte er Tony.

Santoro stellte ihm dieselbe Frage wie Tony. Und bekam eine fast gleichlautende Antwort.

Als der Musiker sich entfernen wollte, hielt ihn Santoro zurück. Tony rief den Kellner, gab eine neue Weisung, und ein alter Mann erschien.

Er bestätigte die Angaben, die Santoro bereits bekommen hatte.

Er mußte ebenfalls warten.

Tony rief den Kellner herbei.

Eine sehr hellbraune junge Dame erschien. Sie trug ein crèmefarbenes uniformartiges Kleid, mit einem ungewöhnlich tiefen Decolleté, das mehr als nur den Ansatz eines vollendeten Busens zeigte. Sie kam aus der Garderobe.

Sie erklärte, daß Maloney weit vor Mitternacht seinen Hut bei ihr abgegeben und ihn bis vier Uhr morgens, da ihr Dienst beendet war, nicht abgeholt habe. Er sei in dieser Zeit zweimal an ihr vorbei nach den Waschräumen gegangen – sie erinnerte sich genau; das erste Mal bat er sie um Feuer – das zweite Mal um einen Bleistift.

Santoro ließ die unfreiwilligen Gäste abtreten.

Er wandte sich an Tony:

„Und wo wird hier bei Ihnen geraucht?"

Tony sah ihn verblüfft an:

„Aber natürlich überall! Wir haben keine Nichtraucherabteile – wir sind weder Eisenbahnbetrieb noch Theater."

Santoro blickte ihn durch halbgeschlossene Lider an:

„Sie wissen genau, was ich meine! Marihuana!"

Tony streckte beide Arme von sich:

„Wie können Sie so etwas annehmen, Herr Inspektor! Marihuana ist streng verboten –"

„Ich bin kein Inspektor!" sagte Santoro betont. „Ich bin einfach Polizei-Sergeant Santoro – von der Mordkommission! Aber ich möchte wissen, wo hier Marihuana geraucht wird!"

„Es kann sein, daß vielleicht einmal ein Gast einen ‚Reefer' ansteckt – wie sollten wir das wissen – oder gar verhindern? Blicken Sie um sich – –"

Santoro erhob sich:

„Führen Sie mich in das obere Stockwerk!"

Tony verneigte sich mit zeremonieller Höflichkeit:

„Aber gerne, Herr Leutnant!"

Santoro rief nach dem „Scheck", um zu zahlen. Aber der Kellner bedauerte sehr: es sei bereits bezahlt. Kein Protest Santoros half. Das Haus habe Maloney eingeladen – und selbstverständlich dessen Gast.

Sie durchschritten das Lokal. Erst jetzt fiel Santoro auf, daß die Musik ungewöhnlich laut spielte – und daß viele Tische nicht mehr besetzt waren. Über eine Treppe gelangten sie in das obere Stockwerk.

Tony erläuterte:

„Darüber ist nur das Dach, Herr Leutnant – aber wenn Sie den Boden besichtigen wollen – –"

„Öffnen Sie die Türe!" verlangte Santoro.

„Sie ist offen – wie alle unsere Türen offen sind – besonders für die Herren der Polizei!"

Santoro drückte die verrostete Klinke nieder. Er trat über die Schwelle.

Ein frischer Luftzug umfing ihn – stärkster Kontrast zu der rauch- und ausdünstungsgeschwängerten Atmosphäre im ersten Stock.

Der Raum war ebenfalls groß und an den Wänden in Kajüten unterteilt. Eine einzige Lampe beleuchtete ihn schwach und neblig.

Die vier großen Fenster an der schräg gegenüberliegenden Wand waren weit geöffnet. Drei mächtige Ventilatoren rotierten auf vollen Touren. Zwei Kellner standen an einer Bar und unterhielten sich.

Santoro begriff.

Die Leute, die solche Betriebe führten, verstanden ihr Gewerbe. Es genügte die überstark spielende Musik – dann flogen die Fenster auf, die Exhaustoren sogen die rauchgeschwängerte Luft ab. Die Gäste verschwanden. Der Rest – zwei plaudernde Kellner.

Er fühlte sich geschlagen. Er wußte, daß es auch anders hätte kommen können. Aber so wie es eine Gaunerehre gab, hielt er etwas von Polizeiehre.

Er ging, ohne ein weiteres Wort zu verlieren, mit Maloney nach unten.

Als sie auf der Straße standen, sah er den Neger lange an:

„Trotzdem wäre es möglich, daß Ihr Alibi falsch ist. Daß Sie es sich arrangiert haben. Sie wußten, daß man Sie des Mordes an der Oskanowa verdächtigen würde, und bauten vor. Tony und die anderen – –"

„Ich kann noch einige Zeugen beibringen", erklärte Maloney. „Es täte mir nur leid – für die Hauptzeugin."

„Wer ist das?" fragte Santoro.

„Ein weißes Mädchen", erwiderte Maloney langsam. „Sie arbeitet bei der ‚Republic-Film'. Es würde sie ihre Stelle kosten. Sie ist keine von ‚Jenen'. Aber – –"

„Marihuana!" ergänzte Santoro.

Maloney nickte:

„Sie ist nicht beim Film, sondern in der Verwaltung. Dort nimmt man es noch viel strenger."

„Wir werden es nicht an die große Glocke hängen! Wie heißt sie? Und wo ist sie zu erreichen?"

„Es ist vier Uhr morgens", sagte Maloney, „wenn Sie jetzt in ihre Wohnung gehen – sie wohnt bei ihren Eltern –"

Santoro überlegte kurz:

„Wir bleiben die paar Stunden beisammen und warten auf sie, wenn Sie aus ihrem Haus nach dem Bureau geht."

Sie fuhren in eine Tankstellengaststätte. Maloney erzählte von seinem Leben. Er kam aus Louisiana. Fabrikarbeiter. Schlafwagendienst als Schuhputzer. Schaffner. Zusammenstoß mit einem Reisenden – kleine Ursachen – große Wirkungen. Er schlug dem Mann, der ihn als schwarzen Dreck bezeichnet hatte, ins Gesicht. Er bekam sechs Monate. Der Schlag brachte ihn auf die Boxerlaufbahn. Sein Anwalt, von der Vereinigung der Neger gestellt, vertrat auch einen Manager; so kam es zum Berufswechsel. Vom Boxen zur Akrobatik, als „Untermann". Dann Sparrings-Partner. Und gelegentlich Film-„Extra". Dort bekam er das erste Mal Marihuana. Und weiße Frauen.

Sie schlenderten dann lange vor dem Apartmenthaus, das Betty Sanders bewohnte, auf und ab. Als eine blonde junge Dame die Stufen nach der Straße herabkam, gab Maloney ein Zeichen.

Santoro trat an das Mädchen heran. Seine Stimme war beherrscht. Mit wenigen Worten setzte er ihr auseinander, worum es ging. Sie starrte ihn fassungslos an. Er beschwichtigte sie, so gut es ging. Und sah sie nahe an. So würde in wenigen Jahren seine Betty sein – seine einzige Tochter. Sie hieß auch Betty. Es gab viele Bettys. Aller Art.

Nur mühsam beruhigte sie sich. Und beschwor ihn, sie nicht preiszugeben. Ihr Leben hing von ihm ab und das ihrer Eltern.

Sie bestätigte Maloneys Angaben. Und sie schien ihn nicht zu sehen.

Santoro ließ sie gehen.

Dann gab er Maloney das Fahrgeld für ein Taxi.

Der Boxer ging. Santoro verlor ihn aus den Augen. Seine Blicke folgten der schlanken Mädchengestalt, bis sie sich zwischen den Fußgängern verlor.

Harris Walton

Allan Dorsy fuhr vom Flughafen nach dem Grosvenor-Hotel nahe der La Salle Street, wo ihm zunächst schroff bedeutet wurde, daß auch nicht die geringste Möglichkeit bestehe, ein Zimmer zu bekommen. Nachdem er seine Identität bekanntgegeben hatte, stand sehr schnell ein Zimmer zur Verfügung. Es war immer dasselbe: Als Polizist war man kaum mehr als ein schlecht bezahlter Tagelöhner, aber man besaß Vorteile, die sonst nur ein unbegrenztes Bankkonto zu bieten pflegte. Auch der unschuldigste Bürger behandelte die Polizei mit Glacéhandschuhen, denn auch der Unschuldigste hatte irgendwo doch etwas ausgefressen oder fürchtete, daß es einmal der Fall sein könnte. In einer Stadt, wo gute Beziehungen zur Polizei zumindest ebenso wichtig waren wie gute Beziehungen zu der Unterwelt, wirkte die „Badge" – die Erkennungsmarke – Wunder.

Dorsy begab sich nach dem Polizeipräsidium und nahm Einsicht in die Karteikarte von Harris Walton. Der Mann war 1900 geboren, war im Feldzug 1914–1918 gewesen, gehörte als angesehenes Mitglied der „American Legion" an und besaß eine Stoffgroßhandlung auf der Milwaukee Avenue, der eine Konfektionsfabrik auf der van Buren Street angeschlossen war.

Harris Walton gehörte dem Exekutivausschuß der „Demokratischen Partei" an und war besonders in dem Wahlkampf hervorgetreten, der einen der größten Bürgermeister Chicagos, Anton Cermak, zur Macht gebracht hatte. Nach der Ermordung Cermaks ließ Waltons Einfluß nach. aber nach wenigen Jahren war er wieder der alleinige Lieferant des Uniformbedarfes der Polizei geworden.

Dorsy spürte eine deutliche Feindseligkeit seitens des mit ihm verhandelnden Polizeikapitäns. Harris Walton war gut angeschrieben. Er stand in direkter Fühlung mit der Polizei, und da dies immer erhebliche materielle Hintergründe hatte, wußte Dorsy, daß er schwerlich mit einer Unterstützung im Polizeipräsidium rechnen konnte.

Harris Walton war mit einem erheblichen Tabakvermögen aus den

Südstaaten verheiratet, und dieser Ehe waren zwei Töchter entsprossen, die im Alter von dreiundzwanzig und fünfundzwanzig standen.

Dorsy begab sich am nächsten Morgen nach der Milwaukee Avenue, dem Börsenzentrum Chicagos, wo der „Wheat Pit" den tiefverankerten Reichtum des Landes symbolisierte und ebenso die grenzenlose Spekulation.

Die „Walton Commodities Incorporation" hatte ihre Büros im Stockwerk oberhalb der Verkaufsräume.

Dorsy sondierte das Terrain. Es roch nach gediegenem Reichtum.

Er betrat schließlich die Engros-Abteilung. Ein junger Mann fragte nach seinen Wünschen.

Dorsy erklärte ihm, daß er den Besuch eines Freundes erwarte, der eine Reihe von Kettenläden der Konfektionsbranche in den Weststaaten besitze und ihn gebeten habe, Informationen über die Liefermöglichkeiten gangbarer Textilien einzuholen. Da sein Freund, berichtete Dorsy, sich nur für kurze Zeit in Chicago aufhalten würde, sollten vorher die Grossisten, die kurzfristig liefern könnten, ausgesucht werden.

„Ich glaube", erwiderte der Verkäufer, „daß unsere Firma sehr günstige Liefertermine einräumen kann. Natürlich müßten wir wissen, um was es sich handelt. In schwerer Ware sind unsere sofort verfügbaren Lagerbestände nicht sehr groß." Er unterbrach sich und fragte Dorsy: „Handelt es sich um preiswertere Damenkonfektion? Wenn Ihr Freund vorwiegend Kattun und bedruckte leichte Stoffe für billige Stapelware verarbeitet, könnten wir sicher zu einem Abschluß kommen."

„Das trifft sich ausgezeichnet!" nahm Dorsy den ihm von dem Verkäufer gebotenen Faden auf: „Mein Freund sucht gerade dieses billige Genre in leichten Kleidchen."

„Wenn es sich um eine Organisation von Kettenläden an der Westküste handelt, so wird Herr Walton die Firma sicher kennen", lächelte der Verkäufer, „denn wir arbeiten viel mit San Franzisco und Los Angeles. Diese Verbindungen sind so eng, daß Herr Walton mehrmals im Jahr diese Städte besucht."

„Die Organisation meines Freundes dürfte Herr Walton kaum kennen", erklärte Dorsy, „denn die Gruppe, die er gegründet hat und leitet, kaufte erst in letzter Zeit die einzelnen Detailgeschäfte auf, durch deren Zusammenschluß eben der Einkauf vereinheitlicht und verbilligt werden soll." – Er machte eine kleine Pause und fragte dann wie beiläufig: „Ist Herr Walton ein junger Mann? Ich lernte einmal –"

Der Verkäufer unterbrach ihn:

„Keineswegs, Herr Walton ist über fünfzig Jahre alt, aber es wäre verfehlt, ihn alt zu nennen."

Dorsy blickte ihn an:

„Also gut erhalten, wie man so sagt."

Der Verkäufer lächelte wieder:

„Herr Walton ist ein Lebenskünstler, wenn Sie verstehen, was ich meine."

„Ich habe mir erzählen lassen", tastete sich Dorsy vor – „daß Liebe jung erhält. Und in der Konfektion soll es ja besonders reizvolle Mannequins geben. Das Geschäft bringt es dann eben mit sich, daß man mit der Musterkollektion an neuen Modellen auch gleich die tadellos gewachsenen Damen, die diese vorzuführen haben, mit auf die Reise nimmt."

„Sind Sie selbst aus der Branche?" fragte der Verkäufer.

„Meinen Sie – bezüglich der Modellkleider oder der Damen, die sie tragen?"

Der Verkäufer lachte:

„Bei Herrn Walton treffen Ihre Annahmen nicht ganz zu. Erstens ist er schwer verheiratet, und dann dürfte er sich schon an Ort und Stelle zu helfen wissen. Wir haben einen großen Kunden in Hollywood." Er blickte Dorsy vielsagend an.

Dorsy gab den Blick verständnisvoll zurück:

„Ich selbst handele mit kosmetischen Präparaten. Als Vertreter. Ich bin wiederholt in Hollywood gewesen." Er machte eine Pause und fragte dann: „Wenn Sie dort Warenhäuser beliefern, so haben wir bestimmt gemeinsame Kunden."

Der Verkäufer verneinte:

„Wir arbeiten direkt mit Filmfirmen. Ausstattungen für komplette Garderoben. Natürlich nicht für Stars, das ist nicht die Spezialität unseres Hauses. Die Konfektionsabteilung der ‚Walton-Commodities Incorporation' befaßt sich mit einem sehr guten Mittelgenre. Imitation hochwertiger Modellkleider aus Frankreich, der Schweiz und England, aber auch bis zur recht preiswerten Ausführung."

„Dann werde ich meinen Freund, der übermorgen eintreffen soll, zu Ihnen bringen", sagte Dorsy. – „Nun noch eine Frage – können Sie mir eine Provision reservieren?"

„Im allgemeinen pflegen wir den Herren, die uns Kunden bringen, zwei Prozent zu vergüten. Aber das müßte vorher mit der Geschäftsführung abgesprochen werden. Wenn Sie wollen, so könnte –"

Dorsy sah nach seiner Uhr und unterbrach ihn:

„Dann wird es besser sein, wenn ich nochmals vorbeikomme, denn ich habe noch zwei wichtige Verabredungen einzuhalten. Jedenfalls danke ich Ihnen für die Auskunft."

Der Verkäufer geleitete ihn bis zum Ausgang.

Dorsy nahm sich ein Taxi und fuhr nach der Fabrik.

Er erkundigte sich zunächst, ob Harris Walton zu sprechen sei, und erst als ihm der Portier mit einem mitleidigen Lächeln zu verstehen gab, daß der „Boss" höchstens einmal in der Woche zu erscheinen pflege, ließ er sich bei dem Geschäftsführer, einem Herrn Oppenheim, melden, der ihn nach wenigen Minuten empfing. Dorsy erfand einen neuen Freund, der diesmal ein Ingenieur war, der eine außerordentlich bedeutende Erfindung auf dem Gebiet der Zuschneidemaschinen gemacht habe, wodurch die Herstellungskosten erheblich verringert werden konnten. Herr Oppenheim zeigte ein mäßiges, aber höfliches Interesse und wollte nähere Einzelheiten wissen.

„Ich bin leider kein Techniker", erklärte ihm Dorsy – „und mein Besuch gilt nur der Feststellung, ob überhaupt ein grundsätzliches Interesse dafür besteht. Mein Freund kommt in den nächsten Tagen nach Chicago, kann sich hier aber nur sehr kurze Zeit aufhalten. Wenn Sie also im Prinzip an der neuen Maschine, die er mitbringt, Interesse haben, so werde ich ihn zu Ihnen bringen."

„Wir müssen in jedem Falle eine eventuelle Vorführung mit Herrn Walton vereinbaren", sagte Oppenheim, „denn so wesentliche Dinge, die auch sicherlich erhebliche Investitionen notwendig machen, kann nur der Boss beschließen."

„Herr Walton ist wohl Alleininhaber?"

„Er ist Präsident der Gesellschaft und besitzt praktisch das ganze Kapital."

„Ein Selfmade-Man?"

„Ja und nein. Er war schon von Haus aus begütert, und Frau Walton brachte ein großes Vermögen in die Ehe." Oppenheim lachte: „Wo Tauben sind, fliegen Tauben hin."

„Ein wahres Wort!" stimmte ihm Dorsy bei. – „Ich bin von Haus aus arm, meine Frau hat außer sich selbst nichts in die Ehe mitgebracht – und dabei ist es auch geblieben."

„In welcher Branche arbeiten Sie?" interessierte sich Oppenheim.

„Ich vertrete ein photographisches Atelier in Hollywood. Wir liefern Schönheiten auf Maß, für Propaganda, Annoncen und illustrierte Zeitschriften."

Oppenheim wurde wärmer:

„Ich glaube beinahe, daß Ihr Geschäft Herrn Walton mehr interessieren dürfte als die Erfindung Ihres Freundes."

Dorsy tat erstaunt:

„Arbeiten Sie denn auch mit Modellen?"

Oppenheim wiegte den Kopf hin und her:

„Wir nicht, leider! Oder doch nur in sehr beschränktem Maß, sozusagen in häuslicher Regie. Aber Herr Walton dürfte sich für ausgesuchte Modellphotos interessieren."

Dorsy spürte günstigen Fahrwind:

„Wir haben eine besondere Abteilung für Aktphotos. Das Schönste vom Schönen. Bei Mengenbezug geben wir großen Rabatt."

Oppenheim bot ihm jetzt eine Zigarette an:

„Unter uns gesagt, Herr Walton würde sich mehr für die Originale als für die Aktaufnahmen interessieren." Er fügte, vertraulich lächelnd, hinzu: „ – und besonders bei Mengenrabatt."

Dorsy ging bereitwillig auf den intimen Ton ein:

„Ihr Boss scheint also auch von diesem Gebiet etwas zu verstehen. Er zieht wahrscheinlich die Damen als Geschäftsmann an – und als –"

Oppenheim lachte:

„In der Abteilung Konfektion ist das keine Seltenheit."

„Und seine Frau?" fragte Dorsy ernst.

Oppenheim erschrak:

„Lassen Sie Frau Walton aus dem Spiel! Wenn sie die leiseste Ahnung hätte, gäbe es eine Katastrophe. Aber Walton ist ja oft auf Reisen. Das Fernsehen funktioniert erfreulicherweise noch nicht beim Fernsprechsystem."

Dorsy erhob sich:

„Nun, Herr Oppenheim, uns kann's ja gleich sein. – Jeder nach seinem Geschmack. – Ich werde mit Ihnen Verbindung aufnehmen, sobald mein Freund angekommen ist. Ich selbst kann auch nur bis zum Ende der Woche in Chicago bleiben, weil ich dann zurück muß nach Hollywood."

Oppenheim geleitete ihn langsam zur Tür:

„Walton fährt sehr oft nach dem Filmbabel, weil wir mit der Metro-Goldwyn in ständiger Geschäftsverbindung stehen."

Dorsy blieb, mit der Hand an der Klinke, stehen:

„Ist das eigentlich ein lohnendes Geschäft? Es muß doch eine irrsinnige Konkurrenz da sein!"

Oppenheim wiegte seinen Kopf hin und her:

„Waltons Stärke ist die persönliche Note. Er hat überall direkte Beziehungen, und wo es geht, verknüpft er das Angenehme mit dem Nützlichen. Bei der Metro-Goldwyn hat er eine Freundin, oder was man so Freundin nennt."

„Das ist sehr interessant!" bemerkte Dorsy. – „Auch ich bin bei dieser Gesellschaft durch eine persönliche Beziehung ins Geschäft gekommen. Eine Dame, die die Modeabteilung leitet, hat mir die Wege geebnet. Sie werden wahrscheinlich den Namen nie gehört haben – oft bleiben gerade die wichtigsten Personen der Außenwelt unbekannt. Es ist eine wirkliche Künstlerin in ihrem Fach." Er fügte, wie beiläufig, hinzu: „Tatjana Oskanova."

Oppenheim starrte ihn an und zog ihn in das Zimmer zurück.

„Tatjana Oskanova?" – wiederholte er, dann sah er Dorsy an: „Seit wann sind Sie aus Hollywood fort?"

Dorsy schien zu überlegen:

„Warten Sie mal ... Eine Woche, nein! Etwa zehn oder elf Tage."

„Dann werde ich Ihnen eine Mitteilung machen, die Sie in Staunen versetzt!"

Oppenheim dämpfte seine Stimme: „Tatjana Oskanova wurde in der Nacht von vorgestern auf gestern ermordet!"

Dorsy ergriff den Arm Oppenheims:

„Aber das ist nicht möglich! Das wäre ja entsetzlich!" Er rüttelte am Arm seines Gegenübers:

„Woher wissen Sie das?"

„Es stand in der *,Chicago Tribune'*. Allerdings irgendwo auf der dritten Seite. Aber ich hörte es von Walton selbst, unmittelbar nach seiner Rückkehr."

„Walton war verreist?" fragte Dorsy, und seine Stimme schien sich etwas zu beruhigen.

„Er war auf einer Geschäftsreise in San Franzisco, Los Angeles und Hollywood", berichtete Oppenheim. „Er wollte eine Woche oder auch noch länger wegbleiben, kam dann aber ganz unerwartet zurück. Ich habe ihn wegen eines dringenden Angebotes vom Flughafen abgeholt. Er war völlig durchgedreht. Aber als wir nach dem Engros-Geschäft fuhren, fiel ihm der *,Los Angeles Star'* aus der Manteltasche. Über die ganze Titelseite lief die Überschrift des Mordberichtes. Da ich ja den Namen der Dame kannte, war mir der Zusammenhang sofort klar. Walton war mit der Ermordeten mehr als befreundet. Ich glaube, daß er im Begriff war, eine große Dummheit zu begehen." Er fügte nachdenklich hinzu:

„Man weiß nie, wozu etwas gut ist. Vielleicht hat in diesem Fall ein Mord eine Familientragödie verhindert."

Dorsy reichte Oppenheim seine Hand:

„Es ist entsetzlich! Die Nachricht trifft mich tief!" – Er sah auf seine Uhr: „Ich muß noch eine wichtige Verabredung einhalten, aber vielleicht finde ich morgen Zeit, Sie nochmals aufzusuchen." – Er verabschiedete sich und verließ den Geschäftsführer.

Dorsy schritt langsam die Straße entlang. Er wußte nicht, ob er sich selbst einen Vorwurf machen sollte. Der Leiter der Untersuchung, sein Chef, Leutnant Brennan, hätte natürlich für die Zeit von einer Woche vor dem Mord bis einschließlich des Tages danach alle Passagierlisten der von Hollywood abgehenden Flugzeuge überprüfen müssen. Er besaß mehrere Namen, und ein jeder war gleich stark verdächtig, also auch fluchtverdächtig.

Andererseits schien es möglich, daß Brennan diese selbstverständliche Vorsichtsmaßregel getroffen hatte, daß aber Walton von Los Angeles oder einem anderen Flughafen aus nach Chicago zurückgeflogen war.

Sein erster Impuls war, nach dem Polizeipräsidium zu fahren und von dort ein Dienstgespräch mit Brennan anzumelden, um ihm diese Entwicklung mitzuteilen. Dann ließ er diesen Gedanken wieder fallen, denn mit größter Wahrscheinlichkeit würde Walton davon Kenntnis erhalten. Es war schon reichlich gefährlich gewesen, seine Kollegen von der Polizei in Chicago ins Vertrauen zu ziehen. Aber die intime Verbindung Harris Waltons mit der Polizei konnte er nicht vorraussehen. Möglicherweise war Walton schon gewarnt.

Er winkte ein vorbeifahrendes Taxi heran und ließ sich zu seinem Hotel fahren. Doch während der Fahrt schien ihm auch das nicht ratsam. Im Polizeipräsidium wußte man, daß er im Hotel Grosvenor wohnte. Nichts war leichter, als durch die Hauszentrale ein Telefongespräch abhören zu lassen. So dirigierte er den Chauffeur nach dem altehrwürdigen „Blackstone-Hotel". Es war eines der besten Häuser von Chicago. Nicht nur unterwelt-, sondern auch polizeirein, sofern es so etwas überhaupt gab. Dort meldete er das Gespräch nach Hollywood an.

Brennan war nicht im Amt, und der Versuch, ihn zu erreichen, scheiterte. So ließ er das Gespräch auf das Büro der Staatsanwaltschaft umlegen, wo er Glenn Evans erreichte. Er berichtete über den bisherigen Gang seiner Ermittlungen, insbesondere über die Unterredung, die er mit Oppenheim hatte. Er erwähnte auch die politische Stellung Waltons, seinen Einfluß bei der Polizei und bei der Leitung der „Demokratischen

Partei", deren Bedeutung in Chicago in einem solchen Falle nicht unterschätzt werden durfte.

Glenn Evans drängte bis zu dem Augenblick, da Dorsy über diese politischen Zusammenhänge sprach, auf sofortige Maßnahmen gegen Walton. Als aber die „Demokratische Partei" im Bericht auftauchte, von der er selbst abhängig war, riet er zu größter Vorsicht. Plötzlich schien ihm die Anwesenheit Waltons in Hollywood während der kritischen Zeit keineswegs als Belastungsmaterial für ein sofortiges Eingreifen auszureichen. Er gab Dorsy Weisung, sich behutsam weiter vorzutasten.

Dorsy hatte auf diese Weise im gleichen Maße freie Hand, wie ihm andererseits beide Hände gebunden waren. Er verließ das „Blackstone-Hotel" und versuchte, sich über die weiter einzuschlagenden Schritte klar zu werden.

Der Rat Brennans fehlte ihm.

Er fuhr nach dem Haus Waltons und begann in der Umgebung die übliche routinemäßige Arbeit. Er besuchte Geschäfte, von denen er annahm, daß sie als ständige Lieferanten des Waltonschen Haushaltes in Frage kamen. Die Auskünfte, die er bekam, bezogen sich auf die geordnete wirtschaftliche Lage Waltons, auf den Konsum an Lebensmitteln und Getränken – letzterer war erstaunlich hoch –, und er hörte, daß es sich um ein gastfreundliches Haus handelte, das immer alle Rechnungen mit größter Pünktlichkeit bezahlte. Irgendwelche für seine Untersuchungen brauchbare Informationen erhielt er nicht.

Er fuhr nach der Stadt zurück und schlenderte ihm bekannte Straßen entlang. Er speiste in einem kleinen italienischen Restaurant zu Abend. Dann besuchte er eine Show und sah immer wieder nach seiner Uhr.

Kurz nach Mitternacht ging er in das „Blackstone-Hotel" und meldete ein Gespräch mit Brennans Wohnung an.

Als sich Brennan meldete, gab er ihm die Ergebnisse seiner Nachforschungen bekannt und erwähnte auch die Mahnungen Glenns zu größter Vorsicht.

Brennan äußerste sich zunächst zögernd, doch im Laufe der Unterhaltung überwog immer mehr der geborene Polizist. Das Jagdfieber verdrängte den politisch abhängigen Beamten. Er verabredete mit Dorsy eine weitere telefonische Fühlungsnahme am nächsten Tag um neun Uhr. Bis dahin würde festgestellt werden, von wo und wann Walton zurückgeflogen sei.

Dorsy fuhr nach seinem Hotel und legte sich schlafen.

Als er um neun Uhr seine Telefonverbindung mit Brennan bekam, erfuhr er, daß Walton in einem Luft-Taxi aus Pasadena nach San Franzisco und von dort mit der fahrplanmäßigen Maschine nach Chicago weitergeflogen war. Er war um fünf Uhr morgens von Pasadena abgeflogen, nachdem er sich telefonisch den Flug von Hollywood aus gesichert hatte. Der Chauffeur des gemieteten Autos, mit dem Walton von Hollywood nach Pasadena gefahren war, gab eine einwandfreie Beschreibung seines Passagiers, der sich bei der Ausfertigung des Flugscheines als Walter Harrison buchen ließ.

In San Franzisco verwandelte sich „Walter Harrison" in „Harry Walter". Es ergab sich die erstaunliche, aber immer wieder beobachtete Erscheinung, daß Leute bei der Wahl von Pseudonymen die Anfangsbuchstaben ihres richtigen Namens beibehielten. Ein Brauch, der wahrscheinlich darauf zurückzuführen war, daß der erfundene Name mit den Monogrammen der Wäsche oder jenen an den Koffern übereinstimmen sollte.

Brennan war für ein entschlossenes Vorgehen, denn, so argumentierte er, das ganze Verhalten Waltons konnte nur als Verdunkelungsversuch gedeutet werden. Nur ausgesprochenes Schuldbewußtsein erklärte eine solche Handlungsweise.

Brennan gab Dorsy Anweisung, mit Harris Walton unmittelbar Fühlung zu nehmen, natürlich unter Beachtung aller Vorsichtsmaßregeln, die angesichts der exponierten Stellung des Mannes empfehlenswert erschienen. Zur Erlangung eines Haftbefehls reichten die Verdachtsmomente aus. Aber es war nicht vorauszusehen, ob dies auch die Ansicht der Behörden in Chicago wäre. Sie beschlossen, nur im Falle einer starken Verdichtung der Verdachtsmomente, infolge mangelhafter Aussagen Waltons, endgültige Maßnahmen zu ergreifen.

Dorsy begab sich nach dem Engros-Geschäft. Er wandte sich an den Verkäufer, mit dem er am Tage vorher ausführlich gesprochen hatte, und blieb dabei, für seinen Freund, der die Kettengeschäfte besaß, weiterverhandeln zu wollen.

Er lenkte das Gespräch auf die Zweckmäßigkeit, genauere Vereinbarungen zu treffen, und der Verkäufer selbst schlug ihm vor, mit dem Chef des Hauses Fühlung zu nehmen.

Nach kurzem Warten wurde er in das Büro Waltons geführt.

Der Mann, der hinter dem Schreibtisch saß und mit zwei Leuten geschäftliche Dinge besprach, blickte kurz auf und deutete mit einer Handbewegung an, Platz zu nehmen.

Auf dem niedrigen, mit einer gehämmerten Kupferplatte bedeckten Rauchtisch bemerkte Dorsy einen überfüllten Aschenbecher. Die Reste zweier dicker Zigarren deuteten auf eine lange Konferenz, die vor seinem Kommen stattgefunden haben mußte. Es war nicht anzunehmen, daß vom Tage vorher ein überfüllter Aschenbecher stehengeblieben war.

Neben der Zigarrendose aus getriebenem Silber lag ein kleiner Zigarrenabschneider. Dorsy nahm ihn zur Hand. Er trug das eingravierte Monogramm „H. W.". Dorsy begann mit ihm zu spielen. Dann öffnete er die Zigarrenschachtel, besann sich, schloß sie wieder und steckte den Zigarrenabschneider in die Tasche.

Dorsy beobachtete Walton.

Er wußte dessen Alter; aber der äußeren Erscheinung nach würde man ihn äußerstenfalls für einen mittleren Vierziger gehalten haben. Das fast viereckige Gesicht verriet Tatkraft und Entschlossenheit. Die Augen – von hellem Blau, das fast schon grau wirkte – verrieten Energie und Willenskraft. Die Art und Weise, wie er mit den beiden Männern sprach und wie diese sich verhielten, ließ Herrschsucht erkennen. Die Gestalt war mächtig, ein Körper mit breiten Schultern und von großer Kraft.

Nachdem die beiden Männer den Raum verlassen hatten, machte sich Walton eine ganze Weile Notizen, führte zwei Telefongespräche, wobei er nur sehr wenige Worte sprach. Dann blickte er auf und winkte Dorsy an seinen Tisch heran:

„Lindsay hat mir über seine gestrige Unterredung mit Ihnen und den Zweck Ihres Besuches berichtet."

Walton saß mit dem Rücken zu den Fenstern, deren volles Licht auf Dorsy fiel. Das war eine mit Vorbedacht getroffene Anordnung, durch die Walton seinen jeweiligen Besucher bei ausgezeichneter Beleuchtung genau beobachten konnte, während er selbst im Schatten blieb.

Dorsy blieb dicht vor dem Schreibtisch stehen:

„Ich habe mit dem Verkäufer über das geplante Geschäft eines Freundes gesprochen, aber das war nur ein Vorwand, um Sie selbst unauffällig besuchen zu können."

Er wartete auf eine Reaktion Waltons, aber Walton blieb völlig ruhig:

„Sprechen Sie weiter", sagte er.

Das Ausbleiben jeglicher Reaktion irritierte Dorsy.

„Ich konnte mich nicht mit meinem wirklichen Anliegen bei Ihnen melden lassen." Er machte eine kurze Pause und fügte dann hinzu: „Und ich glaube, in Ihrem eigenen Interesse gehandelt zu haben."

Walton lehnte sich in seinem Stuhl zurück und nahm aus einem ledernen Etui eine Zigarre. Er überlegte einen Augenblick, blickte um sich, und nahm dann einen kunstvoll gearbeiteten Hirschfänger, dessen Knauf zu einem Zigarrenabschneider ausgebildet war. Er knipste die Spitze der Zigarre ab und setzte sie umständlich in Brand. Dann wiederholte er:

„Sprechen Sie weiter!"

Dorsy sah sein Gegenüber erstaunt an:

„Sie scheinen gar nicht verwundert zu sein."

Walton blies kunstvolle Rauchringe vor sich, durchbohrte sie mit seinem rechten Zeigefinger und sah Dorsy an:

„Bei Männern von einer gewissen Stufe des Wohlstandes aufwärts erscheinen immer wieder ungebetene Besucher. Die einen schleichen sich ein, die anderen bedienen sich erfundener oder gefälschter Empfehlungen, die dritten erdichten einen Freund, der Kettengeschäfte hat. Das richtet sich nach dem Temperament und der Phantasie des einzelnen."

Walton schwieg.

Dorsy griff in seine linke innere Brusttasche und nahm seine Kennmarke hervor. Doch ehe er sie Walton zeigen konnte, winkte dieser mit einer gleichgültigen Handbewegung ab.

„Wie Sie wollen, Herr Walton", sagte Dorsy und setzte sich unaufgefordert auf eine Stuhllehne. – „Ich bin Detektiv-Sergeant Dorsy" – Er machte eine Pause und sagte dann mit besonderer Betonung: „– vom Morddezernat in Hollywood – Los Angeles."

Seine Annahme, daß Walton nunmehr irgendeine Reaktion zeigen würde, wurde enttäuscht. Der Mann saß aufreizend uninteressiert, bedächtig rauchend und verletzend ruhig auf seinem Platz. Seine Stimme hatte einen Tonfall, der genau so war, als würde er dem bedeutungslosesten Gespräch gelten:

„Sie sind also von der Polizei. Sie sind Sergeant und in dieser Eigenschaft bei dem Morddezernat in Hollywood tätig. Da Chicago kein ausgesprochener Kurort ist und Sie auch durchaus nicht den Eindruck eines erholungsbedürftigen Menschen machen, muß Ihr Besuch in unserer schönen Stadt wohl andere Ursachen haben. Da Sie mit List und Tücke zu mir vorgedrungen sind, nehme ich an, daß Ihr Ausflug irgendwie mit meiner Person zusammenhängt, allerdings kann ich mir nicht gut den Zusammenhang vorstellen. Was hielten Sie von der Idee, den Zweck Ihres Besuches vorzutragen?"

Dorsy spürte die hinter einer übermäßigen Selbstbeherrschung und ausgezeichnet gespielten überlegenen Ironie verborgene nervöse Spannung seines Gegenübers. Er spürte auch, daß Walton ihn zu einer Unüberlegtheit reizen wollte. Er sah sein Gegenüber eine Weile bedächtig an und sagte dann:

„Der Zweck meines Besuches, Harris Walton, hängt von dieser unserer Unterredung ab. Wenn sie zufriedenstellend verlaufen sollte, so fliege ich nach Hollywood zurück. Wenn sie unbefriedigend verläuft, weden wir beide nach Hollywood zurückfliegen."

Walton lächelte, ohne ihn anzusehen:

„Meine Reiselust ist augenblicklich auf einem Tiefpunkt angelangt. Aus Vergnügen werden wir daher bestimmt nicht einen gemeinsamen Flug unternehmen. Als Polizeibeamter haben Sie hier kaum mehr zu sagen als der junge Mann, der im Vorraum die Aschenbecher leert und liegengelassene Zeitungen wegräumt. Wenn Sie als Beamter aus Hollywood in Chicago eine dienstliche Funktion auszuüben beabsichtigen, so müssen Sie eine Reihe von Formalitäten einhalten." Er blickte jetzt Dorsy voll an: „Mein Anwalt, Max Greenberg – Sie dürften seinen Namen kennen –, kann Ihnen, falls Sie nicht genau Bescheid wissen, alle erwünschten Aufklärungen geben." – Er durchbohrte wieder einige Rauchringe und ergänzte dann: – „Attorney Greenberg ist – zufälligerweise gerade im Haus."

Dorsy fühlte, daß er nahe daran war, seine besonnene Haltung zu verlieren. Er zwang sich zur Ruhe:

„Das ist ausgezeichnet, Harris Walton, denn dann kann Ihr Anwalt vielleicht gleichzeitig auch Ihnen einige nützliche Ratschläge erteilen. Er kann Ihnen möglicherweise einen guten Vorwand erfinden, warum Sie im Morgengrauen des Achtzehnten von Hollywood mit einem Mietauto nach Pasadena gefahren sind, um von dort unter falschem Namen nach San Franzisco zu fliegen und von dort – unter Eintragung eines anderen falschen Namens die fahrplanmäßige Maschine nach Chicago zu benützen. Ihr Anwalt kann Ihnen auch Auskunft geben, gegen welche Bestimmungen Sie verstoßen haben, indem Sie amtlichen Zwecken dienende Dokumente wissentlich unrichtig ausfüllten. Er vermag Ihnen auch vielleicht zu sagen, wie ein Schwurgericht dieses Verhalten dann bewertet, wenn es im Zusammenhang mit einem Mann steht, der intime Beziehungen zu einer Frau unterhielt, die an demselben Achtzehnten dieses Monats nach Mitternacht ermordet wurde – einer Frau, der gegenüber dieser sonderbare Reisende mit dem falschen Namen Drohungen ausgesprochen hatte, über welche Zeugenaussagen vorliegen und schriftliche Hinweise in ihrem Tagebuch. Ihr Rechtsanwalt kann dann bei dieser Gelegenheit mit Ihnen Vereinbarungen treffen, ob er Sie vertreten will oder Ihre Gattin, denn Greenberg ist ja nicht nur Strafrechtler, sondern auch ein Scheidungsanwalt, dessen Namen weit über die Grenzen Chicagos hinaus bekannt ist. Und Greenberg kann Ihnen dann vielleicht auch eine annehmbare Erklärung dafür geben, daß Sie zufällig in der Nacht vom Siebzehnten zum Achtzehnten am Tatort weilten, wo Ihr Zigarrenabschneider gefunden wurde."

Mit einer plötzlichen Bewegung griff Walton nach seiner linken Westentasche. Er stöberte mit Daumen und Zeigefinger.

„Ich habe –"

In diesem Augenblick fühlte Dorsy, daß er die Situation beherrschte. Er stand auf, beugte sich über den Schreibtisch hinweg und faßte mit seiner rechten Hand an die Brust Waltons. Er hielt ihn an seiner Weste fest. Seine Worte überstürzten sich:

„Jetzt werden Sie vielleicht plötzlich Reiselust bekommen haben – Harris Walton – jetzt, wo Sie durch Ihre bloße Bewegung sich verraten haben – jetzt, wo das Spiel für Sie verloren ist – und wo Sie kein Parteifreund und kein Beschützer bei der Polizei mehr retten kann!"

Er ließ von ihm.

Harris Walton starrte ihn ungläubig an:

„Sie wollen mich doch nicht ernstlich des Mordes an Tatjana Oskanova beschuldigen? Ich schwöre Ihnen – bei allem –, ich schwöre Ihnen –"

Dorsy schritt um den Schreibtisch herum und postierte sich dicht neben Walton:

„Anklagen wird Sie der Staatsanwalt Glenn Evans – vor den Geschworenen von Los Angeles, und suchen Sie sich mehr als einen Verteidiger, denn Sie werden die Beredsamkeit aller Rechtsanwälte des Landes brauchen, um mit dem Leben davonzukommen!"

Harris Walton erhob sich schwerfällig und faßte nach den Armen Dorsys.

Er schien plötzlich um Jahre gealtert.

Seine Stimme war heiser:

„Sie wollen doch nicht einen unschuldigen Menschen auf dem Gewissen haben? Sehe ich wie ein Mörder aus?"

Dorsy befreite sich von dem Griff seines Gegenübers:

„Mörder sehen genauso aus wie Sie und ich. Aber das gehört nicht hierher. Ich gebe Ihnen die Chance, mit mir nach Hollywood zu fliegen – ungefesselt. Bilden Sie sich nicht ein, daß irgendeine Macht Sie zu schützen vermag."

Walton blickte ihn an:

„Ich will mit meinem Rechtsanwalt sprechen. Sie wissen, daß es mein gesetzliches Recht ist. Und außer meiner formellen Erklärung, daß ich vollkommen unschuldig bin, werde ich kein weiteres Wort sagen."

Ohne die Antwort Dorsys abzuwarten, drückte er auf einen unterhalb der Schreibtischplatte befindlichen Knopf. Im selben Augenblick ging die Tür auf, und ein riesenhafter Mann stand auf der Schwelle.

Dorsy überlegte. Er hatte keinen gerichtlichen Haftbefehl. Er überlegte sich die möglichen Konsequenzen. Er hatte Harris Walton überführt – mit einem fast theatralischen Trick. Er war sich durchaus bewußt, daß dieses kleine Kunststück mit dem Zigarrenabschneider vor keinem Schwurgericht standhalten würde. Aber vielleicht zog ein Rechtsanwalt andere Konsequenzen aus diesem – scheinbaren – Sachverhalt. Es war naheliegend, den Mord in eine Affekthandlung umzubiegen – die Anklage von einem „Mord ersten Grades" – auf den unbedingt die Todesstrafe stand – in einen „Mord zweiten Grades" zu verwandeln –, wobei das Strafmaß dem Richter überlassen war. Für diesen Fall mußte die größtmögliche Beschleunigung im Interesse des Strafverteidigers selbst liegen.

Dorsy sagte kurz:

„Lassen Sie Greenberg eintreten."

Der Diener betrachtete den Satz als zu ihm gesprochen, blickte aber fragend zu Walton.

Dieser nickte.

Kurz darauf betrat ein mittelgroßer Mann das Zimmer. Er zog die Tür hinter sich zu.

Dorsy betrachtete den Rechtsanwalt eindringlich. Er mochte Mitte fünfzig sein, seine schmächtige Gestalt krönte ein ungewöhnlich schmaler und langer Kopf. Er trug einen Zwicker, der durch ein schwarzes Seidenband besonders auffällig wirkte. Er machte einen altmodischen und sehr besonnenen Eindruck.

Walton begann in kurzen, stoßweise hervorgebrachten Sätzen zu berichten. Greenberg hörte ihm aufmerksam zu, ohne ihn zu unterbrechen. Als Walton schwieg, sagte er bedächtig:

„Es ist selbstverständlich Ihr gutes Recht, die Modalitäten Ihrer Reisen zu bestimmen. Kein Richter wird es gutheißen, daß Sie etwa wegen galanter Abenteuer und einem durch diese sich ergebenden Ehebruch geradezu fluchtartig und unter fremden Namen umherfahren. Aber jeder Richter wird es ablehnen, dieses Verhalten als einen Schuldbeweis bezüglich einer Mordanklage anzusehen." – Er sah über seinen Kneifer hinweg zu Dorsy: – „Ich nehme an, daß Sie mir darin zustimmen."

„Zweifellos. Wenn Harris Walton in der fraglichen Nacht von New York unter falschem Namen nach Miami geflogen wäre, würde kein Staatsanwalt ihn eines in Hollywood erfolgten Mordes beschuldigen. Nachdem Harris Walton aber mit der Ermordeten – vorsichtig ausgedrückt – befreundet war und er die Frau, weil sie die Beziehungen zu ihm abgebrochen hatte, mehrfach bedrohte, nachdem er in der Mordnacht am Tatort weilte – und nachdem er überdies fluchtartig und mit falschem Namen Hollywood verließ, dürfte es keinen Zweifel geben, daß diese Tatsachen für eine Mordanklage ausreichen."

Dorsy hatte mit größter Ruhe und Sicherheit gesprochen.

Der Anwalt putzte umständlich seinen Kneifer:

„Das sind alles Behauptungen, die der Staatsanwalt wird beweisen müssen. Herr Walton bestreitet selbstverständlich alle diese Behauptungen."

Walton unterbrach ihn:

„Ich habe –"

Aber Greenberg schnitt ihm das Wort ab:

„Sie haben nichts anderes zu tun als zu schweigen. Das Reden besorge ich."

Dorsy musterte den Anwalt:

„Harris Walton hat bereits gesprochen. Er hat zugegeben –"

Greenberg setzte den Kneifer auf:

„Sie wissen genausogut wie ich, daß Sie nicht berechtigt waren, meinen Klienten zu verhören. Seine Äußerungen, über die keinerlei schriftliche Aufzeichnungen vorliegen und die daher den unterschiedlichsten Auslegungen unterworfen sind, haben vor Gericht keinen Wert."

„Das ist formaljuristisch richtig", gab Dorsy zu, „aber der Staatsanwalt wird mich in den Zeugenstuhl setzen, und ich werde wahrheitsgemäß aussagen."

Walton sagte erregt:

„Ich habe lediglich zugegeben, daß ich mich falscher Namen bediente. Ich bin verheiratet –"

Die Stimme Greenbergs unterbrach ihn scharf:

„Sie haben bereits reichlich viel geredet, und wenn Sie wollen, daß ich Ihre Verteidigung übernehme, so halten Sie endlich den Mund!" – Er wandte sich an Dorsy: – „Welche weiteren ungesetzlichen Handlungen wünschen Sie Ihren bereits begangenen illegalen Aktionen hinzuzufügen?"

„Gegen Harris Walton liegt dringendster Tatverdacht vor." – Er nahm den Telefonhörer in die Hand, und während er ihn von der Gabel hob, beobachtete er den Rechtsanwalt. – „Ich werde die Polizei von Chicago zur Vornahme der Verhaftung in Anspruch nehmen."

„Sie werden nichts dergleichen tun! Ich habe mit dem Mord an Tatjana Oskanova nichts zu tun! Es ist eine unglückliche Verkettung von Zufällen."

Dorsy beachtete Walton nicht, sondern wandte sich an Greenberg:

„Wenn Sie das Eingreifen der hiesigen Polizei vermeiden wollen, so kann dies nur geschehen, wenn Harris Walton sich freiwillig der Staatsanwaltschaft in Hollywood zur Verfügung stellt. Sie können ihn selbstverständlich begleiten."

Greenberg überlegte. Nach einer Weile sagte er:

„Bevor ich einen Entschluß fasse, muß ich mit meinem Klienten unter vier Augen sprechen."

Dorsy ließ den Telefonhörer auf der Gabel des Apparates ruhen:

„Das können Sie tun, aber nur in meinem Beisein. Ich bin bereit, mich so weit von diesem Tisch hier zu entfernen, daß ich das Gespräch nicht überhören kann." – Er schritt bis in die entlegenste Ecke des Zimmers und wartete. Er machte dies Zugeständnis gegen seinen Willen; aber er wollte jede Möglichkeit ausschöpfen, um zu einem schnellen Ergebnis zu gelangen.

Walton drückte auf den Knopf seines Tischfernsprechers und sagte kurz:

„Ich bin in einer wichtigen Besprechung. Ich wünsche unter keinen Umständen gestört zu werden."

Dann begann seine Beratung mit Greenberg. Dorsy blickte immer wieder nach seiner Armbanduhr. Es war fast eine halbe Stunde vergangen.

„Wir sind bereit, mit Ihnen nach Hollywood zu fliegen. Sie sind sich bewußt, daß dies ein großes Zugeständnis ist, denn im Falle unserer Weigerung würde ein Überstellungsverfahren notwendig sein", er zeigte plötzlich eine Art von Lächeln, „und es ist sehr fraglich, ob einem diesbezüglichen Antrag der Staatsanwaltschaft Hollywood hier in Chicago stattgegeben würde. Als Gegenleistung für unsere Bereitwilligkeit stellen wir die Bedingung, daß bis zur Klärung der Angelegenheit der Name des Herrn Walton unter allen Umständen geschützt bleibt, um es besonders klar zu sagen, daß keine wie immer geartete Information an die Presse gegeben wird."

Dorsy kam bis an den Schreibtisch zurück:

„Meinerseits wird völlige Verschwiegenheit bewahrt werden. Aber ich sehe nicht ein, was für einen Unterschied es für Sie ausmacht, ob Harris Walton einen Tag früher oder einen Tag später in allen Zeitungen des Landes genannt werden wird."

Greenberg putzte wieder seinen Kneifer:

„Es besteht außer dieser Möglichkeit noch eine andere, die Sie zu ignorieren scheinen."

Dorsy fragte lächelnd:

„Und welche Möglichkeit wäre das?"

Greenberg hob kaum merklich seine Stimme:

„Die Polizei und die Staatsanwaltschaft fürchten sich vor nichts mehr als vor einer Blamage. Wären im Falle meines Klienten nicht bestimmte familiäre Rücksichten zu nehmen, so gebe ich Ihnen die Versicherung, daß es mir ein Vergnügen wäre, meinen Mandanten unter Mordanklage verhaftet zu sehen, um in weniger als vierundzwanzig Stunden seine Unschuld zu beweisen und einen Sturm der Empörung gegen jene Behörden zu entfesseln, die einen hochachtbaren und hochgeachteten Bürger mit geradezu verbrecherischem Leichtsinn eines Mordes verdächtigen."

Der erste Impuls Dorsys war, mit großer Heftigkeit auf diese Rede zu reagieren. Aber plötzlich empfand er ein merkwürdiges Gefühl der Unsicherheit. Sein einziger Beweis für die Anwesenheit Waltons am Tatort beruhte auf einem Trick. Er hatte sich während der letzten halben Stunde schon überlegt, wie er sich des Zigarrenabschneiders entledigen könnte. Selbst wenn er als Zeuge vor dem Geschworenengericht unter Eid und mit gutem Gewissen aussagen konnte, daß Walton durch seine Handbewegung nach der Westentasche unzweifelhaft ein Schuldbekenntnis abgelegt hatte, so wußte er doch, daß ein gewiegter Strafverteidiger aus dieser Fallenstellung der Anklage einen Strick drehen konnte.

„Ich bin sehr neugierig", sagte er und versuchte den Satz eindrucksvoll anzubringen, „wie Sie die Anwesenheit Harris Waltons am Tatort aus der Welt schaffen werden. Gewiß – in Chicago könnte das möglich sein – es gibt eidfeste Zeugen im Überfluß. Aber in Hollywood –"

„Bezähmen Sie Ihre Neugier", unterbrach ihn Greenberg kurz, „sie wird rechtzeitig befriedigt werden. Allerdings glaube ich nicht, daß Ihnen das besondere Freude bereiten dürfte. Und ob Sie für Ihren Eifer belohnt werden, scheint mir fraglich zu sein."

Walton erhob sich:

„Wir wollen keine Zeit verlieren." Er hatte sich nahezu in denselben selbstsicheren Mann von vorher zurückverwandelt.

Sie gingen zu dritt aus dem Zimmer.

Walton gab seiner Sekretärin Anordnungen. Er wies sie an, drei Passagen für das Flugzeug nach Hollywood zu buchen. Sie stellte sofort eine Verbindung her, sicherte die Plätze und gab ihm die Startzeit an. Er blickte nach der Uhr. Sie hatten zwei Stunden bis zum Abflug der Maschine. Er ließ noch zwei Herren der Geschäftsleitung kommen und informierte diese, daß er wegen eines Geschäftsabschlusses verreisen müsse und daß ihn Rechtsanwalt Greenberg begleiten werde.

Als sie im Fond des mächtigen Wagens, den Walton zum Haupteingang hatte kommen lassen, Platz nahmen, gab er dem Chauffeur Anweisung, nach seinem Haus zu fahren.

Er wandte sich leise an Dorsy, der zu seiner Rechten saß:

„Ich muß die notwendigsten Sachen für meine Reise packen –"

Dorsy erwiderte ebenso verhalten:

„Ich werde Sie leider begleiten müssen. Sie können mich ja als Geschäftsfreund vorstellen." .

Als sie vor der Besitzung Waltons angelangt waren, gingen sie zu dritt in das Haus. Der Butler öffnete die Tür. Walton gab ihm Anweisung, die notwendigsten Sachen für eine kurze Reise vorzubereiten. Er erkundigte sich nach seiner Frau. Der Butler berichtete, daß Frau Walton mit ihren beiden Töchtern zu Einkäufen in die Stadt gefahren sei. – Walton blickte Dorsy an:

„Whisky? Oder Bourbon? Oder einen Fruchtsaft – falls Sie Antialkoholiker sind?"

Dorsy zögerte einen Augenblick. Dann sagte er leichthin:

„Gute Geschäftsabschlüsse soll man mit Alkohol begießen –"

Sie nahmen in einer hoch mit Holz getäfelten Halle gegenüber einem Kamin Platz. Die Getränke wurden serviert. Walton selbst bediente Dorsy und Greenberg. Eine nichtssagende Unterhaltung wurde von dem Butler unterbrochen, der zwei Flugkoffer brachte.

Sie fuhren nach der Wohnung von Greenberg, der nach kurzer Zeit mit einem kleinen Handkoffer zurückkam. Dann ging es zum „Grosvenor Hotel". Dorsy winkte den Portier herbei:

„Bringen Sie mir mein Gepäck und die Rechnung. Wir sind in größter Eile, um unser Flugzeug zu erreichen."

Nach wenigen Minuten konnten sie die Fahrt nach dem Flughafen fortsetzen. Ehe sie nach dem eigentlichen Flugfeld durch die Passage schritten, gab Dorsy am Schalter der „Western Telegraph" ein Kabel nach Hollywood auf. Die Passagen waren reserviert, und sie nahmen in der Maschine Platz. Dorsy setzte sich neben Walton. Greenberg saß unmittelbar hinter ihnen.

Der Flug schien nicht enden zu wollen. Die Zwischenlandungen waren für Dorsy keine Erholung, sondern zwangen zu erhöhter Bereitschaft. Er fühlte sich indem überaus bequemen Sitz unbehaglich, das unangenehme Gefühl, daß irgend etwas nicht ganz in Ordnung sei, beherrschte ihn. Er versuchte, sich das eigentümliche Verhalten Greenbergs zu erklären. Der Rechtsanwalt schien nicht der Mann zu sein, der bereit war, irgendein Risiko einzugehen. Wenn er den Vorschlag, mit seinem Mandanten freiwillig nach Hollywood zu fliegen, angenommen hatte, so mußte dies schwerwiegende Gründe haben. Dorsy suchte alle möglichen und unmöglichen Erklärungen. Aber keine sagte ihm zu.

Sie landeten spät abends in Hollywood. Als Dorsy die Treppe hinabschritt, erkannte er sogleich Brennan und Evans, die, durch sein Telegramm avisiert, auf sie warteten.

Sie fuhren, nachdem Dorsy kurz von seiner Übereinkunft mit Walton und Greenberg berichtet hatte, nach der Staatsanwaltschaft.

Während der Fahrt wurde fast nicht gesprochen.

Im Dienstzimmer Glenn Evans war alles für das Verhör vorbereitet.

Dorsy erstattete Bericht. Es ging völlig glatt bis zu dem Moment, wo er zu dem Trick mit dem Zigarrenabschneider kam. Es war ein Zögern von wenigen Sekunden, dann sagte er:

„Als ich Harris Walton auf den Kopf zusagte, daß er in der Mordnacht am Tatort gewesen sei und seinen Zigarrenabschneider vergessen habe, griff er instinktiv nach seiner rechten Westentasche, wo er diesen offenbar stets zu tragen pflegt – und gab damit unstrittig zu, daß er in der Mordnacht bei Tatjana Oskanova weilte."

Er glaubte, die Klippe umschifft zu haben, aber im selben Augenblick ließ sich die Stimme Greenbergs vernehmen:

„Mein Mandant bestreitet vorsorglicherweise, daß der am Tatort gefundene Zigarrenabschneider sein Eigentum sei. Auf jeden Fall wird dieses Beweismittel einer eingehenden Untersuchung unterworfen werden. Das auf dem Zigarrenabschneider des Herrn Walton eingravierte Monogramm werden wir dem Graveur vorlegen lassen." – Er machte eine kurze Pause, blickte zu Glenn Evens: – „Aber selbst wenn dieser Zigarrenabschneider als Eigentum von Herrn Walton identifiziert werden sollte, so würde dies nicht beweisen, daß er in der Mordnacht am Tatort geweilt hat. Er könnte dieses Objekt bei früheren Gelegenheiten dort vergessen haben."

Glenn Evans erfaßte den warnenden Blick Dorsys. Aber auch Greenberg hatte ihn sofort erkannt.

Brennan versuchte, die Situation zu beherrschen:

„Wir haben genaue Feststellungen über den Aufenthalt von Harris Walton in San Franzisco, Los Angeles und Hollywood, und wir können an Hand der Zeugenaussage der Zofe Myrna Lindequists beweisen, daß Walton kurz nach neun Uhr abends in der Nacht vom Siebzehnten zum Achtzehnten zu Tatjana Oskanova gekommen war. Die Zofe sah ihn wenige Minuten, bevor sie selbst das Haus verließ."

Greenberg nickte und beschäftigte sich eingehend mit der Säuberung seines Kneifers.

"Angenommen, daß die Geschichte mit der Zofe echter ist als jene mit dem Zigarrenabschneider, so würde sie nur beweisen, daß Herr Walton etwa um neun Uhr einen Besuch bei Tatjana Oskanova gemacht hat. Es sind mir keine gesetzlichen Bestimmungen bekannt, die eine solche Tat unter Strafe stellen. Aber –"

Glenn Evans schlug auf den Tisch. Seine Stimme war hart und laut:

"Sie können sich Ihre komischen Bemerkungen sparen! Heben Sie sich diese rednerischen Leistungen für die Hauptverhandlung auf. Sie werden sie reichlich benötigen! Der Anklagebehörde genügt es, daß sie beweisen kann, daß der Angeklagte in der Mordnacht am Tatort war, daß er die Ermordete wiederholt bedroht hatte – und daß er unter denkbar verdächtigen Umständen flüchtete."

Greenberg hinderte mit einer Handbewegung seinen Klienten am Sprechen. Sein Gesicht zeigte wieder das merkwürdig trockene und vergessene Lächeln, das schon Dorsy unangenehm berührt hatte:

"Wer schreit, Herr Staatsanwalt, setzt sich ins Unrecht. Und die Tatsache, daß jemand um neun Uhr abends einen Menschen besucht, der drei oder vier oder fünf Stunden später ermordet wird, ist sehr weit von einem Schuldbeweis entfernt. Wenn Sie alle Leute, die viele Stunden vor einer Straftat an einem Tatort waren, unter Anklage stellen würden, so hätten Sie mehr zu tun, als Ihnen lieb ist. Wenn Sie aber glauben, beweisen zu können, daß Herr Walton um neun Uhr herum Tatjana Oskanova besucht hatte, so werden wir den einwandfreien Nachweis erbringen, daß er um halb elf Uhr bereits weit weg vom Tatort war."

Brennan trat vor:

"Ein Zeuge, der diese Behauptung zu beeiden bereit wäre, würde auf Herz und Nieren geprüft. Darüber sind Sie sich ja wohl klar! Und wenn Ihr Zeuge vor dem Schwurgericht zusammenbricht –"

Greenberg unterbrach ihn:

"Wir haben nicht einen Zeugen, sondern mehrere. Und wenn ich Ihnen unsere Beweise jetzt schon vorlege, so geschieht dies, wie ich bereits unserem jungen Freund auseinandergesetzt habe, um der Polizei und der Staatsanwaltschaft eine Blamage zu ersparen – und meinem Mandanten eine unliebsame häusliche Auseinandersetzung."

Glenn Evans beugte sich über seinen Schreibtisch und rief Greenberg zu:

"Geben Sie die Tatsachen, wenn Sie welche haben, und verschonen Sie uns mit Ihrem Gerede!"

Greenberg blickte ihn erstaunt an:

„Sie scheinen sich etwas unbequem zu fühlen?" – Er machte eine Pause und sagte dann: – „Herr Walton meldete kurz vor elf Uhr aus dem ‚Roosevelt-Hotel' ein Telefongespräch zu den Büros der ‚Transoceania-Airlines' in San Franzisco an und sicherte sich eine Passage nach Chicago unter dem Namen Harry Walter. Die Telefonistin, mit der er sich unterhielt und der er eine ansehnliche Vergütung gab, wird ihn einwandfrei wiedererkennen. Er nahm in der Bar des Hotels mehrere Drinks zu sich – der Barkeeper und sein Gehilfe werden das auch unter Eid bestätigen. Er gab kurz nach elf Uhr ein Telegramm nach Chicago auf. Das Formular mit seiner eigenen Handschrift und dem Zeitstempel ist ein vollgültiger Beweis. Die beiden Schalterbeamten werden Herrn Walton ebenso gewiß wiedererkennen, als sie sich bemühten, ihm eine Hundertdollarnote zu wechseln. Solche Kunden behält man gut im Gedächtnis. Und etwa um halb zwölf Uhr nachts trank er in dem Drug-Store neben dem Hotel ein ‚Alka-Selzer'. Wir sind also in der Lage, ein so vollständiges Alibi beizubringen, daß kein Staatsanwalt es umzustoßen vermag."

Es herrschte plötzlich völliges Schweigen.

Brennan wandte sich an den Staatsanwalt:

„Ich schlage vor, die in Frage stehenden Personen sofort herbeizuschaffen und die Angaben zu überprüfen."

Glenn Evans zögerte. Dann stimmte er dem Vorschlag Brennans zu.

Harris Walton und sein Rechtsanwalt wurden in ein Nebenzimmer geleitet. Der sie begleitende Polizeibeamte trug ihre Handkoffer. Das war ein kleines Zeichen für die grundlegend veränderte Situation.

Als Brennan mit dem Staatsanwalt und Dorsy zurückblieb – der Protokollführer war aus dem Zimmer gegangen –, begann eine heftig geführte Diskussion, wobei Glenn Evans ausfällig wurde und Brennan seinen Beauftragten, Dorsy, in Schutz nahm.

Dann entfernte sich Brennan mit Dorsy, nahm zwei weitere Sergeanten zur Hilfe, ließ sich von dem Protokollführer in seinem Amtszimmer die Angaben Greenbergs auf der Maschine abschreiben und machte sich mit seinen Leuten auf den Weg.

Um zwei Uhr nach Mitternacht hatten sie die Zeugen Waltons herbeigeschafft. Sie wurden einzeln vernommen. Walton stand zwischen sieben Polizeibeamten in Zivilkleidung, um ein einwandfreies Erkennen durch die Zeugen zu sichern.

Er wurde von jedem einzelnen der Zeugen auf den ersten Blick aus der Reihe herausgefunden und einwandfrei identifiziert.

Als Brennan mit Glenn Evans nach dessen Zimmer zurückgekehrt war, sagte er verdrossen:

„Würde Harris Walton vor seiner Frau nicht mehr Angst haben als vor uns, so könnten wir uns auf einen Skandal gefaßt machen, wie ihn Hollywood seit langer Zeit nicht erlebt hat! Ein ausgezeichneter Bürger, ein Industrieller und Großkaufmann, ein prominentes Mitglied unserer heißgeliebten ‚Demokratischen Partei', völlig unschuldig unter Mordverdacht sozusagen festgenommen... Es ist nicht auszudenken!"

Dann folgte die schwierigere Aufgabe, Harris Walton und Greenberg auf anständige Weise loszuwerden. Es bedurfte öfter des Hinweises auf die Möglichkeit, daß im Falle einer Verschärfung doch noch die ganze Angelegenheit an die Öffentlichkeit käme, um Greenberg und Walton zu besänftigen.

Die Auseinandersetzung endete mit gegenseitigen Drohungen, aber sie endete ohne die Presse. Und das war der einzige Erfolg, den Greenberg und Harris Walton, Brennan, Glenn Evans und Dorsy in der vierten Morgenstunde zu verbuchen hatten.

Benting

Brennan hatte eine lange Aussprache mit Glenn Evans. Der Mordfall Tatjana Oskanova beschäftigte die Presse auch am dritten Tage nach dem Mord in unvermindertem Ausmaße. Die Reporter brachten immer mehr Interviews mit allen möglichen und unmöglichen Leuten. Das Publikum hungerte nach Sensationen. Da die amtlichen Untersuchungen keine Ergebnisse zeitigten, mußte das Privatleben der Ermordeten als Ersatz herhalten. Geheimnisvolle Andeutungen dienten der Befriedigung der Masse. Die Hinweise auf die Unfähigkeit der Polizei nahmen besorgniserregende Formen an.

Brennan rekapitulierte dem Staatsanwalt die bisherige Arbeit seiner Leute und seine eigenen Erfahrungen. Harris Walton, Buddy Maloney, Dr. Morbison und Lorimer mußten aus dem Kreis der Untersuchung ausscheiden. Übrig blieben Benting, Ralph Langen und Thao-Ming. Es existierten keinerlei Anhaltspunkte, die Nachforschungen in anderer Richtung ermöglicht hätten.

„Ich glaube", sagte Glenn Evans, „Sie haben Myrna Lindequist äußerst voreilig aus dem Kreis der Untersuchung entfernt. Wir wissen, welche Beziehungen sie und Tatjana Oskanova seit Jahr und Tag verbanden. Unter solchen Umständen wäre eine Affekthandlung keineswegs von der Hand zu weisen."

Brennan verneinte:

„Ich habe diese Möglichkeit schon im ersten Augenblick erwogen, aber sie hält keiner genauen Prüfung stand. Myrna Lindequist und Tatjana Oskanova hatten keine Meinungsverschiedenheiten, zumindest in keiner greifbaren Form. Sam Eisig sprach, von den Garderobieren angefangen, über Friseure, Kameraleute und Mitwirkende und Inspizienten und Hausangestellte hinweg, mit zwei Dutzend Bekannten und Freunden und Freundinnen der beiden Frauen. Es bestand eine völlig ungetrübte Freundschaft. Nichts, aber auch gar nichts läßt irgendeinen Schluß auf Konflikte zu." Er blätterte in dem Aktenstück: „Myrna Lindequist scheidet meines Erachtens aus."

Glenn Evans trommelte mit den Fingern nervös auf der Tischplatte seines Schreibtisches:

„Sie ist eine Frau von großer Intelligenz. Ich habe sie vorgestern ausführlich vernommen. Das Protokoll ist Ihnen ja bekannt. Sie hat nichts Neues ausgesagt, aber die Tatsache bleibt bestehen, daß sie allein am Tatort war während der Mordzeit."

Brennan unterbrach ihn:

„Auch das scheint mir strittig zu sein. Wir wissen auf die Minute genau, wann sie das Haus betreten hat, und ebenso die zeitliche Grenze, innerhalb welcher der tödliche Schuß abgefeuert worden ist. Nach dem Gutachten unseres medizinischen Sachverständigen steht fest, daß der Tod der Tatjana Oskanova nicht später als eine Stunde vor der Untersuchung eingetreten war. Ich habe natürlich die Zeit nachgerechnet. Der Arzt nahm seine Untersuchung zwischen fünfundvierzig und fünfzig Minuten nach ihrer Rückkehr ins Haus vor. Ich erwog auch, daß der Chauffeur, von dem diese Angaben stammen, absichtlich oder unabsichtlich die Zeit falsch angegeben haben könnte. Aber eine genaue Nachprüfung, wann Myrna Lindequist das Bankett im Beverly Wilshire verlassen hatte, und der praktisch durchgeführte Fahrversuch zu ihrem Haus ergaben, daß sie im äußersten Fall fünf Minuten Zeit gehabt hätte. Ich brauche Ihnen nicht zu sagen, Herr Staatsanwalt, daß im Falle eines Gerichtsverfahrens der Verteidiger ein Dutzend Autoritäten beibringen wird, die als Sachverständige aussagen würden, daß der Zeitpunkt des Todes in so engen Grenzen nicht festgestellt werden kann. Stellen Sie sich auf der Anklagebank eine weltberühmte Schauspielerin vor, gegen die, abgesehen von der Tatsache, daß sie am Tatort weilte, nicht der Schatten eines Verdachtes vorliegt, und versuchen Sie dann eine Mordanklage aufrechtzuerhalten. Und denken Sie auch daran, daß diese Angeklagte eine bildschöne Frau ist, die der Verteidiger auf den Zeugenstuhl setzen wird – in einem ebenso diskreten wie eleganten Kostüm –, vielleicht mit übergeschlagenen Beinen, damit die Geschworenen und das Publikum in natura zu sehen bekommen, was ihnen sonst nur auf der Leinwand geboten wird."

Glenn Evans unterbrach ihn hart:

„Genug! Ich kenne den Zauber!" Er erhob sich und schritt einige Male auf und ab: „Was gedenken Sie also zu tun? Es ist in kurzer Zeit das zweite Kapitalverbrechen, dem die Polizei hilflos gegenübersteht!"

Brennan erwiderte sachlich:

„Wir haben Benting. Das ist allerdings ein heißes Eisen. Außer den Andeutungen von Myrna Lindequist liegt gegen den Mann nichts vor. Ich habe die ersten Schritte bezüglich des Dirigenten unternommen. Ich werde ihn heute aufsuchen. – Dann haben wir Ralph Langen. Moss Katzberg hat alles erdenkliche Material zusammengetragen, aber bisher ohne greifbares Ergebnis. Er glaubt, Verdachtsmomente gefunden zu haben. Vielleicht kann ich Ihnen heute oder morgen mehr darüber sagen. Und dann haben wir noch Thao-Ming. Santoro ist nach San Francisco gefahren."

„Wir klammern uns also an drei Strohhalme", bemerkte Glenn Evans, „und ich hoffe nur, daß sich einer als ‚Rettung' erweist, sonst werden wir einiges zu hören bekommen! Der Generalstaatsanwalt ist gestern abend deutlich geworden."

Brennan erhob sich und nahm das Aktenbündel unter den Arm:

„Vielleicht bringt schon die nächste Stunde die Lösung" – sagte er, aber seine Stimme klang nicht überzeugt.

Nachdem er das Amtszimmer Glenn Evans' verlassen hatte, begab er sich in sein Büro und studierte den vorläufigen Bericht von Katzberg.

Er ging Wort für Wort alle Aufzeichnungen durch, die Sam Eisig im beruflichen Milieu und im Freundeskreis der Oskanova gesammelt hatte. Er stieß mehrmals auf die Namen Langen und Benting, doch schien es schwer zu sein, Tatsachen von Klatsch zu unterscheiden. Gesprächsweise sagten die Leute oft Dinge, die sie vor einem Geschworenengericht niemals aufrechterhalten und wiederholen würden. Es ergab den Anschein, daß die Spannung zwischen Benting und Tatjana Oskanova mehr als einmal zur Entladung gekommen war. In aller Öffentlichkeit. Und Ralph Langen war zu einer fast komischen Erscheinung im Kreise Myrna Lindequists geworden. Katzberg hatte bedenkliche Einzelheiten über Langen zusammengetragen. Aber von Beweismitteln, wie sie im Falle einer Mordanklage unerläßlich sind, konnte nicht die Rede sein.

Brennan legte die Akte in seinen Schreibtisch und begab sich zu Benting.

Das Haus des Dirigenten war unweit des Bel-Air-Country-Club. Brennan hielt vor einem Bau im mexikanischen Stil. Als er durch die parkähnlichen Anlagen langsam nach dem Gebäude schritt, wurde ihm die Schwierigkeit seiner Mission besonders klar. Er bewegte sich in dieser Mordangelegenheit in einer Welt, die zwischen Schein und Sein vibrierte.

Ein Diener öffnete die Tür, blieb aber an der Schwelle stehen. Er blickte Brennan fragend an.

„Wollen Sie Herrn Benting sagen, daß ich ihn wegen einer Information sprechen möchte." Er gab dem Diener seine Visitenkarte.

Der Diener las sie bedächtig, sah dann Brennan prüfend an:

„Ich weiß nicht, ob Herr Benting zu Hause ist. Aber ich kann ihn vielleicht telefonisch im Atelier erreichen." – Er machte eine kleine Pause und fügte hinzu: „Würden Sie mir Ihren Ausweis zeigen? Sie müssen verstehen, es versuchen doch allerlei Leute Herrn Benting –"

Brennan unterbrach ihn:

„Sparen Sie sich Ihre Erklärungen!" – Er hielt seine Kennmarke dem Mann dicht vor die Augen und schob ihn etwas unsanft über die Schwelle: „Herr Benting ist nicht im Atelier, sondern hier bei sich zu Hause. Und jetzt melden Sie mich gefälligst ohne Verzögerung an, sonst besorge ich das selbst."

Der Diener entfernte sich ohne ein weiteres Wort.

Nach wenigen Minuten kam ein hochgewachsener Herr in einem Slack die innere Treppe, die von der niedrigen Halle zu einer Galerie führte, herab. Sein majestätischer Gang und sein mächtiger, von wallendem grauem Haar gekrönter Kopf kontrastierte mit seinem sportlichen, jugendlichen Äußeren. Der Diener folgte ihm.

Benting blieb an der untersten Stufe der Treppe stehen und blickte zu Brennan:

„Was wollen Sie? Ich bin beschäftigt und habe wenig Zeit!"

Er sprach mit einem harten, fremden Akzent.

Brennan erwiderte bedächtig:

„Im allgemeinen haben selbst vielbeschäftigte Leute Zeit, wenn es sich um die Polizei handelt."

Benting machte eine wegwerfende Handbewegung:

„Ich habe nichts mit der Polizei zu tun!"

Brennan schritt langsam durch die Halle, blieb dicht vor Benting stehen und sah ihm in die Augen:

„Vielleicht hat aber die Polizei etwas mit Ihnen zu tun, Herr Benting! Ich möchte Sie sprechen, und es wäre ratsam, wenn Sie Ihren Diener hinausschickten."

Benting zögerte einen Moment, gab dem Diener ein Zeichen, sich zu entfernen, und sagte:

„Fassen Sie sich kurz!"

Brennan ging gemütlich zu dem Spieltisch an der linken Seite der Halle und setzt sich bedächtig. Er nahm ein Notizbuch zur Hand, legte es auf den Tisch, machte es umständlich auf und nahm seinen Füllhalter zur Hand:

„Die Dauer unserer Unterredung wird zum Teil von Ihnen abhängen. Wenn Sie gern stehen wollen, so habe ich nichts dagegen einzuwenden. Aber es wäre bequemer für Sie, sich zu setzen."

Benting starrte Brennan ungläubig an, kam dann aber an den Tisch und setzte sich. Er fragte verärgert:

„Was soll das alles bedeuten? Wissen Sie nicht, mit wem Sie es zu tun haben? Ich bin Komponist – und überdies der bedeutendste lebende Dirigent, und Sie behandeln mich –" Er fand keine Worte.

„Ich weiß genau, wer Sie sind, Herr Benting", sagte Brennan besonnen, „aber selbst wenn Sie der größte Dirigent aller Zeiten sein sollten, müßte ich Sie genauso behandeln wie jeden anderen Sterblichen, denn vor dem Gesetz sind alle Menschen gleich." – Er lächelte und fügte hinzu: „Zumindest sollten alle gleich sein, und solange es an mir liegt, wird alles geschehen, um diesen Idealzustand aufrechtzuerhalten."

Benting machte wieder eine weitausholende wegwerfende Bewegung:

„Ich arbeite an einer neuen Partitur für die Metro-Goldwyn. Daran gemessen, ist alles andere unbedeutend. Ich will nicht gestört sein. Was wollen Sie eigentlich?"

Brennan sah ihn nachdenklich an. Da saß vor ihm ein Mann, dessen Name weit bekannt war, von dem sich Millionen Menschen eine Vorstellung machten. Eine Berühmtheit, ein Idol. Aber so ganz aus der Nähe erfaßt, war er eine fast komische Figur. Ein alternder Riese, mit Tränensäcken unter den Augen.

„Ich habe einige Fragen an Sie zu stellen", sagte Brennan, „und es liegt in Ihrem Interesse, meine Fragen wahrheitsgemäß zu beantworten. Nur so können wir Ihre und meine Zeit sparen. Ich möchte zuerst wissen, ob Sie eine Dame namens Tatjana Oskanova gekannt haben und ob Sie –"

Benting beugte sich nach vorn:

„Das ist das übelste Geschöpf, das mir je begegnet ist!"

Brennan legte seinen Füllfederhalter auf den Tisch:

„Tatjana Oskanova ist ermordet worden. Sie sprechen also von einer Toten."

Bentings Stimme wurde noch unbeherrschter:

„Ob tot oder lebendig, das ist mir gleichgültig! Tatjana –", er fuchtelte mit beiden Händen in der Luft, „– war eine Bestie! Wer immer sie tötete, hat ein gerechtes Werk getan! Wäre es vor Jahr und Tag geschehen, so würde mein Leben anders geworden sein." – Er ließ sich in den Stuhl zurückfallen, tat einen tiefen Atemzug und blickte Brennan eindringlich an: – „Können Sie denn begreifen, was ein verwerfliches Weib imstande ist, an Unheil anzurichten?! Ich war ein glücklicher Mensch. Myrna Lindequist –" Er schwieg plötzlich.

„Ich weiß, daß Sie mit Myrna Lindequist verheiratet waren", bemerkte Brennan unbewegt, „und es ist mir auch bekannt, daß Sie für Ihre Scheidung Tatjana Oskanova verantwortlich machen. Aus dieser Tatsache und aus Ihren eigenen Worten ergibt sich, daß Sie die Ermordete gehaßt haben. Wie es Ihnen bekannt sein dürfte, ist bei einer Morduntersuchung die erste Frage jene nach dem Motiv. Der Mörder der Tatjana Oskanova hat sein Opfer nicht beraubt. Er hat also den Mord aus gefühlsbedingten Motiven begangen. Aus Haß. Meine nächste Frage, die Sie erst nach reiflicher Überlegung beantworten sollten, ist die: Wo weilten Sie in der Nacht vom Siebzehnten zum Achtzehnten?"

Brennan sprach die Worte mit sehr klarer Betonung und ließ Benting nicht aus den Augen.

Der Dirigent schien zunächst den Sinn dieser Worte nicht ganz aufzunehmen. Dann beugte er sich weit nach vorn. Und als er sich wieder in den Sessel zurückfallen ließ, begann er laut und fast schreiend zu lachen. Erst nach einer Weile beruhigte er sich. Er sah Brennan ungläubig an:

„Sie wollen doch nicht etwa mich der Tötung verdächtigen?!"

Brennan berichtigte ihn:

„Des Mordes, Herr Benting! Aber ich möchte betonen, daß ich Sie dieses Mordes nicht bezichtige, sondern nur feststelle, daß bei Ihnen zumindest das Motiv zu der Tat bestand. Ich bezichtige Sie also nicht, aber ich frage Sie nochmals: Wo waren Sie in der Nacht vom Siebzehnten zum Achtzehnten?"

Benting schloß die Augen und stützte seinen Kopf in beide Hände.

Eine Tür im Hintergrund öffnete sich, und ein junges Mädchen in einem Badeanzug betrat die Halle.

Sie war von vollendetem Wuchs. Das Badekostüm bewies Sinn für Sparsamkeit. Mit einem Minimum an dichtanliegendem Nylongewebe war ein Höchstmaß von sonnengebräuntem Körper der Betrachtung freigegeben. Sie war breitschultrig, hochbeinig und kaum mehr als zwanzig Jahre alt. Sie bemerkte zunächst Brennans Anwesenheit nicht und rief:

„Bobby! Wo ist mein Bobby?"

Als sie Brennan bemerkte, schien sie überrascht zu sein.

Benting nahm seine beiden Hände vom Gesicht und wandte sich um:

„Ich habe eine Besprechung, Baby. In ein paar Minuten."

Sie nickte und entfernte sich.

Brennan fragte ernst:

„Ihre Tochter aus erster Ehe?"

Benting schien die Frage nicht aufzunehmen. Er blickte wortlos vor sich hin.

„In der Nacht vom Siebzehnten zum Achtzehnten", sagte er schließlich, „da war ich", er überlegte eine Weile, „da war ich abends bei der Uraufführung ‚Lachendes Leben' – es war schauderhaft, die Musik von Kostrovsky zusammengestohlen, das Leitmotiv – eine Katstrophe. Wo die Harfe einsetzt . . ."

Brennan unterbrach ihn:

„Es handelt sich nicht um die Musik des Films ‚Lachendes Leben' – sondern um Ihr Alibi!"

Benting starrte ihn einen Augenblick verständnislos an. Dann nickte er:

„Gewiß, um mein Alibi. Ich war also bei der Premiere und anschließend im Beverly Wilshire – auch Myrna nahm an dem Bankett teil. Myrna –" Er schwieg, dann sagte er: „Ich war bis spät nachts dort. Fast Mitternacht –"

„Ich nehme an, daß sich diese Ihre Angaben durch Zeugen bestätigen lassen werden. – Und wohin begaben Sie sich vom Beverly Wilshire – also wo waren Sie von Mitternacht bis drei Uhr morgens?" beharrte Brennan.

Benting klatschte unerwartet in die Hände. Nach wenigen Augenblicken erschien der Diener.

„Getränke!"

Der Diener entfernte sich. Als er zurückkam, schob er eine fahrbare Bar vor sich her.

Benting schenkte sich ein und blickte zu Brennan.

„Es ist kein Versuch, Sie zu beeinflussen." – Benting deutete auf die verschiedenen Flaschen, und nachdem Brennan genickt hatte, schenkte er ihm ein. Er selbst trank sein Glas in einem Zug aus und sagte dann sichtlich ruhiger:

„Ich fuhr aus dem Beverly Wilshire nach Hause. Mein Chauffeur wird Ihnen das jederzeit bestätigen."

Brennan fragte:

„Kann die Bestätigung Ihrers Fahrers noch durch eine andere Person erhärtet werden?"

„Wenn es sein muß, ja!" erklärte Benting und fügte hinzu: „Aber aus privaten Gründen wäre mir das nicht besonders angenehm."

„In einem so ernsten Fall", erwiderte Brennan, „müssen manche Rücksichten unbeachtet bleiben. Wenn Sie einen weiteren Zeugen haben, liegt es in Ihrem Interesse, nicht zu zögern."

Benting lehnte sich in seinem Stuhl zurück:

„Sie können Baby fragen. Das ist die junge Dame, die eben hereingekommen war. Ihre Annahme, daß es meine Tochter sei, ist irrig. Sie stehen mitten im Leben, und ich nehme an, daß Sie für diese Dinge Verständnis haben. Die Öffentlichkeit denkt darüber vielleicht anders, genauer genommen – sie gibt sich den Anschein."

Brennan nickte:

„Wenn die Aussage der jungen Dame jene des Chauffeurs einwandfrei deckt, so braucht die Angelegenheit nicht über diese vier Wände hinauszudringen. Allerdings scheint mir der Altersunterschied –" er schwieg.

Benting breitete beide Arme aus.

„Man lebt nur einmal, mein junger Freund, und je früher man zu dieser Erkenntnis kommt, um so weniger Bitternis bringt einem dieses Dasein! Ich habe mich an einer großen Liebe fast selbst zerstört. Es ist klüger, die vollendete Schönheit mit den geringsten Qualen für die Seele zu genießen."

Er klatschte wieder in die Hände und befahl dem Diener, den Chauffeur herbeizurufen.

Der Fahrer Bentings, in einer hellgrauen Uniform, seine Mütze mit dem Lackschirm in der Hand haltend, blieb an der Schwelle stehen. Benting winkte ihm, näher zu treten.

Ehe der Dirigent etwas sagen konnte, begann Brennan in unauffälliger Form ein Gespräch, das im Grunde genommen ein Verhör war. Der Chauffeur beantwortete alle Fragen ohne Überlegung, kurz und klar, und ohne nach seinem Herrn zu sehen. Als das Gespräch beendet war, wies der Dirigent den Chauffeur an, Eliane zu bitten.

Nach einer geraumen Zeit erschien die junge Dame. Sie trug jetzt ein Sportkleid.

„Dieser Herr hier –" Benting blickte fragend zu seinem Gegenüber.

„Brennan", stellte sich der Polizeibeamte lächelnd vor.

„Herr Brennan", wiederholte Benting, „möchte gern eine Auskunft von dir haben. Es handelt sich –"

Brennan unterbrach ihn lächelnd:

„– um eine Versicherungsangelegenheit. Es ist ein Schaden angemeldet worden – angeblich in der Nacht vom Siebzehnten zum Achtzehnten durch das Fahrzeug von Herrn Benting verursacht. Wir möchten, um unnütze Komplikationen zu vermeiden, feststellen, wann Herr Benting in dieser Nacht nach Hause gekommen ist. Überlegen Sie bitte genau Ihre Antwort!"

Die junge Dame setzte sich auf die Armlehne von Bentings Stuhl, goß sich ein Glas Kognak ein, trank und sagte dann nach einigem Nachdenken:

„Am Abend des Siebzehnten fühlte ich mich nicht ganz wohl und ging daher auch nicht mit Bobby zu der Uraufführung eines Filmes –", sie zögerte; dann fügte sie hinzu: „Ich habe den Titel vergessen, aber ich weiß, daß Bobby in übler Stimmung nach Hause kam und mich noch aus dem Bett holte, um ihm Gesellschaft zu leisten."

„Und um wieviel Uhr ist das gewesen?" fragte Brennan.

„Etwas nach halb zwölf", erwiderte sie. „Es war während der Modenschau im Fernsehfunk, und da diese kurz vor Mitternacht zu Ende ging, muß es vor diesem Zeitpunkt gewesen sein."

Benting blickte fragend zu Brennan.

„Das genügt vorläufig", sagte Brennan. „Wir können die Sendezeit genau feststellen, und wenn die Zeitangabe stimmt, werden wir die Schadensabteilung unserer Gesellschaft benachrichtigen."

Benting wandte sich an das Mädchen:

„Mach dich fertig, wir fahren zusammen zum Atelier."

Sie entfernte sich mit einigen nichtssagenden Worten.

„Ich glaube, daß unter den gegebenen Umständen Ihr Wunsch, die Angelegenheit der Öffentlichkeit fernzuhalten, erfüllt werden kann", sagte Brennan. „Da ich aber nun einmal bei Ihnen bin, könnten Sie mir vielleicht Ihre Meinung über den Mordfall sagen. Sie kannten Tatjana Oskanova. Sie haben keinen Zweifel darüber gelassen, wie Sie denken und fühlen. Möglicherweise kennen Sie irgendwelche Einzelheiten, die mir nützlich sein könnten. Wer mag ein so starkes Haßgefühl gehabt haben, daß es zum Mord führte?"

Benting füllte wieder sein Glas, trank es auf einen Zug aus und beugte sich dann etwas nach vorn:

„Ich glaube, daß Tatjana Oskanova nur Feinde hatte. Ihre Beziehungen zu Männern reichten niemals über launenhafte kurze Abenteuer hinaus. Sie griff sich wahllos ihre Partner und schüttelte sie bedenkenlos ab, wenn ihr eigenes Interesse nachließ. Sie war egoistisch. Ich möchte sagen, in einem fast schon krankhaften Sinne. Welcher der Männer, die in ihr Leben traten, fähig gewesen wäre, aus der Enttäuschung eine letzte Konsequenz zu ziehen, kann ich nicht beurteilen. Sie fand an einem Neger Gefallen, einem primitiven Muskelmenschen. Der nächste war ein Intellektueller, also der denkbar schärfste Gegensatz. Bei welchem mag es bis zum Mord gediehen sein?"

Brennan zündete sich umständlich eine Zigarette an:

„Ich habe die Untersuchung auf alle Leute ausgedehnt, die uns verdächtig erscheinen konnten. Sie streiften bis jetzt nur die enttäuschten Liebhaber der Oskanova. Aber so wie Sie selbst aus anderen Gründen Haß gegen diese Frau empfanden, könnte jemand aus ähnlichen Ursachen –"

Benting nickte:

„Ich bin zu brutalen Reaktionen unfähig. Meine Liebe zu Myrna Lindequist fand ihren Ausdruck in meinen lebensfrohen Melodien. Würde ich nicht meine Gefühle in Musik umsetzen können, so wäre es wohl möglich, daß mich die Trennung von Myrna zur Katastrophe getrieben hätte. Tatjana Oskanova fand an dem Spiel mit Menschen eine besondere Befriedigung. Es genügte ihr nicht, Männer zu entwürdigen. Sie genoß in vollen Zügen jede Art von Zerstörung. Sie gewann über Myrna entscheidenden Einfluß – und nützte ihn bedenkenlos aus. Da ich das Hindernis auf ihrem Wege war, setzte sie alles daran, uns zu entzweien. Und es gelang ihr. Sie schuf Situationen, aus denen Myrna die natürlichsten – und unberechtigtsten Schlüsse ziehen mußte. Lange nach meiner Scheidung lernte Myrna den Regisseur Ralph Langen kennen. Er verliebte sich in sie. So grauenhaft mir die Vorstellung war, daß ein anderer Mann in Myrnas Leben stehen könne, so war ich doch abgeklärt genug, um eher dieses hinzunehmen, als sie weiter unter dem Einfluß Tatjanas zu wissen. Aber auch Ralph Langen wurde von der Oskanova verdrängt. Sie bediente sich aller erdenklichen Intrigen. Sie hatte genug Mädchen an der Hand, um einen Mann in Versuchung zu führen. Sie sorgte dafür, daß Myrna ein harmloses Geschehen als tragisches Ereignis aufgetischt bekam."

„Das sind Einzelheiten", sagte Brennan, „die ich nicht gekannt habe, die aber das Bild des Falles kaum wesentlich ändern. Ich brauche Tatsachen."

„Tatsachen?" lächelte Benting. „Da gab es einen Eric Ashley – ein sehr reicher jüngerer Mann –, der eine Leidenschaft für Musik und für Myrna hatte. Wir lernten ihn kennen, als er sich an mich wandte, um die Instrumentierung einer Sinfonie mit mir zu besprechen. Ashley verliebte sich in Myrna. Ich war an derlei gewöhnt. Nach meiner Scheidung tauchte Ashley wieder auf. Er war viel zu sehr Engländer, um vorher einen ernsten Versuch bei Myrna zu unternehmen. Ich weiß, daß er in ihrem Haus verkehrte. Für kurze Zeit."

Brennan horchte auf. Weshalb hatte Myrna Lindequist diesen Namen nicht genannt? Er fragte Benting:

„Was ist Ihre Meinung über Ashley? Wäre anzunehmen –"

Benting unterbrach ihn:

„Ausgeschlossen! Gewiß, auch sehr reservierte Engländer können lebensgefährliche Gefühle haben. Aber soweit ich weiß, zog sich Ashley nach kurzer Zeit zurück. Er ist ein Mensch, der sich nicht wohl fühlt in der Ruhelosigkeit unserer Umgebung. Ich sah ihn bei dem Bankett, im Anschluß an die Uraufführung von ‚Lachendes Leben' – es war gerade, als er mit Myrna einige Worte sprach."

Brennan überlegte. Eric Ashley. Er mußte jedenfalls den jungen Mann in den Bereich seiner Ermittlungen einbeziehen.

Benting erhob sich:

„Sie werden gewiß nicht daran zweifeln, daß ich alles zu tun bereit bin, um Ihnen zu helfen. Obzwar ich offen gestehen muß, daß es mir beinahe leid täte, wenn der Mörder der Oskanova vor Gericht käme. Denn wer immer die Tat begangen hat, übte damit Gerechtigkeit."

Brennan spürte die echte Bewegung, die Benting beherrschte. Aber seine Aufgabe war nicht, Recht zu sprechen, sondern einen Mordfall aufzuklären. Das Urteil mußte das Gericht fällen. Er verabschiedete sich von dem Dirigenten und schritt den Parkweg hinab nach der Straße.

Die Worte Bentings klangen in seinen Ohren.

Das war also der weltberühmte Dirigent und gelegentliche Komponist. Ein hoffnungslos enttäuschter Mensch, wie man ihn unter Arbeitern und Buchhaltern und in allen sonstigen Schichten fand. Ein Millionär, ein prominenter Künstler, der auf der obersten Stufe des Erfolges stand und dem nichts anderes übriggeblieben war als die Erinnerung an eine große Liebe und das nichtssagende erotische Abenteuer.

Er fuhr in sein Büro zurück und stellte die Wohnung Ashleys fest.

Von Dorsy und Katzberg lag keine weitere Nachricht vor.

Er rief Opitz an und fuhr zu der „Metropol-Film".

Sam Opitz konnte ihm ziemlich genau über Ashley berichten. Er kannte den Komponisten – und ebenso die Frau, die seit Monaten als seine feste Freundin galt und mit der er bei dem Bankett im Beverly Wilshire gewesen war. Opitz begegnete dem Paar, nachdem er Beverly Wilshire verlassen hatte, im „Mocambo", wo sie bis in die Morgenstunden verweilten.

So schied Eric Ashley ebenso schnell aus dem Kreis der möglichen Verdächtigen aus, wie er in ihn einbezogen worden war.

Brennan fuhr nach Hause. Er dachte an Glenn Evans und an den obersten Chef.

Er dachte an die Presse, die in den Abendausgaben wieder heftige Angriffe gegen die Polizei im allgemeinen und jene von Hollywood im besonderen gerichtet hatte.

Er fühlte, daß irgend etwas geschehen mußte.

Aber er wußte nicht, was.

Thao-Ming

Santoro suchte O'Hara auf, der die bekannteste Agentur für exotische Varieté-Attraktionen leitete.

Der Agent, ein Vollamerikaner, der seine irische Abstammung weder verleugnete noch verleugnen konnte, war im Vorführungssaal seines Unternehmens. Auf dem kleinen Podium produzierte sich im scharfen Licht zweier Scheinwerfer, die dem fachkundigen Auge des Beobachters alle Details enthüllten, eine junge orientalische Tänzerin. Sie mochte Japanerin sein oder Nisei – also amerikanische Bürgerin japanischer Abstammung – oder Chinesin; Santoro konnte die beiden gelben Rassen niemals unterscheiden. Als er O'Hara fragte, lächelte der Ire:

„Sie ist Französin – aus Indochina. Du kannst es an der Augenstellung, an den viel zarteren Gelenken und dem stärker entwickelten Oberkörper erkennen. Sie ist siebzehn Jahre alt."

„Allein?" wollte Santoro wissen.

„Oho!" O'Hara sah ihn aufmerksam an. „Seit wann interessieren sich die hohen Herren der Polizei für solche Einzelheiten? Und – was sagt Maggie dazu?"

O'Hara kannte Santoros Frau und fühlte sich verpflichtet, eventuellen Absichten Lucius' vorzubeugen.

„Es war nur eine unpersönliche Frage", log Santoro, „man macht sich Gedanken, wenn man so ein junges Geschöpf den Wölfen vorgeworfen weiß..."

„Sie ist mit Schutzengeln reichlich versehen", wehrte O'Hara ab. Er deutete nach der etwas verdunkelten Ecke des Raumes, wo zwei Asiatinnen und ein alter Mann mit einem schneeweißen langen Spitzbart saßen. „Mutter, Tante und dazu der Familienälteste! Sie bringen Kambo-Djela hierher und ebenso zu der Vorstellung ins Theater, wenn sie ein Engagement hat. Sie sitzen vor der Garderobe und bringen sie nach Hause. Sie ist seit ihrem elften Lebensjahr mit einem jungen Tonkinesen verlobt, der auf der Universität San Franzisko Medizin studiert. Es gibt eine Tradition, die stärker ist als die Umgebung. Und Kambola-Djela ist kein Einzelfall."

Die Tänzerin führte echte Eingeborenen-Rhythmen vor. Die Musik hatte sie sich selbst auf Schallplatten mitgebracht. Ihr Körper bewegte sich mit der ganzen Natürlichkeit des Echten und Wirklichen. Sie tanzte in orientalischem Gewand, das ihre Körperformen eher verdeckte als betonte – und dennoch sinnlich wirkte. Ihre jugendlichen Brüste waren von einem schmiegsamen Gewebe verhüllt, das bei jeder der tiefen Beugebewegungen nachgab.

O'Hara beobachtete die Tänzerin. Als sie ihre Nummer beendet hatte, kam der alte Mann zu ihm:

„Kambo-Djela hat etwas Besonderes gelernt. Warten Sie einige Minuten!"

Die beiden Frauen geleiteten das Mädchen nach dem Ankleideraum. Nach wenigen Minuten kam sie völlig verändert zurück. Sie trug jetzt ein tief ausgeschnittenes Abendkleid mit einem weiten Schlitz, der bei jeder Tanzbewegung ihre muskulösen Oberschenkel preisgab. Der Kofferapparat gab einen schnellen Walzer wieder. Und Kambo-Djela zeigte ihre Überraschungsnummer: die Orientalin auf amerikanisch.

O'Hara nickte dem Bärtigen zu:

„Eine ausgezeichnete Idee – eine prima Beigabe!"

Nach Beendigung der Darbietung verhandelte er mit den beiden Frauen und dem alten Mann. Es begann ein endloses Feilschen wegen der Gebühren des Agenten. Und wegen der Beschränkung der Lokale, wo Kambo-Djela auftreten sollte. Hartnäckig beharren die Orientalen auf ihrem Standpunkt. Aber schließlich wurde ein Vertrag unterzeichnet – der siebente, wie der Agent bitter feststellte.

Nachdem er mit O'Hara allein geblieben war, brachte er das Gespräch auf Thao-Ming.

„Ein großer Artist", berichtete O'Hara, „aber schwer zu nehmen. Weitaus mehr als nur orientalisch undurchsichtig. Er arbeitete stets mit einer Gruppe von echten Chinesen, die er sich selbst zusammenstellte. Seine Produktion stand immer weit über dem üblichen Durchschnitt. Aus unbekannten Gründen löste er seine Truppe unerwartet auf und begann eine neue Nummer. Nur er und ein Chinesenmädchen – Tsao-Lin. Das war zur selben Zeit, als Gerüchte umgingen, daß er sich mit einer weißen Frau liiert habe. Seine eigenen Landsleute mieden ihn. Er hatte da irgendeine dem ‚Tang' zuwiderlaufende Sache gemacht und wurde boykottiert."

„Wann war das?" erkundigte sich Santoro.

„Zwei Jahre – ungefähr. Ich hatte ihm eine Reihe von Verträgen gemacht – Philadelphia, New York, Chicago, Detroit, Pittsburg, Miami, Las Vegas –, er bekam ungewöhnlich hohe Gagen, denn seine Nummer war außergewöhnlich. Er balancierte seine junge Partnerin auf einem etwa zehn Meter hohen Bambusstab. Vorher wurden scharfe Schwerter auf der Bühne in dem Boden befestigt. Eine halsbrecherische Vorführung – und echt. Kein Trick." – Er sah plötzlich Santoro verwundert an: „Weshalb interessierst du dich für Thao-Ming?"

Santoro wich aus:

„Wir führen eine sehr ernste Untersuchung – und brauchen ihn eventuell als Zeugen. Vorher möchte ich genauere Anhaltspunkte über den Mann haben."

„Frage Tschun-Ling", riet O'Hara, „er war lange Zeit in der Gruppe Thao-Mings ‚Untermann'. Jetzt arbeitet er als Kellner bei Sing-Huan – du kennst das Lokal?"

Santoro nickte:

„Natürlich. Wieso der Abstieg?"

„Artistenschicksal", berichtete O'Hara. „Alltägliche Dinge. Tschun-Ling verunglückte. Übergewicht. Riß der Bauchmuskulatur. Mehrfache Operationen. Das Ende war die Zuflucht in das Chinesenrestaurant."

„Weißt du, wer die Weiße war, die Thao-Ming zu seinem Entschluß brachte?" fragte Santoro.

„Ich kenne nicht ihren Namen", erwiderte der Agent, „der Chinese hielt sie von jeglichem Verkehr fern. Ich weiß nur, daß sie bei jeder Vorstellung Thao-Mings anwesend war – in der ersten Reihe, stets auf demselben Platz. Es ging so weit, daß manchmal die Reihenfolge der Nummern geändert werden mußte, weil sich der Chinese weigerte, seine Attraktionen zu beginnen, wenn sein weißer Schutzengel nicht an seinem gewohnten Platze saß. Du weißt, Lucius, Orientalen sind noch abergläubischer als wir."

Santoro stand auf:

„Ich werde zu Tschun-Ling gehen. Vielleicht kann er mir Einzelheiten berichten. Ich hörte übrigens, daß Thao-Ming jetzt wieder mit einer Truppe arbeitet. Es soll einen Unglücksfall gegeben haben."

„Das stimmt", bestätigte O'Hara. „Das Mädchen stürzte vom Bambusrohr – ihr Leben hing an einem Haar. Sie riß sich die Unterschenkel auf. Einen halben Meter mehr gegen das Innere des Schwerterringes – und sie wäre aufgespießt gewesen. Tödlich. Die Nummer wurde verboten."

Santoro verabschiedete sich von O'Hara und fuhr nach dem Chinesenrestaurant.

Es war kein zurechtgemachtes Lokal, sondern wirklich für Landsleute des Inhabers gedacht. Santoro nahm an einem etwas abgelegenen Tisch Platz. Er erkundigte sich nach Tschun-Ling. Der Kellner, der an seinen Tisch getreten war, sah ihn mit einem steten Lächeln an und tat, als hätte er die Frage nicht gehört. Er reichte Santoro die Speisekarte. Aber Santoro wiederholte die Frage.

„Tschun-Ling?" fragte der Kellner zurück.

„Tschun-Ling! Jawohl! Tschun-Ling!" betonte Santoro. „Ich möchte die Adresse eines Freundes von ihm haben, dem ich Geld schulde." – Santoro vermied es, sich als Polizeibeamter auszuweisen. Inmitten der fast ausschließlich orientalischen Besucher des Restaurants erregte er ohnedies stummes Aufsehen.

„Tschun-Ling", sagte jetzt der Kellner, „ist im rückwärtigen Saal. Soll ich ihn rufen?"

Santoro drängte darauf.

Ein kleiner Chinese trat an seinen Tisch. Er lächelte wie alle seine Landsleute und blieb regungslos vor Santoro stehen.

„Sie sind Tschun-Ling?" fragte Santoro.

„Ich Tschun-Ling", erwiderte der Chinese in seinem chinesisch gefärbten Englisch, das durch den nasalen amerikanischen Akzent noch fremder klang.

„Sie haben mit Thao-Ming gearbeitet", sagte Santoro, „und ich schulde ihm zwanzig Dollars. Wissen Sie seine Adresse?"

„Zwanzig Dollars?" fragte Tschun-Ling zurück. „Die Wolke verdeckt die Sonne, und die Wolke, die weggeht, läßt sie wieder scheinen." Er verneigte sich und ging.

Santoro starrte ihm nach. Er wollte aufstehen und dem Mann folgen, aber es trat ein anderer Kellner an seinen Tisch. Er verneigte sich:

„Sie suchen Tschun-Ling?"

Santoro nickte.

„Ich sein Tschun-Ling."

„Aber der Kellner, der soeben fortging, ist doch Tschun-Ling!" rief Santoro.

„Chinese fortgegangen nicht Tschun-Ling. Tschun-Ling sein ich. Anderer Tschun-Ling nur gesagt, weil wissen wollte, weshalb Tschun-Ling kommen soll. Sie wollen Geld zurückgeben für Thao-Ming, ich nehmen an Geld für alten Freund Thao-Ming. Sie sparen Kosten, Geld wegsenden. Ich ihm geben, wenn ihn treffen."

„Das geht leider nicht", sagte Santoro, „denn ich muß das Geld ihm selbst zukommen lassen. Ich habe ihm Ausrüstungsgegenstände abgekauft – als er seine Truppe auflöste. Restschuld zwanzig Dollars."

„Der ehrsame Kaufmann ist ein weiser Mann", meditierte Tschun-Ling," „er ist wie ein kostbarer Teppich, den man bewundert – und den man dennoch mit Füßen tritt. Freund Thao-Ming jetzt arbeitet im ‚Coliseum' in San Franzisco."

Der andere Kellner trat an den Tisch heran, und Santoro bestellte sein Essen.

„Sie haben lange Zeit als Untermann in seiner Truppe gearbeitet", sagte Santoro und fügte hinzu, um den Mann vertraulicher zu stimmen: „Er war immer stolz auf Sie und hat bedauert, daß Sie das Unglück traf."

Tschun-Ling vertiefte sein gemeißeltes Lächeln für einen Augenblick, sah dann aber wieder unberührt vor sich hin:

„Es ist geschehen, weil es sein sollte. Wer immer über eine Brücke geht, muß damit rechnen, daß sie einmal vom Strom zerbrochen wird."

„Ich war sehr erstaunt", flocht Santoro ein, „daß Thao-Ming seine Truppe auflöste. Konnte er keinen Ersatz für Sie bekommen?"

„Thao-Ming nicht mehr wollen Truppe", sagte Tschun-Ling, „und dem Löwen soll der Hase nicht den Weg zeigen."

Santoro merkte kaum, daß der andere Kellner ihm seine Speisen vorgesetzt hatte. Er sah Tschun-Ling prüfend an:

„Thao-Ming hatte doch eine Nummer mit einem Mädchen auf dem Bambus?"

Tschun-Ling veränderte für einen Augenblick seinen Gesichtsausdruck; aber es war kaum merklich und verschwand sofort von seinen Zügen:

„Thao-Ming nicht mehr arbeitet Bambusakt. Unglück traf ihn."

„Davon weiß ich nichts", erklärte Santoro überzeugend. „Er ist verunglückt?"

„Nicht Thao-Ming, aber Lun-Tsche", berichtete Tschun-Ling. „Lun-Tsche, seine Partnerin, verunglückte. Kung-Shan war zugegen, von der alten Truppe. Es war ein Abend, als Thao-Ming nicht arbeiten wollte, aber er mußte, weil Angst vor großer Strafe. Vertrag sieht Geldopfer vor für Artist, der versagt. Thao-Ming wollte nicht auftreten – und mußte."

Santoro versuchte, die Ansicht Tschun-Lings über den Unglücksfall zu erfahren, aber der Chinese lächelte nur:

„Tschun-Ling nicht wissen!"

„Wo ist Lun-Tsche?" fragte Santoro.

„Lun-Tsche angetreten große Reise und versammelt zu ihren Ahnen", sagte Tschun-Ling, und für einen Augenblick verschwand das Lächeln aus seinem Antlitz. Als Santoro genauer hinsah, war es wieder unbeweglich in seinem Gesicht.

Santoro fühlte, daß Tschun-Ling log. Aber es gab keinen Beweis dafür. Da er auf Umwegen nicht weiterkam, fragte er plötzlich:

„Und was ist aus der weißen Frau geworden?"

Tschun-Ling sah ihn, weiter lächelnd, nichtssagend an:

„Weiße Frau verschwunden – gerade von jenem Abend an, da Thao-Ming gestraft wurde. Sie war nicht gekommen. Deshalb Thao-Ming wollte nicht arbeiten. Weiße Frau nie wieder gesehen. Wanderer, der sich in fremden Garten begibt, muß stolpern."

Santoro überlegte. Die Unbekannte war also an jenem Abend, da das Unglück geschah, nicht im Varieté gewesen. Thao-Ming wollte zweifellos aus diesem Grunde nicht auftreten. O'Hara hatte ihm schon gesagt, daß der Chinese seinen Auftritt verzögerte, wenn die Unbekannte nicht im Zuschauerraum war.

Ohne sein Essen anzurühren, zahlte er, gab dem Kellner und Tschun-Ling ein beachtliches Trinkgeld und verließ das Lokal.

Er ging nach der Polizeiverwaltung, holte sich seinen Passageschein nach San Franzisko, fuhr bei seiner Wohnung vorbei, nahm seine notwendigsten Reisesachen in einem kleinen Handkoffer mit und trat die Reise nach dem „Golden Gate" an.

Er fuhr in ein kleines Hotel und von dort nach dem „Coliseum".

Es war vor acht Uhr abends, und er ging sogleich nach den Artistengarderoben.

Er wies sich beim Pförtner als Polizeibeamter aus, schärfte ihm Verschwiegenheit ein und ließ sich in die Kabine von Thao-Ming führen.

Als er den kleinen Raum betrat, war er von der Pracht der über einer spanischen Wand und auf den Stühlen liegenden herrlichen seidenen Gewänder überrascht.

Er stellte sich dem Chinesen als Freund O'Haras vor und begab sich auf rein sachliches Gebiet:

„Aus Rio de Janeiro wurde in meinem Büro eine chinesische Truppe angefordert – für eine Tournee durch Brasilien, Argentinien und Uruguay. Es kommt nur eine erste Truppe in Frage. O'Hara empfahl Sie mir."

Der Chinese legte umständlich ein leuchtendes, gelbseidenes Prunkkleid von seinem Sessel auf einen Koffer:

„Der sehr alte, ehrwürdige Herr möge Platz nehmen in der unwürdigen Anwesenheit seines Dieners Thao-Ming! Die Ehre ist zu groß, in diesem Raum geschätzt zu werden."

Santoro sah ihn fragend an:

„Würden Sie bereit sein, eine solche Tournee zu übernehmen? Und welches sind Ihre Bedingungen?"

„Wenn mein hoher Freund O'Hara wünscht, ist es ein Befehl für Thao-Ming", erwiderte der Chinese. „Und er ist weiser als Thao-Ming, so sei sein Wort mein eigenes."

Santoro nickte:

„Sie meinen damit, daß die geschäftliche Seite mit O'Hara abzumachen sei. Damit bin ich einverstanden. Aber ich hörte, daß Sie kürzlich einen Unfall hatten – Ihre Partnerin verunglückte." Er beobachtete Thao-Ming genau und sagte dann betont: „Das war an jenem Abend, als Tatjana nicht in der ersten Reihe saß!"

Thao-Ming behielt sein Lächeln völlig unverändert bei:

„Das Unglück ist nicht verschieden vom Glück – beide kommen selten. Es ist geschehen und kann nicht rückgängig gemacht werden."

„Die Attraktion mit der Bambusstange würde in Südamerika eine sehr hochbezahlte Nummer sein. Sie können sicher eine Partnerin finden, und dort hindert Sie kein Verbot am Auftreten. Natürlich darf es nicht vorkommen, daß Sie einfach das Auftreten absagen – wegen Abwesenheit Tatjanas."

„Thao-Ming nur mit Truppe arbeiten", erwiderte der Chinese leise, doch beharrlich. „Thao-Ming nicht kennen Tatjana."

Santoro überlegte. Es war durchaus möglich, daß er Tatjana nicht beim Namen kannte – und entfernt möglich, daß es sich um eine andere Frau handelte. Bei O'Hara wollte er die Photographie nicht vorlegen – es wäre ein zu klarer Hinweis gewesen. Aber Thao-Ming konnte er nur auf diese Weise – wenn überhaupt – überraschen. Er nahm plötzlich das Bild der Oskanova aus seiner Jackettasche und legte es vor Thao-Ming hin.

Thao-Ming starrte das Bild an. Das Lächeln war verschwunden. Santoro beobachtete ihn scharf. Der Chinese drehte die Photographie um:

„Sie hieß Tatjana –"

Dann schwieg er. Das Lächeln lag wieder über seinem Antlitz, das von tiefen Furchen überzogen war.

Santoro drängte:

„Es hat keinen Sinn, Ausflüchte zu machen. Tatjana selbst hat mir von ihrer Beziehung zu Ihnen erzählt. Sie waren hilflos, wenn sie nicht in der ersten Reihe saß und –", Santoro stockte. Plötzlich schien ihm die Erklärung greifbar nahe zu sein und: „Tatjana lenkte Sie! Tatjana übte einen hypnotischen Einfluß auf Sie aus! Deshalb mußten Sie Tatjana bei der Vorführung haben! Sie arbeiteten unter ihrem Willen!"

Thao-Ming sah ihn unverwandt lächelnd an:

„Nur der Tor läuft dem enteilenden Fluß nach!"

Santoro stand auf. Er nahm seine Kennmarke hervor:

„Genug der Sinnsprüche. Sie waren mit Tatjana Oskanova eng befreundet. Ihre Existenz hing von Tatjana ab. Sie verließ Sie – und damit war Ihre Attraktion erledigt. Sie sannen auf Rache. Sie haben Sie ermordet! Leugnen nützt nichts – wir haben Zeugen dafür, daß Sie in der Mordnacht bei Tatjana waren!"

Thao-Ming sah ihn durchaus unverändert an:

„Der Fremde legt die schützende Hülle ab, wenn er das Haus betritt. Aber der Hausherr sieht ihn von Anfang an so, wie er ist. Thao-Ming wußte niemals, daß die weiße Frau Tatjana hieß, und als sie verschwand wie die rosa Wolke, wenn das Gewitter sich entlädt, so suchte er sie nicht weiter, denn Nebel und Frauen sind nicht zu halten."

Santoro wollte heftig entgegnen – doch irgendwie fühlte er sich gehemmt. Er stand etwas Fremdem gegenüber. Er fragte fast verwundert:

„Wußten Sie gleich bei meinem Eintreten, wer ich bin?"

„Ich wußte nur, wer Sie nicht sind", antwortete Thao-Ming und verließ die Sprache in der dritten Person. „O'Hara würde niemals jemand zu mir schicken, um ein Engagement abzuschließen, denn damit entginge ihm die Kommission. Und am allerwenigsten wegen einer Verpflichtung nach Südamerika, wo er sehr stark im Geschäft ist."

Santoro hatte diesen Gesichtspunkt nicht beachtet. Jetzt, da Thao-Ming ihn so sachlich auseinandersetzte, begriff er nicht, daß er das übersehen konnte.

„Wo waren Sie in der Nacht vom Siebzehnten zum Achtzehnten?" fragte er kurz und entschieden.

Thao-Ming sah ihn lächelnd an:

„Der ehrwürdige Gast berief sich auf Zeugen, die ihm sagten, wo Thao-Ming damals gewesen war."

„Sie geben also zu, daß Sie im Hause der Tatjana weilten?" fragte Santoro. Er war unsicher, ob der Chinese mit seinen Worten zugestimmt hatte.

„Thao-Ming weilte jene und die vorherige und die nachfolgende Nacht im ‚Tang', wo er vor den Ältesten den Tadel auf sich nahm, der ihm zukam."

„Ihre Zeugen sind also alles Chinesen?" fragte Santoro, und seine Stimme ließ keinen Zweifel an der Geringschätzung, die er diesen Zeugen entgegenbrachte.

„Es sind amerikanische Bürger von chinesischer Abstammung", sagte Thao-Ming gemessen. „Bis auf zwei Männer. Die Ältesten. Sie sind in der Heimat geboren und wissen daher nicht, was die Lüge ist."

Santoro tat, als habe er den Sinn der Worte nicht verstanden. Er fragte weiter:

„Sie müssen Ihre Zeugen angeben, und wir werden dann sehen, ob man ihnen glauben kann. Wo ist Ihr ‚Tang' – dies Chinesengericht?"

„In San Franzisco", erwiderte Thao-Ming. „Ich will Ihnen die Männer vorstellen – nach der Vorstellung. Meine Truppe kommt bald an die Reihe." Er begann sich umzuziehen.

„Sie wollen also sagen, daß Sie in der fraglichen Nacht nicht in Hollywood waren?" fragte er überrascht.

„Ich bin am Siebenten nach San Franzisco gekommen", antwortete Thao-Ming, „und jeden Abend, vom Fünfzehnten angefangen, hier im ‚Coliseum' aufgetreten. Sie haben hier also auch weiße Zeugen, soviel Sie wollen."

Santoro bemerkte einen Klingelknopf. Er ließ einen Garderobier kommen und verlangte den Geschäftsführer.

Eerstaunt betrat ein Herr im Frack die Kabine. Santoro legitimierte sich und stellte seine Fragen. Die Angaben Thao-Mings wurden bestätigt.

Santoro verließ mit dem Geschäftsführer die Garderobe und begab sich in dessen Büro.

Der Leiter des „Coliseum" wußte mehr, als Santoro annahm. Er kannte seine Artisten, und so wußte er über die weiße Frau Bescheid. Er ahnte nicht, daß es Tatjana Oskanova war – sonst würde er sich gemeldet haben, behauptete er.

In Artistenkreisen wußte man, daß Thao-Mings ursprüngliche Attraktion mit dem Mädchen auf dem Bambusstab auf rätselhafte Weise entstanden war. Man munkelte von einem Hypnotiseur, der sich mit dem Chinesen zuerst einen Scherz erlaubt hatte. Thao-Ming arbeitete in einem reinen Trancezustand und leistete Ungewöhnliches. Er konnte Dinge vollbringen, die niemals zuvor ein Artist erreichte. Der Hypnotiseur brachte ihn auf die Idee des Babus-Aktes, den er einmal mit einem Artisten in Europa ausgeführt hatte.

Die Frau, die später Thao-Ming aus der ersten Reihe des Zuschauerraumes leitete, war auf unerklärliche Weise hinter den Trick gekommen. Sie bezahlte dem Hypnotiseur eine – wie man sich erzählte – hohe Summe, um ihn zur sofortigen Abreise zu bewegen, und übernahm seine Stelle bei Thao-Ming.

Wenn sie zu spät kam, mußte die Nummer des Chinesen verschoben werden. Und an jenem Abend, als sie gar nicht kam, führte Thao-Ming seine Attraktion als Abschlußnummer des Programms durch. Die Artisten merkten von Anfang an seine Unsicherheit. Sie versammelten sich hinter den Kulissen und verfolgten jede Bewegung seiner Partnerin. Es scheint, daß einer der Artisten das Hilfspersonal veranlaßt hatte, die Schwerter in einem viel engeren Kreise in den Bühnenboden einzurammen, als es sonst geschah. Diesem Umstand war es zu verdanken, daß der Unfall nicht tödlich verlief. Thao-Ming balancierte die Bambusstange eine ganze Weile. Aber plötzlich, mitten während der Nummer – gerade als seine junge Partnerin die „vuelta" machte –, verlor er die Sicherheit. Er schien zu torkeln. Entsetzte Schreie aus dem Publikum tönten auf. Das Mädchen schaukelte in weitem Bogen um die Stange und stürzte ab.

Santoro ersuchte den Geschäftsführer, die Eintragungen der Mitwirkenden nachzuprüfen. Sie ergaben, daß Thao-Mings Truppe – mit ihm an der Spitze – jeden Abend seit dem Fünfzehnten aufgetreten war. Die Nummer der Truppe begann um neun und endete um neun Uhr zwanzig. Rechnete man nur fünfzehn Minuten für das Umkleiden, so war es unmöglich, zur Zeit der Tat in Hollywood zu sein. Es sei denn mit einem Sonderflugzeug.

Diese Annahme besaß kaum Wahrscheinlichkeit, dennoch beschloß Santoro auch diese letzte Möglichkeit zu überprüfen.

Nachdem er sich verabschiedet hatte, begab er sich zum Polizeipräsidium.

Eine eingehende Rundfrage ergab, daß kein Flugzeug am Abend des Siebzehnten nach halb zehn Uhr in Richtung Hollywood aufgestiegen war.

Santoro ging in sein Hotel. Er ließ sich früh wecken und war um halb zwölf im Morddezernat bei Brennan.

Er berichtete das Ergebnis seiner Ermittlungen.

Brennan nahm einen großen Bogen Papier zur Hand. Dann einen Rotstift.

Er strich den Namen Thao-Ming von der Liste.

Er betrachtete sie eingehend.

Ein einziger Name war verblieben: Ralph Langen.

Moss Katzberg hatte dreimal telefoniert, aber nur gemeldet, daß er weiterarbeite.

Ralph Langen ...

Brennan sah Santoro an und schob ihm den „Hollywood Inquirer" zu:

„Lesenswert – höchst lesenswert!"

Santoro las auf der ersten Seite in fünfspaltiger Überschrift:

„MORDFALL TATJANA OSKANOVA / NEUE REKORDLEISTUNG UNSERER POLIZEI! / UNTERSUCHUNG VÖLLIG ERGEBNISLOS! / SÄUBERUNG DES POLIZEIDEPARTEMENTS DRINGENDSTE FORDERUNG!"

„Das ist nun Ihr ‚Freund' Carey!" sagte Santoro spöttisch.

„Dahinter steckt George Parker!" erwiderte Brennan verbissen. „Ich kenne seinen Stil – und was er hier den kleinen Carey schreiben läßt, finden Sie morgen noch vehementer im ‚Los Angeles Star' – so sicher, wie ich hier fest sitze!"

„Woher wissen Sie", fragte Santoro, „daß Sie so fest hier sitzen!"

Aber er fragte es erst, als er an der Tür war, so daß der dicke Kalender, den Brennan als Wurfgeschoß benutzte, ihn nicht mehr erreichte.

Ralph Langen

Moss Katzberger war von Beruf Jurist. Er hatte die Universität in Princeton besucht. Ein halbes Jahr vor seiner Graduierung meldete er sich als Freiwilliger, wurde militärisch ausgebildet und dem amerikanischen Expeditionskorps zugeteilt. Seine für einen Amerikaner ungewöhnlich guten französischen Sprachkenntnisse bewirkten seine Zuteilung zum Stabe des Generals Patton. Er landete bei dem militärischen Nachrichtendienst und wurde bei seiner Rückkehr in die Staaten vom F.B.I. übernommen. Nachdem er eine sehr gründliche weitere theoretische und praktische Ausbildung genossen hatte, bewarb er sich bei der Kriminalpolizei in Los Angeles – Hollywood. Für diesen Entschluß – der ihm materiell zunächst nur Nachteile bringen konnte – war das Modegeschäft der Frau Mathiesen verantwortlich zu machen, genauer genommen deren Tochter Ellis, die im Betrieb ihrer verwitweten Mutter so lange eine maßgebende Stellung einnahm, bis Katzberg sie endlich dazu brachte, ihn zu heiraten.

Er liebte seinen Beruf, und würde er sich politisch im Sinne der herrschenden „Demokratischen Partei" betätigt haben, so wäre er längst befördert worden. Da aber seine hervorragenden Fähigkeiten und eine untadelhafte Führung selbst ohne politische Rückenstützung auf die Dauer sich auswirken mußten, war ihm vor der Zukunft nicht bange.

Katzberg, in Psychologie nicht minder trainiert als in der Kriminalwissenschaft und allen ihren Techniken, nahm unter seinen Kollegen eine besondere Stellung ein. Man gab ihm den Beinamen „Professor".

Nachdem ihm von Brennan die Untersuchung gegen Ralph Langen übertragen worden war, ging er anders an die Arbeit, als es die gewöhnliche Routine vorgesehen haben würde. Er ließ sich bei dem Büro für „Extras" eintragen. Auf rätselhafte Weise konnte er seine Mitgliedschaft beim Syndikat nachweisen, und durch Beziehungen, die er nicht nur reichlich besaß, sondern auch ausgezeichnet zu nützen verstand, erschien er bereits am Nachmittag des Achtzehnten im Studio der „Pantheon-Filmgesellschaft". Er spielte eine unbedeutende Rolle; er wäre im Theater auf dem Programm unter „Volk" oder als „Zweiter Vermummter" im Personenverzeichnis angegeben worden.

Die Regie führte Ralph Langen. Der Film wurde in „Vistavision-Technicolor" gedreht.

Er konnte Langen in größter Ruhe beobachten.

Der Regisseur saß in einem fahrbaren Fauteuil. Er gab seine Anordnungen über ein Handmikrofon.

Langen war ein Mann von etwa vierzig Jahren. Sein Körperbau schien schwach, und die schmächtige Figur drohte oft in dem riesigen Sessel zu verschwinden. Er war von außergewöhnlicher Erregbarkeit; dennoch von unbezähmter Willenskraft und einer unbändigen Arbeitsfähigkeit. Er ließ einzelne Szenen bis zur Verzweiflung der Hauptdarsteller wiederholen, er schonte sich selbst nicht und noch viel weniger seine Umwelt.

In der Kantine hörte Katzberg die unterschiedlichsten Meinungen über den Regisseur. Es wurde über Langen geschimpft und gelästert, aber seine Leistungen schienen von niemandem geschmälert zu werden. Merkwürdigerweise blieben alle diese Gespräche, an denen sich Katzberg nicht beteiligte, im rein Beruflichen stecken. Selbst als er durch unauffällige Fragen auf das persönliche Leben Langens zu sprechen kommen wollte, wußte niemand die sonst üblichen Schlafzimmergeheimnisse.

Katzberg unterzeichnete am Spätnachmittag seine Lohnquittung – sie lautete über den Bruttobetrag von achtzehn Dollars – und ging nach dem Pressebüro der „Pantheon-Film". Er hatte sich eine Einführung aus erster Hand verschafft und bekam sämtliche Kritiken und persönlichen Notizen über Ralph Langen vorgelegt.

Es wurde ihm ein Schreibtisch zugewiesen, und er begann die einzelnen Veröffentlichungen über Ralph Langen zu studieren. Ein jeder Artikel war auf ein Kartonblatt geklebt, das oben den Titel der Zeitung oder der Zeitschrift trug, in welcher er erschienen war, ebenso das Datum und eine geheimnisvolle Bezeichnung in Code-Schrift.

Er überflog die kritischen Äußerungen, die vom höchsten Lob bis zur vernichtendsten Ablehnung führten. Genau las er alles, was Louella Parsons und der weibliche Filmklatsch-Großmogul Maxwell über Ralph Langen ihren geheimnislüsternen Leserinnen als Bettlektüre vorgesetzt hatten.

Abgesehen von Andeutungen, die der Fachmann sofort als freie Erfindung erkannte, die aber dem durchschnittlichen Lesepublikum als prickelnde Hollywood-Stories erschienen, waren nur wenig brauchbare Angaben zu finden. Ralph Langen war mit der Filmschauspielerin Ann Seymour verheiratet gewesen; Katzberg errechnete sich aus den Artikeln ein fast sechs Monate währendes Eheglück. Es wurde beendet durch ein Scheidungsurteil in Reno, welches den Gatten alleinschuldig sprach, da er in leichtfertiger Weise eine mehrtägige, nach Ansicht des gegnerischen Anwalts durchaus berufliche Reise seiner Ehefrau mit einem Jazzband-König als ausreichende Ursache ansah, um seine Frau, der er nachgefahren war, in einem Nachtlokal tätlich anzugreifen.

In zweiter Ehe war Ralph Langen mit der „Schönheitskönigin der Schreibmaschinenfabrikanten" verheiratet, und diese Ehe schien in paradiesischem Glück zu verlaufen. Zumindest bis zu dem Augenblick, wo es der preisgekrönten Schönheit gelungen war, Ralph Langen weichzukneten, sie in einem seiner Filme unterzubringen. Die verheerenden Kritiken wurden von der Schönheitskönigin auf die völlige Unfähigkeit Langens als Regisseur zurückgeführt. Die Ehe wurde in Mexico-City in Abwesenheit von Langen geschieden. Die Schönheitskönigin tröstete sich mit einem Mann, der am Broadway in New York eine Show produzierte.

Nach dieser zweiten Scheidung wurde es stiller um Ralph Langen, bis Gerüchte auftauchten, die ihn mit Myrna Lindequist in Verbindung brachten. Man sah das ungleiche Paar in allen mondänen Lokalen. Sie erschienen im „Mocambo" in Hollywood und im „Stork-Club" in New York, und es wurde erzählt, daß selbst der große Walter Winchell an ihrem Tisch Platz genommen hatte. Das war alles zu der Zeit, als Myrna Lindequist bei der „Pantheon-Film" wirkte. Mit ihrem Hinüberwechseln zu der „Metropol-Film" löste sie anscheinend nicht nur die geschäftlichen Bande zu dem Studio, sondern auch die persönlichen zu ihrem Regisseur, dem sie, wie Katzberg zwischen den Zeilen las, ihren eigentlichen Aufstieg zu verdanken hatte.

Aus dem Archiv des „Variety" – der maßgebenden Quelle für alle Filmleute – stellte Katzberg fest, daß Langen im Jahre 1936, aus Wien kommend, eingewandert war. Er hatte sich sehr früh mit der Farben-Photographie beschäftigt und kam auf dem Umweg über seine technische Mitarbeit im Farbfilm zur Tätigkeit eines technischen Assistenten. Seine erste selbständige Regiearbeit war ein Erfolg, und er wußte durch ungewöhnlich zähe Arbeit seinen langsamen, aber steten Aufstieg zu sichern.

Katzberg schätzte die durch jahrelangen Umgang mit verwöhnten Gästen sehr geschärfte Beobachtungsgabe von Hotel- und Restaurantangestellten hoch ein. Er begab sich nach dem „Mocambo". Die Kellner waren damit beschäftigt, die Tische zu decken. Der Maître d'Hôtel schritt prüfend zwischen der Schar seiner dienstbaren Geister, kritisierte und gab Anordnungen. Er betrachtete das Arrangement eines jeden Gedeckes als ein äußerst ernstes Problem.

Katzberg nahm ihn beiseite. Er kannte den Mann noch von früher her. Man wurde nicht als Empfangschef des „Mocambo" geboren.

Sie nahmen in dem Vorraum Platz.

„Wie geht das Geschäft?" lenkte Katzberg die nervöse Neugierde des Mannes ab.

„Ausgezeichnet", erwiderte Connelly und fügte vorsorglich hinzu: „Aber Sie wissen ja, man arbeitet für die Steuer. Der Staat ist unser Hauptaktionär. Von einem wirklichen Verdienst kann nicht die Rede sein."

Katzberg nickte zustimmend:

„So ist es. Es hat den Anschein, daß die Mehrzahl der Unternehmer von den Zinsen ihrer Schulden lebten – und nicht einmal schlecht! Ich hörte gelegentlich, daß man zu zweit schon für fünfzig Dollars bei Ihnen zu Abend essen kann, natürlich in bescheidenen Grenzen!"

Conelly wiegte den Kopf bedächtig hin und her:

„Was sind heute fünfzig Dollars? Die Statistik beweist, daß ein Dollar von heute dieselbe Kaufkraft hat wie fünfundzwanzig Cents vor dem ersten Kriege. Im Grunde genommen dinieren Sie also für zwölfeinhalb Dollars, das entspricht dem Preis von einem Paar Schuhe."

Katzberg gab sich nicht geschlagen:

„Ich glaube, Ihre Rechnung ist falsch. Vor nicht allzu langer Zeit – ein paar Jahrhunderte spielen wirklich keine große Rolle bei unserem schnellen Leben – kostete die Halbinsel Manhattan keine zehn Dollars. Wenn wir davon ausgehen, so speist man bei Ihnen für den Bruchteil eines Cents zu Abend – zu zweit wohlgemerkt. Bei dieser Umrechnung können Sie mir jeden Abend einen Tisch mit zwei Gedecken reservieren." – Er lächelte.

Connelly blickte ihn an:

„Sie wissen, daß Sie jederzeit bei uns –"

Katzberg unterbrach ihn:

„– Freitisch haben. Das wollten Sie doch sagen, nicht? Aber es ist so, Connelly, daß ich in dienstlicher Eigenschaft keine Einladung annehme und in außerdienstlicher Eigenschaft keine angeboten bekomme. Aber um auf etwas anderes zu sprechen zu kommen: Verkehrt Cugat ständig bei Ihnen?"

Connelly blickte interessiert auf:

„Wenn er in Hollywood ist, selbstverständlich!"

„Und Robert Mitchum?" – fragte Katzberg.

Das Gesicht des Maître d'Hôtel zeigte unverkennbares Erstaunen:

„Wie kommt Mitchum zu Cugat? Sollte Cugat etwa auch – –?" Er vollendete den Satz nicht.

„Die Fragen stelle ich, Connelly", lächelte Katzberg. – „Ziehen Sie keine voreiligen Schlüsse. Was mich augenblicklich interessiert, ist die Frage, wer gestern abend, es muß nach elf Uhr gewesen sein, an dem ovalen Tisch in der Höhe des zweiten Fensters rechts saß."

Der Maître d'Hôtel überlegte nur wenige Augenblicke:

„Der Tisch wurde für Bogul Yanutzki reserviert. Er hatte sechs Leute eingeladen. Da war zu seiner Rechten", er fügte verständnisvoll hinzu, „selbstverständlich Lea van Doorn – zu seiner Linken saß Benting –"

Katzberg notierte die Namen. Er tat es völlig mechanisch, denn er empfand nicht das leiseste Interesse für die Gäste des „Mocambo". Aber er erweckte den Eindruck, daß sein Besuch der Ermittlung irgendwelcher Dinge im Zusammenhang mit dieser Tischgesellschaft stand. Er dehnte seine Erkundigungen bis auf die Einzelheiten der Toiletten der drei Damen, die Connelly genannt hatte, aus; stellte genau fest, wann Yanutzki und seine Freunde gekommen waren und wann sie das Lokal verlassen hatten. Er äußerte Zweifel und Bedenken an den Angaben des Maître d'Hôtel und ließ sich diese durch zwei Servierkellner bestätigen.

Wie ein Mann, der seine Arbeit pflichtgemäß und gründlich getan hat, erhob er sich. Connelly geleitete ihn durch die Empfangshalle. Katzberg kam noch auf andere Prominente zu sprechen, streifte aktuelle Ereignisse aus der Filmwelt und lenkte Connelly zu der Frage: „Und was sagen Sie zu der Ermordung der Oskanova?"

Katzberg zuckte mit den Schultern:

„Unter uns gesagt, Connelly, nach meiner Überzeugung ist es ein Raubmord. Aber das ist streng vertraulich. Der Öffentlichkeit gegenüber muß das verschwiegen werden. Wir wollen den Täter in Sicherheit wiegen. Er soll sich einbilden, daß wir den ganzen Mordfall als undurchdringliches Geheimnis betrachten. Sie verstehen."

Der Maître d'Hôtel schien sich durch die Vertraulichkeit sehr geehrt zu fühlen:

„Selbstverständlich! Auf meine Verschwiegenheit können Sie sich verlassen! Obzwar nach meiner Meinung andere Möglichkeiten vorliegen." Er machte eine bedeutungsvolle Paulse. – „Die Oskanova hatte mehr Feinde, als Sie ahnen. In meinem Beruf erfährt man so manches, was der Polizei verborgen bleibt!"

Katzberg lächelte und winkte ihm gutmütig ab:

„Klatsch aller Art, ich kann es mir vorstellen. Aber wir dürfen nur mit Tatsachen arbeiten. Wir wissen, was geschehen ist. Die Oskanova besaß wertvollen Schmuck. Er ist verschwunden. Geben Sie sich keinen Illusionen hin, in der Filmwelt werden Märchen erzählt, gespielt und gelebt. Sorgen Sie für erstklassige Bedienung, das ist Ihr Geschäft, darin sind Sie Meister, und überlassen Sie uns die Überführung der Verbrecher."

Connelly war sichtlich beleidigt:

„Wenn Sie wüßten, was ich weiß, so würden Sie vielleicht anders über den Fall denken. Die Oskanova war sehr oft bei uns. Früher immer in Begleitung von Männern und dann fast ausschließlich mit der Lindequist. Ich habe hier Szenen erlebt –" Er hob beide Hände und schwieg.

Katzberg steckte eine Zigarette an und ging mit Connelly langsam auf und ab:

„Der ganze Klatsch um die Oskanova ist uns längst bekannt. Sie hatte ihre Freunde – und ebenso die Lindequist."

Connelly blickte ihn fast mitleidig an:

„Sie wissen gar nichts!" – Connelly machte eine Pause und sagte dann geheimnisvoll: – „Die Oskanova und die Lindequist waren mehr als innig befreundet, und wenn sie gemeinsam in Herrenbegleitung bei uns waren, merkte man, was gespielt wurde. Als die beiden Frauen einmal allein dort an dem Ecktisch saßen, kam Benting herein, und wenn es sich nicht um so prominente und ausgezeichnete Gäste gehandelt hätte, so würden wir sie allesamt an die Luft befördert haben. Und das war nur ein Skandal unter vielen!"

„Ich glaube, Sie übertreiben da etwas!" – mahnte Katzberg. „Zugegeben – es gab einen Auftritt zwischen Benting und seiner geschiedenen Frau. Was will das heißen? Nichts!"

Connelly nahm Katzberg vertrauensvoll beim Arm:

„Und wenn sich solche Dinge wiederholen? Einmal erschien, lange nach Mitternacht, Ralph Langen. Ich bin heute noch überzeugt davon, daß ihn die kleine Polin, die Wirtzinska, telefonisch herbeigerufen hatte. Die Person konnte die Oskanova nicht riechen! Als Langen an den Tisch trat, gab es einen Krach, wie man ihn sich nicht vorstellen kann. Er sprach zuerst ganz leise und vernünftig mit der Lindequist – schließlich waren die beiden auch einmal ein Liebespaar, aber die Lindequist ließ ihn abblitzen –, und dann wurde Langen ausfällig gegen die Oskanova. Es gab Scherben, und wenn wir ihn nicht gehindert hätten, wäre er tätlich geworden. Als wir ihn schließlich aus dem Lokal drängten, stieß er dauernd Drohungen gegen die Oskanova aus – und sie lachte, sie lachte schallend." Er hielt plötzlich inne, als die Tür aufging und ein Herr mit zwei Damen durch die Halle nach der Garderobe schritt.

„Alles schön und gut", sagte Katzberg, „aber mich interessiert die Tischgesellschaft Yanutzkis weitaus mehr."

Er bedankte sich bei Connelly und verließ das Lokal.

Er schritt langsam den weltberühmten „Sunset Boulevard" entlang, der für Millionen Sinnbild beneidenswertesten Lebensglücks ist.

Er, der nicht nur diesen „Sunset Boulevard" kannte, sondern auch die unzähligen Straßen und Wege, die von ihm ausgehen und bis in die Quartiere des Elends von Los Angeles führen, betrachtete diese Welt von Hollywood nicht im magischen Licht der Scheinwerfer, sondern als Realität, die von der Traumwelt unendlich verschieden war.

Er sah nicht die phantastischen Luxuswagen der Stars, ihre Paläste, ihre Verrücktheiten und Launen. Er sah vielmehr die sorgenbeladenen Unbekannten, diese graue Menge, die einen erbitterten Kampf ausfocht: alle gegen alle und jeder gegen jeden um das nackte Leben.

Er wußte mehr als die meisten „Informierten" von den Tausenden, die aus ganz Amerika kamen, von dem Magnet Hollywood angezogen. Kleine Kontoristinnen und brave Töchter ehrsamer Farmer, Fabrikarbeiterinnen, die irgendwo einen Schönheitspreis in einem Gesangverein errungen hatten, Studentinnen. Ein Heer von Namenlosen. Sie alle kamen nach Hollywood mit Sehnsucht, Illusionen oder Skrupellosigkeit beladen. Auf Zehntausende kam eine, deren Träume sich erfüllten. Der Rest tauchte unter, in der Komparserie, in den Warteräumen für die „Extras". Schönheit im Sinne vollendeter weiblicher Reize war ein Artikel, der gesucht wurde, doch stand dem Angebot eine verschwindend geringe Nachfrage gegenüber. Der Weg zum Erfolg wurde beherrscht von dem blinden, unberechenbaren Zufall.

Katzberg ging nach einem kleinen italienischen Restaurant in der Nähe des St.-John-Hospitals. Seine Frau war für einige Tage zu Verwandten gereist, die bei Culver City einen kleinen Landsitz hatten.

Er überdachte sorgfältig sein über Ralph Langen gesammeltes Material.

Sosehr das Äußere Langens dagegen sprach, so sehr deutete seine Psyche auf die Möglichkeit der Täterschaft.

Ralph Langen war zweifellos von sehr starken Impulsen beherrscht. Schon in seiner Regiearbeit offenbarten sie sich. Doch dies konnte auf die nervöse Spannung zurückgeführt werden, die viele verantwortliche Menschen im Film charakterisiert. Die Vorfälle, von denen ihm Connelly berichtet hatte, spielten sich aber außerhalb der spannungsgeladenen Atmosphäre des Studios ab. Langen erwies sich also auch bei diesen Gelegenheiten als unberechenbar.

Die grundsätzliche Einstellung der meisten Polizisten, den Verdächtigen vorweg als schuldig zu betrachten, lehnte Katzberg ab. Er stand auf dem Prinzip des englischen Rechtes und erachtete es als seine Pflicht, den Schuldbeweis lückenlos zu erbringen, ehe er den verfolgten Menschen in seiner eigenen Meinung verurteilte. Er stand Ralph Langen objektiv gegenüber und war sich darüber im klaren, daß das Material höchstens zu einem starken Verdacht ausreiche, keineswegs aber zur Gewißheit.

Er fuhr nach dem Abendessen in seine Wohnung und vertiefte sich vor dem Einschlafen in die Lektüre des neuen Romans von John Steinbeck.

Er meldete sich morgens bei Brennan, traf ihn aber nicht an. Auch Glenn Evans war nicht in seinem Büro.

Katzberg schien es unwahrscheinlich, daß Langen keine Beziehungen zu einer Frau unterhalten sollte. Da hiervon nicht gesprochen wurde, mußte es sich entweder um eine oberflächliche oder vertuschte Verbindung handeln. Es sei denn, daß er aus dem Gefühl der Enttäuschung heraus in die Einsamkeit geflüchtet war.

Katzberg suchte ihm bekannte Filmleute auf. Er kam mit Anliegen, die nichts mit dem Mordfall Oskanova oder mit Ralph Langen zu tun hatten, führte aber mit der Zeit das Gespräch dahin. So hörte er, daß eine Cutterin Mary Dworschak das eine oder andere Mal mit Langen gesehen worden war.

Katzberg ermittelte, daß Mary Dworschak ihren Beruf aufgegeben und einen Piloten der „Californian Airways" geheiratet hatte. Er suchte sie in ihrem Apartment auf. Auf sein Schellen öffnete eine hübsche, etwa dreißigjährige Frau mittlerer Statur; sie trug ein Hauskleid und darüber eine geblümte Schürze. Sie sah ihn fragend an.

„Ich bin Lon Kennedy", stellte sich Katzberg vor, „und wenn Sie mich auch nicht kennen – oder nur dem Namen nach – vielleicht – so –"

Sie verneinte mit einem leichten Kopfschütteln:

„Falls Sie etwas zu verkaufen haben, Herr Kennedy, so ist Ihr Besuch bestimmt zwecklos."

„Weder Staubsauger noch Getränkemixer noch Bohnerapparate", beruhigte sie Katzberg. – „Ich komme in einer durchaus privaten Angelegenheit."

Sie führte ihn zögernd in ein bescheiden eingerichtetes, doch sehr freundliches Wohnzimmer. Er setzte sich, bot ihr eine Zigarette an, gab ihr und sich selbst Feuer.

„Was ist, bitte, der Zweck Ihres Besuches?" fragte sie langsam.

„Es handelt sich um einen gemeinsamen Freund", begann Katzberg, „der sich in einer bedenklichen seelischen Verfassung befindet. – Ein Mann, den Sie besser kennen als wir alle."

Sie starrte ihn an. Nach einer Weile fragte sie:

„Meinen Sie" – sie zögerte nochmals – „Ralph Langen?"

Katzberg nickte und zeigte nicht seine Überraschung:

„Wir sind ernstlich um ihn besorgt. Sein Arzt am meisten."

„Ich weiß nicht recht, was ich –" Sie sah ihn unsicher an. Sie ließ ihre rechte Hand auf der Tischkante ruhen; Katzberg bemerkte, daß die Zigarette, die sie zwischen dem Daumen und Zeigefinger hielt, zitterte.

„Sie sind vielleicht der einzige Mensch, der Ralph Langen nahesteht –", er verbesserte sich sofort, „nahe gestanden hat."

„Ich bin seit zwei Jahren verheiratet." Sie fügte betont hinzu: „Sehr glücklich verheiratet. Alles, was davor lag, ist endgültig vorbei."

Katzberg legte seine Linke fast behutsam auf ihren Unterarm:

„Sie sollen mich bitte nicht mißverstehen! Aber wir wissen, daß Sie wahrscheinlich die einzige Frau sind, von der Langen in Frieden und Freundschaft schied und deshalb –"

Sie wandte sich ab:

„Es fehlt mir der Sinn für jede Form des Abenteuers. Ich ging eine lange Strecke meines Lebens mit Ralph Langen, und als wir beide erkannt hatten, daß eine endgültige Verbindung aus vielen Gründen unmöglich war, trennten sich unsere Wege. Meinem Mann ist dies alles selbstverständlich bekannt. Ebenso weiß er, daß Langen sich mit mir gelegentlich trifft."

Katzberg zündete sich eine neue Zigarette an:

„Sie sind für ihn der ruhende Pol. Sie kennen ihn besser als irgend jemand. Sie können ihm daher auch mehr helfen als Ärzte oder Freunde. In der letzten Zeit hat seine Nervosität in beängstigendem Maße zugenommen. Genauer genommen – seit einigen Tagen."

Mary Dworschak stand auf:

„Ralph Langen hat mich gestern zweimal angerufen. Aber es war mir unmöglich, mich mit ihm zu treffen. Wir hatten den Bruder meines Mannes zu Gast. Warren ist vor kaum einer Stunde wieder abgereist. Er war in einer Erbschaftsangelegenheit hier, und ich mußte ihn auf mehreren Wegen begleiten, da mein Mann, der ebenfalls daran interessiert ist, Flugdienst hatte."

Katzberg nickte:

„Er hat auch seinen Arzt gestern aufgesucht, und nach dieser Untersuchung beschlossen wir, den eigentlichen Ursachen der fast krankhaften Erregung Langens auf den Grund zu gehen."

Sie setzte sich und spielte nervös mit ihren Armbändern:

„Dr. Speyser?" Sie blickte Katzberg an: „Sie kennen ihn genau?"

„Ziemlich!" – Katzberg hatte plötzlich ein unangenehmes Gefühl, aber er unterdrückte es: „Dr. Speyser ist vielleicht zu sehr Kliniker." Er sah eine leichte Veränderung in ihrem Gesicht und bog sofort ab: – „Und wenn er auch das Menschliche mit dem Ärztlichen in seltener Weise verbindet, so ist er eben doch nur – ein Mann." – Er lächelte: – „Wir können mit aller Wissenschaft und Freundschaft nicht das erreichen, was einige gute Worte von einer Frau zu bewirken vermögen." – Er machte eine kurze Pause, ließ die Worte ausklingen und fragte dann: „Er hat Sie wahrscheinlich vor seinem Besuch bei Speyser und sicher gleich danach angerufen."

„Er rief das erstemal ungewöhnlich früh an. Ich war dabei, das Frühstück zu bereiten – es kann halb acht Uhr gewesen sein, eher etwas früher, denn um acht Uhr gingen wir schon zu Warrens Anwalt, um mit diesem nach dem Gericht zu fahren. Das zweitemal rief er gegen vier Uhr an."

Katzberg nickte:

„Genau wie ich es mir gedacht habe. Und hat er Ihnen irgen etwas Besonderes gesagt oder eine Andeutung gemacht –?"

Sie stand wieder auf und lehnte sich gegen die Tür:

„Bei dem ersten Anruf war er, ich möchte beinahe sagen, er war verstört. Er fragte mich in größter Aufregung, ob ich schon die Zeitungen gelesen habe, und als ich verneinte, erzählte er mir in konfusen Worten, daß eine Frau Tatjana Oskanova ermordet worden sei." Sie machte eine kurze Pause und fragte: „Ich weiß nicht, ob Ihnen der Name etwas sagt."

Katzberg erwiderte scheinbar uninteressiert:

„Ich habe nur die Tatsache gelesen. Der Mordfall im Hause der Myrna Lindequist. Ohne diese merkwürdige Verknüpfung würden sich die Zeitungen wahrscheinlich nicht so eingehend mit dem Fall beschäftigen. Wenn ich mich recht erinnere, ist die Ermordete eine kleine Filmschauspielerin."

Mary Dworschak kam dicht bis zu ihm. Ihre Stimme war eindringlich:

„Die Zusammenhänge sind völlig anders. Die Oskanova war niemals Schauspielerin. Sie ist eine leitende Kraft in der Kostümabteilung der Metro gewesen. Daß Ralph Langen Beziehungen zu Myrna Lindequist unterhalten hat, ist bekannt." Sie lächelte plötzlich. „Ob er das Dr. Speyser oder seinen Freunden anvertraut hat, weiß ich nicht; er ist mehr als diskret. Er sprach mit mir bei jeder Zusammenkunft über diese Affäre – er schüttete sein Herz aus." Sie schwieg.

„Er hat es Dr. Speyser niemals direkt erzählt, aber aus Andeutungen konnten wir uns schon ein Bild machen. Allerdings habe ich selbst die Angelegenheit genauso eingeschätzt, wie man sie eben im allgemeinen zu bewerten pflegt."

Mary Dworschak widersprach heftig:

„Ralph Langen hat Myrna Lindequist geliebt – und ich glaube, daß nach dem Abbruch dieser Beziehung seitens der Frau sein Gefühl eher noch stärker wurde – soweit das möglich war. Er verbiß sich in diese hoffnungslose Liebe."

Katzberg unterbrach sie:

„Hoffnungslos?"

„Völlig hoffnungslos!" betonte Mary Dworschak. „Myrna Lindequist ist keiner echten Liebe fähig. Ihre Ehe mit Benting scheiterte, und all die anderen Beziehungen zu Männern löste sie immer nach kurzer Zeit. Zu diesem unglücklichen Temperament gesellte sich dann ihre Freundschaft mit Tatjana Oskanova, eine verhängnisvolle Freundschaft –" sie schwieg.

„Das sind Einzelheiten, die ich nicht zu beurteilen vermag", sagte Katzberg. „Wenn ich Sie richtig verstehe – ich meine, Sie sprechen von dieser Freundschaft zwischen den beiden Frauen mit besonderer Betonung –" Er hielt inne.

Mary Dworschak ließ sich müde auf die kleine Couch fallen:

„Man soll über Tote nichts Schlechtes sagen, aber Tatjana Oskanova war das Unheil für jeden Mann, der in das Leben der Lindequist trat. Langen spürte das vom ersten Augenblick an. Die Heftigkeit der ersten Wochen war stärker als die Oskanova. Vielleicht gehörte es auch zu ihrem System, die Freundin immer wieder freizugeben, um sie dann in eine neue Enttäuschung hineinzusteuern und so noch abhängiger von sich selbst zu machen. Langen stand der Oskanova hilflos gegenüber. Er war überzeugt, seine große Liebe zu erleben –" Ein trauriges Lächeln umspielte ihre Lippen: „Es fällt mir schwer, als Frau diese Worte zu sagen, aber sein Gefühl für die Lindequist war etwas Einmaliges. Als das Ende nahte, traf ich Langen auf seinen dringenden Wunsch häufiger als sonst. Ich versuchte, ihm zu helfen. Es war aussichtslos." Sie schwieg eine Weile und sah dann Katzberg müde an: „Es wird vielleicht verwerflich klingen, was ich sage, aber es ist meine Überzeugung, der Tod der Oskanova war der einzige und letzte Ausweg für Langen."

Katzberg versuchte, so erstaunt wie möglich dreinzuschauen:

„Ein Ausweg für Langen?"

Sie beugte sich etwas nach vorn und berührte kaum merklich seine Rechte:

„Es ist erstaunlich – entschuldigen Sie meine Offenheit –, wie schwer von Begriff Männer sein können. Durch den Tod der Oskanova ist Myrna Lindequist frei geworden, und Langen kann Hoffnung haben, die Frau, die er maßlos liebt, zurückzugewinnen."

Katzberg hielt die Hand Marys fest:

„Ich verstehe Sie." – Nach einer langen Pause fügte er hinzu: „Vielleicht ist es für ihn eine Erlösung. Vielleicht hat ihn der unbekannte Täter davor bewahrt, in einem letzten Verzweiflungsakt selbst das Äußerste zu tun."

Sie sah ihn ernst an:

„Merkwürdig, wissen Sie, was mein erster Gedanke war?" Sie zögerte, sprach dann unsicher weiter: „Als Langen von dem Mord sprach – da kam mir einen Augenblick der Gedanke, daß Langen –"

Sie brach den Satz ab und stand auf.

Katzberg erhob sich:

„Es ist ein gar nicht so fernliegender Gedanke. Die gequälte Kreatur hört auf, rational zu denken. Der aufgespeicherte Haß, die Verzweiflung können sich im Zerstörungswillen entladen – sie können zum Selbstmord führen – und zur Tötung. Es waren Anzeichen der Lebensmüdigkeit, die Dr. Speyser und mich beunruhigten. Darüber hinausgehende Besorgnisse konnten wir nicht hegen – wir kannten nicht die Zusammenhänge." – Er reichte ihr die Hand: „Sie haben uns auf einem schwierigen Weg weitergeholfen. Ich werde mit Dr. Speyser eingehend alles besprechen. Ich danke Ihnen."

Sie geleitete ihn bis zum Korridor.

Als er in dem Fahrstuhl hinunterfuhr, verwünschte er ehrlich und aufrichtig seinen Beruf.

Dieses Gefühl verließ ihn auch nicht während der Fahrt zu Stadt.

Er hatte das Empfinden, einen sauberen und guten Menschen erbärmlich mißbraucht zu haben, und er versuchte, sich selbst die goldene Brücke der Entschuldigung zu bauen, daß er nicht als er selbst so gehandelt hatte, sondern als der Polizeisergeant Moss Katzberg, vereidigt, den Gesetzen zur Geltung zu verhelfen und die Gesellschaft zu schützen. Es war ein Zufall, daß er gerade bei dem vorletzten Wort in weitem Bogen aus seinem Wagen auf das Straßenpflaster spuckte.

Er rief bei der „Pantheon-Film" an und erkundigte sich nach Langen.

Er erfuhr, daß der Regisseur im Atelier sei, aber nicht drehe, sondern im Vorführraum Material sichte.

Er rief dann in der Wohnung Ralph Langens an – als Werkmeister einer Autoreparaturanstalt, die den Wagen des Regisseurs abzuholen hatte – und erhielt die Information, daß Langen spät nachmittags zu Hause erwartet würde. Er habe das Abendessen für sieben Uhr bestellt.

Katzberg begab sich nach der Polizeiverwaltung, erreichte aber weder Brennan noch den Staatsanwalt.

Er setzte sich an seine Schreibmaschine und schrieb einen eingehenden Bericht seiner Ermittlungen.

Er durchblätterte dann die Akten zweier anderer Fälle und fuhr um sechs Uhr zu dem Bungalow, den Ralph Langen bewohnte.

Er fuhr Wilshire Boulevard entlang, kreuzte Fairfax und Doheney, bog Beverly Drive rechts ab und nahm den Coldwater Canyon Weg hinauf in der Richtung von Ventura Boulevard.

Über Sunset Boulevard sah er die Luxuswagen dahingleiten; sie fuhren nach Santa Monica, um dann über den Roosevelt-Highway den Strand zu erreichen – jene sagenhafte „Hollywood-Beach", die bis nach Santa Barbara und Malibu ein Begriff geworden war.

Er fuhr langsam und versuchte, seine Gedanken zu ordnen. Immerzu spürte er den harten Kontrast zwischen dem Ernst seines Lebens – und dem Spielerischen, das, zumindest von außen gesehen, diese Welt beherrschte.

Da lagen die Wunderhäuser der Stars greifbar nahe an der Straße, die er entlangfuhr – eine in sich lebende Welt, in der stereotypes Lächeln den Haß verbarg.

Er hielt vor einem ebenerdigen Bungalow abstrakter Bauart. Ein unwirkliches Haus.

Katzberg warf den Wagenschlag zu und schritt durch die in eine hohe Hecke vertiefte Pforte. Links führte ein breiter Fahrweg, neben welchem ein Reitpfad lief, zu einem Nebengebäude. Rechts stand eine Gruppe exotischer Zwergbäume. Der Weg für Fußgänger wand sich in unregelmäßigen, ovalen Linien zum Haupteingang des Hauses, das über hundert Meter von der Straße zurück lag.

Katzberg drückte den Klingelknopf nieder. Eine Weile blieb alles still. Dann nahten leise Schritte.

Die Tür öffnete sich geräuschlos. Ein vielleicht sechzigjähriger Mann in einem sonderbaren schwarzen Jackett und einer gestreiften Hose stand an der Schwelle. Er trug einen kleinen schwarzen Schmetterlingsbinder und sah seinen Besucher fragend an.

„Ich möchte Regisseur Langen sprechen", sagte Katzberg, „ich bin von Darryl Zanuck empfohlen."

Der Mann an der Tür zögerte. Dann meinte er zeremoniell:

„Ich weiß nicht, ob Herr Langen schon zu Hause ist. Ich will nachsehen."

Er schloß vorsichtig die Tür und ließ Katzberg draußen stehen.

Katzberg wartete geduldig. Er hatte sich auf Zanuck berufen, weil es ein Name war, den man achtete; niemand beim Film würde einen von Zanuck empfohlenen Besucher abweisen. Da Zanuck – wie Katzberg wußte – vor wenigen Stunden nach New York geflogen war, bestand auch nicht die Gefahr, daß Langen sich bei ihm telefonisch erkundigen konnte.

Die Tür öffnete sich. An der Schwelle stand ein livrierter jüngerer Mann und bat den Besucher, näherzutreten. Er führte ihn durch einen quadratischen Raum, der unmöbliert war; nur eine höchst sonderbare Marmorgruppe – Katzberg konnte nicht erkennen, was sie darstellte – stand in einer Ecke. Zahlreiche undeutbare, farbengrelle und sehr helle Bilder belebten die graublauen Wände. Drei Türen führten in das Innere des Hauses. Der Diener geleitete ihn durch einen Korridor. Dann betraten sie einen ebenfalls quadratischen Saal.

Der Diener öffnete eine Doppeltür und geleitete zeremoniell Katzberg eine Freitreppe hinab zu einer Terrasse, die bis weit in den Garten hinausreichte. An beiden Seiten standen große Schirme. Vom Hause ab ragte eine Pergola seitlich über die gelbweiße Fläche hinaus. Eine Wand aus mit Asbest gefütterten Aluminiumblättern fing die Sonnenstrahlen ab.

Auf einem schwebenden Ruhebett, dessen Stahlgerüst oben ein Sonnendach trug, lag halb aufgerichtet Ralph Langen.

Er sah dem Eintretenden gleichgültig entgegen. Mit einer leichten Bewegung seiner Rechten lud er ihn ein, Platz zu nehmen. Der Diener rückte einen ungewöhnlich modellierten metallenen Stuhl zurecht und entfernte sich.

„Was kann ich für Sie tun?" fragte Langen und betrachtete Katzberg prüfend. In seinem Blick lag weder Mißtrauen noch Zustimmung. Es war ein höfliches Interesse – nicht mehr. Offenbar bereit, zuzuhören – und gegebenenfalls die Unterredung sofort zu beenden.

„Ich heiße Moss Katzberg", begann der Polizist, machte eine kurze Pause und fügte hinzu: „Ich wollte jedes unliebsame Fragen vermeiden – und führte mich unter Berufung auf Darryl Zanuck ein – obwohl ich ihn gar nicht kenne."

Langen nickte:

„Ich wußte, daß Zanuck Sie nicht an mich verwiesen haben konnte, denn wir sind nicht gerade die besten Freunde. Ich empfange Sie lediglich, weil ich zu wissen wünschte, was ein Mann von mir will, der sich auf Zanuck beruft."

Katzberg wollte antworten, als der Diener erschien und einen fahrbaren Tisch dicht an Langens Ruhebett heranschob. Nachdem er gegangen war, sagte Katzberg:

„Ich bin Detektiv-Sergeant und möchte Ihnen einige Fragen stellen."

Langen sah ihn ruhig an; doch merkte Katzberg, daß es eine reine Pose war, die der Regisseur einnahm. Sein Gesicht verriet dem geübten Auge äußerste Spannung.

„Ich empfehle Ihnen ein starkes Getränk", sagte Langen und deutete nach den Flaschen auf dem Tisch. „Die Sonne verschwindet in wenigen Minuten. Sie werden erstaunt sein, wie kühl es wird."

Katzberg bediente sich. Er sah den Regisseur an:

„Sollte Sie meine Anwesenheit wirklich nicht interessieren?"

Langen nippte an seinem Glase:

„Ich bin keine neugierige Natur, Sergeant." Er schwieg und nippte weiter und nahm einen Strohhalm in die Hand.

„Ich bin mit der Aufklärung eines Mordfalles betraut", erklärte Katzberg, „und im Rahmen der Untersuchung ergaben sich Anhaltspunkte, daß Sie unsere Arbeit fördern könnten."

Langen richtete sich etwas auf:

„Ich bin Spezialist in Farb-, nicht aber in Kriminalfilmen."

Katzberg lächelte. Die Ablenkung war allzu klar erkennbar.

„Versetzen Sie sich bitte aus der Atelierwelt in die Wirklichkeit. Es handelt sich nicht um einen Film – sondern um Leben. Genauer genommen – um Sterben." Er beobachtete den Regisseur: „Um einen Mord."

Langen rührte mit dem Strohhalm in seinem Getränk herum:

„Mord? Das klingt beinahe beängstigend."

„Nur für Beteiligte", betonte Katzberg. „Der Mord an Tatjana Oskanova –"

Langen stellte sein Glas hart auf die Glasplatte des Serviertisches:

„Was wollen Sie? Warum kommen Sie gerade zu mir? Was habe ich mit der Oskanova zu tun?" Er stand auf und setzte sich Katzberg gegenüber auf einen niedrigen Sessel.

„Die Ermordete war intim mit Myrna Lindequist befreundet", sagte Katzberg sehr langsam, „und da wir Ihre Beziehung zu dieser Dame genau kennen, wollte ich Ihnen Gelegenheit geben, zu dem ganzen Fall

Stellung zu nehmen." Er schwieg einige Augenblicke und ergänzte dann: „Ehe der Staatsanwalt sich der Sache annimmt."

Langen schien etwas sagen zu wollen, wandte sich dann aber ab. Er ging rasch auf den Eingang des großen Saales zu. Er rief, schon im Gehen: „Sie entschuldigen mich einen Augenblick –"

Katzberg überlegte. Sollte Langen etwa flüchten wollen? – War das anzunehmen? – Zu Fuß würde er nicht weit kommen. Wenn ein Wagen startete, so konnte er dessen Ausfahrt verhindern. Er horchte. Alles blieb still. Er blickte nach seiner Armbanduhr. Der Sekundenzeiger eilte unaufhaltsam. Eine Minute. Zwei, drei, fünf. Er wurde unruhig, stand auf und schritt zur Tür.

Als er die Klinke niederdrücken wollte, wurde von innen geöffnet. Der Butler, der ihn zuerst empfangen hatte, stand vor ihm. Er sagte in seiner farblosen Stimme:

„Treten Sie bitte näher. Herr Langen erwartet Sie in seinem Arbeitszimmer." Er wies nach einer schmalen Treppe links. „Im ersten Stock. Die Tür gegenüber dem Aufgang."

Katzberg eilte die Stufen hinauf, klopfte kurz und trat ein.

Der Raum lag in einem unwirklichen Dämmerlicht. Seine Augen mußten sich erst daran gewöhnen. Nach und nach erkannte er die Umrisse der Möbel; den Schreibtisch zwischen zwei Fenstern, die durch schwere Vorhänge abgeschirmt waren; ein offener Kamin; zwei geschwungene Lehnstühle mit durchsichtigem Rohrgeflecht und eine über die ganze rechte Seite laufende Bibliothek.

Im Hintergrund stand ein kleiner Tisch – daneben zwei Lehnbänke.

Langen lag auf einer davon.

Katzberg trat dicht zu dem Regisseur. Er entdeckte eine niedere Stehlampe und drehte das Licht an. Der Regisseur bedeckte sein Gesicht mit beiden Händen. Als er sie nach einer Weile senkte, sah Katzberg in völlig veränderte Züge. Langen hatte nur noch entfernte Ähnlichkeit mit dem Mann, den er im Atelier bei der Arbeit beobachtet, und noch weniger mit dem Mann, den er vor wenigen Minuten gesprochen hatte. Das Gesicht war gespannt, unnatürlich verfärbt und unsicher. Die Augen lagen tief in den Höhlen, und ein merkwürdiges Glänzen ging von ihnen aus. Katzberg sah den Mann lange an. Plötzlich fragte er:

„Morphium?"

Langen schüttelte den Kopf.

„Kokain?" beharrte Katzberg.

Langen wehrte ab, müde:

"Zerbrechen Sie sich nicht den Kopf, Sergeant. Es tut nichts zur Sache. Warten Sie einige Minuten, dann können Sie fragen."

Katzberg setzte sich auf die Bank gegenüber. Er beobachtete Langen unablässig. Das Antlitz des Mannes wurde entspannt; die Durchblutung ließ nach; eine gelbliche Farbe beherrschte die Haut. Die Augen wurden kleiner; nur die Pupillen glänzten in abnormer Größe. Die Hände Langens verloren ihr unsicheres Zittern; der Körper schien sich zu strecken und zu dehnen.

"Rauschgifte sind kein Ausweg!" sagte Katzberg. Er sprach die Worte weder tadelnd noch heftig. Der Mann vor ihm erweckte sein Mitleid.

"Ein Ausweg sind sie", lächelte Langen, "nur keiner, der dorthin führt, wohin man möchte. Die Arbeit hilft mir über vieles hinweg. Nicht über alles. Manchmal brauche ich absolutes Vergessen."

"Oder Träumen", sagte Katzberg.

Langen sah ihn erschöpft an, aber mit jedem Satz gewann er mehr an Lebendigkeit:

"Weshalb sind Sie bei der Polizei? Was für ein Beruf! Handlanger einer verlogenen Gesellschaftsordnung!" – Er richtete sich etwas auf und trank ein Glas Wasser, das auf dem kleinen Tisch stand. Er sagte erklärend: "Man hat eine sehr trockene Kehle – nachher." Er schwieg und fügte dann hinzu: "Was wollen Sie also, Sergeant?"

"Den Mörder der Oskanova!" erwiderte Katzberg sachlich.

Langen sah ihn aufmerksam an:

"Und deshalb sind Sie zu mir gekommen?" Da Katzberg schwieg, ergänzte er: "Haben Sie nichts Besseres zu tun? Es gibt so viele Verbrecher, die frei herumlaufen – oder in Cadillacs spazierenfahren –"

"Fahren Sie nicht auch einen Cadillac?" fragte Katzberg.

Langen zündete sich eine Zigarette an, blies den Rauch vor sich hin und blickte ihm versonnen nach:

"Nein, Sergeant – ich habe einen Chrysler."

"Es soll auch Mörder geben, die einen Chrysler fahren", betonte Katzberg. "Jedenfalls ist keine besondere Bevorzugung bestimmter Marken bekannt, soweit wir darüber Statistiken führen."

"Schade", erwiderte Langen spöttisch, "vielleicht ergäbe das dann und wann einen guten Anhaltspunkt. Aber rechnen Sie nicht mit meiner Bereitwilligkeit, irgend etwas zu tun, um den Täter zu finden, den Mann, der Tatjana Oskanova beseitigt hat. Ich würde eher alles tun, um ihn zu schützen."

"Das wäre gefährlich", sagte Katzberg ernst. "Sie würden damit als

‚Mithelfer nach der Tat' vor Gericht kommen. Nur der eigentliche Täter hat das Recht, sich zu schützen – wer es für ihn tut, setzt sich schwerer Strafe aus." Er hielt inne, beobachtete Langen und dozierte dann weiter: „Solange Sie Zeit zu gewinnen versuchen, um etwa sich selbst zu nützen, bleiben Sie im Rahmen des Rechtes. Aber wenn Sie dem Täter weiterhelfen wollen, indem Sie die Verfolgung verzögern, begehen Sie eine strafbare Handlung."

„Sie sprechen von einem Täter", bemerkte Langen, „es scheint also, daß Sie eine bestimmte Person im Auge haben – sonst könnte es sich ja auch um eine Täterin handeln."

„Wir haben seine sehr bestimmte Person im Auge", sagte Katzberg.

„Eine?" fragte Langen gedehnt zurück. – „Nur eine? Aber dann –" Er hielt inne.

„Sagen wir – vielleicht – zwei", antwortete Katzberg. Er wollte sich einen Ausweg offenhalten. – „Und jeder Tag, ja, jede Stunde kann dem Täter nützlich sein. Bei der Flucht – und bei der Vernichtung eventueller Schuldbeweise."

Langen erhob sich langsam in sitzende Stellung. Er schien völlig wach zu sein, überwach, dachte Katzberg. Seine Worte hatten jetzt einen helleren, farbigeren Klang:

„Der Täter könnte entkommen, ist es das, was Sie meinen? Obwohl das Netz der Polizei so eng ist, daß niemand für lange Zeit der Festnahme entgehen kann – wenn man erst weiß, um wen es sich handelt."

„Gewiß", bestätigte Katzberg. „Eine Flucht ist ein Hinauszögern, aber nicht die Rettung für den Mörder. Doch jede gewonnene Stunde kann ihm nützlich werden. Das Gedächtnis von Zeugen läßt schnell nach. Gute Verteidiger wissen diese Tatsache auszuwerten. Er kann Alibibeweise künstlich schaffen. Er kann Gegenstände oder Briefe oder sonstige gegen ihn auswertbare Beweismittel beseitigen." – Er beugte sich zu Langen hinüber: „Um all dem vorzubeugen, bin ich bei Ihnen."

Langen lehnte sich zurück. Seine Stimme war jetzt beherrscht:

„Wollen Sie damit sagen – oder andeuten –" Er lachte ganz unvermutet laut vor sich hin.

Katzberg erwiderte irritiert:

„Wir sind mit keinem Filmdialog beschäftigt, Ralph Langen, sondern mit einem Verhör. Und nun beantworten Sie meine erste Frage: Wo waren Sie in der Nacht vom Siebzehnten zum Achtzehnten? Überlegen Sie sich Ihre Antwort reiflich. Es ist die Nacht, in welcher Tatjana Oskanova ermordet wurde. Die Frau, die Sie haßten, die Sie bedroht hatten, die Sie als alleinschuldig am Scheitern Ihrer Bewerbung um Myrna Lindequist ansahen, die Sie tätlich im ‚Mocambo' angriffen und deren Tod Sie herbeiwünschten."

Ralph Langen blickte Katzberg lange schweigsam an. Dann sagte er:

„Ich war in der fraglichen Nacht bis zehn Uhr oder halb elf –." Er hielt inne, überlegte eine Weile und stand dann auf; unsicher, wie es Katzberg vorkam. Er ging einige Male auf und ab. Dann blieb er vor dem Beamten stehen: „– ich war im Atelier und schnitt an meinem Film. Dazu können Sie das ganze Nachtpersonal als Zeugen haben. Dann fuhr ich – hierher und legte mich zu Bett."

Katzberg beobachtete ihn genau:

„Wo ist ihr Chauffeur?"

Langen erwiderte gleichgültig:

„Ich fuhr alleine nach Hause – mein Chauffeur tut also nichts zur Sache."

„Sah Sie jemand das Haus betreten?" beharrte Katzberg.

„Nein!" antwortete Langen, ohne zu zögern. – „Ich hatte in der Kantine des Studios zu Abend gegessen. Meine Diener müssen morgens früh zu meiner Verfügung stehen – dafür dürfen sie abends, wenn ich nicht zu Hause bin, frühzeitig schlafengehen."

„Ihr Alibi, Ralph Langen, besteht also ausschließlich aus Ihrer eigenen Behauptung." Er lächelte: „Sie werden zugeben, daß ein solches Alibi jeder Verdächtige beibringen kann. Mit dem üblichen Zusatz, daß man ja nicht Zeugen an seinem Bette hat, um die Behauptung zu erhärten."

„Und wenn man Zeugen dafür besäße, würde die Polizei gerade diesen Umstand als höchst verdächtig ansehen!" gab Langen, ebenfalls lächelnd, zurück. – „Denn das hieße, daß man sich ein Alibi gekauft hat. Also ohne Zeugen taugt es nichts – und mit Zeugen ist es höchst verdächtig."

Katzberg sagte ernst:

„Wenn Sie etwa jemand nachts hier angerufen hätte – solch ein Telefongespräch wäre schon wertvoll. Oder wenn Sie selbst etwa eine Fernverbindung angemeldet hätten – deren genaue Zeit ja leicht nachprüfbar ist –"

„Mein Telefon scheidet aus", erwiderte Langen, der erstaunlich guter Laune zu sein schien. „Weder Anrufe von mir noch an mich. Ein totes Telefon. Und nichts als meine eigene Behauptung. Allerdings", er sah jetzt Katzberg fast spöttisch an, „ich hörte gelegentlich, daß nicht der Verdächtige seine Unschuld zu beweisen hat, sondern der Staatsanwalt die Schuld des Angeklagten."

Katzberg wurde sehr formell:

„Sie wissen genau, welche schwerwiegenden Verdachtsmomente gegen

Sie sprechen. Das Entscheidende: das Motiv! Der Mörder der Tatjana Oskanova handelte nicht aus Habgier – es fehlte nichts, das Wert hatte; weder Geld noch Schmuck. Das Motiv der Tat liegt in Haß oder Rache. Beide Motive treffen für Sie zu. Sie besitzen kein Alibi. Trotzdem können Sie unschuldig sein – aber das muß sich erst erweisen. Wir haben Zeugen, die einen Mann zur kritischen Zeit das Haus der Myrna Lindequist betreten sahen – das Haus, das Sie außen und innen genau kannten – und zu dem Sie einen Schlüssel besaßen."

„Den ich Myrna schon vor geraumer Zeit zurückgegeben habe –" warf Langen ein.

Katzberg lächelte wieder:

„Es soll Schlosser geben, die von allen Schlüsseln Duplikate anfertigen, Ralph Langen – und wir werden Sie allen diesen Spezialisten gegenüberstellen. Wenn sie identifiziert würden, so wäre das eine schwere Belastung. Aber all dies wird später zu entscheiden sein." – Er machte eine kurze Pause. Dann sagte er gemessen: „Ziehen Sie sich an, nehmen Sie sich das Notwendigste mit für eine Nacht –", er fügte hinzu: „Sie können sich ja Sachen nachkommen lassen. Und – folgen Sie mir."

Langen verneigte sich:

„Wir können gehen, Sergeant – ich wünsche nichts mitzunehmen und denke auch nicht daran, mich umzuziehen. Allerdings würde ich gerne zu Abend essen – wenn Sie nichts dagegen haben. Sie sind mein Gast."

Er ging mit dem Polizeibeamten in das Speisezimmer und ließ ein zweites Gedeck auflegen.

Katzberg versuchte abzulehnen:

„Ich bin im Dienst – Sie wissen –"

„Es bleibt ganz unter uns, Sergeant!" versicherte der Regisseur. Er war völlig beherrscht, guter Laune, stellte Katzberg fest. Dann fragte er, nachdem der Diener den ersten Gang serviert und den Raum wieder verlassen hatte: „Sie geben als unzweifelhaftes Motiv der Tat grenzenlosen Haß an – oder Rachegefühle. Damit scheidet doch Mord aus? Es würde sich um Totschlag handeln – oder nicht?"

Katzberg schüttelte den Kopf:

„Das ist ein weitverbreiteter Irrtum. Er kommt aus europäischen Rechtsauffassungen. Unser Strafrecht kennt nur den Mord ‚ersten Grades' und den Mord ‚zweiten Grades', sofern es sich nicht um Totschlag handelt, was in unserem Fall nicht in Frage kommt. Auf Mord ‚ersten Grades' steht bedingungslos die Todesstrafe – bei uns in Kalifornien die Gaskammer." – Er bediente sich nochmals und erklärte sachlich: „Die Hinrichtung durch Giftgas wird von vielen Sachverständigen wesentlich humaner beurteilt als jene im elektrischen Stuhl. Definitives weiß man darüber nicht, weil ja von keinem Betroffenen brauchbare Berichte vorliegen."

Der Diener servierte den zweiten Gang und entfernte sich.

„Und Mord im ‚zweiten Grad'", fragte Langen, „was hat das zu bedeuten?"

Katzberg verzehrte den ersten Bissen, trank einen Schluck Wein und dozierte weiter:

„Mord im ‚zweiten Grad' schließt den Vorsatz aus und kann als solcher beurteilt werden, wenn der Täter ein volles Geständnis ablegt und als Zeuge in eigener Sache auf ‚schuldig' plädiert. Er kann dies im Vorverfahren tun und sich, wie der Fachausdruck heißt, der ‚Gnade des Gerichtes überantworten'. Das ist eine sehr zu empfehlende Methode." – Er aß weiter. Dann fragte er: „Beruht Ihr ungewöhnliches Interesse auf persönlichen Erwägungen – oder allgemeinen Betrachtungen?"

Langen schwieg eine Weile. Er schien zu überlegen. Nachdem der Diener den Nachtisch serviert und sich wieder entfernt hatte, sagte Langen formlos:

„Wenn ich also gestehe, so kürze ich das Verfahren ab und kann die äußerste Konsequenz abwenden?"

Katzberg starrte ihn an:

„Wenn Sie gestehen –" – Er hielt inne, den Löffel mit der sahnebedeckten Ananasscheibe in der Luft haltend – „Soll ich die Frage als – Geständnis auffassen?"

Langen zögerte nur kurz. Dann sagte er ungewöhnlich beherrscht: „Ja!"

Katzberg legte den Löffel weg:

„Sind Sie sich klar über die Bedeutung Ihres Entschlusses?"

„Durchaus!" bestätigte der Regisseur.

„Es ist ein großer Entschluß, und ich würde Ihnen raten – gegen mein Interesse als Polizist –, zunächst einen Anwalt zu befragen. Sie können aus der Kanzlei der Staatsanwaltschaft Ihren Rechtsberater verständigen." – Der Akademiker in ihm war stärker als der Polizeibeamte.

„Das ändert nichts an meinem Geständnis", beendete Langen das Gespräch und erhob sich.

Er ging mit Katzberg, nachdem er dem Diener einige Worte gesagt hatte, die sich auf eventuelle Anrufe bezogen, nach dessen Wagen und fuhr mit ihm nach dem Court-House. Der Weg ging über Sunset-Boulevard, wo das nächtliche Hollywood im Erwachen war. Ein Meer von Licht überflutete die Straße.

Katzberg führte Langen in das Arbeitszimmer des Staatsanwaltes. Glenn Evans erschien, begleitet von Brennan, in weniger als fünfzehn Minuten. Katzberg berichtete. Als er geendet hatte, fragte Evans:

„Sie geben also den Mord an Tatjana Oskanova zu?"

Langen bejahte.

Brennan wandte sich an den Regisseur:

„Sie haben das Recht, einen Rechtsanwalt zu bestellen. Wir wollen aber vorher Ihr Geständnis aufnehmen."

Der Schreiber der Staatsanwaltschaft nahm an seinem kleinen Tisch Platz. Evans stellte die üblichen Fragen zur Person. Dann kam er auf die Tat selbst zu sprechen.

Langen schilderte seine Beziehungen zu Myrna Lindequist. Er wurde zusehends erregter. Seine Worte wirkten plastisch. Echtes Gefühl sprach daraus. Evans, Brennan und Katzberg sahen sich wiederholt an. Es war ein vollendeter Fall. Alles lag klar vor ihnen. Der liebende Mann, der in seinem stärksten Gefühl enttäuscht wurde – und sich an der Person, die er für alleinschuldig hielt, rächte.

„Sie suchten also in der Nacht vom Siebzehnten zum Achtzehnten die Oskanova im Hause der Lindequist auf. Woher wußten Sie, daß die Oskanova zu Hause war – und allein?"

Langen überlegte einige Sekunden. Dann sagte er:

„Ich ging eben hin – auf gut Glück."

Brennan wollte eine Frage stellen, aber Evans wehrte ihn ab:

„Wie sind Sie in das Haus gekommen? Das Tor war doch zu dieser späten Stunde verschlossen?"

Langen blickte zu Katzberg:

„Der Sergeant weiß es. Ich besaß aus früheren Zeiten einen Schlüssel – den ich mir kopieren ließ –"

„– um die Oskanova eines Tages ungehindert überraschen zu können?" fragte Evans schnell.

„Aus diesem Grunde – vielleicht." Langen sprach bedacht.

Katzberg wandte sich ab. Mit diesem Zugeständnis gab Langen dem Staatsanwalt die Möglichkeit, „vorbedachte Absicht" zu konstruieren. Eine Falle, die gefährliche Auswirkungen haben mußte. Er blickte zu Brennan. Aber der Leutnant schien mit seinen Gedanken ganz woanders zu sein. Katzberg ging langsam zu ihm. Er fragte leise:

„Woran denken Sie?"

Brennan erwiederte ebenso vorsichtig:

„Langen lügt – ich weiß noch nicht, weshalb. Wir wissen aus dem Kalenderblatt der Oskanova, daß sie mit dem Mörder eine Verabredung um halb zwölf Uhr hatte. Weshalb sagt Langen, daß er aufs Geratewohl zu ihr gegangen sei?"

Evans hatte die Niederschrift der Aussage Langens durch den Gerichtsschreiber geprüft, nickte und fragte weiter:

„Sie betraten also das Zimmer, in dem sich die Oskanova befand, überraschend. Wie reagierte die Frau?"

Langen überlegte. Er wollte Zeit gewinnen – Brennan fühlte es. Dann berichtete er:

„Sie war erstaunt – sie hatte niemanden weniger erwartet als mich."

„Und – weiter?" drängte Evans.

„Ich hielt ihr alles vor, was zu sagen war", eiferte sich Langen lebhaft, „und hielt mit meiner Meinung nicht zurück. Es kam zu einem entsetzlichen Auftritt. Ich kargte nicht mit Worten – ich sah in diesem Augenblick nur den bestgehaßten Menschen vor mir, die Frau, die mein Leben von Grund auf zerstört hatte –"

„Und wie verhielt sich die Oskanova?" drängte Evans weiter.

„Sie reizte mich, sie rühmte sich ihres Einflusses – auf Myrna – sie lachte –." Langens Stimme wurde heiser. Er schien erschöpft. Katzberg betrachtete ihn genau. Das Narkotikum begann seine Wirkung zu verlieren. Evans bewertete die Veränderung als das Nacherleben der Tat.

„Weiter!" rief er nervös. – „Wir können hier nicht die ganze Nacht herumsitzen! Sie hatten also eine erregte Auseinandersetzung mit der Oskanova. Wieso kam es zum Ende?"

Langen erhob sich. Er stützte sich auf Evans' Schreibtisch, beugte sich weit nach vorne und schrie fast:

„Sie lachte mich aus! Sie sagte mir alle die erbärmlichen Dinge, die sie bei Myrna unternommen hatte, um den Bruch mit mir herbeizuführen! Sie machte mich zu einem armseligen Hanswurst – sie erzählte mir von den Liebschaften, zu denen sie Myrna verleitet hatte – ich konnte nicht an mich halten – ich zog den Revolver –," Er wischte sich perlenden Schweiß von der Stirn.

Brennan unterbrach trotz der abweisenden Handbewegung Evans':

„Sie nahmen den Revolver?"

„Ja", nickte Langen.

Brennan beugte sich zu Evans. Er sagte leise:

„Irgend etwas stimmt nicht! Die Waffe war doch kein Revolver, sondern eine automatische Pistole!" Er wandte sich an Langen: „Woher hatten Sie die Waffe?"

Langen starrte vor sich hin, wischte sich wieder den Schweiß ab und sagte dann leise:

„Die Waffe –"

Brennan ließ nicht locker:

„Wo haben Sie die Waffe gekauft?"

Nach langem Zögern erwiderte Langen:

„In New York – auf einer Reise."

„Wieso wurde sie nicht auf Ihren Namen registriert?" fragte Brennan.

Langen zögerte wieder lange. Dann erklärte er:

„Ich bat den Händler, sie nicht zu registrieren – und gab ihm zehn Dollars mehr."

Evans fragte hart:

„Sie kauften also die Waffe schon mit der Absicht, jede Spur zu verwischen, um sich zu sichern, weil Sie die Mordtat auf lange Sicht geplant haben? So war es doch?! Antworten Sie –!"

Brennan flüsterte Evans zu:

„Langen lügt! Aus der Waffe waren alle Nummern herausgeschliffen worden! Das ist die Arbeit eines Fachmannes gewesen – Langen kann damit nichts zu tun haben."

Evans wehrte ab, fragte aber doch, ehe Langen geantwortet hatte:

„Wem haben Sie die Waffe anvertraut, um sie unkenntlich zu machen?"

Langen sah ihn verwundert an.

„Unkenntlich machen?" Dann sagte er langsam: „Ich gab sie niemals aus der Hand. Ich verstehe Sie nicht."

Katzberg trat vor, faßte Langen fest an den Schultern:

„Wie haben Sie die Oskanova erschossen? Wo stand sie, als Sie den tödlichen Schuß abfeuerten?!"

Langen sah um sich. Er wischte sich wieder über die Stirn. Seine Stimme klang verloren:

„Ich hatte sie beschimpft – sie stand vor mir – sie lachte immerzu – da zog ich die Waffe – und drückte ab."

„Wie weit stand die Oskanova von Ihnen entfernt?" fragte Katzberg und blickte zu Evans und Brennan hinüber.

„Einen Meter – etwas mehr vielleicht." – Langen sprach langsam – „Sie stand da – lachend – geifernd – und dann schoß ich – und dann fiel sie zusammen."

„Auf den Boden?" fragte Brennan akzentuiert.

Langen blickte ihn verwundert an und nickte:

„Natürlich – sie lag dann zu meinen Füßen – ich wollte noch – ich wollte noch –" Er hielt inne. Ein leichtes Zittern schüttelte ihn.

Evans ging mit Brennan und Katzberg in eine Ecke. Sie sprachen erregt aufeinander ein. Dann kam Evans zurück und richtete Langen, der auf einen Stuhl gesunken war, auf. Seine Stimme klang bedrohend:

„Wie wäre es, wenn Sie uns nun die Wahrheit erzählen würden?! Bis jetzt haben Sie herumgelogen – dumm und sinnlos –, es ist an der Zeit, daß Sie die Wahrheit sagen!" – Da ihn Langen verständnislos ansah, rüttelte er ihn: „Sie haben uns mit jedem Wort angelogen! Ich will die Wahrheit wissen!"

Langen starrte ihn apathisch an:

„Ich habe gestanden – was wollen Sie mehr von mir?"

„Die Wahrheit!" schrie Evans. „Die Wahrheit! Alles, was Sie über die Waffe gesagt haben, ist erlogen! Die Oskanova wurde mit keinem Revolver erschossen, sondern mit einer automatischen Pistole! Der Täter ist nicht unerwartet zu ihr gekommen, sondern auf Grund eines Rendezvous! Sie wurde nicht stehend erschossen, sondern in einem Fauteuil sitzend. Sie lag nicht auf dem Boden, sondern sie saß!" Seine Stimme überschlug sich. „Wenn Sie lügen, so machen Sie sich der nachträglichen Beihilfe schuldig, der Begünstigung eines Mordes, der Begünstigung des Mörders! Heraus mit der Sprache! Was bezwecken Sie?!"

Langen glitt hilflos nach dem Stuhl zurück. Er hielt sich mühsam aufrecht. Dann sackte er in sich zusammen und rollte wie ein Bündel auf den Fußboden.

Katzberg eilte aus dem Zimmer. Er kam in wenigen Minuten mit dem diensttuenden Polizeiarzt zurück.

Dr. Jacobson untersuchte die leblose Figur. Er winkte Katzberg und Brennan. Sie trugen den Mann nach dem Behandlungsraum. Dort gab ihm Dr. Jacobson eine Lobelin-Spritze. Nach einigen Minuten kam Farbe in das völlig fahle Gesicht. Der Arzt flößte ihm eine Flüssigkeit ein und rieb ihn mit einer kampferhaltigen Lösung ab. Langen blickte verwundert um sich.

Glenn Evans betrat den Raum und blickte fragend zum Arzt.

„Schock!" erklärte Dr. Jacobson. – „Nachwirkung von schweren Narkotika und äußerster Nervenkrise. Nichts Gefährliches – aber Vorsicht ist geboten. Plötzliche Leichen prominenter Leute sind mir stets unerwünscht – am meisten im Amt." – Er prüfte Langens Puls.

Der Regisseur sah noch immer verwundert um sich. Er wollte etwas fragen, aber seine Worte kamen verworren von schweren Lippen.

Nach fast einer Stunde wurde er wieder in das Zimmer Evans geführt. Katzberg bot ihm ein scharfes alkoholisches Getränk und Zigaretten an. Dann fragte er:

„Wen wollen Sie denn durch Ihr falsches Geständnis decken?"

Langen schüttelte den Kopf. Nach beruhigendem Zureden begann er langsam zu sprechen.

Er habe gestanden, weil er dem wirklichen Täter einen Vorsprung sichern wollte – Katzberg selbst habe ihn belehrt, daß jede Stunde für den Verfolgten bedeutungsvoll sein konnte. – Und wer immer die Oskanova gerichtet habe – er verdiene Hilfe, sagte Langen ernst und bedächtig. Dann aber stellte er sich die Tat vor – als von ihm selbst begangen – und glitt aus dem Wunsch in die Wirklichkeit, die ihm ein Geständnis bot. Er erlebte so die Vernichtung des Geschöpfes – den Mord, den er guthieß –, den zu begehen ihm jedoch der Mut fehlte.

Er sprach leise, aber klar. Er sprach die Wahrheit. Wenngleich eine andere, als Evans erwartet hatte.

„Sie sind sich doch klar darüber", stellte der Staatsanwalt fest, „daß Sie sich der absichtlichen Irreführung der Behörde, des Versuchs der Begünstigung des Täters und der falschen Zeugenaussage schuldig gemacht haben?!"

Langen schien die Worte kaum aufzunehmen. Er saß apathisch. Nach einer geraumen Zeit, während ihn Brennan, Katzberg und Evans betrachteten, versuchte er sich zu erheben:

„Was immer die Konsequenzen sein mögen – ich habe jetzt das Ende der Oskanova miterlebt. Sie hat für das, was sie tat, gebüßt. Ob Sie mich anklagen oder nicht – das ist weniger bedeutungsvoll."

„Denken Sie nicht an Ihren Ruf als Regisseur – als Künstler – an das Publikum?" fragte Brennan.

Langen versuchte zu lächeln:

„Ich habe seit vielen Jahren an nichts anderes gedacht – an gar nichts anderes denken dürfen." Er sprach müde, fast gleichgültig. – „Wir sind alle Gefangene unserer Verträge. Mancher darf nicht heiraten – weil das seiner Zugkraft für die Filmgesellschaft abträglich wäre. Was wir sagen, ist nicht unsere Sprache – es wird vorgeschrieben vom ‚Public-Relations-Mann' der Gesellschaft – es ist zurechtgeschnitten für die breite Masse. Wir haben festgelegte Lebensnormen." Er schwieg. Nach einer Weile fügte er hinzu: „Was für ein Leben! Nach außen Glanz – nach innen Leere! Aber ich habe einmal aus der Reihe treten können, was danach kommt, ist so gleichgültig! Es mag mir schaden – die Größe meines Namens auf dem ‚Vorspann' mag sich verringern – einen Techniker wie mich wird man immer brauchen – und wenn es nicht der Fall wäre, würde ich entschädigt sein – weil ich etwas Entscheidendes erlebt habe." Er erhob sich schwerfällig. „Und wenn es auch nur ein Traum war."

Evans setzte sich an seinen Schreibtisch:

„Sie werden sich morgen bei mir einfinden müssen, um Ihre Aussage zu der Anklage zu machen!"

Langen nickte:

„Selbstverständlich. Ich werde mit meinem Anwalt kommen." Er überlegte, blickte von einem zum andern: „Ihrer Untersuchung des Mordfalles dürfte das allerdings nicht dienen. Aber da nun einmal die Justizmaschine in Gang gesetzt worden ist, muß sie wohl weiterarbeiten. Es ist das Gesetz der Gerechtigkeit – oder was manche Leute darunter verstehen."

Er reichte Katzberg die Hand, übersah Evans und Brennan und ging nach der Tür.

„Vielleicht", sagte Brennan, „können Sie irgendwelche Auskünfte geben, die uns nützlich sind. Sie wissen möglicherweise irgendeine Tatsache, einen ganz nebensächlich erscheinenden Umstand – ich meine –"

Langen sah ihn mitleidig an:

„Ich weiß gar nichts – und selbst dies wenige möchte ich für mich behalten."

Er verneigte sich und verließ den Raum.

Evans wandte sich an Katzberg:

„Sie haben den Mann genau beobachtet und lange mit ihm gesprochen. Glauben Sie, daß er irgend etwas weiß, das uns weiterbringen könnte?"

Katzberg verneinte:

„Langen ist ein Nervenbündel – die Grenzen zwischen Erlebtem und Erträumtem verwischen sich bei ihm. Ich glaube nicht, daß er irgendwelche Dinge weiß, die wir nicht bereits kennen. Wir müßten auch befürchten, daß etwaige Auskünfte, die er uns gäbe, nur subjektiven Wert besäßen. Wissentlich oder unwissentlich gäbe er stets Informationen, die nur nach endlosen Nachprüfungen verwendbar wären – wenn überhaupt."

„Bei alledem" – überlegte Brennan – „haben wir die Frage seines Alibis völlig unbeachtet gelassen! Vergessen Sie nicht, Professor", – er sah Katzberg prüfend an –, „daß ein Psychopath raffiniert genug sein kann, um seine offenbare Schwäche zu seinen Gunsten auszunützen. Er könnte die Tat begangen – und uns überdies eine Komödie vorgeführt haben."

Evans erhob sich:

„Das ist ein wesentlicher Gesichtspunkt! Langen hat ein Alibi, das – keines ist." Er wandte sich an Katzberg: „Ihre psychologischen Schlußfolgerungen ändern nichts an dieser Tatsache."

„Ich werde natürlich versuchen, das Alibi Langens nachzuprüfen", erklärte Katzberg, „aber es ist meines Erachtens zu weit hergeholt, wenn wir annehmen wollen, daß er einen Revolver absichtlich mit einer automatischen Waffe verwechselt hat – um uns irrezuführen. Ebenso schien es mir durchaus echt und unverfälscht, als er nicht wußte, wo er die Waffe gekauft hatte – und er wußte zweifellos tatsächlich nicht, daß sie durch das Ausschleifen der Marke und Nummer unkenntlich gemacht worden war. Immerhin – theoretisch wäre es denkbar, daß er sich all dies vorher zurechtgelegt hatte." Er blickte Evans an: „Den Beweis dafür hätten Sie zu erbringen... Keine beneidenswerte Aufgabe!"

„Und Sie haben die Pflicht, mir die Mittel dazu zu besorgen", erwiderte der Staatsanwalt unwillig. „Beneidenswert oder nicht!"

„Wenn wir von den sehr entfernten geringen Möglichkeiten absehen", stellte Brennan fest, „so bleibt als Zusammenfassung aller Ermittlungen nur die völlige Ergebnislosigkeit der bisherigen Untersuchung übrig. Irgendwelche Beweise gegen Langen gibt es ebensowenig wie gegen irgendeinen anderen der Verdächtigten. Der Tatort lieferte uns keine Anhaltspunkte. Der Kreis der möglichen Täter wurde erschöpfend durchgekämmt – ohne Resultat. Ein einziger schwacher Punkt ist die Frage von Langens Alibi." Er sah Katzberg an –: „Es lohnt jeden Versuch. Vielleicht –." Er machte eine leichte Bewegung mit seinem rechten Arm; sie mochte ein Fragezeichen andeuten.

Evans verabschiedete sich kurz.

Brennan ging mit Katzberg nachdenklich über den langen Korridor, dann die Treppen hinab und zur Straße

„Glauben Sie wirklich, daß Langen der Täter ist?" fragte Katzberg seinen Vorgesetzten.

Brennan blieb neben seinem Wagen stehen:

„Offen gestanden, nein. Aber Glauben und Wissen sind zwei Paar Schuhe. Versuchen Sie die Möglichkeit, daß uns Langen gefoppt hat, nachzuprüfen. Ich werde mich in aller Ruhe daheim mit dem gesamten Aktenbündel in meinen Lehnstuhl setzen und versuchen, irgendwo eine Lücke zu finden, durch die wir zu einer neuen Fährte gelangen können. Und jetzt steigen Sie ein – fahren wir in eine Bar!"

Katzberg dankte und wehrte ab:

„Ich möchte nochmals zu Langen." Er ging zu seinem Wagen und rief zurück: „Nach einem gründlichen Schlaf ist der Mensch immer sehr viel widerstandsfähiger. Ich darf ihm diese Chance nicht geben!" – Er winkte Brennan zu und fuhr ab.

Er fand Langen in dessen Arbeitszimmer. Der Regisseur zeigte keine Überraschung über den späten Besuch.

Katzberg kam sofort auf das Alibi zu sprechen. Langen hörte die Argumente an. Er war sonderbar beherrscht:

„Da mein kurzlebiges ‚Geständnis' bereits erledigt ist, kann ich Ihnen auch mein wirkliches Alibi geben. Ich war bis nach Mitternacht im Studio – und fuhr mit meinem Assistenten und einer Cutterin nach Hause. Wir setzten das Mädchen zuerst ab und begaben uns dann in die Cahuenga-Bar. Als ich den Assistenten absetzte, war es gegen drei Uhr morgens. Sie können diese Angaben mühelos nachprüfen. Mein Assistent ist Roger Kinley, die Cutterin Mabel Quinn." Er sprach ruhig und sachlich. Katzberg betrachtete ihn genau. Stand er erneut unter der Wirkung des Narkotikums? War es die Reaktion auf die vergangenen Stunden?

„Wissen Sie, wo unser Studio ist?" fragte Langen.

„Ich werde es finden", erwiderte Katzberg, der sich die beiden Namen notierte.

Langen nahm ein Blatt Papier aus einem kleinen Etui und begann zu skizzieren:

„Wenn Sie von Hollywood Boulevard am Planetarium vorbeifahren, biegen Sie bei Griffith Park ab, kurz vor der Kurve von Glendal und nach Santa Anita. Fragen Sie nach mir. Ich bin schon um neun Uhr dort."

Katzberg nickte und verabschiedete sich.

Er fuhr nach Hause.

Um acht Uhr morgens war er beim Studio. Er erreichte Kinley und Mabel Quinn am Eingangstor. Langens Alibi war echt. Aber, um nichts zu vernachlässigen, suchte er die Cahuenga-Bar auf. Auch diese Angabe des Regisseurs wurde bestätigt.

Er begab sich nach dem Amt und meldete alles Brennan. Er berichtete über seinen Besuch bei Langen und die Überprüfung der Alibi-Angaben.

Brennan hörte merkwürdigerweise zerstreut zu.

Nachdem Katzberg seinen Report beendet hatte, sah ihn Brennan eigentümlich an:

„Fügen Sie den Bericht den Akten zu, der Ordnung halber. Er hat keine Bedeutung mehr."

Katzberg verbarg nicht seine Überraschung:

„Ist etwas Neues vorgefallen?"

Brennan zündete sich eine Zigarette an:

„Neues? Nein! Es ist nichts vorgefallen – und das war auch gar nicht notwendig. Wir hatten die Lösung des Falles längst in Händen. Wir haben sie aber nicht gesehen." Er fügte offenherzig hinzu: „Genauer genommen – ich habe sie nicht gesehen."

„Sie wollen doch nicht etwa behaupten", begann Katzberg, aber Brennan unterbrach ihn:

„Lesen Sie die dritte Seite!" – Er schob ihm die Akte zu.

Katzberg nahm sie zur Hand. Die Seite 3 wies kein Protokoll auf, sondern einen Zeitungsausschnitt. Die Titelseite des ‚Los Angeles Star' vom Achtzehnten. Die Frühausgabe. Er kannte den Artikel. Er überflog ihn nochmals und blickte fragend zu Brennan:

„Ich verstehe nicht, was Sie andeuten wollen! Den Bericht haben wir gemeinsam gelesen." Er las den Artikel nochmals und schüttelte den Kopf: „All dies ist uns bekannt."

Brennan nahm die Akte an sich:

„Und dennoch – dieser Bericht löst den Mordfall Tatjana Oskanova. Ich möchte behaupten – zweifelsfrei." – Er las laut vor: „ . . . in einem Lehnstuhl sitzend, ein teerosenfarbenes Hauskleid tragend, wurde Tatjana Oskanova ermordet aufgefunden. Neben der Toten lag am Boden das Mordinstrument." Brennan sah zu Katzberg: „Verstehen Sie?"

Katzberg verstand die Worte, aber nicht den besonderen Zusammenhang:

„Das sind Tatsachen, die wir selbst festgestellt hatten! Dazu brauche ich nicht den Zeitungsbericht!"

Brennan lächelte:

„Die Redaktion des ‚Los Angeles Star' schließt für die erste Frühausgabe um vier Uhr fünfzehn morgens. Wir waren um vier Uhr sieben Minuten am Tatort angelangt. Zu dieser Zeit wußten nur Myrna Lindequist und ich selbst, daß Tatjana Oskanova ein teerosenfarbenes Hauskleid trug, daß sie in einem Lehnstuhl saß und daß die Mordwaffe dicht neben ihr am Boden lag."

Katzberg starrte ihn an:

„Und weiter?!"

Brennan beugte sich etwas vor. Seine Stimme klang hell:

„Außer uns beiden wußte nur noch ein einziger Mensch um diese Umstände."

Katzberg überlegte kaum einen Augenblick. Seine Stimme klang erregt:

„Der Mörder!"
Brennan klopfte ihm auf die Schulter:
„Es ist eine üble Angewohnheit, die Zeitungen oberflächlich zu lesen!"
Er setzte seinen weichen Panamahut auf, winkte Katzberg zu und verließ sein Zimmer.

Myrna

„Helen!"

Sie wiederholte den Ruf nachdrücklich. Jetzt, da die Polizei und Georg Parker gegangen waren, brauchte sie irgendeinen Menschen, mit dem sie unbefangen reden konnte.

Die Zofe, noch im Straßenkleid, kam mit schnellen Schritten in die Halle gelaufen. Sie blickte überrascht um sich. Sie sah Myrna an den Tisch gelehnt und die von ihren üblichen Plätzen weggerückten Stühle und Sessel.

„Ist etwas geschehen?" fragte Helen besorgt. Sie behandelte in unbestimmbaren Situationen ihre Herrin mit großer Vorsicht. Man wußte nie, wohin Myrna steuerte.

„Tatjana", begann Myrna, doch plötzlich konnte sie nicht weitersprechen. Die bewußt beibehaltene Beherrschung während der letzten Stunde verwandelte sich in ein hemmungsloses Sichgehenlassen. Sie klammerte sich an Helen und schluchzte.

Die Zofe führte sie nach der Treppe. Wenn Myrna erst in ihrem Bett lag, würde sich alles geben; sie wußte das aus Erfahrung.

Als sie Myrna entkleidet, flüchtig abgeschminkt und ihr die Schlafgarnitur übergezogen hatte, massierte sie ihr Stirn und Handgelenke; ein Rat Dr. Brandons, der stets wirkte.

Myrna begann zu erzählen. Es bereitete ihr Erleichterung, das Erlebte in Worte zu kleiden. Sie sprach mit Helen in der Intimität, die sie bisweilen der Zofe gegenüber bekundete. Es bestand ein rätselhaftes Verhältnis zwischen ihr und Helen; sie entließ sie zumindest einmal wöchentlich, um sie dann durch Geschenke aller Art – vielfach sehr wertvolle – zum Weiterbleiben zu bewegen.

Helen hörte entsetzt – und im Grunde genommen merkwürdig beherrscht der Erzählung Myrnas zu. Sie beobachtete das wieder ruhelose Antlitz – und die ganze Kraft ihrer Jugend erfüllte sie; da lag vor ihr der große Star, dessen Namen eine Welt des Erfolges bedeutete – und sie allein erkannte den unaufhaltsamen Gang der Jahre, der bereits die ersten Furchen in die gepflegte Haut grub, der allen Künsten der Kosmetik überlegen war. Myrna wiederholte viele Einzelheiten; sie versuchte, unbedeutenden Einfällen einen besonderen Sinn zu geben. Immer wieder drängte sich ihr die quälende Frage auf: „Wer?!" –

Sie suchte nach Zusammenhängen; aber außer jenen, die sie Brennan bereitwillig gegeben hatte, fand sie keine. Sie fragte Helen nach Unwichtigkeiten, die bis dahin unbeachtlich erschienen waren; aber die Zofe vermochte keinerlei Hinweise zu geben. Sie wußte nichts.

Myrna rekapitulierte den Abend, von dem Augenblick an, da sie aus dem „Beverly Wilshire" gegangen war. Sie dachte an ihre Gespräche mit Freunden und Bekannten. Dann an die Heimfahrt. Wie sich Elmer von ihr verabschiedete. Wie sie die Halle betrat. Wie es dunkel blieb – der Schalter hatte versagt –. Plötzlich richtete sie sich im Bett auf. Eigenartig – als sie nach der Entdeckung der Tat die Galerie betrat und den Wechselschalter niederdrückte, brannten alle Lampen. Wie war das zu erklären? Sie beriet es mit Helen, aber auch die Zofe wußte keine Deutung. Sie riet Myrna, ein Beruhigungsmittel zu nehmen, und ohne die Zustimmung abzuwarten, brachte sie eine Tablette aus dem Arzneischrank und ein Glas Wasser. Sie ging dann zum Fenster und zog die Gardinen fest zu. Sie entfernte sich mit dem Hinweis, daß sie den Masseur bestellen würde; nichts sei erfrischender als ein Durchkneten des Körpers nach solchem Erlebnis.

Helen ging nach ihrem Zimmer, legte sich auf ihr Bett und stellte sich selbst die Frage:

„Wer?"

Sie verfiel in einen leichten Schlaf, aus dem sie durch die Aufwartefrau, die um acht Uhr morgens ihren Dienst antrat, geweckt wurde. Sie fühlte sich nach dem nur dreistündigen Schlaf erschöpft, berichtete der Frau von den Vorgängen der Nacht und besprach Fragen des täglichen Dienstes. Dann ging sie, um dem Masseur zu telefonieren.

Vor dem Schlafzimmer Myrnas blieb sie stehen und horchte an der Tür. Sie drückte die Klinke leise nieder. Die regelmäßigen Atemzüge der Schlafenden beruhigten sie. Dann, nach kurzem Zögern, eilte sie nach dem Tatort.

Sie prüfte die Möbel; sie öffnete Schubladen und Fächer. Sie ging nach dem Zimmer Tatjanas und durchsuchte den Raum. Sie fand nichts, was ihre Aufmerksamkeit erweckt hätte.

Um halb zehn erschien die Köchin; doch als Helen sie in der Küche traf, hatte die Aufwartefrau sie bereits eingehend informiert.

Um zehn Uhr kam der Masseur, und Helen entschloß sich, Myrna zu wecken. Während der Masseur seine Arbeit verrichtete, sorgte Helen für das übliche erste Frühstück, das, genauen Anweisungen des Hausarztes entsprechend, rein wissenschaftlich zusammengestellt war. Es bestand aus einer Tasse Tee, einer halben Grapefruit, zwei Toastschnitten mit einem hauchdünnen Strich Butter und zwei trockenen Keksen. Sie servierte es auf einem fahrbaren Tisch, dessen Platte von dem Gestell abgehoben und vor die im Bett Sitzende gestellt werden konnte.

Bevor Myrna ihr Bad nahm, rief sie in der Redaktion des *„Los Angeles Star"* an und verlangte Georg Parker. Sie bekam den Bescheid, daß er nicht anwesend sei. Sie rief in seiner Wohnung an. Sie hörte das Signal mehrfach summen. Sie wollte gerade abhängen, als der Hörer abgenommen wurde und Parker sich meldete.

Seine Stimme klang wie von sehr weit her und verschlafen.

„Ich dachte, du wärst in der Redaktion – oder auf den Fersen von Brennan. Nur daß du schläfst, nahm ich bestimmt nicht an!"

„Ich habe alles, was zu erreichen war, bereits geschrieben", erklärte Parker. „Der *‚Star'* hat die Konkurrenz geschlagen –"

Sie unterbrach ihn:

„Gibt es irgend etwas Neues? Hat man eine Spur des Täters gefunden?"

„Nein!" antwortete Parker. – „Die Polizei besitzt keine tatsächlichen Anhaltspunkte. Es wird eine zermürbende Kleinarbeit geben."

„Kannst du zu mir kommen?" fragte Myrna. „Ich möchte mit dir sprechen, ich möchte nicht nur – sondern ich will und muß!"

Nach einer Pause hörte sie die plötzlich sehr wache Stimme des Reporters:

„Wie oft habe ich dich gefragt, ob ich zu dir kommen kann, und was hast du mir geantwortet?"

„Denkst du immer nur an dich?" erwiderte sie heftig. „Ich bitte dich jetzt ernstlich, zu mir zu kommen." – Sie fügte mit ihrem besten und wohlgeschulten Pathos hinzu: „Ich brauche dich!"

„Ich komme", sagte Parker und hängte ab.

Sie blieb neben dem kleinen Schreibtisch sitzen und starrte den Apparat an, ohne ihn eigentlich zu sehen.

Sie fühlte sich plötzlich allein und verlassen. Der Gedanke, in ihrem gewohnten Kreis von Bewunderern und Neidern zu erscheinen, erschien ihr beängstigend. Sie wußte in diesem Augenblick, daß sie nach dem Tode Tatjanas tatsächlich allein war. Bis auf – vielleicht – Georg Parker. Von der Leidenschaft zu ihm, die ebenso rasch abgeklungen wie sie entstanden war, ließ die Zeit eigentlich nichts übrig. Sie hatte ihn zeitweise aus den Augen verloren. Er brachte sich immer wieder in Erinnerung, unbeherrscht in der ersten Zeit nach dem Bruch, Versöhnung suchend im späteren Verlauf. Sie erinnerte sich an zufällige Begegnungen. Sie glaubte nichts mehr für ihn zu empfinden. Jetzt fühlte sie eine gewisse Unsicherheit. Sie sah den Mann irgendwie verändert vor sich. Sie entsann sich eines Abends, da sie ihm in Venice unerwartet begegnet war. Sie befand sich auf dem Weg nach Santa Monica, und da die Gesellschaft erst zu einer viel späteren Stunde auf sie wartete, nahm sie mit ihm in einem kleinen Lokal das Diner ein. Sonderbar – jetzt, in der Erinnerung gab sie jener Stunde eine ganz andere Bedeutung. Sie entsann sich, daß sie sogar bereit war, ihren Freunden abzusagen und mit ihm zusammen den Abend zu verbringen – irgendwo –, war es nicht Santa Barbara, das er vorgeschlagen hatte? –

Sie fuhren nach Santa Monica. Sie wollte nur für einen Augenblick die Bar an der Beach aufsuchen, um sich von ihren Freunden zu verabschieden.

Sie versuchte, sich jetzt genau an alle Einzelheiten zu erinnern. Sie war aus dem Wagen ausgestiegen und eilte die Treppe hinauf, schon im Gedanken an Santa Barbara. Und dann traf sie Tatjana. Sie berichtete der Freundin von ihrer Begegnung mit Parker.

Sie sah in diesem Augenblick Tatjana genau vor sich. Sie stand ihr gegenüber am obersten Treppenabsatz.

Tatjana blickte sie lange verwundert an. Ihren Mund umspielte ein Lächeln, das zwischen Mitleid und Spott lag.

Dann klopfte ihr Tatjana auf die Schulter und eilte die Treppe hinab.

Als sie zurückkam, erwähnte sie ganz nebenbei, daß sie Georg Parker verabschiedet habe.

Myrna fühlte jetzt das Unwahrscheinliche jener Minuten.

Sie sah deutlich Georg Parker aus ihrem Wagen steigen und langsam einige Schritte in der Richtung der Treppe gehen. Sie wollte ihm zumindest etwas sagen – irgend etwas erklären – aber Tatjana führte sie – unwiderstehlich, wie es schien – nach dem Tanzsaal.

Sie rief im Laufe der folgenden Tage mehrmals bei Parker an; vergeblich.

Viel später begegnete sie Parker bei einem Presseempfang. Sie sprachen einige belanglose Sätze. Als er sich verabschiedete, fragte er sie, weshalb sie seine Briefe niemals beantwortet habe. Sie versicherte ihm, daß sie niemals einen Brief von ihm bekommen habe.

Er sah sie damals sonderbar verloren an. Er machte eine Bemerkung, eine Andeutung, daß seine Briefe vielleicht in unrechte Hände gekommen seien. Auf ihre Frage, was er damit meine, gab er keine Antwort; fragte aber kurz darauf zurück, ob denn Tatjana noch in ihrem Hause wohne...

Helen betrat nach einem leisen Klopfen das Zimmer und meldete Georg Parker.

Parker schob seinen weichen grauen Hut mit der etwas zu breiten Krempe auf den Hinterkopf, ließ sich in einen Lehnstuhl fallen, streckte seine beiden ungewöhnlich langen Beine vor sich. Er zündete sich eine Zigarette an und blickte schweigend zu ihr hin.

Sie stand auf und ging dicht bis zu ihm:

„Es ist gut, daß du gekommen bist. Ich danke dir." Da er nicht antwortete, fügte sie hinzu: „Ich brauche dich!"

Er sah sie eine geraume Zeit nachdenklich an:

„Du brauchst im Grunde genommen niemanden, Myrna, du genügst dir vollkommen – denn du kennst nur dich, und nur du bist dir selbst notwendig."

Sie ging einige Male im Zimmer auf und ab und setzte sich dann schräg ihm gegenüber:

„Wir kennen uns selbst nicht, Georg, wie wäre es möglich, daß wir unsere Mitmenschen kennen?"

Er lächelte:

„Das ist aus deinem großen Dialog in dem Film ‚Abschied für immer'! Du weißt – die Szene kurz vor der Scheidung."

Sie berührte seine Hand:

„Ich habe die Worte jetzt so wahr empfunden, wie ein Mensch überhaupt empfinden kann! Es kommt mir vor, als sei plötzlich alles völlig verändert in meinem Leben." Sie hielt inne. Er fühlte, wie die Berührung ihrer Hand nachließ. Dann klang ihre Stimme ganz anders: – „Mit dem Tode Tatjanas ist in mein Leben ein Bruch gekommen."

Er richtete sich etwas auf, nahm seinen Hut ab und legte ihn neben sich auf den Fußboden:

„Der Bruch in deinem Leben, Myrna, begann nicht mit dem Ende der Oskanova, er begann, als sie in dein Leben trat."

Sie stand auf:

„Du siehst alles nur von deinem Standpunkt aus."

Er blickte sie an:

„Jedes Gefühl ist subjektiv – am meisten jenes der Liebe. Aber du hast mich nicht zum Philosophieren hierher befohlen."

Sie unterbrach ihn, und ihre Stimme klang fast bittend:

„Ich habe dich gebeten, Georg – denn ich brauche dich! Vielleicht begreifst du es nicht, aber wenn du diesen Augenblick erlebt hättest, als ich das Zimmer betrat..." Sie strich sich mit beiden Händen über die Stirn und hielt sie an ihre geschlossenen Augen. Dann sagte sie: „Es war ein Anblick, den ich nie vergessen werde. Tatjana, der einzige Mensch, auf den ich mich vollkommen verlassen konnte –" Sie schwieg.

Er stand auf, blieb dicht vor ihr stehen und nahm die Hände bedächtig von ihrem Gesicht. Als sie die Augen öffnete und ihn fragend ansah, schüttelte er den Kopf:

„Du brauchst mir deine Gefühle nicht zu schildern. Sie waren auf die Oskanova konzentriert. Ein Psychiater würde die geeignete Bezeichnung für deine Bindung an Tatjana besser und treffender finden können als ich. Ich bin kein Arzt – und selbst wenn ich einer wäre, so würde ich dir gegenüber nur als Mann denken, handeln und urteilen können. Ich habe dich geliebt – unsagbar geliebt, Myrna –, und dann habe ich dich gehaßt – unsagbar gehaßt, Myrna – und zuletzt wahrscheinlich nur bemitleidet."

Sie wendete sich ab. Als sie sich wieder umdrehte, hatten ihre Augen den feuchten Schimmer verloren. Ihre Stimme klang sachlich:

„Ich habe dir heute nacht kurz gesagt, was ich Brennan berichtete. Ich habe keinen Verdacht ausgesprochen, gegen niemanden. – Denn sosehr ich versuchte, klar zu sehen, so wenig konnte ich einen der Männer, die in Frage kommen, mehr verdächtigen als den andern. Aber ich bin entschlossen, den Täter zu finden." Sie schwieg einen Augenblick und fragte dann: „Bist du bereit, mir zu helfen?"

Sie sah ihn lange aufmerksam an. Es schien ihr, als würde für den Bruchteil einer Sekunde ein sonderbares Lächeln sein Antlitz umspielen. Es war weniger in seinem Gesicht als in seinen blauen Augen. Er steckte sich umständlich eine Zigarette an:

„Wenn ich dich richtig verstehe, so willst du mich als zusätzliche Polizei engagieren? Aber dazu eigne ich mich nicht! Ich kann dir ausgezeichnete Privatdetektive nennen, alles zuverlässige Männer mit großer Erfahrung."

Sie unterbrach ihn heftig:

„Du hast mehr Erfahrung, und du bist zuverlässiger als alle Privatdetektive zusammen! Ich möchte, daß du die Arbeit der Polizei genau verfolgst, daß du mir berichtest, daß du auf eigene Faust versuchst –" Sie zögerte und fügte dann hinzu: „Daß du versuchst, den Mörder zu finden. Geld spielt keine Rolle."

Er nahm seinen Hut vom Boden, setzte ihn auf und ging langsam zur Tür:

„In der Liebe und im Haß spielt Geld keine Rolle. Nicht für dich." Er öffnete die Tür. „Aber auch nicht für mich!"

Sie eilte ihm nach und hielt ihn am Arm fest:

„Georg! Bei allem, was jemals zwischen uns war –"
Er befreite sich von ihrem Griff und sah sie ganz nahe an:
„Vergiß nicht hinzuzufügen, was du so oft gesagt hast: Was war, ist vorbei und kann nie wieder neu erstehen!"
„Vermagst du so gewiß die Zukunft zu lesen?" hörte sie sich plötzlich fragen. Kaum daß sie den Satz ausgesprochen hatte, wollte sie ihn abschwächen und einschränken. Aber es war zu spät.

Er hatte seine beiden Arme um sie geschlungen und drückte sie an sich; sie fühlte die Umarmung beängstigend stark und unwiderstehlich. Sie fühlte seine Nähe bedrohlich. Er beugte sie nach rückwärts, hielt sie fast schwebend und drückte seinen Mund mit schmerzender Härte auf ihre Lippen.

Sie starrte nach der Tür, längst nachdem er, ohne noch etwas zu sagen, gegangen war.

Myrna blickte ihm lange nach. Als seine Schritte unten verhallt waren, ging sie nach dem Fenster. Sie sah ihn zum Portal gehen, zur Straße. Wenige Minuten später war er am Steuer seines Wagens an der Biegung der Straße verschwunden.

Sie wurde sich bewußt, daß sie die ganze Zeit über weder an Tatjana gedacht hatte noch an den Mörder. Es schien ihr unwirklich.

Das Telefon läutete. Es war kein eigentliches Klingeln, sondern ein angenehmer Summton. Die Bell-Company versorgte besondere Kunden mit nervenschonenden Spezialapparaten.

Sie wartete, bis Helen die Nebenstelle bediente. Sie schaltete sich ein. Als sich die Staatsanwaltschaft meldete, nahm sie selbst das Gespräch auf. Glenn Evans wünschte sie zu sprechen. Sie versprach ihren Besuch in zwei bis drei Stunden.

Sie ging nach ihrem Schlafzimmer, doch ehe sie sich den Problemen ihrer Toilette widmen konnte, meldete Helen den Besuch Angelo Marays.

Der Maler warte in der Halle mit seinem Assistenten.

Sie wollte ihn eigentlich wegschicken; sie war nicht konzentriert genug. Dann aber überlegte sie es sich anders:

„Ich komme gleich, Helen. Biete ihm etwas an."

Während sie sorgfältig ihr Make-up prüfte, dachte sie über Maray nach.

Der Mann war ein Modemaler, ein Porträtist en vogue. Sie wußte von gut informierten und übelwollenden Leuten, daß Maray irgendwo aus Ungarn stammte, aus einem Ort mit unaussprechlichem Namen. Es hieß, daß er in der Wiege noch den Namen Alexander Nagy getragen hätte;

sein Vater handelte mit Altpapier und Lumpen. Er entwickelte in frühen Jahren ein Zeichentalent, das die üblichen ersten Lehrformen schroff ablehnte; seine Abneigung gegen Blumen und Blätter war so groß, daß er sie selbst bei einem Versuch, Eva im Paradies festzuhalten, nicht überwinden konnte. Er widmete sich einem vielgesuchten, gutbezahlten, aber zu Ausstellungen nicht geeigneten Genre der Zeichenkunst. Man erzählte sich, daß sein erstes größeres Bildwerk dennoch biblischen Charakter hatte. Es behandelte das Thema der Magdalena. Als er es zur Ausstellung der „Jungen Kunst" anmeldete, wünschte man zu wissen – wegen der Eintragung in den Katalog –, ob er Magdalena vor dem Sündenfall gemalt habe oder danach. Auf seine Antwort „Während!" – wurde das Kunstwerk abgelehnt.

Er ging nach Paris, illustrierte einige Privatdrucke und widmete sich dann dem Porträt. Zu dieser Zeit hieß er bereits Maray. Der wohlklingende Vorname Angelo kam in Hollywood dazu.

Mit einem Gemälde von Hedy Lamarr, anläßlich ihres Filmes „Extase" gemalt, wurde er prominent. Er war nunmehr arriviert und kleidete sich danach. Er sprach stets ganz leise und weltverloren; das war seine persönliche Note. Beim Inkasso hob er bisweilen die Stimme.

Myrna betrachtete ihn als ein Kuriosum. Da sie es nicht zulassen konnte, von einem so bedeutenden Mann ungemalt zu bleiben, bestellte sie sich ihr Porträt. Das war vor vier Jahren. Kurz nach Vollendung des Werkes veränderte sie ihre Haarfarbe, und Angelo Maray beschloß, das Porträt zu aktualisieren; er färbte ihr Haar auch auf der Leinwand um.

Da nun Myrna ein klassisches leuchtendes Rot trug, war eine abermalige Inanspruchnahme Marays geboten. Tatjana übernahm die Formalitäten. Myrna schien es jetzt, da sie sich im Spiegel eingehend musterte, fast gespenstisch.

Tatjana hatte gestern, oder war es vorgestern, fragte sich Myrna, den Besuch Marays vereinbart.

Zwischen jenem Telefongespräch und dem Besuch lag ein Jahrhundert.

Myrna ging zur Halle. Myrna erhob sich langsam. Er grüßte sie leise, und seine Stimme klang überdies gequält:

„Würde es sich nicht um mein bestes Bild handeln, meine Liebe, hätte ich den neuen Auftrag abgelehnt. Aber mein Gewissen gebietet die Vollbringung der Mission." – Er blickte zu seinem Assistenten, der umständlich einen schmalen Handkoffer auszupacken begann. Er ordnete auf einem Tisch die Palette, die Pinsel und die Farben des Meisters.

Der Assistent, ein junger Mann mit brillantinetriefendem schwarzem Haar, waltete seines Amtes.

„Leider kann ich Ihnen nicht sitzen, Meister!" begann Myrna. – „Sie werden gewiß schon gelesen haben –" Sie sah ihn fragend an.

„Gelesen – was?" erkundigte sich Maray erschöpft.

„Tatjana Oskanova –" Myrna zögerte. Es fiel ihr schwer, Worte zu finden: „Tatjana wurde – heute – nacht –" mit sichtlicher Kraftaufwendung beendete sie den Satz: „– ermordet!"

Maray machte eine lebhafte Bewegung; aber nach einem Augenblick hatte er sich wieder vollkommen in der Gewalt:

„Ermordet? Wieso?"

Myrna schilderte ihm den Vorfall und sagte zum Schluß bedacht:

„Ich bin weder seelisch in der Lage –"

Er beobachtete sie eingehend:

„Als Maler vermag ich keine Veränderung in Ihrem Gesicht zu finden."

Sie wollte etwas Heftiges erwidern, beließ es aber bei einer sachlichen Bemerkung:

„Ich muß zum Verhör zur Staatsanwaltschaft. Natürlich habe ich nichts dagegen, wenn Sie, verehrter Meister, mit der Vorarbeit beginnen. Wir können dann morgen – oder übermorgen –" Sie hielt inne.

Er gab seinem Assistenten in seiner Muttersprache irgendwelche Anweisungen. Dann wandte er sich an Myrna:

„Der Mordfall ist außerordentlich bedauerlich – aber ich nehme an, daß meine Verabredungen mit der Verewigten von Ihnen anerkannt werden."

Myrna bejahte, fragte aber vorsichtig:

„Tatjana erwähnte mir das Honorar – es waren –" Sie schwieg, denn sie hatte keine Ahnung, wie die Übereinkunft lautete.

Maray wollte zunächst die dreihundert Dollars nennen, die er mit Tatjana ausgemacht hatte – da er aber spürte, daß Myrna keine Summe kannte, sagte er leidend und besonder leise:

„Ich hatte ursprünglich tausend Dollars vorgesehen – doch auf das inständige Zureden der Verewigten erklärte ich mich mit fünfhundert einverstanden." – Seine Stimme war fast erloschen, als er hinzufügte: „Es ist mehr eine Pflichterfüllung – und kein Verdienst. Es ist für mich ein seelischer Zwang –"

Myrna wollte ihn fragen, ob es auch seine Seele sei, die sich weigere, weniger als fünfhundert Dollars anzunehmen; aber sie unterließ es. Maray war ein gefährlicher Geschichtenerzähler. Da er die Louella Parsons und die Maxwell gemalt hatte – letztere mit glatt weggemalten guten fünfzig Pfund Lebendgewicht –, mußte man sich sehr vor ihm hüten.

151

Sie bat ihn, mit der Arbeit zu beginnen, und verabschiedete sich von ihm.

Sie sollte zum Lunch nach dem „Riviera-Country-Club", zog es aber vor, telefonisch absagen zu lassen. Sie ließ sich ein stark kalorienreduziertes zweites Frühstück zubereiten und legte sich dann zur Ruhe, um bei Glenn Evans möglichst jugendlich zu erscheinen.

Das Verhör enttäuschte sie ernstlich. Sie fühlte, daß sie vom Piedestal des großen Stars unerwartet hinabsank in die Rolle einer Zeugin. Wenn sie ihr Gefühl nicht trog, in jene einer etwas mißtrauisch betrachteten Zeugin. Evans war höflich und korrekt. Nicht mehr. Und sie war mehr gewohnt, viel mehr! Sie war überrascht; sie hatte aus den Kriminalfilmen eine völlig andere Szenerie erwartet. Das Leben erwies sich als grundlegend verschieden.

Evans empfing für einige Minuten Brennan, der ihr kurz zunickte, und dann andere, ihr unbekannte Beamte, mit denen er über den Mordfall sprach; aber teils wurden diese Unterhaltungen zu leise geführt, um von ihr verstanden werden zu können, teils vermochte sie den tieferen Sinn sorglos und vernehmlich gesprochener Äußerungen nicht zu erfassen.

Als sie das Amtszimmer Evans' verließ, mußte sie durch ein Blitzlichtspalier schreiten. Sie sah das eine und andere bekannte Reportergesicht. Jenes, das sie suchte, fand sie nicht.

Als sie das Gebäude verließ, begegnete sie Oliver Stone. Der Anwalt ging sofort mit ihr zu ihrem Wagen und bot seine Ratschläge an. Sie schätzte Stone; er hatte ihren Scheidungsprozeß gegen Benting ausgezeichnet geführt. Seine strikte Anweisung lautete: Nichts sagen. Oder so wenig wie möglich. Er war entsetzt, als sie ihm von dem Verhör berichtete, von ihren Aussagen gegenüber Glenn Evans und, gleich nach der Entdeckung des Mordes, zu Brennan. Aber daran war nun nichts mehr zu ändern.

„Nichts hören, nichts sehen, nichts sagen!" dozierte Stone. – „Sie werden sich nur Feinde machen – die ärgsten bei der Polizei. Jede Spur, die man auf Ihre Anregung hin aufnimmt und die ergebnislos bleibt, wird Ihnen übel ausgelegt werden. Jedenfalls – für die Zukunft – schweigen Sie, so gut es noch geht. Beim nächsten Verhör bin ich dann an Ihrer Seite." – Er sah sie lange an: „Erinnern Sie sich noch an Reno? Die Verhandlung – und das Kasino? . . ." Seine Stimme war plötzlich völlig verändert. Als er sie zum Tee einlud, lehnte sie vorsichtig, aber entschieden ab. Sie versprach ihm, seine Weisungen zu beachten und ihn auf dem laufenden zu halten.

Sie fuhr, einem plötzlichen Impuls folgend, über Sunset Boulevard nach Figueroa hinunter und wechselte zum Broadway hinüber nach Los Angeles. Sie wollte allein sein – und nicht in ihrem Hause.

Wer? – tauchte die Frage wieder in ihr auf. – Wer?! – Aber so intensiv die Frage sie beschäftigte, sosehr sie sich jedes einzelne Gesicht vergegenwärtigte, an das sie dachte, so klar wurde es ihr, daß sich irgend etwas verändert hatte. Tatjana war tot. Doch die Unfaßbarkeit des Geschehens verebbte. Sie begann zu denken, anstatt nur zu fühlen. Der einzige Mensch, sagte sie zu sich – der ihr nahegestanden hatte – dem sie bedingungslos trauen konnte –

War Tatjana wirklich – sie ertappte sich bei einem ersten leisen Zweifel. Als sei durch das Erlöschen der Person ein großer Teil des Einflusses, der von ihr ausgegangen war, abgeklungen.

Sie wendete und lenkte ihren Wagen über Manchester nach dem Centinela Boulevard. Sie fuhr am Clover Field Airport vorbei. Einen Augenblick hatte sie die Idee, eine Passage zu buchen – sie wußte nicht, wohin – irgendwohin – nur weg – nur fort. Aber das wäre Flucht gewesen. Sie durfte nicht fliehen. Sie spürte eine zunehmende Unruhe.

Als sie sich wieder ihrem Hause näherte, sah sie eine Reihe parkender Wagen entlang der Straße stehen. Die Presse wartete auf sie. Die Presse – die sie brauchte – und die sie haßte, weil sie zu genau Bescheid über die internen Dinge wußte. Sie bog ab, ehe sie gesehen worden war. Sie rief aus dem Bel-Air-Country-Club in ihrem Hause an und gab Helen Weisung, die Reporter um jeden Preis abzuwimmeln. Dann fuhr sie über den rückwärtigen Weg an ihre Besitzung heran und gelangte in ihr Haus, ohne daß die Presseleute ihr Kommen bemerkten. Sie schickte Helen zu der Gruppe, die im Garten vor dem Hause wartete, und ließ mitteilen, daß sie nicht zurückkehre; sie würde bei Freunden übernachten.

Als sie sich in ihrem Boudoir verdrossen auf die kleine Couch warf, läutete das Telefon. Brennan war am Apparat und stellte ihr einige Fragen; sie antwortete ausweichend – eingedenk der Ratschläge Stones.

„Sie haben es mir zu verdanken, daß nicht alle Reporter Ihr Haus schon morgens eingerannt haben", erklärte Brennan. „Ich hatte die ganze Gesellschaft auf eine falsche Fährte geführt. Und nun stelle ich Ihnen einige Fragen – und Ihr Dank drückt sich in Schweigen aus!"

Sie war ihm dankbar für die Schonung; erst jetzt begriff sie den Wert der Ruhepause, die sie genießen konnte – durch seine Hilfe. Dennoch antwortete sie weiter unsicher und zögernd.

Er hängte ohne Gruß ab.

Sie schlief ein. Als sie erwachte, lag sie in dem verdunkelten Boudoir.

Sie drehte das Licht an. Es war halb neun. Sie rief Helen, die ihr von Dutzenden von Anrufen berichtete.

Sie empfand keinen Hunger, ließ sich aber dennoch ein leichtes Abendbrot bringen. Während sie aß, meldete Helen einen Besuch: Benting.

Sie wollte ihn ablehnen. Doch ehe Helen der Weisung folgen konnte, stand Benting bereits auf der Schwelle.

Er ergoß den ganzen Überschwang seiner Erregtheit über sie. Er fragte und berichtete zu gleicher Zeit. Er erzählte von Brennans Besuch.

Sie hörte ihm zu. Sie begriff nicht, daß sie jemals die Gattin dieses Mannes war – es gewesen sein konnte. Als er auf die Möglichkeit einer Versöhnung anspielte – jetzt, da nichts mehr zwischen ihnen stand –, fand sie Worte, die ihr fremd waren. Sie war kalt und, als dies nicht wirkte, gleichgültig. Sie versuchte es mit so etwas wie Mitgefühl; aber alles klang unwirklich. Schließlich wurde sie deutlich. Es interessierte sie nur das Verhör. Sie wollte wissen. Nichts sonst. Was sie hörte, besagte nichts.

Sie brachte Benting dazu, von den Gerüchten zu erzählen, die ihm zugetragen worden waren. Sie erfuhr von dieser und jener Tätigkeit der Polizei – alles offenbar gestützt auf ihre Hinweise. Als sie merkte, daß aus Benting nichts mehr herauszuholen war, führte sie ihn einfach nach der Halle und verabschiedete ihn. Als Preis mußte sie ihm ein Wiedersehen zugestehen. Sie wußte, daß er sich alle Mühe gab, an ihre Worte zu glauben. Sie selbst tat es nicht.

Als Benting gegangen war, ließ sie ihren Arzt kommen. Dr. Brandon behandelte sie seit Jahren; an allen eingebildeten und echten Krankheiten. Er kam bereitwillig.

Sie erzählte ihm alles, was sie wußte oder zu wissen glaubte. Brandon war ein Sechziger; er war wirklich nur Arzt und war damit ein Ausnahmemann. Sie war ihm dankbar. Er konnte unbegrenzt zuhören. Er war beruhigend durch sein bloßes Dasein. Er gab ihr ein sanftes, aber sicher wirkendes Schlafpulver und versprach, tags darauf nach ihr zu sehen.

Sie nahm ihr abendliches Bad, schaltete das Telefon aus, gab Helen Weisung, keine Anrufe anzunehmen, und ging zu Bett.

Im ersten Dämmern durchlebte sie nochmals das Geschehene. Wieder war die Frage „Wer?!" gegenwärtig. Aber sie schien sich abzunutzen. Sie klang leiser. Myrna wollte wissen, wer den Mord begangen hatte. Aber es war einfach Wissenwollen – und nicht mehr der namenlose Haß, das immense Rachebedürfnis.

Sie dachte an Tatjana.

Weshalb mußte es geschehen? Was war die letzte Ursache der Tat? Wo war das Dunkel zu durchbrechen?

Sie versank langsam in die lautlosen Tiefen der Bewußtlosigkeit.

Spät am nächsten Morgen erwachte sie. Sie fühlte sich zerschlagen und hatte jeden Zeitsinn verloren. Als sie nach der Uhr blickte und erkannte, daß es fast zwölf Uhr war, dachte sie einen Augenblick, es könnte ebensogut Mitternacht sein.

Helen, die auf ihren Ruf sofort erschien, meldete die neuen Versuche entschlossener Reporter. Sie seien – etwa sieben Mann – im Park. Nach der Entdeckung von Myrnas Wagen in der Garage glaubten sie nicht daran, daß „niemand zu Hause sei". Aber Helen ließ keinen der Presseleute eintreten, trotz Schmeicheleien, Grobheiten und – Anerbieten.

Sie legte, nachdem sie beide Fenster geöffnet hatte, die Zeitungen auf den Hocker neben dem Bett.

Myrna bat um das Frühstück, begab sich nach dem Badezimmer, und als sie zurückkam, nahm sie zögernd die Blätter zur Hand.

Der Mordfall Tatjana Oskanova stand – wenngleich nicht mehr als Schlagzeile – so doch auf der ersten Seite. Was Fleiß, Emsigkeit, Ausdauer und Erfindungsgabe zusammentragen konnten, war dem Publikum geboten worden. Informativ führte der *„Los Angeles Star"*. Abgesehen von dem signierten, mehr in Kommentarform gehaltenen Bericht Georg Parkers, brachte das Blatt eine Reihe von Inside-Sensationen; Myrna erkannte an der sicheren Feder, daß auch diese losen Angaben von Parker stammten. Zum erstenmal fand sie die Namen Bentings, Ralph Langens, Thao-Mings und – weniger auffallend – jene von Lorimer und Morbison. Bei aller Sensationsgier hielten sich diese Andeutungen in gemäßigten Formen. Die Gefahr eventueller hoher Schadenersatzansprüche wegen Verleumdung veranlaßten eine merkliche Zurückhaltung. Da nichts Positives seitens des Morddezernates mitgeteilt worden war, mußten sich die Meldungen auf vage Vermutungen beschränken.

Eingehende Schilderungen des Tatortes verrieten mehr Erfindungsgabe als wirkliches Wissen. Der *„Inquirer"* veröffentlichte Grundrisse des Hauses; die Nennung des Architekten wies darauf hin, daß dieses Material von der Baufirma geliefert worden war. Myrna nahm sich vor, daraus die Konsequenzen zu ziehen; denn auf dem Plan waren Möbel eingezeichnet, Dekorationsgegenstände angegeben und vertrauliche kleine Details erwähnt, die keineswegs dem großen Publikum preisgegeben werden sollten.

Das Studio hatte mehrmals angerufen. Nach all den ausweichenden Antworten Helens rief sie nun selbst beim großen Manitou an.

Bogul Yanutzky war sehr übler Laune. Er machte Myrna ernste und gewichtige Vorwürfe:

„Der Mord an der Oskanova interessiert mich überhaupt nicht, aber Sie hätte sofort Opitz zu Rate ziehen müssen. Entweder alles um jeden Preis totschweigen – oder es richtig ausnützen. Wenn Sie schon in Ihrem Haus Leute ermorden lassen, so muß das entweder ganz groß ausgewertet werden – oder aber gar nicht erscheinen."

„Die Polizei", versuchte sie einzuwerfen, aber er unterbrach sie:

„Opitz hätte das erledigen können – ohne daß Sie genannt oder Ihr Bild in allen Zeitungen erschienen wäre. Jetzt haben wir alberne Schnappschüsse in den Blättern – als wenn Sie eine beliebige Hausfrau wären! Es ist zum Weinen!"

Sie sah ihn greifbar vor sich: die dicke Zigarre im linken Mundwinkel, das lappige Doppelkinn zitternd wie Obstgelee und die fetten Hände, deren eine den Hörer hielt – falls dies nicht seine Sekretärin für ihn besorgte – und die andere auf der Platte des Schreibtisches trommelnd.

„Ich habe keine Interviews gegeben", beteuerte sie.

„Das fehlte noch!" drohte er. – „Was Opitz nicht schriftlich festlegt, können Sie gar nicht sagen! Ich habe ihn beauftragt, wirksame Äußerungen für sie auszuarbeiten – in verschiedenen Fassungen. Jede Zeitung will einen Exklusivbericht haben – die Manuskripte sind bereits unterwegs – mit erstklassigen Fotos. Übrigens muß ich Sie sofort sprechen. Wann können Sie hier sein?"

Sie versuchte auszuweichen. Aber Yanutzky war kein Liebhaber – und wenn, ein unangenehmer. Schließlich sagte sie sich für drei Uhr an.

Sie widmete sich eingehenden Verschönerungsarbeiten und verließ ihr Haus über den rückwärtigen Parkweg. Der Wagen des Studios, den sie sich bestellt hatte, wartete bereits auf sie. Sie entkam den Reportern und fuhr am Hollywood-Bowl vorbei nach dem Cahuenga-Paß, vorbei an Warner-Brothers-Stadt, nach der „Metropole-Film". Die langgestreckten, weißleuchtenden Bauten, die das eigentliche Terrain umsäumten, gaben ihr ein ruhiges Gefühl. Dort war sie wirklich zu Hause.

Yanutzky empfing sie sofort, aber ungnädig.

„Opitz", sagte er zu dem Pressechef, der neben ihm stand und in verschiedene Manuskripte vertieft schien, „präparieren Sie Myrna Lindequist für das Kollektiv-Interview mit der Presse! Leuchten Sie den Empfangsraum schwach aus." Er wandte sich an Myrna: „Zeigen Sie Beherrschung – aber in Grenzen. Schmerz ist gut – aber übertreiben Sie auf keinen Fall. Opitz hat aus der Tatjana Ihre mütterliche Freundin gemacht – eine selbstlose Beraterin."

Opitz unterbrach bescheiden:

„Ich führte in die Beziehung eine verwandtschaftliche Note ein. Die Oskanova wurde von Myrna Lindequist nach vielen Jahren sozusagen gefunden, eine Kusine ihrer Mutter, die verlorengegangen war – und von der Nichte liebevoll aufgenommen wurde."

Myrna starrte Yanutzky ungläubig an:

„Sie können doch nicht ernstlich einen solchen Unfug gutheißen?"

Der Gewaltige stand auf:

„Die Idee fand ich ausgezeichnet. Eine Art Tante – oder etwas Ähnliches –, damit brechen wir allen unsauberen Andeutungen die Spitze ab. Nebenbei habe ich Goddman und Ericson angewiesen, in den Bergson-Roman die Tante und den Mord einzubauen – wir können dann schon während des Drehens einige Andeutungen durchsickern lassen –, und wenn Sie die Hauptrolle übernehmen, steht das Leitmotiv der Propaganda fest."

„Ich kenne das Manuskript nicht", betonte Myrna, „und vertragsgemäß habe ich das Recht –"

Yanutzky unterbrach sie freundlich:

„Ich weiß – ich weiß! Aber wir haben das Vertragsrecht, Sie kaltzustellen, wenn irgendwelche nachweisbaren Ereignisse in Ihrem Leben den wirtschaftlichen Erfolg eines Filmes gefährden." Er klopfte ihr väterlich auf die Schulter: „Es wäre eine Todsünde, wenn wir diesen glücklichen Zufall nicht voll ausnützen würden. Aber das besprechen wir alles später. Jetzt gehen Sie mit Opitz und studieren Sie die Texte für Ihren Presse-Empfang!"

Opitz nahm sie mit in sein Arbeitszimmer, wo sie einen trübsinnigen Mann kennenlernte – Bergson, den Dichter –, den sie eigentlich schon kannte. Er machte einen hilflosen Eindruck gegenüber Goddman und Ericson, die dabei waren, das Skript der Verfilmung von „Ebbe und Flut" in die neue Fassung mit der Tante der Heldin und der neuen Mordvariante zu pressen.

Opitz bat die Autoren und den Dichter, sich zurückzuziehen, und las dann Myrna die Einzeltexte ihrer Interviews vor, die bereits bei den Zeitungen lagen, sowie die Ausführungen, die sie bei dem Kollektiv-Empfang abzugeben hatte.

Sie erfuhr bei dieser Gelegenheit, daß sie bereits seit Wochen ein unangenehmes Vorgefühl gehabt und ihre Tante oftmals gewarnt habe. Leider vergeblich. Während des Banketts in der Mordnacht seien ihre Wachträume unerträglich geworden, so daß sie vorzeitig die Festlichkeit verließ. Fast mit schlafwandlerischer Sicherheit ging sie sofort nach dem Tatort, wo sich ihre Ahnungen in eine schauerliche Wirklichkeit verwandelt hatten. Sie sei an der Seite der geliebten und verehrten Freundin bewußtlos zusammengebrochen –

Myrna versuchte, sich gegen diese dramatische Schilderung zu wehren, aber Opitz zuckte mit den Schultern:

„Order des Großmoguls! Sie wissen, was das heißt!"

Sie begann den Text zu studieren. Als um halb fünf die Presseleute ihr gegenübertraten – im sanft gedämpften Licht des Empfangssaales –, sprach sie die Worte genau wie jeden sonstigen Filmtext.

Opitz geleitete sie dann in sein Arbeitszimmer zurück und ließ Erfrischungen bringen.

„Und um endlich offen zu reden", sagte er und trank ein erstaunlich großes Glas puren Bourbons mit wenigen Zügen, „wer hat nun wirklich die Oskanova ermordet?"

Er fragte genauso, als stünde es für ihn fest, daß Myrna Lindequist die Frage mühelos beantworten könnte.

„Ich habe keine Ahnung!" schrie sie ihn an. „Was glauben Sie denn eigentlich, Sie armseliger Lügenfabrikant –"

„Ich habe gemeint – unter uns! Diskretion Ehrensache!" erwiderte er beleidigt. – „Ich werde mich schwer hüten – in meiner Position Informationen preiszugeben, die der Firma schädlich sein könnten."

Sie sah ihn bösartig an:

„Spielen Sie den Idioten, Opitz – oder sind Sie einer?"

Er schenkte ihr und sich ein:

„Ich habe keine Ahnung! Aber soweit ich etwas von der Sache verstehe, geht die Polizei sehr bestimmten Spuren nach! Nicht nur Brennan war bei mir – auch Santoro – und –"

Myrna unterbrach ihn unbeherrscht: „Was wollten sie?"

Opitz lächelte unangenehm:

„Den Mörder finden, schöne Frau – oder die Mörderin!"

Sie schaltete sofort um und legte ihre erprobte reizvolle Maske an. Dazu die Stimme, die Millionen von Kinobesuchern berauschte. Aber Opitz blieb eine geraume Weile durchaus nüchtern. Als er endlich etwas beigab, holte sie aus ihm alle Informationen heraus, die er sich aus seinen Unterredungen mit den Polizisten und den Reportern zusammengebaut hatte. Es war nicht viel – aber es gab zum Nachdenken Anlaß.

Sie ließ sich nach dem „Town House" fahren, am Lafayette-Park;

das „Cape Cod Grill" war zu dieser Stunde durchaus ungefährlich. Sie bestellte sich ein einfaches Diner; dann rief sie Helen an. Die Reporter hatten den Park verlassen. Es lagen einige Ferngespräche vor; aus New York, vom *„Herald"* und aus Chicago von der *„Tribune"*; aus Boston hatte der *„Christian Science Monitor"* seinen Spezialisten anläuten lassen. Die Ortsgespräche umfaßten Kollegen und Kolleginnen, Lieferanten und Versicherungsagenten. Zwei Firmen, die Sicherungsanlagen gegen Einbrüche in Großserien herstellten, hatten Offerten abgegeben.

Myrna speiste in wohltuender Einsamkeit.

Wie von fernher kam ihr eine Erinnerung.

Genau an diesem Tisch hatte sie einmal mit Ralph Langen bei einem späten Souper gesessen.

Ralph Langen!

Sie ging, bevor sie das Hotel verließ, in eine Telefonkabine. Sie rief bei Langen an. Er war nicht zu Hause. Sie hinterließ ihren Namen und bat um seinen Anruf.

Der Wagen des Studios mit dem diskret livrierten Chauffeur wartete vor dem „Town House". Sie ließ sich zu ihrem Haus bringen.

Merkwürdig: alles schien so völlig unverändert zu sein! Die Lichter in den Schaufenstern – die mächtigen Bauten – und dann die kleinen Häuser, die Verkehrspolizisten. Nichts, aber auch gar nichts hatte sich geändert – dort draußen. Und dennoch war alles plötzlich unwirklich, gespenstisch. Sie fuhr dahin, genau wie vor wenigen Tagen – und dennoch trennte sie von dem Damals eine Ewigkeit. Etwas Neues lag vor ihr. Sie versuchte sich vorwärtszutasten; aber alles gab nach.

Helen berichtete ihr ausführlich über die Anrufe, die sie alle notiert hatte. Myrna hörte uninteressiert zu. Sie begab sich in ihr Schlafzimmer; Helen half ihr beim Auskleiden. Dann versuchte sie zu lesen. Die Spätausgaben der Zeitungen lagen säuberlich geordnet vor ihr. Sie überflog die Titelzeilen, suchte in den Berichten nach neuen Anhaltspunkten – und legte die unachtsam zerknüllten Blätter weg.

Sie sah nach der Uhr auf der Marmorkonsole. Es war ein Geschenk von – sie überlegte – ja – von wem? – Sie vermochte sich nicht an den Geber zu erinnern. Sie wußte nur, daß es eine merkwürdige und sehr kostbare Uhr war, die irgendwie durch die Druckunterschiede der Atmosphäre angetrieben wurde. Man brauchte sie niemals aufzuziehen. Sie ging von allein – für immer. Ewig.

Was ist die Ewigkeit? fragte sie sich. Es schien, als könne eine Minute mehr Ewigkeiten bedeuten als das Endlose. Die Uhr bewegte sich lautlos.

Sie starrte die Zeiger an. Nichts trieb sie an – und nichts hielt sie auf. Sonderbar – es war ein fast beängstigendes Gefühl. Und dann fiel ihr ein, von wem die Uhr stammte. Frank hieß er – Frank – Beley – oder Bradley – oder war es Balden? – Sie wußte es nicht, sah ihn aber deutlich vor sich. Und dann sah sie auch jene eigenartige Begegnung – als er ihr die Uhr gebracht hatte. Er stellte sie behutsam auf ihre Garderobe – einen bescheidenen Frisiertisch mit einem dreiteiligen Spiegel – und er deutete auf die zwölf goldenen römischen Ziffern – und sagte lächelnd:

„In einer dieser Stunden müssen wir sterben."

Es fröstelte sie.

Sie rief Langen an. Eine wohlerzogene Männerstimme antwortete. Sie verlangte den Regisseur zu sprechen.

„Herr Langen hat Besuch", antwortete die Stimme.

„Sagen Sie ihm, daß Myrna Lindequist ihn zu sprechen wünscht", beharrte sie. „Beeilen Sie sich!"

Die Stimme blieb höflich und klar:

„Herr Langen darf nicht gestört werden – es ist eine Unterredung, die keine Unterbrechung ratsam erscheinen läßt –"

Myrna wurde unsicher:

„Wenn es ein Damenbesuch ist – so bestellen Sie ihm –"

Die gemessene Stimme unterbrach sie:

„Es ist Herrenbesuch, gnädige Frau – und ich kann nicht stören." Die Stimme wiederholte: „Ich kann es nicht –." Und dann wurde der Hörer auf die Gabel gedrückt.

Myrna fühlte etwas Unangenehmes. Die Stimme klang aufrichtig – wenngleich irgendwie unbeteiligt. Aber besorgt, trotz aller Beherrschtheit. Wer war bei Ralph Langen? –

Die Polizei – sie spürte es plötzlich deutlich.

Sie versuchte, die *„Time"* zu lesen – kam aber nicht über die ersten Seiten hinweg. Es war interessant – gewiß; da flogen hohe Beamte wegen allerlei dunkler Geschäfte aus ihren Positionen. Steuereinnehmer und leitende Politiker wurden von den Untersuchungskommissionen des Parlamentes bis auf die Knochen vor den staunenden Steuerzahlern ausgezogen. Die Republikanische Partei bereitete ihren nahenden neuen Wahlkampf gegen die Demokraten vor; alles war sehr interessant – aber Myrna nahm es nicht bewußt in sich auf.

Sie begann durch das Haus zu wandern. Sie blieb vor der Tür zu dem Zimmer, in dem Tatjana ermordet worden war, stehen, zögerte, drückte die Klinke nieder – ließ sie dann aber wieder los, ohne den Raum zu betreten.

Sie schaltete das Radio ein. Sie drehte nervös und ohne Unterbrechung an dem Wählknopf; lange Wellen – mittlere – kurze – ultrakurze – Musik – Vorträge – Polizeifunk – unverständliche Schrilltöne – Flugzeug- oder Schiffspeilungen. – Dann stellte sie den Plattenspieler an und ließ sich neben dem Apparat in einen Fauteuil sinken. Sie rief Helen herbei, verlangte Getränke – rauchte. Ließ Fernsehen flimmern.

Sie rief wieder bei Langen an. Nach sehr langer Zeit hörte sie dieselbe Stimme wie vorhin. Sie verlangte den Regisseur.

„Herr Langen ist nach der Stadt gefahren", hörte sie. „Mit seinem Besucher."

„Und wann kommt er wieder?" fragte sie erregt.

„Ich kann es nicht sagen, gnädige Frau", erwiderte die Stimme.

„Wohin ist er gegangen?!" schrie Myrna in den Apparat.

„Ich weiß es nicht", hörte sie. „Aber es ist ratsamer, wenn wir darüber nicht weitersprechen."

Sie fühlte sich hilflos:

„Er soll mich anrufen, sobald er nach Hause kommt! Hören Sie? Haben Sie mich verstanden?"

„Sehr wohl", sagte der Unbekannte, „ich werde Herrn Langen Ihren Wunsch ausrichten – wenn ich es kann."

Ehe sie weitersprechen konnte, war abgehängt worden.

Sie rief Helen herbei, hieß sie, sich neben sie zu setzen, und begann sie auszufragen. Was sie vielleicht irgendwo aufgeschnappt hätte – beim Einkaufen – oder von den Reportern – oder sagte etwa die Aufwartefrau etwas oder die Köchin? Die kamen ja in der Außenwelt herum.

Sie ließ sich erzählen. Und als alles erschöpft war, kam sie auf Tatjana zu sprechen.

Helen, die stets Gespräche zu vermeiden suchte, die irgendwie über den Rahmen ihrer Stellung hinausgingen, und nur gelegentlich, sehr deutlich gefragt, Antworten gab, hatte sich in die Intimität dieser Stunde eingelebt. Sie ging aus sich heraus und berichtete über Tatjana – nicht über die Frau, die als eigentliche Herrin des Hauses herrschte, sondern über die Abgesetzte. Es drohte nichts von einer Toten. Und Helen erzählte. Aus kleinen Dingen entstanden große Zusammenhänge. Es war das einmalige Bild aus der Froschperspektive – alles von unten gesehen, aber um so schärfer.

Das Telefon läutete.

Myrna riß den Hörer von der Gabel. Sie wollte eben „Ralph!" sagen, aber es war eine Fehlverbindung.

Sie überlegte. Was konnte sie erfinden, um einen Anruf bei Brennan zu rechtfertigen? Irgendeine angebliche Äußerung Tatjanas, die ihr erst jetzt eingefallen war ... Sie verlangte das Morddezernat.

Brennan war bereits aus dem Amt gegangen. Es sei schon spät, bemerkte der Mann am Klappenschrank. Wer denn Leutnant Brennan sprechen wolle? –

Sie hing erleichtert ab und rief bei Langen an. Der Apparat gab das Besetztzeichen. Einmal, zweimal; immerzu.

Sie stand auf, nahm Helen in ihr Boudoir und begann sich anzukleiden.

Sie fuhr zu Langen.

Als sie den leichten Hang hinabfuhr, sah sie die verschwindenden Schlußlichter eines Wagens. Sie hatte das Empfinden, daß es ein Auto war, das sich eben erst in Bewegung gesetzt hatte.

Nach mehrmaligem Läuten öffnete ihr Langen selbst.

Er sah sie verwundert an; wie aus weiter Ferne.

„Ralph!" rief sie besorgt. Sie betrachtete ihn erschrocken. „Was ist mit dir?!" Er trat einen Schritt zurück, und sie folgte ihm über die Schwelle. „Du hast wieder –"

Sie erkannte an seinen übermäßig vergrößerten Pupillen die Wirkung des Narkotikums.

Er nickte:

„Tritt näher, Myrna." Er versuchte zu lächeln und geleitete sie durch den erschreckend stillen Raum nach der Pergola. Er führte sie zu dem schaukelnden Ruhebett, deckte sie mit einer buntgestickten, leichten Wolldecke zu und setzte sich neben sie.

Aus dem lastenden Schweigen heraus begann sie zu fragen.

Er erzählte ihr alles. Zeitweise war es, als spräche er über Begebenheiten, die ihn gar nicht beträfen. Es war ein Bericht – über einen fremden Menschen.

Er schüttete sein Herz aus.

Als er geendet hatte, fragte sie ihn:

„Hast du wirklich nur im Nacherleben die Tat begangen? Oder –"

Er sah sie verständnislos an:

„Begreifst du nicht, Myrna, daß es mir genügte?"

Sie sah nach dem dunklen Garten:

„Wirklichkeit und Traum liegen so dicht beieinander, Ralph –", sie zögerte kaum merklich, „und du verwischst durch deine entsetzliche Sucht die Grenzen immer mehr –"

Er versuchte wieder zu lächeln:

„Was anderes blieb mir übrig? Die Arbeit – im Übermaß – um alles andere um mich auszulöschen – und wo dies nicht ausreiche –." Er wies auf eine längliche Phiole, die auf dem kleinen Tisch neben ihm lag. – „Es ist mein Ausweg aus dem Unerträglichen. Für eine Zeit." – Nach einer Weile fügte er hinzu: „Eines Tages –" Er schwieg, sah sie erstaunlich befriedigt an: „Weißt du – Myrna – ich habe ausreichend davon – es ist der Schlüssel zu der Tür, die hinausführt."

Sie faßte ihn fest an beiden Händen:

„Ralph! So weit bist du gekommen –"

Er stand auf:

„Was soll ich vom Leben erwarten? Ich habe zehn Filme gedreht. Also werde ich einen elften fertigstellen – einen zwölften – wie viele noch? – Und – wozu? Es gibt Völker, die nicht nach Jahren zählen, sondern nach Dynastien – deshalb ist ihnen wahrscheinlich eine wirkliche Todesangst unbekannt. Ebenso sorglos kann man dem Ende entgegenleben, wenn man das Zeitproblem auf einen einfacheren Nenner bringt. Ich habe mich – du wirst vielleicht darüber lachen, daß ich mir das ungefähr ausgerechnet habe – etwa achttausendmal rasiert. Wie gleichgültig ist es, ob ich diese sonderbare Manipulation noch weitere tausend-, zehntausend- oder nur hundert- oder zehnmal vornehmen werde? Es ist überhaupt alles erstaunlich unbedeutend – wenn man es unbeteiligt betrachtet."

Sie erhob sich und stand dicht vor ihm:

„Ich habe Angst um dich – Ralph! – Jetzt mehr als vorher –"

„Vorher?" fragte er nachdenklich.

Sie suchte nach einem Ausweg, fand ihn aber nicht:

„Ich war entsetzlich unsicher." Sie hielt inne, sah ihn an und sagte dann schnell: „Ich dachte, daß du der Täter seist."

„Und jetzt?" Er drückte sie, da die Schaukel leicht zu schwingen begann, unwillkürlich etwas an sich.

„Jetzt ist alles besser", erwiderte sie und fügte hinzu: „Es ist sogar gut."

Er führte sie nach der Halle:

„Du sollst nichts übereilen, Myrna – ein plötzlicher Entschluß hat schon einmal Unheil über dich gebracht – über uns –"

Er führte sie den Gartenweg entlang zu ihrem Wagen.

„Ralph – versprich mir –" Er spürte ihren Atem.

„Alles – alles, was du willst!" Er öffnete den Wagenschlag. – „Wenn du morgen – oder später – du bist jetzt befangen." Er half ihr beim Einsteigen.

„Und ich bin erschöpft – hoffnungslos müde – verworren." Er nahm ihre Rechte in beide Hände: „Es ist wunderbar, daß du mir helfen willst." Er beugte sich dicht zu ihr: „Wenn ich alles zusammenfasse, Myrna, so habe ich einen Mord begangen – denn im Grunde genommen ist der unbezähmbare Wille, der Entschluß zur Tat, nicht wesentlich verschieden von der Ausführung."

Sie gab den Druck seiner Hände wieder. Der Motor begann kaum merklich zu vibrieren.

„Morgen – Ralph –"

Sie sah ihn, im Rückspiegel, am Straßenrand stehen, bis das Bild an der Kurve plötzlich verschwand.

Sie fühlte sich verwirrt während der Heimfahrt; unsicher und doch belebter. Es war gut, daß sie Langen ausschalten konnte – als Täter. Die Frage „Wer?!" schien ihr unwichtig zu werden. Sie dachte flüchtig an Benting, verwarf aber den Versuch, ihn ernstlich zu verdächtigen. Wer blieb übrig? Thao-Ming – Lorimer – Morbison – Maloney.

Sie fuhr ihren Wagen in die Garage. Der Chauffeur war noch auf Urlaub. Hatte das etwas zu bedeuten? – Es kam ihr in den Sinn, daß er ausreichend Zeit gehabt hätte, während des Abends, da sie beim Bankett weilte, die Tat zu vollbringen. Aber es gab kein Motiv für ihn. Immerhin – sie erwog, den Gedanken an Brennan weiterzugeben, so unwahrscheinlich er ihr vorkam. Elmer – weshalb sollte gerade Elmer –

Sie betrat die Halle, tastete nach dem Lichtschalter – und zögerte. Die Beleuchtung – merkwürdig! Wie war es zu erklären, daß sie versagt hatte – und kurz nachher funktionierte? Sie fand keine Erklärung dafür. Als sie den Schalter jetzt niederdrückte, leuchteten die Lampen auf.

Sie fühlte sich ruhiger und ging nach dem Boudoir.

Sie betrachtete sich lange im Spiegel. War es eine Täuschung – oder sah sie wirklich jünger aus? – Sie begann sich auszuziehen. Schon im Negligé, stellte sie sich vor den großen Facettenspiegel, der an der Innenseite des eingebauten Schrankes eingelassen war. Sie musterte ihren Körper sorgfältig. Er hielt der Prüfung stand.

Helen hatte die Spätausgaben der Zeitungen auf die niedrige Konsole gelegt. Sie nahm die Blätter ermüdet zur Hand. Über den Mordfall lagen keine neuen Nachrichten vor. Sie las ihre eigenen Äußerungen, und sie staunte. Opitz verstand sein Metier.

Sie ruhte in der Badewanne aus. Die angenehme Wärme des aromatischen Wassers umschmeichelte sie. Nur mit einer wirklichen Willensanstrengung beendete sie die Zeremonie.

Sie entdeckte ein Blatt Papier auf ihrem Kissen; Helen berichtete vom Besuch des Arztes. Der Chauffeur ließ ausrichten, er käme morgen, seine Frau sei erkrankt. Georg Parker hatte zweimal nach ihr verlangt.

Sie schaltete das Licht aus und lag mit offenen Augen.

Was wollte Parker?

Sie sah ihn deutlich vor sich; aber nach der Begegnung mit Langen war er ihr plötzlich fremder und entfernter. Sie versuchte, sich diese Dinge zu erklären, aber sie kam zu keinem Ergebnis.

Wo war jetzt Tatjana? tauchte eine sonderbare Frage in ihr auf. Vor achtundvierzig Stunden gab es Tatjana. Und jetzt war sie fort. Wo aber war sie? Es konnte – so fühlte sie – nicht ein völliges Auflösen sein. Tatjana mußte irgendwo sein. Sie hatte sich eine solche Frage niemals so ratlos gestellt wie jetzt. Weshalb gab es keine Möglichkeit, hinter den Vorhang zu sehen?

Mit diesem Gedanken schlief sie ein.

Als sie erwachte, stand Helen neben ihrem Bett:

„Es ist halb zehn Uhr – und wir müssen um zwölf zum Cocktail im ‚Ambassador' sein!" – Sie sagte in solchen Fällen stets „wir".

Während sie sich langsam zurechtmachte, rief die Aufwartefrau nach Helen. Ein Besucher sei da.

Georg Parker wartete in der Halle.

Sie beeilte sich und war erstaunlich schnell bei ihm.

Er sah übernächtigt aus.

„Du hast gestern zweimal angerufen?" begann sie fragend.

Er setzte sich, holte aus der verkleideten kleinen Bar eine Whiskyflasche und ein Glas; er trank schnell und gierig.

„Du wolltest mich doch sprechen –"

Er sah zur Seite. – „Es tat mir leid, daß ich so plötzlich davongelaufen war. Du weißt, wie so etwas kommt –"

Sie nahm ihm gegenüber Platz:

„Vielleicht war es gut so, Georg."

Er sah sie an.

„Das Leben besteht aus versäumten Gelegenheiten – und meines ganz besonders!"

Sie wollte das Gespräch abbiegen:

„Gibt es etwas Neues – ich meine – –"

Er trank ein zweites Glas aus.

„Die Polizei sucht vergeblich. Benting wurde vernommen – Langen – Thao-Ming – und die anderen. Alles Nieten."

Sie blickte ihn voll an:

„Hältst du es für möglich, daß eine solche Tat ungesühnt bleibt? Taugt die Polizei gar nichts?"

Er lächelte:

„Die Verbrecher fangen sich selbst – die Polizei hilft ihnen lediglich dabei. Es bleiben mehr Fälle unaufgeklärt, als man ahnt. Wenn ein Täter nicht ernstlich dazu beiträgt, daß man ihn faßt, ist die Polizei machtlos. Ob es ein verlorener Manschettenknopf ist oder ein Mitwisser – ohne solche oder ähnliche Fehler ist die Polizei hilflos."

Sie lehnte sich dagegen auf:

„Das perfekte Verbrechen gibt es nur in Romanen – oder im Film."

„Irrtum!" widersprach er. „Gerade im Roman und im Film gibt es kein vollendetes Verbrechen – weil es eben gegen die guten Sitten verstößt. Wo gäbe es einen Verleger – oder einen Filmzensor, der es zuließe, daß die Ohnmacht der Polizei und die Überlegenheit des Täters erwiesen würde? Nein – im letzten Augenblick muß das Wunder geschehen – ein Geistesblitz des Detektivs."

Er sprach kühl, aufreizend herablassend.

Sie fragte plötzlich:

„Wieso hatte der Lichtschalter ausgesetzt – als ich – in der Mordnacht hier die Halle betrat? Immer wieder stelle ich mir die Frage."

Er machte eine weitausholende Bewegung mit dem rechten Arm:

„Die nächstliegende Erklärung wäre", er sah sie eindringlich an, „daß der Täter noch im Hause war, dich kommen hörte und den Wechselschalter im oberen Stockwerk zur Hälfte niederdrückte."

Sie starrte ihn an:

„Der Täter – der Mörder?" Sie vermochte erst nach einem tiefen Atemzug weiterzusprechen. „Es ist doch unvorstellbar – daß er hier im Hause – während ich mich die Treppe hinauftastete –"

„Warum nicht?" fragte er sachlich.

Sie schien bestürzt:

„Weshalb schonte er mich? Er mußte doch riskieren, daß ich ihn entdecke – sehe. Mit einem Mord auf dem Gewissen – weshalb sollte er vor einem zweiten zurückschrecken?"

Er beugte sich etwas vor:

„Für das erste Verbrechen hatte er ein Motiv – für das zweite nicht. Er konnte über den Korridor nach dem Dienstbotenaufgang gehen und sich in Sicherheit bringen." – Er schwieg eine Weile. Dann fragte er: „Hast du eigentlich niemanden wirklich in ernstem Verdacht? Ich selbst dachte an Langen – es wäre naheliegend für ihn gewesen, Tatjana zu beseitigen, um sich den Weg zu dir freizumachen."

„Langen war es nicht." Sie sagte es fest und klar. „Und wenn er auf diese

Art versucht hätte, mich wiederzubekommen, würde ich ihn selbst der Polizei übergeben haben."

„Wenn du es gewußt hättest, Myrna!" berichtigte er. „Und außerdem hätte er es ja nur aus Liebe zu dir getan. Einer maßlos übersteigerten – zugegeben, aber eben doch – aus Liebe."

Sie schüttelte ihre quälenden Gedanken ab.

„Keine Frau könnte einen Mörder –"

Er unterbrach sie schroff:

„Unzählige haben es gekonnt! Und dabei spricht in diesem Falle nichts für einen Mord!"

Sie starrte ihn ungläubig an:

„Georg – du bist nicht bei Sinnen! Tatjana wurde kaltblütig erschossen! Das ist eine Tatsache! Es ist unfaßbar – –"

Er erhob sich und trat dicht vor sie hin:

„Versuche es dir einmal anders vorzustellen! Nimm an, daß ein Mann – aus Gründen, die du so gut kennst wie ich – eine Aussprache mit Tatjana suchte."

„Sie würde niemals zu mitternächtlicher Stunde –" wandte sie ein.

„Warum nicht?" unterbrach er sie. – „Es war für sie vielleicht ein aufreizender Gedanke. Sie haßte jeden Mann, der in deinem Leben etwas bedeutete – oder bedeuten konnte! Sie suchte diese Aussprache – um ihre Macht über dich zu beweisen – sich selbst und dem Unbekannten. Und um sich an seiner Hilflosigkeit zu weiden. Vielleicht ging es nicht so glatt ab, wie sie sich es ausgedacht hatte. Nehmen wir an, daß es zu einer Auseinandersetzung kam – daß sie Gefahr witterte, daß sie selbst zur Waffe griff, daß sie ihn bedrohte, daß er sich wehrte. Ein Handgemenge entstand, er versuchte ihr die Waffe zu entreißen, faßte sie am Handgelenk, ein Schuß ging los – und traf sie selbst – –"

Sie glaubte seine Stimme nicht mehr zu erkennen – sie klang heiser, fremd, entstellt.

Sie richtete sich mühsam auf.

Sie schrie:

„Georg!"

Er wischte sich über die Stirn.

„Ja?" – fragte er verwundert, als verstünde er sie nicht.

Sie zerrte ihn zum Fenster:

„Du – –"

Sie starrte ihn an.

Ein Auto hielt mit kreischenden Bremsen vor dem Portal.

Sie blickten beide über die sanfte Rasenfläche.

Georg Parker deutete nach dem Mann, der den Gartenweg heraufkam:

„Brennan!" Er sah sie fast lächelnd an. „Du kannst ihm jetzt die neue Version erzählen –"

Sie drängte ihn nach der Treppe:

„Die Dienstbotentreppe – schnell –" Als er die Stufen hinunterging, fragte sie verzweifelt: „Wenn er aber deinen Wagen kennt?"

„Ich habe ihn in einer Seitenstraße geparkt – man wird vorsichtig in meinem Beruf."

Die Schelle tönte aus dem rückwärtigen Korridor. Helen eilte herbei.

„Es ist gut", sagte Myrna hastig, „ich mache selbst auf."

Sie schritt langsam zur Tür und öffnete sie.

Brennan betrat eilig die Halle. Er sah sich um, als sei sie gar nicht anwesend. Er schritt nach dem Korridor, blickte erstaunt nach der Garderobe, kam zurück und sah sie fest an:

„Wann hat Parker das Haus verlassen?"

„Parker?" fragte sie und versuchte so erstaunt wie möglich auszusehen.

„Parker, jawohl – Georg Parker!" Er ließ keinen Blick von ihr. „Der Mörder der Oskanova!"

Sie suchte Zeit zu gewinnen. – „Der – – aber es ist doch nicht Ihr Ernst – – Georg Parker!"

Brennan setzte sich unaufgefordert:

„Ich hatte den Beweis vom ersten Augenblick an in der Hand – aber er war so offenkundig, daß ich ihn übersah!"

Sie arbeitete auf weiteren Zeitgewinn:

„Sie glauben wirklich, daß Parker – –"

„Ich glaube es nicht – ich weiß es!" sagte er schroff. „Er hat in seinem ersten Bericht im *Los Angeles Star* das teerosenfarbene Hauskleid der Oskanova erwähnt – und die Lage der Waffe. Diesen Bericht hat er telefonisch durchgegeben – und das kann nur zu einer Zeit gewesen sein, da außer Ihnen und mir niemand diese Einzelheiten kannte!"

„Aber Parker war doch erst nach Ihnen gekommen", wandte sie ein.

„So schien es –", sagte er verbittert, „und ich war sorglos genug, um nicht festzustellen, wieso er hier auftauchte. Die Erklärung ist einfach: – Er war die ganze Zeit über im Hause."

„Aber wieso konnte er dann den Bericht telefonisch weitergeben?" fragte sie. „In der Umgebung gibt es keine öffentliche Fernsprechstelle."

„Das haben wir heute morgen festgestellt. Auch dafür liegt eine denkbar einfache Erklärung vor." Er sah sie lange an –: „Er benutzte das Telefon hier im Hause! Er war absolut sicher, daß die Redaktion die Nachricht bis zum Erscheinen der Frühausgabe geheimhalten würde – vor der Polizei und vor der Konkurrenz!"

Sie schüttelte den Kopf:

„Ich bewundere Ihre Phantasie, Leutnant Brennan! Aber all dies sind Vermutungen." – Sie gewann ihre echte Sicherheit wieder. „Zur Überführung Parkers müßten Sie doch greifbare Beweise haben."

Brennan unterbrach sie:

„Wir werden Wege und Mittel finden, um ihn zu überführen! Nebenbei, Sie nannten mir eine ganze Reihe von Männern, denen Sie die Tat zutrauten – aus gewissen Umständen heraus. Weshalb verschwiegen Sie den Namen Parker? Wir wissen, daß er Ihnen lange Zeit nahegestanden hat."

Helen erschien an der Schwelle. Sie hielt einen Hut in der Hand:

„Herr Parker hat seinen Hut – –"

Brennan sprang auf. Er faßte Myrna am Handgelenk:

„Das werden Sie vor den Geschworenen zu verantworten haben!" Er war mit einem Satz an der Tür und raste über den Kiesweg nach seinem Wagen.

Als er startete, fegte ein Auto um die Ecke der oberhalb einbiegenden Straße.

Brennan erkannte Parker am Steuer. Er wendete mit aufheulendem Motor und jagte ihm nach.

Der leichte Roadster Parkers, mit seinem kurzen Fahrgestell und dem tiefliegenden Schwerpunkt, war gegenüber dem großen Dienstwagen Brennans im Vorteil. Dennoch verringerte sich die Entfernung nach wenigen Kurven, da Brennans stärkerer Wagen schneller in der Graden blieb.

Bei Laurel Canyon Road riß Parker seinen Wagen nach links, raste über Mulholland Drive und schoß die lange Grade des Ventura Boulevard entlang.

Brennan schaltete die Sirene ein – aber nur für einen Augenblick. Ihr weithintönender metallischer Klang ließ alle Fahrzeuge ausweichen oder stoppen – und nützte mehr dem Verfolgten als ihm, dem Verfolger.

Er lag jetzt etwa dreihundert Meter hinter Parkers Wagen.

Er sah die Kreuzung des Weges, der von Sepulveda nach San Fernando Mission führte. Ein Tankwagen kam den Hügel hinunter.

Brennan ging aus dem dritten in den zweiten Gang und bremste.

Er verkrampfte sich am Steuer.

Vor ihm jagte Parker jetzt zwischen am Straßenrand aufgeworfener Erde auf die Straßenkreuzung zu. Der Tankwagen, ein Riese von fünfzehn Tonnen, rollte im rechten Winkel heran.

Brennan drückte das Bremspedal mit aller Kraft nieder. Er ließ die Sirene aufheulen.

Parker ging ganz auf die äußere Straßenseite, bremste abrupt ab und riß das leichte Fahrzeug nach rechts auf den Nebenweg.

Krachen von Metall auf Metall, das undefinierbare bedrohliche Bersten des Zusammenstoßes erfüllte die Luft.

Brennan fuhr langsam bis an die Kreuzung.

In dem mächtigen Vorderteil des Fünfzehntonners eingekeilt stak der Roadster. Brennan sprang aus seinem Wagen.

Er war mit wenigen Sätzen an der Unglücksstelle.

Fahrer und Beifahrer des Tankwagens beteuerten erschrocken, daß sie an dem Unfall kein Verschulden träfe, und versuchten aus dem Gewirr von Eisen und Blech die hinter dem Steuerrad eingeklemmte Gestalt zu befreien. Ein Wagen stoppte dicht neben ihnen. Brennan zeigte dem entsetzt dreinblickenden Automobilisten seine Kennmarke:

„Holen Sie eine Ambulanz! Rufen Sie vom nächsten Fernsprecher an!"

Als Parker aus seiner Lage befreit war, bettete Brennan ihn auf die Rasenfläche des Seitenweges.

Er sprach zu ihm; aber Parker lag besinnungslos.

Brennan versuchte das blutüberströmte Gesicht zu säubern. Wangen und Stirn waren aufgerissen; der Kopf mußte gegen die Windschutzscheibe geprallt sein.

Er beugte sich nieder und horchte an Parkers Brust. Als er sie berührte, stöhnte der Schwerverletzte qualvoll auf.

Er versuchte den Körper Parkers besser zu legen. Aber unsichtbare innere Verletzungen schienen die geringste Bewegung so schmerzhaft zu machen, daß er es unterließ.

Sonderbar! dachte Brennan. Jetzt, da die Jagd beendet war, erfuhr seine ganze Einstellung eine plötzliche Änderung.

Hier vor ihm lag der Täter. Doch er empfand ihn nur als leidenden Menschen. Er, der den Tod im Übermaß gesehen hatte, konnte sich nicht freimachen von Mitleid, wenn er fliehendes Leben spürte.

Von weither kam die Sirene der Ambulanz.

Dann fuhr der weiße Wagen dicht neben ihn und hielt.

Der Arzt gab zwei Krankenpflegern Anordnungen. Parker wurde auf eine Tragbahre gelegt. Der Arzt nahm eine schnelle erste Untersuchung vor. Er ließ sich eine Spritze reichen, säuberte mit Äther den Oberarm des Verletzten, stach die dünne Nadel ein und drückte den Kolben nieder. Er blickte Brennan an:

„Überflüssiges Leiden!"

Die Tragbahre wurde auf die Schienen der Ambulanz gehoben und in das Innere des Wagens geschoben.

Brennan setzte sich an das Steuer seines Autos. Er notierte sich die Nummer des Tankwagens, ließ sich die Namen des Fahrers und Beifahrers geben und fuhr der langsam sich entfernenden Ambulanz nach.

Im Hospital wartete er, bis Parker eingehend untersucht war. Der Chefarzt kam nach geraumer Zeit aus dem Operationssaal:

„Gehirnerschütterung, Leutnant", er setzte sich – „und erhebliche innere Verletzungen. Vermutlich Verletzung der Lunge durch mehrfachen Rippenbruch. Wir müssen zunächst eine Bluttransfusion machen. Dann – wahrscheinlich – operieren."

„Die Prognose?" fragte Brennan.

Der Chefarzt schüttelte den Kopf:

„Erst später. Immerhin – solange ein Mensch nicht tot ist – nun – so lange lebt er eben. Für wie lange, Leutnant, wissen wir nicht."

„Und ein Verhör –", wollte Brennan wissen.

Der Chefarzt sah ihn erstaunt an:

„Ist das denn so wichtig? Seit wann spielt bei einem gewöhnlichen Autounfall die Vernehmung eine so gewichtige Rolle? Schließlich ist der Mann selbst der einzige Betroffene. Wie mir der Ambulanz-Arzt berichtete, hat ja der Tankwagen keinen ernstlichen Schaden genommen!"

Brennan überlegte einen Augenblick. Dann erhob er sich:

„Der Verunglückte wird wegen eines anderen Deliktes gesucht! Der Zusammenstoß erfolgte wahrscheinlich infolge seines Versuches, sich durch die Flucht der Festnahme zu entziehen. Ich war ihm gefolgt – –"

Der Chefarzt sah Brennan unfreundlich an:

„Wir kennen hier nur kranke und leidende Menschen, Leutnant – wenn Sie andere Maßstäbe anlegen, so müssen Sie Geduld haben."

Brennan erwiderte kurz:

„Es handelt sich um einen Mörder!"

Der Chefarzt veränderte seine Haltung nicht:

„Auch Mörder haben ein Anrecht auf ärztliche Hilfe – wenngleich manchmal nur, um für die Gaskammer gerettet zu werden. Aber das Spätere interessiert uns nicht. Solange der Mann lebensgefährlich verletzt ist, bin ich ihm gegenüber Arzt – nur Arzt – und nichts sonst. Sie können ihn bewachen lassen – das ist Ihre Angelegenheit. Er kommt auf Zimmer 709."

Er nickte und ging aus dem Raum.

Brennan telefonierte mit Glenn Evans und bat um sofortige Ausfertigung eines Haftbefehls sowie um Zuweisung zweier Beamter, die abwechselnd vor das Krankenzimmer 709 postiert werden sollten.

Er fuhr nach dem Amt, nahm die Akte „Tatjana Oskanova" aus dem Schreibtisch und begann seinen Schlußbericht vorzubereiten.

Die Pressestelle meldete sich und fragte nach Nachrichten.

Brennan überlegte. Er konnte die große Sensation freigeben. Aber – irgend etwas hinderte ihn.

Er dachte an Georg Parker. Viele Jahre lang kannten sie sich. Mehr als das, sie waren befreundet. Er fühlte sich unbehaglich. Er überlegte. War seine Position gegenüber Parker hieb- und stichfest? Alles sprach dafür. Aber wie viel hatte gegen andere Verdächtige gesprochen? Gegen Walton! Gegen Langen! Gegen Lorimer ... Und all die hatten sich verteidigen können. Und Parker? Er lag besinnungslos im Hospital.

„Nichts Neues!" rief er in den Apparat. „Vielleicht morgen!"

Er fuhr nochmals zu Myrna.

Sie hörte ihm schweigend zu.

„Ich habe das sichere Gefühl", sagte Brennan, „daß Parker Ihnen die Tat eingestanden hat!"

Sie blickte ihn aus großen Augen mitleidlos an:

„Gefühle täuschen, Leutnant Brennan! Wenn Sie keine andere Möglichkeit haben, um Parker zu überführen ..."

„Sie verschweigen mir etwas!" beharrte er. – „Es geht um einen Mord!"

Sie blieb nachdenklich sitzen. Dann sagte sie langsam:

„Nehmen Sie einmal an, Leutnant Brennan, daß es nicht um einen Mord geht. Sehen Sie – wir Frauen haben oft ganz intuitive Ahnungen –" Sie nahm eine Zigarette, zündete sie bedächtig an und blickte zu ihm auf: – „Es könnte sein, daß sich Tatjana mit einem Mann verabredet hatte, der sie in einer für ihn wichtigen Sache sprechen wollte. Es kam zu einer Auseinandersetzung, die immer heftigere Formen annahm. Der Mann mag auf Tatjana eingedrungen sein. Sie fühlte sich bedroht. Sie nahm ihre Waffe – –"

Brennan unterbrach sie erregt:

„Ihre Waffe? Woher wissen Sie, daß Tatjana eine Waffe besaß?"

Myrna fragte zurück:

„Woher wissen Sie, daß sie keine Waffe besaß? Soweit ich weiß, ist die Frage, wem die Pistole gehört, ungeklärt?"

Brennan spürte die Gefahr.

„Wir nahmen immer an, daß es sich um die Waffe des Täters handelte –

nichts sprach dafür, daß Tatjana – –" Er zögerte. Dann fragte er sachlich:
„Wenn Tatjana im Besitz einer Waffe gewesen wäre, so hätten Sie das gewußt! Sie haben niemals darauf hingewiesen."

Myrna dachte an Georg Parker. Sie antwortete gelassen:

„Haben Sie mich jemals danach gefragt? Und wollen Sie mir etwa jetzt einen Vorwurf daraus machen, daß Sie eine so wichtige Frage unterlassen haben?"

Er ließ die Frage unbeantwortet. Dann sah er sie nahe an:

„Sie wollten vorhin Ihre intuitiven Ideen erörtern – –"

„Ach ja – wo waren wir doch stehengeblieben –?" Sie schien nachzudenken: „Ja, also nehmen wir an, daß Tatjana ihre Waffe gegen den Unbekannten richtete – –"

„Gegen Parker!" betonte Brennan fest.

„Waren Sie zugegen?" fragte Myrna. „Bleiben wir bei dem Unbekannten. Der Mann wollte ihr die Waffe entreißen. Er griff nach ihrem Handgelenk. Sie wehrte sich. Er drehte ihr Handgelenk um. Der Schuß entlud sich."

– Sie sah ihn groß an: „Eine Möglichkeit – eine von vielen – gewiß – nicht mehr." – Sie machte eine Pause: „Wissen Sie eine bessere Erklärung? Eine, die Sie dann auch beweisen könnten?"

Er ging einige Male auf und ab.

„Wenn Sie nicht unter Eid aussagen wollen, daß Tatjana eine Waffe besaß – eine automatische Pistole vom Kaliber 38 – –"

„Ich bin kein Waffensachverständiger", erwiderte sie heftig. Sie blieb vor ihm stehen. „Sie sagten, daß Parker lebensgefährlich verletzt ist. Selbst, wenn er davonkommt, was bleibt ihm?"

„Sie spielen auf die göttliche Gerechtigkeit an, Myrna Lindequist", sagte Brennan langsam, und seine Stimme klang verändert. „Aber wir können uns auf die jenseitigen Urteilssprüche nicht verlassen."

Er entfernte sich langsam.

Im Amt der Staatsanwaltschaft beriet er sich mit Glenn Evans. Sie gingen dann gemeinsam zum Chef. Sie trugen ihm den Fall in allen seinen Einzelheiten nochmals genau vor.

Der Chef prüfte die Möglichkeiten für eine Anklage. Alles hing davon ab, ob man Parker nachweisen konnte, daß er seine Nachricht tatsächlich zu einer Zeit an den „*Star*" durchgegeben hatte, da niemand außer Brennan und Myrna die Einzelheiten kannte.

Brennan wurde nochmals nach der Redaktion des „*Los Angeles Star*" entsandt. Er vernahm die Nachtschicht. Den Stenographen des „*City-Editor*", dem der ganze lokale Teil unterstand. Er vernahm die Maschinenmeister. Er kontrollierte die Zeitstempel und stellte fest, daß auf dem Schreibmaschinenblatt des Berichtes über den Mordfall Oskanova kein Zeitstempel war. Er wandte sich an den Stenographen:

„Wie ist das möglich? Alle Manuskripte tragen den Zeitstempel, und gerade bei diesem fehlt er!"

„Nehmen Sie acht Stunden lang Berichte auf!" Der Stenograph wies auf einen Berg von Nachrichtenblättern. „Dann werden Sie auch einmal etwas vergessen!"

Brennan fuhr nach dem Hospital.

Parker war operiert worden. Der Chirurg, der den Eingriff vorgenommen hatte, gab ein klares Bild des Falles. Parker konnte durchkommen. Aber die Folgen der Verletzungen würden niemals zu beseitigen sein. Schwere Brüche des linken Ober- und Unterarms, komplizierte durchgehende Muskelrisse mußten dauernde Lähmungen nach sich ziehen. Ob die Gehirnerschütterung bleibende Folgen haben würde, war nicht mit Sicherheit zu sagen.

Brennan besprach den Fall nochmals mit Glenn Evans. Sie erstatteten dem Chef wieder Bericht.

„Die Öffentlichkeit verlangt die Überführung des Täters und seine Aburteilung!" meditierte der hohe Beamte. „Ich glaube – –"

„Es reicht zu einer Anklage nicht aus", erklärte Evans. „Ich kann nicht vor die Geschworenen treten und einen aussichtslosen Fall vertreten!"

„Und falls Parker ein Geständnis ablegt?"

„Ich werde ihn morgen im Hospital aufsuchen", schlug Brennan vor.

Und mit Genehmigung des Chefarztes erschien er am nächsten Tag bei Parker. Der Wachbeamte saß vor der Tür des Zimmers 709.

„Irgend etwas Besonderes?" fragte Brennan, ehe er die Klinke niederdrückte.

„Nichts!" meldete der Beamte. – „Es waren zwei Redakteure vom ‚Los Angeles Star' hier – für wenige Minuten – und eine Dame – sie ist vor kaum fünf Minuten fortgegangen."

Brennan starrte den Beamten ungläubig an:

„Parker hat Besuche gehabt? Das ist doch wohl nicht möglich! Wer hat die Genehmigung erteilt?"

„Die Leitung des Hospitals!" erklärte der Beamte.

„Die Leitung des Hospitals kann ärztliche Erlaubnis erteilen – aber von der Staatsanwaltschaft wurde keine Besuchsgenehmigung erteilt! Wie konnten Sie jemanden in das Zimmer lassen?"

„Unser Befehl lautete, den Kranken zu bewachen – es lag keinerlei Order vor, Besuche zu verhindern!" erwiderte der Beamte.

Brennan wollte heftig werden, aber er überlegte es sich. Es war zu spät. Die großen Dinge wurden durch die kleinen Fehler bestimmt.

Er betrat das Krankenzimmer.

Parker lag mit einem hochgebundenen und geschienten Arm und Verbänden über Kopf und Brust flach in seinem Bett.

Brennan blieb dicht neben ihm stehen. Der Kranke sah ihn lange an. Es schien, soweit es die Verbände erkennen ließen, ein besonnener Blick zu sein.

„Du weißt, Georg", sagte Brennan und setzte sich neben das Bett, „daß keine Freundschaft ausreicht, um mich an der Erfüllung meiner Pflicht zu hindern. Ich weiß, was du sagen willst. Ich kenne die Linie deiner Verteidigung."

Parker sprach ganz leise:

„Bin ich denn angeklagt? Das wußte ich gar nicht. Myrna hat mir nichts darüber gesagt."

Brennan seufzte. Myrna hatte mit ihm also gesprochen. Er wußte, was das bedeutete.

„Gestehe die Tat ein, Georg", seine Worte klangen nicht unfreundlich, „wenn es wirklich Notwehr war – oder etwas ähnliches –"

Parker versuchte sich zu bewegen, vermochte es aber nicht. Er sah versonnen zu Brennan:

„Ich habe kein Geständnis abzulegen", meditierte er ruhig. „Wenn ihr einen Erfolg braucht, so sucht ihn nicht auf dem Umweg über mich. Ich bin bestraft – ohne Evans und die Geschworenen. Du weißt es so gut wie ich selbst. Gib dir keine Mühe. Es wäre vergeblich."

Er schloß die Augen.

Ein Arzt betrat das Krankenzimmer; er wandte sich an Brennan:

„Vier Besuche sind zu viel, Leutnant! Wir können die Verantwortung nicht übernehmen. Vielleicht morgen oder übermorgen." Er drängte ihn nach der Tür.

Georg Parker lag regungslos.

Brennan schritt langsam die Treppen hinab, über den weiten Vorplatz des Hospitals, nach seinem Wagen.

Der Abend breitete sich über Hollywood.

Er fuhr langsam, ziellos, über Wilshire Boulevard nach Beverly und Sunset und Hollywood Boulevard. Das eigentliche Nachtleben begann sich vorzubereiten. Er fuhr weiter in die Hügel, am Bowl vorbei, Cahuenga

Pass, Ventura Boulevard. Er hielt an der Kreuzung der Straße nach San Fernando Mission. Dann wendete er. Die Bungalows und Traumheime der Größen des Films lagen zu seinen Seiten. Luxuswagen kreuzten seinen Weg. Es war alles pulsierendes Leben. Als er über die großen Boulevards dahinfuhr, leuchteten die gigantischen Lichtreklamen und die Schilder der Luxuslokale auf. Riesenhafte Plakate kündigten die neuesten Produkte der Traumfabriken an. Dort würde wohl bald in sprühendem Neonlicht Bergsons Bestseller „Mord auf hoher See" mit den Spitzensternen der Metropol-Film in den nächtlichen Himmel schreien – und der Name Myrna Lindequists ... denn das Leben stand nie still – auch wenn das einzelne erlosch ...

Er bog in eine Seitenstraße und fuhr nachdenklich in sein Amt.

Heißes Pflaster Rio

Vorwort

Als ich mich, nach langem Zureden, entschloß, den Fall der venezolanischen Tänzerin Yolande Mayol aktenkundig nach den Unterlagen im Archiv der Internationalen Polizei von Tanger darzustellen, ahnte ich nicht, welche mannigfaltigen Konsequenzen das haben sollte.

Angehörige des Viscount Blair of Manseley beschwerten sich beim Home Office in London. Ein entfernter Verwandter der Artistin versuchte, mich zu verklagen. Kollegen in Tanger gaben mir zu verstehen, daß sie die Veröffentlichung meines Berichtes als Ausfluß einer Reklamesucht betrachteten. Allerdings, als sie hörten, daß der damalige Chef, Oberst Robert de la Planys, die Publikation nicht nur genehmigt, sondern sogar befürwortet hatte, um allerlei recht merkwürdigem Gerede ein Ende zu bereiten, lenkten sie wieder ein, und unsere alte Kameradschaft fand ihre Fortsetzung.

Doch von diesen mehr internen Vorkommnissen abgesehen, ergoß sich eine Flut von Briefen auf meinen Schreibtisch im Bureau der Internationalen Polizei, in der Rue d'Angleterre in Tanger. Viele Schreiben waren überdies an meine Privatadresse gerichtet. Es handelte sich um die merkwürdigsten Anerbieten, um Hilfegesuche angeblich oder wirklich erpreßter Herren und Damen der Gesellschaft, um einige Schmäh- und Rachebriefe. Zeitschriften und Zeitungen fragten an, ob ich nicht gewillt wäre, ihnen Kriminalromane zu liefern, da sie offenbar völlig übersahen, daß ich kein Schriftsteller, sondern ein Polizist bin – wenn auch im Range eines Ersten Kommissars. So kommen für mich nur Tatsachenberichte in Frage, deren Veröffentlichung mir die hohe vorgesetzte Behörde genehmigt. Diese Berichte sind nichts weiter als Abschnitte oder Einzelfälle aus meinem eigenen beruflichen Leben.

Ich möchte dies Vorwort nicht abschließen, ohne Herrn Professor Dr. Wolfgang Bücherl, dem Leiter der Toxikologischen Abteilung des weltberühmten Schlangen-,

Skorpionen- und Giftspinneninstituts Butantan in São Paulo, meinen aufrichtigsten Dank auszusprechen. Er konnte bei unserem Zusammentreffen nicht ahnen, daß er mir durch seine wissenschaftlichen Darlegungen einen unschätzbaren Dienst erwies. Weiter habe ich zu danken dem Herrn Polizei-Delegierten Dr. Jorge Pastor de Oliveira, Leiter des Polizeikommissariats Copacabana, ohne dessen Hilfe ich niemals ans Ziel gelangt wäre.

Gaston Lamont
Erster Kommissar, Kriminalabteilung
Internationale Polizei, Tanger, M.

St. Sauve, Puy-de-Dôme, Juli 1958.

(Frauen behalten immer recht. So verbrachten wir die letzte Nachurlaubswoche eben hier.)

Ein Toter landet in Tanger

Die Entwicklung der politischen Lage in ganz Marokko und die Wahl Tangers als Sommerresidenz seiner Majestät des Königs Mohammed V. brachte zwar die Auflösung der internationalen Instanzen des einst internationalen Gebietes dieser weltberühmten Hafenstadt – aber auf eine wohlorganisierte eigene Polizei konnte, wollte und durfte man nicht verzichten. Äußerlichkeiten wurden geändert. Aber die einzigartige Position unserer Polizei blieb im wesentlichen erhalten. Zu den bestehenden Aufgaben kamen viele neue hinzu.

Der Monat Spetember, die Zeit meines Urlaubs, nahte heran. Ich besprach alle Pläne mit Louise, die aber durch ihre Sparsamkeitshinweise die meisten Vorschläge ablehnte. Sie war entschlossen, die sechs Wochen beim Puy-de-Dôme zu verbringen, wo im reizenden St. Sauve eine ihrer zahlreichen Tanten eine Ferme besaß. Sie konzedierte mir schließlich fünf Tage Paris, um dortige Verwandte und die Kollegen der „Police Judiciaire" am Quai des Orfèvres zu besuchen – aber das war auch das äußerste Zugeständnis. Von der Côte d'Azur oder der Bretagne oder gar Annecy an der Schweizer Grenze wollte sie nichts wissen. Dabei ist Yvonne, meine einstige Jugendliebe, längst Großmutter geworden. Allerdings – in Annecy. Aber, offen gestanden, ich fand Louisens Härte übertrieben.

Als ich Sonnabend, den 8. August 1957, nach dem ausgiebigen Frühstück, das Louise mit uhrwerksmäßiger Genauigkeit angerichtet hatte, die Wohnung verlassen wollte, ertönte die Schelle. Mehrmals. Heftig. Eindringlich.

Das deutete auf einen Dienstbesuch. Wahrscheinlich kam Dupuy oder Alberto dos Santos oder Bertier mit irgendeiner wichtigen Nachricht.

Louise öffnete. Ich hörte sie unwillig sagen: „C'est tout?! Tant de bruit pour une omelette!"

Dann brachte sie mir den Brief, den der Eilbote zugestellt hatte, und legte ihn auf den Tisch. Sie musterte das große Kuvert mit den vielen Marken.

Ich bemerkte in der oberen linken Ecke das Wappen der Republik – der französischen, natürlich – in Blindprägung. Meine Frau sah mich verwundert an. „Vornehme Korrespondenz, Lamont!" meinte sie kühl.

Das klang nicht erfreulich. Wenn mich meine Frau mit dem Familiennamen anspricht, anstatt „Gaston!" zu sagen, so bedeutet das immer irgendein aufziehendes Unwetter.

Ich nahm das Kuvert mit geheuchelter Gleichgültigkeit und schnitt es auf. Die Prägung des Umschlages wiederholte sich im Briefkopf:

„Ambassade de France"
Rio de Janeiro

Ich blickte nach der Unterschrift. Der Brief war vom Botschafter selbst unterschrieben. Ich merkte kaum, daß sich Louise über meine Schulter beugte und ungeniert jede Zeile sorgfältig las.

Das Schreiben lautete:

„Mein lieber Lamont!
Die Zeit der Zusammenarbeit in Casablanca, da ich General de Gaulle vertrat und Sie den Geheimdienst des Freien Frankreich leiteten, ist mir unvergeßlich. Ich berufe mich auf jene Tage, wenn ich Ihnen heute eine Bitte unterbreite.
Es ist ein Zufall, daß ich bei meinem kürzlichen Besuch in Paris am Quai d'Orsay mit unserem gemeinsamen Freund, Pierre de Milliet, über Sie sprach. Ich hörte nur Worte der höchsten Anerkennung – wie ich es nicht anders erwartete. Er erwähnte mir auch, daß Sie bald Ihren Jahresurlaub antreten würden. Und nun richte ich die Frage an Sie, ob Sie nicht diese Ferien in Rio de Janeiro verbringen wollten?
Sie sind zu wissend, um nicht zu ahnen, daß mit diesem meinem Vorschlag mehr als eine nur dem Vergnügen dienende Einladung verbunden ist. Weshalb aber nicht das Angenehme mit dem Nützlichen verbinden? Sie könnten einen schönen und interessanten Teil der Welt kennenlernen – und in einer sehr heiklen Angelegenheit große Dienste leisten. Ich möchte nicht allzusehr in Einzelheiten gehen, aber immerhin darf ich andeuten, daß es sich um einen ganz besonderen Fall handelt, bei dem es bis zu einem gewissen Grade auch um Staatsinteressen geht. Das ist mit eine Ursache, die es unmöglich macht, die Hilfe der brasilianischen Polizei in Anspruch zu nehmen. Es sind sehr große ideelle und materielle Werte im Spiel – und ich wüßte keinen Mann, der sie besser wahrnehmen könnte, als meinen alten Freund Gaston Lamont.
Natürlich sind Sie und Ihre Gattin Gäste beim Flug und für die ganze Dauer Ihres Aufenthaltes. Allerdings dürfte auch nicht der allerentfernteste Anschein erweckt werden, daß Sie etwas anderes sind als eben ein europäischer Tourist. Geben Sie bald Nachricht. Ich hoffe, daß Sie Ihre Zustimmung ausdrücken werden. Schreiben Sie an den Generalsekretär des Außenministeriums am Quai d'Orsay. Monsieur

Labouriet ist informiert. Wenn Sie in Rio ankommen, so steigen Sie im Hotel ‚Ouro Verde' ab. Der Inhaber, Monsieur Mathys, ein Schweizer und ein verläßlicher Gentleman, wird alles Weitere veranlassen.

Vielleicht lockt Sie die Aufgabe mehr, wenn ich hinzufüge, daß eine besonders reizvolle, aber auch rätselhafte junge Dame in die Angelegenheit verwickelt ist. Aber natürlich ist es mir klar, daß dieser Persönlichkeit ausschließlich Ihr rein berufliches Interesse gelten wird. In diesem Sinne empfehlen Sie mich bestens Mme. Lamont.

Sie wissen mich, lieber Lamont, stets als Ihren aufrichtigen Freund.

Bienaimé Louis Comte de Lancelle."

Ich betrachtete diesen Brief lange und durchflog ihn ein zweites Mal. Ich sah zu Louise, die den Tisch abzuräumen begann:

„Eh bien – was sagst du dazu?"

Sie korkte die Flasche Armagnac zu:

„Amélie Duchatel hat einen Cousin in Brasilien. Ich glaube, ganz in der Nähe von Rio de Janeiro..." Amélie Duchatel war eine der zahlreichen Cousinen meiner Frau.

„Vielleicht könnten sich die lieben Verwandten etwas um dich kümmern, falls mich der Beruf allzusehr in Anspruch nimmt. Gäste von so weit her werden ja in einst kolonialen Ländern immer gern aufgenommen. Nebenbei" – ich zwinkerte ihr zu – „du scheinst also einverstanden zu sein – mit Rio-Ferien?"

„Einverstanden? Wer ist einverstanden? Wir reisen nach St. Sauve."

Ich nickte. Nur jetzt nicht widersprechen. Im Gegenteil. Zustimmen.

Am Spätnachmittag brachte ich eine ganze Sammlung von Brasilien-Prospekten mit. Ich ließ sie achtlos auf dem Schreibtisch liegen. Tags darauf waren sie verschwunden. Abends entdeckte ich in Louisens Nachttischschublade einen „Führer durch Südamerika".

Und so konnte ich schließlich am 15. August, einem Sonnabend – nach geruhsamen Gesprächen des Freitags (es war ein Feiertag gewesen) –, dem Generalsekretär des Auswärtigen Amtes am Quai d'Orsay die Annahme der Einladung des Botschafters telegrafieren.

Als Tag des Urlaubsantritts bestimmten wir den 7. September. Der Sommer begann ja in Brasilien erst im Dezember, also kamen wir nicht gleich in die glühende Tropenhitze.

Den großen Entschluß begossen wir mit einem alten Burgunder, den mir der freundliche Direktor des Hotels „Velasquez" zu Weihnachten des Vorjahres geschickt hatte. Louise servierte ein kaltes Büfett, wie man seinesgleichen nicht einmal bei Fouquets in Paris gefunden haben würde. Wir genossen die prächtige Stunde; gerade als ich auf den butterdurchfluteten Toast eine dicke Scheibe Straßburger Gänseleber-Pastete legte, läutete das Diensttelefon.

Louise blickte vorwurfsvoll auf den Apparat. Er war der ewige Ruhestörer.

Ich stand auf, nahm den Hörer ab. Inspektor Dupuy meldete sich:

„Der Captain der ‚Bermuda Star' – Vergnügungsdampfer auf Weltreise von New York über Mittel- und Südamerika, Lissabon, mit Ziel Ostmittelmeer und Fernost, jetzt bei uns zu kurzem Besuch – meldet einen Todesfall. Roy Denver, Passagier erster Klasse, Amerikaner, in Rio eingeschifft, tot in seiner Kabine aufgefunden. Der Captain läßt Sie bitten, an Bord zu kommen. Man möchte gern alles so lautlos wie möglich abwickeln. Viele Millionäre an Bord – na ja, Chef, Sie verstehen die Lage!"

Ich bat Dupuy, mich mit dem Dienstwagen abzuholen.

„Das kann uns in Rio de Janeiro nicht passieren!" versuchte ich Louise zu trösten. Ich wußte nicht, wie schnell ich belehrt werden sollte, daß meine Ansicht unzutreffend war.

Ich tauschte meine leichten Sandalen gegen Schuhe um, machte mich fertig. Kurz darauf hörte ich auf der Straße den Dienstwagen vorfahren. Das lärmende Geräusch seines Motors und das Quietschen seiner Bremsen waren unverkennbar.

Louise begann den Tisch abzudecken:

„Das kann wohl recht spät werden?" fragte sie. Die Frau eines Polizeikommissars ist Kummer gewöhnt.

„Je schneller ich fortkomme, je eher bin ich zurück!" versuchte ich sie zu beschwichtigen.

Ich blieb einen Augenblick vor dem Spiegel im Vorraum stehen und richtete meine Krawatte, die reichlich schief zur Seite gerutscht war.

Unten von der Straße her kamen drei ganz kurz aufeinanderfolgende Hupensignale. Das war natürlich verboten – aber ich konnte es Dupuy nicht verargen, wenn er lieber gegen die Regeln der Verkehrspolizei verstieß, als die Treppen empor zu klettern, nur um sie gleich darauf wieder, mit mir gemeinsam, abwärts zu steigen. Und außerdem – wer beachtet denn in Tanger die Gesetze der Ruhe! Die lärmenden Straßenverkäufer, die ausrufenden Händler, die wild hupenden Chauffeure – nein, ich sprach sofort meinen Inspektor von der Anschuldigung verkehrswidrigen Verhaltens frei.

Als ich die Treppen hinabging, kam es mir für einen Augenblick in den Sinn, daß der unbekannte Amerikaner, der nun tot in seiner Luxuskabine der „Bermuda Star" lag, zufällig in Rio de Janeiro an Bord gegangen war – in jenem Hafen also, den ich sehr bald besuchen sollte. Aber natürlich war dies ein Zufall, wie es tausend andere Zufälle im Leben gibt. Das, zumindest, dachte ich. Aber – irren ist menschlich.

Wer war Roy Denver?

Wir holten auf der Fahrt über den Gran Socco zuerst unseren Polizeiarzt, Dr. Balmy, ab. Inspektor Dupuy berichtete mir in großen Umrissen die Einzelheiten, aber ich hörte kaum zu, denn es war immer mein Grundsatz, jede Beeinflussung durch Dritte zu vermeiden. Ich bildete mir das eigene Urteil auf Grund dessen, was ich selbst sah, was mir die Leute selbst berichteten, was sich mir selbst als Gesamtbild einprägte.

An Bord der „Bermuda Star" wurden wir sofort zu Captain Williard geführt.

„Es ist ein großes Malheur", begann er, „wenn sich ein Gast erster Klasse einen luxuriösen Ozeanriesen aussucht, um zu sterben! Dazu gibt es doch wirklich viel reizvollere Plätze auf dem Festland, nicht?" Der Captain versuchte zu scherzen, aber es war ihm nicht sehr wohl dabei. „Es wurde natürlich alles völlig unangetastet gelassen, Herr Kommissar – man liest ja schließlich genügend Kriminalromane, um zu wissen, was sich in einem solchen Falle schickt. Der Erste Stward hat für peinlichste Ordnung gesorgt. Sie würden uns sehr verpflichten, wenn wir die ganze Angelegenheit diskret abwickeln könnten. Nur kein Aufsehen – Sie wissen ja, wie abergläubisch viele reiche Leute sind. Wir lichten morgen die Anker. Es handelt sich nur darum, den Toten möglichst unauffällig an Land zu bringen."

Ich versicherte Williard unserer Sympathie:

„Bei einem einfachen Todesfall liegt kein Anlaß zur Beunruhigung der anderen Passagiere vor."

Wir gingen nach dem Sonnendeck und von dort zu den kurzen Reihen der Luxuskabinen. Wir blieben vor Nr. 19 stehen.

Die Passagiere waren teils zur Stadt hinaufgefahren, teils dinierten sie an Bord. Wir blieben ungestört.

Der Erste Steward öffnete die Tür.

Durch das verhangene Fenster kamen nur spärliche Lichtschimmer vom Hafen. Williard drehte die Deckenbeleuchtung und jene oberhalb des Schreibtisches an. Wir zogen die Kabinentür hinter uns zu.

In dem an beiden Seiten frei stehenden Bett lag, mit dem Gesicht zur Wand, eine männliche Gestalt. Oberflächlich gesehen, war es ein Schlafender. Dr. Balmy beugte sich über ihn, drehte den Kopf vorsichtig zur Seite.

„Wann wurde die Sache entdeckt?" fragte der Polizeiarzt den Captain, sah aber dabei auch den Steward von der Seite an.

„Nachmittags, ich glaube, es war schon gegen sechs Uhr", berichtete der Erste Steward. Captain Williard nickte. „Da die Herrschaften oft erst reichlich spät zu Bett gehen – die Bar ist bis zum Morgengrauen geöffnet –, kommt es vor, daß jemand – wie soll ich sagen – verschläft. Aber als mir der Zweite Hilfssteward meldete, daß Mr. Roy Denver, Kabine Nr. 19, auf wiederholtes Klopfen keine Antwort gebe, wurde ich etwas besorgt. Ich versuchte, ihn durch lang anhaltendes Läuten seines Telefons durch die Hauszentrale zu wecken. Als auch das vergeblich blieb, meldete ich sofort die Lage dem Captain und öffnete sodann, auf seine Weisung, mit dem ‚Passkey' die Kabinentür. Ich sah oder fühlte, daß Mr. Denver tot war. Ich rief Dr. Chalmers, unseren Bordarzt – er ist jetzt gerade bei einer etwas nervösen Dame –, und er stellte den Tod des Passagiers fest."

„Konnte Dr. Chalmers irgendeinen brauchbaren Befund machen?" fragte ich.

Der Erste Steward zuckte mit den Schultern:

„Dr. Chalmers erklärte lediglich nach einer eingehenden, aber, wie er betonte, nur vorläufigen Untersuchung, daß keine wie immer gearteten Spuren einer Gewaltanwendung feststellbar seien. Übrigens war die Kabinentür von innen verschlossen gewesen. Der Passagier hatte dazu nicht den Schlüssel benutzt, sondern die Tür hinter sich zugezogen. Das löst automatisch den Schließmechanismus aus. Um die Kabine betreten zu können, mußte ich den bei dem Herrn Captain im Safe aufbewahrten ‚Passkey' holen, um mit diesem Universalschlüssel zu öffnen. Nachdem Mr. Denver die Tür seiner Kabine ins Schloß hatte fallen lassen, konnte niemand von außen den Raum betreten."

Ich mußte lächeln:

„Es sei denn, es besäße noch jemand einen ‚Passkey'!"

Der Captain mischte sich in das Gespräch:

„Es gibt nur zwei Universalschlüssel. Der eine ist in meinem Safe verwahrt und dient natürlich nur für besondere Fälle, wie etwa diesen hier. Der zweite befindet sich in einem Safe im Zahlmeisterbüro. Den Schlüssel zu diesem Safe besitze ich. Ein Mißbrauch ist völlig ausgeschlossen."

Dr. Balmy wandte sich an mich:

„Wenn es Ihnen recht ist, Kommissar, beginne ich zunächst einmal mit meiner Untersuchung."

Während der Polizeiarzt an der Arbeit war, betrachtete ich die Kabine, die Einrichtung, das Gepäck des Verewigten und was an Kleinigkeiten umherstand. Es berührte mich sonderbar, daß drei Handkoffer allerhöchsten Luxus verrieten – am Kabinenschrank oben aber ein ganz billiges Köfferchen und ein Pappkarton standen.

Ich untersuchte den Inhalt der Nachttisch-Schublade, desgleichen die Toiletten-Artikel im Baderaum, der sich an die Kabine anschloß.

Es war nichts Besonderes zu finden. Offenbar völlig harmlose Pillen gegen Kopfschmerzen, Magensalz, Zahnpasta, Brillantine, Kölnischwasser. Ein Flasche mit einer Pipette enthielt Augentropfen, eine andere, wesentlich größere, eine grüne Flüssigkeit, deren Etikett besagte, daß sie bei jeder Art von Erkältung sofortige Linderung verschaffe.

Inspektor Dupuy untersuchte sorgfältigst die ganz unordentlich auf einen Stuhl und einen Sessel geworfenen Kleider des Toten.

Ich stellte noch die einzelnen kleinen Gegenstände des täglichen Gebrauchs, wie ich sie oben aufgezählt habe, auf die Platte des Sekretärs, um sie für die Inventur vorzubereiten, als sich Dr. Balmy, nach ausgiebigem Waschen seiner Hände, in der ihm eigenen trockenen Art an mich wandte:

„Nicht die geringsten Merkmale einer Gewaltanwendung sind zu finden. Keinerlei Spuren auch nur von harmlosen Schlaftabletten, geschweige denn von irgendeiner Arznei, die ein Lebensmüder zur Abkürzung seiner irdischen Tage verwendet haben könnte. Natürlich kann ich einen Totenschein erst nach der Obduktion ausstellen. Aber es spricht alles für einen natürlichen Tod. Sofern es überhaupt natürlich ist, daß ein noch recht junger Mann irgendeinem Herzschlag erliegt – oder was die Laien so zu nennen belieben."

Dr. Chalmers kam herein. Er machte den Eindruck eines gehetzten Managers, und es wäre mir angebrachter erschienen, wenn er sich von Dr. Balmy hätte untersuchen lassen, anstatt sich sofort mit ihm in ein Gespräch einzulassen, das durch das ununterbrochene Einstreuen lateinischer Ausdrücke seine Geringschätzung für jeden Laien deutlich erkennen ließ.

Auch der Schiffsarzt stimmte der Ansicht Dr. Balmys zu. Ein natürlicher Tod. Um ihm irgendeinen hochtrabenden wissenschaftlichen Namen im Totenschein anhängen zu können, mußte Mr. Roy Denver seziert werden.

Nachdem dies geklärt war, bat ich alle Anwesenden, mich und Inspektor Dupuy allein in der Kabine zu lassen, da wir nun den Raum mit allergrößter Gründlichkeit durchkämmen müßten.

Dr. Balmy und Dr. Chalmers empfahlen, Weisungen für den Abtransport des Toten zu erteilen. Das Klima von Tanger riet dies dringend an.

Ich nickte Dupuy zu. Er ging ans Telefon und verständigte unsere zuständige Dienststelle. Jeder große Dampfer, der Tanger anläuft, bekommt sofort Anschluß an das Ortstelefonnetz.

„Wir überlassen Sie Ihrem Schicksal, aber vorher hat Ihnen der Purser noch etwas zu sagen!" meinte Captain Williard. Er öffnete die Kabinentür, komplimentierte die beiden Ärzte und den Ersten Steward hinaus, folgte ihnen dann, ließ aber den Zahlmeister, der auf dem Korridor gewartet zu haben schien, eintreten.

Der hochgewachsene Engländer – mit tiefverbranntem Seemannsgesicht, lockeren blonden Haaren und hellblauen Augen – legte eine verschließbare Aktentasche auf den Tisch:

„Mr. Denver pflegte, wenn er an Land ging, daraus Geld zu entnehmen. Unwillkürlich – denn neugierig bin ich nicht – sah ich, daß sie sehr große Summen enthält."

Wir dankten dem Purser und blickten ihm nach. Wie viele Geheimnisse mochte ein Mann in seiner Stellung auf einem Luxusschiff wie der „Bermuda Star" erfahren – oder zumindest ahnen?

Dupuy öffnete nach kurzem Hantieren mit einem feinen Stahlinstrument das vergoldete Schloß der grünen Saffianledertasche. Wir sahen uns staunend an, als der Inhalt vor uns auf dem Tisch lag.

Dupuy begann zu zählen:

„Neunzigtausend Dollars – in Tausendern . . . Sechzigtausend Schweizer Franken in Tausendern und Fünfhundertern . . . Elfhundert englische Pfund . . . Sechstausend Mark . . . und verschiedenes Kleingeld in bescheideneren Scheinen! . . .

Mein Inspektor sah mich erstaunt an:

„Und mit diesem Geld soll man sterben!" Er fügte hinzu: „Auf einem Luxusdampfer, erster Klasse!"

„Natürlich, Dupuy! Es ist erstaunlich unvernünftig von ihm! Aber Millionäre sind nun eben einmal unberechenbare Leute!"

Ich prüfte die Geldscheine, die Dupuy fein säuberlich in gesonderte Vierecke aufteilte, jede Währung für sich. Zweifellos waren es echte Banknoten. Das beruhigte mich, denn bei den erheblichen Geldmengen lag es nahe, an Falschgeld zu denken. Besser ein Verdacht als gar keiner. Aber die Aufklärung des Falles als ganz normaler Tod nahm ihm jeden Reiz. Wenn schon ein Amerikaner in einer Luxuskabine eines Ozeanriesen stirbt, so sollte dahinter ein guteingefädelter Kriminalreißer stecken, nicht aber eine

Dreizeilennotiz im lokalen Teil der Tageszeitung.

Ich stieß mit dem Fuß an die dicht neben dem Bett, etwa in der Höhe des Ruhekissens, auf dem Teppichläufer liegende Nachttischlampe. Ihre Glühbirne war geplatzt, die hauchdünnen Glassplitter schimmerten da und dort im Schein der Deckenbeleuchtung. Dupuy folgte meinem Blick:

„Sterbende schlagen oft mit den Armen um sich, ehe es soweit ist!" gab er zu bedenken.

Was er behauptete, traf zu. Ich wußte es aus reicher Erfahrung. Nicht nur die Lebenden haben ihre Eigenart – auch die Toten. Sie verhalten sich sehr verschieden. Das Antlitz eines rücklings erschossenen oder erdolchten Menschen hat ganz und gar andere Züge als das Gesicht eines Toten, der sein Schicksal, der seine letzten Minuten herankommen sah. In dieser Beziehung schien bei unserem Toten alles für ein gediegenes und ruhiges Ableben zu sprechen. Es war ein ausgeglichener Ausdruck, der die energischen, nicht unsympathischen, aber andererseits doch etwas eigenartigen Züge des Mannes beherrschte. In Frieden gestorben – wollte ich sagen. Erst viel später erfuhr ich aus einer Studie Dr. Mackenzies von Scotland Yard, daß bei einem gewaltsam Getöteten nachträglich verabreichte schwere Alkaloide – wenn sie wirken konnten, bevor der Tod eingetreten war – den ursprünglich angstverzerrten Ausdruck völlig zum Verschwinden bringen können. Die Totenstarre konservierte die letzten Augenblicke im Gesicht. Mit ihrem Aufhören glättete sich jedes Antlitz.

Dupuy hatte sämtliche Anzugtaschen des Toten entleert. Zuerst nahm ich den Paß zur Hand. Er lautete auf den Namen Roy Denver, Kaufmann, geboren am 5. Mai 1917 in Toledo im Staate Ohio, ledig. Besondere Kennzeichen: Narbe unterhalb des linken Auges. Ich stellte fest, daß dies zutraf. Einen Augenblick überlegte ich, woher diese Narbe rühren konnte – aber es gab viele Möglichkeiten. So ließ ich es dabei bewenden.

In der Brieftasche befanden sich kleinere Beträge in verschiedenen Währungen. Dann erregte ein kostbarer Brillantring meine Aufmerksamkeit – ich schätzte den Stein auf über fünf Karat. Eine massive Vacheron & Constantin-Uhr an einem schweren geflochtenen goldenen Armband deutete auf besten Geschmack.

Merkwürdigerweise fanden sich außer einer letztwilligen Bestimmung, derzufolge Roy Denver im Falle seines Ablebens eingeäschert werden sollte, keinerlei andere Aufzeichnungen. Nur eine kombinierte Schiffs- und Flugpassage, alles erster Klasse, in Rio de Janeiro ausgestellt, entdeckten wir. Die Karte umfaßte wahlweise Luftausflüge von Lissabon nach London,

Paris, Rom, Berlin, Frankfurt und einer Reihe ganz nach Belieben des Passagiers in die Schiffsluxusreise einzubauender anderer Städte – soweit ich es bei einem flüchtigen Durchsehen festellen konnte. Ich notierte mir das Reisebüro, dessen Ausgabestempel die Passage zeigte: Behar, Rio de Janeiro.

Die Kleidungsstücke, die Wäsche, die Toilettensachen und das Gepäck boten keinerlei Anhaltspunkte. Ich ersuchte Dupuy, für eine genauere Inventur zu sorgen. Das Geld und die Wertsachen mußten beim Hinterlassenschaftsgericht deponiert werden. Über den Fall war ein amtliches, wenngleich nur vorläufiges Protokoll für die Amerikanische Gesandtschaft in Rabat sowie ein mehr informatorisches für den Vertreter der Vereinigten Staaten in Tanger vorzubereiten. Letzterer hatte zwar keine offiziellen diplomatischen Funktionen mehr, aber ich hielt es für ein Gebot der Höflichkeit, ihn zu benachrichtigen.

Es wurde an die Tür geklopft. Die Männer der Morgue kamen mit ihrer Tragbahre.

Ich sah mich nochmals genau um. Sonderbar. Alles schien klar zu sein. Unmißverständlich klar. Ein Todesfall. Hunderttausende Menschen sterben jeden Tag auf dieser Welt. Der einzelne spielt gar keine Rolle.

Ich dachte an Dupuys erste Reaktion und wunderte mich nun selbst, weshalb ein Mann mit so großen Mitteln so ganz einfach sterben sollte. Die berühmtesten Ärzte standen zu seiner Verfügung, um das kostbare Leben zu erhalten. Aber, natürlich, auch Millionäre mußten sterben. Manche, wie Roy Denver, in recht jungen Jahren.

Ich sagte Dupuy noch die wichtigsten Angaben im Telegrammstil an. Er stenografierte meine Worte mit großer Behendigkeit. Dann gingen wir zum Captain:

„Haben Sie irgendwelche Beobachtungen gemacht, die einen Anhaltspunkt für den plötzlichen Tod Roy Denvers geben könnten? Etwa große Aufregungen?"

Williard verneinte eindeutig:

„Es fiel mir nichts Besonderes an ihm auf. Er trank – manchmal reichlich –, und das war alles. Wenig Interesse für Weiblichkeiten – wiewohl wir ja an Bord ganz gut mit den verschiedensten Jahrgängen versorgt sind, wie das so bei einer Weltreise stets der Fall ist. Neugierde treibt die Menschen – Abenteuerlust – das Unbekannte – vielleicht mehr noch das Ungewisse."

Wir dankten dem Captain, suchten noch den Zahlmeister auf, dann den Kabinendiener, den Barmann. Es kam wenig zutage. Vom Purser erfuhren wir, daß Roy Denver offenbar manchmal um hohe Einsätze pokerte und nur selten verlor. Meist nur wenig. Aber wenn er gewann, so handelte es sich um erhebliche Summen. Er gab fürstliche Trinkgelder, es schien, als würde er manchmal gar nicht beachten, was er den dienstbaren Geistern in die Hand drückte.

Sein Steward wußte nur zu berichten, daß Roy Denver seine Kabine stets abschloß – was keineswegs bei allen Reisenden üblich ist. Nachts riegelte er meist die Tür zu. Wenn morgens das Frühstück gebracht wurde, mußte der Passagier immer erst den Riegel zurückschieben, bevor sich die Tür öffnen ließ. Weshalb Roy Denver in seiner letzten Nacht den Riegel nicht vorgeschoben hatte, wußte der Steward natürlich nicht.

Ich sah Dupuy fragend an.

Mein Inspektor schwieg eine Weile. Nachdem der Steward gegangen war, meinte er:

„Das Schloß war, wie alle diese Yale-Konstruktionen, automatisch eingeschnappt. Daran ist nicht zu zweifeln. Wenn Roy Denver einem plötzlichen Herzschlag zum Opfer gefallen ist, konnte er ja die Kabinentür durch den Riegel nicht mehr sichern. Eine zutreffende Erklärung könnte nur Roy Denver geben – wenn er es eben noch könnte!"

„Ich möchte wissen, was er uns sonst noch alles zu erzählen wüßte!" war meine Antwort.

Der Barmann konnte nur wenig berichten. Roy Denver bevorzugte keine bestimmte Gruppe der Passagiere. Auf der Fahrt von Lissabon nach Tanger war er wiederholt mit einem Herrn zusammen, der nur diese Teilstrecke der Reise mitmachte. Das war alles. Sonst erinnerte sich der Mann an nichts Besonderes. Roy Denver nahm manchmal an einem kleineren Kartenspiel teil. Er trank mäßig.

Damit war für mich die Angelegenheit Roy Denver erledigt. Ich hatte meine Pflicht getan. Der Fall konnte archiviert werden. Der Rest ging nur das Nachlaßgericht an, Roy Denvers Heimatbehörde und die Amerikanische Gesandtschaft in Rabat. Bei den Beträgen, um die es sich handelte, würde es an Erbberechtigten nicht fehlen. Ein Mann, der so hohe Summen mit sich führte, mußte über noch viel größere bei sich daheim verfügen.

Wir stiegen das Fallreep hinab. Dupuy begleitete mich in unserem Dienstauto nach Hause und fuhr dann in die Zentrale in der Rue d'Angleterre, um den formellen Bericht aufzusetzen und die beschlagnahmten Gegenstände, das Geld, den Ring und das ganze Gepäck, protokollmäßig zu behandeln.

Als ich tags darauf ins Amt gekommen war, erhielt ich knapp zwei Stunden später den formellen Autopsiebericht Dr. Balmys. Er lautete eindeutig auf Herzschlag.

Einen Augenblick überlegte ich. Eindeutig! ... Vielleicht sogar allzu eindeutig?

Aber man sollte sich als Polizist hüten, immer und überall irgendwelche Geheimnisse zu wittern. Besonders dann, wenn es solche gar nicht gibt.

Ich unterschrieb die von Dupuy redigierten Berichte und das Protokoll. Ich gab Roy Denvers sterbliche Überreste zur Kremation frei. Seine letztwillige Verfügung sollte selbstverständlich auch in dem fremden Lande, wo er sein Leben beendet hatte, erfüllt werden.

Und damit war der Fall Roy Denver eigentlich vergessen, bis am fünften Tag nach Absendung des vorläufigen Protokolls ein Telefonanruf des Auswärtigen Amtes in Rabat mich erreichte, der den Besuch eines Mitglieds der Amerikanischen Botschaft wegen Roy Denver ankündigte. Der Attaché Mortimer Ferguson O'Kinley wollte tags darauf in Tanger ankommen.

Ich bereitete alle Unterlagen vor, um den Diplomaten unterrichten zu können. O'Kinley war ein Herr in jüngeren Jahren, sehr gepflegt und zugänglich. Wir sprachen zunächst ganz formlos über allerlei Fragen – wie sie ein Fremder meist gern mit Bezug auf Tanger stellt. Dann kam O'Kinley auf den eigentlichen Zweck seines Besuches zu sprechen. Er besaß bereits eine Kabelnachricht aus Toledo und Informationen aus Washington. Er nahm die beiden Kabel – mit den roten Dienststreifen – aus seiner flachen Aktentasche und las sie mir im Originaltext vor. Das Kabel aus Toledo berichtete, daß Roy Denver seit seiner frühen Jugend an schwerer Neurasthenie litt. Offenbar bewirkten die durch ein dazukommendes tragisches Liebesabenteuer entstandenen Aufregungen eine solche Belastung, daß er ihr nicht mehr gewachsen war. Die Familie wollte, ohne Rücksicht auf die Kosten, eine Überführung der Asche von Roy Denver veranlassen, um sie in der Heimatgemeinde zur letzten Ruhe im Familiengrab beisetzen zu lassen. Alle weiteren Anweisungen sollten bald folgen. Ein Vetter würde wohl zur Abwicklung nach Tanger kommen.

„Vielleicht darf ich Ihnen nun an Hand des endgültigen Protokolls einen genauen Bericht geben. Alle Wertsachen sind beim Nachlaßgericht hinterlegt. Über das Geld – eine sehr hohe Summe, es ist mir peinlich, darüber zu reden – kann nur das Gericht verfügen, ebenso über einen sehr kostbaren Ring und die anderen Wertsachen."

O'Kinley winkte lächelnd ab:

„Die Familie ist immens reich. Vielleicht wird sie durch den Anwalt unserer Botschaft Anträge an das Gericht stellen. Vielleicht nicht. Amerikanische Juristen sind kostspielige Helfer. Aber das alles hat am besten der hierher kommende Verwandte des Verewigten zu bestimmen, der sicher alle amtlich beglaubigten Vollmachten mitbringen wird."

„Wenn Sie sonst Wünsche haben, verfügen Sie über mich!" sagte ich.

„Danke! Wir wissen Ihre Hilfsbereitschaft sehr zu schätzen, und der Herr Botschafter wird nicht verfehlen, sich bei Ihrem Auswärtigen Amt zu bedanken." Er griff nach seiner Visitenkarte, die vor mir lag, und schrieb seine Privatadresse in Rabat auf die Rückseite. „Falls Sie der Weg in die Hauptstadt führt, werde ich mich freuen, Sie als meinen Gast sehen zu dürfen!" Er wollte gehen, als er sich umwandte: „Das Wichtigste hätte ich beinahe vergessen, den Paß Denvers!"

Ich gab den Paß, der in demselben Kuvert steckte wie die Passagepapiere, und bat um Empfangsbestätigung.

„Man kann bei der Fluggesellschaft die nicht abgeflogene Strecke reklamieren –" Es ärgert mich, kaum daß ich die Worte aussprach, meinen angeborenen Sparsamkeitsdrang nicht gemeistert zu haben.

O'Kinley bedankte sich lächelnd, steckte den Paß und die Passage ein, reichte mir die Hand:

„Das wird sich alles finden. Nochmals – vielen Dank. Auf Wiedersehen, Herr Kommissar!"

Ich ließ Dupuy rufen, gab ihm die Quittung O'Kinleys und widmete mich anschließend meinen laufenden Aufgaben. Zwischendurch blickte ich auf meinen Abreißkalender, stellte mit Genugtuung fest, daß wieder ein Tag im Ablauf war – wieder ein Tag weniger bis zur Urlaubsreise –, und ging dann zum obersten Chef, um Bericht zu erstatten.

Auch die nächsten Tage vergingen im gewohnten Trott.

Es gab nichts Besonderes – und doch immer wieder etwas Neues. Die Polizei stand nie still – weil eben die Diebe, Hehler, Fälscher, Gauner und Betrüger auch keine Sonntage einlegten. Aber immerhin – es gab wenigstens keine Kapitalverbrechen. Das war schon beruhigend.

Der Fall Roy Denver geriet in Vergessenheit.

Es war sechs Tage vor dem Urlaubsantritt und zwei Wochen, nachdem Roy Denver in der Kabine 19 der „Bermuda Star" sein Leben beendet hatte, als mich Oberst Robert de la Planys zu sich bitten ließ. Er empfing mich in seinem großen Arbeitszimmer. Ein älterer Herr erhob sich. Der Chef stellte mich vor, dann den Fremden:

„Botschaftsrat Douglas Henderson von der Amerikanischen Botschaft in Rabat."

Ich verneigte mich kurz, ein unangenehmes Gefühl im Nacken.

Der Amerikaner schüttelte mir kräftig die Hand:

„Sie waren so freundlich, Kommissar, uns das provisorische Protokoll über den Todesfall Roy Denver zuzusenden. Nun – wie ich bereits dem Colonel berichtet habe –, es gibt keinen Roy Denver. Es wurde zwar einmal ein amerikanischer Paß auf den Namen Roy Denver ausgestellt – doch dies geschah im Jahre 1911, und sein Träger ist bereits vor einundzwanzig Jahren, im Alter von vierundneunzig, selig im Herrn entschlafen. Das heißt, der Mann, der auf der ‚Bermuda Star' verstarb, kann nicht Roy Denver sein – weil es keinen Amerikaner dieses Namens gibt. Also muß der Paß gefälscht sein. Deshalb sind wir sehr an diesem Paß interessiert, um ihn genau zu prüfen. Wahrscheinlich ist es eine kunstvolle Fälschung – oder ein ungemein geschickt ausgewaschener und dann umgeschriebener echter amerikanischer Paß, obzwar unsere Experten ein erfolgreiches Auswaschen für unmöglich halten!"

Am liebsten hätte ich den behäbigen Mann ersucht, seinen Diplomatenausweis vorzuzeigen – aber im selben Augenblick wußte ich, daß dies viel mehr bei dem Attaché O'Kinley angebracht gewesen wäre. Ich lief rot an, das spürte ich. Erst nach einer kurzen Überlegungspause sagte ich:

„Irgendwo muß es einen argen Irrtum geben!" Ich sprach mehr zu meinem Chef als zu dem Diplomaten. „Es war mir bereits vorige Woche vom Auswärtigen Amt in Rabat der Besuch eines Herrn der Amerikanischen Botschaft angekündigt worden, und der angesagte Attaché Mortimer Ferguson O'Kinley sprach auch bei mir vor. Ich händigte ihm –"

Botschafter Henderson unterbrach mich, während er von mir zum Oberst und zurück zu mir blickte:

„Es gibt bei der Botschaft keinen Attaché Mortimer Ferguson O'Kinley. Wir haben auch keinerlei Fühlung in dieser Angelegenheit mit dem Auswärtigen Amt aufgenommen." Er sah mich prüfend an: „Haben Sie etwa den Paß an diesen angeblichen Attaché ausgefolgt?"

„Gewiß! Und die in Rio de Janeiro ausgestellten Passagepapiere. Der Besuch des Diplomaten war mir avisiert. Er zeigte mir seinen Diplomatenausweis –" Ich log, jawohl, ich log – weil ich mich unsagbar schämte. Und ich ahnte, daß man O'Kinley niemals finden würde, daß man mich also nicht der Unwahrheit zeihen könnte. „Übrigens gab er mir seine Visitenkarte."

„Ich verstehe!" sagte Henderson. „Aber Leute, die Pässe fälschen oder verfälschen, dürften keine Schwierigkeiten haben, einen Diplomatenausweis zu imitieren. Leider ist somit der Paß verlorengegangen. Wohl für immer –" Er überlegte. Dann sagte er nach einer Weile: „Es soll keine Kritik sein – aber eine schärfere Prüfung hätte vielleicht dieses Mißgeschick abwenden können."

195

Oberst de la Planys stand auf:

„Kommissar Lamont erhielt von mir die Anweisung, die Unterlagen an O'Kinley auszufolgen. Da der angebliche Attaché weder das Geld noch die Wertsachen des Toten verlangte, hegte ich keinerlei Verdacht. Wenn Sie meinen, Herr Botschaftsrat, daß ich leichtfertig –"

Ich starrte den Chef an. Nun ja – einen solchen Chef gab es wohl nur einmal!

Henderson hob beide Hände:

„Aber Herr Oberst! Was denken Sie! Natürlich, alles deutete darauf hin, daß die Sache in vollkommener Ordnung sei ... Natürlich ... Was uns betrübt, ist nur der Verlust des Passes. Ein möglicherweise wichtiges Beweismittel, daß Roy Denver –" Der Botschaftsrat vollendete den Satz nicht. Nach einer Weile meinte er: „Manches spricht dafür, daß der angebliche Roy Denver einer New Yorker Gruppe internationaler Verbrecher angehört hat, die besonders in Südamerika tätig ist und deren sogenannte ‚Arbeit' die unterschiedlichsten Gebiete umfaßt. Südamerika ist ein unendlich weiter Kontinent. Er bietet Verbrechern viele Chancen ..."

Ich fragte unwillkürlich:

„Etwa in Rio de Janeiro?"

Er nickte:

„Sie schließen das wohl aus der dort ausgestellten Flug- und Schiffspassage ... Ja, die Gruppe dürfte dort in Rio ihren Hauptsitz haben, wechselt ihn aber oft. Montevideo, dann Buenos Aires, Caracas ..."

„Sie können mir nicht sagen, Herr Botschaftsrat, auf welchem Gebiet diese Bande arbeitet?" fragte ich, und Oberst de la Planys nickte mir zustimmend zu.

„Das gehört zur Kompetenz der FBI, denn es handelt sich dabei um Verbrechen gegen den Bund. Sie wissen sicher, daß die FBI dann zuständig ist, wenn nicht das Gesetz oder die Sicherheit eines Bundesstaates bedroht ist, sondern des Bundes, der Gesamtheit der amerikanischen Staaten. Wir nennen das ‚Federal Offense'. Als solche zählen ..." Er dachte nach, setzte dann fort: „... Kidnapping, also Kinderraub, Menschenraub, Entführung, Steuerverbrechen bei Bundessteuern, Mädchenhandel, Rauschgiftdelikte, Spionage ..., Hochverrat ... und die besonderen Fälle, die Amerikas Sicherheit betreffen."

„Und", drängte ich, „welches Spezialgebiet trifft auf Roy Denver und seine Hintermänner zu?"

„Ich weiß es nicht genau!" antwortete der Botschaftsrat. „Immerhin ist dem Bericht der FBI zu entnehmen, daß sie gewisse Spuren verfolgt, die sich auf Minerale zur Herstellung von Kernwaffen beziehen. Also spaltbares Material. Im weitesten Sinn die sogenannten ‚raren Erden'. Das sind jene, die Uran, wenn auch nur in Spuren, enthalten. Manches weist in diese Richtung. Dann: Industriediamanten! In der Fachsprache ‚Brut'. Wahrscheinlich hat Roy Denver irgendeine Unvorsichtigkeit begangen – Verrat – oder Androhung von Verrat – oder hat sich an ihm anvertrauten Geldern vergriffen – oder er kam sonstwie auf die schwarze Liste des Syndikats, das die Organisation dirigiert ... Vielleicht hat er die Angst – die Angst um sein Leben nicht ertragen können ... Vielleicht –" Henderson machte eine sonderbare Geste mit der rechten Hand und schwieg.

„Sie meinen doch nicht –" fragte ich und trat einen Schritt vor, „daß Denver –"

„Geben Sie nie etwas auf Meinungen, Kommissar!" wehrte Henderson ab. „Nicht einmal auf Ihre eigene – geschweige denn auf meine! Und für Sie und für die Internationale Polizei von Tanger starb ein gewisser Roy Denver an einem bürgerlichen Schlaganfall. Lassen Sie es dabei bewenden."

„Und das Vermögen, das beim Nachlaßgericht auf die Erben Roy Denvers wartet?" fragte ich.

„Das sind Bagatellen für den ‚Ring'", lächelte der Botschaftsrat. „Allerdings, seine Leiter lassen untreue Kameraden wegen eines Bruchteils bis in den Tod verfolgen. Aus Prinzip. Wenn das Ziel erreicht ist – das Beispiel statuiert –, ist die Sache erledigt. Das Nachlaßgericht von Tanger wird, nach Ablauf der gesetzlichen Wartefrist, dem jungen Staat Marokko ein schönes Geschenk machen ..." Henderson stand auf: „Wir sind auf der ganzen Linie geschlagen worden, meine Herren. Da Roy Denver eingeäschert wurde, scheidet jeder Versuch, ihn etwa durch Fingerabdrücke zu identifizieren, aus. Ob nicht jenen Elementen, mit denen er zu seinen Lebzeiten zusammengearbeitet hat, die merkwürdige letztwillige Verfügung zuzuschreiben ist, dürfte kaum zu entscheiden sein. Mir persönlich scheint es recht verwunderlich, daß ein Mann wie Roy Denver als einzige Aufzeichnung die Bestimmung seiner eigenen Einäscherung hinterlassen haben sollte ..."

Als ich die Treppe hinabstieg, war ich entschlossen, meinen Urlaub in Rio de Janeiro – zumindest nebenher – zu benützen, um Informationen einzuholen. Falls es welche gab. In Tanger konnte ich im Falle Roy Denver oder Mortimer Ferguson O'Kinley nichts unternehmen.

Daß ich in der Wunderstadt am Atlantischen Ozean den einstigen Weg Roy Denvers kreuzen würde, konnte ich nicht einmal ahnen. Sonst wäre ich nicht erst in einer Woche abgeflogen – sondern sofort ...

Begegnung mit dem Zuckerhut

Fünf Tage nach meiner bejahenden Antwort an den Staatssekretär im Außenministerium in Paris erhielt ich einen Brief aus Casablanca von einem Reisebüro, das mir als reizvolle Ferienreise einen Ausflug nach Brasilien empfahl. Eine kleine Visitenkarte, die dem Schreiben beilag, ließ keinen Zweifel an den Zusammenhängen. Das Unternehmen teilte mir mit, daß es auch die Visa für mich und meine Gattin besorgen werde, ich sollte nur die beiliegenden Formulare ausfüllen, alles andere gehe ganz glatt, Brasilien freue sich über jeden Touristen, der das Land besuche.

Die Firma schien mir vertrauenerweckend, sie verlangte weder Vorschüsse noch Spesen, also schickte ich ihr meinen und Louisens Paß sowie die ausgefüllten Unterlagen. Schon am vierten Tag darauf erhielt ich die visierten Pässe, die beiden Passagen und einige Bankschecks, die darauf hindeuteten, daß die Pariser Freunde Comte Lancelles nicht kleinlich waren. Die Flugbillets wiesen keine Abflugdaten auf und konnten auf jede Linie umgeschrieben werden, so daß wir also Beschlußfreiheit genossen. Wir sollten nur unseren Abflug telegrafisch mitteilen, damit uns im Hotel „Ouro Verde" in Rio ein Appartement reserviert werden könne.

Dienstag, den 7. September, flogen wir frühmorgens von Tanger nach Genf. Dort ließ ich am Flughafen Cointrin unsere vorbestellten Passagen gleich in die Flugtickets eintragen, und nach einem wirklich ausgezeichneten Lunch bestiegen wir erleichtert und doch auch beschwert die prächtige viermotorige „Seven Seas", diesen herrlichen silbernen Riesenvogel, der uns in einem Non-Stop-Flug nach Dakar und von dort mit einem einzigen Satz über den Südatlantik nach Rio bringen sollte.

Nach der reichlichen Speisenfolge am Genfer Flughafen tat der in der Maschine in großzügigen Mengen gebotene gute alte „Hennessy" dem Magen und dem Gemüt wohl. Wie in einem rosigen Traum sah ich die weißhäuptigen Riesen des Mont-Blanc-Massivs unter uns dahinschwinden – und ich merkte gar nicht, daß es die blaßrot schimmernde Sonne des frühherbstlichen Spätnachmittags war, die alles wie durch eine rosige Brille zeigte.

Louise vertiefte sich in ein Modemagazin, und ich las, so gut es ging, die letzten Nachrichten des „France-Soir" – bis ich dann schließlich einschlief.

So unwahrscheinlich das klingen mag – es gab nach dem Erwachen schon wieder allerlei für den Gaumen, sowohl flüssig wie auch konsistent. Louise blickte mich warnend an, aber da ich den Blick mit vollem Recht an sie zurückgeben konnte, einigten wir uns schließlich und schwiegen.

Nach dem Dinner, so glaubte ich, wußte Louise, weshalb ich nicht von Tanger über Casablance nach Dakar fliegen wollte. Beruflich begründete ich es allerdings damit, daß es besser sei, von Genf zu starten – als Touristen, die wir nun waren, weil dort der Südamerikaverkehr viel reger ist als auf afrikanischen Teilstrecken. Daß ich auch andere Beweggründe gehabt hatte, mußte ich nun nicht mehr verkünden.

In Dakar stieg vom grellerleuchteten Boden des Flughafens eine unerträgliche Hitze auf. Die Luft stand still, man konnte sie mit der Hand wegschieben, aber was danach kam, ließ sich auch nur schwer atmen. Im Flughafengebäude wurde uns ein Kaffee gereicht, der von jenem in Tanger nicht verschieden war – von jenem an Bord der „Seven Seas" um so mehr. Ich hatte noch das köstliche Aroma in der Nase, als die bittersaure Wolke des afrikanischen Kaffees auf mich eindrang. So begnügte ich mich mit einer Orangeade, während Louise auf die merkwürdige Idee kam, Tee zu trinken. Zeitweise offenbarte sie Anzeichen eines schwachen seelischen Gleichgewichts.

Ich musterte die Mitfliegenden und die Passagiere der eben gelandeten Maschine.

Wieviel Arbeit gäbe es wohl für mich in diesem menschlichen Ameisenhaufen – meditierte ich –, wenn es möglich wäre, allen Leuten hier hinter die Stirn zu sehen! Natürlich – die absolute Wahrheit war gewiß uninteressant für mich. Aber es gab Gestalten und Gesichter, die mein berufliches Interesse weckten. Wenn man so lange Jahre Erfahrungen sammelt, wie es mir zuteil geworden ist, so sieht man zahllose kleine Zeichen, die oft über verborgene Dinge Auskunft geben. Es ist manchmal eine unverkennbare Nervosität, eine völlig andere Unruhe, als sie des Reisens ungewohnte Passagiere zeigen, die uns Fingerzeige gibt. Ein andermal die so sehr betont zur Schau getragene überlegene Ruhe und Würde, die unseren – fast immer berechtigten – Verdacht erregen. Wir können echten Schmuck einer Dame vom falschen auch dann unterscheiden, wenn – beide echt sind. Denn ein Schmuck kann hochwertig sein und doch durch seine Trägerin das Talmihafte offenbaren.

Da saßen sicherlich ehrsame Familien, junge Paare und ältere und sehr bejahrte. Männer und Frauen unterschiedlichster Typen. Südamerikaner, Nordländer, reine Lateiner und schwerfällige Männer unbekannter Landstriche. Ein unangenehm beweglicher und laut gestikulierender Grieche. Ein matt lächelnder Asiate – ein Mischling, dachte ich, weder reines China noch reines Japan, vielleicht mit einem Schuß Indio- oder Mestizenblut. Zwei unverkennbare Amerikaner – weshalb sie sich nicht alle schon in der Jugend die Nasenscheidewand perforieren lassen, um verständlicher sprechen zu können!... Eine oxygenblonde Frau, die sich wie eine Zwanzigjährige gekleidet zeigte und sich ebenso benahm, rauchte eine Zigarette nach der anderen. Ihre Fingernägel waren gelb unter dem Nagellack, der am einen und anderen Finger abbröckelte. Sie war genau das, dem man in unserem Beruf unweigerlich, früher oder später, amtlich begegnet...

Nach knapp einer Stunde trieb eine reizende Hostess (ich warne alle Leser, eine dieser reizenden jungen Damen als Stewardess zu bezeichnen!) ihre Schäflein in den wohlgesäuberten, gelüfteten und frisch parfümierten metallenen Stall, der gleich darauf von seinen zehntausend Pferdekräften in die Lüfte gehoben wurde, um den Atlantischen Ozean zu überqueren.

Weit ausgestreckt, machten wir es uns alle bequem. Dann erlosch das Licht. Nur der Schimmer der Sicherheitsbeleuchtung flimmerte, kaum merklich, durch den Raum. Auch er versickerte in meinem Schlaf.

Als wir erwachten, setzte die Wanderung zu den Waschräumen ein. Dann kam das opulente Frühstück.

Um dreiviertel zehn ertönte die Stimme im Lautsprecher:

„Wir werden in fünfzehn Minuten auf dem internationalen Flughafen Galeao in Rio de Janeiro landen. Der Kapitän zieht eine weite Schleife, damit unsere Fluggäste die Hauptstadt Brasiliens und ihr einzigartiges Panorama voll und ganz genießen können und die Viertelstunde Zeitvorsprung ausgeglichen wird, die wir gegenüber der Landezeit erzielt haben. Jetzt, bitte, sehen die Herrschaften zur rechten Seite die majestätische Gestalt des Erlösers auf dem Berge Corcovado. Gleich nach dieser Wendung kommt er für die Passagiere zur Linken in Sicht. Weit ab unten erscheinen der Zuckerhut und die endlosen herrlichen Strandgebiete... Flamengobeach... Botafogo... Morro da Viuva – das ist der Witwenhügel... Copacabana... Und nun die Passage hinüber zur Guanabara-Bucht. Jetzt kommt der Flughafen Galeao in Sicht, während jener im Stadtinnern, der Santos Dumont, am Horizont verschwindet... Bitte die Gürtel umschnallen... Bitte nicht rauchen..."

Ich spürte das Klicken in meinen Ohren. Die gigantische Maschine ging schwebend nieder. Sie gewann fast unmerklich die Landebahn. Die Räder nahmen federleichte Fühlung mit dem Boden. Die Motoren heulten kurz auf, die Bremsen setzten ein – nach einem sachten Auslaufen stand die „Seven Seas", mit dem Antlitz zum Flughafengebäude, still. Aber wir durften noch nicht aussteigen. Da wir aus Afrika kamen, erschienen Beamte des Anti-Malaria-Dienstes, um mit DDT das Innere des Flugzeuges zu desinfizieren. Das war äußerst unangenehm – die Sonne brannte unbarmherzig und trieb ihre Hitze durch den metallenen Körper unserer Maschine. Aber Brasilien wehrt sich gegen die Anopheles, das malariatragende Insekt, dessen Ausrottung in diesem Lande besser gelungen ist als in irgendeinem anderen tropischen Gebiet.

Schließlich durften wir brasilianischen Boden betreten. Zuerst ging es an der Gesundheitspolizei vorbei, die unsere Impfscheine prüfte und stempelte. Dann kam die Einwanderungsbehörde, die unsere Pässe stempelte. Stempeln schien ein beliebter Sport zu sein. Dann ging es zum Zoll. Die Beamten rauchten ganz friedlich ihre Zigaretten, unterhielten sich und nahmen von den Passagieren keine Notiz. Erst als alle Fluggäste, triefend und verzagt, an den oval gebauten Koffertischen standen, bequemten sich die Herren vom Zoll zu einer langsamen, doch peinlichen Untersuchung aller Taschen und Behälter und Gepäckstücke. Doch ich will weiter nichts zu diesem Thema sagen. Es soll jeder Reisende seine eigenen Erfahrungen sammeln und sich mit ihnen freuen. Oder auch nicht.

Um elf Uhr bestiegen wir ein Taxi. Zunächst glaubte ich, es sei ein Irrtum des Gepäckträgers, denn wir befanden uns in einem Cadillac. Aber ich sah bald andere Luxusfahrzeuge mit den Taxiuhren. Die Merkwürdigkeiten des Landes begannen.

„Hotel ‚Ouro Verde'!" sagte ich dem Chauffeur. Ich merkte nicht, daß seine Mütze die Taxameteruhr bedeckte. Schade. Ich erfuhr zu spät, daß sie schon bei der Abfahrt hundert Cruzeiros gezeigt haben mochte.

Es ging über eine schöne Zufahrtstraße, eine prächtig geschwungene Rampe, die sehr breite Ausfallstraße zur Stadt entlang. Rechts und links erhoben sich Fabrikbauten aller Art. Die Autos fuhren scheinbar ohne irgendwelche Kenntnis der sonst üblichen Fahrregeln. Wir kamen an einer mächtigen Ölraffinerie vorbei, die mir – explosivgefährlich – reichlich deplaciert an diesem Wege schien. Dann ging es an einem Kanal entlang, der offenbar nichts mit Parfumfabrikation zu tun hatte.

„Dieu, que ça chauffe!" stöhnte Louise und wehte sich mit dem kleinen Taschentuch um das Gesicht. Leichte Schweißperlen standen ihr auf der Stirn.

Tatsächlich – es glühte. Die Luft stand wieder ganz still, und soweit sie sich einen Weg in den Wagen bahnte, blieb sie auch in der Limousine reglos, zum Schneiden, feucht und schwer. Und dabei war es jetzt, wie wir ausdrücklich erklärt bekommen hatten, richtiger Winter in Rio de Janeiro! ... Ich überlegte, wie mochte es hier wohl im Hochsommer sein? ... Aber ich konnte niemanden fragen. Nicht einmal den Taxichauffeur, da ich ja nicht Portugiesisch spreche.

Wir näherten uns der Stadt.

Hochhäuser wuchsen empor, von geradezu wagemutiger Schönheit. Sie waren kühn, beherrschend. Am Ende der riesigen Avenue stand eine Kirche – ich kannte sie von Fotos, es war die Candelaria. Aber neben den Riesenbauten standen winzige Häuser im Stil der Jahrhundertwende. Sie verkrochen sich oft bis tief hinein in die kleinen und rasch vorbeihuschenden Gassen. Es war, als schämten sie sich vor ihren so übermächtigen großen Brüdern.

Es ging eine unsagbar dicht besetzte Straße entlang, vollgepfropft mit Fahrzeugen. Sobald eine der vier Reihen anhalten mußte, setzte ein irres Hupkonzert ein, wiewohl jeder Fahrer sehen mußte, daß es dem Vordermann unmöglich war, über das vor ihm stillstehende Vehikel etwa hinwegzuspringen. Ich überlegte. War diese Lärmorgie ein typisches Zeichen südländischen Temperaments?

Ganz unerwartet tauchte vor uns das Meer auf. Wir fuhren eine breite Strandstraße entlang, dann ging es wieder durch eine häuserumrandete Allee, wieder kam das Meer. Wir passierten Tunnels – und wieder lag das Meer vor uns. Offenbar mündeten alle großen Straßen an irgendeiner Kreuzung ins Meer.

Ein feenhafter Anblick bot sich unseren Augen. Der Atlantische Ozean dehnte sich ins Unendliche, nur von kleinen Punkten unterbrochen, scheinbar vulkanische Inseln – aber seit Jahrtausenden benahmen sie sich völlig friedlich.

Der weltberühmte Strand der Avenida Atlantica wölbte sich in weitem Oval bis an einen Vorsprung, etwa sieben oder acht Kilometer entfernt. Eine Festung schien dort die Wache zum Meer hin zu halten.

Die breite Uferstraße säumten Hochhäuser, phantastische Luxusbauten, wie ich sie vorher noch niemals gesehen hatte. Es war unwirklich. Und dazwischen lagen, vereinzelt, kleine Villen wie Spielzeugschachteln.

Der Cadillac hielt vor einem Baldachin. Reichbetreßte Diener eilten herbei. Ein Helfer, der ein unverkennbar deutsch-schweizerisches Französisch sprach, begann eine recht heftige Auseinandersetzung mit dem Taxifahrer. Später erklärte er mir, daß die Chauffeure in Rio selbst die von Paris überträfen – zumindest, was die Berechnung der Fahrpreise anbelangte. Immerhin – meine Rechte wurden eifrig gewahrt. Ich zahlte die mir vom Hotelportier angegebene Summe – wieviel es war, wußte ich gar nicht, denn das brasilianische Geld kannte ich nur durch wenige, aber reichlich abgegriffene Scheine –, und aus den heftigen Protesten des Taximannes schloß ich, daß nicht alle seine Forderungen erfüllt worden waren.

Unser Appartement lag im zehnten Stockwerk. Wir blieben beide am breiten Fenster stehen und blickten hinaus.

Ein Ozeanriese tauchte eben, in majestätischer Fahrt, an der Ausfahrt der Guanabara-Bucht vom Hafen her auf. Das Schiff teilte die sanft bewegte See und glitt dem freien Ozean entgegen.

Was mochte das mächtige Boot – so fragte ich mich – an Sehnsucht und Leid, an Glück und Bitternis, Hoffnung und Enttäuschung, Erwartung und Fehlschlag mit sich führen, was an Träumen und Ernüchterungen . . .

Ich spürte Louisens Hand auf meinem Arm.

Ich wandte mich ihr zu.

Sie sah mich mit ihren so gütigen Augen nachdenklich an, groß und verwundert.

Sie deutete in die Ferne.

Eine Träne löste sich und rollte langsam ihre Wange hinunter.

„Es ist zu schön – Gaston – zu schön –"

Ich nahm sie in meine Arme.

So begann mein erster Tag in Rio.

Ich ahnte nicht, was die folgenden bringen würden.

Die erste Begegnung

Wir wollten nicht viel Zeit verlieren, packten unsere Sachen aus – genauer genommen, ich sah zu, wie Louise es tat – und dann, in der uns ja gewohnt leichten Tropenkleidung – eine Erlösung nach den europäischen Garderoben, die besonders beim Flug bedrückend wirkten –, gingen wir in die Hotelhalle. Der Portier gab uns kurze Ratschläge. Wir wollten eben weiterstreben, als ein älterer Herr in seidenglänzendem weißem Albene-Tropical – ich kannte dieses Material aus Tangers Festen der oberen Zweihundert – auf uns zutrat: „Monsieur Lamont?"

Als ich, mit fragendem Blick, nickte, meinte der Gentleman: „Recht willkommen im ‚Ouro Verde' – das heißt übrigens ‚Grünes Gold' – und das ist Brasiliens Kaffee... Ich hoffe, Sie werden sich bei uns wohl fühlen. Wir widmen allen unseren Gästen größte Aufmerksamkeit – und besonders – den Touristen..."

Vielleicht täuschte ich mich – aber es kam mir vor, als sei das Wort „Touristen" mit einer ganz besonderen Betonung gesprochen worden.

„Monsieur Mathys?" fragte ich, wiewohl es keinen Zweifel geben konnte, daß der so soignierte Herr – der mich eher an einen altenglischen Diplomaten denn an einen Hotelier gemahnte – der Inhaber des Hotels sein mußte. „Meine Frau und ich danken Ihnen für alle Freundlichkeit, die Sie uns erweisen wollen. Wir sind Touristen – und unbekannt im Lande."

„Das trifft sich ausgezeichnet", lächelte der Hotelier, „dann werde ich mir erlauben, Ihnen heute zum Lunch einen Ihrer Landsleute an den Tisch zu setzen – einen Herrn, der dieses Land ganz besonders gut kennt. Ich hoffe, daß Sie einverstanden sind."

Es blieb mir gar nichts anderes übrig. Außerdem erinnerte ich mich der Worte aus dem Brief des Botschafters. Herrn Mathys durfte man vertrauen.

Wir machten dann einen kleinen Bummel. Die anliegenden Straßen boten einen scharfen Kontrast zu der Avenida Atlantica – das Bild eines regen Geschäftsverkehrs. Endlose Reihen von Autos, kleinen und großen Autobussen, Lastwagen und Taxis rasten in halsbrecherischer Hast aneinander vorbei. Es wurde rechts und links überholt, zwischen den Trambahnen hin und her gefahren, rücksichtslos und schonungslos. Aber in all dem lag doch ein System, denn alle kamen heil hindurch. Daß Rio de Janeiro die Stadt mit der höchsten absoluten Unfallzahl ist, erfuhr ich erst später – allerdings oft genug durch Augenschein.

Besonders eigenartig wirkte es, daß mitten in diesem geschäftigen Treiben – das genau so war wie in jeder anderen City einer europäischen Großstadt – viele Männlein und Weiblein in äußerst stoffarmer Kostümierung einherliefen. Manche Herren trugen Pyjamas. Manche Damen knappe Bikinis. Louise stieß mich dauernd an, bei besonderen Anlässen recht heftig – ich sah dabei ohne ihre Hinweise reichlich interessiert um mich. Ein hoher Prozentsatz der Badenixen rechtfertigte größtes Interesse.

Louise blieb vor vielen Geschäften stehen, aber besonders taten es ihr die Auslagen der Schuhläden an. So vernünftig und klug Louise war, so wenig hielt dies stand, wenn es sich um Schuhe handelte. Schuhe waren ihre verborgene Leidenschaft, und so entdeckte sie denn auch hier auf der Avenida Nossa Senhora de Copacabana zahlreiche, schlechthin einzigartige Modelle. Nicht zu reden von den Preisen, die sie als lächerlich niedrig bezeichnete. Aber wenn eine Frau etwas will, so ist es immer sehr billig. Also kauften wir ein Paar Schuhe, was nicht ohne sprachliche Schwierigkeiten vor sich ging.

Dann erstand Louise eine Negerpuppe, eine Bahianerin, wie man diese reizenden kleinen Kunstwerke nannte, also eine echte Tochter der Provinz Bahia. Und gleich darauf starrte mich Louise an:

„Was wollen wir eigentlich Duchatels Töchterchen Madeleine schenken? Das habe ich ganz vergessen! Es muß etwas sein, das wir mitgebracht haben könnten..." Nach einigem Suchen erstanden wir einen Schlangengürtel. Der konnte aus Dakar stammen. Schlangen gab es überall. Zumindest zweibeinige.

Im Hotel baten wir den Portier, uns die Adresse unserer Verwandten ausfindig zu machen. Ich legte ihm Name und letzte Anschrift vor.

Duchatels wohnten noch immer an derselben Stelle wie vor Jahren. Kaum war die Telefonverbindung hergestellt, begann das übliche endlose Gerede. Unseren auf gut Glück an die alte Adresse gerichteten Brief hatten Duchatels natürlich bekommen. Sie erwarteten uns dringendst. Als ich das hörte, dachte ich sofort daran, was wir nun den Eltern Madeleines – als Aufmerksamkeit – kaufen mußten. Bei so viel verwandtschaftlicher Liebe konnten wir nicht mit leeren Händen ankommen.

Schließlich wurde vereinbart, daß uns Duchatels abends abholen sollten.

Dann konnte alles ausführlich erzählt werden. Ich legte mir gleich meine Geschichte zurecht; Reisestipendium für Studienzwecke, das lag zwischen Tourist und doch erklärbarer Ferienarbeit, denn darauf kam es ja an, daß Louise bei den Verwandten sein konnte, wenn ich beruflich unabkömmlich wurde.

Im Restaurant führte uns ein distinguierter Herr, bebrillt und ernst, an einen Ecktisch, der eine herrliche Fernsicht über den Ozean bot. Der vornehme Herr war der Maître d'Hôtel, Senhor Walter, wie wir erfuhren. Ein Berliner.

Kaum hatten wir es uns bequem gemacht und das Studium der Speisekarte begonnen, als ein hochgewachsener Fremder sich unserem Tisch näherte. Er blieb vor mir stehen:

„Monsieur Lamont?" Und als ich bejahte, stellte er sich vor: „Bonnetti – Jules Antoine Bonnetti. Es freut mich, Sie und Madame kennenzulernen."

Ich erhob mich und bat ihn, Platz zu nehmen.

„Sie sind gewiß der Landsmann, von dem uns Herr Mathys sprach."

„Ganz richtig!" Bonnetti nickte. „Aber vielleicht wollen wir zuerst einmal dem Chef des kalten Büfetts etwas zu tun geben?" . . . Er lächelte. Dabei kamen zwei Reihen herrlicher Zähne zum Vorschein, und ich fragte mich, als ich den stark gelichteten Haarwuchs meines Gegenübers betrachtete, ob sie wohl echt seien. Bonnetti begann, uns verschiedene Vorschläge zu machen. Er war ein echter Franzose, mit der ganzen hellen Begeisterung für alles, was kulinarische Genüsse betraf. Schließlich erteilten wir unsere Bestellung an Senhor Walter.

„Wenn ich micht nicht täusche, ist unsere Begegnung nicht nur zufälliger Art . . ." fragte ich Bonnetti vertraulich.

Er lächelte, goß den von ihm sorgsam gewählten Wein ein.

„Alles ist Zufall, Monsieur Lamont – in einem tieferen Sinne, meine ich. Nur daß viele Menschen der Meinung sind, der Mensch könne sehr wohl auch Zufall spielen. In diesem Falle wäre mancher Zufall Schicksal . . . Aber über solche und andere Probleme unterhalten wir uns besser nach Tisch, in Ihrem Appartement. Sie sehen, daß bereits andere Gäste ins Restaurant kommen . . ." Er begann ganz abrupt, nachdem sich ein Herr an den Tisch neben dem unsrigen gesetzt hatte, von den landschaftlichen Reizen Rio de Janeiros zu sprechen.

Nach dem Dessert wurde ein edler Kognak, „Bisquit Debouché", serviert. Diesem folgte der Mokka. Merkwürdigerweise tat der Kellner in die kleinen, vorher mit heißem Wasser angewärmten Täßchen mehr Zucker als Kaffee. Ich blickte verwundert zu Bonnetti, der uns aber erklärte, daß dies eine Landessitte sei. So kostete ich mit etwas mehr Vertrauen die dicke, durch die große Zuckermenge etwas klebrige schwarze Flüssigkeit. Sie schmeckte nicht schlecht, erinnerte jedoch in den letzten Tropfen eher an Syrup. Aber schließlich mußten ja die Brasilianer wissen, was sie taten – der Kaffee war ihre unbestrittene Domäne.

Bevor wir den Fahrstuhl bestiegen, überraschte mich Louise mit der Erklärung, daß sie unbedingt sofort zum Friseur müsse, ihr Haar habe durch den Flug stark gelitten, es sei mehr als reif für eine sorgsame Behandlung. Dabei sah sie mich mit einem leichten Augenzwinkern an.

Wie prächtig wußte Louise alle Unziemlichkeiten zu vermeiden! Sie war die ideale Frau eines Kriminalkommissars. Da ihr Mann nun eine berufliche Besprechung vor sich hatte, zog sie sich elegant aus der Affäre.

Als ich mit Bonnetti in unserem Appartement beisammensaß, die Tür sorgsam geschlossen, meine Gast – oder war ich nicht eher der seine? – auf dem bequemen Diwan und ich im Fauteuil, spürte ich jene leichte Erregung, die mich immer ergreift, wenn irgend etwas völlig Neues für mich in der Luft liegt. Trotz meiner langen Dienstjahre ist dieses Vergnügen der ersten Berührung mit einem „Fall" von ungeschmälerter Intensität.

Bonnetti lehnte sich etwas bequem zurück, nahm ein großes Etui hervor, strich liebevoll über das glattpolierte Krokodilleder und suchte dann mit genießerischer Sorgfalt zwei Zigarren aus. Er schnitt mit einem goldenen Messerchen die Spitze ab, reichte mir die eine, nahm sich die andere. Wir rauchten an.

„Es ist keine einfache Angelegenheit, Monsieur Lamont –", begann er nachdenklich, „sonst würden wir nicht einen Mann wie Sie bemühen. Daß sich mein verehrter Freund, unser Botschafter, einschaltete, um uns zu helfen, ist auch ein Zeichen, daß der Fall sehr bedeutungsvoll und ernst ist."

Er schwieg. Ich nickte. Nur um die Pause zu überbrücken, meinte ich:

„Comte de Lancelle deutete in seinem Brief an, daß Staatsinteressen im Spiele seien. Wenn Sie mir vielleicht zunächst erklären wollten – –."

„Gewiß, gewiß, Kommissar!" unterbrach mich Bonnetti. Ich sah ihn aufmerksam an. Er blickte aus halbverschlossenen Augen nach dem Fenster. Seine große, schlanke Gestalt schien etwas zusammengesunken. Er blies den tiefblauen Rauch weit von sich. „Also, um mit dem Anfang zu beginnen – wie es die Herren jener Fakultät, der Sie angehören und deren Zierde Sie sind – nein, nein – winken Sie nicht ab, Sie sind es! – also wie es eben die Polizei gern hat – vom Anfang an . . ." Er durchstieß mit seinem rechten Zeigefinger einen kunstvoll geformten Rauchring. „Also, beginnen wir! . . . Ich bin Präsident der ‚INTERIMPEX S.A.' – das ist die Firmenbezeichnung für die ‚Internationale Import- und Export-Aktien-Gesellschaft' – eine nicht unbedeutende Unternehmung, die sich, wie ihr Name besagt, mit Ein- und Ausfuhrgeschäften befaßt. Wobei die Einfuhr nur ein Anhängsel ist. Worauf es uns ankommt, ist die Ausfuhr." Er schwieg.

„Interessant!" sagte ich, nur um überhaupt etwas zu äußern. Im Grunde genommen interessierte mich weder die Einfuhr noch die Ausfuhr.

Bonnetti beugte sich etwas nach vorn.

„Ich setze natürlich voraus, daß Sie über alles – ich betone, Kommissar, über alles –, also was immer es sei, das zur Sprache kommen wird, absolutes Stillschweigen bewahren werden." Er fügte, nach einigen Augenblicken, hinzu: „. . . bewahren müssen. Als der Aufsichtsrat der ‚INTERIMPEX' in Paris beschloß, einen Kriminalisten hinzuzuziehen und Botschafter Comte de Lancelle Sie empfahl, wurde vorausgesetzt, daß Sie absolute Diskretion bewahren werden."

Ich sah ihn voll an.

„Es wäre das erstemal, daß ich aus der Schule plauderte, Monsieur Bonnetti. Die Gesprächigkeit ist nicht meine Tugend. Sie dürfen meiner völligen Verschwiegenheit sicher sein. Sollten Sie mir allerdings Dinge mitteilen, die im Widerspruch zum Strafgesetzbuch stehen – –"

Er unterbrach mich: „Sie meinen das französische?"

Ich war eigenartig berührt:

„Verbrechen kennen keine Nationalität und keine Grenzen."

Bonnetti versuchte zu lächeln.

„Es gibt aber Fälle, wo aus zwingenden Gründen gegen ein Gesetz gehandelt werden muß. Das wissen Sie, Kommissar Lamont, besser als ich. Als Sie in Casablanca für de Gaulle wirkten, setzten Sie selbst manche Gesetze, die Sie sonst verteidigten, sozusagen außer Kraft."

„Es gibt höhere Interessen", erwiderte ich, denn nichts Besseres fiel mir ein. Tatsächlich – damals in Casablanca . . . Nun, Monsieur Bonnetti schien recht gut über mich unterrichtet zu sein.

Bonnetti schwieg einige Augenblicke. Seine Zigarre war erloschen, er zündete sie umständlich wieder an, blickte dabei zu mir, aber ich rauchte weiter.

„Wie ich Ihnen sagte, befaßt sich unsere Firma hauptsächlich mit Export. Wir führen viele brasilianische Rohprodukte aus, von Carnaùbawachs über Kaffee und Manganerze bis zu Rinderhäuten. Dieses große Programm dient in erster Linie dem unerläßlichen äußeren Rahmen. Also der Tarnung für wesentlich wichtigere Dinge. Und hier berühre ich nochmals die Frage nach Ihrer Bereitwilligkeit, uns bedingungslose Verschwiegenheit zuzusichern.

Es handelt sich natürlich um keineswegs irgendwelche gemeinen Delikte. Sondern um – wie soll ich es vorsichtig ausdrücken – Beiseitelassung gewisser behördlicher Formalitäten." Er sah mich fragend an und durchlöcherte wieder einen blautanzenden Rauchring, der seine wie zum Pfeifen geformten Lippen amüsant verließ.

„Solange es keine kriminellen Handlungen gemeiner Art sind", bemerkte ich etwas geniert, „kann ich Ihnen meine Diskretion zusagen. Allerdings weiß ich dann nicht, ob ein solcher Auftrag mir annehmbar erschiene."

Er nickte.

„Einverstanden, Kommissar Lamont! Also hören Sie, um was es sich handelt. Unsere wirkliche Tätigkeit gilt der Beschaffung von sogenannten Atommineralien. Das sind monazitische Erden. Auch ‚rare Erden' genannt. Sie sind zur Herstellung von Spaltungsprozessen unerläßlich." Er machte eine Pause, betrachtete seine polierten Fingernägel. Ein kaum merkliches Lächeln glitt über seine – wie ich feststellte – reichlich tief gegerbten Züge. „Wir befassen uns natürlich nicht mit politischen oder philosophischen Fragen. Derlei führt kaufmännisch geleitete Unternehmungen nur zum Konkurs. Es ist nicht möglich, zu prüfen, ob diese von uns gelieferten ‚raren Erden' zu wissenschaftlichen Zwecken verwendet werden – oder zu praktischen. Da keine Kernwaffen in Europa hergestellt werden, so dürfte es sich wohl um friedliche Zwecke handeln..." Wieder erschien das suffisante Lächeln auf seinem Gesicht.

„Sie liefern diese Mineralien nach Frankreich?" fragte ich.

„Nach Frankreich, aber gewiß!" bestätigte er. „Die größten Produzenten dieser für die Kernforschung lebenswichtigen Mineralien sind die USA. Leider ist man in Washington mehr als engherzig mit der Abgabe des Materials. So muß man sich eben selbst helfen."

„Ich nehme an" – und meine Stimme dürfte sehr klar geklungen haben – „daß diese Rohstoffe nicht etwa aus Frankreich in östlicher Richtung weitergeleitet werden?"

„Das nehme auch ich an, Kommissar Lamont!" war Bonnettis Antwort. Klang sie eindeutig? „Unsere Abnehmer jedenfalls geben uns jede Gewähr – –"

„Und wie geht der – wie soll ich sagen – Export vor sich?" fragte ich.

„Früher mußten wir die monazitische Erde ausführen", erläuterte der Präsident der INTERIMPEX. „Das war mehr als beschwerlich. Es galt, Schiffsladungen unauffällig abzufertigen. Meist geschah es, indem wir Schiffe, die keine Rückfracht geladen hatten, zur Sicherung des vorgeschriebenen Tiefgangs mit Erde beladen ließen – gewöhnlicher Erde natürlich. Zumindest ‚gewöhnlich' für die Hafendokumente. In Wirklichkeit war es monazitische Erde, die also die kostbaren Substanzen enthält. Aber Tausende von Tonnen sind schwer transportierbar. Und mit der Gefahr der Entdeckung verbunden. Denn die Ausfuhr dieser strategisch entscheidend wichtigen Mineralien ist absolut verboten. So bauten wir denn eine kleine Verhüttungsanlage auf. Wir verarbeiten Manganerze. Wir waschen Gestein und veredeln es. Aber nebenher läuft die Behandlung der ‚raren Erde' als der für uns wichtigste Vorgang. Aus Tonnen von Gestein werden Kilogramme von höchstwertiger Substanz. Und um alle weiteren" – er zuckte mit den Schultern – „Formalitäten zu meiden, führen wir dieses Material sozusagen inoffiziell aus."

„Unter diesen Umständen habe ich keine Bedenken, Ihnen zur Verfügung zu stehen. Allerdings möchte ich Ihnen vorher eine Frage stellen. Weiß unser Botschafter denn, welcher Art Ihre – wie soll ich mich ausdrücken – Geschäfte sind?"

„Comte de Lancelle ist nicht informiert", erklärte Bonnetti, „das heißt, er weiß nur, daß wir mit unseren Transaktionen französischen Interessen dienen. Einzelheiten sind Seiner Exzellenz natürlich nicht bekannt. Als der Aufsichtsrat unserer Gesellschaft in Paris den Entschluß faßte, Hilfe herbeizurufen, wandte sich einer der Herren an den Botschafter in Rio, mit dem er seit langer Zeit befreundet ist, um uns zu raten. Seit längerem erhält nämlich das Pariser Büro die ‚raren Erden' mit wertlosem Sand vermischt. Das heißt also, irgendwo wird laufend etwas von dieser kostbaren Substanz entwendet." Bonnetti blickte mich merkwürdig an: „– und deshalb sitzen Sie mir nun gegenüber, Kommissar Lamont!"

Ich fühlte mich beruhigt.

„Dann kann ich dem Comte de Lancelle meine Aufwartung machen, ohne auf die Angelegenheit der ‚INTERIMPEX' eingehen zu müssen. Wenn es auch nur ein Höflichkeitsbesuch ist, so erleichtern mir Ihre Erklärungen, die Form zu wahren. Und nun, Herr Bonnetti –" ich sah ihn erwartungsvoll an.

Bonnetti ging einige Male auf und ab und blieb dann, an den Schrank gelehnt, stehen.

„Es ist unser Vorteil, daß es sich bei der Ware, die wir ausführen, um höchstwertiges Material handelt, das bei geringstem Gewicht und kleinstem Umfang einen außerordentlichen Geldwert repräsentiert. Sie ist also das ideale Objekt für Schmuggler" – er lächelte – „und Diebe. Gewiß, würde man uns gewöhnliche Güter stehlen, so könnten wir die Polizei in Anspruch nehmen. Sie ist, sehr im Gegenteil zu dem, was viele Leute im Ausland glauben, ganz ausgezeichnet. Bis auf die Eigenart, daß sie nur jene Verbrecher findet, die sie finden will. Das heißt, sowohl der Anzeigende wie der Angezeigte hat denkbar weitgehende Möglichkeiten, die Aktionen der Polizei zu beeinflussen. Es gibt viele steckbrieflich verfolgte Gauner, die Jahr und Tag unbehelligt spazierengehen und ihren verschiedenen Tätigkeiten nachgehen, ohne daß sie das geringste zu befürchten haben."

Ich sah Bonnetti ungläubig an.

„Sie meinen doch nicht ernstlich, daß ich so etwas glaube?"

„Ich erzähle Ihnen nichts, Kommissar Lamont", erwiderte Bonnetti ernst, „sondern ich berichte! Wenn die Mittel des Gesuchten ausreichen und sein Anwalt sie richtig anzulegen weiß, so gilt für die hiesige Polizei das Symbol der drei Affen: sie hört nichts, sie sieht nichts, und sie redet nichts. Allerdings fehlt der vierte Affe – der beide Hände ausstreckt... Doch ich will gar nicht in Einzelheiten gehen. Die größte Gefahr für uns wäre, daß wir durch eine Anzeige unser gesamtes Unternehmen der massivsten und auf die Dauer das Geschäft völlig unrentabel machenden Erpressung aussetzen würden. Es ist nicht so, daß ich dabei Angst habe, die Polizei könnte uns das Handwerk legen. Keineswegs! Aber sie würde uns solche Beträge abnehmen, daß, an ihnen gemessen, der durch die Diebstähle entstandene Schaden verschwindend wäre."

Er machte eine Pause, überlegte kurz und entnahm seinem Jackett eine krokodillederne Brieftasche. Er kam zu mir: „Darf ich Ihnen, bevor wir auf die Einzelheiten eingehen, ein Zeichen unserer Großzügigkeit anbieten?" Er zählte mir zehn Hundertdollarnoten in die Hand. „Bei dem außerordentlich schwankenden Wert des Cruzeiro rechnen wir immer in harter Währung."

Ich wurde etwas verlegen. Ich hielt tausend Dollars in der Hand – das war für meine Verhältnisse und Begriffe ein sehr hoher Betrag. Ich sagte etwas unsicher: „Ich werde Ihnen eine genaue Abrechnung geben, Herr Bonnetti –"

Er unterbrach mich.

„Unsinn! Gewöhnen Sie sich in Brasilien die europäische Pedanterie ab. Wenn Sie das Geld ausgegeben haben – besser etwas früher –, erhalten Sie neue Mittel. Geld spielt überhaupt keine Rolle!" Er schien zu horchen.

„Verdächtigen Sie jemand, Herr Bonnetti?" fragte ich.

Er setzte sich schräg mir gegenüber.

„Niemanden – Kommissar Lamont – und alle. Ich stehe vor einem Rätsel. Die Kontrollmaßnahmen in der Mine sind denkbar rigoros, und die hier im Zentralbüro in Rio sollte man als vollendet bezeichnen. So sieht es wenigstens organisatorisch und technisch aus." Er schien wieder zu horchen. Dann sagte er bedächtig: „Es scheint, daß ich nervös werde. Aber man darf nicht vergessen, in diesem Lande haben die Wände Ohren und die Fenster Augen. Vertrauen Sie niemandem, Kommissar Lamont. Es wird besser sein, wenn wir unser Gespräch in meinem Büro in der ‚INTERIMPEX' fortsetzen."

Ich stand auf.

„Befürchten Sie nicht, daß mein Besuch auffallen könnte?"

Bonnetti erwiderte: „Ich habe mir lange den Kopf zerbrochen, wie das unauffällig gemacht werden könnte!" Er stand wieder auf. „Ich dachte zuerst, daß Sie als Architekt auftreten, der unsere neuen Bauvorhaben bearbeitet. Aber da würde Sie jeder kleine Fachmann natürlich entlarven. Dann erwog, ich, Sie als Ingenieur einzuführen. Dieselbe Gefahr! Ebenso als Chemiker. Dann fand ich den Ausweg. Statistiker! Arbeitsgang-Ermittler! Rationalisierungs-Experte! Auf diesem Gebiet sind wir weit zurück. Das heißt, es gibt keine solche Spezialisten bei uns. Weder in Rio noch in der Mine. Arbeitszeit-Prüfer ... da können Sie überall herumschnüffeln, mit einem Notizblock und einem Kugelschreiber in der Hand. Sie machen Aufzeichnungen – niemand wird sie entziffern können. Und Sie können unauffällig mit jedem Mann sprechen. Jeden beobachten."

„Es gibt noch eine Schwierigkeit", erklärte ich sachlich. „Ich spreche ja nur Spanisch, aber nicht Portugiesisch –"

„Ein Zeitprüfer, ein Refa-Mann, ein Experte für Verkürzung der Arbeitsvorgänge", dozierte Bonnetti, „kann sich auch durch Radebrechen und notfalls durch Zeichen verständigen. Sie werden übrigens erstaunlich viele Brasilianer finden, die unsere Sprache leidlich verstehen. Da im Büro französische Arbeitskräfte die wichtigsten Posten bekleiden und in der Mine mehrere unserer Landsleute tätig sind, stehen Ihnen vielfache Informationsquellen zur Verfügung. Allerdings –", er schwieg, machte eine weit ausholende Bewegung mit der rechten Hand.

„Ich verstehe, Herr Bonnetti –." Ich nickte und stand ebenfalls auf.

„Ich erwarte Sie morgen gegen zehn Uhr, Kommissar Lamont. Meine Sekretärin, Madame Eliana, wird Sie empfangen. Nehmen Sie ein Taxi. Es ist besser, als wenn ich Ihnen meinen Wagen schicke. Man kennt ihn da und dort." Er überreichte mir eine Visitenkarte. „Unser Hochhaus ist im Zentrum. Jeder Chauffeur kennt es." Er ging langsam zur Tür, reichte mir die Hand: „Jedenfalls – danke! Empfehlen Sie mich Madame Lamont!"

Ich blickte der hohen, trotz der sicher guten fünfziger Jahre kräftig und harmonisch ausschreitenden Gestalt meines Besuchers den Korridor entlang nach. Ich sah noch, wie er den Fahrstuhl betrat.

Ich ging in mein Zimmer zurück, trat zum Fenster und lehnte mich über die Brüstung. Die Zigarre in meiner Hand war ausgegangen. Ich legte sie auf den Sims.

Plötzlich spürte ich, wie mein ganzes Denken mit großer Beschleunigung in einer völlig anderen Richtung zu arbeiten begann. Ich kannte diese Erscheinung. Oft genug brachte mich eine eigentlich unmotivierte Erinnerung, ein Rückblick aus verwirrender Unsicherheit zurück zu den Tatsachen, den Realitäten.

Es war mir in diesem Augenblick, als hörte ich nochmals ganz deutlich die Stimme Bonnettis: „Rare Erden" . . .

Dieselben Worte klangen nun an mein Ohr – in der Stimme des Botschaftsrates Henderson. Ich hörte den Amerikaner von der US-Botschaft aus Rabat, als wären wir eben jetzt zu dritt im Zimmer Oberst de la Planys, in dem alten, doch schönen großen Arbeitszimmer meines Chefs.

Botschaftsrat Henderson hatte in Zusammenhang mit Roy Denver von „raren Erden" gesprochen! Und denselben Fachausdruck gebrauchte Bonnetti . . .

Sollte es einen Zusammenhang geben zwischen dem Mann, der an Bord der „Bermuda Star" verstorben war, und dem Leiter der „INTERIMPEX S.A." in Rio de Janeiro? Wie sollte der Amerikaner, der nun friedlich in Tanger ruhte, mit einem französischen Großindustriellen, den der Botschafter der Republik empfahl, in Verbindung zu bringen sein? War das denkbar?

Oder sollte ich alles dem Zufall zuschreiben? Zweifellos gab es Firmen, die mit „raren" Erden handelten – und nichts mit jenen Leuten zu tun haben mochten, für deren Aktivität sich die FBI interessierte. Dennoch – ein Gefühl der Unsicherheit, eher sogar der Ungewißheit überkam mich.

Vielleicht war der Comte de Lancelle allzu gutgläubig? Vielleicht glaubte er bereitwillig, was man ihm erzählte . . . und gerade die dunkelsten Elemente zeigten sich meist als vorzügliche Romanciers . . .

Aber bei nüchterner Betrachtung schien mir dann doch ein wirklicher Zusammenhang zwischen dem Mann, der sich Roy Denver genannt hatte, und dem Großindustriellen oder Großkaufmann Bonnetti mehr als unwahrscheinlich. Wenn von Roy Denver – wie anders konnte ich den Unbekannten nennen? – die Passage in Rio de Janeiro gekauft worden war, so konnte es dafür zahllose einfache Erklärungen geben. Gewiß, irgendwie gibt ein solcher Zufall natürlich zu denken. Jedem aufmerksamen Beobachter. Mehr noch einem Polizisten. Aber gerade wir aus dem Fach durften uns von derlei merkwürdigen Dingen nicht allzusehr beeindrucken und beeinflussen lassen. Ich wußte das aus der langen Praxis meiner Berufstätigkeit. Daß ich andererseits nunmehr die Augen besonders offen halten wollte, wenn es sich um Bonnetti handelte, lag in der Natur meiner Arbeit. Es mußte auch möglich sein, weitere Informationen über ihn einzuholen – ohne Empfindlichkeiten zu verletzen. Diese äußerste Vorsicht war ich nicht nur meinem Auftraggeber selbst schuldig, sondern noch mehr dem Botschafter Comte de Lancelle.

Erst jetzt kehrte ich, bewußt, in die Wirklichkeit zurück. Ich nahm das wunderbare Bild, das sich vor mir ins Unermeßliche ausdehnte, wahr. Das Meer, die fernen Silhouetten der einst vulkanischen Berge, den Strand, die prächtige Avenue ...

Ich hörte die Zimmertür ins Schloß fallen. Daß sie geöffnet worden war, hatte ich nicht wahrgenommen.

Louise kam auf mich zu.

Ich stellte sogleich fest, daß sie nicht beim Friseur gewesen war.

Ich nahm sie in meine Arme. Wir verstanden uns. Dazu bedurfte es eigentlich niemals auch nur eines Wortes.

Es war so gut, daß es Louise gab!

Der Besuch bei der „Interimpex"

Nachdem ich am Spätnachmittag den Botschafter Comte de Lancelle besucht und mit ihm alte Erinnerungen ausgetauscht hatte, kehrte ich ins Hotel zurück und wartete mit Louise, bis die Duchatels uns abholten. Es war ein rührendes Wiedersehen. Weshalb, das blieb mir etwas unerfindlich, denn schließlich kannten wir uns kaum. Aber dies scheint keine Rolle zu spielen, wenn man aus dem alten Europa in die neue Welt Südamerikas kommt. Es gab unendlich viel zu erzählen. Duchatel, der Vater, arbeitete als selbständiger Graveur. Offenbar lohnte sich dieser Beruf, denn er besaß ein hübsches kleines Haus inmitten eines üppigen, großen Gartens. Alles ging seiner ordentlichen Wege. Wir wurden bestens bewirtet. Die Küche erwies sich als hervorragend. Offensichtlich waren diese Fähigkeiten ein Familiengut aller Loginotes, auch wenn sie aus verschiedenen Stämmen kamen. Louise war eine geborene Loginote.

Mit Genugtuung hörte ich, daß die lieben Verwandten sich meiner Frau gern annehmen wollten. Ich deutete verschiedene berufliche Vorhaben an – und dabei blieb es. Die Duchatels waren keine neugierigen Leute. Sie brachten uns noch vor Mitternacht in unser Hotel zurück.

Morgens wurden wir um sieben Uhr geweckt. Erstens sollte alles beim alten bleiben, auch im Urlaub – ich lege bewährte Gewohnheiten nicht gern ab, und in Tanger stehen wir immer um sieben auf. Außerdem wollte ich noch vor meinem Besuch in Bonnettis Büro etwas erledigen. Ich hatte mir die Adresse jener Reiseagentur Behar herausgesucht, von der Roy Denvers – oder wer eben unter diesem Namen an Bord der „Bermuda Star" aus dem Leben geschieden war – Schiffs- und Flugpassage ausgestellt worden war. Die Firma hieß „Casa Bancária Behar", und ihr Sitz war im Hause Avenida Rio Branco No. 45.

Auf Anraten des Portiers fuhr ich nicht mit einem Taxi, sondern mit einer „Lotação" zur Stadt. Diese Bezeichnung haben merkwürdige Kollektivfahrzeuge, in denen acht Fahrgäste Platz nehmen – soweit man den Raum, der ihnen zur Verfügung steht, als „Platz" bezeichnen kann. Es sind

Cadillacs und Buicks – aber auch uralte Fords und Chevrolets, wacklig, unsagbar schmierig, mit zerrissenen Bezügen und weithin qualmenden, längst alteisenreifen Motoren. Eine solche Reise, bei dem herrschenden Klima, wurde mir zur Qual. Aber die Ortsansässigen schienen an dieses Martyrium gewöhnt zu sein. Sie saßen zusammengepreßt wie die Sardinen und ebenso regungslos.

Dem Rat des Portiers folgend, stieg ich an der Ecke der majestätisch breiten Avenida Presidente Vargas aus und ging die zwei Straßenblöcke der Avenida Rio Branco bis zur Nummer 45 zu Fuß weiter. Ich kam in einen Laden, der von emsiger Tätigkeit zeugte. An beiden Schaltern standen Leute, die in den verschiedensten Sprachen aufeinander einredeten, nur Portugiesisch hörte ich nicht heraus. Deutsch, Französisch, Englisch, Polnisch und Jiddisch dienten zur gegenseitigen, nicht immer ganz leichten Verständigung. Banknoten aller Herren Länder, Goldmünzen und Wechselgeld flitzten über den Ladentisch. An einer großen Theke gegenüber dem Eingang schien das eigentliche Reisebüro zu funktionieren. Ich wandte mich an einen kahlköpfigen Herrn und ersuchte, den Chef zu sprechen. Er hörte mich an, nickte, sagte nichts zu mir, rief aber nach dem hintengelegenen, dunklen Raum:

„Alfredo! Ein Mann will Sie sprechen!"

Nun gut, wenn man mich als einen „Mann" bezeichnete, anstatt einen „Herrn", so mochte das den hiesigen Sitten entsprechen oder mangelnden Sprachkenntnissen.

Alfredo, offensichtlich der Leiter der Agentur, war ein Herr von etwa fünfzig Jahren oder etwas darüber. Er ging, wie die Angestellten, in Hemdsärmeln umher und rauchte eine imponierende Zigarre. Mein Sprüchlein war von mir wohl vorbereitet worden.

„Es ist ein Zufall, Senhor Alfredo –" Ich sah ihn fragend an.

„Lubinski!" erwiderte er. Seine Stimme gefiel mir, sie war freundlich und sachlich zugleich.

„Also, Senhor Lubinski, ich wäre Ihnen für eine Auskunft dankbar. Ich bin für nur kurze Zeit hier, eine kleine Ferienreise. Freunde baten mich nun, bei Ihnen nachzufragen, ob Sie sich an einen Reisenden erinnern können, der vor einiger Zeit bei Ihnen eine kombinierte Schiffs- und Flugpassage gekauft hat. Der Herr heißt Roy Denver" – ich tat, als fände ich den Namen eben erst auf einem Stückchen Papier, das ich in der Hand hielt –, „und meine Freunde, die auch seine guten Bekannten sind, möchten ihm schreiben. Sie wissen aber nicht, welche Route er benützt."

„Denver ... Denver ..." Senhor Lubinski überlegte, rief den Kahlköpfigen zu Rate, ließ nachsehen. Er sah mich an: „Woher wissen Ihre Freunde, daß die Passage bei uns gekauft wurde?"

Ich war auf diese Frage vorbereitet:

„Mr. Denver hatte es ihnen geschrieben, da Verwandte seiner Freunde, die im Landesinnern wohnen, ebenfalls eine Vergnügungsreise vorhaben. Er schien mit der Bedienung, die ihm hier zuteil geworden war, sehr zufrieden."

Ein jüngerer Mann brachte einen Aktendeckel, Senhor Lubinski öffnete ihn:

„Mr. Roy Denver hat bei uns für die ‚Bermuda Star' gebucht und seine Schiffsreise mit einer Flugpassage verbunden. Jetzt erinnere ich mich. Er meinte, seine Geschäfte könnten ihn möglicherweise zwingen, sehr schnell Paris oder –" – Lubinski überlegte – „er nannte noch einige andere Städte – zu erreichen. Die Kombination mit der Flugpassage ermöglichte ihm das. Überdies konnte er dann eventuell auf dem Luftweg das Schiff in einem weiter vorgeschobenen Hafen wieder einzuholen und die Weltreise fortsetzen. Viele reiche Leute verbinden das Vergnügen mit dem Nützlichen. Oder – sie können das Geschäftemachen auch auf einer Luxusreise nicht lassen ..." Lubinski kaute an seiner Zigarre, klappte den Aktendeckel zu. „Die Schiffsroute können wir Ihnen gern geben – aber sie besagt wenig. Mr. Denver konnte in jedem Hafen an Land gehen, an Bord zurückkommen oder die Flugverbindung benützen. Immerhin –" er holte einen buntfarbig gedruckten schönen Prospekt der Weltreise der „Bermuda Star" von einem Regal, reichte ihn mir: „Sonst etwas, mein Herr, das ich für Sie tun kann?"

Ich verneinte. Bevor ich mich verabschiedete, fragte ich:

„Kannten Sie Mr. Denver von früher her oder war er ein ganz zufälliger Kunde?"

Senhor Lubinski blickte mich versonnen an:

„Er kam eines Tages in unsere Reiseagentur – ein Interessent wie viele Hunderte oder Tausende andere. Was mir auffiel, das war seine schnelle Entschlußkraft. Er bemerkte, daß er nervlich sehr mitgenommen sei und so bald wie möglich eine ausgiebige Erholungsreise unternehmen müsse. Sie sollte so weit weg wie möglich führen, er wollte wirkliche Ferien – und vergessen. An dieses Wort erinnere ich mich gut, denn es klang in der nüchternen Atmosphäre eines Reiseunternehmens recht vertraulich ..." Senhor Lubinski sog an seiner Zigarre, rückte sein Augenglas zurecht, nickte vor sich hin: „Nun ja, manchmal muß eben der Mensch, der lange geschwiegen hat – oder schweigen mußte –, reden. Egal, zu wem. Es erleichtert ...

Übrigens war Mr. Denver eigentlich ein Glückspilz. Auf der kaum drei Tage vor seinem Besuch eingetroffenen ‚Bermuda Star‘ wurde eine Luxuskabine frei, deren Passagier sich entschloß, längere Zeit in Rio zu bleiben. So bekam unser Kunde sofort eine wunderschöne Passage. Abends bereits lichtete das herrliche Schiff, mit Denver an Bord, die Anker ... Vielleicht dienen diese Einzelheiten den Freunden des Mr. Denver." Lubinski schwieg einen Augenblick, sah mich dann von der Seite an: „Mr. Denver muß zahlreiche Freunde haben, die sich für ihn interessieren –"

Ich sah Lubinski verwundert an. Seine Stimme war gleichgeblieben. Dennoch klang ein eigenartiger Ton leise mit. Ich hörte ihn heraus.

„Wie kommen Sie auf diese Idee?" fragte ich ihn.

Lubinski ließ den Aktendeckel in das Regal zurücklegen, steckte seine erloschene Zigarre geruhsam in Brand:

„Etwa fünf Tage nach der Ausfahrt der ‚Bermuda Star‘ wurde ich hier an die Abfertigung gerufen – genau wie heute, da Sie mich zu sprechen wünschten. Ein Herr wollte die Passagierliste der ‚Bermuda Star‘ einsehen. Ich verwies ihn an die Reederei, da nur dort die kompletten Angaben vorliegen. Der Unbekannte dankte und ging. Nach wenigen Minuten kehrte er zurück und wollte wissen, ob an Bord des Schiffes ein Mr. Roy Denver führe."

„Und –? fragte ich erstaunt und neugierig.

„Er bekam dieselbe Antwort wie Sie, Herr ..." Lubinski sah mich an.

„Lamont", erwiderte ich. Es war mir bewußt, daß es verlegen klang. So fügte ich hinzu: „Gaston Lamont. Aus Marseille. Auf Touristenreise –"

„Natürlich, Monsieur Lamont, das habe ich sofort geahnt!" nickte Lubinski, aber sein Verhalten gefiel mir nicht. Er setzte hinzu: „Wir haben erfreulicherweise eine ganze Menge Touristen in Rio. Sie interessieren sich für alles Bauten, Nachtlokale, Museumsschätze, Ausflüge. Und manchmal für andere Touristen, Ferienreisende wie sie selbst ..." Nach einer kurzen Pause ergänzte er: „Leider kann ich Ihnen über Mr. Denver nichts weiter berichten. Er besaß einen amerikanischen Paß in allerbester Ordnung, und die für seine Reise notwendigen Visa besorgte er sich sozusagen im Handumdrehen. Er mußte Beziehungen haben, denn er schaffte es zwischen zehn Uhr vormittags und sechs Uhr abends. Aber – vielleicht hatte er sich einzelne Visa vorsorglicherweise schon früher geben lassen. Manche Touristen sind vorsichtig ... Nebenbei fehlte es Mr. Denver nicht an Geld. Große Noten, manche interessante Währungen – und Bankschecks ehrfurchtgebietender Höhe. Sogar Senhor Behar, der an Summen gewöhnt ist, staunte und bediente den Kunden höchstpersönlich. Mr. Denver schwimmt jetzt sicher längst irgendwo im Indischen Ozean oder eben sonstwo. Bei Millionären weiß man das nie."

„Nie!" bestätigte ich. Gern würde ich noch gefragt haben, wie der Mann, dessen Interesse Denver galt, ausgesehen hatte, aber Lubinski wußte bereits nur all zu gut, daß mein Fragen besondere Ursachen haben mußte.

Es war – das ergab sich für mich nun mit großer Deutlichkeit – unendlich viel schwieriger, Nachforschungen als Privatmann zu unternehmen denn in amtlicher Eigenschaft. Wie fließend leicht wäre alles in Tanger gegangen! Vorzeigen der wohlbekannten Dienstmarke ... Abgesehen davon, daß mich dort natürlich jede Reiseagentur kannte. Hier aber blieb mir nur ein sanftes und tastendes Vorfühlen übrig. Nichts von den Machtmitteln des Ersten Kommissars der Kriminalabteilung der Internationalen Polizei von Tanger stand mir zur Verfügung. Ich war wirklich ein Tourist – nichts weiter. Und, so fragte ich mich, wie würde das erst werden, wenn es an die große Angelegenheit der INTERIMPEX ginge? Bei Lubinski war mein Auftreten ein Versager – das gestand ich mir ein. Und weiter?

Aber so schnell wollte ich nicht verzagen.

Ich mußte einen großen Umweg machen, ehe ich aus der Einbahnstraße der Rio Branco ein wieder nach der entgegengesetzten Richtung fahrendes freies Taxi fand.

Kurz darauf sah ich das in gehämmerter Bronze ausgeführte Firmenschild der INTERIMPEX S.A. Ich fuhr zum zehnten Stockwerk empor.

In einem weiten Vorraum war ein Empfangsschalter. Ein junges Fräulein ließ mich von einem livrierten Diener sofort in ein Konferenzzimmer führen. Offenbar war mein Besuch avisiert.

Nach wenigen Minuten öffnete sich die Tür, und eine junge Dame erschien. Sie sah mich lächelnd an, aber es war etwas Prüfendes in ihrem Blick, dessen Ernst nicht zu der Erscheinung paßte:

„Monsieur Lamont? Aber gewiß, die Frage ist überflüssig. Monsieur Bonnetti wird Sie sofort empfangen. Er telefoniert eben mit Übersee, daher die kleine Verzögerung." Sie sprach schnell, mit unzureichend verdeckter Nervosität. Die Unruhe, die sie beherrschte, war unverkennbar. Eilig fügte sie hinzu: „Darf ich Ihnen einen Mokka bringen lassen?"

Ich dankte ihr, und sie verschwand so hastig, wie sie gekommen war.

Jetzt erst nahm ich ihre Erscheinung sorgsam überlegend in mich auf. Das war zweifellos Eliana. Nun, Bonnetti bewies einen außergewöhnlich raffinierten Geschmack. Das junge Geschöpf – ich überlegte einen Augenblick, denn sie konnte eigentlich ebenso dreiundzwanzig wie dreiunddreißig sein – wirkte ganz aus sich selbst heraus ungemein reizvoll. Vielleicht aufreizend, dachte ich, mich selbst berichtigend. Sie sprach ein vorzügliches Französisch, frei von allem Schulhaften.

Bonnetti hatte von seiner Sekretärin gesprochen. Sekretärin? Nur Sekretärin?

Allein die Gestalt Elianas mochte ausreichen, um Männerblicke zu locken. Schlank gewachsen, hochbeinig, mit erstaunlich festen, breiten Schultern und einer von Natur ganz engen Hüfte. Ihre Brüste empfand ich nahezu als provokativ – aber sie konnte nichts dagegen tun, die pralle Kraft wirkte von sich aus erregend. Es schien mir fast sicher, daß sie unter der hauchdünnen Bluse nur eine leichte Spitzenuntertaille trug, doch keinen Büstenhalter. Auch das schuf eine fast erotische Atmosphäre, selbst in der Nüchternheit eines Konferenzzimmers.

Ein Diener brachte mir die kleine Tasse Kaffee. Eiligst beseitigte ich die Hälfte des Zuckergehaltes, ehe er den kochenden schwarzen Saft einschenken konnte. Der Mann schüttelte kaum merklich den Kopf, nickte, verschwand.

Meine Gedanken umkreisten wieder Eliana. Sie war Mischling, aber es fehlten mir ausreichende Kenntnisse, um sie einreihen zu können. Ihr Antlitz zeigte nichts von den Zügen der schwarzen Rasse, doch, so fiel mir ein, wohl ihre Gestalt. Da offenbarte sich die ferne Steppe, die nur Menschen mit sehr langen Beinen bewohnen können – auf der Jagd oder auf der Flucht.

Elianas Gesicht war ebenmäßig gebräunt, so wie jenes der Bergsteiger, und damit etwas schärfer gekennzeichnet als die Haut der von der Sonne am Strand Gebeizten. Das war auch das beste Merkmal, daß ihre Haut von Natur aus eine dunklere Tönung aufwies. Und das Weiß ihrer sehr großen, ungewöhnlich ausdrucksvollen Augen ließ einen – kaum merklichen, dennoch unverkennbaren – zarten bläulichen Schimmer erkennen, der auf gemischtes Blut deutete. Der Mund gab bei ihrem Lächeln zwei aufregend weiße Zahnreihen frei, die hochgeschwungene, wohlgeformte und trotz der Üppigkeit schöne Lippen umgaben. Dazu kamen die tiefdunklen Augenbrauen und das fast blauschwarze leuchtende Haar, in der Mitte gescheitelt und nach hinten gekämmt. Also, trotz meiner Jahre – nun ja, weshalb es leugnen –, Eliana prägte sich in mein Gedächtnis ein. Selten zuvor war mir ein Geschöpf dieser ungewöhnlichen Schönheit begegnet, fern allen postkartenhaften Erscheinungen, von Natur her wirklich ungewöhnlich. In Tanger gab es aufreizende Frauen jeder Schattierung. Eliana übertraf sie alle.

Ehe ich die Reize der Sekretärin Bonnettis weiter aufzählen konnte, betrat er das Zimmer, kam schnell auf mich zu, reichte mir die Hand:

„Ich erfuhr eben aus Paris, die Verbindung war vielfach gestört, wie leider üblich, aber das Wichtigste konnte man schließlich verstehen, die vorwöchige Sendung sei wieder mit einem wesentlichen Zusatz wertlosen Materials vermengt worden. Das Gewicht stimmte, wie immer, aber die ursprünglich natürlich reine Menge war es nicht mehr. Von den sechs Kilo Substanz an ‚seltenen Erden' scheinen zwei Kilo ausgetauscht worden zu sein. Die genauen Gewichte kann erst eine Untersuchung im Labor ergeben. Das Aussehen der echten, der kostbaren Substanz ist leider durchaus nichtssagend, und man kann sehr leicht durch Sandbeimischung täuschen." Er hatte rasch gesprochen, wischte sich über die Stirn. „Aber gehen wir in mein Arbeitszimmer. Wir können dort die weiteren Dinge besprechen."

Der Raum, den wir betraten, lag unmittelbar neben dem Konferenzsaal. Offenbar verfügte die INTERIMPEX über sehr große Mittel, um ein solches Inventar zu finanzieren. Es gab nichts als Luxus. Alles atmete Geld und Überfluß. Daß es drei elfenbeinfarbene Telefone gab, ein großes und ein kleines Bandaufnahmegerät, zwei in die breiten Fenster eingebaute Luftkühlanlagen, einen als Sekretär verkleideten Eisschrank – das wirkte wohl auf jeden Besucher. Während Bonnetti aus dem Eisschrank, der sich sofort wieder in das mit kostbaren Intarsien verzierte Möbel zurückverwandelte, Whisky und Soda entnahm, kam Eliana herein. Sie blieb an der Schwelle stehen und sah zu Bonnetti. Zweifellos gab es irgendeine unsichtbare Signalanlage, durch die er sie herbeirufen konnte. Nach kurzem Zögern half sie ihrem Chef beim Zubereiten der Drinks.

„Senhor Codrianu wollte Sie sprechen", sagte sie. Diesmal, da sie ruhiger sprach, klang ihre Stimme tief und sonor.

„Informieren Sie die Herren, daß ich sie in etwa zehn Minuten sprechen möchte. Ich sage es Ihnen noch genau durch."

Wir setzten uns, nachdem Eliana gegangen war, an einen breiten, niedrigen runden Tisch und nippten die eisgekühlten Getränke. Mir schmeckt der Whisky nie, aber ich wollte nicht unhöflich sein, und schließlich wäre es zuviel verlangt, in einem Direktionsbüro in Rio den guten Amagnac zu erwarten, wie ihn mir Louise kredenzte.

„Berichten Sie mir, Monsieur Bonnetti", sagte ich zu meinem Gegenüber, „wie das Material gehandhabt wird. Ich nehme an, daß es doch keine großen Schwierigkeiten bereiten kann, den ganzen Weg der Sendungen genau zu verfolgen. Dann aber muß es möglich sein, festzustellen, wo die teure Ware verwässert wird. Durch welche Hände geht sie?"

Bonnetti lehnte sich zurück, trank langsam, schüttelte die Eisstückchen im Glas durcheinander, so daß sie heiter und hell klangen.

„Das Material aus der ‚seltenen Erde' wird im Labor der Mine gewonnen. Die Substanz gelangt, in drei Abstufungen klassifiziert, gewogen und versiegelt an uns. Es ist noch nie ein Siegel verletzt gewesen. Unterwegs kann keinerlei Eingriff erfolgen. Drei Männer kontrollieren Gewicht und Verpackung. Sie werden alle drei in der Mine kennenlernen. Die versiegelte Sendung geht durch einen Jeepfahrer an den Piloten des Lufttaxis, einer Piper-Cub. Weder der Chauffeur noch der Pilot ahnt, was ihnen anvertraut wird. In Goiania nimmt Paul Vicardi oder Motta Pires oder Antunes das Paket entgegen. Ebenfalls ohne nähere Informationen..." Bonnetti trank einige Schlucke. „Erst in Paris kann man im Labor feststellen, ob die einzelnen Substanzen einen vollen oder einen reduzierten inneren Gehalt des Kernmaterials aufweisen. Leider!... Immerhin – ich halte es für ausgeschlossen, daß die drei Substanzen der ‚seltenen Erden' unterwegs ‚verwässert' werden. Deshalb die Wichtigkeit Ihrer Recherchen in der Mine."

„Ich verstehe, Monsieur Bonnetti", erwiderte ich.

Bonnetti erhob sich, ging an einen wunderbar geschnitzten Barockschrank, öffnete die Flügeltür und schloß dann einen eingebauten Behälter auf. Eine große, matt schimmernde Stahlplatte wurde sichtbar. Ein klug, raffiniert und überdies elegant getarnter Panzerschrank. Bonnetti öffnete das Geheimfach und entnahm ihm mehrere versiegelte Pakete. Sie erinnerten an flache Zigarrenschachteln. Er brach die Siegel an dem einen auf und löste die mehrfache Verschnürung. Nach Entfernung des dicken Packpapiers kam ein Plastiksäckchen zum Vorschein. Bonnetti schüttete den Inhalt vorsichtig auf seine Schreibunterlage. Ich beugte mich etwas nach vorn. Was ich sah, schien mir ganz gewöhnlicher, allerdings ein wenig grober Sand zu sein.

„Was Sie hier sehen, Kommissar Lamont", erklärte Bonnetti, „hat einen Wert von mehreren tausend Dollars. Natürlich unter der Voraussetzung, daß es reines Material ist und nicht mit wertlosem Zusatz versehen wurde. Vom bloßen Betrachten kann man nicht feststellen, ob der Inhalt etwa teilweise vertauscht wurde."

„So scheint mir eindeutig festzustehen", sagte ich, „daß der Kreis der Täter sehr eng ist. Nur wer den wirklichen Wert des Inhalts kennt und die notwendigen Fachkenntnisse besitzt, kann die kostbare Substanz durch eine wertlose ersetzen." Ich stand auf, zündete mir eine Zigarette an, da eine offene Schachtel gerade vor mir lag, und blickte Bonnetti an, der vorsichtig die „seltene Erde" in den Plastikbehälter zurückfüllte.

„Es ist aber ganz besonders noch ein anderer Gesichtspunkt zu beachten. Der Täter – oder die Täter – muß in der Lage sein, diese doch sehr seltene und außerordentlich schwer verkäufliche Substanz zu verwerten. Ich nehme an, Monsieur Bonnetti, daß man jetzt ‚rare Erden' nicht wie Brötchen oder Briefmarken handelt!"

Bonnetti nickte:

„Das ist durchaus richtig, Kommissar Lamont! Ich habe mir selbst die Frage vorgelegt, was mit dem entwendeten Material geschieht, da es gar keinen eigentlichen privaten Handel damit gibt. Dennoch bleibt die Tatsache bestehen, daß die reine Substanz irgendwie verwässert wird. Wenn ich wüßte, wo das geschieht, und wenn ich wüßte, wer die Manipulation vornimmt, so hätte es sich erübrigt, einen so berühmten Spezialisten wie Sie hinzuzuziehen!"

Einen Augenblick glaubte ich in den letzten Worten einen leicht spöttischen Unterton mitklingen zu hören. Aber Bonnetti sah mich so ernst und offen an, daß ich meinen Eindruck als Selbsttäuschung abtat.

„Wer ist es, der die hochwertigen Substanzen – wenn ich Sie richtig verstanden habe, gibt es drei Abarten – herstellt?"

Bonnetti setzte sich, und ich folgte seinem Beispiel. Er zündete sich eine mächtige Havanna an:

„In der Mine gibt es nur drei Menschen, die das verhüttete Material im Labor verarbeiten. Es sind Ingenieur Dr. Baldarin und die beiden Chemiker Hervay und Sineguru. Natürlich entzieht es sich meiner Kenntnis, ob der eine oder andere etwa einmal aus der Schule geplaudert hat. Theoretisch beschränkt sich der Kreis der Eingeweihten auf diese drei Männer. Sie arbeiten als ‚Team'. Auch die Sortierung der drei anfallenden Substanzen nehmen sie gemeinsam vor, ebenso das Wiegen, die Verpackung und das Versiegeln. Die Beförderung von der Mine hierher in das Büro der INTERIMPEX habe ich Ihnen bereits geschildert. Natürlich werden sich manche Leute Gedanken machen, weshalb die INTERIMPEX diese Sendungen nicht auf dem üblichen Wege, sondern irregulär ausführt. Aber es scheint mir sicher, daß sie an ‚rare Erden' nicht einmal im entferntesten, sondern eher vielleicht an Halbedelsteine oder derlei Material denken."

„Bevor ich auf die Frage des Transportes von Rio nach Paris eingehe, möchte ich klarlegen, wie es sich mit Ihren Sicherheitsmaßnahmen verhält", erklärte ich Bonnetti, stand auf und ging zum Panzerschrank.

„Sowohl die beiden Türen, die zu diesem Büro führen, wie auch die äußere Schranktür und der kleine Panzerschrank selbst sind durch modernste Alarmvorrichtungen gesichert!" sagte Bonnetti, trat neben mich und zeigte mir die außerordentlich sinnreich durch Holzschnitzereien verdeckten Anschlüsse. „Jede Leitung geht zu unserem Empfangsbeamten und nach Büroschluß in die Portierloge, die Tag und Nacht besetzt ist."

„Wer verfügt – außer Ihnen, Monsieur Bonnetti – über Schlüssel zum Safe?" fragte ich und sah den Chef der INTERIMPEX an.

„Niemand!" erwiderte er. „Allerdings besitze ich sowohl vom äußeren wie vom inneren Schlüssel je ein Duplikat, die in meinem Banksafe aufbewahrt werden. Sollte ich die Schlüssel, die ich stets bei mir trage, verlieren, ist also ein Ersatz vorhanden. Das Öffnen des Tresors, selbst durch die Lieferfirma, wäre ungemein kostspielig."

„In den Safe in der Bank können nur Sie selbst?" fragte ich.

Er schüttelte den Kopf:

„Für den Banksafe besitzt der Anwalt der Gesellschaft eine Vollmacht, da ja der Fall eintreten könnte, daß Dokumente in meiner Abwesenheit – ich muß oft nach Europa – benötigt werden. Wertsachen befinden sich niemals im Safe. Da jeder Besuch registriert wird, wüßte ich auch sofort, wenn der Advokat etwa von seiner Vollmacht Gebrauch gemacht hätte. Bis heute kam das nur zweimal vor. Vor Jahren –" fügte Bonnetti kurz hinzu.

„Denken wir logisch!" sagte ich nach kurzer Pause, nahm meine Notizen zur Hand und setzte mich an den Rauchtisch, an den mir Bonnetti folgte. „Aus dem Tresor hier kann die Ware nicht entwendet werden. Genauer genommen, es besteht keine Möglichkeit, die echte ‚rare Erde' durch wertlosen Sand zu ersetzen und die so verwässerte Ware wieder an Ort und Stelle zurückzulegen." Ich machte eine kurze Pause. „Nehmen wir aber an, der Anwalt hätte bei einem seiner beiden Besuche im Banksafe die Schlüssel mitgenommen und kopieren lassen –"

Bonnetti lachte hell auf, aber es kam mir doch gezwungen vor:

„Unser Rechtsberater ist ein Herr von über sechzig Jahren, ein vielfacher Millionär, sogar in Dollars. Er ist an unserer Firma interessiert. Ihre Idee, Kommissar Lamont, ist absurd."

„Sie wissen nicht, Monsieur Bonnetti", erwiderte ich leicht verärgert, „wie völlig absurde Ideen die Wirklichkeit zur Tat werden läßt. Aber betrachten wir den Sachverhalt anders. Also Ihr Tresor scheidet als Operationsbasis nach Ihren Erklärungen aus. Bleibt die andere Frage: Kann einer der Angestellten, die hier mit der Ware in Berührung kommen, die Manipulation ausführen? Könnte es ein einzelner Mann sein oder müßten zwei zusammenarbeiten?"

„Nein – drei!" seufzte Bonnetti. „Codrianu, Borard und Antunes wären in der Lage, allerdings nur gemeinsam, die echte Substanz mit wertlosen

Sand zu verwässern. Keiner für sich allein und auch nicht zwei von ihnen könnten es durchführen."

„Wissen Sie etwas vom Privatleben der drei Herren?" fragte ich. „Vielleicht könnte in dieser Richtung ein Anhaltspunkt gefunden werden."

Ehe Bonnetti antworten konnte, wurde die Tür vorsichtig geöffnet. Eliana stand an der Schwelle. Unwillkürlich dachte ich, daß sie vielleicht gelauscht habe.

„Ja?!" fragte Bonnetti scharf. „Ich wollte nicht gestört werden."

„Die Herren warten", sagte sie gleichgültig. Ihre Augen hingen an mir. „Sie wollten in zehn Minuten – Senhor Bonnetti – es ist nun –"

„Ich allein bestimme die Zeit. Die Herren sollen warten. Und – keine weitere Störung." Nach einem kurzen Überlegen fügte er hinzu: „Keine Störung – ich bitte darum!"

Sie tat, als sei ihr der letzte Satz entgangen, wandte sich um und ging. Ich konnte den Eindruck nicht loswerden, daß sie nur mich angeblickt hatte. Und mit Augen, in denen Angst lag. Oder Besorgnis. Zumindest Unsicherheit.

„Falls Sie –" sagte ich, doch Bonnetti unterbrach mich:

„Wenn nicht einer meiner drei Vertrauensleute ein gelernter Zauberer ist, vielleicht früher einmal sein Brot als Magier verdiente, kommt eine Vertauschung auf dem Wege der Ware vom Ankauf über die Sortierung bis in meinen Tresor nicht in Frage. Abgesehen davon, daß ich nicht wüßte, woher sie den wichtigen Inhalt der durch ihre Hände gehenden Sendungen kennen sollten. Wie sie die Verwendung bewerkstelligen könnten, wäre noch rätselhafter."

„Und wie ist es mit dem Weitertransport von hier nach Europa?" fragte ich. „Schließlich gehen Ihre Kostbarkeiten ja nicht auf übliche Weise außer Landes –"

„Unser – wie soll ich sagen – Exportdienst ist einfach, aber gut organisiert. Wir haben einen Bordfunker für uns verpflichtet, der mindestens dreimal monatlich den Überseeflug macht. Er heißt Miguel Pedrotti, ist italienischer Abstammung, aber französischer Staatsbürger. Alle Auskünfte, die wir über ihn einholen, waren erstklassig. Pedrotti zählt etwa dreißig Jahre, er ist verheiratet, Vater zweier Kinder und ebenso zuverlässig wie pünktlich."

Ich mußte etwas lächeln.

„Sie ahnen nicht, Monsieur Bonnetti, wie viele zuverlässige, pünktliche und pflichtbewußte Gatten und Väter der unfreundlichsten Handlungen fähig sind, wenn etwa ein sentimentales Motiv vorliegt – oder Spielleidenschaft – oder –"

„Möglich", stimmte Bonnetti zu, „aber Pedrotti müßte zunächst die Möglichkeit haben, unredlich zu sein. Diese Möglichkeit hat er nicht. Denn die Ware wird ihm knapp vor dem Start übergeben, versiegelt, gegen jeden Eingriff gesichert – er bestätigt den Empfang –"

„Wer ist der Überbringer?" fragte ich.

„Meine Sekretärin – Eliana –", erwiderte Bonnetti. Es kam mir vor, als würde er kurz gezögert haben. „Sie trifft sich mit Pedrotti im Abfertigungsraum der Fluggesellschaft ‚Transmar'. Sie ist mit einem der Direktoren von früher her bekannt." Bonnetti steckte seine erloschene Zigarre umständlich und nachdenklich wieder in Brand. „Unterwegs ist es natürlich für den Funker völlig unmöglich, irgendwelche Manipulationen mit dem Päckchen vorzunehmen. Er verstaut das Material in dem transportablen Koffer-Empfangs-Gerät, das jede Maschine als Notanlage mitführt. Es passiert natürlich frei die Kontrolle. Am Flughafen wird er von unserem Vertrauensmann abgeholt, in dessen Wagen er von Orly in die Stadt fährt. So kommt Pedrotti in unser Büro an der Rue Auber. Er bekommt gegen Ausfolgung der Ware sofort sein dort fälliges Honorar. Die Sendung geht in den Empfangsraum. Sie steht beim Öffnen unter vierfacher Kontrolle. Irgendein Eingriff in Paris ist ausgeschlossen."

„Nach Ihren Schilderungen, Monsieur Bonnetti", resümierte ich, „scheidet ein Eingriff in die Pakete auf der Strecke von der Mine bis hierher in Ihr Büro aus und ebenso vom Zeitpunkt, da die Sendung Ihr Büro verlassen hat, bis zur Ankunft in Paris. Da bei der Übernahme dort jede Manipulation ebenfalls unmöglich ist, so kann nach den Gesetzen der Logik die Verwässerung der reinen Substanz nur in der Mine oder beim Empfang in Ihrem hiesigen Büro durch die Herren Borard, Vicardi und Antunes – oder hier in Ihrem Safe selbst geschehen." Ich sah mein Gegenüber nachdenklich an und fügte hinzu: „Oder –"

„Oder –", wiederholte Bonnetti und beugte sich etwas nach vorn.

Ich ließ meinen Blick nicht von ihm.

„Oder während die Ware hier in Ihrem Büro liegt, im Tresor!"

Bonnetti schwieg eine ganze Weile. Dann stand er auf, ging auf und ab, blieb vor mir stehen.

„Abgesehen von den Schlüsseln, Kommissar Lamont, müßte der Täter –"

Ich unterbrach ihn: „– der Täter? Muß es notwendigerweise ein Mann sein?"

Er machte eine abwehrende Handbewegung.

„Wir wollen nicht phantasieren, Kommissar! Es kommt nur ein Mann in Frage. Die ganze Anlage und die seit Monaten sozusagen konsequent durchgeführte Brandschatzung schließen einen Gelegenheitstäter – eine Zufallstäterin – aus. Und Frauen sind in solchen Dingen nie beharrlich. Aber – wie ich Ihnen eben schon sagen wollte – außer den Schlüsseln müßte der Täter auch noch das Kennwort für die Kombination des Tresorschlosses kennen. Außer mir – und dem Anwalt – ist dies niemandem bekannt."

„Eine Frage, Monsieur Bonnetti, die mir recht bedeutsam erscheint!" Ich beobachtete mein Gegenüber unauffällig, doch sehr genau. „Wie hoch ist wohl der Schaden, der Ihrer Gesellschaft durch diese Manipulation erwächst? Wir haben bis jetzt diesen Punkt noch nicht erörtert, so wichtig er für die Aufklärung des Falles auch sein mag."

Bonnetti überlegte eine Weile. Es schien mir, daß er sich nicht sogleich schlüssig werden konnte, wohin meine Frage zielte. Es kam mir vor, als wäge er ab, ob er die Wahrheit sagen oder einen höheren oder niedrigeren Betrag, als tatsächlich zutraf, nennen solle.

Nachdem sich der Chef der INTERIMPEX ein weiteres Glas Whisky genehmigt hatte, sagte er bedächtig:

„Wenn wir den Gesamtschaden berechnen, der bisher aus den Verwässerungen der echten Sendungen entstanden ist, so dürfte die Summe von einer halben Million Dollars eher zuwenig sein als zuviel. Wenn wir die zusätzlichen Kursverluste dazuaddieren, so wächst die Summe bedeutend an."

„Eine Menge Geld!" sagte ich, etwas erstaunt, denn Bonnetti machte seine Angaben ohne besondere Betonung. Es war, als ginge es ihn persönlich wenig an, als spräche er von abstrakten Dingen. Da er schwieg, fügte ich hinzu: „Eine halbe Million Dollars – das ist ein Einsatz, für den manche Leute nicht nur ihre Freiheit aufs Spiel setzen, sondern auch – ihr Leben. Und jenes ihrer Mitmenschen dazu. Besonders, wenn sich jemand etwa ihnen in den Weg stellt..."

Bonnetti ging einige Male auf und ab. Er blieb vor mir stehen.

„Geld ist die Triebfeder der besten und der erbärmlichsten Handlungen des Menschen. Aber ich möchte nicht ins Philosophieren verfallen. Es geht tatsächlich um nur allzu reale Dinge."

Ich stand auf.

„Vielleicht machen Sie mich nun mit Ihren Mitarbeitern bekannt. Ich hoffe, auch den Funker kennenlernen zu können. Wenn ich meine ersten Eindrücke verarbeitet habe, möchte ich in Ihre Mine reisen. Dann, alles

Material in Händen, kommt die Zeit, Ihnen Vorschläge zu unterbreiten – oder mein Fiasko zu melden."

Bonnetti sprach in eine Mikrofonanlage.

Kaum eine Minute später öffnete sich die Tür, und zwei Herren traten ein. Bonnetti stellte sie vor, bemerkte leichthin, daß ich Sachverständiger für Zeitstudien in Industriewerken und Verwaltungsorganisationen sei, und bedeutete mir, meine Fragen zu stellen.

Ich begann eine Unterhaltung, die mir nicht ganz leicht wurde. Aber nachdem wir uns alle gesetzt hatten, kam eine angeregte Konversation in Gang. Die meisten Anregungen zu meinen Fragen erhielt ich durch die Bemerkungen der beiden Angestellten, die ich, ohne meine Aufmerksamkeit für die Gespräche herabzusetzen, eingehend musterte. Trotz der Tatsache, daß die Kunst des Lesens in einem Menschenangesicht keineswegs immer zu brauchbaren Ergebnissen führt, da oft die nettesten Plauderer die Gauner sind, so ist es andererseits häufig sehr lehrreich, sein Gegenüber gründlich zu beobachten. Kleinigkeiten können kostbare Hinweise geben. Überdies war ich ein großer Anhänger Lavaters, dessen Lehre von der Physiognomie bis heute für mich einen Höhepunkt in der Beurteilung menschlicher Charaktere aus ihrem Antlitz bietet.

Ich hatte vorsorglicherweise mit dem Rücken zu den Fenstern Platz genommen, so daß alle anderen Teilnehmer an dieser Besprechung bestens beleuchtet waren, während ich im Schatten saß.

Schräg zu meiner Linken befand sich Philippe Borard, rechts Bonnetti, ganz gegenüber Alexandre Codrianu.

Borard schätzte ich auf stark über dreißig Jahre. Erst später erfuhr ich, daß er nur achtundzwanzig zählte. Er sah abgenützt aus, verbraucht und übermüdet. Daß diese deutlichen Spuren auf allzuviel Arbeit zurückzuführen seien, bezweifelte ich. Die Augen lagen glanzlos in ihren Höhlen, die Haut war ungesund vergilbt, und schattengebende Falten machten das Gesicht ledern. Scharf gegensätzlich zu diesem natürlichen Bild stand die ungewöhnliche Eleganz der äußeren Erscheinung. Der Mann wirkte geradezu geckenhaft, betont noch durch das geschniegelte Haar. Er verbreitete ein penetrantes Parfüm, das stärker war als der Zigarrenqualm.

Codrianu fühlte sich unbehaglich. Das war zumindest mein erster Eindruck. Der Rumäne zählte, wie ich später feststellte, fünfunddreißig Jahre und seine Erscheinung, Haltung und sein Gesicht entsprachen diesem Alter. Die Wangen allein sprachen etwas dagegen, sie zeigten ein jugendliches Rot. Die Augen waren klein und erinnerten mich an die eines Nagetieres, doch konnte der Vergleich auch durch das stark zurückfliehende

Kinn ausgelöst sein. Codrianu trug ein reichlich zerknittertes, vor Tagen sicher weiß gewesenes zweireihiges Sakko. Die Hose war an den Knien ausgebeult, die Krawatte ließ zu wünschen übrig. Am unangenehmsten berührten mich die an beiden Händen abgeknabberten Fingernägel. Meine längst verewigte Mutter klopfte mir, wenn ich je am Nägelknabbern war, unerbittlich auf die Finger; sie pflegte zu sagen, nur Lügner knabberten an ihren Nägeln.

Durch die Fragen nach der Organisation der administrativen Arbeit, wobei ich ganz gleichgültige Zahlen und Worte in mein Notizbuch schrieb, um irgendwelche Planideen anzudeuten, kamen wir auch auf die einzelnen Tätigkeiten der beiden Herren zu sprechen.

„Unser Freund Lamont", unterbrach Bonnetti, „ist völlig vertrauenswürdig. Vielleicht vermag er uns Anregungen zu geben, wie diese bis jetzt etwas komplizierten Prozeduren vereinfacht werden könnten."

Damit begann eine kurze, aber auf die Sekunde abgestellte Schilderung aller Handlungen und Maßnahmen, vom Eintreffen der „raren Erden" bis zum Versand nach Paris. Ich nickte, tat so, als müßte ich sehr nachdenken, zeichnete kleine Planskizzen und gewann schließlich ein sehr genaues Bild aller Vorgänge. Tatsächlich, so wie die Abwicklung geschah, konnte nur bei einem Zusammenwirken Codrianus, Borards und des Brasilianers Antunes eine Manipulation mit der kostbaren Rohware vorgenommen werden. Keiner der drei allein kam in die Lage, die „raren Erden" mit wertlosem Material zu verwässern.

Bonnetti stand auf und schlug vor, die Diensträume zu besichtigen. Dort lernte ich Antunes, Motta Pires und Paul Vicardi kennen. Auch deren ganz genaue Angaben bestätigten den Ablauf der „Exporthandhabung", mit dem sie allerdings – bis auf Antunes – nur indirekt oder gelegentlich in Stellvertretung zu tun hatten.

Nach einem Rundgang durch alle Räume nahm mich Bonnetti zurück in sein Büro.

Meine erste Frage galt dem Problem, wie eine so ungewöhnlich diskrete Angelegenheit geheim bleiben könne, wenn – zumindest! – drei Männer mit Sicherheit und eine Frau – Eliana – nebst vielleicht einem oder mehreren männlichen Angestellten der INTERIMPEX im Bilde seien. Vom Bordfunker als Kurier gar nicht zu reden.

„Das ist für Sie gewiß nicht ganz leicht zu verstehen", sagte Bonnetti. „Aber wenn Sie es sich genau überlegen, so sind selbst die geheimsten Operationen dieser Art – sagen wir in Tanger – ebenfalls immer einem größeren Kreis bekannt, weil zu ihrer Durchführung ein oder zwei Menschen nicht ausreichen. In Brasilien sind die Transaktionen mit ‚raren Erden' unser absolutes Eigengebiet. Wir haben uns soweit wie möglich abgeschirmt. Hierzulande kann man mit Geld vieles erreichen – fast sogar alles. Bei uns zählt nicht der Mensch, sondern sein Bankkonto. Er wird nach dem Preis des Autos, das er fährt, bewertet. Nach dem Schmuck seiner Frau – mehr noch nach dem seiner Geliebten. In der Einzahl – oder in der Mehrzahl. Geld bedeutet alles, mein lieber Kommissar. Und das versiegelt im Fall der Fälle den Mund der Kleinen und der Großen – solange sie verdienen. Das ist die eigentliche ‚Sicherheit' der INTERIMPEX. Das ist auch, natürlich, ihr schwacher Punkt. Aber – bisher hat es geklappt. Hoffen wir, daß es auch in der Zukunft gutgehen wird. Im äußersten Notfall kann man dann immer noch die hohe Protektion eines Abgeordneten oder, wenn es schwieriger wird, eines Senators anrufen. Das kostet Geld – aber es wirkt. Zumindest bedeutet es einen Zeitgewinn. Und – Zeit ist Geld ..." Er lächelte, aber seine Grimasse gefiel mir nicht. Bonnetti war offenbar ganz und gar dieser Mentalität verfallen. Ich hätte ihm am liebsten den mir erteilten Auftrag zurückgegeben – aber das zu tun hinderte mich meine berufliche Neugierde. Wenn ein altes Schlachtroß den Trompetenstoß vernimmt, so bäumt es sich auf – und geht los.

„Lassen Sie mich alles, was ich heute gehört habe, in Ruhe durchdenken", sagte ich sachlich. „Ich werde Ihrer Mine einen Besuch abstatten, um das dortige Terrain zu sondieren." Ich ergänzte meinen Satz: „Wir sind neugierig – wir Polizisten!"

Der Chef der *Interimpex* nickte. Er wiederholte langsam: „Polizisten ..."

Er stand im Schatten. Sein Gesichtsausdruck hätte mich interessiert, aber ich konnte ihn nicht erkennen. Ich zündete mir, ausnahmsweise, eine Zigarette an.

„Wie wollen Sie wegen der Fahrt nach der Mine disponieren?"

„Es ist alles vorbereitet. Sie können morgen früh abfliegen, nach Goiania, der Hauptstadt der Provinz Goiaz. Von dort wird Sie ein Lufttaxi bis Porto Marumbi nehmen – das ist dann die Endstation für den Luftverkehr. Ein Jeep steht Ihnen zur Reise bis Tabatuajara zur Verfügung. Wenn Ihnen morgen zusagt –" Er sah mich fragend an, die Hand langte nach der unsichtbaren Signalanlage unterhalb der hochglanzpolierten Platte seines überdimensionalen Schreibtisches.

„Einverstanden, Monsieur Bonnetti", stimmte ich zu, „es soll keine Zeit verloren werden. Und – wann ist Pedrotti zu erwarten?"

Eliana betrat den Raum. Sie schien zu Bonnetti zu blicken, aber ihre Augen ließen mich wieder nicht locker.

„Wann meldet sich Pedrotti?" fragte Bonnetti seine Sekretärin.
Sie dachte kurz nach.
„Wir haben Donnerstag. Sonntag abend fliegt er an. Er wird sich sofort bei mir melden. Ich fahre dann zum Flughafen hinaus, nehme – wie üblich – seine Quittungen aus Paris entgegen und gebe ihm das in Cruzeiros fällige Honorar."
Bonnetti sah mich an.
„Also könnte Sie Pedrotti Montag sprechen. Paßt das? Ich glaube, daß Sie in fast drei Tagen alles in Tabatuajara überblicken können. Sollte etwas Besonderes eintreten, so geben Sie mir durch Funk Bescheid. Wir haben eine eigene Sende- und Empfangsstation." Er wandte sich an Eliana: „Lassen Sie für Monsieur Lamont für morgen nach Goiania buchen, sorgen Sie für ein Lufttaxi zum Weiterflug, für Abholung, für beste Unterkunft, soweit es die gibt. Geben Sie den Namen unseres Zeitnehmers Lamont im Code durch. Es ist besser so."
Sie nickte, veränderte ihre Stellung nicht, richtete aber das Wort an mich:
„Ein Auto wird Sie um sechs Uhr früh vom ‚Ouro Verde' abholen, Monsieur Lamont. Der Fahrer bringt Ihnen die Passage mit sowie die Anweisung für das Lufttaxi. Sie sind um helb elf in Goiania, fliegen um halb zwölf weiter. Der Landeplatz der Lufttaxis hat keinen Namen, er liegt im Gebiet einer großen Fazenda, also eine Farm – –." Sie wartete keine Antwort ab, richtete für einen Augenblick ihre erstaunlichen Augen wieder ganz auf mich und verließ das Zimmer.
Bonnetti lächelte: „Viel Glück, Kommissar Lamont! Dona Eliana wird Ihnen noch Cruzeiros geben, damit Sie keine Umstände mit dem Wechseln der Dollars haben. Diese sollen eher eine Art kleine Reserve sein. Und –" Er schwieg, reichte mir die Hand.
Ich sprach ein paar nichtssagende Worte und ging nach dem Zimmer Elianas. Sie gab eben Weisungen wegen der Luftpassage, legte dann den Hörer auf die Gabel, ging an einen kleinen Panzerschrank, öffnete und kam mit einem Bündel sortierter Cruzeiro-Banknoten zurück. Dieses Geld sah aus wie echte Dollars, nur die Farbe war anders. Aber die Ausführung und das Format stimmten genau überein.
Während ich das Geld in mein Portefeuille tat, beugte sie sich plötzlich, als entspränge es einem spontanen Entschluß, dicht zu mir – und ich merkte, daß sie ängstlich nach der Tür im Hintergrund sah. Ihre Stimme blieb leise, als sie schnell zu mir sprach.
„Ich muß Sie sprechen, Monsieur Lamont! Es ist sehr wichtig! Sehr

wichtig! Wann darf ich Sie im Hotel anrufen? Sind Sie verheiratet – ich möchte nicht, daß Madame Lamont –"

Sie hielt inne.

Wieviel Erfahrung – bittere Erfahrung – ließ diese Vorsicht erkennen!

„Seien Sie unbesorgt! Ich bin in einer Stunde im Hotel. Sie können ganz ungeniert anrufen." Ich wollte noch fragen, worum es sich handelte, weshalb die Eile, die Besorgnis. Aber meine Berufserfahrung hatte mich gelehrt, daß man Menschen von selbst sprechen lassen soll. Drängeln ist fast immer eine gewisse Gefahr. Es verschließt die Lippen. Schweigen öffnet sie. Mitunter – – –

„Danke!" sagte sie kurz.

Die Tür ging auf. Leise. Zu leise.

Philippe Borard stand auf der Schwelle. Hatte er gehorcht?

„Ich möchte nicht stören", sagte er gekünstelt, „aber vielleicht könnten Sie mir sagen, wie lange der Chef noch im Büro bleibt?" Er sah Eliana an. Ausdruckslos. Seine Worte klangen mechanisch.

„Halb zwei – –", erwiderte sie. Fügte hinzu: „Wie immer!"

Ich verabschiedete mich. Borard ließ mir den Vortritt. Auf dem Korridor fragte er so nebenher.

„Sie fahren nach Tabatuajara, Monsieur Lamont? Eine interessante Gegend. Hoffentlich werden Sie uns auch zur Vereinfachung der dortigen Arbeitsmethoden verhelfen." Ehe ich antworten konnte, öffnete er die Tür nach dem Ausgangskorridor zu den Fahrstühlen hin. „Sie leben sonst in Paris?"

„Ich bin zumindest in Paris domiziliert", erwiderte ich, verärgert über die unziemliche Neugierde des Mannes. Vorsorglicherweise füget ich zu: „In meinem Beruf habe ich allerdings viel zu reisen."

„Vermutlich in südlichen Gegenden", setzte Borard mit einem unangenehmen Lächeln hinzu, „zumindest zeugt Ihre Hautfarbe von harter Tropensonne. Aber gerade deshalb werden Sie sich bei uns in Brasilien wohl fühlen. Es ist oft sogar im Winter heiß wie –" er schien eine unmerkliche Pause zu machen – „Nordafrika." Er verneigte sich kurz und ging.

Zufall? – fragte ich mich. Es mußte ein Zufall sein. Natürlich verglich man brasilianische Hitze mit afrikanischer. Woher sollte Philippe Borard die gringste Ahnung haben, daß ich – –

Der Fahrstuhl brachte mich ins Erdgeschoß.

Der Portier, offenbar durch Eliana verständigt, führte mich zwei Häuserblocks weiter, wo ein Taxi wartete. Den Gesten und der Rede des Mannes konnte ich immerhin so viel entnehmen, daß die Besorgung eines Mietfahrzeuges zu den größten Kunststücken gehörte. Ich gab ihm also eine Geldschein von hundert Cruzeiros. Erst als ich im Wagen saß, rechnete ich nach. Das war ein amerikanischer Dollar! Wenn Louise je so etwas erfahren würde!

Nach einer Fahrt, die in Paris zur sicheren Konfiskation des Fahrzeuges geführt hätte, langte ich schließlich, erstaunlicherweise wohlbehalten, im Hotel an. Der Portier erledigte die Bezahlung des Chauffeurs, da ich dieser Aufgabe noch nicht gewachsen war. Im kleinen Vorgarten der Bar saß Louise und nippte an einem großen Glas Orangensaft, in dem mehrere Eisstückchen schwammen.

Wir gingen zu Tisch. Louise stellte keine Fragen. Sie plauderte leichthin. Es war ihre Art, mir Verlegenheiten zu ersparen. Mein Beruf verbot jede Vertraulichkeit. Meine Frau durfte keine Ausnahme bilden. Aber daß sie in meinem Gesicht zu lesen vermochte, an meinen Bewegungen, an nichtigen Kleinigkeiten den Ablauf einer Untersuchung erkannte, gehört auf ein anderes Blatt. Kurz bevor wir das Essen beendeten, sagte sie nebenher:

„Du hast es hier viel schwieriger als daheim in Tanger. Du bist hier nicht mehr der Beamte mit allen Vollmachten. Du bist wirklich – ein Tourist. Aber mach dir keine Sorgen. Deinen Spürsinn kann dir niemand nehmen."

Ich sah sie dankbar an. Ehe ich etwas erwidern konnte, wurde ich ans Telefon gerufen. Ich nahm den Hörer ab. Elianas Stimme klang verhalten und nervös.

„Monsieur Lamont?... Ich muß mich kurzfassen. Können wir uns heute abend treffen? Ich habe Ihnen etwas zu sagen –" Die Stimme schwieg. Ich hörte, wie von weither, das Öffnen einer Tür. Eliana hielt offenbar die Hand auf die Muschel. Nach einer kurzen Pause sprach sie weiter. „Entschuldigen Sie die Störung, es war eben Vicardi ins Zimmer gekommen. Ist es Ihnen möglich heute abend –" Sie hielt inne.

„Ich würde Sie eigentlich lieber erst nach meiner Rückkehr aus der Mine sprechen, Mademoiselle Eliana. Jede Stunde ist heute besetzt – bis spät in die Nacht!" Ich wollte vermeiden, daß sie erkannte, wie wichtig mir eine Unterhaltung mit ihr war.

Sie sagte enttäuscht: „Schade! Es wäre wichtig gewesen. Sehr wichtig! Aber wenn es nicht geht, so müssen wir es bis zu Ihrer Rückkehr verschieben. Hoffentlich ist es bis dahin nicht zu spät!" Sie machte eine kurze Pause, ihre Stimme klang verändert, als sie die zwei Worte wiederholte: „– zu spät."

„Aber, aber! Es handelt sich um drei Tage –" Ich empfand Unschlüssigkeit, wie sie mir sonst fremd ist. Sollte ich zusagen? Würde das nicht ein allzu großes Interesse meinerseits offenbaren? Und – was konnte Eliana mir sagen? Sie wußte nicht, wer ich war. Sie kannte nicht meine wirkliche Aufgabe. Oder –!? Sollte Bonnetti geplaudert haben?

„Monsieur Lamont", hörte ich Elianas Stimme, die jetzt ruhig klang, vielleicht sogar resigniert, „sobald Sie zurückkommen, rufen Sie in meiner Wohnung an. Es ist eine ganz kleine Behausung, nicht weit vom Hotel, in dem Sie wohnen. Verlangen Sie 37–9288. Natürlich nur vor acht Uhr morgens und nach sieben Uhr abends. Das Haus ist eine Mietskaserne. Avenida Copacabana 618 B. Zwölfter Stock. Appartement 1201."

Ich notierte mir die Adresse und den Anschluß, beruhigte Eliana und hing an.

Als ich zu Louise zurückkehrte, fragte sie mich: „Unangenehme Nachrichten?"

Nun ja, vor meiner Frau konnte ich mich nicht gut verstellen.

Wir legten eine kurze Siesta ein. Um halb vier nahm ich ein Taxi und fuhr zu Elianas Wohnung. Ich wußte eigentlich nicht, weshalb ich es tat. Neugierde? Zeitvertreib? Vielleicht wollte ich einfach nicht untätig sein. Und – man konnte nie wissen ...

Die Portierloge war leer. Ich betrat den Fahrstuhl, drückte auf den Knopf mit einer „12" und stieg, oben angelangt, aus. Ein langer Korridor rechts und links führte zu den einzelnen Appartements.

Am Ende des Korridors lag 1201. Offenbar waren alle Wohnungen nach dem gleichen Schema erbaut. Neben jeder Eingangstür gab es ein kleines überhöhtes und etwas weiter seitlich ein mittelgroßes Fenster; das erstere wohl zur Küche oder Kleinküche gehörend, dachte ich, und das letztere zum Badezimmer. Die Wände machten einen ungepflegten Eindruck. Massenwohnungen! Mochte auch das Gebäude eine riesige Marmorhalle, exotische Pflanzen und geschliffene Facettespiegel aufweisen.

Ich setzte meine dickumrandete Sonnenbrille auf, markierte einen gebeugten Rücken, zögerte, schellte. Natürlich war jetzt Eliana im Büro. Aber – –.

Die Tür wurde geöffnet, ein tief dunkelbraunes Dienstmädchen sah mich fragend an.

„La señorita Eliana?" fragte ich in meinem etwas prekären Spanisch, das aber dem Portugiesisch recht ähnlich sein mußte, wie ich bereits feststellen konnte. „Yo quiero hablar con la señorita –"

Die Magd schüttelte den Kopf, sprudelte hastig einige Worte hervor, die ich gar nicht verstand, und wischte sich inzwischen die feuchten Hände ab.

Ich bedeutete ihr durch Gesten und Worte, daß ich Eliana ein paar Zeilen hinterlassen möchte, nahm meinen Füllhalter heraus, und das Mädchen ließ mich bereitwillig eintreten. Sie führte mich einen schmalen Korridor von kaum drei Meter Länge entlang, öffnete eine Tür und ließ mich eintreten.

Der Raum, in dem wir uns befanden, zeugte in allen Einzelheiten für einen sehr guten Geschmack. Die Möbel waren gediegen, die beiden kleinen Perserbrücken wirklich guter Provenienz, die Bilder an der Wand modern, doch nicht übertrieben – man konnte noch erkennen, was sie darstellten. Über einem Sofa hing der in Öl gemalte Akt eines Negers – eines ausgesprochenen Athleten –, und er wirkte sonderbar eindringlich. Ein kleiner Schreibtisch, eher ein Sekretär, stand zwischen den beiden Fenstern. Ich blickte hinaus und sah, weit über die gegenüberliegenden Häuser hinweg, den Atlantischen Ozean. Als ich mich umwandte, war das Dienstmädchen verschwunden. Ich hörte sie in der Küche hantieren.

Ich versuchte, alles in mich aufzunehmen. Dann setzte ich mich an den Sekretär, riß ein Blatt aus einem Schreibblock, schrieb einige ganz belanglose Zeilen, tat sie in ein Kuvert, stand auf.

Vorsichtig zog ich das mittlere Schubfach ein wenig heraus und verdeckte meine Bewegung durch meinen reichlich massiven Körperbau. Ich sah einige Briefe, lose durcheinanderliegende Korrespondenz. Behutsam schob ich die Kuverts beiseite. Ein kleines Heft wurde sichtbar. Es war eine Flugreklame. Ich zog es etwas vor. Ich erkannte eine Flugpassage. Ich las, als ich sie weiter bewegte, „Recife – Lissabon – Recife". Ehe ich den Namen des Passagiers und das Datum lesen konnte, hörte ich das Dienstmädchen den Korridor entlangkommen. Ich drückte das Schubfach zu und stand auf.

Bei der etwas hastigen Bewegung berührte ich ein kleines Lederetui, das zu Boden fiel. Ich nahm es auf. Dabei öffnete es sich.

Die Fotografie Philippe Borards wurde, unter einem Zellophanschutz, sichtbar. Es gehörte mein sicherer Blick dazu, den Mann zu erkennen. Er trug einen kleinen kecken Schnurrbart und sah sehr erheblich anders aus, als ich ihn kannte. Nur die Müdigkeit war dieselbe – trotz des Badeanzuges, der Sonne, des Strandes. Ich tat, als hätte ich nichts gesehen, legte das Etui zurück und wandte mich an das Mädchen.

„Yo tengo de hacer una surpresa para la señorita Eliana!" erklärte ich. Denn nun galt es, zu verhüten, daß der dienstbare Geist meinen Besuch an Eliana berichtete. „Flores y un presente . . ." Ich lächelte, zwinkerte mit den Augen, zog meine Geldbörse, nahm wieder einmal einen Hunderter und gab ihn der Bedienerin. Sie dankte überschwenglich. Ich wies sie, leichthin, auf Diskretion hin – immer mit der Betonung, daß es sich um eine Überraschung handele. Sie lachte, verständnisvoll.

Bevor ich ging, blickte ich fragend nach der Tür an der rechten Wand. Sie öffnete.

„O dormitório de Dona Eliana!" sagte sie stolz. „Inteiramente novo! Tambem um presente. Do senhor –" Sie schwieg plötzlich, verlegen.

Also ein neues Schlafzimmer, ein Geschenk, von Herrn – –

Ich nickte.

„Naturalmente! Del Señor Bonnetti – –", ergänzte ich, denn Borard schien mir kaum in der Lage, solche Geschenke zu machen.

Sie beugte sich zu mir: „Do senhor Felipe!" Sie kicherte, legte beide Hände auf den Mund, sah mich dann ernst an: „Nunca dizer –"

Ich verstand. Wir baten uns beide um strengste Diskretion. Das war eine gute Sicherung. So würde mein Besuch bestimmt unerwähnt bleiben.

Das Schlafzimmer ging nach dem Seitenflügel des Hochhauses. Die Vorhänge eines Fensters waren nur halb zugezogen, so konnte ich eine schräg gegenüberliegende Feuermauer sehen. Das Bett war ungewöhnlich breit, noch größer als unsere, die für ein Ehepaar gebaut werden. An einer Seitenwand stand ein mit Toilettenartikeln geradezu übersäter Tisch. Erst als ich genau hinsah, erkannte ich, daß der Spiegel, der nur über der Glasplatte zu stehen schien, bis auf den Fußboden reichte.

Die Wand gegenüber wurde von einem riesenhaften eingebauten Schrank eingenommen, dessen eine schmale Tür offen stand – sie bildete den Eingang zu einem in farbigen Kacheln gehaltenen Badezimmer.

Ich nickte dem Mädchen zu und entfernte mich. Gebeugt, leicht hinkend. Ich spürte, daß sie mir nachblickte, bis ich den Fahrstuhl betrat.

Als ich über die Avenida Copacabana schritt, überlegte ich, was der Besuch an Ergebnissen bedeutete. Im Grunde genommen waren es nur Anhaltspunkte. Aber keineswegs unwichtige oder uninteressante. Während ich das Kuvert mit den paar Zeilen, die ich am Sekretär geschrieben hatte, langsam zerriß und die Papierschnitzel einzeln in den Rinnstein warf, dachte ich an das Lederetui mit dem Bilde Philippe Borards – an das neue Schlafzimmer – den ungewöhnlichen Spiegel – und dann fiel mir die Flugpassage ein. Für den war sie bestimmt gewesen? Wer war in Lissabon gewesen? Wann? Warum bewahrte Eliana diesen Flugschein, der als Beleg galt, bei sich daheim auf?

Wer war der herkulische Neger, dessen Akt in dem Zimmer hing – fragte ich mich plötzlich. Denn es schien mir sicher – ohne es beweisen zu können –, daß es sich um ein Porträt handelte.

Ich fand an der Ecke einer Seitenstraße ein Taxi und fuhr zum französischen Konsulat.

Ich kam noch vor Schluß der Bürozeit an und wurde vom Vizekonsul Lemonnier recht freundlich empfangen. Wir wechselten einige der üblichen nichtssagenden Phrasen, dann beugte ich mich etwas nach vorn und sah mein Gegenüber prüfend an.

„Eigentlich bin ich zu Ihnen gekommen, weil ich eine Auskunft haben möchte. Sie wurden mir allseits, mein lieber Herr Konsul, als ein Mann von Welt geschildert –", er wehrte ab, doch war seine Zufriedenheit unverkennbar. „und ich benutze meinen Aufenthalt in Rio, um eine Information über die Firma INTERIMPEX und deren Herren einzuholen." Ich mußte vorsichtig sein. Das Konsulat wußte sicher über meine Mission nichts. Der Botschafter kannte sicher keine Indiskretion.

Lemonnier sah mich erstaunt an.

„Woher gerade Ihr Interesse an diesem Unternehmen? Es gilt als bedeutendes Haus, und sein Generaldirektor Bonnetti ist auch bei der Botschaft bestens angeschrieben." Er machte eine Pause. „Was sind Sie eigentlich von Beruf, Monsieur Lamont?" fragte er bedächtig und sah mich unter seiner Brille hinweg an.

Ich wußte, daß ein Ausweichen sinnlos wäre.

„Ich bin Kriminalkommissar der Internationalen Polizei in Tanger. Und auf Urlaub in Rio. Natürlich darf ich Sie um Ihre absolute Verschwiegenheit bitten. Mein Besuch hat keinerlei dienstlichen Charakter. Aber es wäre mir sehr mit einigen Auskünften über Monsieur Bonnetti, dann Philippe Borard und Paul Vicardi gedient. Als Franzosen sind wohl alle im Konsulat registriert –"

Lemonnier sah mich eine ganze Weile an. Dann meinte er: „Sind Sie Kommissar Gaston Lamont, der in Casablanca –" Er sprach nicht weiter, da ich bejahend nickte. „Gut, dann ist alles klar. Natürlich können Sie auf meine Verschwiegenheit rechnen." Er machte eine Pause, fragte dann: „Weshalb tragen Sie nicht die Rosette der Ehrenlegion?"

„Das Kommandeurkreuz bekam ich für Kriegsdienste, Herr Konsul", erwiderte ich, „und solche Orden sollte man nicht als Zivilist tragen. Außerdem besitzen Herren, mit denen ich oft beruflich zu tun habe, gar keine Auszeichnungen – oder nur geringere –, und deshalb ziert die Rosette der Ehrenlegion nur bei ganz besonderen Anlässen mein Knopfloch."

„Ein hochzuschätzender Standpunkt!" sagte Lemonnier, stand auf, ging zu einem dichtbesetzten Bücherschrank und holte hinter einer Reihe ehrwürdiger Bücher gesetzgeberischen Inhalts eine Flasche Kognak hervor, nebst zwei Gläschen, die man nicht klein nennen konnte. Wir tranken genießerisch den herrlichen „fine" – wie wir den edlen Likör der Weine des Cognac-Gebietes nennen.

„Ich weiß nicht, weshalb Sie sich für die Herren der INTERIMPEX interessieren. Eigentlich will ich es auch gar nicht wissen. Je weniger den Menschen bedrückt, um so besser. Und über Bonnetti wird eher zu viel als zu wenig geredet. Was die beiden anderen angeht –" Der Konsul machte eine vielsagende Geste.

„Vielleicht bleiben wir zunächst bei Bonnetti", meinte ich bedacht, „er ist ja der Chef des Hauses."

Der Konsul goß uns beiden die Gläser nochmals bis an den Rand voll.

„Bonnetti kam vor Jahren hierher. Während des Krieges. Man munkelte allerhand Dinge, doch niemand wußte etwas Genaues. Wir erkundigten uns beim Deuxième Bureau und, da er Pariser ist, bei der Préfecture. Die Antworten waren nichtssagend. Wir erfuhren lediglich, daß Bonnetti aus einer italienischen Familie stammt. Genauer genommen, aus einer sizilianischen. Sein Vater wurde in Marseille naturalisiert. Jules Antoine Bonnetti ist gebürtiger Pariser. Er machte ausgedehnte Reisen. Nach Nah- und Fernost. Nach den USA. Ansonst – nichts. Außer der phantastischen Karriere in Rio de Janeiro. Er scheffelte große Summen. Kriegsgeschäfte? Schiebungen? Seriöse Transaktionen?..." Der Konsul schwieg, leerte sein Glas.

„Von einer gewissen Höhe ab sind auch Gaunereien durchaus geschäftsfähig, besonders hier. Und Bonnetti drang als reicher Mann immer weiter vor. In immer bessere Kreise. Schließlich gelangte er in die kleinen südamerikanischen Botschaften. Und von dort bis zu den Botschaften der Großmächte. Er soll den Alliierten in Kriegszeiten wertvolle Dienste geleistet haben ... wie die meisten Leute, die schnell zu Millionenvermögen kommen. Der Patriotismus aus vergangenen Jahren – schwer nachprüfbar, noch schwerer zu widerlegen – festigt die Sprößlein auf der Leiter des Emporklimmenden. Aber – ich will nichts gesagt haben. Gerüchte, mein lieber Kommissar. Was übrigbleibt – der Mann mit der verschwenderischen Hand. Und die INTERIMPEX ist heute ein eng mit guten französischen Firmen zusammenarbeitendes Unternehmen. Gewiß – manchmal ist der krumme Weg der kürzeste. Wer fragt danach, wenn alle dabei verdienen!..."

„Aber der Botschafter –", warf ich ein, ungläubig, bedrückt.

„Unser Botschafter ist ein vollendeter Gentleman. Reich genug, um sich den Luxus zu leisten, in dieser teuersten Stadt der Welt Frankreich zu repräsentieren. Einem Edelmann kommen die Gerüchte kaum zu Ohren. Er würde sie auch nicht glauben. Bonnetti tut viel – sehr, sehr viel! – für die

Wohltätigkeit. Er steht auf jeder Spenderliste, wenn es um Frankreich geht, an der Spitze. Was man sich sonst über Bonnetti erzählt, liegt auf dem Gebiete der Erotik – der Ausschweifungen – der Weibergeschichten. Comte de Lancelle ist ein Weltmann. Tout comprendre, c'est tout pardonner – er hat diesen echt französischen Wahlspruch sich zu eigen gemacht. Alles verstehen, heißt, alles verzeihen..."

„Hm!" meinte ich etwas überrascht. „Und welcher Art sind die Aventüren Bonnettis?"

„Sie sind gründlich, Kommissar Lamont! Sie wollen alles wissen! Aber – Sie werden Ihre Ursachen haben!" Der Konsul nickte verständnisvoll. „Sollte hinter Ihrer privaten Mission etwa Madame Bonnetti stehen?"

„Ist denn Bonnetti verheiratet?" fragte ich erstaunt.

„Sogar sehr erheblich!" erwiderte Konsul Lemonnier. „Aber er macht wenig Gebrauch von dieser Ehe. Seine Frau lebt in Paris, mit zwei erwachsenen Töchtern. In einer kleinen, doch erlesen schönen Privatvilla in der Rue de la Faisanderie. Mit allem Komfort umgeben. Mit allem Luxus. Seit Jahren."

„Bonnetti muß wirklich ein sehr reicher Mann sein!" bemerkte ich. „Derlei Geschichten kosten Vermögen!"

„Reich?" fragte der Konsul. „Es ist nicht jeder Mann, der Millionen ausgibt, ein Millionär. Ich bin nur ein kleiner Funktionär im Konsulardienst. Aber ich habe schon viele der sogenannten ‚Großen' noch viel kleiner werden sehen, als ich es schon bin. Das ist der Vorteil in unserer Karriere. Wir können nur aufsteigen und nicht absinken. Andere gehen oft den entgegengesetzten Weg. Ich weiß nicht, ob Bonnetti ihn gehen wird. Aber die Voraussetzungen sind gegeben..." Lemonnier sah mich an: „Haben Sie Eliana kennengelernt?"

„Ja! Eine beachtliche Erscheinung." Ich schwieg.

Lemonnier stand auf, ging mehrmals durch das Zimmer.

„Eliana ist das vollendete Mischblut. Mischblut besonderer Art. Die Großeltern: ein holländischer Vater und eine indonesische Mutter. Dann kam bei den Eltern Elianas französisches Blut aus Martinique und spanisches Blut aus Andalusien dazu. Was könnte ein Dichter der Frauenschönheit sich mehr wünschen!... Völkerwanderung en miniature... Und als Eliana mit ihrem Mann herüberkam –"

„Ihrem Mann?" fragte ich ungläubig.

„Ihrem Ehegatten, mein lieber Kommissar Lamont!" wiederholte der Konsul. „Aber heute trägt sie wieder ihren Mädchennamen. Eliana van den Veerden. Ihr Mann –"

Es wurde an der Tür geklopft. Noch ehe Lemonnier etwas sagen konnte, betrat ein jüngerer Mann den Raum, entschuldigte sich wegen der Störung: „Botschaftsrat de Plessier möchte Sie dringend sprechen!" Er sah den Konsul Lemonnier vielsagend an.

Ich erhob mich.

„Vielleicht darf ich Sie an einem der nächsten Tage –"

„Gerne, gerne, mein lieber Monsieur Lamont!" Er blinzelte mir zu. Konsul Lemonnier war diskret und vorsichtig. „Rufen Sie mich vorher an, damit wir eine gemütliche Stunde verabreden können!"

Wir schüttelten uns die Hände.

Als ich langsam die Praia do Flamengo entlangschritt, nach einer Fahrgelegenheit Ausschau haltend, überlegte ich die Hinweise Lemonniers. Offenbar war Bonnetti eine etwas sonderbare Erscheinung. Ich kannte diesen merkwürdigen Typ aus Paris und Nizza und Tanger. Unwillkürlich dachte ich an den „schönen Alexander" – an Stavisky, der in den dreißiger Jahren die phantastischste Karriere gemacht hatte, bis sie plötzlich in einer Berghütte in Chamonix durch einige Schüsse endete. Schüsse, die nie ganz aufgeklärt wurden. Selbstmord, so hieß es . . .

In endloser Reihe jagten die Autos und großen und kleinen Omnibusse an mir vorbei. Ich begann zu verzweifeln. Jedes Winken war vergeblich. Bis plötzlich eine „Lotaçao", waghalsig die beiden anderen Fahrbahnen schneidend, an den Straßenbord raste, schockartig anhielt und einen Passagier aussteigen ließ. Mit langen Sätzen war ich an das Auto herangeeilt und preßte mich mühsam zwischen zwei andere Fahrgäste auf die hintere Bank.

Mein Nachbar half mir bei meinen Versuchen, mich verständlich zu machen, wo ich aussteigen wolle. So ging es leidlich gut ab. Ich war nach knapp fünfzehn Minuten an der Querstraße, die von der Avenida Copacabana direkt zur Avenida Atlantica führt, genau in der Höhe des Hotels „Ouro Verde".

Ich setzte mich noch auf die Terrasse und entschloß mich zu einem Glas Bier.

Die Gestalt Bonnettis wollte mir nicht aus dem Sinn.

Nun mußte ich noch etwas über Borard und Vicardi erfahren. Das würde bei der nächsten Begegnung mit Lemonnier nicht schwierig sein.

Eigenartig! Man hörte immer wieder, daß die französischen Diplomaten und Konsulatsbeamten die unangenehmsten Leute gegenüber ihren Landsleuten seien. In ihrer Arroganz, Beamtenüberheblichkeit und Nichthilfebereitschaft nur noch übertroffen von ihren deutschen Kollegen. Und siehe da! Hier war Konsul Lemonnier, der all diese Anschwärzungen zunichte machte. Ein lebendiges Dementi allen Kritikastern! Nicht zu reden vom Comte de Lancelle, der eine Kategorie für sich war.

Als ich im Fahrstuhl nach oben fuhr, überlegte ich, weshalb wohl Bonnetti eine Frau wie Eliana als Sekretärin bei sich arbeiten ließ. Das mußte besondere Ursachen haben, die ich aber nicht einmal erraten konnte. Und dann – der Ehemann! Wo mochte der geblieben sein?

In unserem Appartement waren Duchatel und Gattin in eifriger Unterhaltung mit Louise. Wir baten das Ehepaar zum Dinner. Unsere lieben Verwandten mußten nun für einige Tage meine gute Louise unter ihre Fittiche nehmen. Bei der Betrachtung Madame Duchatels wurde es mir klar, daß ihr dies keinerlei Schwierigkeiten bereiten konnte.

Die Liste der Verdächtigen

Genau um sechs Uhr stand ein großer amerikanischer Wagen vor dem Hotel. Ich kannte die Marke nicht, aber er schimmerte von Chrom und Glas.

Wir fuhren zum Flughafen „Santos Dumont", der am Ende der Avenida Beira Mar, als der See-Ufer-Straße, unmittelbar im Herzen der Stadt liegt. Es ist ein ganz sonderbares Gefühl, so neben dem intensivsten Verkehr der Kraftfahrzeuge und Omnibusse plötzlich zahllose Flugzeuge aller Typen zu erklicken, vereint auf einem bis ins Meer hinausragenden Gewirr von Hangars und Start- und Landebahnen. Der „Santos Dumont" diente ursprünglich nur dem Inlands-Luftverkehr, während der „Galeão" das internationale Netz aufnahm. Nun erhoben sich aber auch von diesem in der Stadt selbst gelegenen Flughafen mächtige viermotorige Maschinen, da die Start- und Landebahnen erheblich erweitert worden waren. Es klang mir wie eine maßlose Übertreibung, doch erwies es sich als wahr: der Santo-Antonio-Hügel, der sich im Stadtzentrum erhob, wurde ins Meer abtransportiert, in Zehntausenden von Lastwagen. So entstanden diese neuen gigantischen Anlagen. Die ungeheuren Erdmassen wurden Tag und Nacht vom Hügel abgerissen und ins Meer geschüttet.

Nach Goiania nahm mich ein zweimotoriges Flugzeug des „Loide Aereo". Die Maschine erweckte kein besonderes Vertrauen. Eine alte Douglas DC-3. Aber – sie kam tadellos von der Startbahn ab, und ich bewunderte bald die einzigartige Landschaft dieser Guanabara-Bucht, deren schönstes Juwel Rio ist.

Dann ging es über leblos erscheinendes Gebiet. Nur weit verstreut sah ich kleine Bauten, ganz selten Häuser, schmale Wege. Sonst bedeckte teils endloses Niederholz die Erde, teils eine gelbrote Kruste, durch die sich manchmal ein Fluß hindurchschlängelte, träge, beinahe stillstehend. Das Wasser schien mir fast der Erde gleich zu sein – gelblich, bräunlich, rötlich. Und so wolkenlos der Himmel, so einödig die Erde. Endlosigkeit über mir und unter mir.

Ich schlief ein.

Als mich der Steward weckte, sah ich unter uns eine kleine Stadt. Wir machten einen weit ausholenden Bogen und gingen sanft nieder.

Am Schalter des „Loide Aereo" erwartete mich ein Mann in Fliegerausrüstung, neben dem ein älterer Herr stand. Es war Dr. Maurice Baldarin, der sich in höflicher, doch etwas reservierter Art vorstellte. Wir gingen zu dritt zu einem kleinen „Piper-Cub" – dem schmucken Lufttaxi –, und nachdem ich mich in verschiedene Formulare eingetragen hatte, rollte das spielzeugähnliche Maschinchen ab.

Mit Dr. Baldarin gab es nur eine kurze Unterhaltung. Während des Fluges war kein Wort zu verstehen. Dann und wann versuchten wir, uns in einer durch Zeichensprache verbesserten Verständigungsart etwas zu sagen, aber es gelang nicht recht. Nach einer Stunde landeten wir. Im Niedergehen sah ich, etwas seitab, ein imposantes Gebäude, dem sich verschiedene andere, kleinere Bauten anschlossen.

„Es ist die Fazenda eines Freundes von Senhor Bonnetti", erläuterte Dr. Baldarin, während wir die schmale Landebahn entlangschritten. „Der Herr besitzt sogar eine zweimotorige Cessna-Luxusmaschine."

Neben der Hütte, die offenbar als Unterkunftsraum und gleichzeitig als Werkzeug- und Ersatzteillager diente, wartete ein amerikanischer Jeep. Am Steuer saß ein bärtiger, dunkelbrauner, unfreundlicher Mann.

Als wir abfuhren, sah ich unseren Piloten an der Tür der Hütte gelehnt. Er drehte sich sinnend eine Zigarette und blickte uns nach.

Der Weg, den wir entlangfuhren, verwandelte sich nach einer Abzweigung, die zu dem großen Haus führte und gepflastert war, in eine Fahrtrinne. Schwere Ochsenkarren mußten ihre Spuren tief in den lehmigen Boden gekerbt haben, der nur bei starken Regengüssen die Narben wieder ausglich. Nach wenigen Kilometern endete auch dieser Weg, und wir fuhren auf freiem Boden entlang. Da die Erde recht eben war, ging es einigermaßen. Die Federung des Fahrzeuges ließ allerdings zu wünschen übrig.

„Wie lange wird unsere Fahrt dauern?" fragte ich meinen Nachbarn.

„Eine Stunde – kaum mehr. Da die schweren Transporte geflößt werden – das Gestein und die Ausbeute –, besitzen wir eine richtige Landstraße erst in einer Entfernung von über hundert Kilometern. Es wird seit Jahren an einer neuen Straße gebaut." Er hüstelte. „Es dauert sehr lange –" Er schwieg.

Die Landschaft wurde hügelig. Es ging auf eine Art Hochplateau hinauf. Unten tauchte das fahle Band eines in vielen Windungen dahinstrebenden Flusses auf. Wir kamen in ein weites Tal, an dessen Ende sich beachtlich emporsteigende Bergkuppen erhoben. In der Ferne glaubte ich eine Rauchfahne zu erblicken.

„Die Mine?" fragte ich Dr. Baldarin und deutete nach vorn.

Er nickte:

„Die Mine – ja – und das, was wir eine Hüttenanlage nennen. In der Heimat würde man darüber lachen. Für hier reicht es. Sonderbares Land – Brasilien! Es ist alles nur aus der Flohperspektive zu sehen – oder aus jener der Ichthyosaurier. Es gibt kein Mittelding. Höchstentwickeltes – und Unterentwickeltes. Wolkenkratzer und Negerhütten. Blauweiße Riesenbrillanten – und Glassplitter." Er hüstelte wieder. „Sie sind zum erstenmal hier?"

„Ja! Zum erstenmal!" erwiderte ich und sah meinen Nachbarn prüfend an. Dr. Baldarin machte auf mich einen etwas kränklichen Eindruck. Seine Augen flackerten unruhig in ihren Höhlen. Bildete ich es mir nur ein – oder roch er tatsächlich nach Alkohol? . . . Der Mann wirkte wie ein in seinem ganzen Wesen veränderter Europäer. Er war mir fremd. Mit einer gewissen Aversion vermischte sich eine Art Mitleid, so etwas wie Bedauern. Was alles mochte dieses Leben durchgemacht haben? Wo war der Anfang – fragte ich mich –, wo würde wohl das Ende sein? . . . Ein französischer Akademiker, dessen hohe Stirn und ganze Schädelbildung für viel Intelligenz sprachen, verbrachte seine Tage hier in der Wildnis – in einer geistigen Einsamkeit. Alles mußte seine Ursachen haben. Welche gab es als Erklärung für das Schicksal Dr. Baldarins? Ich fragte ohne Übergang: „Lesen Sie viel, Doktor?"

Er blickte mich von der Seite an, ungläubig. Plötzlich lachte er vor sich hin:

„Natürlich! Fachliteratur! In Mengen. Man darf nicht stehenbleiben. Jeden Tag gibt's etwas Neues. Etwas, wovon diese Menschheit denkt, daß es sehr wichtig sei. Aber sonst –" Er schüttelte sich.

Wir fuhren auf ein langgestrecktes Gebäude zu, aus dem schmale Schienen kamen und in welches ebensolche mündeten. Kleine Grubenwägelchen standen herum. Auf einem hoch oben gespannten Seil, das über drei immer kleiner werdende Türme rollte, schaukelten Förderkatzen in langsamer, rhythmischer Bewegung. Den Abschluß des Hauses bildete das hochaufragende Gestein des Berges, in dessen Eingeweide sich dröhnende Maschinen hineinfraßen.

Wir gingen nach dem schräg gegenüberliegenden Haus. Dr. Baldarin öffnete die Tür und ließ mich vorangehen. Durch einen schmalen Korridor kamen wir in eine Art Eßzimmer. Ich legte meine Handtasche ab, als mir Dr. Baldarin bedeutete, Platz zu nehmen. Es gab nur vier Tische. Zwei waren besetzt.

„Ich merke erst jetzt, daß ich Hunger habe!" meinte ich, nur um etwas zu sagen.

„Fein!" antwortete Dr. Baldarin. Er winkte einen Schwarzen heran, dessen Farbe ganz besonders durch das weiße Jackett aufdringlich wirkte.

„Dois almoços!" – Also zwei Mittagbrote, soviel verstand ich bereits. „Cerveja!" – Er sah mich an: „Ich nehme Bier – ist es Ihnen recht?" Ich nickte.

„Gewiß. Nebenbei – ich möchte mir die Hände waschen." Ich nahm meinen Koffer.

Ich wurde in ein Schlafzimmer mit fünf Betten geführt, die alle frisch aufgebettet und offenbar nicht benützt waren. Ich war entschlossen, darauf zu bestehen, das Schlafzimmer für mich allein zu haben.

Nachdem ich mich eilig etwas in Ordnung gebracht hatte, ging ich in den Speiseraum zurück. Nun saß neben Dr. Baldarin ein vierschrötiger, herkulisch gebauter Mann von etwa vierzig Jahren. Sein Gesicht war etwas verschmiert, und er schien kein besonderes Gewicht auf eine perfekte Rasur zu legen. Aber seine großen blauen Augen – stahlblau eher – und sein blondes, nach hinten gekämmtes Haar wirkten sympathisch.

„Herr Benzler-Bürghaus!" stellte Dr. Baldarin vor. „Leitender Ingenieur –"

„Chefmechaniker!" verbesserte der Angeredete. Er stellte sich formell vor, blieb aber dabei sitzen: „Eduard Benzler-Bürghaus. Aus Aarau. Schweiz." Er reichte mir seine Hand. Es war eher eine Pranke. Ich nahm meine Kräfte zusammen, denn ich ahnte, daß der Mann versuchen würde, mir einen Händedruck seiner besonderen Art zu verpassen. Ich parierte. Er spannte seine Muskeln an – er besaß reichliche. Aber wenn es mir auch niemand ansehen mag, so verfüge auch ich über weit mehr als durchschnittliche Kräfte. Der Schweizer starrte mich einen Augenblick verwundert, dann anerkennend an. Noch einmal versuchte er, zuzudrücken. Es gelang ihm nicht. Ich hielt stand. Als er seinen Griff etwas lockerte, griff ich mit aller Härte nach. Er sah mir frei in die Augen: „Donnerwetter! Das sieht man Ihnen nicht an! . . ." Er fügte, während er mir zuprostete, langsam hinzu: „Was macht ein Zeitnehmer und Zeitkontrolleur mit so viel Kraft? Die könnten Sie in einem anderen Beruf besser anlegen . . ." Er lachte kurz auf. Sein Französisch ließ den Deutsch-Schweizer klar erkennen.

Das Essen kam. Erst nach einer genauen Erklärung fand ich mich zu recht. Die Speise hieß „Feijoada completa" und war zu Ehren meines Besuches bereitet worden. Das Gericht schmeckte eigenartig, aber gut. In dick eingekochten schwarzen Bohnen – „Feijoes" – schwamm, zwischen Öl und anderem Fett, ein Gemisch von Schweine-, Rind- und Hammelfleisch. Das Ganze war stark gewürzt. Gleichzeitig stellte der schwarze Kellner vor jeden Teller ein mittelgroßes Glas von weißem Schnaps. Er hieß „Cachaça". Ein sehr hochgradiger Alkohol aus Zuckerrohr. Da ich die Konzentration nicht kannte, tat ich wie meine Tischgenossen und leerte das Glas auf einen Zug. Durch tränende Augen sah ich das befriedigte Lächeln der beiden Zuschauer, die bereits auf eine heftige Reaktion meinerseits gewartet hatten. Ich beherrschte mich, so gut es ging – aber leicht fiel es mir nicht. Offenbar gehörte dieser scharfe Schnaps zu dem schweren Gericht ...

Nach Tisch legte ich mich etwas schlafen. Die Sonne glühte ärger als in Tangers heißester Hochsommerhitze. Denn, nun ja, sie tut das – auch wenn die geschickte Touristenpropaganda meines Freundes Fol es ableugnet. Allerdings, die Tage solcher extremen Hitze sind selten, während sie hier sogar im sogenannten Winter kein Ende nehmen wollten.

Als mich Dr. Baldarin weckte, war es vier Uhr nachmittags.

Wir begaben uns ins das Zentralbüro. Der Boden des Hauses schien zu zittern. Die schweren Fördermaschinen dröhnten mir in den Ohren.

Abgesehen von zwei jüngeren, fast weißhäutigen Angestellten, sah ich nur Farbige. Sie arbeiteten langsam.

In einem zweiten, kleineren Raum, lernte ich Olgierd Byelkowski, den kaufmännischen Leiter des Betriebes, kennen. Er war ein polnischer Graf, führte aber das Prädikat nicht. Er lebte seit langen Jahren in Brasilien. Ehemals Oberst in der Armee des General Anders, schlug er sich, nachdem die Engländer die Einbürgerung verweigert hatten, mühsam über Venezuela nach Rio durch, wo er Verwandte besaß. Sie enttäuschten ihn. Aber fremde Landsleute brachten ihn in einer Bäckerei unter, wo er ausharrte, bis er ein leichteres Brot als Hauswart eines Wolkenkratzers fand. Dort zog die INTERIMPEX ein – und Olgierd Byelkowski endete, zumindest vorderhand, in Tabatuajara. Der Graf, ein früher sicher prächtig aussehender Mann, erzählte alles ohne besondere Betonung. Ich taxierte ihn auf über sechzig Jahre, aber er berichtigte mich:

„Fünfundfünfzig, Monsieur Lamont! Nur fünfundfünfzig! Aber es gibt Jahre, die doppelt zählen, sogar dreifach. Doch ich will Sie nicht langweilen. Sie müssen Ihre Studien machen. Ich glaube zwar kaum, daß hier in der Verwaltung etwas zu rationalisieren ist. Monsieur Bonnetti – allen Respekt für ihn – irrt. Wir sind zu klein, um wissenschaftlich durchgekämmt zu werden. Vielleicht der Betrieb selbst . . ." Er sah mich fragend an, ungläubig, schien es mir.

„Man weiß nie", wandte ich ein, „ob nicht doch da oder dort ein guter Rat nützlich sein kann. Ich bin keineswegs ein Abbauer von Arbeitsstellen. Viel eher versuche ich, ein besseres Ergebnis mit den vorhandenen Kräften zu erzielen, so daß niemand Schaden erleidet." Ich erfand all dies als Improvisation, da mir der Mann etwas ängstlich dreinschaute.

Wir machten einen Rundgang. Ich hielt mein Notizbüchlein in der Hand und notierte. Zumindest tat ich so.

„In der Mine endet die Arbeitszeit um fünf. Wir beginnen um halb sieben und geben eine Stunde Mittagsruhe. Also das bleibt für morgen", sagte Dr. Baldarin, „wenn es Ihnen angenehm ist. Sie können aber die Grundpläne der gesamten Anlage sehen. Das erleichtert Ihre Arbeit, sofern auch dort Rationalisierung auf dem Programm steht." Seine Stimme klang etwas ironisch. „Mit den Eingeborenen werden Sie allerdings bei Ihren Plänen manche Sorge haben . . . Bei vierzig Grad im Schatten sind die Menschen nicht zugänglich, sondern müde. Vergessen Sie europäische Normen. Das durchschnittliche Lebensalter in Brasilien ist knapp bei siebenunddreißig Jahren . . . Alles hat seine Ursache!"

Die letzten Worte sprach er ganz dicht zu mir gewandt. Ich spürte seinen Atem und das Aroma starken Alkohols. Das konnte nicht von dem Glas „Cachaça" beim Mittagessen herrühren. Ich wußte nun – Dr. Baldarin trank.

Wir verließen das an die Minenanlage grenzende Verwaltungsgebäude. Es war ganz aus imprägniertem Holz errichtet und roch säuerlich. Es wirkte auch ungewohnt, daß zahllose Stromleitungen frei am Boden entlanggingen und an den Wänden nur mit krummen Nägeln festgemacht waren. Die Glühbirnen hingen an losen Drähten.

Wir trafen Benzler-Bürghaus in seinem Büro. Zwei dunkle Gestalten arbeiteten an primitiven Tischen, grob zusammengenagelte breite Bretter auf zwei Reitern.

Was ich bis jetzt gesehen hatte, paßte schwerlich zu einem komplizierten Syndikat erfahrener Berufsverbrecher. Aber man konnte nie wissen . . .

Das langgedehnte Signal der Fabriksirene beendete meine Arbeit. Sie war ohne jegliche Ausbeute geblieben. Doch konnte ich nicht erwarten, gleich in den ersten Stunden Anhaltspunkte zu finden.

Dr. Baldarin begleitete mich bis zu meinem Zimmer. Er habe noch für den kommenden Tag etwas vorzubereiten, wie er nebenher bemerkte. Wir wollten uns zum Abendbrot treffen, so gegen sieben Uhr. Er ging. Ich trat ans Fenster. Ich blickte ihm nach, bis er an der Biegung des Weges verschwand. Als ich mich umwenden wollte, sah ich eine eilig vorbeigehende Gestalt. Ich konnte mich des Eindrucks nicht erwehren, daß sie aus einem Versteck – einer Vertiefung in der endlos langen, unregelmäßigen Bretterwand der niedrigen Bauten – dem Ingenieur aufgelauert hatte und ihm nun folgte. Es war ein Mädchen. Für eine Frau wirkte sie viel zu jung. Ihr Gang, das Schaukeln ihrer Hüften beim schnellen Ausschreiten, die ganze Erscheinung in voller Bewegung – das alles erinnerte mich irgendwie an ein Tier, das einer sicheren, aber gefahrvollen Fährte folgt. Ich starrte dem Geschöpf lange nach. Lange noch, nachdem sie an derselben Wegbiegung wie Dr. Baldarin verschwunden war.

Ich suchte in meinem kleinen Handköfferchen, das eigentlich eine Diensttasche war, die ich stets bei kürzeren Reisen benützte, nach etwas Lesestoff. Außer einem „Handbuch für Kriminalbeamte", das mir zweifellos Dupuy in schmählichem Spott in das Seitenfach geschmuggelt hatte, fand ich nichts. Also begann ich, in dieser unserer kleinen Fibel oder Bibel zu blättern. Man lernt ja nie aus – wenn dieser Spruch richtig ist.

Doch ich fand keine Freude am Nachlesen der nur allzu bekannten Hinweise. Ja, hätte ich das gute alte „Handbuch für Untersuchungsrichter" von Prof. Dr. Hans Groß vorgefunden, des Altmeisters der Kriminalistik, so wäre keine Langeweile über mich gekommen. So aber kreisten meine Gedanken immer konzentrischer um die Personen der Geschehnisse, in die ich selbst verwickelt war, wenngleich zunächst nur als stiller Beobachter.

Die Werte, die auf dem Spiele standen, lagen sehr hoch. Das erklärte, weshalb meine Tätigkeit gewünscht worden war. Ich dachte auch daran, daß Bonnetti ganz ausdrücklich betont hatte, die Order, einen erfahrenen Kriminalisten hinzuzuziehen, sei vom Aufsichtsrat ausgegangen. Also der Bonnetti übergeordneten Stelle der Aktiengesellschaft. Weshalb mußte erst der Aufsichtsrat diesen Beschluß fassen? Weshalb handelte nicht Bonnetti in diesem ganz logischen Sinne? Hatte in seinem Hinweis auf die Direktiven des Aufsichtsrates etwa ein Unterton des Bedauerns mitgeklungen – oder kam ich zu dieser Annahme erst jetzt?

Welche Rolle spielte der Rumäne Alexandre Codrianu? Oder Philippe Borard? Wohin mußte ich Eliana van den Veerden placieren? Und Bonnetti selbst? Der Chefingenieur Dr. Baldarin wirkte auf mich wie ein menschliches Wrack, zusammengehalten durch Stellung und Kleidung und Amt, aber ansonsten im Zerfall. Und der ehemalige polnische Oberst Graf Byelkowski – sparsam in seinen Worten, stets mit einem nicht verkennbaren Mißtrauen, wenn er Dr. Baldarin von der Seite betrachtete?

Eine eigenartige Gesellschaft, zusammengewürfelt aus allen Kanten des alten europäischen Menschenarsenals. Ich sah die Figur Paul Vicardis, wie er aufmerksam meinen Bewegungen als „Zeitnehmer" folgte. Was dachte er sich dabei? Nur die beiden Brasilianer, Antunes und Motta Pires, sahen unwichtig aus. Aber das konnte auf einer Selbsttäuschung beruhen. Was wußte ich von Brasilianern, von ihren Reaktionen, ihrer Denkungsart, ihrem äußeren Gesicht im Verhältnis zum inneren . . . Nichts!

Nach kurzem Pochen betrat Eduard Benzler-Bürghaus mein Zimmer. Er sah nochmals nach dem Korridor hinaus, schloß übervorsichtig die Tür, setzte sich ungeniert auf einen Stuhl, der zwischen den Betten stand:

„Sie werden mit Ihrer Organisationsarbeit keinen Erfolg haben, das kann ich Ihnen voraussagen, Monsieur Lamont! Es ist alles zu primitiv hier. Niemand wird Ihnen helfen, niemand Ihre Anweisungen befolgen. Zumindest nicht eine Minute, nachdem Sie fort sind!"

Ich betrachtete den Bullen neugierig. Er hatte etwas Urwüchsiges an sich, eine Naturkraft entströmte ihm, die sehr gesund wirkte. Ich fand ihn sympathisch und offen. Völlig verschieden von all den angeschlagenen Leuten der INTERIMPEX.

„Meine Aufgabe ist beendet, wenn ich meinen Bericht und meine Vorschläge an Monsieur Bonnetti weiterleite!" sagte ich sachlich. „Die Ausführung ist nicht meine Angelegenheit. Ich bin nur Berater – kein ausführendes Organ."

Benzler-Bürghaus zögerte eine Weile. Dann meinte er gedämpft:

„Unter uns gesagt, Monsieur Lamont, verstehe ich die ganze Angelegenheit nicht. Bonnetti war mehrmals hier oben bei uns, aber was ihn interessiert, das sind nicht die Betriebsfragen vom organisatorischen Standpunkt. Er hat andere Gedanken. Natürlich tut jeder einzelne so, als wüßte er nicht, was gespielt wird. Die Leute verdienen gut. Mich eingeschlossen. Allerdings sitzt man auf Kohlen. Zweimal gab's Kontrollen durch Beamte des Staates Minas Gerais, in dessen Gebiet wir hier liegen. Zweimal kamen Bundesfunktionäre hierher. Beidemal war – ein Zufall, nicht? – Bonnetti genau tags vorher eingetroffen, so daß er selbst mit den Herren verhandelte. Und siehe da – alles wurde in bester Ordnung befunden . . ."

Ich sah ihn, so gut ich konnte, überrascht an:

„Sollte denn irgend etwas nicht in Ordnung sein?"

Der Schweizer kam näher:

„Sie können hier nichts organisieren und nirgendwo Arbeitszeit einsparen, auch wenn Sie der beste Fachmann sind, mein guter Herr! Die Arbeiter in der Mine arbeiten genau, wie es die höllische Temperatur zuläßt. Nicht weniger und nicht mehr. Wir fördern manche Erze bis zu tausend Meter tief unter der Erde. Schon hier an der Oberfläche sind es oft vierzig Grad im Schatten. Dort unten geht es auf fünfzig Grad. Und die Kühlluft, die wir hinunterblasen, ist unzureichend. Also, an der Förderarbeit ist nichts zu ändern. Und hier oben ..." Er lächelte, breitete beide Arme aus: „Die guten ins Kröpfchen – die schlechten ins Töpfchen! ... Selber essen macht fett! Was wir schließlich bis an den Hafen bringen, sind Erze. Tatsächlich nichts weiter. Das Wertvollste geht durch die Hände von Hervay und Sineguru."

Ich unterbrach ihn: „Wer sind diese?"

„Die beiden Chemiker. Sandor Hervay, ein Ungar, und Akatsuka Sineguru, ein Japaner. Sie beherrschen den Platz. Das werden Sie noch erleben. Und auch Bonnetti ist ihnen gegenüber ziemlich kleinlaut. Die beiden verarbeiten gewisse verhüttete Produkte. Man muß nicht sehr phantasiereich sein, um auf verschiedene, recht naheliegende Gedanken zu kommen."

„Welche?" fragte ich und bot meinem sonderbaren Besucher eine Zigarette an.

„Rare Erden!" sagte er behutsam. „Und deshalb werden Sie hier kein Glück mit Zeitnahme und Organisation haben. Worauf es Bonnetti ankommt, das ist dieses kostbare Extramaterial, das irgendwohin verschoben wird."

So gab es also jedenfalls zumindest einen Mitwisser mehr, als Bonnetti annahm.

Ich blickte vor mich hin:

„Befürchten Sie nicht, daß ich Ihre Mitteilungen Monsieur Bonnetti weitergeben könnte? Ich bin von ihm beauftragt worden –"

„Lieber Monsieur Lamont", lächelte Benzler-Bürghaus breit, „Sie müssen mir dankbar sein, daß ich Sie aufkläre. Also weshalb sollten Sie aus der Schule plaudern? Wem schaden Sie damit? Nur sich selbst. Bonnetti braucht mich, so wie er alle hier braucht. Den Dr. Baldarin, der seinen Kummer mit Alkohol wegzuschwemmen und seine Liebesnöte in den Armen von Jundira Zilda zu vergessen sucht, den Oberst Byelkowski, mich und die Chemiker ..."

Ich überlegte. Ohne besondere Betonung fragte ich:

„Weshalb trinkt Dr. Baldarin so ungehemmt? Der Mann vernichtet sich ja selbst –"

Der Schweizer ging langsam auf und ab, öffnete die Tür, blickte den Korridor entlang, kam zurück und setzte sich wieder:

„Wenn Sie einmal das Personal der INTERIMPEX genauer kennenlernen, so wird Ihnen eine auffallende Dame begegnen. Eliana van den Veerden. Und –" Er schwieg.

„Und –?" drängte ich, gegen meinen Willen, denn es ist verkehrt, starkes Interesse zu bekunden, wenn man starkes Interesse hat. Das macht den Erzählenden nur stutzig. Aber ich war tatsächlich gespannt.

„Eliana van den Veerden", Benzler-Bürghaus beugte sich zu mir, „kam als Madame Baldarin aus Cayenne, wo ihr Gatte, Dr. Baldarin, in einer staatlichen Minengesellschaft angestellt gewesen war. Bonnetti lernte das Ehepaar in Paris kennen, als die Baldarins auf Europaurlaub weilten. Er gab dem Gatten einen vorzüglichen Vertrag. Und verfrachtete ihn nach der Mine. Zuerst allein. Die Gattin sollte nachfolgen. Aber Eliana kam nicht. Als dann Dr. Baldarin begriff, was gespielt wurde, flog er nach Rio. Er vergriff sich gegen Bonnetti. Aber – es war der Angriff eines bereits Zerbrochenen gegen einen völlig Unempfindlichen. Eliana legte sich ihren Mädchennamen bei und blieb bei Bonnetti, der Frau und Töchter weise in Frankreich zurückgelassen hatte. Mit fürstlichen monatlichen Zuwendungen, die alle Komplikationen ausschließen. Bonnetti wollte sein frisch erlegtes Wild in einen goldenen Käfig sperren. Aber Eliana scheint ganz verschieden zu sein von dem Typ Frau, die sich als Mätresse wohl fühlt. Ich glaube sogar, daß sie Bonnetti geliebt hat. Sie wollte nicht eine ausgehaltene Freundin sein. Sie stellte die Bedingung, als tatsächlich hart arbeitende Sekretärin in die INTERIMPEX einzutreten – und Bonnetti blieb nichts anderes übrig, als darauf einzugehen."

„Sie sprachen von der Liebe Elianas zu Bonnetti in der Form der Vergangenheit. Soll das heißen, daß –" erkundigte ich mich, doch Benzler-Bürghaus unterbrach mich:

„Bonnetti erhitzt sich sehr schnell. Er kühlt auch rasch wieder ab. Nach dem ersten Rausch sucht er anderweitige Zerstreuung. Es ist seine Natur. Aber Eliana brach, als sie Beweise in Händen hielt. Bonnetti war für sie als Mann erledigt. Sie verließ trotzdem – wer kennt sich bei Frauen aus? – die INTERIMPEX nicht. Vielleicht wollte sie damit Bonnetti quälen. Zumindest ihn – wollte er sich ihr wieder nähern – durch eine Ablehnung demütigen. Und einfach Eliana auf die Straße setzen, konnte er wohl nicht. Dazu wußte sie schon zu viel ... Und Dr. Baldarin blieb in der Mine. Hier bei uns. Und zuerst kam der Alkohol, dann kam Jundira, dann erschien Zilda – zuerst die eine, dann die andere –, dann, so sagt man, im schwersten Trunk beide. Und irgendwo im Tal soll es noch Mädchen geben ... So ist das Leben, Monsieur Lamont! Nur ich gehöre nicht zu dem Kreis der Verkommenen. Ich verdiene viel, unverhältnismäßig viel, und jeder Cruzeiro, den ich erübrigen kann – und das ist viel, denn ich kann ja nichts ausgeben! –, wandert, in gutes Schweizer Geld verwandelt, in die Heimat. In einem Jahr, längstens in zweien, fährt dann Eduardle Benzler-Bürghaus zurück ins Aargauische. Versorgt für den Rest..."

Merkwürdig – dachte ich –, wie sehr die lange Einsamkeit die Zungen zu lösen vermag! Dieser harte Schweizer sprach offen und überquellend, ohne daß es seinem Wesen entsprechen konnte. Er sprach, weil nach trostlosen Monaten des Schweigens sich die Gelegenheit dazu ergab. Er erzählte, weil es einfach nicht mehr in ihm Platz hatte. Er wollte leichter werden in seinem Herzen. Hier gab es niemanden, dem er seine überschüssigen Gedanken anvertrauen konnte. Nun saß ihm ein Mann aus dem fernen alten Europa gegenüber – und er sprach sich seine Not und Abgeschlossenheit vom Herzen.

Es wurde an die Tür geklopft. Der Kellner steckte seinen langgezogenen Mulattenkopf durch den Türspalt:

„O jantar está pronto!"

Eduard Benzler-Bürghaus erhob sich.

Das Abendessen war bereit.

Ich schritt an seiner Seite, langsam, den Korridor entlang und die Treppe hinunter. Ich berührte seinen muskelbepackten Arm:

„Schönen Dank für Ihre Aufgeschlossenheit! Ich weiß sie zu schätzen..."

Er nickte, lächelte und schwieg.

Im Speisezimmer waren alle Tische besetzt. Ich kannte die Mehrzahl der Leute nicht. Der Japaner in einer Ecke mußte wohl Akatsuka Sineguru sein.

Ich verzehrte das Abendbrot gemeinsam mit Dr. Baldarin, der schweigsam neben mir saß. Der einstige polnische Oberst redete auf Benzler-Bürghaus ein. Er wollte nicht von der Erörterung irgendwelcher interner Geschäftsgeschichten lassen. Der Schweizer nickte, blickte verdrossen zu mir, deutete fast unmerklich nach Dr. Baldarin, der ein Glas nach dem anderen leerte, und gab einsilbige Antworten auf die Ausführungen des Polen.

Nach Tisch gingen wir, die etwas abkühlende Luft genießend, spazieren. Der Weg zwischen den Gebäuden war erträglich beleuchtet, wenngleich die offen herabhängenden starken Glühbirnen eher blendeten als den Weg erhellten.

Byelkowski und Benzler-Bürghaus schritten voran, Dr. Baldarin ging so langsam neben mir, daß ich seine Absicht merkte, uns von den anderen zu trennen.

Als die beiden Männer außer Hörweite waren, blieb Dr. Baldarin stehen. Es war unterhalb einer der langsam an ihrem über die Straße gespannten Draht schwingenden Lampen. Ich sah sein verwittertes Gesicht, dessen Falten durch den scharfen Schwarz-weiß-Kontrast noch besonders unterstrichen wurden. Mehr als dies, wirkten seine verschwommenen Augen fast beängstigend. Er öffnete den zweiten Knopf seines Hemdes, als bekäme er nicht genug Luft. Seine Stimme klang heiser:

„Lamont" – er ließ jede Anrede weg –, „Sie sind doch kein Zeitmesser – wie? Was sollte ein Zeitnehmer in diesem verfluchten Winkel zu suchen haben?!..." Er lachte und zeigte zwei Reihen beschädigter Zähne. „Unsinn! Sie sind aus anderen Gründen hierhergekommen..." Er griff nach meinem linken Unterarm, hielt ihn fest: „Bonnetti hat Sie geschickt. Und ich weiß, weshalb! Er möchte wissen, ob ich endlich fertig bin! Wie?! Er kann es nicht mehr abwarten – wie?! Und dann genügt ihm die Förderung nicht mehr – die Förderung im Labor – wie?!..." Er lachte langanhaltend, verkrampft. „Aber nichts kann ihn retten. Er glaubt, mich in der Hand zu haben – wegen der ‚seltenen Erde'. Der Dummkopf! Wir sind alle in einem Boot – wenn es kentert, ersäuft er mit!" Er ließ mich locker, torkelte, drohte das Gleichgewicht zu verlieren und trampelte einige Schritte zur Seite. Ich fing ihn auf, lehnte ihn gegen die noch immer heiße Bretterwand des langgezogenen Gebäudes. Er sah mich an: „Noch eine kurze Zeit – dann lasse ich alles hochgehen." Er lachte laut vor sich hin. „Schluß!"

„Reden Sie keinen Unsinn, Dr. Baldarin!" hörte ich meine eigene, mir fremd gewordene Stimme verbissen sagen. „Ich bin nur beruflich hier. Ich weiß nichts über irgendwelche Dinge wegen Bonnetti. Ich soll –"

Er machte sich frei, als sei er plötzlich nüchtern geworden:

„Ersparen Sie sich jedes Wort, Lamont! Es ist auch gleichgültig. Vergessen Sie, was ich gesagt habe. Alles kommt, wie es kommen muß. Kismet! Den einen führt es in die Verdammnis. Den anderen –" Er schwang seinen rechten Arm und schien nach dem Horizont zu deuten, an dessen fernem dunklem Vorhang zeitweise Wetterleuchten aufzuckte.

„Aber glauben Sie mir, das Rennen ist noch nicht zu Ende. Und erst nachher zeigt sich, wer es gewonnen hat!"

Er schwieg. Wieder klang sein Lachen heiser zu mir. Eine Wolke von Fuselgeruch verbreitete sich aus seinem Atem.

„Ich verstehe Sie nicht", sagte ich und hielt ihn fest. Ich versuchte, sein Gesicht zu sehen, aber es war im tiefen Schatten. Er begann, langsam die Straße, die ein Weg war, bergab zu gehen. Unsicher, leise, mehr zu sich als zu mir sprechend. Ich folgte ihm. Seine Worte klangen müde:

„Niemand kann alles zusammen haben – Geld *und* Glück . . . Man muß für alles einen Preis bezahlen . . . Und Bonnetti hat mir Eliana genommen – aber es wird ihm den Kragen kosten. Es war auch nur ein kurzer Traum. Oder wissen Sie etwa nicht, daß Eliana längst mit Bonnetti gebrochen hat? Daß nichts mehr zwischen ihr und ihm besteht? Daß sie seine Sekretärin blieb, um bei ihrem Geliebten zu sein – dem neuen –, Philippe Borard? Ja – gegen Gefühle kann niemand angehen – sie kommen, sie vergehen – man muß es nehmen, wie es ist!"

Er blieb stehen, starrte mich an, dann wurde sein Blick geruhsam: „Das ist dann der Anfang. Wer Eliana erlebte und sie verliert, geht abwärts. Verstehen Sie mich – ich spreche aus Erfahrung." Er hielt inne, hustete anhaltend, riß sich zusammen: „Sie – Zeitnehmer . . ."

„Sie müssen ins Bett, Dr. Baldarin!" drängte ich ihn nach dem links abbiegenden Seitenweg. „Sie brauchen Ruhe. Pflege. Ärztliche Pflege. Aber – gibt es hier einen Arzt?"

Er ging unschlüssig neben mir:

„Dr. Mendez kommt erst morgen. Er ist heute in Goiania." Langsam fügte er hinzu: „Er fährt immer zur Präfektur, wenn sich mehrere Totenscheine angesammelt haben. Für einen einzelnen lohnt es sich nicht."

Wir kamen vor einem kleinen Hause an. Ein verwahrloster Vorgarten hinter einem teilweise zerfallenen Gartenzaun verdeckte das Mauerwerk des Bausockels. Dr. Baldarin schritt über den schmalen Kiespfad, ohne sich umzuwenden. Als er an der Glastür angelangt war, wurde sie geöffnet. Von innen. Lautlos. Von jemandem, der gewartet hatte. Ich sah den Schatten einer Frau, der sich geschmeidig gegen den erhellten weiß getünchten Hintergrund abhob. Einen Augenblick kam es mir vor, als stünde eine zweite Figur dicht neben dem fadendünnen Vorhang der Pforte. Aber das konnte auch eine Täuschung sein, die durch die leichte Bewegung des Tülls entstanden war.

Ohne ein weiteres Wort zu sagen, verschwand Dr. Baldarin im Innern des Hauses.

Ich wandte mich um und schritt nachdenklich dem Gästehaus zu.

Ich ging nach meinem Zimmer, entledigte mich der Kleidung, der wenigen, die ich noch trug. Trotz Höhenlage und Jahreszeit war es in einem unerträglichen Maß heiß und schwül. Dann duschte ich, ohne Erfrischung zu empfinden, da das Wasser lauwarm aus dem Sieb rieselte. Noch feucht, warf ich mich auf das Lager.

Ich schlief nur mühsam und wälzte mich, immer wieder halbwach, im Bett.

Als die Sonne durch die offenen, nur gegen Moskitos durch ein Netz, nicht aber gegen die gleißende Helligkeit geschützten Fenster kam, war es mir, als sei ich die ganze Nacht schlaflos geblieben.

Sonnabends arbeitete die Mine bis zwei Uhr mittags, durchgehend. Ebenso die Verwaltungsstelle und das Labor. So frühstückte ich recht eilig, gedachte wehmütig der so erfreulichen Reichhaltigkeit des Frühstücks, wie es Louise in Tanger sorgsam und liebevoll zuzubereiten pflegte, und ging dann an meine Arbeit. Ich begegnete Dr. Baldarin, dem Schweizer, dem Polen. Alles schien verändert. Nüchterner als gestern abend. Wirklicher. Aber ich konnte nichts von dem, was ich gehört hatte, vergessen. Ich sah alle diese Menschen in jenem ersten Licht.

Im Laboratorium lernte ich den Ungarn Sandor Hervay kennen und seinen japanischen Kollegen Akatsuka Sineguru. Es war Dr. Baldarin, der uns bekannt machte. Ich spürte deutlich, daß beide Chemiker über mich und meine Mission orientiert worden waren. Die drei Männer warfen sich die Worte wie Fangbälle zu.

Ich ließ mir alle Vorgänge genau erklären. Es ergab sich, daß die besonderen Sendungen – Sineguru gebrauchte das Wort „Direktionspakete" – aus den von der Kokerei gekommenen und im Labor durch ihn und Hervay behandelten Substanzen bestanden. Sie wurden, im Beisein Dr. Baldarins, spezifiziert, klassifiziert und gewogen. Die versiegelten Pakete gingen durch den Jeepfahrer an die Piloten des Piper-Cub und wurden von ihm in Goiania an Borard, Vicardi oder Antunes ausgehändigt und nach Rio befördert. Es war alles genauso, wie es Bonnetti angegeben hatte. Ohne die Siegel und Plomben zu verletzen, war ein Eingriff während des Transports unmöglich. Natürlich waren Bedenken nicht von der Hand zu weisen. Fachleute konnten jedes Siegel perfekt nachmachen. Plomben schwerer. Und dann wurden die Zeiten genau kontrolliert. Konnten Pires Motta, Antunes und Vicardi, die alle Sendungen entgegennahmen, die Manipulation vornehmen? Ich bezweifelte es. Es würde auch allzusehr aufgefallen sein, wenn stets diejenige Sendung, die einer der drei Männer übernommen hatte, später mit Wertminderung in Paris eingetroffen wäre. Daß alle drei die Siegelfälscher sein sollten, erschien mir unwahrscheinlich. Und wenn ich in der Mine nun den Japaner, den Ungarn und den verwitterten französischen Chefingenieur so dicht und einmütig beisammen sah, so gelangte ich zu ganz anderen Ansichten. Diese drei Leute konnten, zusammenwirkend, jede Manipulation zum Schaden der INTERIMPEX bei den Substanzen der „raren Erde" durchführen. Und überdies gab es, zumindest bei einem der Beteiligten an der Kontrolle und am Versand, ein zusätzliches

Motiv zu dem üblichen Trieb des Bereicherungswillens. Bei Dr. Baldarin.

Eigentlich wollte ich die Hochofenanlage besichtigen, doch schien mir dieser ausschließlich technische Vorgang für meine Untersuchung bedeutungslos zu sein. Die Frage der Täterschaft lag hier – hier, in dem Gebäude, in dem ich mich befand – und im Kreise der Männer, die ich bereits kannte.

Ich ließ mir alle Vorgänge von den drei Beteiligten einzeln erklären – es war die einzige Möglichkeit, Widersprüche zutage treten zu lassen. Aber die Antworten erwiesen sich als vollendet aufeinander abgestimmt. Zu vollendet, um spontan zu sein. Es war alles vorbereitet, einstudiert – daran konnte ich nicht zweifeln. Als ich das Labor verließ, gesellte sich der polnische Oberst zu mir.

„Sie sollten sich einmal die Mine selbst ansehen, Monsieur Lamont!" meinte er in seiner unverkennbar slawischen Betonung. „Was Sie dort sehen, ist einmalig. Schweiß und Verbitterung. In den Hochofenanlagen – es sind natürlich gar keine richtigen schwerindustriellen Anlagen, das wäre überflüssig – geht es auch trostlos vor sich, aber die Menschen arbeiten wenigstens an der Luft. Es ist eigentlich eine improvisierte Anlage, gerade ausreichend, um grobes Gestein, vorzerkleinert, so weit auszubrennen, daß etwas Nutzbares übrigbleibt. Auf kleinem Raum, bei kleinem Gewicht, große Werte. Das ist der Zweck. Und Hervay versteht sein Geschäft, ebenso wie Sineguru. Und Dr. Baldarin. Haben Sie das Trio beobachtet? Sie bilden sich ein, die Weisheit mit Schöpflöffeln genossen zu haben. Dabei würde es genügen, daß ich den Mund aufmache – und –" Er hielt inne, stocherte mit seinem schweren Spazierstock in der rotsandigen Erde.

„Und?" fragte ich. Der Oberst war also auch im Bilde. Ein fünfter Mitwisser. „Was könnten Sie erzählen, Oberst Byelkowski?" Ich gab ihm seinen Titel, da alle den Mann so ansprachen – was vielleicht spöttisch gemeint war.

„Nichts!" erwiderte er, und wir gingen langsam weiter. „Schweigen ist Gold. Solange ich gut bezahlt werde, halte ich dicht. Aber mit Ihrer Zeitnehmerei werden Sie bei uns kaum weiterkommen. Es läßt sich nichts an Zeit einsparen, denn – Zeit hat hier nur einen relativen Wert. Einer ist den anderen angewiesen. Alle auf alle – das auch. Und was bleibt, ist ein Schnaps – mehrere. Sehen Sie sich den Chefingenieur an. Oder die Mädchen. Herrenlose Geschöpfe – oder eben jedem gehörend, der sie nimmt. Geld zählt, Geld allein. Dafür geht man mit, tut man mit. Aber machen Sie sich keine Gedanken. Der Arbeitstag geht bald zu Ende. Dann noch ein Nachmittag. Morgen früh nimmt Sie der Jeep zur Fazenda. Das Lufttaxi nach Goiania. Die Maschine des ‚Loide Aereo' nach Rio. Zurück ans Meer. Ins Licht. In die Welt –"

Er schwieg.

„Ich werde heute nachmittag die Rückreise antreten", sagte ich ihm, „denn es erscheint mir sicherer, als erst morgen früh loszufahren. Ich will die Maschine nach Rio unbedingt erreichen."

„Dann fahren Sie um drei Uhr ab. Ich lasse es durchgeben. Der Piper-Cub nimmt Sie weiter. Sie können nachts in Rio sein. Und fliegen allein, was auch seine Annehmlichkeit hat. Morgen würden Sie –"

Ein schwarzer Junge kam herbeigelaufen:

„Senhor! Senhor! ..." Er redete hastig, atemlos, keuchend auf Byelkowski ein. Ich verstand kein Wort, so schnell schnurrte er die Worte herunter.

„Ein Unfall im dritten Stollen", erklärte mir Byelkowski. „Wahrscheinlich haben wir einen Toten. Vielleicht mehrere. Ja – die Anlagen sind veraltet... Da wird Dr. Baldarin fluchen und einen mehr hinter die Binde gießen... Aber Proteste nützen nichts."

Ich folgte ihm in sehr schnellem Lauf. Am Eingang der Mine standen Arbeiter in erregten Gesprächen. Dr. Baldarin kam herbei, die Chemiker, der Schweizer. Ein Förderwagen hatte die Galeriewand durchbrochen und war in einen verlassenen Schacht gestürzt. Eine armselig ausgerüstete Rettungsmannschaft machte sich auf den Weg.

Mir genügte das äußere Bild. Ich entfernte mich nachdenklich.

Mittags erfuhr ich, daß es drei Tote gegeben hatte. Dr. Mendez war zurückgekehrt, und nun lohnte es sich für ihn gleich wieder, nach Goiania zu fahren. Drei Tote vertrugen die Strapazen – und die Unkosten.

Es lag eine merkwürdige Stille über dem Speiseraum. Als würden alle bedrückt ihr Mahl genießen. Die Stimmen blieben leise.

Ich arbeitete in meinem Notizbuch, schrieb, addierte imaginäre Zahlenreihen, machte kleine Skizzen.

Dr. Baldarin sah mich prüfend an.

„Sagen Sie den Leuten in Rio, daß wir keine Neuerungen wollen. Das genügt. Die Mine wirft genug Gewinne ab. Wir wollen keine Neuerungen – sondern Gehaltszulagen!" Er lachte unerwartet laut auf, so daß alle zu unserem Tisch herübersahen. „Und dann grüßen Sie Monsieur Bonnetti – von uns hier oben, besonders aber von mir und von Hervay und Sineguru... berichten Sie ihm genau, was Sie über den ganzen Hergang und Ablauf erfahren haben..." Wieder klang das Lachen auf. Er goß das dritte Glas Wein hinunter, wischte sich mit dem Handrücken über die Lippen. „Und grüßen Sie – ja – Eliana – grüßen Sie die Dame, bis ich ihr selbst meine Aufwartung machen werde... Vielleicht früher, als es ihr angenehm ist..."

Ich spürte, wie Eduard Benzler-Bürghaus mit seinem Fuß das Schienbein Dr. Baldarins traf. Eine Warnung. Wovor?

„Ich kann in Rio nur meinen sachlichen Bericht abgeben, meine Herren", sagte ich, „was die Herren daraus für Konsequenzen ziehen, ist ihre Sache. Ich werde für meine Ratschläge bezahlt, nicht für deren Anwendung, die mir gleichgültig ist. Immerhin – –", ich sah Dr. Baldarin in die Augen, „es gäbe manches umzuorganisieren. Besonders beim Versand. Aber – –"

Hervay und Sineguru waren vom Nebentisch aufgestanden und kamen auf uns zu.

Der Japaner lächelte verbindlich und nichtssagend. Der Ungar stand, etwas vornübergebeugt, mit starrem Blick.

Dr. Baldarin winkte ab.

„Monsieur Lamont will Vorschläge machen, in Rio, wegen Zeiteinsparung – besonders beim Versand der Pakete . . ." Sein Gesicht verlor sich in einer Grimasse. „Aber da haben wir ja ein Wort mitzureden –"

„Zeiteinsparung – –" sagte Hervay in gebrochenem Französisch, und erst jetzt merkte ich, daß alle anderen meine Sprache recht gut beherrschten. Der Schweizer und der Pole redeten ein gutes Französisch. Irgendwie kam es mir vor, als verbände die Sprache meines Landes dieses Völkergemisch im Urwald, „– ja, Zeiteinsparung . . . Vereinfachung – nicht wahr, Monsieur Lamont? Oder – verstärkte Kontrolle?" fügte er maliziös hinzu.

Ich trank den heißen Kaffee aus, erhob mich.

„Die Entscheidungen liegen bei Monsieur Bonnetti", sagte ich kurz, „jedenfalls danke ich Ihnen für Ihre freundliche Mitarbeit. Ich weiß alles, was ich wissen wollte."

Benzler-Bürghaus trat auf mich zu.

„Alles?" Seine Frage klang langgedehnt, seine Stimme war verändert.

„Alles!" antwortete ich, ohne zu zögern.

Ich fühlte, daß mir alle nachblickten, als ich den Speiseraum verließ.

Ich ging in den Schlafraum mit den fünf Betten, packte mein Köfferchen, legte das „Handbuch für Kriminalbeamte" ganz oben auf – und ließ es dabei seitlich fallen. Es blieb offen am Boden liegen. Als ich es aufhob, las ich die mir zugewandte Seitenüberschrift. „Vom unbegründeten Verdacht."

Ich empfand es als eine Lehre und als eine Warnung zugleich.

Ich stieg die Treppe hinab. Plötzlich blieb ich stehen. Was hatte Oberst Byelkowski gesagt? Heute flöge ich allein, morgen würde ich – –.

Wer wollte morgen nach Rio fliegen?

Natürlich, ich konnte einfach fragen. Aber was ging es einen Zeitnehmer an, einen Organisator verbesserter Verwaltungsmethoden, wer am Sonntag nach Rio wollte?

Es war mir schwer genug gefallen, beim Gang durch die Büros so in aller Eile an die Angestellten Fragen zu stellen, Aufzeichnungen zu machen, Interesse für kleine Handlangerdienst zu bezeugen, die mich aber nun wirklich völlig kalt ließen. Alles, um Eindruck zu machen. Aber überflüssige Fragen zu stellen war riskant. Und dann – was konnte es bedeuten, wenn jemand von den Herren der Minenleitung den Sonntag in Rio verbringen wollte?

Als ich die Straße betrat, kam Eduard Benzler-Bürghaus auf mich zu.

„Nun geht es also zurück, Monsieur Lamont! Hoffentlich betrachten Sie Ihren Besuch bei uns als einen Erfolg." Er senkte seine Stimme und kam dicht an mich heran: „Sollten Sie sich nicht nur für organisatorische Fragen interessieren, so könnten Sie in Rio ganz interessante Menschenstudien machen. Nicht nur Monsieur Bonnetti und Eliana lohnen einen solchen Versuch. Philippe Borard ist ebenfalls eine reizvolle Erscheinung. Und Paul Vicardi desgleichen."

Ich erinnerte mich an den nicht sehr erfreulichen Wortwechsel, den ich mit Borard in der INTERIMPEX hatte. Ich antwortete dem Schweizer: „Ich habe beide Herren kennengelernt. Borard machte auf mich keinen besonders günstigen Eindruck."

„Genauso empfinden sicher viele Leute", erwiderte Benzler-Bürghaus vertraulich. „Aber nicht Eliana."

Ich sah ihn etwas verwundert an.

„Wollen Sie damit sagen, daß zwischen ihr und Borard – –?"

Er unterbrach mich: „Vielleicht war es zunächst nur ein Trost. Aber mit der Zeit wurde aus dem Tröster und der Getrösteten ein verbundenes Paar. Nur, daß auch Borard nicht imstande war, für Eliana das zu sein, was sie von einem Mann erwartet. Heute ist es nicht mehr Liebe, sondern Haßliebe. Auf beiden Seiten. Vielleicht Hörigkeit."

Unwillkürlich fragte ich mich, ob denn nicht all das irgendwie mit den Tropen zusammenhinge, deren ungesund feuchte Hitze Pflanzen und Menschen und Gefühle schneller wuchern und auch schneller enden ließ als das Klima in gemäßigteren Breitengraden. Schon von Tanger her kannte ich ähnliche Erscheinungen. Aber nicht in solchem Ausmaß.

„Und Vicardi?" fragte ich.

Benzler-Bürghaus steckte sich eine Zigarette an.

„Ich glaube, daß er einfach ein kleiner Lump ist. Das Wort ‚Charakter' dürfte in seinem Wörterbuch fehlen. Einzelheiten weiß ich nicht. Aber das

Gesamtbild trügt nicht. Wir sind hier oben weitaus besser über die INTER-IMPEX in Rio informiert, als es die Herren wissen und als es ihnen lieb ist. Es gibt hier Menschen, die sich die Informationen eine Menge kosten lassen. Vergessen Sie nicht, Monsieur Lamont – falls Sie das nicht wissen sollten –, daß Wissen unter Umständen Macht ist. Macht, die man über andere gewinnen kann."

Ich hörte Schritte die Treppe herabkommen. Gleichzeitig fuhr der Jeep aus dem Schuppen und kam in unserer Richtung heran.

Ich verabschiedete mich von Dr. Baldarin und dem Oberst, die neben mir stehenblieben, und reichte dem Schweizer die Hand.

Zu meinem Erstaunen waren der Ungar und der Japaner auch an das inzwischen am Wegrand haltende Fahrzeug herangekommen, ebenso Dr. Mendez. Sie blickten mich alle fremd an. Es war ein rein formeller Abschied.

Eduard Benzler-Bürghaus ging noch neben dem anfahrenden Wagen einige Schritte einher. Er meinte verhalten: „Lassen Sie sich kein zweites Mal hier heraufschicken, Lamont. Ich meine es gut mit Ihnen. Es ist bisweilen zu heiß in dieser Gegend . . . und nun – guten Rutsch!"

Ehe ich antworten konnte, wandte er sich um und ging zu der Gruppe zurück, die vor dem Gästehaus stehengeblieben war. Ich sah die ganze Gesellschaft, als der Jeep eine scharfe Kurve entlanglief, regungslos mir nachblicken.

Während der beschwerlichen Fahrt in dem erbärmlich gefederten Fahrzeug fehlte mir alle Muße zum Nachdenken. In dem kleinen Lufttaxameter beobachtete ich die kühnen Manöver des Piloten, der zwischen losen Wolkenfetzen, Böen, Luftsäcken und Gegenwinden geschickt dahinflog. Erst am Flughafen Goiania fand ich meine Ruhe wieder.

Ich ging in der Schalterhalle auf und ab. An einem Verkaufsstand gab es Pfeile und Bogen, Indianergeräte, Kopfschmuck und irdene Eingeborenenarbeiten. Man spürte, daß man nahe am Urwald war.

Während des Rückfluges in der Douglas DC-3 des „Loide Aereo" versuchte ich, meine Gedanken zu ordnen.

Für die Wertminderung der Substanz der „raren Erden" kamen drei Täter in Frage. Aber es wußten um diese Dinge zumindest zwei weitere Leute. Warum hielten sie dicht? Wer sonst wußte um den wirklichen Inhalt der Pakete, die aus der Mine in Rio eintrafen und nach Paris weitergingen? Borard? Vicardi? Antunes? Wer sonst? Und ganz besonders – Eliana?!

Ahnten die meisten nur etwas, ohne Beweise zu haben?

Ich fuhr vom Flughafen Santos Dumont – es war Abend geworden – in einem Taxi zum Hotel.

Louise, die mich erst Sonntag zurückerwartete, war noch nicht anwesend. Ich rief sie auch nicht bei Duchatels an – wozu die Aufregung!

Auf dem kleinen Toilettentisch in unserem Zimmer lag ein zugeklebter Zettel.

Telefonmitteilung.

Ich riß ihn auf.

Das Datum war vom heutigen Sonnabend, dem 11. September, nachmittags. Der Text besagte.

„Dona Eliana ersucht um Anruf, es ist eilig."

Eilig oder nicht, dachte ich mir, das Abendessen hat den Vorrang.

Ich setzte mich an einen Fenstertisch im Restaurant und blickte nach dem Meer. In der Ferne glühte in unregelmäßigen Intervallen, einmal und zweimal rot, der Leuchtturm auf einer der Bucht vorgelagerten Insel auf. Dort drüben, allerdings recht weit drüben, lag der Atlantik, an dessen jenseitigem Ufer die Welt des Schwarzen Kontinents begann. Afrika ... und an der nordwestlichen Spitze, Auge in Auge mit Gibraltar „The Rock" – dem Felsen –, lag Tanger. Mein Tanger...

Ich genoß Krabben à la Bahiana, sehr scharf zubereitet, so scharf, daß es im Munde brannte und im Gaumen – man konnte dieses Kitzeln nur durch einen schweren chilenischen Wein mildern. Also ließ ich mir eine Flasche kommen.

Dann gab es ein „Steak Diana", das Senhor Walther an meinem Tisch vorzüglich zubereitete, mit duftender Sauce aus Kräutern und Flüssigkeiten. Und den Abschluß bildete ein Parfait, dem später noch ein duftender Kaffee mit einem ebenso aromatischen Hennessy mit drei Sternen folgte.

Gestärkt ging ich ans Telefon und wählte 37–9288.

Das Signal surrte in der Hörmuschel.

Niemand bediente den Apparat des Anschlusses.

Eliana war nicht daheim. Die Bedienstete – ein Tagesmädchen, wie es zu den kleinen Wohnungen ohne Dienerschaft paßte – beendete ihre Arbeit sicher am Spätnachmittag. Besonders an einem Sonnabend.

Um sicherzugehen, legte ich den Hörer auf, hob ihn wieder ab und wählte die Nummer nochmals. Man kann sich ja gelegentlich irren. Doppelt hält besser, das ist eine alte Polizeiregel.

Aber auch diesmal blieb der Anschluß stumm.

Ich ging ins Lesezimmer, rauchte eine Zigarre, spazierte noch etwas vor dem Hotel auf und ab und bedauerte zuletzt, Louise nicht doch gleich nach

meiner Rückkehr angerufen zu haben. Aber jetzt war die Reue zu spät.
Meine Reise lag hinter mir. Es galt, sie auszuwerten. Dazu sollte der Sonntag dienen. Ich wollte alles einmal überschlafen und dann erst an die Arbeit gehen.

Rio – Nach Mitternacht

Ich erwachte durch ein langanhaltendes Telefonsignal. Es war die Meldung des Portiers, daß Madame Lamont eben im Fahrstuhl unterwegs zu unserem Appartement sei.

Ich öffnete die Tür, sah hastig nach der Uhr, es war fast elf. Die Sonne glühte mir entgegen, als ich die breiten Fenster öffnete. Unten am Strand blühte ein wildes Bukett farbenglitzernder riesiger Sonnenschirme, unter denen die Menschen in beängstigender Dichte lagen. Viele sonnten sich, wie ein immenser Ameisenhaufen, im blendend weißen Sand.

Das Meer schäumte in starker Brandung. Die Badenden wirkten wie kleine heitere farbenfrohe Punkte zwischen den Wellenkämmen, denen sie entflohen, und dem sanfter gewordenen Wasser, das sich zur Küste und zurück ergoß.

Louise war empört, weil ich sie nicht sofort angerufen hatte. Sie erzählte atemlos von zahllosen kleinen Dingen des Alltags aus dem Leben der Duchatels. Dann erst machte sie es sich bequem.

Ich berichtete ihr über meine Reise – aber auch nicht viel mehr. Das Pittoreske malte ich breiter aus, um das rein Berufliche meiner Arbeit leichter weglassen zu können.

„Und nun?" fragte sie lächelnd. „Dort in der Mine scheinst du ja deine Aufgabe einigermaßen gelöst zu haben. Einigermaßen – klar. Damit bist du auch nicht zufrieden. Aber – wie geht's weiter? Hoffentlich bleibst du nun hier in Rio – –"

Ich nickte. Es fiel mir ein, daß ich Eliana anrufen mußte. Ich ließ mir eine Stadtlinie geben und wählte die Nummer 37–9288.

Nach langanhaltendem Signal wurde der Hörer abgehoben. Da sich niemand meldete, fragte ich, ganz mechanisch mein Taschentuch vor den Mund haltend, um die Stimme zu verschleiern: „Mademoiselle Eliana?"

Es gab keine Antwort. Ich hörte dicht bei der Sprechmuschel atmen. Dann wurde der Hörer vorsichtig wieder aufgelegt.

Hm! Da hatte ich gestört.

Warum gab ich gestern abend dem Dinner den Vorzug vor dem Telefonat? Vielleicht hätte ich Eliana, würde ich sofort angerufen haben, noch erreicht?

Mißmutig legte ich den Hörer auf die Gabel. Ich mußte später nochmals einen Versuch machen. Nach Tisch. Schließlich konnte ja der Mann nicht ewig bei ihr bleiben! Ich meinte: Mann, denn irgendein Gefühl ließ gar keinen anderen Gedanken aufkommen.

Wer? fragte ich mich, doch fand ich keine sichere Antwort. Borard? Jedenfalls ein Mann. Das war alles ...

„Wollen wir etwas ausgehen? fragte ich Louise. „Oder – an den Strand?"

Sie sah mich entsetzt an. Sie weigerte sich sogar in Tanger, ins Meer baden zu gehen. Sie schwamm prächtig – in der Piscine, der geschlossenen Badehalle. Sie lehnte es ab, sich in den modernen Trikots zu zeigen. Dabei war sie erst neununddreißig Jahre alt – und wohlgeformt, das würde jedermann erkennen. Aber man konnte nichts gegen eine Aversion machen. Ihr Blick auf meine Frage war ein einziger Tadel. Sie sagte kurz: „Wenn dir nach Bikini zumute ist, so wirst du hier keinen Mangel daran leiden, Lamont!"

Sie sagte „Lamont" und nicht Gaston. Das war ein böses Sturmzeichen.

Wir schlenderten im Schatten der Hochhäuser über die Straßen. Eiskremes wurden feilgeboten, Eiswasser, Eislimonaden. Trotzdem es Winter war in Rio, verwandelte die scharf in diesen Tagen einbrechende Hitzewelle das Antlitz der Stadt. Es war im Kalender Winter – im Leben Hochsommer. Zumindest über fünfunddreißig Grad im Schatten. Das lag sieben unter dem Hochsommermaximum, aber es genügte eben, um das Getriebe tropisch zu machen. Sonst gab es um diese Jahreszeit Menschen im Paletot – worüber sich die Europäer wunderten, wenn sie von drüben kamen. Nach einigen Jahren, wenn der Körper schon tropisch überlastet worden war, spürten auch sie die Kälte – sobald das Thermometer unter dreißig Grad sank. Bei zwanzig Grad fror man – so sagten uns alle, die es wissen mußten.

Nach Tisch legte sich Louise etwas schlafen, und ich begann, systematisch wie es meine Art war, die bisherigen Ergebnisse aufzuzeichnen. Die wirklichen – nicht jene des imaginären Zeitnehmers der INTERIMPEX.

Ich schrieb mir sämtliche Namen auf, deren Träger etwas mit der Sache zu tun haben konnten. Ich teilte sie in zwei Gruppen.

Ich notierte:

In Rio:
Alexander Codrianu
Philippe Borard
Paul Vicardi

Alle im Gelegenheitsverhältnis. Bei keinem die individuelle technische Möglichkeit eines Eingriffes, es sei denn im Zusammenwirken mit mindestens zwei anderen Leuten.

Custodio de Antunes
Alvaro de Motta Pires
Miguel Pedrotti

Nach meinem Gefühl erst in zweiter Linie stehend.

Eliana van den Veerden

Sonderfall für sich.

In Tabatuajara:
Dr. Baldarin
Sandor Hervay
Akatsuka Sineguru

Die drei unmittelbar Beteiligten.

Eduard Benzler-Bürghaus
Olgierd Byelkowski

Zwei Männer, die manches wußten.

Ich las die beiden Listen durch. Die zweite ergänzte ich mit dem Fahrer des Jeep und dem Piloten des Lufttaxis. Obzwar mir diese beiden Männer reichlich unbeteiligt erschienen.

Aber ein Name fehlte mir.

Jules Antoine Bonnetti!

Er mußte an der Spitze stehen, so unsinnig es schien. Aber rein technisch hatte er natürlich alle Möglichkeiten, die Pakete der „raren Erden" zu öffnen, zu „erleichtern", wieder zu schließen, zu versenden. Er konnte sehr wohl gleich von Anfang an zwei Siegel-Petschafte mit zwei Plombierzangen anfertigen lassen, so daß es auch diesbezüglich keinerlei Schwierigkeiten für ihn gab. Allerdings handelte es sich bei dieser Erwägung um reine Theorie.

Das Telefon läutete. Louise drehte sich mißmutig im Bett zur Seite. Wir hatten beide verschlafen. Es war schon fünf Uhr nachmittags!

Ich nahm den Hörer ab.

Ich erkannte sofort die Stimme Elianas, so leise sie auch sprach.

„Warum riefen Sie nicht gestern abend an, Monsieur Lamont? Ich wußte durch den drahtlosen Spruch aus Tabatuajara, daß Sie hier fällig waren –"

„Ich kam spät an, Mademoiselle – ich versuchte zweimal – es meldete sich niemand –"

„Schade!" sagte sie gedehnt. „Schade! . . . Heute gegen mittag – hatten Sie da angerufen?"

„Ja, aber –" ich hielt inne. Dann fragte ich geradeheraus: „Wer war denn bei Ihnen? Ein Mann – das merkte ich an seinem schweren Atem, aber –"

„Später", erwiderte sie, „später! Wichtig ist nur, daß ich Sie bald sprechen kann! Bald! Jetzt erwarte ich einen Besuch, der etwas dauern dürfte – eine Frau hat einer anderen oft viel zu sagen –"

„Nicht auch ein Mann?" fragte ich schnell.

Sie ging darauf nicht ein.

„Abends muß ich mich ja, wie Sie wissen, mit Pedrotti treffen. Und mit –" Sie brach ab. Ich spürte, daß sie lauschte. Nichts rührte sich. Nach einigen Augenblicken hörte ich wieder ihre Stimme: „Sie können erst sehr spät abends zu mir kommen – vielleicht um halb zwölf. Niemand darf es wissen, Monsieur Lamont! Ich werde den Schlüssel des Hausportals in einem Kuvert bei Ihnen im Hotel abgeben. Beim Portier. Und meinen Wohnungsschlüssel lege ich auf den Sims über der Tür meines Appartements – genau in die Mitte. Es ist ein Yale-Schloß, der Schlüssel ganz klein und flach. Sie öffnen sich selbst und kommen in die Wohnung. Wenn Sie früher da sind als ich, so nehmen Sie sich eine Zigarette. Es ist auch Whisky im Eisschrank." Sie brach ab. Ich hörte eine Schelle. Einmal, zweimal. Langgezogen. Sie hing ab. Die Leitung war stumm. Nur wie von ganz fernher summte, kaum merklich, der Strom.

Als ich mich umwandelte, saß Louise aufrecht im Bett.

„Bei einem Polizisten gibt's keine Nacht- und keine Sonntags- und nicht einmal eine Sonntags-Nachmittags-Ferien-Ruhepause! Weshalb entschloß ich mich eigentlich, gerade dich zu heiraten?! Da war Pierre, heute ein angesehener Notar . . ."

Sie mußte selbst laut auflachen, als ich mich ihr drohend näherte, mit erhobenem Arm und geballter Faust. Ich stimmte in ihre Heiterkeit ein. Aber offen gestanden, es wurmte mich immer, wenn sie Pierre als Beispiel heranzog. Die Frauen sind erbarmungslos, und daß sie es noch dazu genau wissen, ist das Abscheuliche an der Sache.

Ich wollte mich eben an meine „Aufgabe" machen, als es wieder schellte. Diesmal war Bonnetti am Apparat. Er wollte sofort das Ergebnis meines Besuches in der Mine wissen.

„Von einem Ergebnis kann ich nicht sprechen, Monsieur Bonnetti", wehrte ich ab, „es fanden sich nur Anhaltspunkte, die uns vielleicht etwas weiterbringen können. Doch darüber müssen wir in Ihrem Büro sprechen."

„Wollen Sie jetzt zu mir kommen? Ich bin auch bereit, Sie in Ihrem Hotel aufzusuchen!" sagte er reichlich ungeduldig.

Ich lehnte beides ab, gab aber schließlich seinem Drängen nach und bat ihn, zu mir ins Hotel zu kommen.

Louise verspürte Kaffeedurst und lehnte es ab, ihn im Zimmer mit mir gemeinsam zu stillen.

„Die kleine Terrasse unten ist ungleich luftiger, Gaston – also nimm du deinen Kaffee hier, ich gehe hinunter. Und wenn Bonnetti verschwunden ist, so komm mich abholen..."

Sie machte sich hübsch zurecht.

Als Bonnetti, kaum eine viertel Stunde später, erschien – es war kurz vor sechs –, bestellte ich zwei eisgekühlte Gin-Tonics, und wir setzten uns in die beiden Fauteuils an den Tisch. Ich hatte sie vorsorglich so gestellt, daß ich im Schatten saß und Bonnetti ganz im Sonnenlicht. Hier war ich der Regisseur, nicht der Chef der INTERIMPEX...

Ich berichtete in großen Umrissen über meine Wahrnehmungen. Ganz unvermittelt fragte ich Bonnetti und ließ ihn nicht aus den Augen: „Weshalb ist Madame Baldarin – oder wie sie mit ihrem Mädchennamen heißt, Dona Eliana van den Veerden – eigentlich nicht mit ihrem Gatten nach Tabatuajara gegangen?"

Bonnetti setzte das hohe Glas mit leisem Klirren auf die Marmorplatte des Tisches. Er wischte sich mit einem seidenen Taschentuch über den Mund. Er wollte Zeit gewinnen. Er fühlte meinen Blick auf seinem Antlitz. Mühsam sagte er:

„Ich – verstehe – Sie – nicht –" Nach einigen Sekunden fügte er hinzu: „Was hat Madame Baldarin mit den ‚raren Erden' zu tun, die uns gestohlen werden –"

„Sie haben meine Frage noch nicht beantwortet, Monsieur Bonnetti!" erwiderte ich klar. „Und – Fragen stelle jetzt ich. Dann kommt erst die Reihe an Sie. Ich muß wissen, wie die Dinge liegen. Wie der Hase läuft – wenn Sie es so ausgedrückt haben wollen. Doktor Baldarin ist ein Wrack. Ein Säufer. Und – soll ich über seine ganzen Affären mit dem zarten Geschlecht sprechen?... Weshalb, ich wiederhole meine Frage, ist Madame Baldarin nicht mit ihrem Gatten nach Tabatuajara gegangen?"

Bonnetti stand auf. Er reckte sich.

„Wollen Sie die Rolle eines Wanderpredigers spielen, Kommissar Lamont? Ich habe Sie hierherkommen lassen –"

Ich unterbrach ihn kurz: „Nicht Sie, Monsieur Bonnetti, sondern der

Aufsichtsrat! Ich habe ein Anrecht darauf, von Ihnen erschöpfend informiert zu werden!"

Er blieb neben dem Tisch stehen, sah nach dem Meer hinaus.

„Seien Sie nicht kindisch, Lamont! Aber gut – wenn Sie alles wissen wollen, auch privateste Dinge, die Sie gar nichts angehen, so mache ich kein Hehl daraus. Madame Baldarin – also Eliana – und ich –" Er wischte sich über die Stirn, „aber das ist längst vorbei. Aus. Schluß. Derlei kommt vor. Wir leben in keinem Kindergarten, sondern in den unerbittlichen Tropen –"

Er ließ sich ganz plötzlich in den Fauteuil fallen, nahm die Ginflasche zur Hand, goß sich eine beträchtliche Menge ein und trank sein Glas in einem Zuge aus.

„Schön – also Eliana wurde Ihre – Geliebte, als sie noch Dr. Baldarins Frau war. Sie schickten den Unbequemen – oder den Überflüssigen – in die Wildnis. Und vorher gab es noch eine Auseinandersetzung. Sie endete zu Ihren Gunsten. Der Ingenieur ist ein schwacher Mann, den die Untreue seiner Frau völlig zermürbte. Aber kamen Sie nie auf die Idee, daß Haß einerseits und Gewinnsucht andererseits – Rache und Geldgier – ausreichende Motive sind, um so ein leichtes Delikt, wie die ‚Verwässerung' kostbarer Substanzen, zu begründen? Vielleicht wartet Dr. Baldarin nur darauf, daß er genug hat, um materiell für Eliana wieder interessant zu werden? Das Saufen kostet oben in der Mine wenig – die Mädchen fast gar nichts. Und vielleicht hat er, der gehörnte Narr, den Chemikern die Idee gegeben, sich eine gute Beteiligung an den Profiten der INTERIMPEX zu sichern. Schließlich kann er annehmen, daß Sie es nie auf einen öffentlichen Skandal ankommen lassen können – weder in der privaten Sphäre noch in der geschäftlichen –"

Bonnetti stand auf, sichtlich schwer und müde.

„Wollen Sie sagen, daß Hervay und Sineguru mit Dr. Baldarin gemeinsam die ‚raren Erden' anzapfen? Wenn das zutrifft, fliegen alle drei hinaus – morgen! Noch haben wir Capangas –"

Ich unterbrach ihn: „Capangas?"

Er lachte widerlich: „Capangas nennt man hierzulande die kräftigen Männer, die es nicht sehr genau mit dem Gesetz nehmen – wenn man sie für diese Großzügigkeit ausreichend bezahlt. Es gibt aktive Politiker in Brasilien, die ihre Gegner durch gedungene Mörder beiseite schaffen ließen. Es wurden im Abgeordnetenhaus der Hauptstadt des Bundesstaates Alagoas, in Maceio, Parlamentsmitglieder von bezahlten Banditen erschossen. Ganze Familien ausgerottet."

„Sie sind weder Politiker noch Brasilianer. Sie spielen selbst mit Ihrer

Existenz, wenn Sie an derlei denken", schrie ich ihm entgegen. Meine Geduld neigte sich dem Ende zu.

„Keine Aufregung, Lamont. Ich denke natürlich nicht an Mord!" wehrte er ab. „Es reicht meist eine Lektion aus. Eine Einweisung ins Krankenhaus. Nicht gleich der Weg zum Friedhof..."

Ich stand auf und sah ihn prüfend an. Dann riskierte ich die Frage.

„Und Eliana? Wie wird es sein, wenn sie spricht?"

Er fragte zurück: „Was weiß sie?"

Ich sagte – nur um ihn aus dem wiedergewonnenen Gleichgewicht zu bringen:

„Vielleicht mehr, als Sie denken!... Vielleicht – alles!"

Er trat an mich heran, ich empfand seine Nähe als unangenehm.

„Alles?" Er gab die Frage zurück, gedehnt, gelassen, ungläubig. „Alles? Das glauben Sie doch selbst nicht, Kommissar Lamont?..."

Ich lächelte: „Es fehlt mir an Beweisen, Monsieur Bonnetti. Aber nicht an Menschenkenntnis. Nochmals – ich habe keine Beweise, sondern nur Vermutungen. Selbst eine sehr hochgradige Wahrscheinlichkeit ist noch keine Gewißheit. Ich werde versuchen, einen Weg zu finden, der uns zu Beweisen führt."

Er hatte mir nur halb zugehört. Er meinte zerstreut: „Gut, gut – es kommt auf einige Tage nicht an." Er wechselte abrupt das Thema: „Eliana ... Sie meinen, daß sie etwas weiß –" Er verbesserte sich selbst: „..... daß sie alles weiß..." Es kam mir vor, als lächelte er. Er bediente sich nochmals, trank aus. „Es war eine interessante Unterhaltung, Kommissar Lamont... Nun sehen Sie zu, daß Sie Ihre Theorien untermauern. Wenn Sie Ihre Mission erfolgreich beenden, bekommen Sie ein fürstliches Honorar. Und Ihrer Rückreise nach Tanger steht nichts mehr im Wege!"

Wollte er mich loswerden? – fragte ich mich.

Ich geleitete ihn zur Tür.

„Sie haben den Anfang meiner Untersuchungen bestimmt, Monsieur Bonnetti", sagte ich so unbefangen wie möglich, „aber das Ende – das bestimme ich. Wenn nicht auf Ihre, dann auf meine Kosten. Und vielleicht bedeutet das mehr, als Sie ahnen –" Ich schob ihn sanft auf den Korridor und zog die Tür hinter ihm zu, bevor er antworten konnte.

Als ich mich setzte und selbst ein zweites Glas leer trank, spürte ich, daß alles an mir klebte. Die Socken und das Hemd und das Jacket. Ich war in Schweiß gebadet. Und dabei war es kühler geworden. Aber diese Begegnung hatte es in sich gehabt.

Ich versuchte, mich zusammenzureißen, meine Aufzeichnungen fortzusetzen, nachzudenken. Doch es fehlte mir an Konzentrationskraft – ich kann es nicht leugnen.

Es wurde an die Tür geklopft. Ein Bote trat ein und überreichte mir ein kleines Kuvert. Es roch nach einem mir bekannten Parfüm, aber ich kam nicht darauf, wie es hieß. Es duftete herb, fast bitter.

Ich öffnete den Briefumschlag. In Seidenpapier gehüllt, enthielt er einen Schlüssel.

Kein Wort dazu.

Ich betrachtete das Stückchen gelbes Metall lange. Dann steckte ich es in meine Börse, richtete die Krawatte und ging zum Fahrstuhl.

Louise saß auf der Terrasse, zwischen den echten kleinen Palmen und fremdartigen brasilianischen Pflanzen. Hier gedieh alles ohne besondere Pflege, genau wie bei uns in Tanger. Wie künstlich wirkten dagegen die Topfgeschöpfe in den teuren Pariser Restaurants und Luxuscafés!

„Madame Lamont", sagte ich ernst, „Ihr Gatte muß berufliche Pflichten erfüllen. Wir sind zwar Touristen – aber mit Einschränkungen. So bitte ich um Vergebung, wenn der Dienst mich ruft. Sollte ich zum Abendessen nicht zeitig genug hier sein, so belieben Sie sich allein an den gedeckten Tisch zu setzen. Es ist wahrscheinlich, daß ich dann erst spät nach Hause kommen kann. Ein dringendes Rendevous könnte mich hindern, Ihnen Gesellschaft zu leisten. Und – ein Rendezvous bei einer reizvollen jungen Dame, deren exotischer Charme mehr als einen Mann betört hat . . ."

„Schon gut, die Melodie kenne ich", nickte Louise etwas verdrossen, „ich warte also bis acht oder halb neun, dann esse ich allein und lege mich recht bald schlafen. Wann du mich aufweckst, ist unwichtig. Daß es geschieht, bleibt das Ärgerliche. Aber nimm wenigstens einen Apéritif!" Ein Lächeln, das sich um ihren Mund legte, ließ mich ihre leichte Bitternis vergessen.

Wir plauderten. Ich trank meinen Wermut. Verstohlen sah ich nach meiner Uhr.

Ich ging zum Portier, notierte mir aus dem Telefonbuch die Adressen und die Telefonanschlüsse von Bonnetti, Borard, Vicardi und Codrianu und verließ das Hotel. Ich handelte instinktiv, ohne besondere Überlegung. Aber es galt, die Zeit zu nützen. Vielleicht half ein Zufall zu einem Ergebnis – auch wenn es nur ein Stücken Mosaik sein sollte, das erst mit viel Mühe und Geduld sich zu einem Gesamtbild formen konnte.

Ich fand ein Taxi und gab die Adresse Bonnettis an. Avenida Delfim Moreira, 872, die Uferstraße zählte nur grade Nummern.

Wir fuhren am Ende der Avenida Atlantica eine kurze Strecke zwischen

Wohnhäusern entlang und gewannen dann wieder die Meeresuferstraße. Hier lief die breite Avenida Delfim Moreira, dicht an einem etwa fünfzig Meter breiten Strand entlang, nach dem Villenvorort Leblon. Herrliche Privathäuser säumten sie rechts ein, dazwischen einige wenige zweistöckige Luxus-Appartementbauten. Gärten, ja Parks. Ich sah, durch Wappen und Flagge erkennbar, die Spanische Botschaft, kurz danach den Country-Club, ein Millionärszentrum. Es wirkte alles wie in einem Hollywoodfilm. Die Häuser, die Villen, die phantastischen Straßenkreuzer, die lässig umherstehenden livrierten Chauffeure, das Meer, der Leuchtturm in weiter Ferne, die immer deutlicher aufkommenden Sterne ... Das Abenteuer lag in der Luft, man konnte es spüren, fühlen, wittern. Das Abenteuer.

Das Taxi hielt, meiner Weisung gemäß, einige Bauten nach der Nummer 872. Ich bat den Fahrer zu warten, stieg aus, schlenderte zu Bonnettis kleinem Privatpalast – größer als eine Villa, kleiner als ein Schloß. Das Heim eines sehr reichen Mannes. Oder, dachte ich, eines Mannes, der als ein solcher galt und es sich leisten konnte, den äußeren Schein zu wahren ...

Ein schmiedeeisernes Gitter sicherte den weiten Garten gegen das Trottoir ab. Zwischen dem Haus und der Straße dehnte sich eine sorgsam gepflegte Rasenfläche. Seitlich lag die Wagenanfahrt, die unter einer vorgebauten Kuppel nach dem Hof führte. Ein Kiesweg mündete bei einer durch einen Baldachin geschützten Doppeltür.

Ich ging, ein Passant wie jeder andere, an dem Gitter entlang.

Das Haus lag im Dunkel, nur ebenerdig war in einem dreifenstrigen saalähnlichen Raum gedämpftes Licht.

Vor der nächsten Ecke kehrte ich um, hielt an der neben dem großen Tor in das Gitterwerk eingelassenen kleinen Tür für Fußgänger. Ich drückte die Klinke nieder. Sie gab nicht nach. Ich griff seitlich nach der Innenseite, fand den kleinen Sicherungshebel, schob ihn nach unten, und nun ging die Tür auf. Ich betrat den Kiesweg und hielt mich im Schatten der erstaunlich hohen Mauer, die das Grundstück von der Nachbarvilla trennte. Unterhalb des Auffahrtbogens überquerte ich den Weg und blieb, nunmehr im Schatten des Hauses, dicht neben der Balustrade. Als ich an das beleuchtete Fenster kam, hielt ich inne. Horchte. Bei der schwülen Hitze waren beide Flügel offen, nur ein hauchdünner Tüllvorhang trennte mich von den Stimmen, die bis zu mir klangen:

„Du meinst, Jules Antoine, daß meine Geduld keine Grenzen kennt und daß du mich beliebig lange vertrösten kannst?" fragte eine weibliche Stimme mit unverkennbarer Verachtung.

Bonnetti antwortete nach einer kurzen Pause:

„Du weißt, daß ich ein großes Geschäft in Bearbeitung habe. Es zögert sich leider etwas hinaus. Du mußt dich noch gedulden."

Die weibliche Stimme fragte scharf:

„Wie lange?! Vor zwei Monaten hieß es jeden Tag ‚morgen'. Dann kam ‚die nächste Woche'! Anschließend Ausreden – Ausreden – und schließlich ‚das große Geschäft'! . . . Wie groß ist es?"

„Ich rechne mit einer Summe von etwa hunderttausend Dollars. Mit Sicherheit." Wieder schwieg Bonnetti. Langsam ergänzte er: „Du hast mir schon einmal gedroht. Ist es dir nicht klar, daß du von mir nur in Güte Geld bekommen kannst? Bei dem leisesten Versuch, einen anderen Weg einzuschlagen, setzt du für dich selbst alles aufs Spiel!"

Verhalten klang die andere Stimme zu mir:

„Als ich dich in Montevideo kennenlernte, ging ich dir auf den Leim. Da hieß es bei allen immer nur ‚Herr Präsident hin' und ‚Herr Präsident her'. Da schwirrte es nur von Millionen, Banken und Industrien und Finanzgeschäften. Meinst du, daß es mich heute interessiert, was für Verluste du erlitten hast? Oder was für neue Abenteuer, ohne die du ja nicht auskommen kannst, dich bedrücken? Du brauchst immer etwas Frisches und Knuspriges. Was nachher geschieht, kümmert dich nicht. Aber bei mir beißt du auf Granit. Ich habe dich als Mensch abgeschrieben und als Mann. Jedoch mein Geld wirst du mir in bar auf den Tisch legen. Mit Zins und Zinseszins!"

„Du willst jetzt auch noch Zinsen haben? Scheint dir das nicht eine übertriebene Forderung für ein paar Wochen, in die ich übrigens viel mehr investiert habe, als sie wert waren?"

Einige Sekunden hörte ich nichts. Dann klirrte brechendes Glas. Der unverkennbare Laut eines Schlages mit flacher Hand folgte. Heiser hervorgestoßen kamen die kurzen Worte: „Du wirst zahlen – alles –"

Völlige Stille trat ein und dann ein schmerzerfüllter Aufschrei: „Laß mich los!"

Ich sah verzweifelt an dem Fenster empor. Die Mauer war völlig glatt, nicht das kleinste Ornament! Es gab keine Möglichkeit, bis zu dem Sims zu klettern.

Bonnetti sprach erstaunlich beherrscht: „Du mußt Vernunft annehmen und warten. Nach Ebbe kommt Flut. Bedenke, daß du mich nicht fester in Händen hältst als ich dich!"

„Erpressung?" hörte ich sie spöttisch ausrufen. „Schön, ich habe für dich Roh-Diamanten nach New York geschmuggelt. Um mein Geld zu retten. Um selbst für diesen hohen Preis, ohne zum Äußersten gezwungen zu werden, zu retten, was zu retten sei! Wenn ich rede, passiert mir weniger als dir

Du weißt, wie nett Brasilianer zu Frauen sind – zumindest auf Gegenseitigkeit! Aber wenn ich auspacke, dann fliegst nicht nur du, sondern auch dein Freund Ricardo Danielli ins Kittchen! Und Daniellis Freunde. Ich habe ein sehr gutes Gedächtnis! Wahrscheinlich spannst du jede Geliebte in deine sogenannten Geschäfte ein – das ist billiger – es geht auf Geschäftsunkosten – und du riskierst weniger beim Bruch . . . Aber ich nehme es auf mich, Bonnetti – alles oder nichts!"

Ich hörte, wie eine Tür geöffnet wurde und wieder ins Schloß fiel.

Ich eilte um die Ecke des Hauses in der dem Kiesweg entgegengesetzten Richtung. Nach wenigen Minuten kam eine weibliche Gestalt in Sicht. Sie schritt schnell nach dem Nebenausgang im Gitter. Das weiße Kleid – oder war es eine Bluse und ein breit geschwungener Plisseerock! – federte geschmeidig dahin. Die Erscheinung deutete auf eine hochbeinige, starkgliedrig und erregend gutgebaute Frau. Sie überquerte das Trottoir, lief einige Schritte die Straße entlang, hielt neben einem niedrigen Sport-Kabriolett, riß die breite Tür auf, stieg ein. Ich hörte das Surren des Anlassers.

Ich blickte mich um. Das Fenster oberhalb war beleuchtet, zeigte aber keinen Schatten. Bonnetti sah seiner Besucherin nicht nach. Ich lief im Schatten der Mauer zum Gitter, dieses entlang zu der Tür, öffnete sie, instinktiv hastig um mich sehend – niemand war zu bemerken –, und im selben Augenblick knallten die jäh aufgeblendeten Scheinwerfer des losfahrenden Wagens in meine Augen. Ich blickte dem aufheulenden Motor nach. Mein Versuch, das Nummernschild zu erkennen, um dadurch auf die Spur der Fahrerin zu kommen, mißlang. Nur der wehende, leuchtend-grüne Seidenschal war deutlich zu erkennen.

Ich sah nochmals nach dem Haus.

Es lag jetzt in vollem Dunkel.

Langsam schritt ich in der Richtung meines Taxis, blieb stehen, wartete. Villeicht kam Bonnetti. Aber als ich im ersten Stock das Licht hinter drei Fenstern aufleuchten sah, schien es mir fast sicher, daß der Präsident der INTERIMPEX seine Privaträume aufsuchte. Somit wäre ein Warten sinnlos gewesen.

Ich ließ mich nach der Avenida Copacabana fahren, entlohnte den Fahrer und schlenderte zur Avenida Atlantica hinunter.

Meine Armbanduhr zeigte halb elf. Mein Magen rumorte. Ein Versuch, Borard, Vicardi oder Codrianu jetzt aufzusuchen, schien mir zu dieser Stunde zwecklos. Sie wohnten in Mietshäusern, wo es kaum eine Chance gab, etwas erlauschen zu können. So sprach alles für ein Abendessen.

Louise lag sicher längst im Bett. Weshalb sie stören? ... Überdies konnte ich, allein bei Tisch, mit dem Blick auf den Atlantischen Ozean, meine Gedanken besser konzentrieren.

Ich fand ein recht einladendes Terrassen-Restaurant, das zum Hotel „Miramar" gehörte, und suchte mir eine entlegene Ecke an der dem Meere zugewandten Seite aus. Ringsherum schnatterten Eingeborene in der schnellen Art, wie sie nun einmal zu sprechen pflegten. Vereinzelte Worte kamen in Amerikanisch – langgezogen, larmoyant, kaum noch englisch zu nennen – zu mir. Jemand im Hintergrund versicherte in Französisch, daß seine Liebe ewig sei, unvergänglich, stürmisch und glühend. Zwei dickliche Herren unterhielten sich über die Krise in der Textilindustrie. Von fern her ertönte Musik.

Aber diese Vielfalt der Stimmen und Geräusche störte mich nicht. Es schmolz alles zu einem Summen und Surren zusammen, das mich mit meinen Gedanken bald ganz allein ließ. Ich genoß dazu einen vorzüglich zubereiteten Seefisch mit einer äußerst raffiniert gewürzten Sauce – und dachte an Bonnetti.

Der Präsident der INTERIMPEX schien sein Leben auf seine Art zu genießen. Ob das immer gut ausgehen konnte? Wie lag die Angelegenheit mit Eliana? War sie wirklich nur noch seine Sekretärin – oder liefen da auch irgendwelche anderen Interessen mit nebenher? Nicht der Liebe, nicht einmal der Leidenschaft – aber stand sie nicht ebenso irgendwie im Spiel der Interessen Bonnettis, wie es bei der Unbekannten der Fall zu sein schien? Vermengte Bonnetti stets Erotik und Geschäft? Woran lag es, daß ihm die Frauen so willig erlagen? Gewiß – er war eine Erscheinung, die Eindruck machte. Und der in seiner Art jenen merkwürdigen Charme entwickelte, der für das zarte Geschlecht leicht gefährlich werden kann. Aber – hatte er das nötig?

Meine Uhr belehrte mich, daß es ein Viertel nach elf war. Ich konnte bald daran denken, Eliana aufzusuchen. Wahrscheinlich konnte ich bei ihr mehr erfahren, als alle Kombinationen erlaubten. Und – sie wollte sprechen, sie wollte erzählen, sie wollte –. Was, so fragte ich mich, drängte sie dazu? Wenn Frauen sich oder auch nur einige ihrer Geheimnisse preisgeben, so hat das immer gewichtige Ursachen. Meist Rache. Der Wunsch, sich an einem treulosen Geliebten zu rächen. Und das mochte bei Eliana zutreffen. Dann gibt es ein anderes Motiv. Ein selteneres. Jenes, sich zu erleichtern. Die eigene Schuld zu mildern. In letzter Minute auszusteigen – bevor es unweigerlich zu spät war. Und dann kommt es vor, daß Frauen Verrat begehen, um eine Konkurrentin loszuwerden. Und schließlich, sehr selten, weil sie eine Belohnung suchen. Lob – oder Geld. Doch all dies traf zu, wenn sich die Bedrängten der Polizei gegenüber befanden. Eliana aber wandte sich an einen biederen Zeitnehmer, an einen Experten für Organisation, für verbesserte Arbeitsmethoden. Was war in diesem Fall der Beweggrund? Suchte sie Hilfe? Und weshalb bei einem ihr fast völlig Unbekannten? Oder wußte sie, wer ich war? Hatte sie es durch irgendeine Unvorsichtigkeit Bonnettis herausbekommen? Daß er es ihr bewußt gesagt haben sollte, hielt ich für gänzlich unwahrscheinlich. Er wollte schließlich die ihm und seiner Gesellschaft zugefügten schweren Schäden ausmerzen. Er konnte, so wie die Dinge lagen, niemandem völlig trauen – auch nicht Eliana. Besonders nach dem Bruch. Sie konnte mit im Spiel der Täter sein. Wenn Eliana dennoch wüßte, was Gaston Lamonts echter Beruf war, so mußte sie andere Informationsquellen haben. Welche?

Vielleicht würde ich von Eliana auch darüber Auskunft bekommen. Ich traute mir zu, wenn sie erst einmal zu reden begann, alles zu erfahren. Wes das Herz voll ist, des Mund quillt über. Und Eliana wußte etwas, das sie bedrückte. Etwas Entscheidendes. Daran war nicht zu zweifeln.

Ich bestellte mir noch einen Fruchtsalat, der zum Teil selbst bei uns in Tanger unbekanntes tropisches Obst aufwies, und beendete die Mahlzeit mit einem Cafézinho, dem starken Mokka, dessen etwas bitteren Geschmack ich mit einem Hennessy erfolgreich abschwächte.

Dann schlenderte ich den Strand entlang, bog links in eine Seitenstraße und spazierte nunmehr die Avenida Copacabana in Richtung der Nummer 618 B entlang.

Der Verkehr war trotz der späten Stunde äußerst intensiv. Zahllose „Bars" waren dicht besetzt. Aber es waren keine Trinklokale im europäischen oder gar englischen Sinne, sondern Caféschänken, meist mit wenigen Tischen und einer langen, ovalen oder runden Theke, an der die Konsumenten standen. Viele solcher Lokale wiesen eine sehr teure und hochmoderne Einrichtung auf – andere stammten offenbar aus längst vergangenen Zeiten, da Copacabana noch keinen Luxus kannte. Milchbars, italienische Pizzas, Speiseeis-Räume – und zahllose Apotheken reihten sich aneinander.

Ich kam vor dem Hause Elianas an – und, weshalb es leugnen – auch ein alter Polizist kann sich nicht immer von völlig gefühlsmäßigen Regungen frei machen. Ich wußte, in kürzester Zeit konnten sich alle noch in Dunkel gehüllten Fragen klären. Es gab kaum einen Zweifel, daß Eliana entscheidende Dinge wußte oder mich auf gute Spuren führen konnte. Und wollte.

Ich blieb am Haupteingang stehen, wartete. Ich wollte vermeiden, daß ich gemeinsam mit Spätheimkehrern das Haus betrat. Kurz vor mir mußten Mieter heimgekehrt sein, denn das Dreiminutenlicht brannte noch in der Halle und im Treppenhaus. Erst als es erloschen war und sich niemand in der Nähe zeigte, schloß ich auf.

Der Weg zum Fahrstuhl war mir bekannt. Ich verzichtete auf die Beleuchtung, drückte den Knopf des automatischen Rufmechanismus und hörte sofort das Anlaufen des Elektromotors. Die Kabine kam herunter. Als ich sie betrat, schaltete sich eine Deckenlampe ein. Ich wählte den zwölften Stock. Mit dem Schließen der inneren Schiebetür setzte sich der Lift in Bewegung.

Ich öffnete, als der Fahrstuhl zum Stillstand gekommen war. Die äußere Tür zeigte eine große römische XII.

Langsam ging ich den Korridor entlang und hielt vor Elianas Appartement. Ich las deutlich die Nummer „1201". Ich horchte. Alles war still. An der Schwelle schimmerte ein dünner Lichtstreifen.

Ich nahm den für mich bereitgelegten Schlüssel vom Sims.

Als ich die Tür öffnete, ertönten zwölf Glockenschläge. Aber es blieb unklar, ob sie von einer nahen Kirchturmuhr kamen oder von einer Schlaguhr herrührten, die vielleicht in einem nahe gelegenen Speisezimmer auf einem Büfett stand. Die Wände in diesen modernen Hochhäusern waren recht dünn und nur unzureichend schallgesichert. Der Beton leitet besonders klare Töne nur allzugut weiter.

Ich betrat den Vorraum, diesen schmalen Korridor, den zwei kleine Seitenlampen erhellten. Die Tür zur kleinen Küche war halb offen, die zum Wohnraum angelehnt. Ich vermied jedes Geräusch. Vorsichtig wandte ich mich um und sicherte das Yale-Schloß.

Ich sah auf meine Armbanduhr. Es war vier Minuten nach Mitternacht, als ich das Wohnzimmer betrat. Eliana war noch nicht daheim. Wahrscheinlich hatte sie die Stehlampe und den kleinen Kronleuchter, die ein diffuses, aber recht starkes Licht verbreiteten, noch vor ihrem Weggehen angeschaltet. Auch sonst war alles für unsere Begegnung vorbereitet. Auf dem kleinen Schiebetisch standen zwei Gläser, Whisky, Kognak, Salzgebäck, Zigaretten und, erstaunlicherweise, Zigarren. Auf dem Sekretär erblickte ich einen Aschenbecher mit zwei Zigarettenenden. Eliana hatte also Besuch gehabt – das stimmte mit meinem Eindruck am Telefon überein.

Ich setzte mich, nahm eine ältere Illustrierte zur Hand und versuchte, die portugiesischen Texte im Zusammenhang mit den Fotos zu entziffern, was mir auch ohne große Mühe gelang.

Plötzlich kam mir zum Bewußtsein, daß Eliana die Wohnungstür nich öffnen konnte, weil ich den Sicherungshebel vorgeschoben hatte. Ich stand auf, ging den kleinen Korridor entlang, entsicherte das Yale-Schloß, kam zurück. Zögernd blieb ich vor dem Sekretär stehen. Langsam öffnete ich das Schubfach. Ich tat es jetzt mit viel üblerem Gewissen als bei meinem ersten Besuch – denn jetzt war ich schließlich Elianas Gast, dem die Wohnungsschlüssel von ihr selbst anvertraut worden waren. Ich beging einen recht eindeutigen Vertrauensmißbrauch, aber derlei gehört nun einmal zu meinem Beruf.

Das Schubfach war sauber aufgeräumt. Alle Papiere befanden sich, zusammengelegt, an der linken Seite. Ich faltete sie, stets aufmerksam horchend, schnell auseinander. Es waren allerlei Rechnungen, einige gedruckte Einladungen zu irgendwelchen Modevorführungen, Briefe, Drucksachen. Erst als ich die Papiere wieder zusammenlegte und das Fach schloß, fiel mir auf, daß die Kuverts und die Passage, die mir bei meinem ersten Besuch aufgefallen waren, fehlten. Offenbar hatte Eliana ihre Korrespondenz geordnet und dies und jenes ausgemerzt. Unklar blieb, weshalb andere, ganz offenkundig längst überholte Unterlagen nicht auch mit aussortiert worden waren. Doch wer konnte sich bei Frauen auskennen? Sie lebten in erster Linie instinktiv und nicht verstandesmäßig.

Ich blickte auf meine Uhr. Es war vierzehn Minuten nach Mitternacht.

Ich zündete mir eine Zigarette an.

Wahrscheinlich war die Maschine Pedrottis verspätet und Eliana dadurch zurückgehalten. Der Bordfunker bildete eine wichtige Person in dem ganzen Schema der INTERIMPEX und besaß sicher das Vorrecht vor privaten Verabredungen.

Als es – nunmehr durch das offene Fenster – halb eins schlug, wurde ich etwas unruhig. Ich nahm das Telefonbuch zur Hand, suchte den Anschluß des Flughafens, der im Vorortverkehr verzeichnet war, und wartete geduldig auf die Verbindung. So gut ich es in einem Gemisch von Spanisch und Französisch konnte, erkundigte ich mich nach dem Flugzeug der „Transmar". Ich bekam die überraschende Auskunft, daß die Maschine planmäßig um einundzwanzig Uhr vierzig gelandet sei. Die Besatzung müsse längst im Hotel „Serrador" sein. Ich dankte, rief im Hotel an und erfuhr, daß Pedrotti zwar angekommen sei, doch das Haus nochmals verlassen habe. Mit zwei seiner Flugkameraden. Nein, es sei keine Dame in ihrer Gesellschaft gewesen. Die beiden Bord-Hostessen schliefen.

Sonderbar, überlegte ich.

Mein Blick ging nach dem dunklen Teppich des Atlantik hinaus. Der Himmel war verhangen. Wie so oft in den Tropen, wechselten Sternenmeer und Wolkenschleier in schnellster Folge. Feuchtigkeit lag in der schwülen, drückenden Luft. Von der Straße herauf kamen die undefinierbaren Geräusche des nächtlichen Lebens, zeitweise das Kreischen der Straßenbahn beim Durchfahren der Kurven, Autohupen, eine Sirene, wie sie die Polizeifahrzeuge und jene der Rettungsgesellschaft benützen, dann irgendwoher, aus dem offenen Fenster einer Wohnung, ein heiseres Lachen.

Am Horizont glühte in unregelmäßigen Intervallen das rote und das weiße Licht des Leuchtturms auf. Warnung und Lockung, in eins gefaßt. Ich ging einige Male auf und ab.

Die Zigarette, die ich auf einen Untersatz gelegt hatte, war erloschen.

Ich hielt vor der Tür zur Elianas Schlafzimmer an. Vielleicht konnte ich dort Interessantes finden.

Frauen legen intime Briefe oft in ihren Nachttisch oder in ein Schubfach der Frisiertoilette. Dabei kam mir zu Bewußtsein, daß auch das kleine Lederetui mit der Fotografie Philippe Borards nicht mehr auf dem Sekretär stand. Ich blickte, um mich zu vergewissern, nochmals dorthin. Tatsächlich. Es fehlte.

Vorsichtig betrat ich das Schlafzimmer. Es lag im Dunkel. Nur ein ganz schwacher fahler Schimmer kam vom Fenster, das auf den Lichtschacht ging. Die Feuermauer des nahe gelegenen Nachbarhauses wirkte wie eine milchigweiße Fläche.

Langsam gewöhnten sich meine Augen an die Dunkelheit, und ich erkannte die Umrisse des großen eingebauten Schrankes. Die Türen standen wie damals offen.

Der Toilettentisch wirkte, im gespenstischen Schimmer des großen Spiegels, unwirklich.

Ich blieb regungslos stehen.

Irgendwoher glaubte ich ein Geräusch zu vernehmen. Trotz angehaltenem Atem kam es nicht wieder.

Dann überkam mich ein kaum erklärliches Gefühl.

Ich wußte plötzlich, daß außer mir noch jemand im Zimmer war.

Ich wich zur Wand zurück neben die Tür und wartete. Es war die alte Regel, sich zumindest den Rücken zu decken.

Nichts rührte sich. Dabei hätte in diesem engen Raum sogar ein verhaltener Atemzug hörbar oder zumindest fühlbar sein müssen.

Und dennoch – ich war nicht allein im Raum. Ich spürte es mit jener schlafwandlerischen Sicherheit, die mir mehr als einmal das Leben gerettet hatte. Ich wußte es nicht zu erklären. Vielleicht war es ein sechster Sinn. Vielleicht gab jener Körper irgendwelche Signale, die ein besonders empfindlicher Empfänger aufnehmen konnte. Vielleicht war es auch der Geruchssinn.

Ich atmete. Lautlos.

Ich wußte nun um die Nähe eines Körpers.

Die Glockenschläge zeigten drei Viertel nach Mitternacht an.

Ich tastete den Türrahmen entlang, fand einen Lichtschalter, drückte ihn nieder.

Ein mattblaues Licht begann nach wenigen Sekunden zu flackern. Es kam von Leuchtröhren, die verdeckt an zwei Seiten der Wand entlang liefen.

Nichts rührte sich.

Ich sah nach dem Bett, dessen Ausmaße meine Aufmerksamkeit schon beim ersten Besuch erregt hatten.

Quer über das Linnen lag eine weibliche Gestalt. Schon ein einziger Blick ließ keinen Zweifel daran, daß es Eliana war.

Ihr Gesicht ruhte seitlich, so daß ich die Züge nicht sehen konnte. Aber das üppige Haar – der schöngeformte Nacken – die schlanken Arme und die feingegliederten Hände waren unverkennbar.

Als ich näher trat, erkannte ich die Todesursache. Eliana war erwürgt worden. Ein Seidenstrumpf schnürte ihren Hals ab. Der Mörder hatte ihn gut verknotet. Es war ganze Arbeit.

Ich schaltete die beiden Lampen an den beiden kleinen Tischlein – die Druckknöpfe mit meinen Fingernägeln niederdrückend – ein, die rechts und links sich an das Kopfende des Bettes anschlossen, ebenso jene des Toilettentisches. Dann ging ich nach dem Korridor, riegelte das Yale-Schloß vorsorglicherweise ab, entledigte mich meines Jacketts und machte mich an die Untersuchung des Tatortes. Gewiß, ich hätte sofort die Mordkommission benachrichtigen müssen. Aber wer wollte einem jagdgewohnten Pointer zumuten, einem Langhaar den Vorrang zu geben!... Nein, zuerst kam ich an die Reihe. Für die brasilianischen Kollegen blieb auch nach meiner Tätigkeit noch genug zu tun übrig. Meine Mission überschnitt sich mit der ihren, aber sie sollte keineswegs jene stören oder behindern oder auch nur erschweren. Mein Interesse an der Aufdeckung dieses Mordes war nicht geringer als das der hiesigen Beamten. Im Gegenteil! Also konnte ich ihrer Arbeit nur nützlich sein. Allerdings – nicht offiziell. Ich war ein Tourist wie so viele andere. Aber es gab immer irgendwelche Möglichkeiten, Hinweise an die richtige Stelle gelangen zu lassen... wenn man es wollte.

Ich begann eine systematische Untersuchung.

Vorweg konnte kein Zweifel daran herrschen, daß der Mörder etwas gesucht hatte. Alle Schubladen des Toilettentisches standen offen. Viele Kleinigkeiten waren völlig unordentlich in die Fächer gezwängt. Auf den Glasplatten der Nachttische, die eine moderne Form zeigten, lagen offenbar hastig geprüfte Papiere und eine kleine Brieftasche. Ich suchte den Fußboden sehr genau ab. Wie man aus Kriminalromanen weiß, verlieren die Täter mit Vorliebe Manschettenknöpfe oder andere, zu ihrer sicheren Ermittlung führende Gegenstände. Nun, der Mann, der Eliana erdrosselt hatte, erwies mir diese Arbeitserleichterung nicht. Es war keinerlei greifbares Zeichen des Täters zu finden. Nirgends. Weder unter noch im Bett. Nichts! Absolut nichts! Eine Betrachtung der Glasplatten, des Spiegels, der polierten Holzoberflächen ließ nicht die schwächsten Spuren von Fingerabdrücken erkennen. Der Mann mußte Handschuhe getragen oder alle glänzenden Flächen sehr sorgfältig abgewischt haben. Wer so vorsorglich am eigentlichen Tatort zu Werke ging, ließ auch sicher keinerlei Spuren seiner Papillarlinien auf den Klinken oder sonstwo.

Ich ging mit großer Gewissenhaftigkeit vor. Dennoch, soweit es möglich war, auch eilig.

Ich unterbrach meine Arbeit, um den Körper der Toten im Rahmen meiner Kenntnisse zu prüfen. Natürlich veränderte ich ihre Lage in keiner Weise. Die Weichheit der Muskulatur und die Temperatur des Körpers deuteten darauf hin, daß der Mord vor kaum viel mehr als zwei Stunden begangen worden sein mochte. Ich täusche mich diesbezüglich kaum, denn die Wärme ist nur dann kein brauchbarer Hinweis über die seit dem Eintritt des Todes abgelaufene Zeit, wenn der Leichnam zugedeckt ist. Die vom lebenden Körper her aufgespeicherte Wärme kann zu einer sehr erheblichen Unterschätzung des Ablaufs führen. Da Eliana nicht zugedeckt auf dem Bett lag, bot die noch sehr beachtliche Temperatur ihrer Körperoberfläche einen guten Anhalt für die Zeitbemessung. Allerdings kam in diesem Fall auch hier, wie in den sehr warmen Zeiten in Tanger, die durch die hohe Außentemperatur verlängerte Körperwärme eines Toten in Betracht.

Der Mord konnte nach dieser meiner ungefähren Zeitrechnung etwa zwischen zehn und halb zwölf verübt worden sein. Ich notierte mir diese Schlußfolgerung und setzte das gewissenhafte, doch schnelle Durchsuchen des Schlafzimmers fort.

Das Ergebnis war negativ. Ich sah auf meine Uhr. Sie zeigte fünfzehn Minuten nach der ersten Stunde des neuen Tages.

Meine genauen Recherchen im Wohnzimmer ergaben nichts Nennenswertes. Es war für mich unzweifelhaft, daß der Täter offenbar alle Aufzeichnungen, Briefe und alles sonstige aufschlußgewährende Material mitgenommen hatte. Die Vermutung lag nahe, daß sein Besuch der Beschaffung bestimmter Unterlagen gedient hatte. In meinem Beruf soll man das bloße Kombinieren oder gar Erraten grundsätzlich unterlassen. Aber in diesem Falle schien es mir wahrscheinlich, daß vom Täter zuerst die Herausgabe von Unterlagen, die für ihn lebenswichtig waren, in Güte versucht worden war. Erst durch die Weigerung Elianas wurde er zum Mörder. Für diese Theorie sprach auch die Tatsache, daß ich keinerlei Spuren eines Kampfes finden konnte. Eliana war ganz gewiß der Typ einer Frau, die sich bei Gefahr mit allen Mitteln zur Wehr setzt. Das führte zu dem Schluß, daß der Täter ihr gut bekannt gewesen sein mußte. Er würde sonst nicht zu einer so ungewöhnlich späten Stunde von ihr empfangen worden sein. Das gab ihm die Möglichkeit, unauffällig einen in seiner Greifweite liegenden Strumpf wie einen Strick zusammenzurollen, dem Opfer von hinten über den Kopf zu werfen und mit solcher Wucht zuzuziehen, daß kein Widerstand mehr in Frage kam. Besonders der Umstand, daß Eliana in ihrem Bett erdrosselt wurde, sprach für ein eindeutiges Vertrauensverhältnis zwischen dem Täter und seinem Opfer, denn selbst einen sogenannten guten Bekannten würde Eliana kaum nachts in einem leichten Hauskleid empfangen.

Unwillkürlich fiel mir die Fotografie Borards ein. Natürlich durfte es als ausgeschlossen gelten, daß der Mann ein Kapitalverbrechen begangen hätte, nur um sie wiederzubekommen. Aber er konnte sein Bild sehr wohl mitgenommen haben, nachdem er das, woran ihm gelegen war, bereits gefunden hatte. Es wäre durchaus erklärlich, daß er schließlich nicht das Foto des Mörders als freundlichen Fingerzeig für die Polizei zurücklassen wollte.

Wenn ich an die Worte Benzler-Bürghaus' dachte, verstärkte sich in mir der Verdacht gegen Borard. Liebe, Haßliebe und gar erst Hörigkeit bilden ein starkes Motiv. Besonders wenn Angst hinzutritt. Angst vor Verrat. Da der Täter alle Schubfächer und Behälter durchwühlt hatte, mußte er etwas gesucht haben, das für ihn entscheidende Bedeutung besaß.

Borard konnte vielleicht die drängelnden Worte Elianas gehört haben, als sie mit mir telefonierte. Es lag für ihn die Vermutung, daß mir ein Geheimnis anvertraut werden sollte, nahe. Ein Geheimnis, das sich auf ihn bezog.

Mein Blick streifte den Aschenbecher mit den zwei Zigarettenstummeln.

Ganz mechanisch nahm ich einen nach dem andern zwischen Daumen und Zeigefinger und betrachtete sie nachdenklich. Es waren verschiedene Marken.

Der eine Zigarettenrest wies ziemlich dunklen Tabak auf. Ich schloß auf eine nationale Marke. Die in Greifweite liegende Schachtel „Continental" bestätigte meine Vermutung. Die in ihr befindlichen brasilianischen Zigaretten hatten dieselbe braunschwarze Tabakfärbung, vielleicht um eine Nuance heller. Der Zigarettenstummel war durch die Feuchtigkeit einerseits und den Rauchdurchgang andererseits nachgedunkelt.

Ich folgerte aus der „Continental"-Packung, daß dies Elianas Marke war. Somit gehörte zu ihrer Besucherin die andere Marke. Es war eine „Lucky Strike".

Ich legte den Rest der „Lucky Strike" neben jenen der „Continental" in den Aschenbecher zurück. Ich wollte mich nochmals in beiden Räumen umsehen. Doch plötzlich überkam mich ein zunächst unklares, aber irgendwie mahnendes Gefühl. Es war nicht das erstemal in meiner langjährigen Tätigkeit als Kriminalkommissar, daß ich etwas bemerkte, ohne mir im selben Augenblick dieses Empfindens Rechenschaft ablegen zu können, worum es sich handelte.

Ich blieb regungslos stehen. Mein Blick konzentrierte sich auf den Aschenbecher.

Und nach einer kurzen Zeitspanne wußte ich, was ich gesehen, was aber mein Denken und Erkennen nicht sogleich erfaßt hatte.

Die Zigarette „Continental" zeigte zwei annähernd gleich starke und gleich lange Spuren von Lippenstift. Rechts und links von jedem Abdruck wurde die Farbe schwächer und heller. An zwei ganz kleinen Stellen war das Zigarettenpapier kaum von der Farbe berührt. Es entsprach dem Abdruck, den Lippen hinterlassen. Sogar die kleinen Hautrillen kamen als hellere, negative Linien klar sichtbar zum Ausdruck.

Bei der „Lucky Strike" war die rote Farbe rings um das ganze Zigarettenende gleichmäßig stark. Selbst als ich diesen Zigarettenstummel genau mit der kleinen Lupe, die ich stets bei mir trage, untersuchte, konnte ich auch nicht eine einzige der natürlichen Gestaltung der Lippe entsprechende Rillenschattierung finden. Lippen lassen auf Papier stets ihre Hautfalten zurück.

Die Erklärung war ebenso überraschend wie einfach und logisch.

Die „Lucky Strike" war von keinem weiblichen Besuch geraucht worden. Ein Mann wollte durch das Auftragen von Lippenstift auf das Ende seiner Zigarette den Eindruck erwecken, als habe Eliana eine Freundin bei sich zu Gast gehabt. Der Unbekannte versuchte mit diesem Trick, die Polizei irrezuführen.

Der Unbekannte. Der Mörder.

Ich überlegte, ob man Borard eine derartige Handlung, die ungewöhnliche Intelligenz, Kaltblütigkeit und eine jedes Mittelmaß weit übersteigende Vorsicht bewies, zumuten dürfte. Wenn ich alles, was mir über ihn bekannt geworden war, mit dem Eindruck ergänzte, den die kurze persönliche Begegnung bei mir hinterlassen hatte, so kam ich zu dem Schluß, daß eine dermaßen kühl überlegte Handlung einem Manne wie Borard nicht zugetraut werden konnte.

Natürlich war das nur *ein* Indiz zu seinen Gunsten, während es deren sehr viele mehr zu seinen Lasten gab.

Während ich nochmals beobachtend, mit den Augen alles abtastend, durch die beiden Zimmer und anschließend über den schmalen Korridor in die kleine Küche schritt, kam es mir zum Bewußtsein, daß ich eigentlich nur Elianas Abenteuer mit Bonnetti und die offenbar nicht minder unglückliche Liebesgeschichte, die an den Namen Philippe Borard geknüpft war, kannte. Aber wie viele andere Männer mochte es in ihrem Leben gegeben haben? Wieviel anderen konnte, aus mir unbekannten Gründen, an ihrem Tode gelegen sein?

Ich ging nochmals ins Schlafzimmer zurück und schaltete, die Taster wieder nur mit den Fingernägeln berührend, die Lampen aus.

Ich ließ alles genauso, wie ich es vorgefunden hatte. Meine Uhr zeigte jetzt genau die zweite Morgenstunde. Überall, wo Fingerspuren von mir entstanden sein konnten, so auch am Telefon, wischte ich mit meinem Taschentuch über die Flächen. Aber auch nur an diesen Stellen. Ich mußte sehr gewissenhaft vorgehen und vermeiden, daß dadurch vielleicht andere Abdrücke beschädigt wurden.

Behutsam öffnete ich die Tür nach dem Korridor, horchte, blickte mich nach beiden Richtungen um.

Dann zog ich die Tür fast lautlos hinter mir zu, löschte die Spuren meiner Hand auf der inneren Seite des Türknopfes, da ich die äußere auch beim Betreten nicht berührt hatte, und legte den kleinen gelben Schlüssel wieder auf den oberen Sims.

Es schien mir angebracht, die zwölf Stockwerke die Treppe hinabzugehen, ohne das elektrische Licht einzuschalten, um nicht den Fahrstuhl in Bewegung zu setzen. Im Treppenhaus konnte ich warten, falls gerade Mieter nach Hause kamen oder Gäste das Gebäude verlassen wollten. Im Fahrstuhl war ich ein Gefangener in der gutbeleuchteten Kabine.

Unbemerkt gelangte ich auf die Straße und schritt die Avenida Copacabana entlang.

An der nächsten Nebenstraße bog ich ab zur Avenida Atlantica.

Die Temperatur war stark gefallen. Eine frische Brise wehte vom Ozean über den Strand zum Häusermeer.

Um halb drei Uhr morgens betrat ich die Halle des Hotels.

Ein Wort zuviel

Die Fähigkeit, mit dem Jackett alle Sorgen abzulegen, muß angeboren sein. Der liebe Gott gab sie mir mit auf den Lebensweg. Vielleicht ist es auch die jahrelange Erfahrung, die mir beibrachte, daß in unserem Beruf ein ausgeruhter Kopf die erste Voraussetzung für ein ersprießliches Arbeiten ist. So wachte ich an diesem dreizehnten September um acht Uhr morgens trotz des nur fünf Stunden währenden Schlafes ausgeruht auf. Es war mir, wie stets vor dem Einschlafen, gelungen, alle Gedanken über die Angelegenheit der INTERIMPEX, die sich zum „Fall Eliana van den Veerden" entwickelt hatte, ebenso abzuschalten, wie man einen elektrischen Stromkreis durch einen einfachen Tastendruck unterbrechen kann.

Erst nach einem erfrischenden Bad begann ich, mich wieder meiner Mission zu widmen.

Louise wollte noch ein wenig länger ruhen. So nahm ich das Frühstück in dem Saal mit den großen Fenstern, die eine prächtige Aussicht auf das Meer boten, ein. Es gab einen unwahrscheinlich starken Kaffee, und die Früchte bewiesen durch ihr Aussehen und ihre Vielfalt die Üppigkeit dieses tropischen Landes.

Während einiger Minuten kam mir der Gedanke, daß mein Verhalten in der Wohnung Elianas nicht richtig gewesen sei. Hätte ich nicht sofort nach der Entdeckung des Mordes meine brasilianischen Kollegen verständigen müssen? War meine Handlungsweise zulässig? Konnte ich es vor mir selbst vertreten, alles durchsucht und dann die Spuren meiner Anwesenheit und meiner Tätigkeit verwischt zu haben?

Natürlich war mein Vorgehen zu entschuldigen. Es konnte schwerlich von einem alten Kriminalisten erwartet werden, beiseite zu stehen und sozusagen der Konkurrenz den Vortritt zu lassen. Schließlich blieb es auch ohne Bedeutung, ob die Mordkommission von Rio um zwei Uhr morgens oder um neun oder zehn Uhr vormittags mit ihrer Arbeit begänne, da sich an den nicht nennenswerten Spuren durch diese Verzögerung kaum etwas ändern würde. Es lag keinerlei Anhaltspunkt vor, daß durch ein verzögertes Auffinden der Toten dem Täter ein Vorsprung zugute käme.

So beruhigte ich mich selbst und hieß mein Verhalten gut.

Da die Bedienstete Elianas zweifellos einen Schlüssel zu deren Wohnung besitzen mußte, um ihre Arbeit versehen zu können, war mit einer frühen Entdeckung der Tat zu rechnen. Ich erwog einen Augenblick, einen Spaziergang bis vor das Haus zu unternehmen, um das Terrain zu sondieren. Aber dann schien es mir doch wichtiger, der INTERIMPEX einen Besuch abzustatten.

Um halb zehn betrat ich den Vorraum im zehnten Stockwerk.

Vor dem Empfangsschalter stand eine ungewöhnlich elegante Dame. Sie fragte mit einer, wie es mir schien, ungläubigen, wenn nicht sogar spöttischen Stimme:

„Herr Präsident Bonnetti ist nicht anwesend?"

Die junge Angestellte hinter dem Schalter verneinte bedauernd:

„Der Herr Präsident hat eine sehr wichtige Verhandlung mit einer Bank und dürfte, wie ich schon andeutete, kaum vor den späten Nachmittagsstunden zurückkommen." Sie sprach ein bemerkenswert gutes Französisch. „Es ist sogar möglich, daß er erst wieder morgen zu sprechen sein wird. Vielleicht darf ich dem Herrn Präsidenten etwas bestellen?"

Die Dame überlegte. Sie blickte nach ihrer Armbanduhr – ein Meisterwerk aus Platin und Brillanten – und erwiderte:

„Herr Bonnetti soll mich unter allen Umständen noch heute in São Paulo anrufen. Ich fliege um elf von hier ab, so daß er mich ab zwei erreichen kann. Es ist ja möglich", fügte sie ironisch hinzu, „daß der Präsident wieder umdisponiert und vorzeitig hier erscheint."

Jetzt erkannte ich mit völliger Sicherheit die Stimme der Dame mit dem grünen Schal wieder. Und sonderbar – ich hörte deutlich wieder den Tonfall, wie sie den Namen Danielli gesprochen hatte.

Die Dame hinter dem Schalter nahm einen vorgedruckten Zettel:

„Darf ich um Ihren Namen bitten, Madame?"

„Es genügt, wenn Sie meine Telefonnummer aufschreiben. São Paulo 87–03–11. Der Anschluß ist Herrn Bonnetti bekannt."

Sie wandte sich um und ging, ohne mir einen Blick zu schenken, rasch die Vorhalle durchschreitend, nach der Tür. Sie war zu sehr mit sich selbst beschäftigt, um von der Umwelt Notiz zu nehmen.

Erst jetzt erkannte ich sie auch an ihrem Gang. Und an dem grünen Seidenschal.

Der Blick der Angestellten der INTERIMPEX verriet, daß ihr mein außerordentliches Interesse an der Besucherin nicht entgangen war. Zweifellos deutete sie es anders, als es der Wirklichkeit entsprach.

Sie lächelte heiter und unbekümmert.

Ich folgerte daraus, daß man im Büro der INTERIMPEX also noch nichts über den Mord an Eliana wußte.

„Sollte ich mich täuschen, Mademoiselle, wenn ich annehme, daß Sie soeben eine nicht ganz zutreffende Auskunft erteilt haben? Es würde mir sehr leid tun, wenn Monsieur Bonnetti tatsächlich nicht anwesend wäre und erst –"

Sie beugte sich näher zu mir:

„Man muß mitunter den Chef in Schutz nehmen, Monsieur. Für Sie dürfte der Herr Präsident sicher zu sprechen sein."

Sie wollte sich entfernen, um mich anzumelden. Ich hielt sie sanft zurück:

„Ist Madame Eliana schon anwesend?"

Es war mein Wunsch, jede Fehlerquelle auszuschließen.

Die Antwort kam unbefangen:

„Dona Eliana ist merkwürdigerweise noch nicht gekommen. Da sie immer außerordentlich pünktlich ist, wollte ich schon bei ihr anrufen, aber der Präsident meinte, sie könnte vielleicht unpäßlich sein. Jedenfalls solle ich sie nicht stören."

Die junge Dame entfernte sich und ließ mich mit meinen Gedanken allein.

Ehe ich mir über die Bedeutung der eben gehörten Worte schlüssig werden konnte, wurde ich von dem livrierten Diener in das Zimmer Bonnettis geführt.

Der Präsident saß an seinem mächtigen Schreibtisch, mit dem Rücken zum Fenster. Die an der schräg anschließenden Wand befindliche Glastür, die auf einen Balkon oder eine Terrasse zu führen schien, war durch eine Jalousie aus dünnen Aluminiumblättern gegen die Sonne abgeschirmt. Das Gesicht Bonnettis blieb so ganz im Schatten, während ich hell beleuchtet ihm gegenüber sitzen mußte.

Der Motor der elektrischen Luftkühlanlage surrte wie von weit her. Ich atmete wie in einer frischen Brise.

Bonnetti hatte sich kurz erhoben, mir flüchtig die Hand gereicht, Zigarren und Zigaretten herübergeschoben.

„Was bringen Sie an Neuigkeiten, Monsieur Lamont?" fragte er. Seine Stimme schien mir müde zu klingen. Wie eine Bestätigung dessen, bemerkte ich seinen Versuch, ein Gähnen zu verbergen.

„Ich habe mir über die Ergebnisse meines Besuches in der Mine allerlei Gedanken gemacht, Monsieur Bonnetti! Ich glaube, daß außer Dr. Baldarin und den Herren Hervay und Sineguru zumindest Herr Benzler-Bürghaus und Oberst Byelkowski mehr über die ‚raren Erden‘ wissen, als unbedingt notwendig wäre. Es sollte mich nicht wundern, wenn sich auch noch andere Leute Gedanken machten. Erfahrungsgemäß nimmt die Zahl der Mitwisser –"

Bonnetti unterbrach mich:

„Mitwisser? Das ist ein Ausdruck, der im allgemeinen im Zusammenhang mit Verbrechen benützt wird."

Ich versuchte, so gut es ging, zu lächeln.

„Mitwisser gibt es nicht nur bei Verbrechen, Monsieur Bonnetti, sondern auch bei viel harmloseren Geheimnissen – sogar bei Liebesgeschichten. Jedenfalls trifft es aber für alle Kategorien von Mitwissern zu, daß sich ihre Zahl lawinenartig vermehrt, sobald sie einen wirklich absolut verschwiegenen, allerengsten Kreis überschreitet." Bewußt übergangslos sagte ich: „Ich hörte übrigens, daß Madame Eliana noch nicht im Büro ist. Dabei hätte ich sie gerade heute gern gesprochen."

Bonnetti nahm eine Zigarre zur Hand und steckte sie sehr umständlich in Brand. Lautlos zählte ich. Ein-und-zwanzig . . ., zwei-und-zwanzig . . . Er gewann durch diese Manipulation siebzehn Sekunden zur Überlegung seiner Antwort. Sie lautete:

„Eliana dürfte irgendeine dringliche Besorgung machen, bevor sie ins Büro kommt. Ich ließ schon bei ihr anrufen, aber es meldete sich niemand."

Er fragte: „Sie werden mir sicher sagen können, weshalb Sie meine Sekretärin sprechen möchten?"

Ich antwortete betont langsam:

„Ich habe alle Ursache, anzunehmen, daß Madame Eliana außerordentlich viel weiß. Es scheint mir fast gewiß, daß sie mir wertvolle Auskünfte geben und vielleicht den Weg andeuten könnte, der zur Aufklärung des Falles führt."

Es folgte eine lange Pause. Bonnetti stand auf, holte Whisky und Kognak, blickte mich fragend an und stellte, als ich bejahend nickte, ein Glas vor mich hin. Er schenkte sich selbst ein großes mit Whisky voll und schob dann beide Flaschen an die Kante des Schreibtisches zu mir.

„Bedienen Sie sich!" Nachdem er ausgetrunken und das Glas wieder gefüllt hatte, sagte er ruhig: „Ich weiß nicht, woher Sie Ihre Kenntnisse nehmen, Kommissar Lamont! Sie sprechen so überzeugt, daß ich annehmen möchte, Eliana persönlich habe Ihnen irgendwelche Andeutungen gemacht. Muß ich einem erfahrenen Spezialisten wie Ihnen sagen, daß die Aussagen einer liebenden Frau ebenso vorsichtig zu beurteilen sind wie jene einer – hassenden?" Plötzlich lachte er kurz auf. „Eine Geliebte mag mancherlei von einem Mann erfahren. Eine Privatsekretärin mitunter noch mehr. Wenn eine Frau beide Funktionen ausübt, dann ist das vielleicht zu viel. Es entsteht die Gefahr –" Das Summen des Telefons unterbrach den Satz.

Bonnetti drückte auf einen Knopf. Die Stimme der jungen Dame vom Empfangsschalter wurde im Lautsprecher hörbar: „Sie werden auf Linie drei verlangt, Herr Präsident!"

Bonnetti sprach gegen das Gitter des kleinen Mikrofons.

„Wer ist am Apparat?"

„Es ist dringend, Herr Präsident. Nehmen Sie bitte das Gespräch ab!" kam die Stimme durch den Verstärker der Sprechanlage. Sie klang ernst.

Bonnetti sagte ärgerlich: „Ich habe keine Lust, von irgendwem behelligt zu werden. Bevor ich den Hörer abnehme, möchte ich wissen, wer mich verlangt. Das habe ich schon oft genug gesagt!"

Es vergingen einige Sekunden. Dann antwortete die junge Dame, und ich merkte ihrer Stimme die Verlegenheit an, da sie ja um meine Anwesenheit wußte.

„Polizeidelegierter Dr. Pastor de Lima."

Bonnetti fragte etwas ungläubig.

„Dr. Pastor?"

Unerbittlich kam die Antwort.

„Dr. Pastor. Er sagte, es sei sehr dringlich. Er spricht aus seinem Amt des Polizeidistrikts Copacabana."

Bonnetti schaltete den Apparat um und nahm die Gabel einer der drei elfenbeinfarbenen Luxustelefone in die Hand. Dann sagte er in die Muschel: „Präsident Bonnetti. Sind Sie es, Dr. Pastor?"

Ich konnte die Antwort nicht hören. Was immer gesprochen wurde, gelangte an mich nur immer durch die einzelnen Antworten Bonnettis. Es war einmal „Ja" und einmal „Nein" und dann wieder „Ja" und wieder „Nein".

An der Stimme Bonnettis war keinerlei Veränderung wahrzunehmen. Sie blieb sich gleich. Sie blieb sich sogar viel zu sehr gleich. Ich fühlte die außerordentliche Willensanstrengung des Mannes, sich auch nicht durch das kleinste Zeichen der Erregung preiszugeben.

Das Gespräch dauerte viereinhalb Minuten. Ich verfolgte den Minuten- und Sekundenzeiger meiner Armbanduhr.

Bonnetti legte den Höhrer auf, zögerte einige Augenblicke, trank dann das Glas Whisky aus. Er öffnete eine kleine Kassette, entnahm ihr eine Glaspistole, legte zwei gelblich schimmernde Pastillen in seine Hand. Er betätigte, für mich nicht deutlich sichtbar, irgendein Signal. Der livrierte Diener erschien. Bonnetti bestellte Eiswasser.

Erst nachdem der Diener es gebracht und er die Arznei eingenommen hatte, wandte er sich an mich:

„Eliana ist heute nacht erdrosselt worden. Die Mordkommission ist am Tatort. Der Leiter des Distrikts von Copacabana, Polizeidelegierter Dr. Pastor de Lima, ist unterwegs hierher. Vielleicht bleiben Sie hier, um sich mit ihm zu unterhalten. Ich nehme an, daß er in spätestens zwanzig Minuten hier sein kann. Die Polizeisirene gibt ihm rasche Durchfahrt." Er trank einen kräftigen Schluck Whisky, nahm nochmals die gelben Pillen, goß den Rest Wasser im Glas nach. „Man wird alt, Lamont!"

Ich überlegte, wie ich am einfachsten feststellen könnte, wer aus der Mine nach Rio geflogen war. Wenn der Mann selbst erst am Nachmittag oder sogar abends auf dem Flughafen Santos Dumont gelandet wäre, so hätte er reichlich Zeit gehabt, um die Tat zu begehen.

Ich beschloß, Bonnetti zu fragen.

„Ich hörte Sonnabend in Tabatuajara, daß einer der Herren die Absicht habe, Sonntag – also gestern – nach Rio zu fliegen. Könnten Sie feststellen, um wen es sich dabei handelt?"

Bonnetti schwieg eine Weile, dann sagte er, fast dozierend:

„Es kann selbstverständlich niemand mit unserem Privatflugzeug Reisen unternehmen, ohne daß dies vorher von hier genehmigt wird. Das heißt, daß ich darüber zu entscheiden habe. Der sonntägliche Passagier war Dr. Baldarin."

Ich starrte Bonnetti an.

„Dr. Baldarin?! Und das haben Sie mir nicht sofort gesagt?!"

Bonnetti lächelte herablassend.

„Der ‚Piper-Cub' ist ein ausgezeichnetes kleines Flugzeug, aber mitunter hat es Pannen und muß dann eine kleine Notlandung vornehmen. Es gibt Möglichkeiten, für solche Pannen sozusagen –", er machte eine weit ausholende Handbewegung, „vorzusorgen. Sie können sich denken, daß mir die Anwesenheit von Dr. Baldarin in Rio nicht erwünscht ist."

Damit schied der bis vor wenigen Minuten rätselhafte Passagier als Täter aus.

Bonnetti blickte nach seiner Uhr.

„Dr. Pastor wird mich eine ganze Weile in Anspruch nehmen. Meine dringlichsten Telefongespräche möchte ich daher besser vor seinem Eintreffen erledigen, um nicht bei unserer Besprechung dauernd gestört zu werden. Bitte, Lamont, nehmen Sie im Konferenzzimmer Platz. Sie finden dort die letzten französischen Zeitungen – sie kommen per Luftpost."

Er geleitete mich zur gepolsterten Tür, öffnete sie und deutete auf einen Klubsessel, der zwischen einem Tisch und einem Zeitungsregal stand.

Ich versuchte mechanisch, die nur zwei Tage zuvor in Paris erschienene Abendzeitung „France-Presse" zu lesen. Aber es blieben nur die Überschriften haften. Das Kabinett war gestürzt worden. An sich keine Neuigkeit, da diese Meldung in kurzen Abständen immer wiederkehrt. Franzosen hatten Algerier und Algerier hatten Franzosen zur Strecke gebracht. Ein Mitglied der Pariser Unterwelt war von seinen ehemaligen Kameraden in einer Nebenstraße der Place Pigalle rücklings erdolcht worden. Es gab neue Preissteigerungen, neue Schönheitsköniginnen, neue Skandalaffären.

Die Überschriften verschwammen vor meinen Augen, und ich ließ die Zeitung in meinen Schoß sinken und schloß die Augen.

War Bonnetti in den Mordfall verwickelt?

Weshalb führte er mich bewußt irre? Für das Mädchen am Schalter bestand keine Veranlassung, zu lügen. Es war ihr von Bonnetti untersagt worden, bei Eliana anzurufen. Mir gegenüber hatte Bonnetti behauptet, am Apparat Elianas habe sich niemand bei dem von ihm veranlaßten Anruf gemeldet.

Wie war dieser Widerspruch zu deuten? Die nächstliegende Erklärung durfte ich nur im Rahmen einer logischen Erwägung suchen, das heißt, Bonnetti wußte, daß sich am Apparat Elianas niemand melden konnte, da Tote keine Telefonanrufe entgegennehmen.

Natürlich mußte ich, um keinen groben Denkfehler zu begehen, eine andere, nicht minder logische Deutung gelten lassen: Bonnetti konnte selbst versucht haben, Eliana anzurufen, natürlich ohne eine Antwort zu erhalten. Da er mir das nicht anvertrauen wollte, schob er das Telefonat auf eine Angestellte ab.

Die eine Lesart bewies einen unmittelbaren Zusammenhang zwischen Bonnetti und dem Mord. Die andere ließ alles offen.

Konnte Bonnetti selbst als Täter in Frage kommen? Oder als Anstifter?

An Motiven mangelte es nicht. Wiederkehrende Liebe. Wiederkehrende Leidenschaft. Angst vor Verrat. Denn Eliana wußte nicht nur viel, sondern zu viel. Ihr dringender Versuch, sich mit mir zu besprechen, ließ nur die eine Schlußfolgerung zu, daß sie mir Informationen geben wollte. Weshalb? Die Annahme lag nahe, daß sie sich damit zu schützen trachtete.

Wenn Bonnetti selbst die Tat begangen haben sollte, so würde sich der Mord wahrscheinlich als Affekthandlung erklären lassen. Elianas Weigerung, irgendwelche, Bonnetti schwer kompromittierenden Unterlagen auszufolgen, hätte zum Mord geführt.

Ich öffnete die Augen und versuchte wieder, die Zeitung zu lesen. Aber es gelang mir nicht. Irgendwie schien es mir widersinnig, daß ein Mann wie Bonnetti einen Mord auf sich nahm. Zu ihm paßte eher die Bereinigung aller Schwierigkeiten durch Geld. Bestechung. Oder –

Das Wort „Capanga" fiel mir ein.

In einer Welt, wo man – durch die Währungslage sogar erstaunlich billig – berufsmäßige Mörder mieten konnte, war mir die persönliche Betätigung auf diesem Gebiet unerklärlich.

Ich nahm mein Notizbuch zur Hand und ging die Liste durch, die ich mir im Falle der INTERIMPEX und dem Problem der „raren Erden" aufgestellt hatte.

Aus räumlichen Gründen mußten Dr. Baldarin, Sandor Hervay, Akatsuka Sineguru, Eduard Benzler-Bürghaus und Oberst Olgierd Byelkowski ausscheiden.

Aber bei der Ausmerzung der einzelnen Namen erinnerte ich mich, daß mir am Tage vor meiner Abreise vom polnischen Oberst erzählt worden war, daß am Sonntag jemand von der Mine nach der Hauptstadt flöge. Aber dieser rätselhafte Passagier – Dr. Baldarin – schied ja laut der Auskunft Bonnettis bereits aus.

Ohne jeden Zusammenhang fiel mir jetzt die Telefonnummer 87–03–11 ein. Ich schrieb sie mir auf. Mein Zahlengedächtnis ließ nichts zu wünschen übrig, doch hielt ich es für möglich, daß dieser Anschluß zu meinen schriftlichen Aufzeichnungen gehörte.

Bei Antunes und Pires gab es wohl kein Motiv. Ebensowenig dürften Vicardi und Codrianu am Tode Elianas interessiert gewesen sein. Zumindest deutete nichts darauf hin. Anders stand es bei Philippe Borard. Gegen ihn hatte ich nicht etwa das Gefühl persönlicher Antipathie, denn solche Regungen verleiten leicht zu Trugschlüssen. Aber Borard stand in einem alles eher als klaren Liebesverhältnis zu Eliana. Wenn die Informationen Benzler-Bürghaus' zutrafen, so konnte Borard als möglicher Täter in Frage kommen. Hörigkeit, Liebe, Haß, das kann ein auslösendes Moment sein.

Als ich auf meiner Liste zum Namen des Bordfunkers Miguel Pedrotti kam, erinnerte ich mich, wie Eliana im Arbeitszimmer Bonnettis erwähnt hatte, daß Pedrotti sie gleich nach seiner Landung Sonntag abend, wie üblich, anrufen würde, damit sie von ihm am Flughafen die Quittungen aus Paris entgegennehmen und ihm sein in Cruzeiros fälliges Honorar aushändigen konnte. Einen Augenblick war es mir damals merkwürdig erschienen, daß sie nach dem weit entlegenen Flughafen des „Galeao" fahren mußte, denn ebensogut konnte sie sich ja mit dem Bordfunker in der Stadt treffen. Aber vielleicht war auf dem Flughafen das Risiko für die von Bonnetti bestimmten Abwicklungsmethoden geringer.

Nun entstand die sehr interssante Frage: War Eliana zum Flughafen gefahren? Hatte sie Pedrotti getroffen, von ihm die Quittungen erhalten und ihm den – sicher nicht geringen – Betrag übergeben? Sind die beiden gemeinsam zur Stadt zurückgefahren?

Pedrotti war, nach der Auskunft des Hotels, noch einmal ausgegangen.

Nichts sprach dagegen, daß er zu Eliana gegangen war. Allerdings – nichts sprach dafür. Bei Pedrotti kam es also auf ein Alibi an. Und nicht minder traf dies bei Borard zu.

War aber Eliana nicht mehr zum Flughafen gefahren, so mußte sich Pedrotti zweifellos unmittelbar bei der INTERIMPEX einfinden, um die Quittungen abzugeben und sein Geld entgegenzunehmen. Nur sehr gewichtige Umstände könnten ihn bestimmen, das zu unterlassen.

Meine Überlegungen wurden unterbrochen, als Bonnetti wieder erschien und mich in sein Arbeitszimmer bat.

Ein Herr erhob sich und reichte mir die Hand. Bonnetti machte uns bekannt.

Dr. Pastor mochte vierzig Jahre alt sein. Er verfügte über einen beneidenswert schlanken, durchtrainierten und wohlproportionierten Körperbau. Sein tiefdunkles Haar und die von der Tropensonne eingebräunte Haut nebst den ausdrucksvollen, lebhaften Augen und dem eleganten kleinen Schnurrbart ließen keinen Zweifel an seiner Nationalität aufkommen. Er war ernst und doch ungemein verbindlich.

„Wie ich vom Herrn Präsidenten Bonnetti hörte, darf ich in Ihnen einen berühmten Kollegen begrüßen!" sagte Dr. Pastor mit jener bezwingenden Liebenswürdigkeit, die bei Brasilianern echt und natürlich wirkt. „Es ist selbstverständlich, daß ich Ihnen jederzeit mit größter Freude zur Verfügung stehe, und wenn Sie unsere polizeilichen Einrichtungen interessieren, so wird Polizeipräsident General Kruel Ihnen gewiß bereitwilligst alle Wege ebnen."

Mein brasilianischer Kollege sprach ein fast akzentfreies Französisch. Offenbar galt das als Voraussetzung zur Erreichung einer gehobenen Beamtenwürde.

Wir setzten uns. Bonnetti blickte zu mir. Er schien mir wie eine Warnung. Seine Worte klangen eindringlich:

„Ich habe Dr. Pastor gegenüber kurz erwähnt, daß ich Sie, Kommissar Lamont, wegen einiger ganz vertraulicher und privater Ermittlungen gebeten habe, ein paar Ihrer Urlaubstage mir zu widmen."

Ich verstand den Chef der INTERIMPEX sehr genau. Ich bestätigte seine Worte:

„Derlei würzt nur die Ferien eines Polizisten – und Dr. Pastor wird dafür sicherlich Verständnis haben."

Das Telefon summte. Bonnetti drückte den Taster der Sprechanlage nieder. Ich bemerkte im selben Augenblick, daß er es bedauerte. Wahrscheinlich dachte er daran, daß die Zentrale auf demselben Wege den Anruf Dr. Pastors durch die Lautsprecheranlage angemeldet hatte. Doch nun konnte er die Verbindung nicht mehr abstellen, ohne Dr. Pastors und meine Aufmerksamkeit zu erregen.

Die Stimme aus dem kleinen Gerät klang fast mechanisch:

„Herr Pedrotti möchte Sie sprechen, Herr Präsident! Ich habe ihn ins Wartezimmer führen lassen. Er sagte, es sei sehr eilig."

„Verbinden Sie mich mit Herrn Pedrotti." Bonnetti nahm einen Hörer ab. Kurz darauf meldete sich der Bordfunker, was ich aus einem deutlich vernehmbaren Klicken schloß. Bonnetti sprach erstaunlich freundlich: „Ich danke Ihnen, daß Sie gekommen sind, Herr Pedrotti. Leider bin ich in einer sehr wichtigen Konferenz, so daß Sie sich eine Weile gedulden müssen. Aber ich möchte Sie unbedingt persönlich sprechen." Er schwieg einige Augenblicke, dann meinte er: „Gut, aber ich kann Ihnen nur wenige Minuten zur Verfügung stehen. Ich habe Besuch." Er stand auf, machte, zu uns gewandt, eine bedauernde Geste: „Entschuldigen Sie mich. Es wird ganz gewiß nicht lange dauern."

Wir blickten ihm beide nach, bis er die Tür hinter sich zuzog.

Ich wollte keinen Moment ungenützt lassen und wandte mich an meinen Kollegen.

„Ich war gerade bei Präsident Bonnetti, als Sie anriefen. Ich glaube, daß ihn die Nachricht sehr erschüttert hat. Wie kamen Sie aber auf die Idee, wegen der Ermordung Elianas van den Veerden sofort Bonnetti anzurufen?"

Dr. Pastor sah mich etwas überrascht an.

„Wer das Leben der oberen Gesellschaftsschichten in Rio kennt, ist natürlich über solche Beziehungen, wie sie zwischen unserem Freund und Eliana van den Veerden bestanden, informiert. Da mir der Polizeidistrikt von ganz Copacabana untersteht, muß ich derlei wissen. Überdies bin ich mit Bonnetti immerhin so weit befreundet, daß ich ihm den Schock eines unmittelbaren Besuchs des Leiters der Mordkommission ersparen wollte. Natürlich, das läßt sich auf die Dauer kaum vermeiden, aber ich wählte die mildere Form."

Ich nickte.

„Sie finden mein volles Verständnis, Herr Kollege!" Ich sah ihn nachdenklich an: „Haben Sie am Tatort irgendwelche Spuren gefunden?"

Er unterbrach mich.

„Ich weiß es nicht, da ich nicht in Elianas Wohnung war. Es sind mir keinerlei Einzelheiten bekannt. Das Dienstmädchen Elianas entdeckte die Tote, begann – wie es bei primitiven Wesen oft der Fall ist – hemmungslos um Hilfe zu schreien, so zwecklos das auch war. Ein Nachbar rief bei der Zentralpolizei an. Die Mordkommission erschien, knapp eine halbe Stunde nach dieser Meldung, am Tatort und gab mir als dem Chef des Polizeidistrikts von Copacabana nur die Tatsache bekannt, daß Eliana van den Veerden ermordet worden sei. Weiter weiß ich nichts, da ich, aus den erwähnten Gründen, sofort hierher kam. Ich veranlaßte nur, bevor ich den Distrikt verließ, daß ein Bereitschaftswagen für allenfalls notwendige Absperrungen nach dem Tatort geschickt werde."

„Ich verstehe. Es sind stets Kompetenzfragen...", sagte ich, um das Gespräch in Gang zu halten, denn meine Gedanken weilten ganz woanders. „Ein Mordfall beschäftigt die Öffentlichkeit..." Ich lenkte absichtlich vom Thema weg: „Das kleine Problem, dessen Lösung Monsieur Bonnetti mir anheimlegte, hat mit Dingen des gesellschaftlichen Lebens, offenen oder geheimen Liebesgeschichten und derlei Komplexen erfreulicherweise nichts zu tun. Ich übernahm den Auftrag, weil er eine kleine Abwechslung gegenüber meinen sonstigen beruflichen Pflichten in Tanger darstellt und – " ich markierte ein Lächeln – „bei der wenig erfreulichen Lage eines Staatsbeamten kommt eine Aufbesserung seiner Reisekasse in den Ferien stets gelegen. Und es ist ganz reizvoll, einmal Privatdetektiv zu spielen..."

Ich betonte das, um jedes Mißtrauen bei meinem Kollegen zu zerstreuen.

Dr. Pastor lächelte, nahm eine schwergoldene Tabatière aus dem Innern seines Jacketts, bot mir eine Zigarette an und gab mir und sich Feuer. Erst jetzt nahm ich, kaum mehr als mechanisch, den ganz vorzüglich geschnittenen, blendend weiß leuchtenden Seidenanzug meines Gegenübers wahr, ebenso seine erlesen diskrete, schwerseidene Krawatte, deren Ton mit jenem der Socken vollendet harmonierte.

„Woran mir liegt, Herr Kollege", sagte Dr. Pastor, „ist die baldige Aufklärung dieses Mordes, doch möglichst, ohne bedeutende Persönlichkeiten in die Angelegenheit einzubeziehen. Sie kennen unsere Presse nicht. Sonst würden Sie meine Vorsicht ganz besonders bejahen. Sobald Leute von Rang und Namen auch nur in eine unwichtige und geringfügige Angelegenheit verwickelt sind, werden sie schonungslos der Öffentlichkeit zum Fraß vorgeworfen. Wer Eliana van den Veerden kannte –" Er machte eine bezeichnende Bewegung mit beiden Händen.

Ich sah Dr. Pastor fragend an.

„Soll ich aus Ihren Worten schließen –"

Er unterbrach mich: „Nichts liegt mir ferner, als über die Verewigte auch nur ein schlechtes Wort zu sagen. Ich war ja mit ihr – weshalb es leugnen? – sehr befreundet. Wenn das auch schon eine Zeit zurückliegt . . ." Er blies wieder den Rauch seiner Zigarette weit von sich. „Bonnetti könnte durch eine Ausschlachtung dieses Falles schwer geschädigt werden. Deshalb wollte ich von ihm hören, ob er mir vielleicht Anhaltspunkte für die Mordkommission zu geben vermag, die eine sozusagen reibungslose Aufklärung des Mordes ermöglichen. Er kannte Eliana genau! . . . Er wußte Bescheid über ihren Umgang . . ."

Bonnetti kam zurück. Der livrierte Diener folgte ihm und brachte ein Tablett mit Getränken und kleinen Leckerbissen, stellte es auf einen runden Tisch, der neben der Bibliothek stand, und entfernte sich.

Der Präsident der INTERIMPEX schien wesentlich ruhiger und unbesorgter zu sein als vor seinem Zusammentreffen mit Pedrotti.

Er fragte uns, was wir trinken wollten, bot uns die kleinen Leckerbissen an.

„Halten Sie es nicht für zweckmäßiger", wandte er sich an Dr. Pastor, „wenn ich meinen Anwalt informiere? Sie wissen selbst, wie es mit der Presse ist –"

„Über dieses Thema habe ich den Kollegen Lamont eben kurz unterrichtet", erklärte Dr. Pastor, „und es ist bestimmt im vorliegenden Fall jede Vorsichtsmaßnahme angebracht. Ich werde jetzt in die Wohnung Elianas fahren, um Einzelheiten zu erfahren. Hoffen wir, daß der Täter bald gefaßt wird und daß der ganze Fall damit der Vergessenheit anheimfällt." Er trank ein Glas Kognak, reichte Bonnetti die Hand: „Sie hören von mir, Herr Präsident, sobald ich etwas zu berichten habe. Schade, daß Sie mir keine nützlichen Hinweise geben konnten."

Dr. Pastor verabschiedete sich ganz besonders herzlich von mir.

Als er gegangen war, berichtete Bonnetti:

„Mein Freund Dr. Pastor wollte von mir Informationen, die ich leider nicht besitze. Auch wenn ich etwas wüßte, würde ich mich hüten zu reden. In einem solchen Fall ist Schweigen nicht nur Gold – sondern Platin. Bei meinem Freund bin ich meiner Sache sicher. Er ist ein Gentleman. Aber wie andere Polizeibeamte..." Er schwieg, trank sein Glas leer. „Sie verstehen mich, Lamont! Kommen wir also auf unseren Fall zurück – die ‚raren Erden'. Pedrotti brachte ordnungsgemäß die Quittungen aus Paris. Ich gab ihm seine Vergütung. Dabei fiel mir ein, daß denselben Betrag Eliana bei sich hatte, um ihn nach dem Flughafen zu nehmen. Aber dort erschien sie nicht!" Mit merkbar veränderter Stimme sagte er: „Vielleicht war sie zu der Zeit, da Pedrotti landete, schon tot." Er schwieg. Nach einigem Nachdenken meinte er: „Daß Eliana nicht am ‚Galeao' erschienen sei, ist allerdings nur eine Behauptung Pedrottis. Es wäre ebensogut möglich, daß sie sich mit Pedrotti getroffen, ihm das Geld ausgehändigt und von ihm die Quittungen entgegengenommen hat und daß er sie dann in ihre Wohnung begleitete." Bonnetti sah mich merkwürdig an: „Womöglich war sie seine Geliebte? Vielleicht betrog sie ihn? Vielleicht nahm er ihr nach dem Mord die Quittungen wieder ab, um sich hier nochmals das Geld auszahlen zu lassen?"

„Sie haben eine erstaunliche Kombinationsgabe, Monsieur Bonnetti", sagte ich, „sie käme manchem Polizeikommissar zustatten." Ich sah ihn prüfend an: „Ich wollte den Bordfunker sprechen. Haben Sie ihn veranlaßt zu warten?"

Bonnetti setzte sich an seinen Schreibtisch.

„Pedrotti mußte leider sofort zurück zum Flughafen. Die ‚Transmar' hat einen Sonderflug eingelegt, und da er für diesen außertourlichen Flug eine wesentlich erhöhte Vergütung bekommt, wollte er die Chance nützen."

„Und Sie gaben ihm nicht die vorbereitete Sendung für Paris mit?" fragte ich und war überzeugt, ihn einer Lüge überführen zu können.

„Der Sonderflug geht von hier nach Buenos Aires und über die Anden nach Santiago de Chile. Es ist eine Gesellschaft brasilianischer Hochschulprofessoren, die für diesen Ausflug eine Maschine gechartert haben." Er beugte sich etwas nach vorn, und ich spürte den Sarkasmus in seinem Tonfall: „Seien Sie überzeugt, Lamont, ich bin nicht der Mann, der sich eine Gelegenheit entgehen läßt!"

Er änderte seine Anrede je nach seiner augenblicklichen Gemütsverfassung. Machmal war ich „Monsieur Lamont". Manchmal „Kommissar Lamont" und dann wieder einfach „Lamont". So ließ ich nun meinerseits das „Monsieur" weg. Gleiches Recht für alle...

„Es ist möglich, Bonnetti, daß ich auf eine Unterredung mit Pedrotti verzichten kann. Es ist sogar wahrscheinlich. Aber ich würde gern mit Monsieur Borard sprechen." Ich fügte hinzu und beobachtete mein Gegenüber sehr genau: „Am liebsten in Ihrem Beisein. Vielleicht könnten Sie ihn hereinbitten?"

Es war unverkennbar, daß mein Vorschlag Bonnetti recht ungelegen kam. Aber er konnte ihn kaum ablehnen.

Er drückte den Taster des Mikrofons:

„Ich möchte Monsieur Borard sprechen!" Er sah zu mir auf: „Was versprechen Sie sich davon?" Plötzlich beugt er sich zu mir: „Ich verstehe! Sie haben in der Mine dies und jenes gehört. Daß Eliana –"

„Sie scheinen zu vergessen, Bonnetti", unterbrach ich ihn, „daß meine Aufgabe keineswegs die Aufklärung des Mordes an Eliana van den Veerden ist. Wenn es sich darum handelte, wäre meine Mission übrigens schon beendet. Aber –"

Bonnetti war aufgestanden. Er fragte verhalten:

„Ihre Mission wäre beendet?"

Auch ich erhob mich: „Für mich ist der Fall Eliana abgeschlossen." Ich versuchte, die nächsten Worte lächelnd zu sagen: „Er ist ausschließlich eine Angelegenheit der brasilianischen Polizei. Meine Arbeit gilt klar umrissen der Aufklärung des Problems mit den ‚raren Erden'..." Ich blickte ihn fast herausfordernd an: „Oder wäre es Ihr Wunsch, daß ich mich über den Mordfall mit meinen brasilianischen Kollegen unterhalte? Aber dann..."

Es wurde an die Tür geklopft, und ehe Bonnetti ein Wort sagen konnte, betrat Borard den Raum. Er drückte die Tür hinter sich zu. Wenn ich es richtig sah, tat er es mit dem Fuß. Es schien mir, daß er weder Bonnetti noch mich nur für einen Augenblick aus den Augen lassen wollte. Er kam bis in die Mitte des Zimmers.

Bonnetti machte auf mich einen sonderbar unsicheren Eindruck. Er fragte Borard: „Haben Sie Pedrotti gesprochen?"

Ich hatte das Empfinden, daß dies eher eine Verlegenheitsfrage war.

„Nein!" kam die Antwort. Borard betrachtete abwechselnd den Präsidenten und mich. Er fragte: „Liegt etwas Besonderes vor?"

Bonnetti ging hinter seinen Schreibtisch, setzte sich und streckte die Beine aus:

„Wie kommen Sie auf die Idee?"

„Ich schloß es aus der Anwesenheit Dr. Pastors. Ich nahm an, daß Sie mich deshalb zu sprechen wünschten. Aber wie ich sehe, ist der Polizeidelegierte ja bereits wieder gegangen..."

„Woher wußten Sie von seinem Besuch?" fragte Bonnetti, und ich hatte den Eindruck, daß er dieses Frage-und-Antwort-Spiel nur fortsetzte, um Zeit zu gewinnen.

Borard erklärte:

„Dr. Pastor kam durch den Vorraum, als ich hinter dem Schalter vorbeiging. Ich kenne ihn. Die Zeitungen bringen ja häufig genug sein Bild." Er ergänzte mit eigenartiger Betonung: „Außerdem war er nicht das erstemal hier bei Ihnen!"

Ich entschloß mich, einzugreifen, um zum eigentlichen Thema zu gelangen.

„Wie Ihnen bekannt, Monsieur Borard, wurde ich mit gewissen Untersuchungen betraut –", ich beobachtete ihn sehr genau, denn es hing sehr viel von seiner Reaktion auf meine nächste Frage ab, „die durch das inzwischen eingetretene Ereignis möglicherweise in eine wesentlich andere Richtung gedrängt werden könnten –"

Er sah mich fragend an:

„Ich weiß nicht, von welchem Ereignis Sie sprechen, Monsieur Lamont. Daß Ihre Untersuchungen auf alle Fälle – um mich vorsichtig auszudrücken – nicht nur organisatorischen Fragen dienten, fühlte ich von Anfang an."

War Borard ein vollendeter Schauspieler? Wußte er tatsächlich nichts von der Ermordung Elianas?

Bonnetti hielt wieder das Röhrchen mit den Beruhigungspillen in der Hand. Er stand auf, holte sich ein Glas Wasser und nahm die Arznei, ohne von Borard wegzublicken.

„Sie erleichtern mir meine Mission, Monsieur Borard!" sagte ich verbindlich, ohne aber den sich mir aufdrängenden Spott ganz aus meiner Stimme bannen zu können. „Sie haben sich gewiß Gedanken darüber gemacht, welchem wirklichen Zweck mein Besuch gilt. Ich meine – außerhalb der Rationalisierungsprobleme. Sind Sie zu irgendeinem Ergebnis gekommen?"

Er trat etwas näher auf mich zu:

„Wahrscheinlich hat Präsident Bonnetti Schwierigkeiten –"

Bonnetti reagierte scharf:

„Überlegen Sie sich genau, was Sie sagen, Borard! Ihre Bemerkung ist eine Unverschämtheit. Ich wüßte nicht, auf welche Schwierigkeiten Sie anspielen."

Borard lachte aufreizend: „Wenn Sie so ahnungslos sind, so kann ich es Ihnen sagen. Oder – fragen Sie Eliana!"

In diesem Augenblick hielt ich es für ausgeschlossen, daß Borard schauspielerte. Sein Tonfall, seine Haltung und das Herausfordernde seines Gehabens sprachen dafür, daß er nichts von der Tragödie, die sich im zwölften Stockwerk Avenida Copacabana Nr. 618 B abgespielt hatte, wußte.

Bevor Bonnetti antworten konnte, unterbrach ich das mir unerwünschte Gespräch.

„Ich bitte Sie nachdrücklichst, Borard, sich zu mäßigen! Ich –"

Der junge Mann fiel mir ins Wort:

„Mit welchem Recht? Ich gestehe Ihnen keinerlei Autorität zu! Ob Sie ein Experte für Organisationsfragen sind oder sonst etwas, interessiert mich nicht. Monsieur Bonnetti hat mich rufen lassen. Hier bin ich. Sagen Sie mir also klar, was Sie von mir wünschen."

Borard war jedenfalls kein Angsthase. So aggressiv führten sich im allgemeinen nur ganz unschuldige Leute auf – oder ausgekochte Verbrecher. Zu welcher Kategorie sollte ich ihn zählen?

Ehe ich es verhindern konnte, eilte Bonnetti mit kurzen, hastigen Schritten auf Borard zu. Er umfaßte mit beiden Händen die Arme seines Angestellten:

„Nehmen Sie sich in acht! Riskieren Sie keine unverschämte Lippe! Sie wissen ganz genau, daß unsere Gesellschaft seit Monaten bestohlen wird. Und außer unserer Firma in Paris und mir selbst wissen das nur die Täter und ihre Helfershelfer! Wenn sie nicht –"

Mit entschlossener Handbewegung trennte ich die beiden Männer, bevor es zu einer Reaktion Borards kommen konnte. Ich blieb, durch meinen Rücken Bonnetti abdrängend, vor Borard stehen:

„Ob Sie mir eine Autorität zuerkennen oder nicht, ist für mich ohne Interesse. Worauf es mir ankommt und was auch für Sie allein von Bedeutung sein kann, ist die Frage, welche Rolle Ihnen im Zusammenhang mit den Diebstählen der ‚raren Erden' zukommt!"

Borard sagte, noch immer aggressiv, doch merklich gedämpfter: „Sie waren ja in der Mine. Wenn Sie in Ihrem Beruf tüchtig sind, so konnten Sie dort wohl allerlei erkunden."

Ich betrachtete ihn und mußte ein wenig lächeln.

„Wenn Sie mit diesen Dingen nichts zu tun haben, Borard, so sind Sie sicherlich imstande, mir zu erklären, woher Sie von den Diebstählen etwas wissen?"

Meine Frage traf ins Schwarze. Der junge Mann zögerte dennoch nur wenige Sekunden. Seine Antwort klang überlegt:

„Eliana hat sich bei mir Rat zu holen versucht. Sie wußte nicht nur über diese eigenartigen Diebstähle, sondern befürchtete, eines Tages selbst in die Sache einbezogen zu werden."

Ich sah Borard in die Augen:

„Wenn Sie die Wahrheit sprächen, so wäre das eine Entlastung für Sie. Sind Sie einverstanden, wenn ich Madame Eliana jetzt anrufe und frage?"

Er wich meinem Blick nicht aus:

„Versuchen Sie es!"

Bonnetti, der inzwischen nervös auf und ab gegangen war, blieb neben seinem Schreibtisch stehen:

„Merken Sie denn nicht, Kommissar Lamont –"

Borard griff sofort ein:

„Kommissar Lamont! Da habe ich mich also doch geirrt. Ich hielt Sie für einen Privatdetektiv. Das ist für Sie nicht sehr schmeichelhaft, aber wahr. Jedenfalls sollten Sie nicht vergessen, daß Sie hier in Brasilien nicht einmal ein behördlich zugelassener Schnüffler sind! Von mir brauchen Sie keine weiteren Auskünfte zu erwarten. Wenn Präsident Bonnetti –", der junge Mann hatte wieder Oberwasser und sprach betont herablassend, „die Angelegenheit aufklären will, so kann er es ja bei der Polizei versuchen. Dann allerdings –"

„Das genügt!" Ich packte ihn mit der rechten Hand am Kragen, drehte ihn herum und schob ihn mit einem Griff, der sich vielhundertmal in meiner Praxis bewährt hatte, durch die von meiner linken Hand geöffnete Tür. „Geben Sie sich keinen Täuschungen hin über meine Entschlossenheit, mit Burschen Ihrer Art notfalls ganz kurzen Prozeß zu machen!"

Ich zog die Tür zu, wischte mir die rechte Hand mit meinem Taschentuch ab – eine ganz mechanische Bewegung –, ging zu dem Nebentisch, goß mir einen Kognak ein und trank das Glas auf einen Zug aus.

„Es tut mir leid, Kommissar Lamont", sagte Bonnetti. „Ich habe offenbar einen großen Fehler gemacht."

Ich trat ganz nahe vor ihn hin.

„Zwei!"

„Ich wüßte nicht", meinte der Präsident etwas unsicher. Nach kurzem Nachdenken fragte er: „Was ist Ihre Meinung über Borard? Schließlich geht es jetzt nicht nur um die ‚raren Erden', sondern um einen Mord. Kommt Borard als Täter in Frage?"

Ich erwiderte kurz:

„Nein!"

„Woher wissen Sie das so bestimmt?" fragte Bonnetti überrascht.

Ich ging langsam zur Tür, öffnete sie.

„Weil Eliana von *einem* Täter erdrosselt wurde, nicht von *zweien*." Ehe er etwas sagen konnte, öffnete ich die Tür: „Ich habe noch viel zu tun. Sie müssen mich entschuldigen. Ich nehme an, daß ich Ihnen morgen nachmittag eine Mitteilung machen kann."

Bonnetti kam mir bis zur Schwelle nach.

„Ich muß heute mittag nach Belo Horizonte fliegen. Ich werde erst morgen spätnachmittags oder abends zurück sein."

„Und – falls Sie der Leiter der Mordkommission dringend sprechen möchte?"

„Er ist durch Dr. Pastor über meine Reise informiert. Es handelt sich um eine im Interesse Brasliens liegende Finanzierung. Machen Sie sich darüber keine Sorgen."

„Glauben Sie nicht", fragte ich, „daß es Ihre oder zumindest Ihrer Firma Pflicht ist, Dr. Baldarin vom tragischen Ableben Elianas zu informieren? Schließlich war sie einst seine Gattin."

Bonnetti zögerte, überlegte. Dann gab er einer eben durch den Empfangsraum gehenden Stenotypistin Weisung, sofort ein Telegramm an Dr. Baldarin nach Tabatuajara aufzugeben. Sie holte einen Stenoblock und nahm den Text auf. Ich ahnte in diesen Minuten nicht, welche Folgen meine Rücksichtnahme auf Dr. Baldarin haben würde, sonst hätte ich ein solches Telegramm nicht angeregt, sondern sogar verhindert. Ich verabschiedete mich.

Ich bekam durch Glück und die Hilfe des Portiers sofort ein Taxi, das mich nach dem Hotel brachte.

Louise war nicht gerade begeistert, daß ich schon wieder verreisen mußte, doch fügte sie sich gleich, wie stets. Ich stellte ihr ein nettes Programm zusammen. Nachmittags ein kurzer Schlaf, anschließend ein Besuch des von allen Seiten sehr empfohlenen Naturwissenschaftlichen Museums und nach dem Abendessen die Vorstellung der gerade in Rio gastierenden Künstler der „Comédie Française".

Für den nächsten Tag konnte dann wieder die Familie Duchatel zu Hilfe gerufen werden.

Ich packte in mein Köfferchen nur das Allernotwendigste. Ich hoffte, höchstens eine Nacht in São Paulo bleiben zu müssen.

Der Portier ließ mir aus dem um die Ecke gelegenen Reisebüro die Flugpassage besorgen. Die Maschinen starteten alle dreißig Minuten. Der Mann riet mir noch, bei der herrschenden Überfüllung der guten Hotels in São Paulo mein Zimmer telegrafisch zu bestellen. Bei den freundschaftlichen Beziehungen, die Senhor Mathys zu seinem Landsmann, dem Leiter des

Hotels „Jaragua" unterhielt, konnte ich dort wahrscheinlich noch unterkommen. Ich stimmte ihm dankbar zu.

Erst jetzt merkte ich, daß die konzentrierte Gedankenarbeit der letzten Stunden stärker gewesen war als mein Appetit. Augenblicklich durfte man ihn sogar als ausgesprochenen Hunger bezeichnen.

Wir begaben uns, freudiger Überraschungen sicher, ins Restaurant.

Senhor Walther ließ uns nicht Platz nehmen, bevor wir nicht von seinem Büfett die erlesensten Leckerbissen ausgesucht hatten.

Und diese Vorspeisen waren dabei nur – wie die nächste Stunde lehrte – eine ganz kleine Anzahlung auf die fürstliche Folge erstklassiger kulinarischer Genüsse. Während ich Louise beruhigende Erklärungen über den relativ nicht allzu großen Nährwert verschiedener ihr streng verbotener Speisen abgab, setzte sie mir auseinander, daß nach den neuesten Forschungen die Erhöhung des Cholesteringehalts die Arterienverkalkung keineswegs so sehr fördere, wie man noch vor kurzer Zeit anzunehmen gewillt war.

Eine Stunde später nahm ich in einem der bequemen Fauteuils einer „Convair"-Maschine nach São Paulo Platz. Als die freundliche Stimme der Stewardess die Passagiere aufforderte, die Sicherungsgurte anzuschnallen, bereitete es mir keine Freude, diesem Wunsche nachzukommen. Aber schließlich muß man als gewissenhafter Polizist den behördlichen Vorschriften genügen.

Die Dame mit dem grünen Schleier

Die „Convair" hob sich in sanftem Schwung über den Flughafen Santos Dumont. Die Wolkenkratzer der Innenstadt schienen greifbar nahe zu sein. Die Avenida de Rio Branco kam in Sicht, und es schien, als schnitte sie die Stadt von Meer zu Meer in zwei Teile, denn an ihrem Anfang lagen Ozeanriesen an den Landekais, und dicht unterhalb unserer Maschine mündete sie wieder am Ozeanufer.

Wenige Minuten später sperrten Kumuluswolken alle Fernsicht, um nachher, wieder einige Meter höher, den Blick zum azurblauen Himmel freizugeben. Als ich in die Tiefe schaute, gewann ich den Eindruck, als schwebten wir über weißer Wolkenwatte.

Ich löste den Gürtel, lehnte mich zurück und versuchte, Ordnung in meine Gedanken zu bringen.

Der Auftrag, um dessentwillen ich nach Rio gekommen war, betraf ein rein materielles Delikt. Mochte es sich auch bei den Manipulationen mit den „raren Erden" um Hunderttausende von Dollars handeln, so trat all das in den Hintergrund gegenüber dem Mord an Eliana van den Veerden. Um ganz exakt zu sein – dem Mord an der einstigen Frau Dr. Baldarins.

Dennoch wurde ich mir bewußt, daß ich das Problem der Sendungen der „raren Erden" nicht unbeachtet lassen durfte. Abgesehen von der Verpflichtung, die ich Comte de Lancelle gegenüber empfand, spürte ich deutlich, daß beide Fälle – einerseits die Diebstähle zu Lasten der INTERIMPEX und andererseits der Mord an Eliana – in einem unmittelbaren Zusammenhang stehen mußten.

Die Frage war nur, wie ich den Mörder in das Puzzlespiel einbauen konnte.

Die zentrale Persönlichkeit war Bonnetti. Als ich mich entschied, nach São Paulo zu fliegen, dachte ich an vorsichtige Manöver, um über die Dame mit dem grünen Schleier genauere Informationen einzuholen und vielleicht auf diese indirekte Art Auskünfte über den Präsidenten der INTERIMPEX zu erhalten. Was ich von ihm wußte, ergab das recht deutliche Bild eines

Mannes, den hemmungsloser Besitzwille und maßloser Lebenshunger kennzeichneten. Er lebte in verschwenderischem Luxus. Von außen gesehen ein Grandseigneur. Aber wir leben in einer Zeit, wo mancher Vertreter dieses einst klassischen Typus hart am Rande der Paragraphen des Strafgesetzbuches jongliert.

Als wir die Wolkendecke durchstoßen hatten und uns dem Flughafen Cogonhas am Stadtrand von São Paulo näherten, war ich zu dem Entschluß gelangt, die Dame mit dem grünen Schleier aufzusuchen und zu sprechen.

Während die „Convair" die Landebahn entlangrollte, wußte ich auch, welchen Weg ich einschlagen mußte. Es lag für mich keine Ursache mehr vor, irgendwelche Rücksichten auf Bonnetti zu nehmen.

Mit einem Taxi fuhr ich zum Hotel „Jaragua". Ich hatte noch nie zuvor in meinem Leben auf einer Fahrt von zwanzig Minuten eine solche Fülle phantastischer Villenbauten und Privatpaläste gesehen wie auf der Strecke vom Flughafen nach dem Stadtinnern. Es schien ein tausendfach übersteigerter Millionärsfilm aus Hollywood zu sein.

Ich bekam tatsächlich ein Zimmer! Als bevorzugter Gast sogar im zwanzigsten Stockwerk. Die Fernsicht über die gigantischen Wolkenkratzer erinnerte mich an New York, wo ich vor einigen Jahren anläßlich des internationalen Polizei-Kongresses ungemein interessante Tage erlebt hatte. Nur daß bei genauerem Hinsehen hier in São Paulo zwischen den himmelragenden Bauten riesenhafte Löcher klafften, in denen, wirr umhergestreut, zwerghafte Häuser und Baracken ein kümmerliches Dasein fristeten.

Nachdem ich mein Nachthemd – ich weiß, daß dieses Kleidungsstück unmordern geworden ist, was aber nichts daran zu ändern vermag, daß ich es jedem modernen Pyjama vorziehe (genau wie es Louise tut) – auf mein Bett gelegt und meine Toilettensachen untergebracht hatte, fuhr ich nach dem Parterre.

Der Portier, der von seinem Gehilfen als „Senhor Henrique" angeredet wurde, entpuppte sich als ein hilfsbereiter Wiener, der sieben Sprachen fließend beherrschte. Es dauerte nur wenige Minuten, und er gab mir Namen und Adresse der Inhaberin des Telefonanschlusses Nr. 87-03-11. Er tat es mit einem freundlichen, aber auch sehr verständnisvollen Lächeln.

„Es ist eine ausgezeichnete Gegend, Monsieur Lamont, und Sie dürfen unbesorgt dort hinfahren. Wenn es ein bedenklicher Stadtteil wäre, so sagte ich es Ihnen ganz offen. Mit sozusagen weiblichen Telefonanschlüssen ist in São Paulo nicht zu spaßen..."

Ich versuchte, seinen Irrtum zu berichtigen, aber ich glaube auch heute noch nicht, daß es mir gelang.

Ich ließ mir alles aufschreiben. Senhor Henrique reichte mir den Zettel. Ich las:

La Comtesse Denise de Brécor
Alameida Rocha Azevedo 183 B

Das schien mir geheimnisvoll.

Ich verließ das Hotel und wollte noch etwas spazierengehen, da man Damen im allgemeinen und Gräfinnen im besonderen wohl nicht vor vier Uhr stören soll.

Die Straße schräg gegenüber dem Hotel schien nach dem Zentrum zu führen. Ich schlenderte sie langsam hinunter.

In einem Kaffeehaus, dessen ganze Front zur Straße hin offen war, sah ich zu meiner Überraschung einen Verkaufsstand für Drucksachen. Auf einem etwas erhöhten Podium stand ein Mann an einer kleinen Tellerhandpresse und war eben dabei, Kuverts auf der Rückseite mit Namen und Adresse zu bedrucken.

In einem Rahmen, unter Glas, gab es verschiedene Muster von Briefpapieren und Visitenkarten.

Erst jetzt bemerkte ich, daß an der linken Wand des Lokals ein Verkaufsstand für Hemden und Krawatten installiert war und daß ganz rechts Tabakwaren und Lotterielose verkauft wurden.

Wenn mir auch die Verständigung mit dem merkwürdigen Drucker reichliche Schwierigkeiten bereitete, so verstand er schließlich meinen Wunsch, Visitenkarten gedruckt zu erhalten. Durch ein dauerndes Hinweisen auf meine Armbanduhr schien es ihm auch klarzuwerden, daß es sich um einen eiligen Auftrag handle. Sein verneinendes Kopfschütteln verwandelte sich schließlich bei Vorzeigen diverser Banknoten in ein lächelndes und bejahendes Nicken.

Ich schrieb ihm mit Blockbuchstaben folgenden Text auf die Rückseite einer Visitenkarte:

Daniel Morin
Avocat à la Cour
Paris XVI   118 Avenue Malakoff

Ich suchte mir aus den Musterkarten eine möglichst diskrete Vorlage aus und schaute dem Mann interessiert zu, wie er sofort die Kuverts aus der Maschine nahm, dann den für mich bestimmten Satz zu setzen begann, mir nach wenigen Minuten einen Probeabzug hinlegte und, da ich zustimmte, mit der Herstellung anfing.

Er war mehr als erstaunt, als ich ihm bei der fünften Karte bedeutete, daß mein Bedarf gedeckt sei.

Er legte Seidenpapier zwischen die Karten, um zu verhindern, daß der Druck verschmierte.

Ich entlohnte ihn offenbar fürstlich, denn er bedankte sich überschwenglich, was sonst nicht zu den Gepflogenheiten der dienstbaren Geister dieses Landes gehört.

Es war kurz nach vier. Ich ging zum Hotel zurück und ließ mir ein Taxi holen. Ich zeigte dem Chauffeur die von Senhor Henrique säuberlich geschriebene Adresse. Der Fahrer nickte. Ich stieg ein.

Nach einer Weile schien es mir, als gondelte das Taxi kreuz und quer durch die Stadt. Aber möglicherweise war dies Gefühl durch mein Mißtrauen entstanden.

Es war fast eine halbe Stunde vergangen, als der Chauffeur von einer prächtig breiten Avenida abbog und schließlich mit halsbrecherischer Geschwindigkeit eine steil abfallende Straße entlangraste. Er hielt ruckartig vor einer Villa, die durch einen ausgesprochen gepflegten Vorgarten vom Bürgersteig getrennt war.

Ich entlohnte den Fahrer, blieb kurz vor dem schweren Eichenportal stehen, um mich zu vergewissern, daß meine Visitenkarten einigermaßen getrocknet waren, und drückte dann auf den Klingelknopf.

Als geöffnete wurde, stand eine junge Bedienstete in der tadellosen Uniform einer Zofe an der Schwelle. Das weiße Häubchen bildete einen amüsanten Kontrast zum schwarzen Haar und der nur ein wenig helleren Farbe des Gesichts.

Sie sprudelte so schnell ein paar Worte hervor, daß keine Silbe zu verstehen war. Ich überreichte ihr meine Visitenkarte. Die bloße Geste verstand sie sofort und geleitete mich in die angenehm kühle Halle, in deren Hintergrund eine Treppe nach dem oberen Stockwerk führte.

Das Mädchen entfernte sich. Erst nachdem meine Augen sich an die sehr temperierte Beleuchtung gewöhnt hatten, erkannte ich die hohe Qualität der antiken Möbel, Skulpturen und Bilder, die nicht nur einen guten Geschmack verrieten, sondern auf echten Wohlstand deuteten.

„Maître Morin –"

Ich war in den Anblick eines wunderschönen Stillebens versunken, so daß ich mich wie ein beim Obstdiebstahl ertappter Schüler umwandte.

Vor mir stand die Dame mit dem grünen Schal. Ein zurückhaltendes und doch freigiebiges Lächeln ließ ihr Antlitz jünger erscheinen, als ich es in der Erinnerung hatte.

Ich verneigte mich, etwas zeremoniell, wie man es von einem Mitglied des Pariser Barreau erwarten dürfte, nannte meinen Namen und fügte hinzu:

„Ich muß Sie um Nachsicht bitten, Comtesse, aber die Dringlichkeit meiner Mission zwang mich, auf die sonst üblichen Formalitäten einer Anmeldung von langer Hand zu verzichten."

Sie versuchte erst gar nicht, ihre Überraschung zu verbergen.

„Ihr Name ist mir unbekannt, Maître Morin, und ich vermag mir nicht zu erklären, was für eine wichtige Mission Sie zu mir führt." Wieder erschien der freundliche Ausdruck auf ihrem Gesicht: „Ich vergaß gänzlich, Sie zu bitten, Platz zu nehmen." Sie deutete auf einen altertümlichen Ohrensessel, den Gobelinüberzüge zierten.

Ich wartete, bis sie Platz nahm, und machte es mir dann bequem. Ich empfand Gewissensbisse, mich von dieser wirklich sympathischen Dame mit „Maître" anreden zu lassen. Diesen Titel, ein Privileg der Rechtsanwälte in Frankreich, von mir schmählich mißbraucht, empfand ich geradezu als Hemmung.

„Die Angelegenheit, die mich zu Ihnen führt, Comtesse, ist ungewöhnlich heikel." Ich sah sie an und erwartete eine Frage, eine Äußerung oder ein sichtbares Zeichen der Neugier. Aber sie begnügte sich damit, mich aufmerksam anzuschauen. Ich durfte die Pause nicht verlängern und tastete mich vorsichtig voran: „Ich bin der Rechtsberater der Pariser Zentrale der INTERIMPEX." Ich beobachtete mein Gegenüber so eindringlich, wie ich es, ohne Mißtrauen zu erregen, verantworten konnte.

Die Nennung des Firmennamens übte auf die Comtesse eine klar erkennbare Wirkung aus, so sehr sie sich auch bemühte, desinteressiert zu erscheinen. Immerhin fragte sie:

„Wenn ich Sie richtig verstehe, Maître Morin, so gibt es in Paris auch eine INTERIMPEX wie in Rio?"

Ich wußte nun, daß ein Gespräch in Gang kommen würde, und beharrte bei meinem Thema.

„Ganz so verhält es sich nicht, Comtesse. Die INTERIMPEX in Rio ist nur ein ausführendes Organ des Pariser Hauses, dessen Interessen zu vertreten ich die Ehre habe."

„Das ist mir völlig neu", erwiderte sie, „denn ich nahm immer an, daß die Unternehmung in Rio einem Monsieur Bonnetti gehöre. Es ist ein Zufall, daß ich diesen Herrn kenne." Nach einer kleinen Pause fügte sie hinzu: „Aber ich weiß noch immer nicht, was Sie zu mir führt –"

„Es erschien mir unangebracht, Comtesse, einer Frau wie Ihnen gegenüber Umwege einzuschlagen. Um so weniger, als es sich in erster Linie um Ihre Interessen handelt." Ich ließ meine letzten Worte gründlich bei ihr einsickern und sagte genau so sachlich, wie es ein echter Anwalt wohl getan haben dürfte: „Der Aufsichtsrat des Pariser Stammhauses hat vertrauliche Informationen erhalten, wonach Präsident Jules Antoine Bonnetti mit Vorkommnissen in Zusammenhang gebracht wird, die von meinen Auftraggebern nicht gutgeheißen werden können. Dabei kam auch die – wie soll ich sagen – Divergenz zwischen Ihnen, Comtesse, und dem Präsidenten Bonnetti zur Sprache. Es wäre meine Aufgabe, sowohl den ideellen wie auch den materiellen Teil dieser für den Namen des Pariser Hauses äußerst peinlichen Situation zu bereinigen."

Denise de Brécor zögerte. Sie wollte etwas sagen, überlegte es sich aber. Sie stand auf. Ihre Stimme klang gekünstelt unbeschwert und entsprach dem unechten Lächeln, das sie ihrem Gesicht aufzwang:

„Ich sündige gegen die elementarsten Pflichten einer Hausfrau. Bevorzugen Sie Tee oder möchten Sie lieber einen echten brasilianischen Kaffee?"

„Bestimmen Sie, Comtesse. Ich schließe mich Ihnen an", erwiderte ich. Gewiß, sie gewann nun reichlich Zeit zur Überlegung. Aber ich konnte nichts dagegen tun.

Sie lächelte und verließ das Zimmer. Es dauerte eine geraume Weile, bis sie zurückkam. Sie nahm in ihrem Fauteuil Platz, beugte sich ein klein wenig nach vorn in meine Richtung.

„Wir wollen nicht Katz und Maus spielen, Maître Morin. Sie verfolgen einen ganz bestimmten Zweck. Worauf wollen Sie hinaus, und was wissen Sie?"

„Alles!" entgegnete ich, ohne auch nur eine Sekunde zu zögern.

Sie sah mich lange ungläubig an.

„Wollen Sie ernstlich sagen, daß es in dieser Welt, in der wir leben, noch Geldbarone gibt, die bereit wären, für das, was man früher einen guten Namen genannt hat, Opfer zu bringen? Und dies in einem Falle, wo es sich nicht um Lappalien handelt!"

Das Eis war gebrochen.

„Die Summe ist uns bekannt, aber wir sind nicht schreckhaft. Was unsere Gewährsleute nicht ermitteln konnten, ist die eigentliche Grundlage Ihrer Forderungen an Präsident Bonnetti. Wir wissen, daß es sehr heftige Auseinandersetzungen zwischen Ihnen, Comtesse, und ihm gab. Leider! Und wir wissen auch, daß er seit geraumer Zeit Sie – und nicht nur Sie – zu vertrösten versucht." Ich hielt es nun für angebracht, etwas zugunsten Bonnettis einzuflechten: „Vielleicht ist sein Hinweis auf eine bedeutende Transaktion richtig und seine etwas bedrängte jetzige Lage nur vorübergehender Natur. Aber es ist unser Wunsch, alle Verpflichtungen, die der Präsident der INTERIMPEX auf sich genommen hat, zu liquidieren. Wir sind überzeugt, daß dieser Mann mit seinen außerordentlichen geschäftlichen Kenntnissen über kurz oder lang die von uns vorzulegenden Beträge zurückzuerstatten vermag. Bonnetti ist sehr fähig!"

„Zu allem fähig, Maître Morin!" gab sie zurück, und ihre Stimme klang in diesem Augenblick genauso wie am Abend zuvor im Hause Bonnettis. Sie änderte ihren Tonfall: „Sie fragten mich nach der Grundlage meiner Forderungen. Es wäre sinnlos, einem Anwalt den Sachverhalt zu verschweigen oder Tatsachen zu beschönigen. Ich besitze keinerlei Unterlagen."

Das klang endgültig.

Die Zofe brachte auf einem großen silbernen Tablett Kaffee und Tee, Gebäck und belegte Brote. Sie stellte alles auf einen kleinen gekachelten Tisch, den sie zwischen die Gräfin und mich rückte. Sie entfernte sich ebenso lautlos, wie sie gekommen war.

Denise de Brécor schenkte mir Kaffee und sich selbst Tee ein. Sie besaß einen sicheren Instinkt. Alle Bewegungen erinnerten mich an Zeitlupenaufnahmen. Sie war mit ihren Gedanken weit fort. Das gab mir einen Vorteil, den ich nicht ungenutzt lassen wollte.

„Tout comprendre – c'est tout pardonner! Es ist eine tiefe Wahrheit in dem Satz, Comtesse! Man muß alles verstehen, dann kann man alles verzeihen. Und ganz gewiß vermag das eine liebende Frau. Damals in Montevideo konnten Sie nicht ahnen, daß der Mann von tadellosem Auftreten, dem Sie begegneten, nicht nur eine Frau, sondern sogar auch zwei Töchter hat. Sie konnten –"

Die Zuckerzange fiel klirrend auf das Tablett. Die Comtesse de Brécor sank in ihren Stuhl zurück, wandte ihren Kopf zur Seite und drückte ihn gegen den seidenen Bezug. Nichts von ihrer vorhin gewahrten Haltung blieb übrig. Ein unglücklicher Mensch litt vor mir.

Nach geraumem Schweigen sah sie mich an. Sie schien um Jahre gealtert. Keine Träne war in ihrem Gesicht zu finden, aber ich wußte, daß sie geweint hatte.

„Ist das wirklich wahr?! Gerüchtweise hörte ich davon. Aber als ich Bonnetti offen fragte, war seine Antwort eine eindeutige Verneinung. Ich mußte in meinem Leben viel mitmachen und bin auch alt genug geworden, um meist unlösbaren Konflikten auszuweichen. Ich hätte niemals Bonnetti einen so entscheidenden Teil meines Vermögens anvertraut, würde ich die

Wahrheit gewußt haben. Weshalb es leugnen, Maître Morin – nach allem, wie sich der Mann mir gegenüber gab, nahm ich an, daß ihn durchaus ernste Absichten bewegten."

Ich durfte ihr nicht zeigen, daß ich von einem Darlehen nichts wußte. Sie aber sollte, im Gegenteil, der Meinung sein, daß meine Informationen alle wichtigen Punkte umfaßten.

„Es ist uns bekannt, Comtesse, daß Bonnetti bei Ihnen Geld aufgenommen hat. Unter Zusicherung einer Gewinnbeteiligung. Was wir nicht genau wissen, ist die Höhe der Summe."

„Es waren zuerst zwanzigtausend Dollars, die ich ihm anvertraute. Es handelte sich, nach seinen glaubwürdigen Worten, um ein sehr lukratives Geschäft. Später überzeugte er mich von der Notwendigkeit, nochmals zehntausend Dollars zu investieren. Ich mußte zwei Hypotheken aufnehmen, um die erste Summe flüssigzumachen, und die zweite beschaffte ich mir gegen Hinterlegung meiner wertvollsten Juwelen!" berichtete sie.

Ich erinnerte mich des von mir belauschten Gespräches und sagte:

„Schließlich veranlaßte Sie Bonnetti, Diamanten nach Amerika zu schmuggeln. Wahrscheinlich mit dem Hinweis, daß es zur Abwicklung des Geschäftes, an dem Sie beteiligt waren, unerläßlich sei. Und Sie gingen darauf ein –"

Sie unterbrach mich.

„Wie ist es möglich, daß solche Einzelheiten in Paris bekanntgeworden sind? Wenn ich mir vorstelle, daß meine Verwandten vielleicht so etwas erführen!"

Ich beruhigte sie.

„Darüber brauchen Sie sich keinerlei Sorgen zu machen, Comtesse. Ich selbst bin natürlich durch die Schweigepflicht des Anwalts zu völliger Diskretion gehalten, und das Pariser Haus hat gewiß kein Interesse daran, derartige Informationen preiszugeben. Wenn ich Sie richtig verstand, so stehen Ihnen dreißigtausend Dollars und Zinsen als Abgeltung der Ihnen in Aussicht gestellten Gewinnbeteiligung zu. Daß Sie über Ihre Zahlungen an Bonnetti keinerlei schriftliche Vereinbarung besitzen, mag unsere Lage erschweren, weil Bonnetti schließlich alles in Abrede stellen könnte. Wie ich über dieses Hindernis hinwegkomme, muß ich mir noch überlegen. Ich nehme an, daß Sie für die Richtigkeit Ihrer Behauptungen auch keine Zeugen haben? Natürlich schenken wir Ihren Worten voll und ganz Glauben. Aber –" Ich schwieg.

Sie antwortete offen:

„Wie ich Ihnen gleich zu Beginn sagte, besitze ich keinerlei Unterlagen."

Sie nippte an ihrem Tee, knabberte an einem Keks, hob den Kopf: „Allerdings gäbe es einen Zeugen – aber ich glaube kaum, daß von ihm eine ehrliche Aussage zu erwarten wäre. In Montevideo lernte ich durch Bonnetti einen italienischen Herrn kennen. Ricardo Danielli. Er schien an den Transaktionen des Präsidenten der INTERIMPEX irgendwie beteiligt zu sein. Genaues habe ich nie erfahren. Aber alles sprach dafür, daß ihn gemeinsame Interessen mit Bonnetti verbanden. Als ich später einmal in Rio den Präsidenten in seinem Haus besuchte, traf ich wieder Danielli. Ich konnte es mir damals nicht erklären und vermöchte das auch heute nicht – aber die bloße Anwesenheit des Italieners war mir ausgesprochen unangenehm. Danielli reist, wie ich seinen Gesprächen mit Bonnetti entnahm, sehr viel. Mexiko, Kuba, Italien. Wenn ich mich nicht täusche, führte ihn sein Weg auch manchmal in den Nahen Orient. Als ich Bonnetti wegen meines ihm anvertrauten Geldes schließlich energisch zur Rede stellte, zeigte sich, daß meine Antipathie gegen Danielli begründet war. Bonnetti versicherte mir, ich bekäme alles zurück, wenn ich beim Schmuggel der Diamanten nach New York mithelfe. Als ich unter diesem Zwang einwilligte, trat Danielli auf. Ich mußte mit den durch den Zoll geschleusten Steinen nach seiner Anweisung verfahren. Danielli war offenbar in diesen Transaktionen der Chef."

Ich ließ meine Hand unauffällig in die Tasche meines Jacketts gleiten. Es bereitete mir keine Schwierigkeiten, mit einem Bleistiftrest, der nicht länger als zwei Zentimeter war und den ich stets in meinem Schlüsseltäschchen bereit hielt, ein paar Worte in mein Notizbuch zu schreiben. Mit ein klein wenig Übung ist dieser Trick leicht erlernbar. Seine Nützlichkeit ist in gewissen Fällen bedeutend. Ich wandte mich ein wenig nach rechts, so daß ich vorsorglich selbst die schwachen Bewegungen meiner Hand verdeckte.

„Aber er gab Ihnen doch sicher für die Ablieferung der geschmuggelten Steine eine Adresse? Den Namen seiner Komplicen in New York?"

Sie versuchte zu lächeln, doch es gelang ihr nicht.

„Sie werden mich, Maître Morin, für eine richtige Gangsterbraut halten, so wenig ich das bin. Wenn ich heute an jene Tage zurückdenke, erscheint mir alles wie ein Alptraum. Ich flog nach sehr genauen Instruktionen Daniellis ab. Die Diamanten waren im völlig ausgehöhlten Griff einer Kleiderbürste untergebracht. Die Zollrevision ging glatt vonstatten. Ich mußte nicht einmal mein Reisenecessaire öffnen. Weisungsgemäß fuhr ich vom Flughafen ‚Idlewild‘ mit einem Taxi ins Hotel ‚Biltmor‘. Programmgemäß erhielt ich, wenige Minuten, nachdem ich mein Zimmer betreten hatte, den Besuch einer Dame, die mir ‚Herzliche Grüße von Tante Alice‘ bestellte.

Dieser Satz war das Kennwort. Ich gab der Unbekannten die Kleiderbürste mit dem kostbaren Inhalt. Sie verstaute sie in ihrer Handtasche. Sie entfernte sich so formlos, wie sie gekommen war."

Da war natürlich nichts für mich zu notieren, und ich brachte meine rechte Hand wieder zum Vorschein. Es wäre auch zu schön gewesen, meine Wißbegier auf so einfache Weise zu stillen ...

„Sie haben nur eine solche Reise nach New York unternommen?" fragte ich.

Nach längerem Zögern erwiderte sie gehemmt:

„Dreimal, Maître Morin. Ich versuchte, mein Geld wiederzuerlangen. Ich weiß, daß so etwas keine Entschuldigung ist, aber vielleicht werden Sie meine Handlungsweise, wenn auch nicht gutheißen, so doch verstehen. Ich erinnere Sie an den Satz –"

„Zweifellos, Comtesse!" beschwichtigte ich sie, und es war keine Redensart. „Aber befürchteten Sie nicht, die dreimaligen Reisen könnten die Aufmerksamkeit der Zollbeamten oder der Einwanderungsbehörden erregen?"

„Danielli wußte mit derartigen Dingen genau Bescheid!" sagte sie verbittert. „Das erstemal flog ich direkt nach New York. Das zweitemal ging es mit der Fluggesellschaft ‚Braniff' über Lima nach Houston. Von dort mußte ich mit der Eisenbahn nach New York reisen. Es war mir ein Zimmer im Hotel ‚Commodore' reserviert worden, wo sich alles andere genauso abspielte wie bei der ersten Reise. Nachdem ich zurückgekehrt war, fuhren wir mit Bonnetti ans Meer, nach Santos. Ohne Chauffeur. Unterwegs hielten wir an. Bonnetti bat um meinen Paß, und wenn mir das auch merkwürdig erschien, so zögerte ich nicht, seinen Wunsch zu erfüllen. Er stieg aus, ging um den Wagen herum, setzte sich wieder an das Steuer, fuhr einige Meter weiter, hielt an, stieg aus, und als er sich dann neben mich setzte, gab er mir meinen Paß zurück, bis zur Unkenntlichkeit verschmutzt und zerdrückt. Er war mit dem Vorderrad auf dem etwas feuchten Grund über meinen Paß gefahren und klärte mich wie ein Kind über den Zweck dieses Vorgangs auf. Ich mußte, um mir vom französischen General-Konsulat einen neuen Paß ausstellen zu lassen, eine triftige Ursache angeben. Durch seine Manipulation lieferte er sie. Mein Paß, den ich unachtsam fallen gelassen hatte, war beschädigt. Nun mußte ich einen neuen bekommen. Tatsächlich klappte es tadellos. Als ich das drittemal über Panama nach San Francisco flog, besaß ich einen neuen Paß, der keinerlei früheres Visa nach den USA aufwies. In San Francisco erhielt ich wieder den Besuch derselben Dame, die ich aus New York kannte, gab ihr die Kleiderbürste mit den kostbaren Steinen – und flog tags darauf nach São Paulo zurück, in der Erwartung, endlich mein Geld zu bekommen. Aber es blieb bei den Vertröstungen. Angeblich würde Bonnetti in ganz kurzer Zeitspanne über einen großen Betrag verfügen. Vor einigen Wochen schien es mir sogar, als wenn es tatsächlich nur um Tage ginge. Er erwartete Danielli von einer Reise zurück. Aber irgend etwas klappte dann nicht. Ich sah Bonnetti in dieser Zeit nur ein einziges Mal hier in São Paulo. Er war von einer Nervosität, wie ich sie an ihm nicht kannte. Etwas war fehlgeschlagen. Als ich ihn in Rio anzurufen versuchte, hörte ich, daß er für einige Tage verreist sei."

„Sie wissen nichts Näheres?" fragte ich die Gräfin. Sie überlegte und meinte dann:

„Es war Mitte August. Ein Donnerstag, das weiß ich, weil es der Ausgangstag meines Mädchens ist, an dem ich immer im Restaurant ‚Fasano' zu Mittag speise. Von dort hatte ich auch die INTERIMPEX angerufen. Wenn ich mich recht erinnere, sagte mir Bonnettis Sekretärin, er sei vormittags abgeflogen. Spätestens Montag sollte er wieder zurück sein."

Ein etwas vorverlegtes Wochenende, kam mir in den Sinn, und wahrscheinlich verbarg sich dahinter irgendein galantes Abenteuer. Ich ahnte nicht, wie unendlich weit entfernt von dieser Wirklichkeit diese Vermutung lag!

Ich mußte nun langsam wieder auf das eigentliche Thema zurückkommen.

„Wir legen in Paris größtes Gewicht darauf, Comtesse, daß zunächst hier auch nicht ein Wort von meiner Mission verlautet. Die geringste Andeutung Bonnetti gegenüber könnte den Erfolg verhindern. Wenn ich das Ergebnis unserer heutigen Aussprache zusammenfassen darf, so handelt es sich also um einen Betrag von dreißigtausend Dollars nebst Zinsen –"

Sie hob beide Hände abwehrend.

„Wie gern verzichte ich auf die Zinsen, wenn ich nur mein Kapital wiederbekäme! Ich bin sogar mit Ratenzahlungen zufrieden! Der Gedanke, daß ich alles verlieren soll, bereitet mir seit Wochen schlaflose Nächte. Es würde gleichbedeutend sein mit dem Zwang, alles aufzugeben, was mir lieb und wert ist. Mein Heim. Meine – –" Sie hielt inne.

Wir schlecht kam ich mir vor! Was sollte Denise de Brécor von mir denken, wenn sie einmal die Wahrheit erfuhr! Ich erweckte Hoffnungen, für die es nie eine Erfüllung geben konnte. Ich erhob mich.

„Was in meiner Macht steht, werde ich tun, um Ihnen, Comtesse, zu helfen!"

Sie versicherte mich ihres Dankes. Selten schämte ich mich solcher Worte mehr als in diesem Fall.

Sie wollte mir noch telefonisch ein Taxi kommen lassen, aber ich hatte nur den Wunsch, mit mir allein zu sein. Sie erklärte mir den Weg. In dieser Gegend der Stadt könnte man immer wieder einmal eine Fahrgelegenheit finden.

Langsam schritt ich die steile Straße hinan.

Der Besuch war aufschlußreich gewesen. Bonnetti befand sich aus Gründen, die ich noch nicht kannte, in einer prekären Lage. Er war in Schiebungen mit einem Abenteurer verwickelt. Ricardo Danielli. Ich wiederholte immerzu diesen Namen. Ich hatte – wie schon so oft – das Gefühl, etwas zu übersehen. Doch so sehr ich mich bemühte, fand ich mich nicht zurecht. Dabei wußte ich mit Sicherheit, daß irgend etwas Entscheidendes mit Danielli zusammenhing. Es käme nur darauf an, es zu erkennen!

Ich schritt in der immer stärker einfallenden Dämmerung kräftig aus, bis ich, etwas ermüdet, ein einsames Taxi heranwinkte und mich ins Hotel „Jaragua" zurückfahren ließ.

Begegnung am Abend

Als ich im „Jaragua" anlangte, verspürte ich außer unverkennbarer Müdigkeit nicht minder deutlich Appetit. Bevor ich in das Restaurant ging, meldete ich ein Gespräch nach Rio an, da Louise wenigstens durch einige beruhigende Worte erfreut werden sollte. Der Portier deutete an, daß man auf eine Fernverbindung mit Rio mehrere Stunden warten müsse. Da aber in Brasilien scheinbar alles immer anders kommt, als zu erwarten ist, war der Anschluß bereits hergestellt, als ich das im achten Stockwerk gelegene Restaurant betrat. Ich berichtete Louise nur über meine allgemeinen Eindrücke dieser ganz ungewöhnlichen Stadt São Paulo, denn von beruflichen Dingen sprach ich immer erst, wenn es sich um Begebenheiten der Vergangenheit handelte.

Die Verbindung mit Rio war ein Kinderspiel gewesen – doch nun zeigte sich ein viel ernsteres Problem. Das Restaurant war überfüllt, in der großen Halle und neben der Bar warteten bereits eßhungrige Gäste der unterschiedlichsten Nationalitäten, so daß es mir sinnlos schien, die Herrlichkeiten des mächtigen Büfetts mit lüsternen Blicken zu mustern.

Eine Hand legte sich sanft auf meine Schulter.

„Wenn es Sie nicht stört, Monsieur Lamont, sich an den Tisch eines anderen Herrn zu setzen, so will ich Sie gern mit Professor Wanger bekannt machen", sagte Generaldirektor Hochuli, der allgewaltige Beherrscher des „Jaragua".

Ich nahm den Vorschlag gern an.

Der Herr, an dessen Tisch ich nun Platz nahm, mochte knapp fünfzig Jahre alt sein. Vom ersten Augenblick an faszinierten mich seine ausdrucksvollen Augen. Die klar modellierte Kopfform ließ unschwer auf hohe Intelligenz schließen. Er war Österreicher. Man merkte es sofort.

Nach den üblichen nichtssagenden, eigentlich nur vortastenden Sätzen, wie sie fremde Menschen lediglich der Höflichkeit halber auszutauschen pflegen, nahm unser Gespräch, kurz nachdem ich mit dem Fleischgang fertig war, einen etwas persönlicheren Inhalt an. Allerdings muß ich hier erwähnen, daß es bis zum Servieren meines Bœuf Stroganoff eine ganze Weile gedauert hatte, da ich mir vorher weder die Horsd'œuvres noch eine Schildkrötensuppe und anschließend ein stark gewürztes Fischgericht versagen wollte.

Ich erfuhr von Professor Wanger, daß er seit über zwei Dezennien in São Paulo im Butantan-Institut tätig sei. Ich muß gestehen, daß mir dieser Name herzlich wenig bedeutete. Zweifellos verriet mich mein Gesicht, denn mein Gegenüber meinte lächelnd:

„Sie wissen natürlich nichts über das Institut Butantan. Aber wenn ich es Ihnen nur mit wenigen Worten sagen wollte, so bekämen Sie lediglich einen sehr oberflächlichen Eindruck von dieser Institution."

Ich müßte lügen, wenn ich behaupten wollte, daß ich auch nur das geringste Interesse für die etwas hochtrabend klingenden Andeutungen meines Tischgenossen aufgebracht hätte. Tatsache ist, daß sich meine Aufmerksamkeit auf die vorzüglich zubereitete Cassata konzentrierte, so daß ich nur aus Höflichkeit fragte:

„Ihr Butantan-Institut ist wohl eine Erziehungsanstalt?"

Wie ich nicht anders erwartete, bejahte Professor Wanger:

„Ihre Annahme ist durchaus zutreffend. Allerdings sind bei uns ganz besondere Zöglinge untergebracht."

„Schwer erziehbare Kinder?" setzte ich das Gespräch fort, den Nachtisch beendend und des Kaffees harrend.

Mein Gegenüber beugte sich ein klein wenig zu mir herüber. Um seine Lippen spielte ein sonderbares Lächeln:

„Auch diese Ihre Vermutung, Monsieur Lamont, trifft zu. Unsere Zöglinge sind nämlich – Schlangen."

Ich glaubte, nicht ganz richtig verstanden zu haben.

„Sie sagten doch nicht etwa Schlangen?"

Er zündete sich eine Zigarette an, hielt inne, machte eine entschuldigende Bewegung, bot mir sein krokodilledernes Etui an, gab mir Feuer.

„Das Institut Butantan ist die bedeutendste Schlangenfarm der Welt. Ich würde mich sehr freuen, wenn es Ihre Zeit zuließe, Sie bei uns empfangen zu dürfen. Es ist gewiß keine Übertreibung, wenn ich sage, daß Sie in unserem Museum die vollkommenste Sammlung von Schlangen, ebenso aller giftigen Spinnen und Skorpione kennenlernen können. Im Schlangengehege träfen Sie die giftigsten Reptilien an. Die Hauptaufgabe des Butantan-Instituts ist die Herstellung von Serumprodukten gegen Schlangengift. Ich weiß nicht, was Ihr Beruf ist, Monsieur Lamont, ich taxiere, daß Sie im kaufmännischen Leben stehen und keine besonders ausgeprägte Neigung für ein Unternehmen haben dürften, das erstens keinerlei kommerzielle Ziele kennt und andererseits sozusagen auf giftigster Grundlage aufgebaut ist. Immerhin – Sie sollten São Paulo nicht verlassen, ohne unser einzigartiges Institut aufzusuchen. Ich bin gern bereit, die Führung zu übernehmen."

Natürlich war mein Entschluß sofort gefaßt.

„Ich werde gern von Ihrer freundlichen Einladung Gebrauch machen, Herr Professor, auch wenn – wie Sie richtig vermuten – mein Beruf mit Gift nichts zu tun hat. Leider muß ich aber morgen mittag nach Rio zurückfliegen. Es käme also nur der Vormittag in Frage –" Mein Tischgenosse erhob keinerlei Einwände, und wir verblieben dabei, daß ich ihn um zehn Uhr aufsuchen werde. „Verargen Sie mir meine Neugier nicht, Herr Professor", sagte ich noch zu Dr. Wanger, „aber es würde mich auch sehr interessieren, zu erfahren, was Ihr persönlicher Tätigkeitsbereich im Butantan-Institut ist!"

Ich unterschrieb meine Rechnung, mein Gegenüber zahlte, wir standen beide auf und schlenderten durch die Halle.

Professor Wanger reichte mir die Hand:

„Mein Spezialgebiet ist die Toxikologie. Also Giftkunde." Er machte eine kurze Pause: „Morgen um zehn Uhr, Monsieur Lamont! Auf Wiedersehen!"

Ich sah dem Gelehrten eine ganze Weile sinnend nach. Seine scharf profilierte Silhouette hob sich von dem tief dunkelroten chinesischen Brokat ab, der in einer großen Vitrine hing. Ein junger Chinese stand daneben und versuchte, die Kauflust eines amerikanischen Ehepaars zu wecken.

Die Tür des Fahrstuhls öffnete sich, und Professor Wanger entschwand meinen Blicken.

Generaldirektor Hochuli, der eben vorbeikam, sah meinen sinnenden Blick. Von ihm erfuhr ich, daß Wanger als eine international anerkannte Autorität auf dem Gesamtgebiet der Giftschlangenkunde galt.

Ich versuchte, in einigen Illustrierten zu lesen, doch meine Gedanken kamen nicht von der eigentümlichen Begegnung mit dem Mann aus dieser Welt der Gifte los.

Natürlich konnte ich bei genauer Überlegung keine besonderen Vorteile von diesem Besuch im Butantan-Institut erwarten. Einen Augenblick bedauerte ich sogar, aus einem vielleicht kindischen Impuls die Einladung angenommen zu haben. Gewiß, das Gesamtgebiet der Gifte hätte mich schon interessieren können – aber unter den gegenwärtigen Umständen mußte sich meine Aufmerksamkeit ausschließlich auf den Mord an Eliana van den Veerden und die Zusammenhänge mit Bonnetti und der INTERIMPEX konzentrieren.

Immerhin, da ich nun einmal zugesagt hatte, sollte es eben dabei bleiben, auch wenn der Besuch bei den Schlangen keine praktischen Ergebnisse zeigen konnte.

Das erschien mir ganz sicher, als ich mich zu Bett legte. Beim Frühstück war ich noch derselben Überzeugung.

Erst nach meinem Besuch im Butantan-Institut ..., doch ich will den Ereignissen nicht vorgreifen!

Ein Taxi brachte mich in einer knappen Viertelstunde zu einem parkähnlichen Gelände. Der Chauffeur deutete nach einem etwas altertümlichen, massiven Bau in der Architektur der Jahrhundertwende.

Ein Laborant führte mich zu Professor Wanger, der mir einen herzlichen Empfang bereitete.

Wir besichtigten zunächst das Museum, und ich muß gestehen, daß mir diese Schaustellung keine ausgesprochen angenehmen Gefühle vermittelte. Giftschlangen, Riesenspinnen, Skorpione!

Die Abteilung für die Herstellung der Serumpräparate – auch der Salkschen Vakzine gegen die spinale Kinderlähmung –, die hochentwickelten modernen Laboratorien, bewiesen ernste wissenschaftliche Arbeit.

Ein Rundgang zeigte mir die ungiftigen wie auch die giftigen Schlangen. Professor Wanger erklärte mir nachher in seinem Arbeitszimmer den todbringenden Mechanismus, durch den diese Tiere – und ebenso die Skorpione – ihr Gift dem Opfer „injizieren". Es sind kleine Meisterwerke der Natur, die in der Präzision ihrer technischen Gestaltung den besten ähnlichen Apparaturen, die von Menschenhand geschaffen werden, nicht nur ebenbürtig sind, sondern sie noch wesentlich übertreffen.

Professor Wanger trat an einen kleinen eisernen Schrank, öffnete die Tür und entnahm ihm eine Glasröhre von etwa zwanzig Zentimeter Länge und kaum viel mehr als fünf Zentimeter Durchmesser. Sie war mit einem versiegelten Kork verschlossen. Ihr Inhalt wirkte wie ein gelbgraues Pulver. Es erinnerte an einen sandähnlichen Niederschlag.

Ich blickte den Gelehrten fragend an. Er reichte mir das Röhrchen:

„Was schätzen Sie, Monsieur Lamont – ein wievielfacher Tod ist in diesem kleinen Behälter?"

Ich konnte mir keine Vorstellung machen.

„Ich entnehme Ihren Worten, daß es sich um Gift handelt. Vermutlich getrocknetes Schlangengift." Ich sann eine Weile nach und meinte: „Mit dieser Menge kann man wahrscheinlich zehn oder zwanzig – vielleicht auch dreißig Menschen vergiften."

Professor Wanger setzte sich, und seiner Einladung folgend, nahm ich in dem niedrigen Fauteuil neben seinem Schreibtisch Platz.

Der Gelehrte hielt das Glasröhrchen in der Hand, seine Blicke umfingen es, wie etwa jene eines begeisterten Juweliers einen blauweißen kostbarsten Diamanten betrachten.

„Diese Menge", meinte der Gelehrte, „Konzentrat des Giftes der Klapperschlange, würde ausreichen, um Tausende von Menschen aus diesem unseren Jammertal in die – angeblich – trostreicheren Gefilde des Jenseits zu befördern!"

Das schien mir eine maßlose Übertreibung.

„Aber mein lieber Professor! Wollen Sie ernstlich behaupten, daß –"

Er unterbrach mich, höflich, doch entschieden:

„Was ich Ihnen sage, ist eine Tatsache. Natürlich müßte dieses Konzentrat entsprechend aufgelöst und dann in die Blutbahn eines jeden einzelnen Opfers gebracht werden. Die sichere tödliche Wirkung hängt ja von der richtigen Zuführung des Giftes ab. Wenn auch die weitverbreitete Ansicht, daß man Schlangengift ohne jede Gefahr trinken könne, weil es auf diese Weise nicht in die Blutbahn geriete, unzutreffend ist, so muß andererseits festgestellt werden, daß die sicherste Wirkung durch die Einführung der letalen Dosis in die Blutbahn selbst erzielt wird. Bei einem Schlangenbiß kann zum Beispiel ein beherztes Herausbeißen des Wundherdes, desgleichen ein Aussaugen der Bißöffnung die Todesgefahr herabsetzen. Die rechtzeitige Anwendung eines geeigneten Serumpräparates rettet sogar fast immer das bedrohte Menschenleben. Die Aussicht ist aber dann am größten, wenn das Opfer mit jenem Serum behandelt werden kann, welches dem Gift der Schlange entspricht, die zugebissen hat. Die polyvalenten Serumprodukte wirken gegen das Gift verschiedener Schlangenarten doch erheblich schwächer als die spezifischen Mittel."

Ich folgte gespannt den so klaren und präzisen Ausführungen des Gelehrten. Ich fragte, unwillkürlich in meinem eigenen Berufsbereich denkend:

„Wenn das Gift auf dem Weg über die Blutbahn den Tod herbeiführt, so ist es auch wohl unfehlbar durch die Obduktion des Opfers chemisch nachweisbar?"

Professor Wanger sah mich etwas erstaunt an.

„Diese Frage ist, von einem Kaufmann gestellt, recht außergewöhnlich, Monsieur Lamont! Rein sachlich sehen Sie richtig. In der absoluten Mehrzahl der Fälle gibt der Schlangenbiß bereits selbst einen ausreichenden und eindeutigen Beweis ab." Der Gelehrte lehnte sich in seinem Stuhl zurück.

Seine Augen ließen mich nicht locker, als er bedächtig dozierte: „Eine Obduktion wäre nur dann unerläßlich, wenn etwa jemand mittels Schlangengift, also in verbrecherischer Absicht, von Menschenhand getötet würde. Genauer genommen, würde es sich bei einem solchen Fall um Mord handeln. Der Täter müßte, wenn er ein ganz schnelles und sicheres Ergebnis erzielen wollte, das Gift durch eine Injektionsspritze verabreichen. Deren Einstich könnte er, unter Umständen, an einer solchen Stelle vornehmen, daß eine gerichtsärztliche Untersuchung ihn nicht sogleich fände – ja vielleicht überhaupt übersähe."
Ich fragte:
„Würde das Gift nicht in dem Körper des Toten nachweisbar sein und damit, gerade weil ja keine Bißwunde einer Schlange vorläge, besonderen Verdacht erregen?"
„Ihre Folgerungen sind recht erstaunlich, Monsieur Lamont, und überdies richtig! Das in die Blutbahn gebrachte Gift, auf welche Weise es immer dem Körper zugeführt worden wäre, also ob durch einen Schlangenbiß oder durch eine Injektion, könnte chemisch nachgewiesen werden. Zumindest innerhalb einer gewissen Zeitspanne. Sagen wir –", er überlegte kurz, „innerhalb einiger Tage. Aber für einen gewiegten Verbrecher –" Professor Wanger hielt inne, stand auf, verschloß die kleine Glasröhre mit dem Giftkonzentrat wieder in dem eisernen Schränkchen und trat ganz dicht an mich heran: „Ich weiß gar nicht, weshalb unser Gespräch sich einem so sonderbaren Gebiet zuwendet?"
Ich wußte einen Augenblick nicht, was ich erwidern sollte. Schließlich versuchte ich zu lächeln:
„Ich lese leidenschaftlich gern Kriminalromane, und mit der Zeit entwickelt man dann geradezu – wie soll ich es nur ausdrücken –"
Der Gelehrte nickte mit einem merkwürdigen Seitenblick zu mir:
„Man entwickelt Amateur-Detektiv-Instinkte – das wollten Sie doch wohl sagen, Monsieur Lamont?"
Es blieb mir nichts anderes übrig, als etwas unbeholfen zuzustimmen:
„Das ist es, Herr Professor! Genau das! Aber Sie unterbrachen sich vorhin, wenn ich mich nicht täusche, gerade bei dem Wort ‚Verbrecher' –"
Der Gelehrte setzte sich wieder in seinen Fauteuil.
„Ich wollte nur der Vollständigkeit halber erwähnen, daß es durchaus möglich ist, einen Menschen durch Schlangengift ohne Hinterlassung irgendwelcher Merkmale zu töten. Um es noch genauer auszudrücken, Monsieur Lamont, will ich es rein wissenschaftlich formulieren: Man kann das Gift dem Körper dergestalt zuführen, daß nicht die geringsten äußeren

Merkmale entstehen und überdies ein fast augenblicklicher Abbau der Giftstoffe erfolgt, so daß auch eine Obduktion keinerlei Anhaltspunkte für einen Tod durch Vergiftung ergäbe."

Diese Feststellung des Gelehrten kam mir unwahrscheinlich vor.

„Wollen Sie ernstlich behaupten, Herr Professor, daß es tatsächlich eine Möglichkeit gibt, einen Menschen so zu vergiften, daß man weder die Zufuhr des Giftstoffes zu ermitteln noch später im Mageninhalt des Leichnams – natürlich immer innerhalb einer gewissen maximalen Frist – es nachzuweisen vermag?"

„Sie werden im Magen dann kein Gift feststellen können, Herr Amateur-Detektiv, wenn der tödliche Stoff dieses Organ gar nicht erreicht hat!"

„Dann müßte man ihn im Ausscheidungsprodukt der Nieren finden", versuchte ich, meinen grundsätzlichen Standpunkt aufrechtzuerhalten.

Wanger unterbrach mich.

„Auch das hätte zur Voraussetzung, daß der Giftstoff sich dem Gesamtorganismus des Opfers mitteilte."

„Es ist mir nicht bekannt, daß man ein Gift bei Umgehung des Organismus zu tödlicher Wirkung gelangen lassen könnte!" erklärte ich.

Professor Wanger stand auf, ging einige Male auf und ab, blieb vor mir stehen.

„Wenn Sie das Gift der Klapperschlange oder der Brillenschlange – diese beiden Schlangen erzeugen die am sichersten wirkenden Giftstoffe – in das Auge eines Menschen träufeln, so wird der Tod fast sofort eintreten, zumindest die tödliche Lähmung, die auf allerschnellstem Wege den Tod herbeiführt. Das von der Augenschleimheit aufgenommene Gift wird so schnell abgebaut, daß schon nach wenigen Stunden keinerlei Nachweis mehr möglich ist. Nicht einmal unter Einsatz der modernsten und höchstempfindlichen Apparate und Reagenzmittel. Dabei wäre diese Methode der Tötung – des, um es richtiger auszudrücken, des Mordes – denkbar einfach auszuführen. Nehmen Sie an, Monsieur Lamont, es würde jemand in ein kleines Fläschchen mit Augentropfen, das die völlig unverdächtig gedruckte Etikette irgendeines entsprechenden pharmazeutischen Produktes trägt, an Stelle der üblichen Silbernitratlösung das dünnflüssig gelöste Gift einer Klapperschlange füllen . . . Eine ganz einfache Methode . . . Dies getan, praktizierte der Mann – oder natürlich auch die Frau – dieses so harmlos aussehende Fläschchen mit dem Tropfröhrchen in die Hände seines Opfers. Dann genügte ein leichter Juckreiz, um das Opfer zur Anwendung der Augentropfen zu veranlassen. Natürlich müßte es sich um jemand handeln, der, zumindest zeitweise, an leichter Bindehautentzündung leidet und gewöhnt ist, Augentropfen anzuwenden. Wenn das nicht der Fall ist, so würde es genügen, einem Schlafenden die Augenlider für einen Augenblick zu öffnen und das Gift auf die Bindehaut zu träufeln – denn ein Erwachen gäbe es nicht mehr."

Professor Wanger schwieg, und auch ich wußte im Augenblick nichts zu sagen.

Wieder überkam mich jenes eigentümliche Gefühl, daß etwas greifbar in meiner Nähe war, ja, daß ich es sogar sah – und dennoch nicht zu erkennen vermochte.

Wir wechselten noch einige unbedeutende Sätze – als wollten wir beide von dem Thema abkommen, das während der letzten Viertelstunde unsere Gedanken beherrscht hatte. Der Professor sah mich nochmals von der Seite an. Offenbar kam ihm der Kaufmann aus Frankreich etwas geheimnisvoll vor.

Als ich mich verabschiedete, brachte eine Büroangestellte ein sehr hübsch eingebundenes Gästebuch, legte es auf den Tisch, reicht mir mit freundlicher Bewegung einen Füllfederhalter.

Ich begann in dem Band zu blättern, kam zu der mit einem Lesezeichen gekennzeichneten Seite und trug etwas mechanisch meinen Namen ein. Ich fügte das Wort „Tanger" hinzu. Es hätte nicht viel gefehlt, so würde ich noch meinen Berufstitel angegeben haben. Ich setzte etwas unbeholfen „São Paulo" und das Datum dazu, gab den Füllfederhalter zurück und nahm das zwischen zwei vorhergehenden Seiten liegende Löschpapier, um meine Eintragung zu trocknen.

Ich war eben dabei, das Buch zu schließen, als mein Blick gebannt an einem Namen hängenblieb.

Ich las: „*Jules Antoine Bonnetti*
São Paulo, 17. Juli 1957."

Die Seiten entglitten meiner Hand. Das Buch schloß sich. Mechanisch schob ich es zur Seite.

Professor Wanger geleitete mich bis zur Tür. Er öffnete sie.

„Noch eine Frage, wenn Sie erlauben", wandte ich mich an den Gelehrten, „es ist nur Neugierde" – ich blickte mein Gegenüber an – „Sollte es nicht sehr gefährlich sein, derartig tödliche Gifte in sicher doch größeren Mengen vorrätig zu halten?"

Professor Wanger schüttelte den Kopf:

„Sie glauben gar nicht, Monsieur Lamont, wie wenig Menschen an tödlichen Schlangengiften interessiert sind! Sie kaufen sich, sozusagen in Bedarfsfall, bewährte Pflanzenschutzmittel, Arsen oder andere übliche Gifte. Vergessen Sie nicht, daß alle Leute der Meinung sind, Schlangengif besäße, mit Nahrungsmitteln verzehrt, keine todbringende Wirkung. Die Idee, Schlangengift zu injizieren, ist den breiteren Schichten doch etwa zu fernliegend. Im Laufe der langen Jahre, die ich hier tätig bin, kam eigentlich noch nie Gift abhanden."

„Höchst verwunderlich!" bemerkte ich, ehrlich überrascht. „Es wurde noch nie Gift aus Ihren Beständen entwendet?"

„Die Kontrolle ist außerordentlich streng, und es dürfte schon technisch als ausgeschlossen gelten, daß sich Unbefugte an unsere Giftschränke heranmachen können. Immerhin, um ganz bei der Wahrheit zu bleiben" – Professor Wanger reichte mir die Hand – „vor einiger Zeit – es liegt ein oder zwei Monate zurück – meldete mir ein Laborant, daß ein Manko von etwa 0,09 Gramm Gift festgestellt worden sei. Es fehlte bei der allwöchentlichen Schlußkontrolle."

Ich erwiderte den Händedruck des Professors.

„Sollte es sich dabei etwa um Gift der Klapperschlange gehandelt haben?"

Professor Wanger sah mich ernst an:

„Wie kommen Sie auf diese Idee?"

Ich konnte mir die Antwort nicht versagen:

„Man hat mitunter solche Einfälle – als Amateur-Detektiv –"

Der Gelehrte schüttelte nachdenklich den Kopf.

„Vielleicht haben Sie Ihren Beruf verfehlt, Monsieur Lamont?"

Ich fühlte seine klaren, prüfenden Augen etwas spöttisch auf mir ruhen. Nun ja – es ist mitunter peinlich, ein Polizist zu sein ...

Ich schritt die breite Treppe zu den Parkanlagen hinunter und ging, wie in einen Traum verfallen, zu dem auf mich wartenden Taxi.

Als ich den Wagenschlag öffnete, verwandelte sich plötzlich das wirkliche Bild vor mir in jenes einer greifbar wach werdenden Erinnerung.

Es war mir, als stünde ich an der Schwelle der Kabine Nr. 19 des Luxusdecks an Bord der „Bermuda Star". Doch ich sah weder den regungslos liegenden Roy Denver noch den Kapitän noch meinen guten Inspektor Dupuy noch Dr. Balmy.

Ich sah nur ein kleines braunes Fläschchen, mit einem Tropfröhrchen.

„Augentropfen" – stand auf dem Etikett.

Der Taxichauffeur starrte mich verwundert an, als ich mehrere Male immer lauter und lauter schrie:

„Hotel ‚Jaragua'! Rapido! Rapido!"

Ich glaube nicht, daß es grammatikalisch richtig war, doch der Mann verstand mich, und es ging in rasender Fahrt zum Hotel.

Eine Stunde später saß ich im Flugzeug nach Rio.

Ein nächtlicher Besuch

Die Motoren der alten Douglas DC–3 dröhnten erbarmungslos, als sich die Maschine vom Flughafen Congonhas empordrehte. Mir war es nur auf eine sofortige Flugmöglichkeit angekommen, so daß ich die längst überholte Maschine akzeptiert hatte, da es auf den modernen „Convair" und „Scandia" vor den späten Abendstarts keine verfügbaren Plätze gab.

Meine Gedanken waren so sehr mit dem „Fall Bonnetti" beschäftigt, daß ich die Umwelt gar nicht bewußt aufnehmen konnte. Wir flogen in schweren grauen Wolken – und ebenso konturlos tauchten die Gestalten der INTER-IMPEX aus meinem Gedächtnis auf, um schnell in den Nebelgebilden wieder zu entschwinden.

Der Bogen der Ereignisse spannte sich weit ausholend von jenem 15. August, einem sich friedlich anlassenden Sonnabend in Tanger, bis zu diesem Flug über Brasiliens endlose Einöde zwischen São Paulo und Rio.

Ich nahm mein altes, vielgebrauchtes Notizbüchlein mit den auswechselbaren Blättern zur Hand und begann, die wichtigsten Geschehnisse chronologisch einzutragen. Gruppiert nach den Menschen, die in diesem recht komplizierten Drama so sehr verschiedene Rollen spielten. Während viele Einzelheiten immer noch verschwommen mein Gedankenbild störten, klärte sich die eigentliche entscheidende Handlung allgemach zu einzelnen Bildern, die ein umfassenderes Panorama boten.

Aber wie weit entfernt war mein Aufbau des Ablaufs der Handlung von einer wirklich unumstößlichen Beweisführung! Freilich – ich wußte vieles: Meine innerste Überzeugung kristallisierte die Tatsachen zu sicheren Indizien. Die Kette logischer Schlußfolgerungen mußte jeder Zerreißprobe standhalten. Dennoch, wie schwach würden meine Argumente vor einem Gericht wirken! Wie leicht könnte sie jeder erfahrene Strafverteidiger zerpflücken! Der Weg vom Verdacht zur Überzeugung und von da zur erwiesenen Schuld ist sehr lang! Und wie weit ist es erst von der Anklage bis zur Verurteilung!

Nicht minder schwierig mußte die Frage der Gerichtsprobleme betrachtet werden. Da war in erster Linie die Zuständigkeit der Justiz von Tanger zu erwägen, dann jene von Rio de Janeiro und, möglicherweise, ein Verfahren vor amerikanischen Instanzen. Die „Bermuda Star" lief unter der Flagge der USA. Was an Bord geschah – mit Ausnahme des Aufenthaltes des Schiffes in den Territorialgewässern anderer Länder –, unterlag also der Kompetenz der Nordamerikanischen Gerichte, genauer genommen, jener der „City of New York", wo das Schiff beheimatet war. Bei diesem sehr verwickelten Stand allein in juristischer Beziehung präsentierte sich zusätzlich die Frage der Zuständigkeit der Strafverfolgungsbehörden nicht minder verworren. Dazu kam, daß ich ja „nur" als Privatperson, als ein Tourist unter Tausenden anderer Touristen, als Reisender ohne irgendwelche amtlichen Befugnisse galt, dessen Wort, legal betrachtet, nicht mehr wog und nicht weniger als das aller anderen Beteiligten.

Mitten in meine bei reichlich deprimierter Stimmung angestellten Erwägungen tönten die üblichen Worte der Hostess, die über den Lautsprecher die Passagiere ermahnte, die Gürtel umzuschnallen, das Rauchen zu lassen und sich erst nach dem Stillstand der Motoren von den Sitzen zu erheben. Anschließend dankte sie den Fluggästen für die Bevorzugung ihrer Gesellschaft und bat, auch beim nächsten Flug nur mit einer Maschine dieses Unternehmens zu fliegen. Ich nahm den Wunsch zur Kenntnis, entschlossen, ihm keinesfalls Folge zu leisten. Nie wieder in einer so dröhnenden alten Kiste ...

Vom Flughafen „Santos Dumont" fuhr ich in einem Taxi zu der internationalen Kabel- und Übersee-Telefongesellschaft TELECABEL. Erstens war sie ganz in der Nähe, an der Avenida Rio Branco – ein Umstand, der den Taxichauffeur keineswegs besonders freundlich stimmte –, und zweitens stand sie unter französischer Direktion. Da ich den Präsidenten der Gesellschaft, Monsieur Landin, vor Jahren in Paris kennengelernt hatte, ließ ich mich bei ihm melden. Er empfing mich in der ihm eigenen gemessenen und dennoch liebenswürdigen Art. Ohne ihm die wahre Bedeutung meiner Bitte vorzutragen, deutete ich immerhin den recht reservaten Charakter des von mir geplanten Ferngesprächs mit Tanger an. Allein durch die von mir erbetene Verbindung mit der Zentrale der „Police Internationale" in der Rue d'Angleterre in Tanger mußte Präsident Bougié zu gewissen Schlußfolgerungen gelangen ...

Infolge unzureichender Funk- und Kabelverbindungen sind die Übersee-Ferngespräche von Rio de Janeiro gar nicht so einfach zu bewerkstelligen, wie ich es mit vorstellte. Europa war in Zeit-Zonen eingeteilt, so daß man jedes Land nur innerhalb eines bestimmten Stunden-Turnus erreichen konnte. Tanger lag im Sprechbereich von fünf bis sieben Uhr nachmittags.

Dank der Hilfsbereitschaft des Präsidenten durfte ich auf einer direkten Linie zu der Hauptstation der TELECABEL im Zentralwerk in Santa Cruz bei Rio sprechen, die dann unmittelbar auf die verlangte internationale Leitung umgelegt wurde. So konnte niemand meine Unterhaltung überhören.

Erst nach sechs Uhr kam die Verbindung zustande. Es überraschte mich nicht, daß Inspektor Dupuy nicht mehr in der Polizeizentrale weilte. Das Gespräch wurde in seine Privatwohnung geleitet. Dort erfuhr ich von Madame Dupuy, die sich vor Aufregung über meinen Anruf einer Ohnmacht nahe befand, daß mein Mitarbeiter in der Bar des Hotels „Velazquez Palace" zu erreichen sei, wo er sich mit englischen Kollegen vom gegenüberliegenden Gibraltar verabredet hatte.

Als sich schließlich das Hotel und dann Dupuy meldete, war sein erstes Wort ein Ausruf:

„Chef! Sie rufen aus Rio an! Da kostet doch jede Minute eine Stange Gold!"

Ich unterbrach ihn:

„Gewiß! Und deshalb wollen wir gleich zur Sache kommen!" Ich durfte meinen Inspektor nicht erst lange herumreden lassen. Als Angehöriger des Mittelstandes war ihm jene echt französische Sparsamkeit zu eigen, die vielfach als Geiz bezeichnet wird, wiewohl sie eigentlich nur jenem für uns alle fernen Ziele dient: später einmal ein kleines Haus zu besitzen und im eigenen Garten Kartoffeln und Kohl anzubauen ... So fügte ich schnell hinzu: „Sie erinnern sich an den Passagier der ‚Bermuda Star' – Luxusdeck, erste, Klasse, Roy Denver –, der bei uns in Tanger mausetot angekommen war –"

„Und ob!" bestätigte Dupuy eilfertig. „Ich traf gerade gestern Hassan Bemoiras, den Schreiber des Nachlaßgerichtes – es hat sich bis heute noch niemand wegen des hinterlegten Vermögens gemeldet – was da allein Zinsen verlorengehen –"

Ich fiel ihm wieder ins Wort:

„Es geht um bedeutend mehr, Dupuy, als um Zinsen! Sind Ihnen die verschiedenen persönlichen Habseligkeiten des Toten, die wir im Polizeidepot aufbewahren ließen, gegenwärtig? Zumindest eine kleine Flasche mit dem Etikett ‚Augentropfen'! ... Nun, passen Sie genau auf, Dupuy, es ist von allergrößter Wichtigkeit! Holen Sie sofort dieses Fläschchen ab, verwahren Sie es mit größter Sorgfalt und rühren Sie nicht an dem Tropfröhrchen! Nehmen Sie meine Worte tödlich ernst!"

„Das ist leider unmöglich, Chef!" erwiderte Dupuy lebhaft. „Als ich im Aufbewahrungsraum das Inventar der Sachen Denvers in das Protokollbuch eintrug, spürte ich wieder einmal mein Augenjucken. Die Augentropfen standen gerade vor mir. Gewiß, Chef, Benutzung fremden Eigentums ist gegen die Dienstvorschriften – aber so genau nahm ich das nicht ... Ich drückte auf den Gummiansatz, ließ das Tropfröhrchen vollaufen – und im selben Moment stieß mich der Schalterbeamte, natürlich ungewollt, ziemlich heftig in die Rippen. Die kleine Flasche fiel zu Boden, Sie ging in Scherben ..."

„Dupuy!" schrie ich in die Sprechmuschel, „wollen Sie damit sagen, daß weder dieses Fläschchen mehr vorhanden ist noch sein Inhalt?! Dupuy! Es handelte sich um ein tödliches Gift!"

Die Stimme meines Inspektors kam sehr erstaunt:

„Aber wozu hätte man ein paar Scherben, einige kleine Glassplitter aufbewahren sollen? Oder die paar Tropfen Flüssigkeit? Natürlich wurden die Reste des Fläschchens weggefegt und die Augentropfen aufgewischt ..." Es entstand eine ganz kurze Pause. Offenbar erfaßte Dupuy erst jetzt die Situation. Er fragte hastig: „Sagten Sie soeben, Chef, daß es Gift gewesen sei?"

„Danken Sie Gott, Dupuy", erwiderte ich viel ruhiger, „daß Sie sich nicht einen einzigen Tropfen der Flüssigkeit ins Auge geträufelt haben. Sonst würde ich vorhin nicht mit Madame, sondern mit der Witwe Dupuy gesprochen haben! Aber wie so oft, trifft am Verlust des kleinen Fläschchens und der Flüssigkeit, die es enthielt, niemanden eine Schuld. Le hasard!" ... Ich bat meinen Inspektor, den Kollegen im alten Haus die besten Grüße zu übermitteln, und beendete das Gespräch unter Berufung auf die sehr hohen Gebühren – ein Argument, dem Dupuy zugänglich war.

Ich starrte noch lange nach dem Schlußzeichen auf den schwarzen Apparat vor mir. Dann suchte ich nochmals den Präsidenten der TELECABEL auf, bedankte mich herzlich und ging nach dem Schalterraum im Straßenladen, um die Rechnung zu bezahlen. Ich nahm einen knisternden druckfrischen Hundertdollarschein aus meiner abgegriffenen Brieftasche.

Wie sonderbar das Schicksal mit uns Menschen spielt! Nun riß ich das Päckchen der Dollarnoten an, die mir Bonnetti gegeben hatte, um die Diebe der INTERIMPEX zu fassen – aber welch gänzlich anderem Zweck dienten sie nun! Und dabei war es hinausgeworfenes Geld! Das teure Gespräch mit Tanger hatte mir nur die Gewißheit erbracht, daß mein unwiderlegbarstes Beweismittel nicht mehr existierte. So war die Möglichkeit geschwunden, durch Vorlage des Fläschchens mit dem Etikett „Augentropfen", das in Wirklichkeit tödliches Gift enthielt und nicht harmlose Silbernitratlösung, den Bau der Anklage zu stützen. Roy Denver war keineswegs natürlichen

Todes gestorben – er war, auf geradezu wunderbar kluge Weise, durch Gift ermordet worden. Ich wußte es. Aber ich konnte es nicht beweisen.

Während der Taxifahrt nach dem Hotel „Ouro Verde" überlegte ich, welche Schritte die nächstliegenden, die wichtigsten und eiligsten seien.

Sollte ich, trotz der späten Stunde, den Comte de Lancelle aufsuchen? Mußte ich mir nicht bei ihm Rat holen, dem Diplomaten, der besser als sonst jemand wußte, was getan werden konnte, durfte und mußte? Oder würde ein Besuch bei dem Polizeidelegierten Dr. Pastor de Lima ratsamer sein, um zunächst von Fachmann zu Fachmann zu sprechen?

Als das Taxi vor dem Hotel hielt, war mein Entschluß gefaßt.

Mein Weg konnte nur zu Bonnetti führen. Gleichviel, ob ich ihn in seiner palastähnlichen Villa sofort antreffen oder erst später, nachts, erreichen würde.

Ich fühlte mich nach dieser Klärung etwas erleichtert.

Als ich meine Frau und die lieben Verwandten beim Abendessen im Restaurant munter beisammensitzen sah, schloß ich mich der Tafelrunde gern an und nahm an den harmlosen Gesprächen lebhaften Anteil. Nur Louise erkannte trotz dieser meiner äußeren Unbefangenheit die verhaltene innere Unruhe. Sie wußte besser Bescheid mit mir als ich selbst.

Doch ebenso genau fühlte sie mein Bedürfnis nach Ablenkung. In Tanger nahm ich sie oft ganz und gar unprogrammgemäß in ein Kino, ohne auch nur zu ahnen, was für ein Film lief. Die fremde Umgebung, die Dunkelheit, das Gerede oder die Musik aus der Apparatur, dieses Verschwinden in einer mir völlig unbekannten Menschenmenge – all das löste die krampfhafte Konzentration, lenkte die Gedanken in beruhigtere Bahnen und bewirkte schließlich recht häufig eine Klarheit, an deren Ende die richtigen Erkenntnisse und Schlußfolgerungen standen.

Es war nach neun, als ich mich von Louise und den braven Duchatels verabschiedete. Ich schützte ein Zusammentreffen mit einigen ledigen Touristen vor, die mich, den älteren Herrn, eingeladen hätten.

Ich schlenderte die Avenida Atlantica hinan und charterte vor dem Copacabana Palace ein Taxi.

Es war genau zehn, als ich vor dem Haus Bonnettis an der Avenida Delfim Moreira anlangte. Diesmal ließ ich unmittelbar vor dem Hauptportal halten. Die Zeit besonderer Vorsichtsmaßnahmen war vorbei. Jetzt ging es um die Entscheidung.

Das Gebäude lag in völliger Dunkelheit. Das Portal war verschlossen. Ebenso die kleine Nebentür.

Ich setzte mich auf eine Steinbank auf der anderen Seite der Uferstraße und starrte vor mich hin. Von fern her dröhnte das Aufschlagen der schweren Wellen am Felsenvorsprung des Arpoador. Zeitweise kamen die Klänge nervös entstellter Tanzmusik herüber. Luxusautos aller kostbaren Marken der Welt glitten traumhaft leise vorbei – bis auf jene der unentwegten Sportjünglinge, die Bremsen und Reifen knirschen ließen, um ihrer leichtbekleideten weiblichen Fracht zu imponieren. Die grellweißen Scheinwerfer schossen verletzend durch die Nacht – die roten Schlußlichter verglommen am Ende einer nicht abreißenwollenden Lichterkette.

Als ich das erstemal wieder auf meine Armbanduhr blickte, zeigte sie halb elf. Ich wäre bereit gewesen, zu schwören, daß ich mindestens seit zwei Stunden auf der Steinbank saß... Die Zeit wird unberechenbar, wenn man wartet. Ich wußte es ja aus jahrelanger Erfahrung, denn niemand lernt das Warten so ausgiebig wie ein Polizeibeamter. Dennoch, immer wieder täuschte ich mich bei der Schätzung. Es war ein Trost, daß es allen Kollegen genauso erging.

Schließlich wurde mir das Herumsitzen zu langweilig, ich stand auf und begann, „Les cent pas" – die hundert Schritte des Patrouilleurs – auf und ab zu gehen. Zunächst auf dem Bürgersteig, der neben dem Sandstrand lief und nur durch einen kleinen Mauervorbau von diesem getrennt war. Später ging ich über die Straße und schritt unmittelbar neben dem schmiedeeisernen Gitter der Besitzung Bonnettis einher. Dabei fiel mir ein, daß ich nicht einmal wußte, ob der Luxusbau in diesem kleinen parkähnlichen Garten ihm gehörte oder vielleicht nur gemietet war. Da ich Besitzungen anderer Männer jener Kreise, zu denen ich nunmehr Bonnetti zählte, vom Tage des Erwerbs an bis zur Zwangsversteigerung kannte, legte ich auf die Frage der Besitzverhältnisse geringeres Gewicht. Manche dieser Herren blieben lange – sogar oft sehr lange! – im vollen Genuß des Reichtums. Andere hielten nicht durch. Woran es lag, war mir nie klargeworden. Am wenigsten bei den Italienern und unter diesen wieder am allerwenigsten bei den Sizilianern. Rascher Aufstieg stand manchmal dicht neben ebenso schnellem Untergang. Andere wieder behaupteten ihre Gipfelposition bis an ihr Ende. Nur daß dieses Ende nicht immer ein friedlicher Ausklang des Lebens war. Das Himmelbett und die Morgue lagen oft dicht beieinander...

Einmal hielt ein Taxi vor dem Hauptportal, ein Mann entstieg ihm, sah die Front des Hauses hinauf und entlang, und drückte lange auf den glänzenden Messingknopf der Klingel. Erst nachdem er merkte, daß sich im Gebäude kein Licht zeigte, gab er es auf, nahm wieder in dem Taxi Platz und fuhr weiter.

Ich hatte den Eindruck, daß knapp nach der nächsten Kreuzung das

Fahrzeug wieder anhielt und der Passagier ausstieg, aber ich dachte mir nichts dabei.

Von einer fernen Kirchturmuhr schlug es halb zwölf, als der mächtige Straßenkreuzer Bonnettis am Straßenbord hielt. Der Chauffeur stieg aus, öffnete das Auffahrttor, fuhr den Wagen über den Parkweg zum inneren Halleneingang des Hauses. Ich folgte, so rasch ich konnte, und erreicht die schützenden hohen Sträucher des Seitenweges, bevor der Fahrer zurückkam, um das Hauptportal zu schließen.

Ich sah, wie Bonnetti den Wagen verließ, zur Tür ging, zögerte, sich eine Zigarette ansteckte und dann, langsam, den Kiesweg einschlug, der durch den Vorgarten führte. Er rief seinem Fahrer zu, morgen um neun Uhr vorzufahren. Die letzten Worte waren: „Gute Nacht, Armando!"

Bonnetti spazierte eine Weile im Vorgarten umher. Durch die Toreinfahrt beobachtete ich, wie der Chauffeur die übergroße Limousine bedächtig, mit mehreren Vor- und Rückfahrmanövern, in die eine der drei Garagenboxen des Dienerschaftshauses, das sich im Hintergrund abzeichnete, fuhr. Kurz darauf sah ich Licht in einem Zimmer oberhalb der Garage aufleuchten. Wenig später wurde eine Rolljalousie herabgezogen.

Ich bewegte mich äußerst vorsichtig. Wenn ich nicht von meinem Blick getäuscht worden war, hatte Bonnetti am Schloß des Hauseingangs hantiert, bevor er in den Garten ging.

Ich tastete mich behutsam zur Tür hin. Der Schlüssel, an einem Ring mit zahlreichen anderen, stak im Schloß.

Mit einer Vierteldrehung öffnete ich, betrat den Vorraum, zog sehr langsam, doch kräftig die Tür wieder zu. Das Einschnappen der Zunge war kaum hörbar.

Trotz der Dunkelheit draußen kam sonderbarerweise ausreichendes Licht durch die hohen Fenster, so daß ich, nach einiger Gewöhnung, die Umrisse des Raumes, der Möbel und Gegenstände unterscheiden konnte. Vielleicht lag es am Reflex des Mondes, der sich schimmernd über das Meer ausbreitete, daß nach wenigen Minuten eine milchige Atmosphäre den Salon zu erfüllen schien.

Ich fand an der dem Eingang gegenüberliegenden Querwand eine schwere zweiteilige Eisentür, reich geschnitzt, mit Armaturen aus vergoldeter Bronze. Ich drückte die Klinke verhalten nieder, lauschte, betrat den nächsten Raum.

Es war ein Arbeitszimmer, beherrscht von einer großen Bibliothek, die eine ganze Wand einnahm, und mächtigen Möbelstücken. An der Rückwand hing ein Gobelin, daneben altertümliche Gemälde. Lehnstühle und Fauteuils luden zu bequemer Siesta ein.

So wenig es eine Stunde des Ausruhens sein konnte, so sehr zog mich der eine tiefe, geradezu majestätisch wirkende Klubfauteuil in seine weit ausladenden Polster. Durch die nur angelehnte Flügeltür besaß ich einen ausreichenden Blick, um Bonnettis Rückkehr in das Haus zu sehen.

Als ich in dem zweifellos mit Daunen oder Schaumgummi gefütterten Sessel versunken war, begannen meine Gedanken, plötzlich eine ganz andere Richtung einzuschlagen. Vielleicht lag es an der Behaglichkeit dieses Raumes, vielleicht an meinem Stimmungswechsel – jedenfalls tauchten Zweifel in mir auf, die zu äußerster Vorsicht mahnten.

Ich resümierte im Geiste all die Begebenheiten und Argumente, die ich mir in mein Notizbüchlein säuberlich eingetragen hatte – aber dagegen erhoben sich nun allerlei Einwände.

Wo gab es einen Beweis, daß Roy Denver vergiftet worden war? Formell sprach der Totenschein Dr. Balmys eindeutig gegen jede solche Annahme, und der Polizeiarzt würde seine Richtigkeit bis zum Äußersten vertreten. Überdies lautete der Befund seines Kollegen von der „Bermuda Star" identisch. Was bedeutete gegenüber solchen Attesten meine persönliche Überzeugung, daß ein unmittelbarer Zusammenhang zwischen dem Besuch Bonnettis im Butantan-Institut und dem Augentropfenfläschchen bestand, das in der Kabine Roy Denvers aufgefunden worden war? Natürlich – für meine Beurteilung des Falles langte meine Schlußfolgerung. Ich glaubte nicht an solche Zufälle. Derlei gab es nur in Kriminalromanen. Im wirklichen Mordfall konnte man solche Zusammenhänge ruhig als Glieder einer soliden Indizienkette bewerten. Dennoch – mir fehlte der schlüssige Beweis. Ich konnte mich vielleicht tödlich blamieren! Schließlich gab es Tausende und Zehntausende und Hunderttausende von Fläschchen mit dem Etikett „Augentropfen" und einem harmlosen Inhalt von Argentum Nitricum oder Argyrol. Woher nahm ich die Kühnheit zu der Behauptung, Roy Denver sei vergiftet worden? Ermordet? Durch Schlangengift, das er sich – nichtsahnend – selbst in die Augen geträufelt haben sollte – oder das jemand auf diese Weise seinem Körper zugeführt hatte? . . .

Ein Hauch von kalter Feuchtigkeit legte sich auf meine Stirn. Sollte meine ganze These unhaltbar sein?

Ich sprach mir selbst Mut zu. Schließlich stand fest, daß Bonnetti die beste Möglichkeit besaß, die „raren Erden" anzuzapfen und sich einen Löwenanteil am Nutzen zu sichern. Er befand sich, kriminalistisch gesehen, im idealen „Gelegenheitsverhältnis". Niemand konnte so völlig ungehindert an die kostbare Materie heran wie er. Das konnte einwandfrei bewiesen werden.

Ebenso unterlag es keinem Zweifel, daß er weit über seine Verhältnisse lebte und trotz eines sicherlich hohen Einkommens wesentlich mehr ausgab als einnahm. Die Comtesse Denise de Brécor war für diesen Sachverhalt eine völlig ausreichende Zeugin. Aber – so mußte ich mir selbst gestehen – zwischen hemmungslosem Verschwenden einerseits und Unterschlagung, Diebstahl – ja, Mord – lag eine noch tiefe Kluft, die man nicht mittels einfacher Verdachtsmotive überbrücken durfte.

Wieder fand ich etwas zur Unterstützung meiner Kombinationen.

In der Mine gab es Hinweise, die sehr gegen Bonnetti sprachen. Nicht nur gefühlsmäßige Aversion, sondern begründete Belastung. Der Mordfall Eliana van den Veerden lag ganz in der Linie der Täterschaft Bonnettis. Und – die zwei Worte, die er zuviel gesprochen hatte, waren schließlich ein Beweis. Allerdings – wieder nur für mich selbst. Denn im letzteren Falle würde Aussage gegen Aussage stehen – und überdies bestand die Möglichkeit, daß sich Bonnetti durch einen gefälligen oder gefügigen oder empfangsbereiten Polizeibeamten einen Ausweg freilegen ließ. Da würde es genügen, wenn irgendein Hilfsschreiber aussagte, er habe Bonnetti informiert.

Ich streckte meine Beine, die sich in den Kniegelenken verkrampften, weit von mir und versuchte, meinen ermüdeten Körper ganz zu lockern.

Ich fragte mich, recht verwundert: Wo gab es einen Beweis für irgendeinen Zusammenhang zwischen Roy Denvers Tod und der INTER-IMPEX . . .?

Nun, es gab diesen Beweis, doch nur – in meiner Überzeugung. Ich schalt mich selbst wegen meiner inneren Unsicherheit. Ich dachte unfreundlich von mir selbst. Ich wußte zu genau, daß mich die Umgebung störte, das ganze Gehaben einer selbstsicheren Menschenschicht, die Rücksichtnahme auf den Comte de Lancelle, das große Geld, das überall herumspukte – als Guthaben oder als Schuld.

Als im Raum nebenan das Licht aufleuchtete und die hohe Gestalt Bonnettis lautlos über den schweren Perserteppich schritt, war mein Entschluß gefaßt. Es gab nur den harten Weg, der zum Ziel führen konnte. Ich mußte „va banque" spielen, mochte der Einsatz noch so hoch sein.

Ich setzte mich ungeniert im Fauteuil hoch und drückte auf den Schalter der hohen Stehlampe. Mattes Licht strahlte aus einem Kranz von Glühbirnen, die in einer verdeckten Spiegelschale ruhten. Bonnetti mußte diese Veränderung bemerken, da die Beleuchtung in dem Arbeitszimmer erheblich intensiver war als jene nebenan.

Einige Augenblicke vergingen, ohne daß etwas geschah, ohne daß ein

Geräusch an mein Ohr gelangte, ohne daß ich auch nur die geringste Bewegung wahrnehmen konnte.

Dann, ganz plötzlich, wurde die Flügeltür mit einer schroffen Bewegung aufgerissen. Auf der Schwelle stand – eine überlebensgroße Silhouette – Bonnetti.

Sein rechter Arm hing schlaff herunter, doch erkannte ich sofort die Lichtspiegelung auf dem glanzpolierten kurzen Lauf seines Revolvers.

„Ein Colt?" fragte ich, „oder ein Smith-Wesson? Ich schätze, Kaliber 35. Aber es sind Instrumente, die viel Lärm machen – die eine wie die andere Marke. Ihre Kollegen in den USA benützen sie nur mit aufmontiertem Schalldämpfer – eine kluge Maßnahme!"

Bonnetti schaltete die Deckenbeleuchtung ein. Er sah mich offenbar ehrlich erstaunt an, steckte die Waffe in seine seitliche Hosentasche. Seine Stimme klang durchaus besonnen:

„Wie kommen Sie hierher, Lamont? Was fällt Ihnen eigentlich ein?"

Merkwürdig! Gerade dieser ganz ruhige Ton, diese gemessene, ja bewußte Ruhe bewirkte bei mir das genaue Gegenteil dessen, was Bonnetti bezweckte. Es war die Haltung eines auf alles vorbereiteten, ja beständig alles erwartenden Mannes.

Ich erhob mich nicht, legte beide Vorderarme auf die breite Lehne des Sessels und sah mein Gegenüber nachdenklich an.

„Wie ich hierher kam, läßt sich sehr einfach erklären. Nachdem ich, Ihrem Auto folgend, das Grundstück betreten konnte, wartete ich, bis Ihr Chauffeur den Wagen in die Garage gebracht, sein Zimmer aufgesucht und Sie sich für einen kleinen Spaziergang entschlossen hatten – nicht ohne vorher den Schlüssel ins Schloß zu stecken und freundlicherweise dort zu lassen. Auf Ihre Frage, was mir einfällt, kann ich ebenso leicht antworten. Aber – vielleicht machen Sie es sich zunächst bequemer, Sie sind schließlich hier zu Hause, und unsere Unterhaltung wird vermutlich eine ganze Weile dauern."

Er schwieg, schritt durch eine kleine Tapetentür, kam nach einer Weile mit einem Tablett zurück, auf dem zwei Flaschen, zwei Gläser und ein Eisbehälter standen. Er stellte alles auf eine Art Lesetisch zwischen den Fauteuils und setzte sich umständlich mir gegenüber.

„Mein Butler hat heute abend frei, der Diener ist erkrankt, Sie müssen mit dem vorliebnehmen, was ich im kleinen Eisschrank fand!" sagte er ruhig. „Wenn Sie rauchen wollen, so finden Sie Zigaretten, Zigarren und auch Rauchtabak auf dem Vorsatzbrett zu Ihrer Linken. Und nun beginnen Sie!"

Die Ruhe Bonnettis war vollendet. Viel zu vollendet, um echt zu sein. Allerdings zollte ich seinem schauspielerischen Können vollste Anerkennung. Ich steckte mir eine meiner eigenen Zigaretten an.

„Sie ließen mich durch Botschafter Comte de Lancelle zur Aufklärung zunächst recht kompliziert erscheinender Diebstähle nach Rio kommen. Genauer genommen, war es ein Beschluß Ihres Aufsichtsrates in Paris, der zur Hinzuziehung eines Kriminalisten führte. Gegen Ihren Willen, Monsieur Bonnetti. Vielleicht dachten Sie, daß ein Mann, der vom Comte de Lancelle empfohlen sei, genügend diplomatisch, schmiegsam und lenkbar wäre, um keine unmittelbare Gefahr für Sie zu bedeuten. Außerdem befanden Sie sich in einer gewissen Zwangslage. Eine strikte Ablehnung des Wunsches der Pariser Herren – eines Wunsches, der eher ein Befehl war – konnte verdächtig wirken."

Ich schwieg, wartete auf Bonnettis Widerspruch, beobachtete ihn genau. Doch er saß fast unbeweglich mir gegenüber, rauchte gemächlich an einer unwirklich imposanten Havanna und widmete all seine Aufmerksamkeit der sich bildenden Asche.

Nach einer geraumen Weile, die ich durch ein Weiterreden nicht unterbrechen durfte, blickte er schließlich gelangweilt zu mir.

„Sind Ihre Ausführungen als Feststellungen anzusehen oder äußern Sie Vermutungen? Im letzteren Fall interessieren sie mich nicht. Im ersteren Fall werden Sie mir ja Ihre Beweismittel nicht vorenthalten – sofern Sie solche besitzen sollten."

„Es hat wenig Sinn, mit mir in dieser Form zu reden, Bonnetti!" entgegnete ich trocken. „Ihr Aufsichtsrat wird jederzeit bestätigen, daß meine Hinzuziehung auf Grund seines Beschlusses erfolgt. Comte de Lancelle wird die weitere Sachlage klären. Und dies besonders bereitwillig, wenn er erfährt, wie sehr Sie seine Vertrauensseligkeit mißbraucht haben. Sie, Bonnetti, ließen mich nicht kommen, weil Sie es wollten, sondern weil Sie es mußten. Sie trösteten sich damit, daß ich nichts erkunden würde, weil die Verhältnisse so verworren lagen, wie es sich ein Verdächtiger nur zu wünschen vermag. Deshalb war es Ihnen sehr eilig, mich nach der Mine zu verfrachten. Dort mußten sich mir weitere Spuren zeigen, nachdem bereits Philippe Borard, Codrianu, Vicardi und Pedrotti und Eliana van den Veerden eine beachtliche Auswahl für etwaige Täter in Rio de Janeiro abgaben. Womit Sie nicht rechneten, war die Gesprächigkeit der Herren in Tabatuajara. Ein Mitteilungsbedürfnis, das der langen Einsamkeit entsprang und sonst verschlossene Lippen öffnete."

Bonnetti trank sein Glas leer, nickte mir aufmunternd zu.

„Weiter, Lamont! Ihre Plauderei wirkt anregender, als ich zu Beginn annahm."

Es fiel mir nicht leicht, die Beherrschung zu bewahren, doch zielte ja mein Gegenüber offenbar darauf ab, mich zu irgendwelchen unbesonnenen Äußerungen zu verleiten. Diesen Gefallen wollte ich ihm nicht erweisen. Ich schenkte mir ein volles Glas Kognak ein, nahm einige Schlucke, setzte es geruhsam auf das Tablett.

„Durch den recht einfachen Prozeß der Eliminierung, Bonnetti", ich redete ihn konsequent nur mit seinem Namen an, ohne „Monsieur" oder gar „Präsident", doch es schien ihn nicht zu stören, „gelangte ich zu dem zwangsläufigen Schluß, daß Sie selbst derjenige sein mußten, der die Sendungen der ‚raren Erden' anriß – weil es keinen anderen Täter geben konnte! Die Herren in der Mine schieden vollkommen aus –"

Er blickte mich interessiert an.

„Weshalb?!"

Ich lächelte:

„Sie dürfen mich nicht für dümmer halten, als ich bin! Die Chemiker in Tabatuajara, Sandor Hervay und Akatsuka Sineguru – und Dr. Baldarin, falls er ein Komplice sein sollte –, brauchten doch keinesfalls die fertigen Sendungen des kostbaren Rohmaterials durch wertloses Zeug zu verwässern, da sie ja der von ihnen aus den Rohstoffen gewonnenen Substanz ausreichende Quantitäten für ihre eigenen Zwecke entnehmen konnten! Diesen Herren stand die aus der groben Urmasse erzeugte Substanz zur Verfügung. Dabei gab es keine Kontrolle, zumindest keine so genaue, daß Fehlmengen feststellbar wären, denn der Ertrag aus dem Rohmaterial ist sehr verschieden. Etwas, das man ohne irgendwelche Gefahr der Entdeckung zu entwenden vermag, wird man nicht so entwenden, daß es unweigerlich auffällt. Daß ich diese Sachlage klar erfassen würde, setzten Sie allerdings nicht voraus."

Bonnetti nickte. Zu meinem Erstaunen meinte er ganz nüchtern:

„Allerdings, Lamont, ich nahm nicht an, daß Ihnen diese Zusammenhänge auffallen würden. Dennoch begehen Sie einen Fehler. Die Möglichkeit, daß in der Mine teures Material beiseite geschafft wird, spricht keineswegs dagegen, daß die Sendungen der ‚raren Erden' nicht auch noch hier in Rio Wertminderungen durch Entnahme der hochwertigen Substanz und deren Ersatz durch wertlosen Sand erfahren haben. Und für dieses Delikt kommen nur mehrere Täter in Frage!"

„Sie irren, Bonnetti!" erwiderte ich. „Daß eine Anzapfung der Sendungen auf dem Wege von der Mine nach Rio möglich wäre, nehmen nicht einmal Sie an. Aber von der Ablieferung am Schalter im Büro der INTERIMPEX bis zur Aufbewahrung in Ihrem Safe kommt eine Manipulation mit den Sendungen schon zeitlich nicht in Frage. Da Sie selbst jeden mißbräuchlichen Eingriff in Ihren Safe als unmöglich, andererseits ein Anzapfen beim Transport nach Paris als ausgeschlossen bezeichneten, blieb nur eine einzige Erklärung übrig!" Ich machte eine kleine Pause, beugte mich etwas nach vorn, versuchte, in die Augen meines Gegenübers zu sehen, konnte es aber nicht, da er seinen Kopf abgewandt im Schatten hielt: „Nur Sie könnten die Sendungen öffnen, bestehlen, gewichtsmäßig ergänzen und dann wieder versiegeln. Nur Sie, Bonnetti! Sie allein!"

„Hm!" brummte der Präsident der INTERIMPEX. Er wandte sich jetzt gerade zu mir: „Sie sind sich bewußt, daß ich diese Unterhaltung mit Ihnen aus rein akademischem Interesse führe! Wenn ich nicht widerspreche, so bedeutet das natürlich keinerlei Zustimmung! Und übrigens –", er lächelte jetzt etwas nachsichtig, „bei uns in Brasilien gibt es keine kindischen Methoden wie drüben im alten Europa! Ihre Aussage ist wertlos, sie hat vor keinem Gericht irgendwelches Gewicht, ja nicht einmal vor der Polizei. Sogar die beeidete Aussage zweier Zeugen langt nie für eine Verurteilung – nicht einmal bei Bagatellprozessen. Meine Landsleute sind vernünftige und mißtrauische Leute! Sie fordern greifbare Beweise. Urkunden –"

„Ihre Landsleute!" fragte ich überrascht.

„Ich ließ mich vor geraumer Zeit naturalisieren. Dabei verliert man keineswegs seine französische Staatsangehörigkeit. Aber wenn man irgendwann einmal – vielleicht – möglicherweise – Schwierigkeiten mit der Ausstellung eines französischen Passes haben sollte, so gäbe es diese Behinderung bestimmt nicht beim brasilianischen Paßamt ... Sollten sie sich aber einstellen, so wäre ihre angenehme Überwindung nur eine – unbedeutende – Geldfrage ..." erklärte Bonnetti sachlich, als berichte er über irgendeine beliebige unwichtige Angelegenheit.

Gerade dieser Ton wirkte besonders aufreizend. Er deutete geradezu herausfordernd an, daß der Sprecher sich unangreifbar sicher fühlte. Allerdings übersah Bonnetti die gegenteilige Wirkung, die eine solche Haltung auf jeden klardenkenden Zuhörer ausüben mußte.

„Sie denken an Flucht?" fragte ich etwas spöttisch. „Halten Sie etwas davon, in einer Zeit, da INTERPOL über fast alle Grenzen hinwegzulangen vermag?"

„Flucht?" lächelte mein Gegenüber. „Das Wort haben Sie ausgesprochen, nicht ich. Meine Erklärung war weiter nichts als eine Begründung für meine Einbürgerung. Man erleichtert sich Formalitäten, soweit es geht. Vorsorge hat noch nie geschadet. Aber all dies steht in keinem Zusammenhang mit Ihren recht phantasiebegabten Ausführungen. Vielleicht denken Sie daran, daß Erfindungsgabe eine Sache – und Beweise eine andere Sache sind. Doch möchte ich Sie nicht allzulange unterbrechen. Auch schreitet die Stunde vor, es wird bald Zeit, sich zur Ruhe zu begeben." Er blickte nach seiner Armbanduhr. „Was haben Sie sonst noch zu erzählen? Denn Sie werden sich ja nicht in mein Haus eingeschlichen haben, um mir – Ihrem Auftraggeber! – Märchen zu erzählen. Also kommen wir endlich zu Tatsachen!"

Ich erhob mich, trat dicht an ihn heran, so daß ich auf ihn herabblickte.

„Wie Sie wünschen, Bonnetti! Hier die Tatsachen!" Ich holte tief Luft und resümierte kurz: „Aus den Ihnen dargelegten zwingenden Erwägungen kamen nur Sie selbst als Täter in Frage. Wenn Sie aber die Sendungen der ‚raren Erden' anzapften, so brach damit die ganze Fassade Ihres Lebensstils in sich zusammen. Sie verwandelten sich aus einem millionenschweren Grandseigneur zu einem Hochstapler!" Ich sah ihn an: „Folgen Sie mir?"

„Aber gewiß! Fabulieren Sie ruhig weiter!" spöttelte er herablassend.

„Der erste Schritt war also getan!" setzte ich fort. „Der Präsident der INTERIMPEX verwandelte sich in einen Dieb. Aber die von ihm entwendete Ware besaß nur für ganz wenige Interessenten einen Handelswert. ‚Rare Erden' sind noch viel schwieriger zu verkaufen als Rohdiamanten oder Rauschgifte..." Ich beobachtete Bonnetti genau und glaubte, eine leichte Veränderung in seinen bis jetzt überlegen beherrschten Gesichtszügen wahrnehmen zu können. „Es gehört eine große und weitverzweigte Organisation dazu... wie sie im Crime-Syndicate Amerikas vorhanden ist. Und dabei fiel mir etwas ein, verehrter Präsident! Vor wenigen Wochen lag bei uns in Tanger der Luxusdampfer ‚Bermuda Star' vor Anker. An Bord war ein Passagier erster Klasse gestorben. Ein Amerikaner. Roy Denver. Der Schiffsarzt stellte natürlichen Tod fest, und auch unser Polizeiarzt kam zu demselben Befund. Damit wäre dieser Fall erledigt gewesen, hätte sich nicht nachher gezeigt, daß es überhaupt keinen Roy Denver gab!" Ich tippte meinem Gegenüber auf die Schulter: „Was sagen Sie dazu, Bonnetti?"

„Nichts!" erwiderte er. „Was geht mich das alles an?"

„Geduld, Sie werden es erfahren, falls Sie es nicht wissen sollten!" versicherte ich. „Also Roy Denvers Paß war gefälscht. Ausgezeichnet gefälscht! Und nun griffen die amerikanischen Behörden ein. Alles sprach dafür, daß der Tote der ‚Bermuda Star' einer bedeutenden Verbrecher-Organisation angehörte, die auch dafür sorgte, den gefälschten Paß verschwinden zu lassen..." Ich umschrieb den Vorfall, denn er machte mich nicht stolz. „Und als ich nun durch die Comtesse Denise Brécor von Ihren

Darlehensgaunereien erfuhr, Bonnetti, wobei der Name Ricardo Danielli genannt wurde, begann ich, eins und eins zu addieren. Es ergab natürlich zwei. Der Sachverhalt klärte sich. Sie erwarteten Geld. Viel Geld. Große Summen. Von Danielli. Zweifellos dem Verbindungsmann des Gaunersyndikats... Aber der Mann, der Ihnen dieses Geld bringen und damit Ihre schwersten finanziellen Nöte beenden sollte, ging auf Reisen. Offenbar vergaß er dabei, Ihnen vorher ordnungsgemäß Ihren Anteil auszuzahlen. Den Anteil, Bonnetti, der Ihnen aus dem Verkauf der ‚raren Erden' zustand... Und da Sie sich in einer äußersten Zwangslage befanden, beschlossen Sie, sich Ihren Anteil zu holen – um jeden Preis. Im Reisebüro Behar erfuhren Sie, daß Danielli sich auf der ‚Bermuda Star' eingeschifft hatte. Als Roy Denver. Natürlich kannten Sie sein – wie soll ich sagen – Pseudonym... Und Ihr Weg schien Ihnen klar vorgezeichnet. Bei Ihrem Besuch im Institut Butantan ließen Sie ein kleines Fläschchen mit tödlichem Gift mitgehen – wenn Sie mir diese etwas vulgäre Ausdrucksweise gestatten. Ihr Besuch im Laboratorium ist urkundlich nachweisbar. Ebenso die Tatsache, daß gerade zur Zeit Ihres Interesses für die Schlangenfarm das Abhandenkommen des Giftes festgestellt wurde. Eines Giftes, das besonders in Form von Augentropfen eine sofortige tödliche Wirkung ausübt." Ich beobachtete Bonnetti. Er schien verändert. Auf seiner Stirn glänzte ein dünner Film von Schweiß. „Nun – es genügte ein Überseetelefonat, und meine Beamten in Tanger stellten den wirklichen Inhalt des Fläschchens mit dem Etikett ‚Augentropfen' fest – jener Augentropfen, die den Tod Denvers verursachten."

Bonnetti schob mich etwas beiseite, stand auf, leerte sein Glas Kognak.

„Worte, Lamont, Worte! Zeichen einer blühenden Phantasie!" sagte mein Gegenüber, aber es klang nicht so hell und unbekümmert, wie es gemeint war. „Sie können viel erzählen! Butantan wird von Tausenden und Zehntausenden von Menschen besucht... und vielleicht war Danielli –"

„Sie geben also zu, daß Danielli und Denver identisch sind?" nagelte ich ihn sofort auf sein Zugeständnis fest.

„Ich gebe gar nichts zu!" erwiderte er, die Stimme merklich verändert. „Ich lehne jede Äußerung ab! Ich höre Ihnen zu, meinethalben. Aber nicht mehr lange!"

„Ich komme bald zum Ende meines Berichts!" entgegnete ich besonders ruhig. „Zeitlich war Ihr Manöver durchaus möglich. Sie flogen von Rio mit einer nationalen, innerbrasilianischen Fluggesellschaft nach Recife. Erst von dort benutzten Sie eine internationale Maschine, um nach Lissabon zu gelangen. So vermieden Sie die Gefahr, etwa am Galeao Bekannte zu treffen... In Lissabon gingen Sie an Bord der ‚Bermuda Star' und näherten sich Denver als Freund, der nur sein Geld haben will. Denver befand sich in einer schwierigen Lage. Natürlich konnte er die Polizei nicht zu Hilfe rufen – das sind eben die Nachteile mancher Berufe!... Er machte gute Miene zum bösen Spiel. Und Sie griffen zu den Augentropfen... vielleicht bediente sich Denver ihrer... vielleicht träufelten Sie ihm die tödliche Flüssigkeit auf die Bindehaut... Aber Ihre Mühe blieb erfolglos. Denvers Geld lag beim Zahlmeister des Schiffes in sicherer Verwahrung. Sie gingen in Tanger an Land, ohne die dicken Banknotenbündel... und flogen über Lissabon nach Recife. Von dort konnten Sie wieder unbemerkt mit einer nationalen Linie nach Rio zurückkehren –"

„Plaudern Sie ruhig weiter!" versuchte Bonnetti leichthin zu sagen, doch seine Stimme verriet äußerste innere Erregung.

„Gern!" gab ich ihm zurück. „Wir kommen bald zum Abschluß! Alles war von Ihnen recht vorsichtig eingefädelt und vorbereitet worden, doch vergaßen Sie, mit einem Menschen zu rechnen, der die Last seelischer Bedrückung nicht mehr tragen konnte. Eliana –"

Er unterbrach mich rasch:

„Was wollen Sie mit Eliana –"

„Sie war über alles informiert, Bonnetti! Über alles! Sie stellte die größte potentielle Gefahr für Sie dar! Leider ahnte Eliana nicht, daß es eine kleine Vorrichtung gab, die Ihnen das Abhören aller Telefongespräche im Büro ermöglichte. So wußten Sie, daß Ihre einstige Geliebte mich dringendst sprechen wollte. Hätte ich damals geahnt, wie wichtig diese Bitte war, so würde Eliana heute noch leben. So verschob ich die Zusammenkunft mit ihr auf den Tag beziehungsweise Abend meiner Rückkehr aus der Mine. Das war für Sie der letzte Termin zum Handeln. Und Sie handelten! Weil Sie ja nicht ahnten, daß Eliana mir den Schlüssel zu ihrer Wohnung auf den Sims der Tür gelegt hatte – das Telefongespräch, das sie mit mir aus ihrer Wohnung führte, blieb Ihnen natürlich unbekannt –, so daß ich als erster den Mord entdecken mußte... Sie waren so kaltblütig, Bonnetti, die von Ihnen gerauchte Zigarette mit dem Lippenstift der Toten am Mundstück rot einzufärben, um einen weiblichen Besuch vorzutäuschen. Allerdings bedachten Sie nicht, daß eine von bemalten Lippen gerauchte Zigarette nicht ganz rings herum und nicht völlig gleichmäßig gefärbt ist..."

Bonnetti lehnte an der Bibliothek.

Er drückte schwer gegen das massive Holz.

„Weiter!" drängte er. Seine Stimme klang völlig fremd.

„Das Ende naht!" sagte ich überlegen. Ich wollte ihn reizen. Vielleicht versagten seine Nerven. „Als ich Sie vormittags in Ihrem Büro aufsuchte, wußte ich, daß Eliana erdrosselt worden war. Außer mir war das ausschließlich den Männern der Mordkommission bekannt – und dem Mörder. Ihr Freund Dr. Pastor war nicht am Tatort gewesen. Er telefonierte Ihnen lediglich die Tatsache, daß Eliana ermordet worden sei. Sie aber sagten zu mir, Eliana sei erdrosselt! Von diesem Augenblick an kannte ich den Täter! Sie mußten Eliana zum Schweigen bringen. Nach der Tat suchten Sie alles zusammen, was belastend für Sie sein konnte. So auch die Flugpassage Recife–Lissabon–Recife. Dabei überlegten Sie nicht, daß ja das Original bei der PANAIR DO BRASIL lag... Ein Beweisstück allererster Bedeutung! Denn das Personal des Flugzeugs wird Sie als Passagier wiedererkennen, gleichviel, unter welchem Namen Sie flogen... Und so werde ich Ihren Weg nach Tanger nachweisen, an Bord der ‚Bermuda Star'... und die Comtesse de Brécor wird aussagen... und..." Ich hielt inne.

Erst jetzt sah ich die tiefe Veränderung im Antlitz des Mannes. Seine Augen flimmerten übernervös. Seine Lippen bebten. Der Schweiß stand perlend auf seiner Stirn.

Plötzlich, mit einer einzigartig genau ausgeführten Bewegung, riß er seinen Revolver hervor.

Ich sprang zur Seite.

Ein Schuß krachte.

Ich war wehrlos. Und wartete auf die zweite Detonation.

Aber Bonnetti ließ seinen erhobenen Arm langsam sinken. Es wirkte wie eine Zeitlupenaufnahme.

Mechanisch registrierte ich den Pikratgeruch.

Und dann beugte sich Bonnetti unbeholfen seitlich nach vorn. Der Revolver entglitt seiner Hand und schlug klirrend gegen die Glasscheibe der Bibliothek. Die schwere Gestalt brach dicht vor mir zusammen.

Das alles spielte sich wie unwirklich ab.

Ich trat zu Bonnetti, der regungslos lag.

Ich wußte sofort mit völliger Sicherheit, daß er nicht mehr lebte.

Ein leichtes Geräusch aus dem Hintergrund des Zimmers ließ mich aufhorchen. Ich wandte mich blitzschnell um.

Die Silhouette eines Mannes stand auf der Schwelle. Sie hob sich scharf kontrastiert gegen die Helligkeit des Hintergrundes ab. Die Flügeltür war ganz aufgegangen, das Licht umriß den Unbekannten.

Erst nach einigen Augenblicken bemerkte ich den weißgrauen Rauch, der neben dem Unbekannten emporstieg.

Der Mann drehte sich seitlich. In diesem Augenblick erkannte ich ihn.

„Dr. Baldarin!" rief ich und eilte auf ihn zu.

Sonderbar! Wieder stand mir ein Mörder gegenüber. Aber wie völlig anders waren meine Gefühle!

„Endlich!" Es kam müde, erdrückend müde von den Lippen Baldarins. Er schritt schwer um den Tisch und die Klubfauteuils herum, blieb vor der Gestalt am Teppich stehen, schob mit der Spitze seines rechten Fußes den Kopf Bonnettis zur Seite. Das Licht fiel fahl auf das reglose Gesicht. Noch immer stand der Schweiß in vielen Perlen auf der gespenstisch weiß wirkenden Stirn. „Endlich!" wiederholte Baldarin und ließ sich in einen Sessel fallen. Die Waffe legte er, als sei es ein Päckchen Zigaretten oder eine Zeitung, gedankenlos neben sich auf den Tisch.

„Sind Sie sich bewußt, Doktor, was Sie getan haben?" fragte ich, denn die Stille wurde unerträglich. Und schließlich konnte ich, als Kriminalkommissar Lamont, nicht einfach schweigend und untätig einem Mord beiwohnen.

Dr. Baldarin nickte. Es war mir, als läge ein Lächeln in diesem abgehärmten Gesicht. Die Stimme klang völlig anders als damals in Tabatuajara.

„Jetzt ist alles gleichgültig, Monsieur Lamont! Eliana ist tot. Bonnetti ist tot. Und ich lebe auch nur noch scheinbar."

Er verbarg sein Antlitz in seinen Armen. Ich hörte das leichte Schluchzen. Aber bei allem Verständnis mußte ich handeln.

Das Telefon stand in einer Vertiefung der mittleren Bücherreihe. Ich rief in der Wohnung Dr. Pastors an. Er kam sofort an den Apparat. Ich berichtete ihm kurz.

„Bitte, bleiben Sie am Tatort und halten Sie Dr. Baldarin fest! Ich komme sofort! Die Mordkommission werde ich verständigen."

„Nehmen Sie einen Schluck!" drängte ich Dr. Baldarin und reichte ihm ein bis an den Rand gefülltes Glas. „Die Polizei wird sehr bald hier sein. Sie müssen sich zusammennehmen. Sie werden Ihre Nerven brauchen!"

Dr. Baldarin leerte sein Glas bedächtig, schluckweise.

„Für mich hat all das keine Bedeutung, Monsieur Lamont! Und Angst habe ich nicht. Zumindest nicht vor den hiesigen Richtern. Es sind Menschen, die sehr viel Verständnis für das haben, was ich tat. Nur über den anderen Richter mache ich mir Gedanken, Monsieur Lamont! Über den anderen –" Er schwieg.

Ich ging auf und ab.

Was wollte Bonnetti um jeden Preis haben? Beweise! Zumindest einen endgültigen Beweis! Und nun hatte er ihn bekommen. Endgültig!

Dr. Baldarin ahnte wohl nicht, wie viele wahrscheinlich unlösbare Probleme und unüberwindliche Schwierigkeiten er mit seinem Revolver hinweggefegt hatte. Nun gab es keinen „Fall Bonnetti" mehr. Und die Sendungen der INTERIMPEX würden in Paris ordnungsgemäß ankommen. Sofern die Herren einen geeigneten Präsidenten für das Büro in Rio de Janeiro fänden.

Ein Wagen hielt mit knirschenden Reifen vor dem Hauptportal.

Ich blickte zu Dr. Baldarin. Er rauchte. Von Fluchtgefahr konnte wohl keine Rede sein. Ich sah Bonnettis Schlüsselbund, nahm es an mich. Der Chauffeur, den nicht einmal die Detonation der Waffe geweckt hatte, würde kaum die Klingel hören.

Der Straßenkreuzer des Polizeidelegierten schimmerte matt im diffusen Licht der Neonleuchtstäbe der Avenida.

Wir schritten den Kiesweg hinan zum Eingang unter dem Arkadenbogen.

Ich gab meinem Kollegen in knappen Worten einen Bericht über die letzten Stunden.

Wir betraten das Haus.

Dr. Pastor sah sich alles sehr genau an. Er stellte an Dr. Baldarin nur wenige Fragen. In keiner Weise hart, heftig oder auch nur unfreundlich.

Dr. Pastor war seit vielen Jahren Polizeibeamter. Er kannte das Leben. Er wußte viel um die heftigen Triebkräfte emotioneller Motive. Der Brasilianer hat Verständnis für das „Crime passionel" – mehr noch als wir Franzosen.

„Die Mordkommission –", begann ich, doch mein Kollege winkte ab: „Später! Zunächst möchte ich Sie bitten, mir Näheres zu erzählen."

Wir gingen in den großen Raum. Wir konnten Dr. Baldarin gut im Auge behalten.

Ich verschwieg nichts. Dr. Pastor lauschte meinen Ausführungen mit starkem Interesse. Er kargte nicht mit Anerkennung. Doch das mochte vielleicht nur seinem so überaus höflichen Wesen entsprechen... dennoch, weshalb leugnen, es tat mir wohl. Niemand ist frei von kleinen Schwächen...

„Ich habe nur eine einzige Bitte an Sie, mein lieber Kollege", drängte ich, „und erwarte, daß sie Ihr Verständnis finden wird. Ich möchte ganz und gar ungenannt bleiben! Betrachten Sie mich als einen Touristen, der durch eine seltsame Verkettung von Nebensächlichkeiten in den Strudel der Ereignisse gezogen wurde und glücklich ist, ihnen wieder zu entfliehen."

Dr. Pastor überlegte:

„Sie haben entscheidende Verdienste – ich weiß nicht, wie es sich machen ließe, um diese –"

Ich wehrte ab.

„Der Zufall kam mir zu Hilfe – das ist alles! Und mit dem Ende Bonnettis ist der ganze Fall zu Ende. Natürlich wird die Internationale Polizei in Tanger einige Informationen an die FBI geben – wegen Danielli – und diesen und jenen Nebenumstand. Aber damit können die Akten endgültig geschlossen werden. Lassen Sie diese Tragödie hier als das gelten, was sie wirklich ist. Ein unglücklicher Ehemann rächt sich am Verführer . . . Das wäre alles. Der Comtesse de Brécor wird man kaum helfen können, ihr Geld wiederzubekommen – es sei denn, es bliebe etwas aus dem Nachlaß Bonnettis übrig."

Ich stand auf.

Dr. Pastor folgte mir.

„Es geht mir sehr gegen mein Gefühl, aber ich will Ihren Wunsch respektieren." Er reichte mir kräftig die Hand. „Wie lange bleiben Sie noch in Rio?"

„Das hängt nur von den Passagemöglichkeiten ab", lächelte ich. „Wenn die SWISSAIR morgen noch zwei Plätze frei hat –"

„Hoffentlich führt uns das Leben doch noch einmal zusammen!" sagte Dr. Pastor, und seine Worte klangen herzlich und aufrichtig. „Vielleicht besuche ich Sie einmal in Tanger . . ." Er ließ es sich nicht nehmen und bestellte mir selbst ein Taxi.

Langsam schlenderten wir zusammen bis zum Hauptportal. Es war eine herrliche Tropennacht. Das Meer schäumte in kleinen weißen Kämmen, die der Mond wie ein Scheinwerfer aufblitzen ließ.

Noch ein Händedruck beim Einsteigen in das Taxi. Als der Wagen an der nächsten Ecke in die Seitenstraße einbog, sah ich noch für einen Augenblick die schlanke Gestalt Dr. Pastors und die Fassade des Hauses.

Louise merkte mir sofort an, daß Entscheidendes geschehen war. Sie mußte es vorausgeahnt haben, denn sie war nicht nur wach geblieben, sondern hatte eine Flasche französischen Wein nebst zwei Gläsern und etwas salziges Gebäck hübsch auf den Tisch vor dem Fenster gebaut.

Als ich bequem im Sessel saß, schenkte ich mir ein.

„Wann fliegen wir zurück?" fragte sie, als sei es ganz selbstverständlich, daß unser Aufenthalt seinem Ende entgegenging.

„Morgen", lächelte ich, „falls wir Plätze bekommen."

Und dann berichtete ich ihr in ganz kurzen Worten, daß der „Fall" so ziemlich beendet sei.

„Dann können wir wenigstens noch zwei Wochen echte Ferien verbringen!" belehrte sie mich mit besonderer Betonung. „Brasilien hin, Brasilien her! Saint Sauve hat auch seine Reize!"

Es war ein sonderbares Gefühl, morgens bis neun im Bett zu liegen. Schließlich ging ich ans Fenster. Die Sonne glühte. Das Meer war von einem leichten Dunst bedeckt. Der Asphalt, tief unter uns, dampfte. Es war, trotz der Vorsommerzeit, tropische Hitze. Heißes Pflaster – Rio!

Louise begann den Schrank auszuräumen.

„Ich muß noch zum Botschafter!" erklärte ich ihr. „Und vorher werde ich den Portier ersuchen, wegen der Passagen zu telefonieren. Dann ist ja auch noch dies und jenes einzukaufen!"

Jetzt wurde meine Frau hellhörig:

„Einkaufen? Hast du so viel Geld übrig, Lamont?"

Lamont, sagte sie! Das böse Zeichen!

„Es ist nicht eben viel", beschwichtigte ich sie, „aber es langt für eine Schachtel feiner Havannas und für einige Pfund Kaffee."

Ich ließ die Fluggesellschaft anrufen. Wir bekamen zwei Passagen. Die Sekretärin des Botschafters erklärte nach kurzem Warten, ich könne in einer halben Stunde vorbeikommen.

Mit einem Gemeinschaftstaxi fuhr ich zur Praia do Flamengo.

Nach wenigen Minuten wurde ich vom Botschafter empfangen. Er war sichtlich erstaunt über meinen als dringlich angesagten Besuch.

„Nehmen Sie Platz, Kommissar Lamont! Sie finden neben sich Zigarren und Zigaretten, zögern Sie keinesfalls, wenn ein duftender Tabak Ihre Sehnsucht ist ... Sie sehen, auch ich fröne dem Laster schon vormittags, trotz aller weisen Ratschläge meines Arztes."

Ehe er mir Feuer reichen konnte, bediente ich mich selbst. Die kleine Pause war mir sehr willkommen. Ich fühlte mich unbehaglich. Was ich zu berichten wußte, war peinlich. Besonders peinlich gegenüber einem Botschafter. Dennoch, es ließ sich nicht weiter hinauszögern.

„Exzellenz", begann ich, zögernd, wie mir schien, „ich würde Sie nicht um eine Audienz gebeten haben, wenn es nicht zwingende Umstände erforderten!"

Comte de Lancelle sah mich ermunternd an.

„Es handelt sich um jene etwas mysteriösen Vorkommnisse bei der Gesellschaft des Herrn Präsidenten Bonnetti? Sind Sie vorangekommen? Bei dem Ruf, der Ihnen vorangeht, würde mich das nicht wundern –"

„Herr Botschafter", sagte ich sehr bedächtig, „meine bescheidenen Erfolge in der Angelegenheit der INTERIMPEX haben leider zu sehr wenig erfreulichen Ergebnissen geführt. Ich konnte den Fall lösen, aber –"

„Sie sprechen ja ungemein vorsichtig, mein lieber Kommissar!" stellte der Diplomat fest, als wollte er mir weiterhelfen. „Es ist selbstverständlich, daß Sie zu mir ganz offen reden dürfen. Was in diesen vier Wänden erörtert wird, bleibt geheim."

„Ich danke Ihnen, Exzellenz!" erwiderte ich mit einer leichten Verbeugung. „Zunächst muß ich Ihnen die Mitteilung machen, daß Monsieur Bonnetti nicht mehr unter den Lebenden weilt –"

„Nicht mehr –" Er blickte mich ungläubig an. „Bonnetti ist tot?" Der Botschafter stand auf, ging um den Schreibtisch herum, setzte sich auf den hohen Lehnstuhl schräg mir gegenüber.

„Vielleicht klingt es gefühllos, Exzellenz", sagte ich gemessen, „aber es ist so am besten! Es wäre sonst eine bittere Enttäuschung für Sie gewesen!"

„Ich möchte klarstellen, daß ich mit Bonnetti keineswegs befreundet war. Was ich unter Freundschaft verstehe, bezieht sich nur auf einen äußerst engen und ungemein selektionierten Kreis... Monsieur Bonnetti war ein Bekannter von mir, wie viele Herren der französischen Kolonie, die eine gewisse gesellschaftliche und geschäftliche Position einnehmen, den maßgebenden Klubs angehören, der Wohltätigkeit ihren Tribut zollen..." Er machte eine Pause. „Unter den Mitgliedern des Aufsichtsrates der INTER-IMPEX in Paris kenne ich allerdings den einen und anderen Herrn seit vielen Jahren, und es sollte mich sehr –"

Ich unterbrach den Botschafter, behutsam, doch vorsorglich:

„Es handelt sich nur um Monsieur Bonnetti. Und um es kurz zu machen, Exzellenz, die Eingriffe in die kostbaren Sendungen der Firma wurden von ihm selbst vorgenommen."

„Unvorstellbar!" hörte ich den Botschafter vor sich hin flüstern. „Unvorstellbar! Ein Mann in dieser Stellung, mit diesem Vermögen –"

Ich schüttelte den Kopf.

„Man darf den Schein nicht immer für die vielfach ganz anders gelagerte Wirklichkeit nehmen, Exzellenz! Natürlich haben wir in solchen Dingen den Vorteil der Erfahrungen langer Jahre. Wir sehen manche scheinbaren ‚Größen' von ihrem Piedestal stürzen. Aber Bonnetti wurde nicht nur durch maßlose Verschwendungssucht auf den Weg des Verbrechens geführt. Nicht nur durch sehr kostspielige und auch recht aufreibende Frauengeschichten. Offenbar ging alles auf weit tiefer liegende Ursprünge zurück. Ich möchte Sie nicht mit weiteren Einzelheiten beschweren, Herr Botschafter. Sie müssen mein Wort als ausreichenden Beweis hinnehmen. Bonnetti hat weit schwerere Schuld auf sich geladen als Diebstahl oder Unterschlagungen. Es deutet vieles darauf hin, daß er in sehr nahem Kontakt zu recht wenig empfehlenswerten Kreisen der amerikanischen Unterwelt italienischer Abstammung stand. Doch – de mortuis nil nisi bene ... Er hat gesühnt. Ich habe meine Mission, Herr Botschafter, die mir durch Ihr Vertrauen zuteil geworden war, beendet. Die Herren in Paris können ruhig schlafen. Die Sendungen –"

„Ich muß Ihnen gestehen, mein lieber Kommissar, daß ich von irgendwelchen Sendungen nichts weiß", unterbrach mich Comte de Lancelle.

„Es ist auch unbedeutend, Exzellenz!" bog ich das Gespräch ab. „Es gab bestimmte Dinge, die bereinigt werden sollten. Das ist geschehen. Allerdings führten diese heute als nebensächlich erscheinenden Vorkommnisse zu weit bedeutsameren Folgen. Ich will versuchen, der Aufklärung zu dienen –"

„Ich darf doch hoffen, daß es Ihrem Takt und Ihrer Geschicklichkeit gelingen wird, jede Gefahr eines öffentlichen Skandals abzuwenden?" betonte der Botschafter eindringlich. „Sie wissen, daß ich mich nur an Sie gewandt hatte, weil Monsieur Bonnetti auf die bedeutenden nationalen Interessen hinwies, die auf dem Spiele standen ... ohne diesen Gesichtspunkt zu akzeptieren, würde ich niemals interveniert haben –"

„Exzellenz", erklärte ich überzeugend und beruhigend, „es ist alles geschehen, um den Fall ganz und gar abzuschirmen."

„Ich danke Ihnen, Kommissar Lamont!" sagte Comte de Lancelle. Er erhob sich. Ich folgte seinem Beispiel.

Der Botschafter reichte mir die Hand. Er fragte zögernd:

„Woran ist Monsieur Bonnetti gestorben?"

Ich überlegte. Schließlich wurde mir klar, daß es ja doch in den Zeitungen stehen würde. Ich sagte leise:

„Bonnetti wurde erschossen. Ein Eifersuchtsdrama –"

Ein prächtiges Abschiedsessen erwartete uns. Anschließend baten uns die Mathys zum Mokka. Mit einem edlen dreisternigen „Fine".

„Rio ist eine herrliche Stadt – nicht?" fragte der Hotelier und wischte sich einen wohl gar nicht vorhandenen Faden von dem untadelhaften und scharf gebügelten Albene-Anzug. „Ich meine – für Touristen!"

„Ja – herrlich!" gab ich bereitwillig zur Antwort.

„Was sagen Sie übrigens zu unserem armen Freund Bonnetti?" fragte Herr Mathys teilnehmend.

Ich blickte ihn verständnislos an. „Woher wissen Sie –"

Er unterbrach mich:

„Lesen Sie keine Zeitungen?" Er tippte sich an die Stirn. „Verzeihen Sie, Monsieur Lamont, ich vergaß, daß Sie nicht Portugiesisch können." Er griff zum Lesetisch, nahm eine Zeitung zur Hand. O GLOBO. Mathys las laut vor: „Großindustrieller Opfer der Unvorsichtigkeit". Das war der zweispaltige Titel des Berichtes. Darin hieß es, daß der bekannte Finanzmann Jules Antoine Bonnetti, ein beliebtes Mitglied der Gesellschaft, beim Säubern seines Revolvers sich selbst erschossen habe. Die Waffe sei, aus bisher unbekannter Ursache, losgegangen und habe Bonnetti mitten ins Herz getroffen.

Louise sah mich prüfend an.

Ich wollte eben eine Antwort versuchen, als eine hochgewachsene Gestalt durch die Halle kam und sich unserem Tisch näherte.

Ich erkannte, gegen das Licht gewandt, den Polizeidelegierten Dr. Pastor erst, als er dicht bei uns angekommen war.

„Ich hörte, Monsieur Lamont, daß Sie mit der SWISSAIR fliegen. Es schien mir eine selbstverständliche Pflicht, Sie nach dem Flughafen zu begleiten!"

Wir saßen noch eine kurze Weile beisammen, sprachen über verschiedene Nichtigkeiten, das Wetter, die Preise, die Weltpolitik – und anderen Unsinn. Kurz vor drei nahmen wir in Dr. Pastors Wagen Platz. Ich fühlte mich richtig unbehaglich, und auch Louise fand sich nicht zurecht. Ich dachte an Tanger, an das alte Haus Nummer 11 der Rue d'Angleterre, den Sitz der Internationalen Polizei, sah beinahe greifbar vor mir unseren Dienstwagen, diesen ausgedienten Citroen mit den zurechtgehämmerten Beulen und der glänzenden Firnisfarbe an den Stellen, wo das Blech repariert worden war...

Dank meines Kollegen gab es keinerlei langwierige Formalitäten. Es schien keine Flughafenpolizei zu geben und keinen Zoll. Während alle anderen Passagiere geduldig ausharren mußten, bis sich die Sperre öffnete, geleitete uns Dr. Pastor durch einen Nebenausgang zur Maschine. Wir betraten sie als erste.

Dr. Pastor ließ es sich nicht nehmen, uns bis an unsere Plätze zu geleiten.

Mein Kollege verabschiedete sich umständlich von Louise, küßte ihr galant die Hand und gab mir einen echten brasilianischen „Abraço", was wir bei uns eine Accolade nennen.

Bis jetzt hatte ich an mich gehalten. Aber nun ging es einfach nicht weiter. Ich folgte Dr. Pastor bis zum Ausgang der Maschine. Als er schon die oberste Stufe der Lauftreppe betrat, fragte ich:

„Haben Sie eigentlich die Zeitungen gelesen? Besonders den O GLOBO?..."

Er winkte mir zu: „Aber gewiß!"

„Die Nachricht über den Unfall Bonnettis?" wollte ich genau wissen.

„Richtig!" Er lächelte einen Augenblick und sagte, schon im Abwärtsgehen: „So unvorsichtig! Wie kann man nur eine scharf geladene Waffe..." Der Rest seiner Worte verklang im Lärmen der nahenden Passagiere.

Wenige Minuten später schnallten wir uns fest. Die Motoren wärmten an. Die Maschine glitt langsam zur Startbahn. Dann erhob sie sich, sanft und mächtig.

Unten lag Rio. Die Stimme im Lautsprecher begann ihre Erzählung.

Ich blickte in die Tiefe.

Die unvorstellbar schöne Bucht! Die Berge! Die Inseln!

Die Gestalt des Erlösers auf dem Berge Corcovado...

Plötzlich starrte ich Louise an.

„Was hast du denn?" fragte sie beängstigt und besorgt.

Ich haßte mich in diesem Augenblick:

„Die Zigarren!... Der Kaffee!... Ich vergaß –"

Sie winkte ab, öffnete die blaue Reisetasche, deutete auf zwei imponierende Holzschachteln mit dem geschwungenen Namensschild „Sucrdicck – Bahia" und drei Päckchen, deren sofort sich verbreitender Duft den Inhalt verriet.

Ich drückte ihre Hand, lehnte mich tief zurück, schloß die Augen.

Geschrieben vom November 1957 bis März 1958: Hotel Velasques | Tanger – Hotel Jaraguá | São Paulo – Fazenda Santa Maria | Estado de Goiaz – Tamanaco | Caracas – Nacional | La Havanna – Axelmanstein | Bad Reichenhall

Lautlos wie sein Schatten

Einführung

Strafrecht und Strafprozeßordnung in den USA sind von den kontinentaleuropäischen grundlegend verschieden.

Entsprechend ist die Polizeiorganisation anders gegliedert als im alten Kontinent. Die Polizei hat andere Befugnisse, andere Kompetenzen, andere Arbeitsmethoden.

Welche die besseren oder wirksameren sind, steht hier nicht zur Diskussion. Es kommt nur darauf an, die Unterschiedlichkeit festzustellen, um das Gesamtgeschehen des Romans, der ein Tatsachenbericht sein könnte, klarzulegen.

Der höhere amerikanische Kriminalbeamte ist seiner Rangbezeichnung nach: Offizier, Leutnant, Captain. Seine Befugnisse sind erheblich größer als die seines deutschen Kollegen. Da er vielfach – und ganz besonders in New York – einem organisierten Berufsverbrechertum gegenübersteht, wie es Europa nirgends hervorgebracht hat, sind für ihn völlig andere Gesichtspunkte maßgebend, und er hat im Rahmen eines vom hiesigen gänzlich abweichenden Systems zu handeln.

Die Polizei der großen Metropole Amerikas muß im selben Maße härter und schonungsloser arbeiten, als die amerikanischen Verbrecher hemmungsloser und rücksichtsloser vorgehen. Dennoch bietet das amerikanische Recht mit dem „Habeas Corpus" das Recht des Menschen auf seinen Körper, also auf dessen Freiheit, selbst schweren Kriminellen Auswege, die für die Fahndungsbehörden schwere Benachteiligungen bedeuten. Spezialisierte Anwälte – sie sitzen im Zuschauerraum der Polizeigerichte – warten auf Klienten, vom Verkehrssünder bis zum Verbrecher, und nützen die unwahrscheinlichsten Gesetzeslücken aus, um zunächst einmal den Festgenommenen freizubekommen. Sei es durch einen „Habeas Corpus" oder gegen Kaution. Für die „Klienten", die kein Geld haben, aber erfolgreich als Kriminelle bekannt sind, bringen „Kautionsgesellschaften" die notwendigen Mittel für den „Bail" auf.

Von entscheidender Bedeutung für die polizeilichen Nachforschungen ist die Qualifizierung des Delikts. Die Bundesstaaten sind eifrig bemüht, ihre eigenstaatlichen Kompetenzen zu wahren. In deren engerem Rahmen sieht jeder Sheriff darauf, daß der „ihm gehörende" Fall nicht etwa von einem Konkurrenz-Sheriff der Nachbargemeinde weggeschnappt wird. Es gab mehr als einmal solche Kompetenzkonflikte, wenn eine Tat genau an der Grenzlinie zweier Gerichtsbarkeitsgebiete geschah. Unlösbar wird das Problem, wenn – auch das geschah – ein Ermordeter mit dem Oberkörper auf dem Gebiet der Zuständigkeit des einen Sheriffs, mit den unteren Extremitäten auf jenem des anderen lag.

Das Bild verändert sich beim Vorliegen einer „Federal Offense". In diesen Fällen ist nicht der einzelne Bundesstaat, sondern der Staatenbund kompetent.

Entführung, Vergewaltigung, die von einem Bundesstaat in den anderen übergreift, Steuerhinterziehung, Rauschgift, Kidnapping, worauf seit der Lex Lindbergh die Todesstrafe steht, Verbrechen gegen die Sicherheit der Vereinigten Staaten, Münzfälschung im weitesten Sinne: bei diesen Verbrechen tritt die FBI in Aktion und die anderen „Federal Agents". Allerdings wird bei konkurrierenden Verbrechen der lokale Polizeioffizier gern versuchen, zuerst seine eigenen Lorbeeren bei dem seiner Kompetenz zustehenden Delikt sich zu holen und erst nachher den Bundesagenten das Feld räumen.

Die Durchsuchung einer Wohnung darf die Polizei nur auf Grund eines richterlichen „Search-Warrant" – einer Durchsuchungserlaubnis – vornehmen. Hielte sie sich immer an dieses Gebot, verlöre sie oft entscheidende und unersetzliche Beweismittel. Also setzt die Selbsthilfe ein. Natürlich kann der Wohnungsinhaber später protestieren, Klage erheben, Schadenersatz verlangen. Da die Polizei aber eigenmächtig nur in „sicheren" Fällen vorgeht, kommt es nur selten zu Weiterungen. Das ohne Durchsuchungsbefehl von ihr gefundene Beweisstück, mit dem sie einen Mörder überführt, macht zwar die sogenannte Willkür nicht ungeschehen, dient aber der Justiz. Verbrecher rauben und morden auch ohne richterliche Autorisation . . .

Im Gegensatz zum deutschen Recht braucht der Festgenommene, der Angeschuldigte wie der Angeklagte, nur im Beisein seines Strafverteidigers auszusagen. Er hat das Recht, sich mit dem Anwalt unter vier Augen zu beraten. Das heißt, er kann schon seine erste rein polizeiliche Aussage auf Grund der Rechtsbelehrung machen, die ihm der Jurist seines Vertrauens erteilt hat. Nun kann der Angeklagte auch nach deutschem Recht die Aussage verweigern. Aber er besitzt kein Recht, schon vom Anlauf der polizeilichen Untersuchung an, den Rat eines Verteidigers in Anspruch zu nehmen. Der Unterschied zugunsten des Angeschuldigten in den USA ist augenfällig. Dieses Recht auf Rechtsbelehrung und Beratung vom Beginn der Ermittlungen an kennt jeder Bürger in den Staaten – mag er Bankpräsident sein oder Hafendieb. Die Polizei wird also versuchen, aus dem Festgenommenen unter der Einwirkung eines ersten „Schocks" soviel wie möglich „herauszupumpen". Ist erst einmal der „Attorney" anwesend, der „Counselor", wie er vom Richter angeredet zu werden pflegt, so verwandelt sich jeder Beschuldigte in einen Schweiger.

Die Polizei ist oft gezwungen, eigene Wege zu gehen, weil das Gesetz den Gesetzesbrecher mehr schont als den Gesetzeshüter. So zapft sie die Telefonleitungen Verdächtiger an. Es verstößt gegen das Gesetz. Die durch solche illegalen Maßnahmen erhaltenen Beweismittel können vor Gericht nicht verwendet werden. Das Abspielen auf Band aufgenommener Gespräche aus angezapften Leitungen lehnte das Oberste Gericht sogar in einem für die USA vom Standpunkt der nationalen Verteidigung hochwichtigen Spionageprozeß ab. Das immanente Recht steht eben über jeder anderen Erwägung – und man wird das mit Ehrfurcht vor diesen hohen Richtern anerkennen. Aber wenn auch ein illegal überhörtes Telefongespräch kein Beweismittel vor Gericht bildet, so kann es sehr zur Festnahme eines Flüchtigen dienen oder mittelbar so bedeutsame Hinweise geben, daß Verbrecher überführt werden können. Nicht durch das bei der Verhandlung unzulässige Tonband, sondern als Folge der aus dem überhörten Gespräch gewonnenen Kenntnisse. Auch für diese Sparte gilt dasselbe wie für die richterlich nicht vorher genehmigten Haussuchungen: Der Erfolg legitimiert das Überschreiten starrer Vorschriften.

Die New Yorker Polizei heißt „Police Department". (Das „Department of Investigation" hat nichts mit ihr zu tun. Diese Dienststelle „investigiert" – untersucht – nicht Verbrechen, sondern prüft und überprüft städtische Behörden, Arbeitsmethoden und Organisationsfragen.)

Das „Police Department" zählt sechsundzwanzigtausend Polizeibeamte. Hauptsitz: 240 Center Street, New York 13, Phone: CA 62000. Oberster Leiter der Behörde ist der „Commissioner of Police". Dieses Amt bekleidet derzeit Stephen P. Kennedy. Er kam den Weg von unten herauf und gilt als einer der vorzüglichsten hohen Polizeibeamten Amerikas.

Aufgabe des „Police Department" ist die „Wahrung von Ordnung" im weitesten Sinne und die Aufgabe, „dem Recht Geltung zu verschaffen". Abgesehen von den Haupt-Departments, die sich mit Kriminaldelikten, jugendlichen Delinquenten, Verkehr, Gesundheitswesen und Hygiene, allgemeiner Verwaltung und Gerichtssachen befassen, gehören zur Polizei ein Kriminal-Technisches Untersuchungs-Laboratorium – „Technical Research Laboratory" –, das „Medical and Surgical Bureau", das Amt des „Chief Medical Examiner" mit einem Chef und mehreren Assistenten, das in jeder Untersuchung eines verdächtigen oder gewaltsamen Todesfalles eingeschaltet wird, das „Engeneering Bureau", die „Transit System Police", die „Communications Division", das „Bureau of Planning and Coordination", die verschiedenen „Licensing Bureaus" und andere Abteilungen. Die über das ganze Gebiet von New York verteilten „Divisionen" sind in „Precincts" unterteilt, die ungefähr großen Polizeirevieren entsprechen. Sie werden von einem „Captain" geleitet. Die Polizisten machen in drei Schichten Dienst: von acht bis sechzehn Uhr, von sechzehn bis vierundzwanzig und von vierundzwanzig bis acht. Mobile Streifen sind durch das Funk-Ruf-System jederzeit verfügbar. Spezialdetektive, motorisierte Hilfsbeamte, Sonderstreifen und Spezial „Squads" ergänzen den Tag- und Nachtapparat.

Besonders stark ausgebaut sind die „5th Avenue Squad", die „Pick Pocket Squad", die auf Taschendiebe ausgerichtet ist, die „Safe and loft Squad", die „Forgery Squad" und andere Sonderabteilungen.

Die Stadt New York honoriert ihre Polizeikräfte, dem sehr schweren Dienst entsprechend, gut. Der Commissioner bezieht jährlich fünfundzwanzigtausend Dollars, der Chef des Verkehrsdezernats zwanzigtausend, der Chief Medical Examiner fünfzehntausend Dollars.

Die Statistiken zeigen, daß New York relativ und absolut mit an der Spitze der verbrechensreichsten Metropolen der Welt steht. 1958 wurden rund dreihunderttausend Verbrechen und Vergehen registriert. Da die Zuwachsrate in ganz Amerika stark im Anschwellen ist – John Edgar Hoover, der großartige Chef der FBI, bezeichnete im September 1959 diese Erscheinung als „eine nationale Gefahr" –, dürfte New York bald mit tausend Verbrechen und Vergehen pro Tag zu rechnen haben. Selbst bei über acht Millionen Einwohnern erschreckend, zumal die polizeilich erfaßten Gesetzesübertretungen erheblich unter der Zahl der de facto begangenen bleiben.

Das erstaunlichste ist die Belastungsfähigkeit der New Yorker Polizei. Einem ans Vollendete grenzenden technisch-wissenschaftlichen Apparat paßt sich ganz besonders in den Reihen der Kriminalpolizei ein Menschenmaterial von ebenso hohen Qualitäten an.

März 1959 Frank Arnau
Gotham Hotel
5th Avenue, New York

Die Handlung sowie sämtliche Namen der handelnden Personen, Firmen und so weiter sind frei erfunden, wiewohl sie ebensogut einem konkreten Tatsachenbericht entstammen könnten ... Irgendwelche auch nur entfernten Ähnlichkeiten mit wirklichen Geschehnissen, Personen, Firmen und so weiter wären reiner und ungewollter Zufall.

Der unbekannte Besucher

Das „Savannah", ein Apartment-Haus in der oberen Westend Avenue in der Höhe des Central Park, wies nur sechzehn Stockwerke und ebenso viele Mieter auf. Mehrere Konstruktionsfirmen hatten dem Besitzer verlockende Kaufangebote unterbreitet, um an Stelle des Gebäudes aus den zwanziger Jahren ein modernes Hochhaus mit vierzig oder mehr Etagen zu errichten. Doch der Eigentümer, Donald Mac Keenley, war an diesen Projekten völlig uninteressiert. Er lebte in Texas, förderte Öl und galt als einer der reichsten Männer der Staaten. Die Frage nach der Höhe seines Vermögens beantwortete er mit der Feststellung:

„Solange man sein Geld zählen kann, ist man nicht reich!"

Er wußte von seinen Mietern im „Savannah" ebensowenig wie von denjenigen seiner neununddreißig weiteren Häuser in New York oder den vielen weiteren in Chikago, Los Angeles, Detroit und Boston. Eine eigene „Corporation" befaßte sich mit diesem Bruchteil des Mac Keenleyschen Vermögens.

Abgesehen davon, daß der „Tycoon" des Öls Amerikas grundsätzlich keine Zeitungen las, sondern nur die für ihn mit großer Sorgfalt und Sachkenntnis von einem vierzigköpfigen Pressekomitee streng gesiebten Ausschnitte durchflog, hätte er die Meldung über einen Vorfall im „Savannah" auch deshalb nicht beachtet, weil ihm dieser Name gar nichts sagte. Wer seine Häuser zählen und sich ihre Namen merken konnte, besaß eben nicht genügend viele.

Die ersten Ausgaben der New Yorker Zeitungen am 11. Mai veröffentlichten auch nur eine kurze Notiz über das Ereignis im „Savannah". Es war zu einer denkbar ungünstigen Zeit bekannt geworden, knapp vor Schluß der Seite mit den neuesten Informationen, als die Re-writer am City Desk nur in gedrängtester Form die von den Reportern hereintelefonierten Meldungen verarbeiteten. Überdies lag das Schwergewicht der ersten Montagausgabe im Sportteil.

In wenigen Zeilen erfuhren die Leser, daß im elften Stockwerk de

„Savannah" ein Toter aufgefunden worden war. Die Polizei sei bereits mit den ersten Nachforschungen beschäftigt.

Dies lag der Meldung zugrunde:

James W. P. Baldon, Präsident der „Bellamy Whisky Inc.", ein Schotte, Junggeselle und methodischer Klubgänger, war nach einem zu Ehren des Golfsiegers seines Klubs veranstalteten Festabend um zwei Uhr morgens nach Hause gefahren. Der Nachtportier des „Savannah" half dem nicht mehr ganz gangfesten Herrn in den Elevator, drückte den Knopf der elften Etage und machte es sich wieder in seinem Käfig bequem.

Wenige Minuten später leuchtete das rote Licht des Alarmsignals auf.

Duke Potter eilte trotz seiner zweihundert Pfund mit wenigen Sätzen durch die mattbeleuchtete Halle. Der Aufzug kam gerade wieder herab. James W. P. Baldon versuchte, die beiden Flügel der automatischen Tür auseinanderzudrücken, noch bevor sie sich öffnete. Er zwängte sich hindurch. Sein grauer, steifer Hut, eine in engen Grenzen modernisierte Derbyform, war ihm in den Nacken gerutscht:

„In diesem Land ist der Teufel am Werk!" keuchte er verdrossen. Selbst nach vierzigjährigem Aufenthalt in den Staaten hielt er Schottland für das einzige wohlgesittete Land, allenfalls nach Teilen des Vereinigten Königreichs, wiewohl er nach dem Verlust Indiens seine Absicht über England geändert hatte.

„Mister Baldon", versuchte Duke Potter den alten Herrn zu beruhigen und gab sich alle Mühe, ein dem Schotten verständliches Englisch zu sprechen, so wenig es ihm in der Grundschule in Alabama und später in Harlem beigebracht worden war, „Sie haben den Schlüssel vergessen – wie vorige Woche – aber..."

Der Mieter hielt dem Mann seine Hand vor das Gesicht:

„Hier! Nicht der Schlüssel hindert mich, meine Wohnung zu betreten, sondern der Kerl am Fußboden! Er liegt genau vor der Wohnungstür!"

„Ein Mann –?" fragte Potter ungläubig. „Kennen Sie ihn? Ist er betrunken? Was sagt er?"

„Er gab mir auf keine Frage eine Antwort und blieb liegen, wo er lag. Da ich keinen Schlüssel zum Service-Eingang habe, konnte ich diesen Umweg nicht einschlagen. Es ist mir aber gar nicht willkommen, über einen fremden Menschen zu schreiten, um in meine Räume zu gelangen. Sie müssen mit hinaufkommen und ihn aus dem Weg räumen." Er trat in den Elevator zurück: „Wo sonst auf der Welt gibt es solche Überraschungen? Meine verewigten Eltern lebten achtzig Jahre in Edinburgh, und es ist mir nichts davon bekannt, daß jemals ein Fremder vor ihrer Tür gelegen hätte!"

Am elften Stock bedeutete Baldon dem Neger, vorauszugehen.
Potter kam dem Wunsch ungern, doch pflichtgemäß nach.
Er blickte sich um.
Über den ausgelegten Fußboden des Vorplatzes zog sich ein roter Läufer. In dessen Mitte, die Füße zur Eingangstür, den Körper gegen die Längswand gerichtet, lag ein Mann. Er trug einen grauen Raglan, dunkle Beinkleider waren sichtbar, gelbe Halbschuhe. Aus der Seitentasche des Mantels ragte eine etwas zerknitterte Zeitung. Der tief in die Stirn gedrückte Schlapphut verdeckte das Gesicht.
Potter sagte gedämpft:
„He, Mister! Aufstehen!" Als die Gestalt sich nicht rührte, wiederholte der Neger seine Aufforderung mit größerem Stimmaufwand. Schließlich beugte er sich zu dem Liegenden nieder, legte die Hand auf die linke Schulter und drehte ihn zur Seite.
Das Gesicht kam in den Schein der Deckenbeleuchtung.
Es war das Antlitz eines jungen Menschen. Er mochte vielleicht fünfundzwanzig Jahre alt sein. Die Augen blickten erstaunt ins Leere.
Potter stieß einen kurzen heiseren Schrei aus. Er deutete auf die Brust des Mannes.
Unterhab der kleinen Fliege, die er trug, schien eine Krawatte zu hängen. Sie war dunkelrot, schmal und glänzte. Sie endete in einem spiegelnden Fleck auf der Weste.
„Ermordet! Erschossen!" schrie Potter. „Mister Baldon bleiben hier, und ich verständige die Polizei!"
„Sind Sie wahnsinnig geworden!" protestierte der Schotte. „Ich bin kein Totenwächter. Rufen Sie die Polizei, das ist sehr in Ordnung, obwohl ich wenig von ihr halte. Aber ich komme mit!"
„Polizei wird sehr böse sein, Mister Baldon!" jammerte Potter. „Ich weiß, daß man nichts anrühren darf. Wer weiß, es kann jemand vorbeikommen, vielleicht der Mörder –"
„Und deshalb soll ich hierbleiben?" Baldon ergriff die Uniformaufschläge des Negers. „Nein! Ich rufe die Polizei an! Sie bleiben hier! Das ist Ihre Aufgabe!" Er betrat bereits den Fahrstuhl, drückte auf den Knopf „Basement".
Auf dem Schild neben dem Telefon waren die „Emergency"-Anschlüsse vermerkt. Er wählte die Mordkommission Nummer SP-73100, begann den Tatbestand zu erzählen, wurde weiterverbunden, begann von neuem Diesmal war er an der richtigen Stelle.
Homicide Squad, Headquarters, New York Police, 240 Center Street

„Rühren Sie nichts an! Verändern Sie nicht die Lage des Toten! Wir sind in zehn Minuten dort. Sorgen Sie, daß die Haustür offen ist!"

Baldon beschloß, in der Halle zu warten. Er ging langsam auf und ab, rauchte eine seiner gewohnten „Henry Clay Medium" und gewann so allmählich sein seelisches Gleichgewicht wieder. Die Verbrechen im allgemeinen und die Morde im besonderen entbehrten längst jeder Sensationskraft. Man las sie wie alle anderen alltäglichen Nachrichten, Schiebungen und Rugbyspiele, ergebnislose Verhöre der Senatskommissionen zur Abwehr des organisierten Verbrechertums, Empfänge fremder Staatsoberhäupter und heimischer Filmstars.

Das Heulen der Polizeisirenen drang durch die dicken Scheiben der bronzegerahmten Frontfenster und des reichverzierten Hauptportals.

Baldon klopfte ganz mechanisch die silbergraue Asche von seiner Zigarre, eilte schnellen Schrittes, aber doch würdig und ohne seine Haltung zu verlieren, zur Tür und öffnete.

Draußen standen drei Autos mit laufenden Motoren.

Eilig entstiegen ihnen Beamte in Zivil und Uniformierte.

Vier Männer überschritten die Schwelle fast gleichzeitig.

„Mister Baldon?" fragte eine klare, eindringliche und kühle Stimme.

„Ganz recht, das bin ich", erwiderte der Schotte, „ich ließ den Portier oben mit dem toten Gentleman, damit nichts angerührt wird – ich dachte, es sei besser, wenn ich Ihnen hier öffne und Sie gleich hinaufgeleite –"

„Danke! Ich bin Oberinspektor Brewer von der Mordkommission, hier Polizeiarzt Dr. Kennedy. Detektiv Gatsky, Detektiv Lowett. Die anderen Herren sind vom Kriminologischen Laboratorium, dem Erkennungsdienst und der Morgue. Das ist die Endstation, Mister Baldon, in der 29th Streeth –" Er blickte um sich, als zähle er seine Getreuen, die sich in der Halle sammelten. „Weiß außer Ihnen und dem Portier jemand von dem Vorfall? Ich meine – ist, seitdem Sie den Toten entdeckten, jemand nach Hause gekommen oder hat jemand das Haus verlassen?"

„Das ist ausgeschlossen! Ich ließ den Fahrstuhl nicht aus den Augen, hielt mich in der Halle auf!" antwortete Baldon.

„Sie sagten – ausgeschlossen? Bitte, seien Sie mit Ihren Äußerungen und Angaben vorsichtiger!" belehrte der Oberinspektor. „Während Sie mit dem Portier im elften Stock weilten, konnte über das Treppenhaus, wer immer wollte, zumindest jede Wohnung vom ersten bis einschließlich dem zehnten Stock erreichen oder verlassen – oder beides."

„Aber", wandte der etwas gekränkte Präsident der „Bellamy" ein, „es ist doch klar –"

„Nichts ist in einem Mordfall klar, Mister Baldon!" stellte Brewer fest, „bis auf das, was uns der Täter freundlicherweise zeigt. Leider legen die Mörder kein besonderes Gewicht darauf, uns aufzuklären. Deshalb müssen wir es selbst tun oder zumindest versuchen. Dazu gehört größte Genauigkeit. Ich wies Sie nur deshalb auf die Unzuverlässigkeit Ihrer Behauptung hin, damit Sie meine späteren Fragen gewissenhafter beantworten. Seien Sie mir deshalb nicht böse!"

Er winkte seinem Stabe und folgte dem wortlos zum Aufzug schreitenden Baldon.

„Wer soll außer uns gleich mit Ihnen hinauffahren?" fragte Detektiv Gatsky.

„Doc Kennedy, Sie und Lowett. Wenn auch alle Fußabdrücke durch Mister Baldon und den Portier fast sicher verwischt wurden, so wollen wir doch nicht auch noch eventuelle Reste zerstören!" ordnete Brewer an. „Vielleicht sind einige Spuren erhalten geblieben – trotz des Umhertrampelns. Sobald der Tatort besichtigt ist, holt Lowett die anderen. Weiterhin sollen sofort alle übrigen Ein- und Ausgänge festgestellt werden. Alle sind zu besetzen! Rigoros! Niemand verläßt das Gebäude, und wer es betreten will, ist zunächst festzuhalten."

„Und ich?" fragte Baldon erstaunt und gekränkt.

„Bitte, warten Sie bei den Herren hier, das kann für Sie eine interessante Unterhaltung werden!" Er betrachtete die Zigarre in der Hand des Präsidenten, witterte: „Bei einer so vorzüglichen Marke vergeht die Zeit erstaunlich schnell!"

Der Oberinspektor fuhr mit Doc Kennedy, Gatsky und Lowell in den elften Stock. Sie betraten den Vorplatz behutsam, wiewohl auf den ersten Blick keine Spuren auf dem Teppich zu sehen waren. Die beiden Detektive blieben ganz dicht seitlich beim Fahrstuhl, und nur Brewer und Doc Kennedy näherten sich auf Fußspitzen der regungslosen Gestalt am Boden.

Der Polizeiarzt tastete sie mit den Händen ab, ohne an der Lage etwas zu ändern:

„Zweifellos tot!" Er öffnete Weste und Hemd, betrachtete die Wunde: „Schuß aus einiger Entfernung. Selbstmord ausgeschlossen." Er zwängte ein Thermometer in die Achselhöhle des Toten, preßte den Arm darauf, verfolgte den Sekundenzeiger seiner Armbanduhr. Nach einer Weile las er die Temperatur ab: „Noch 30,3 Grad. Und es ist jetzt genau zwei Uhr sechzehn." Er machte sich in ein kleines Büchlein Notizen und fügte erklärend hinzu: „Ein Körper beginnt mit dem Eintritt des Todes abzukühlen. Der wärmespendende Kreislauf steht still. Allerdings sinkt die

Wärme keineswegs nach einem bestimmten Rhythmus ab. In einem warmen Raum bleibt der Leichnam viel länger warm, als wenn ihn Kälte umgibt. Aber in dieser Umgebung hier läßt der Grad der eingetretenen Abkühlung zumindest annähernde Rückschlüsse auf den Zeitpunkt zu, in dem der Tod eintrat. Ich halte es für wahrscheinlich, daß er nicht weniger als eine Stunde und nicht mehr als drei zurückliegt. Der Mann dürfte zwischen einer Stunde vor und einer Stunde nach Mitternacht ums Leben gekommen sein. Vielleicht liefert uns der Mageninhalt weitere Aufschlüsse. Verschiedene Speisen haben stark voneinander abweichende Verdauungszeiten. Aus dem Grad der chemischen Zersetzung können sich nützliche Hinweise ableiten lassen."

Brewer, der ähnliche wissenschaftliche Vorträge Doc Kennedys auswendig kannte, atmete auf:

„Fertig? Gott sei Dank! Sie machen mich mit Ihren Ausführungen immer nervös. Dabei komme ich nie hinter Ihre Geheimnisse. Weshalb können Sie mir keine genaueren Angaben machen? Drei Stunden Spielraum sind viel – besonders, wenn es sich um Alibifragen handelt!"

„Bedaure sehr", wehrte Dr. Kennedy ab, „aber es gibt eben nur eine annähernde Bestimmung. Nicht nur die Temperatur der Umgebung beeinflußt die Auskühlung. Auch das Alter spielt eine Rolle. Dann verliert ein schlanker Mensch viel schneller an Temperatur als ein beleibter, dessen Fett konservierend wirkt. Es gibt zwar Tabellen mit Durchschnittswerten für alle Eventualitäten, doch ihr Wert ist umstritten. Ich hoffe, daß Sie zufrieden sind. Sobald ich das Protokoll extrahiert habe, schicke ich es zum ballistischen Dienst. Meine Arbeit ist beendet. Schicken Sie mir den Patienten baldigst auf den Marmortisch!"

Er verabschiedete sich eilig.

Brewer winkte dem Portier:

„Haben Sie denn unten in der Halle den Schuß nicht gehört?"

„Nein, Herr Oberinspektor!" versicherte der Gefragte. „Sonst wäre ich doch sofort der Sache nachgegangen!"

Brewer überlegte.

Es stand nicht einmal fest, wo die Tat begangen worden war. Wahrscheinlich in einer der Wohnungen der obersten Etagen, von wo der Täter den Körper des Ermordeten dann hinuntertrug und Baldon vor die Tür legte. Traf diese Annahme zu, so konnte der Schuß in der Halle nicht gehört worden sein.

Der Portier zog sich in die Ecke an der Längswand zurück.

Der Oberinspektor sah sich lange um, ließ seinen Blick durch den ganzen Raum gehen, um sich jede Einzelheit genauestens einzuprägen. Gatsky und Lowett tauschten Blicke. Sie kannten ihren Chef. Er pflegte immer wieder zu sagen, der „Scant" des Tatorts sei von tiefer Bedeutung, sozusagen das „Aroma" und die „Atmosphäre". Bei vielen, lange nach der Tat auftretenden Zweifeln gab oft die ganz klare Rückerinnerung an den Schauplatz wertvollste Aufschlüsse. Im ersten Augenblick übersah man manches, weil es bedeutungslos schien. Im Zusammenhang mit einer später ermittelten Einzelheit konnte es aber entscheidendes Gewicht bekommen.

Der Neger verfolgte jede Bewegung der drei Beamten mit unbehaglichem Gefühl. Seine persönliche Einstellung zur Polizei beruhte vorwiegend auf unangenehmen Erfahrungen. Er war unbescholten, aber bereits als Junge hatte er bei mehr oder minder harmlosen Anlässen eins von einem „Flatfoot" abbekommen, den Plattfüßlern, wie man die patrouillierenden Polizisten nannte. Und später hatte er gelegentlich in irgendeiner Kneipe, die ausgehoben wurde, die vorzügliche physische Ausbildung der New Yorker Polizisten kennengelernt.

Die prüfenden Blicke lösten bei Potter Mißtrauen aus und drängten ihn in eine Abwehrstellung. Ein tiefwurzelnder Schuldkomplex kam zutage:

„Ich weiß von nichts, so wahr mir die Mutter Gottes helfe. Mister Baldon holte mich –"

„Beruhigen Sie sich!" Die Worte klangen unpersönlich, aber nicht unfreundlich. Der Oberinspektor wußte, daß man mit den Aussagen erschreckter Menschen nichts anzufangen vermochte. „Natürlich müssen wir Sie später verhören, aber es liegt nichts gegen Sie vor, also machen Sie sich keine albernen und unnützen Gedanken! Jetzt möchte ich nur wissen, ob Sie von dem Augenblick an, als Sie mit Baldon den Toten fanden, ununterbrochen hierblieben?"

„Ich rührte mich keinen Schritt fort", versicherte der Portier, sichtlich erleichtert, „der Herr Präsident war mit dem Fahrstuhl hinuntergefahren, um die Polizei zu benachrichtigen."

„Worauf es ankommt, ist nur Ihre Anwesenheit hier", erklärte Brewer geduldig. „Sie hätten ja die Treppe hinauf- oder hinabgehen können. In diesem Fall wären Sie nicht in der Lage, aus eigenem Wissen zu bestätigen, daß niemand am Tatort vorbeikam."

„Ich habe mich gar nicht getraut, wegzugehen", gestand Potter, „der Mörder konnte in der Nähe sein – eigentlich wollte ja ich telefonieren gehen, doch Mister Baldon war auch so gescheit – und als Mieter –" Der

Neger zuckte bedauernd die Schultern. „Aber hier war niemand. Weder über die Treppe konnte jemand kommen noch mit dem Elevator."

Brewer nickte:

„Gut, eine klare Aussage! Haben Sie übrigens einen Schlüssel zu der Wohnung von Mister Baldon?"

„Nein", meinte der Neger, „den Reserveschlüssel hält die Hausverwaltung im Safe. Sie kann zu jeder Stunde erreicht werden – wenn's brennt. Aber Mister Baldon hat ja seinen Schlüssel bei sich. Er ging nicht in sein Apartment, denn es war ihm unheimlich, über diese Gestalt hinwegzuschreiten. Als er zuerst hier oben angekommen war, hielt er den Mann am Boden für einen Betrunkenen. Der Gedanke lag für ihn nahe" – Potter versuchte zu lächeln –, „unter uns gesagt, Herr Oberinspektor, der Präsident verschmäht auch einen guten Tropfen nicht."

„Bleiben Sie weiterhin dort in der Ecke", wies ihn Brewer an. „Einer meiner Beamten wird Ihren Dienst unten versehen, bis Sie wieder selbst nach dem Rechten sehen können." Er winkte Gatsky: „Holen Sie die Leute vom Erkennungsdienst herauf. Sorgen Sie dafür, daß unten ein Mann für den Portier einspringt. Wenn Bewohner nach Hause kommen, darf nichts von Mord bekannt werden. Nur irgendeine Andeutung über einen angeblichen Einbruch oder ähnliches – aber die Namen notieren!

Und niemand darf aus dem Haus!"

Der Detektiv ließ den Fahrstuhl heraufkommen.

Drei Beamte in Zivil erschienen mit einem größeren Koffer und zwei Handtaschen. Der Oberinspektor gab kurze Hinweise, und sie begannen mit ihrer Arbeit.

Sie legten auf den Fußboden einen Meterstab mit Dezimaleinteilung, lehnten einen anderen an die Wand. So konnten von den Fotos Maße und Entfernungen abgelesen werden. Dann wurden der Tatort und der Tote aus je drei Blickwinkeln in einer Ebene, anschließend mit einer Kamera auf einem bis an die Decke hinaufschiebbaren Stativ von oben gesehen fotografiert. Durch diese Aufnahmetechnik konnte die Lage des Toten in ihren richtigen Proportionen zur Umgebung genauestens festgehalten werden.

Potter verfolgte aus seiner Ecke jede Bewegung mit erregter Verwunderung.

Einer der Spezialisten des Erkennungsdienstes zeichnete auf millimetriertes Papier den Grundumriß des Tatortes unter Markierung der Position des Toten, des Treppenhauses, des Elevators, der Türen.

Mit einer Spezialapparatur wurden die Fingerabdrücke des Ermordeten auf flexible durchsichtige Streifen, die sich der Fingerform genau anpaßten und so die Papillarlinien in ihrer natürlichen Formgebung aufnehmen konnten, fixiert.

Brewer wies auf den Fahrstuhl:

„Untersuchen Sie die Kabine auf Fingerabdrücke. Ich verspreche mir zwar wenig davon, aber man kann nie wissen. Vielleicht finden sich die des Ermordeten."

Nach einigen Minuten hatten die Beamten auch diese Arbeit getan.

„Fertig?" fragte Brewer. „Fein! Sorgen Sie dafür, daß ich das ausgewertete Material bei meiner Rückkehr vorfinde. Schicken Sie mir jetzt die Kollegen vom Labor herauf." Er blickte zu Gatsky: „Sehen Sie gleich einmal unten nach, ob's irgend etwas Neues gibt! Und nehmen Sie Lowett mit!"

Der Detektiv kehrte nach kurzer Zeit mit den beiden Beamten zurück. Während sie ihre Instrumente auspackten, berichtete er dem Oberinspektor:

„Ein wirklich anständiges Haus! Kein Mensch ist bis jetzt aufgetaucht – weder am Hauptportal noch beim Serviceeingang oder der Garage."

Die Leute vom Labor hatten inzwischen den Läufer angehoben. Es waren nur wenige kleine dunkle Flecken zu sehen – von der Schußwunde abgetröpfeltes Blut. Sie schabten die gallertartige Masse von der Oberfläche und strichen sie in eine verschließbare Glasröhre, die sie danach markierten. Mit einem durch Batteriestrom betriebenen Handstaubsauger gewannen sie Material vom Läufer rings um den Toten. Sie öffneten den Apparat, entnahmen ihm den staubgefüllten Plastikbehälter, notierten den Ursprung auf das angeheftete Etikett und setzten einen neuen Behälter ein.

Der Staubsauger glitt nun über die Kleidung des Ermordeten und über dessen Kopfhaar. Nach nochmaligem Behälterwechsel und neuer Beschriftung wurden der gesamte Läufer und anschließend der Bodenbelag in derselben Weise erneut abgesaugt. Mit einem feinen, aber ein wenig stumpfen Gerät schabten die Spezialisten die Unsauberkeiten unter jedem Fingernagel hervor, separierten sie für jede Hand gesondert und klopften sie in vorher gekennzeichnete Plastikdosen. In einem Metallbehälter verwahrten sie den Schmutz von den Schuhsohlen des Toten.

Die Drehknöpfe an den Türen hatten an der Oberfläche ein feines Gießmuster, so daß sie die Sicherung daktyloskopischer Spuren ausschlossen.

Auf die anschließenden Türflächen wurde ein Pulver zerstäubt, das einige Fingerabdrücke erkennen ließ, welche mit transparenten Klebestreifen abgenommen wurden. Auch sie erhielten die genauen Angaben der Fundstelle.

„Wir sind mit unserer Arbeit fertig", meldete der ältere der beiden Beamten. „Wurde eigentlich die Waffe gefunden?" erkundigte er sich bei Brewer.

Der Oberinspektor schüttelte den Kopf:

„Keine Spur von einer Waffe! Diesen Gefallen tat uns der Mörder nicht! Aber bevor Sie gehen, prüfen Sie bitte genau das Innere des Fahrstuhls – und zwar gründlichst! Nach meiner Auffassung ist der Mord kaum hier geschehen. Wenn der Tote unmittelbar nach dem Schuß von dem wirklichen Tatort fortgetragen wurde, müßte er Blut verloren haben. Das ist zwar keine Gewißheit, denn die eigentliche Blutung setzte wohl erst ein, als er mit der Schußwunde zum Boden gewandt auf den Läufer gelegt wurde."

Die Beamten setzten ihre Arbeit wie zuvor im Fahrstuhl fort.

Als sie auch hier jede Möglichkeit festgehalten hatten, erhielten sie von Brewer die Weisung, nunmehr die Leute der Morgue heraufzuschicken.

Die Experten des Laboratoriums entfernten sich.

Die beiden Männer der Morgue hoben die Bahre mit der berufsmäßigen Sicherheit langjähriger Routiniers aus dem Fahrstuhl. Sie schnallten den Toten mit wenigen raschen Griffen fest, bedeckten ihn mit einem weißen Leintuch und brachten ihn fast aufrecht stehend in der Elevatorkabine unter.

Brewer hielt die Tür offen:

„Bitten Sie Mister Baldon, zu mir heraufzukommen!" Er wandte sich an Gatsky: „Begleiten Sie unseren toten Freund hier" – er zeigte auf die verhüllte Gestalt – „auf seiner Fahrt und nehmen Sie im Leichenschauhaus ein genaues Verzeichnis aller Gegenstände auf, die er bei sich trägt!"

Der Präsident der „Bellamy" entstieg dem Fahrstuhl in einer Laune, die selbst ein schlechter Menschenkenner nicht als besonders gehoben bezeichnet hätte.

Er stimmte dem Oberinspektor ein Klagelied über die Polizei im allgemeinen und über die New Yorker Polizei im besonderen an. Dann blickte er prüfend auf den Läufer, als sei er erstaunt, seinen unbekannten nächtlichen Besucher dort nicht mehr zu sehen, machte einen Umweg um den dunklen Fleck herum und schloß umständlich die Tür zu seiner Wohnung auf.

Brewer folgte der Einladung, zuerst einzutreten, nicht. Er schob Baldon und nach ihm den Portier über die Schwelle.

Die Nachforschungen beginnen

Beim Betreten der Halle in der Wohnung Baldons leuchteten schimmernde Neonröhren hinter Ornamenten auf. Das indirekte Licht kam vom Plafond mild reflektiert durch den weiten Raum.

Der Präsident öffnete eine mächtige Flügeltür. Wieder überflutete sogleich eine starke, doch angenehme Helligkeit den Raum. Es war ein überdimensionierter Salon mit ebenso unwahrscheinlich großen Sitzgarnituren, einigen Tischen und einem Renaissancepult. An den Wänden hingen Gemälde, die auch ein Laie instinktiv als Kostbarkeiten empfinden mußte.

Potter blieb respektvoll neben der Tür stehen. Baldon bot Brewer einen brokatbezogenen Fauteuil an:

„Nehmen Sie bitte Platz. Trinkbares finden Sie im eingebauten Schrank neben der Stehlampe. Ein Druck auf den Löwenkopf genügt. Bedienen Sie sich und reichen Sie mir ein Glas herüber. Whisky – ohne." Er setzte sich müde dem Oberinspektor gegenüber.

Brewer griff nach dem bronzenen Knopf. Der durch Edelholz verdeckte Eisschrank öffnete sich und strömte kühle Luft aus. Auf drei Regalen standen Flaschen. Zwei enthielten Gläser verschiedener Größen, vom kleinen Kognaknäpfchen bis zu „Napoleonpokalen" und hohen geschliffenen Kelchen.

„Darf ich –", kam Potter unsicher näher, „ich war zwei Jahre im Norfolkklub Kellner –" Noch bevor eine Antwort kam, begann er zu servieren.

„Danke", nickte Brewer, „aber nun warten Sie draußen, bis ich Sie rufe. Und wenn ich sage, daß Sie warten sollen, so meine ich das wörtlich!"

Der Neger verbeugte sich und ging.

„Fast drei Uhr morgens!" stöhnte Baldon. Er schob Zigarren und Zigaretten seinem Gast zu: „Ich möchte nur wissen, was Sie denn während der Zeit getan haben, als ich unten bei Ihren merkwürdigen – wie soll ich sagen – Mitarbeitern ausharren mußte! Schließlich – tot ist tot –, ich würde mit so einer Sache schneller fertig werden!"

Der Oberinspektor blies den blauen duftenden Rauch von sich:

„Fragt sich nur, in welcher Beziehung, Herr Präsident! Wahrscheinlich ging es bei Ihnen flotter vorher – aber langsamer nachher. Ihr ganzes restliches Dasein reichte dann nicht aus, um den Mörder zu finden." Er sprach nicht unfreundlich. Es war ihm klar, daß er von einem Manne wie Baldon nur durch persönlichen Kontakt etwas erfahren konnte, keinesfalls mit amtlichem Nachdruck.

Rein gefühlsmäßig hielt der Oberinspektor sein Gegenüber für unverdächtig. Aber seine lange Berufserfahrung ließ ihn immer wieder vor solchen abstrakten Urteilen zurückschrecken. Er hatte schon einmal einen reizenden alten Herrn mit gütigen blauen Augen mit aller Überzeugung für unschuldig gehalten, der dann doch eines Tages auf dem elektrischen Stuhl endete.

Aber was hätte bei Baldon als Motiv dienen können? Und – ohne Motiv kein Verbrechen, es sei denn bei Geisteskranken. Und zu denen zählte dieser Präsident keinesfalls.

Brewer überlegte. War eine Verbindung zwischen Baldon und Potter denkbar? Sie konnten sich gegenseitig ein Alibi bezeugen, doch nur für die Zeit nach fast zwei Uhr, während der Mord wesentlich früher geschehen war.

„Sie haben mir auf meine Frage noch keine Antwort gegeben!" erinnerte der Schotte. „Was gibt's denn schon so viel zu tun, wenn man einen Ermordeten auffindet? Entweder Sie erwischen den Täter, oder er geht Ihnen durch die Lappen. Wenn er keinen groben Fehler begangen hat, sind Sie auf den Zufall angewiesen. In diesem Fall hier gibt es keine Zeugen –"

„Wie kommen Sie auf diese Idee?" wollte Brewer wissen. „Wir besitzen die Aussagen einer ganzen Reihe stummer Zeugen – und sie sind zuverlässiger als jene, die vor Gericht aussagen! Wir haben einmal versuchsweise einen Banküberfall ‚gestellt' und die ganze Sache vor fünfzig Zeugen wie ein Theaterstück heruntergespielt. Genau eine Stunde nach dem ‚Überfall' nahmen wir die Aussagen der fünfzig Zeugen zu Protokoll. Ich bemerke noch, daß jeder sich bereit erklärte, seine Aussage zu beeiden. Es ergab sich, daß zwei, drei und vier Täter gesehen worden waren. Tatsächlich waren es drei. Sie wurden als mittelgroß, als groß und sogar als sehr groß beschrieben – als hager, als muskulös, als dick. Sie trugen graue, blaue, dunkelblaue, hellblaue und sandfarbene Mäntel. Sie hatten blonde, brünette, braune, schwarze und kastanienbraune Haare. Tatsächlich waren als ‚Verbrecher' drei fast gleichgroße Männer ausgewählt worden. Alle drei waren mittelstark, alle drei trugen graue Mäntel verschiedener Tönung, alle drei hatten braunes bis dunkelbraunes Haar. Nur sieben Zeugen gaben richtige Darstellungen!"

„Das glaube ich Ihnen einfach nicht!" erklärte Baldon. „Mir könnte so etwas nicht passieren!"

„Dann besitzen Sie eine ungewöhnlich gute Beobachtungsgabe und ein vorzügliches Gedächtnis." Brewer leerte sein Glas. Er lenkte weiter ab, um erst später ganz unvermittelt auf den Mordfall zurückzukommen.

„Für wie alt halten Sie meinen Kollegen Gatsky? Sie sahen ihn sich unten in der Halle bei unserem Eintritt genau an!"

„Das ist der hagere Lange?" fragte der Präsident.

„Nein, der dickliche Kurze!" lächelte Brewer.

Baldon trank sein Glas aus, suchte Zeit zu gewinnen, bat um eine weitere Nachfüllung:

„Vierzig! Und dabei irre ich mich höchstens um zwei Jahre!"

Der Oberinspektor blickte dem Rauch seiner zweiten Zigarette nach:

„Gatsky zählt ganze dreißig Lenze, Herr Präsident. Aber vielleicht blieb Ihnen die Augenfarbe besser im Gedächtnis?"

„Braun!" rief der Schotte triumphierend.

„Hellblau!" gab Brewer zurück. „Doch sicher erinnern Sie sich noch an die Farbe von Doktor Kennedys leichtem wollenem Übergangsmantel?"

„Grau –", kam es zögernd von Baldons schmalen Lippen.

„Er trug keinen grauen Wollmantel, sondern einen blauen Nylon-Regenmantel!" Der Oberinspektor hüstelte: „Wie sähe ich also mit Ihrer Zeugenaussage vor den Geschworenen aus?"

„Schön, man kann sich irren, ein Zufall, blähen Sie sich nicht so auf, so etwas kommt bei mir sonst nie vor!" murmelte Baldon. „Und Ihre stummen Zeugen? Die müssen Sie erst für die Ohren der Geschworenen hörbar machen!" Er kicherte.

„Was sich unter den Fingernägeln ansammelt, kann Aufschluß geben über die Arbeit, was an den Schuhsohlen klebt, über Wegstrecken. Durch mikroskopische Spuren von Fischtran am Anzug eines Toten gelangten wir einmal schließlich an Bord des Schiffes, wo er ermordet worden war. In einem gründlichst gesäuberten Auto fanden wir in einer Furche des Lederpolsters ein Haar – genauer genommen ein Haarteil. Unser Labor stellte fest, daß es künstlich gefärbt und nicht ausgefallen, sondern abgebrochen war. Eine äußerst komplizierte Analyse führte zur Ermittlung des Haarfärbemittels. Am Ende stand die Verurteilung des Wagenbesitzers wegen Ermordung des Mannes, zu dem das Haar gehörte. Und – der Täter gestand!" Brewer beugte sich etwas vor: „Die Zeit vergeht! Wollen Sie mir bitte sagen, wo sie den heutigen Abend – sagen wir von zehn Uhr bis zu Ihrer Rückkehr – verbrachten?"

Baldon sah den Oberinspektor verblüfft an, brach dann in ein heiseres, doch sorgloses Lachen aus:

„Ich verstehe ... Sie wollten mich überraschen? Nun, diese Mühe konnten Sie sich sparen. Dreißig Klubmitglieder werden Ihnen bestätigen, daß ich von acht Uhr abends bis gegen halb zwei Uhr mit ihnen zusammen unseren Golfsieger feierte" – er schlug sich auf die Schenkel –, „und glauben Sie ja nicht, daß auch nur einer eine irrige Personenbeschreibung von mir geben wird! Gehen Sie in den ‚Berkeley Club', mit meiner Karte wird man Sie einlassen." Er nahm sein Portefeuille aus der Tasche.

„Im allgemeinen macht man mir auch ohne Empfehlungen recht willig die Türen auf!" sagte Brewer, fügte jedoch beschwichtigend hinzu: „Ihren ausgezeichneten Kognak habe ich Ihnen schlecht gedankt. Aber – das ist nun einmal mein Beruf – und Mord ist kein Baseballspiel ... Deshalb noch einige ernste Fragen, auch wenn es schon spät ist und ich Ihre Nachtruhe störe. Sie wohnen doch seit längerer Zeit hier – nach Ihrer Einrichtung zu urteilen –"

„Sechzehn Jahre, Herr Oberinspektor!" antwortete der Schotte gedehnt. „Ich sah schon viele Mieter einziehen, viele ausziehen – manche traten von hier aus ihre letzte Reise an."

„Als Sie heute nacht nach Hause kamen und den Portier unten trafen, Herr Präsident", erkundigte sich Brewer, „fiel Ihnen da vielleicht irgend etwas auf? War Potter anders als sonst, etwa erregt – oder –"

Baldon winkte heftig ab:

„Er ist der beste Portier, den ich im ‚Savannah' erlebte – und es sind nicht wenige, die kamen und gingen, meist gegangen wurden. Aber Potter ist eine Ausnahme. Arbeitsam, bescheiden, höflich. Jede Woche einmal hilft er meiner Hausdame und dem Tagesmädchen, wenn – wie es heißt – gründlich aufgeräumt wird."

„Mit meiner nun folgenden Frage, Mister Baldon, möchte ich keineswegs, daß Sie einen Verdacht äußern", betonte Brewer, „aber wenn Sie die Mieter dieses Hauses vor Ihrem geistigen Auge an sich vorbeiziehen lassen –", er machte eine kurze Pause, „– wem trauen Sie es zu, einen Menschen ermordet und dann zur Ablenkung der Polizei vor Ihre Tür gelegt zu haben?"

Baldon steckte sich umständlich eine neue Zigarre an:

„Ich will und kann niemanden verdächtigen, Herr Oberinspektor! Die Leute sind mir auch nahezu alle unbekannt. Mrs. Shannon, die auch schon an die zehn Jahre im Hause wohnt, ist die einzige Freundschaft, die ich pflege. Sie befindet sich auf Reisen. Der nächstälteste Mieter, Donald Lerbody, zog erst vor vier Jahren ein. Er besitzt ein Taxiunternehmen, ich meine natürlich ein großes Geschäft mit einigen hundert Fahrzeugen in New York und anderen Städten. Ich halte ihn für ehrenhaft. Er lebt mit seiner Frau, zwei Töchtern und einem Sohn, der Ingenieur ist, zusammen hier im Hause. Unter mir wohnt James Garwick – ich glaube, er feierte gestern seinen Geburtstag, er bat im vorhinein um Entschuldigung, falls es etwas laut zugehen würde. Garwick ist Bauunternehmer. Soweit ich es beurteilen kann, ein vermögender Mann. Ledig, lebenslustig und rücksichtsvoll. Aber ich möchte Sie nicht mit der Aufzählung sämtlicher Mieter langweilen.'

„Das tun Sie auch keineswegs", antwortete der Oberinspektor, „es würde mir genügen, von Ihnen eine Antwort auf meine doch recht klare Frage zu bekommen. Es scheint festzustehen, daß der Mann, den wir vor Ihrer Tür fanden, von einem Mieter dorthin gelegt wurde. Wem würden Sie eine solche Tat am ehesten zutrauen? Sie können es mir offen sagen – es bleibt ganz und gar unter uns. Es wird von mir niemals als Information benützt werden. Ich gebe Ihnen mein Wort!"

Baldon stand auf:

„Glauben Sie nicht, Herr Inspektor, daß es für einen alten Mann wie mich an der Zeit ist, ins Bett zu gehen? Drei Uhr –"

Brewer erhob sich ebenfalls:

„Also nichts zu wollen! Und dabei bin ich fest davon überzeugt, daß Sie bei dem Gedanken an den Täter eine bestimmte Idee haben! Sie trauen die Tat nicht jedem Mitbewohner zu – sondern nur einem."

Der Präsident schritt langsam zur Tür:

„Es ist auch gewiß nur ein einziger gewesen. Aber wenn Sie alle Mieter genau unter die Lupe nehmen, so dürfte Ihnen die Auswahl nicht allzu schwerfallen. Sollte ich Ihnen sonstwie dienlich sein können..." Er machte eine verbindliche Handbewegung und geleitete seinen Besucher durch den Vorraum, wo Potter aus seinem Halbschlaf aufschreckte.

Der Oberinspektor fuhr mit ihm ins Parterre.

Die beiden uniformierten Polizisten meldeten, daß nichts vorgefallen sei. Der eine von ihnen ging zu dem Posten am Service-Eingang und an der Garagenrampe, um nachzufragen. Er kehrte zurück: der Garagenwächter vom Nachtdienst könne vielleicht eine nicht unwichtige Aussage machen, wolle aber nur mit Brewer selbst sprechen. Der Oberinspektor begab sich mit Potter in dessen Kabine:

„Wann treten Sie Ihren Dienst an?"

„Diese Woche um acht Uhr abends. Es geht bis morgens um sieben. Das sind zehn Stunden", erklärte der Portier.

„Zehn Stunden!" staunte Brewer. „Und was sagt die Gewerkschaft dazu? Bei der Vierzigstundenwoche?"

„Es sind nur vierzig Stunden, Herr Oberinspektor", erwiderte Potter. „Ich arbeite nur vier Tage in der Woche. In der Freizeit der verbleibenden drei mache ich kleine Nebendienste – meist hier im Hause bei dem einen oder anderen Mieter."

„Wer betrat und wer verließ das Haus gestern abend ab neun Uhr, als Sie Ihren Dienst begannen?" fragte der Oberinspektor.

Der Portier dachte nach, überlegte eine geraume Zeit:

„Mister Belandro von der vierzehnten Etage kam mit zwei Herren um halb zehn. Die Besucher verließen aber bald darauf wieder das Haus. Es konnte zehn sein. Gerade als sie fortgingen, kehrten die Glennwoods vom sechzehnten Stock heim. Nicht lange danach schwärmte eine ganze Gesellschaft durch die Halle. Mister Garwick feierte Geburtstag. Er wohnt in der zehnten Etage. Dann war's ruhig bis Mitternacht. Gegen halb eins kehrte Abraham Bannister aus der zwölften Etage heim, und um ein Uhr oder kurz danach gingen die Gäste Garwicks fort. Das ist alles, was ich sah und woran ich mich erinnern kann. Aber es gibt einen Service-Elevator, Herr Oberinspektor, den manche Mieter gelegentlich benützen – sie stellen die Wagen in der Garage ab und ersparen sich den Umweg hier zur Halle."

„Haben Sie eine Liste aller Mieter?" fragte Brewer.

Potter legte ein Buch auf den Tisch, schlug es auf:

„Die Stockwerke eins bis vier werden als Büroräume von einer Finanzierungsgesellschaft benützt. Sie öffnet um neun und schließt um fünf. Die Mieterin der dreizehnten Etage, Mrs. Shannon, ist seit zwei Monaten auf Reisen – soviel ich weiß, auf Hawaii. Sie wird erst im September zurückkommen. Aber" – er nahm ein loses Blatt aus dem Band – „hier ist eine Kopie der Liste aller Mieter des ‚Savannah' – vielleicht dient sie Ihnen, Herr Oberinspektor. Ich brauche sie nicht, im Bedarfsfall bekomme ich eine neue im Verwaltungsbüro."

Brewer faltete den Bogen und steckte ihn in seine Brusttasche. Er sah den Portier prüfend an:

„Wenn Sie nun mit dem Fahrstuhl bis zum sechzehnten Stockwerk hinaufführen und auf jeder Etage kurz anhielten" – er sprach eindringlich weiter –, „wen hielten Sie eines Mordes fähig?"

Potter blickte ungläubig den Oberinspektor an:

„Ich soll sagen – wen ich –" Er schwieg, kratzte sich in den Haaren, schüttelte den Kopf. „Das ist zuviel für mich –"

„Aber Sie sahen doch, daß ein Mann heute nacht hier im Hause er-

mordet wurde! Jemand muß schließlich der Täter sein! Ich möchte nur Ihre Meinung hören. Sie brauchen sich gar keine Sorgen zu machen, es bleibt ganz unter uns! Es soll keine Beschuldigung gegen irgend jemand sein, sondern nur für mich eine Anregung. Sie kennen die Mieter –"
Brewer beobachtete den Neger genau.

„Bestimmt ist Präsident Baldon auszuschließen", meinte Potter, „aber andererseits lag der Tote vor seiner Tür –"

„Das heißt nicht, daß er auch dort ermordet wurde", belehrte der Oberinspektor den Portier. „Ein Toter ist zwar eine schwere Last, aber man kann ihn auch vom Tatort wegtragen und anderswo hinlegen –"

„Daran habe ich nicht gedacht", gab der Neger zu, „natürlich . . . Aber wem wäre so etwas zuzutrauen!" Mit gedämpfter Stimme wandte er sich an den Oberinspektor: „Wenn ich schon etwas sagen muß – gegen meinen Willen –, ich mag niemandem Unrecht tun – aber Giacomo Belandro von der vierzehnten –, ich mache mir manchmal Gedanken –"

Brewer horchte auf:

„Was ist mit Belandro?"

Potters Stimme klang verhalten:

„Mein Vorgänger machte merkwürdige Andeutungen. Er habe Giacomo Belandro schon früher, ehe der Italiener in einer so feinen Gegend wohnte, gekannt. Belandro sei mit gewissen dunklen Elementen liiert gewesen, einer Schlägerbande, die Wäschereien und Färbereien gegen monatliche Zahlungen sogenannten Schutz gewähren und Unternehmer, die darauf verzichten, zusammenschlagen lassen – aber Sie werden verstehen, was ich meine, Herr Oberinspektor –"

„Wird sich leicht feststellen lassen, wer Belandro ist und wer er war, obwohl sich ein Gangster auch bessern und sogar in einen anständigen Mann verwandeln kann. Nur daß dies selten vorkommt. Also, Giacomo Belandro verdient unsere Aufmerksamkeit. Schön. Sonst noch jemand?"

Potter verneinte:

„Ich wüßte niemanden. Alles ordentliche Leute. Im achten Stockwerk wohnt eine Miss Evelyn Parker, die allerdings eine Menge Geld ausgibt, ohne daß man wüßte, woher es kommt, aber das will ja bei einer sehr hübschen Blondine nichts besagen. Sie empfängt wenig Besucher – eigentlich nur zwei, einen sehr feinen älteren Herrn und einen sehr viel jüngeren – und niemals beide zur selben Stunde. Manchmal ging's schon recht laut her bei Miss Parker – aber das ist auch alles."

Brewer dankte dem Portier:

„Sie werden noch formell einvernommen, dann brauchen Sie das, was

Sie mir soeben vertraulich sagten, nicht zu Protokoll zu geben. Jetzt führen Sie mich in die Garage."

In der Halle bedeutete er den beiden Uniformierten, daß sie zu ihrer Dienststelle zurückkehren könnten.

Der Garagenwächter gab seinen Namen an: William O'Bryan, vierunddreißig, verheiratet. Erst nachdem sich Potter auf einen Wink Brewers entfernt hatte, begann er zu berichten:

„Ich trat meinen Dienst um zehn Uhr abends an. Alles lief wie gewohnt. Ich rangierte zuerst die Wagen, ging dann zunächst an den Buick Glennwoods. Dann zu den anderen. Es war nach Mitternacht, aber die genaue Zeit weiß ich nicht, man sieht ja nicht jeden Moment auf die Uhr. Da kam jemand von der Straße herein, schritt von der Rampe in Richtung Nebeneingang, der zur Halle führt, winkte mir zu. Ich erkannte den Mann nicht, dachte mir, es müßte ein Bekannter sein, sonst hätte er nicht gewinkt." O'Bryan holte Luft: „Etwas später, als ich den Cadillac von Mister Bannister polierte, da schien es mir, als ginge jemand von der Halle her die Rampe entlang zur Ausfahrt. Ich dachte, es sei der Mann von vorher."

Brewer wurde ungeduldig:

„Können Sie denn keine genaueren Zeitangaben machen?"

Der Garagenwärter hob die Schultern:

„Ich war schließlich bei der Arbeit, Herr Oberinspektor –"

„Wird die Passage durch die Garage häufig benutzt?" fragte Brewer.

„Ja und nein", erwiderte der schwerfällige stämmige Mann, „wie die Mieter so Lust haben. Manche lassen den Wagen draußen auf der Straße, weil sie nochmals fortfahren wollen. Dann kommen sie durch die Garagen, weil es näher ist als der Weg durch die Eingangshalle und um den gesamten Block herum."

„Natürlich!" stimmte der Oberinspektor zu, reichte O'Bryan eine Zigarette: „Aber Sie konnten die Gestalt nicht erkennen?"

Der Garagenwächter machte einen tiefen Zug:

„Sehen Sie selbst einmal dort hinüber, Herr Oberinspektor. Vierzig Meter ungefähr, dann zwei Säulen dazwischen, die Fahrzeuge, die Biegung. Der Mann ging lautlos wie sein Schatten, so, als berührte er kaum die Zementfliesen."

Brewer sah sein Gegenüber prüfend an:

„Sie versuchten auch nicht festzustellen, wer dieser Mann war? Es handelte sich doch um einen Fremden, der nach Mitternacht auf dem Umweg durch die Garage das Haus verließ!"

„Das kommt eben vor. Was sollte ich tun?" verteidigte sich O'Bryan. „Ihm nachlaufen? Sein Vorsprung schloß eine Verfolgung aus. Und – der Vorfall war zu ungewöhnlich, aber nicht aufregend. Hätte ich zu dieser Zeit gewußt, daß im Hause ein Mord geschehen war, wäre ich gewiß auf Draht gewesen. Aber so dachte ich mir, es sei vielleicht ein Besucher gewesen, der sich diskret empfehlen und den Portier in der Halle meiden will. Zwei Herrschaften haben ständige Dienstmädchen –" Er schwieg, wiegte den Kopf. „Nach zehn Minuten oder einer Viertelstunde war es mir, als hörte ich wiederum Schritte. Aber es war niemand zu sehen. Es konnte auch jemand auf dem Bürgersteig draußen vorbeigegangen sein."

„Die Kontrolle läßt viel zu wünschen übrig. Doch das ist nun nachträglich nicht mehr zu ändern! Leider!"

„Vielleicht paßt man nicht so sehr auf das Kommen und Gehen auf, weil nach der Hausordnung erst um ein Uhr nachts das Garagentor geschlossen wird", meinte O'Bryan. „Von diesem Zeitpunkt an kann es niemand mehr passieren, weder zu Fuß noch mit dem Wagen, ohne daß ich ihm öffne. Vorher regelt keine Einschränkung die Benutzung der Rampe, so daß es eigentlich jedem Menschen möglich ist, den Weg durch die Garage zu benutzen. Kommt er von der Eingangshalle oder geht er dorthin, so muß er am Nachtportier vorbei – will er den Service-Elevator benutzen, so muß er den Sicherheitsschlüssel haben, den nur die Mieter besitzen."

„Das klingt durchaus einleuchtend", nickte Brewer, „aber es hilft uns nicht viel weiter. Haben Sie sonst etwas bemerkt – etwas Besonderes?"

O'Bryan nickte:

„Jetzt, nachdem das Verbrechen geschehen ist, sieht vieles ungewöhnlicher aus als vordem. Kurz nachdem der Mann auf Gummisohlen oder zumindest so leise, als trüge er solche, verschwunden war, kam jemand von der Straße herein, die Rampe herunter, schritt zur Verbindungstür, die zum Elevator für das Personal führt –"

„Die gleiche Gestalt, die vorher in entgegengesetzter Richtung gegangen war?" unterbrach Brewer.

Der Garagenwächter zuckte die Schultern:

„Vielleicht war's dieselbe – vielleicht auch nicht. An der Seitenfront darf geparkt werden, und es kommt vor, daß jemand, der nur für kurze Zeit ins Haus will, seinen Wagen draußen abstellt, durch die Garage in die Eingangshalle geht und denselben Weg benutzt, wenn er sich wieder entfernt."

„Ein solcher Besucher müßte am Portier vorbeikommen, ehe er den Fahrstuhl nehmen kann?" erkundigte sich der Oberinspektor.

„So ist es!" bestätigte der Mann. „Es sei denn, er besäße einen Schlüssel zum Service-Elevator. Dann aber kann er nur durch den Eingang für das Personal in die Wohnung."

„Der Gang eines Menschen ist meist sehr charakteristisch. An der Art des Ausschreitens kann man Leute erkennen, ohne ihr Gesicht zu sehen. Glauben Sie, daß es sich bei den drei Besuchern um eine einzige Person gehandelt hat?" drängte Brewer. „Vorausgesetzt, daß die Schritte, die Sie hörten, wirklich von der Straße her kamen und nicht noch eine vierte Person durch die Garage das Haus betrat oder verließ..."

O'Bryan antwortete unsicher:

„Es ist nicht meine Schuld, wenn die Hausverwaltung am Personal spart. Mir kann man keinen Vorwurf machen. Ich weiß nicht, wer kam und wer ging. Die erste Gestalt wirkte anders als die beiden letzten, die es sehr eilig zu haben schienen. Sie vermieden zweifellos überflüssige Geräusche, gingen auf Zehenspitzen, huschten vorbei – lautlos wie ihre Schatten." O'Bryan schwieg.

Brewer fühlte, daß aus dem Manne nichts mehr herauszuholen war. Dennoch unternahm er noch einen Versuch.

„Sahen Sie die Figur? Groß? Mittel? Klein? Dick? Schlank? Sie sollen natürlich nur sagen, was Sie von sich aus wirklich glauben. Ich weiß, wie leicht man irrt. Das Gedächtnis täuscht. Der Schein trügt, besonders bei den in diesem Fall sehr ungünstigen Sichtverhältnissen. Aber wenn Sie einen einigermaßen festen Eindruck gewonnen haben, so versuchen Sie wenigstens eine generelle Beschreibung."

O'Bryan meinte nach einer längeren Pause:

„Wahrscheinlich war der erste Mann klein, die beiden anderen – oder der andere – sind mittelgroß gewesen, eher schlank, keinesfalls schwer oder korpulent. Wenn ich sehr nachdenke, möchte ich beinahe sagen, daß es sich bei dem zweiten und dritten um ein und denselben handelte –"

Brewer dankte:

„Sie gaben sich alle Mühe, uns zu helfen, das wird nicht vergessen werden. Bei Ihrer Einvernahme im Headquarter brauchen Sie nur genau das zu wiederholen, was Sie mir jetzt gesagt haben. Ebenso kurz und knapp. Fügen Sie nichts hinzu, lassen Sie nichts weg!"

Er ging nachdenklich den Gang entlang zu der Tür, die in die Halle führte. Diesen Weg war ein Mann gegangen – von der Straße ins Haus –

aus dem Haus zur Straße und wieder von der Straße zurückkommend. Einer? Zwei? Drei?

Der Mörder? fragte sich Brewer. Das Opfer?

Oder handelte es sich um eine ganz nebensächliche Person – vielleicht den Liebhaber eines Dienstmädchens – oder – auch Miss Parker konnte möglicherweise den Wunsch haben, daß ein später Besucher nicht vom Portier am Hauptportal, der zwei Herren unterschiedlichen Alters kannte, gesehen werde – gleichviel, beim Kommen oder beim Gehen –

Potter öffnete dem Oberinspektor die bronzebeschlagene Tür, verneigte sich tief.

Er sah dem Dienstwagen nach, bis die Schlußlichter verschwanden.

„Halten Sie an der nächsten noch offenen Bar!" ersuchte Brewer den Beamten am Steuer.

Einen Block weiter am Broadway hielt der Fahrer.

Brewer betrat eilig den „All Night Drugstore", schwang sich auf einen Barhocker, bestellte einen Kaffee, verlangte Zigaretten, riß die Packung „Lucky Strike" auf, steckte sich eine zwischen die Lippen, schnappte sein Feuerzeug an. Sprühend flogen die Funken vom Zündstein. Aber der Docht fing kein Feuer.

„Ihr Kaffee!" sagte der junge Mann in Weiß mit dem schrägsitzenden Käppi.

Der Oberinspektor quälte sich noch immer mit seinem Feuerzeug ab.

Der Barkeeper stöberte in einem Wandschrank, rief zu dem Mädchen am anderen Ende der Theke:

„Wo sind die Feuerzeug-Nachfüller?"

„Die letzten fünf habe ich vorhin verkauft", lautete die Antwort.

„Nehmen Sie Streichhölzer!" Der junge Mann reichte Brewer einen flachen Brief. „Das ist immer noch das zuverlässigste!"

Brewer zahlte, verließ das kleine Lokal, schritt zu seinem Wagen:

„Zum Headquarter!"

Er lehnte sich zurück, versuchte sich zu entspannen.

Er ahnte nicht, daß er kurz zuvor den Weg des Mörders gekreuzt hatte.

Routine – Schlaf – und wieder Routine

Brewer ging den Korridor entlang, betrat sein Büro, drückte auf den Intercommunicator. Als sich im Lautsprecher Detektiv Sarg meldete, bat er ihn zu sich.

Die herkulische Gestalt schob sich mit der Schwere ihres ungewöhnlichen Körpergewichts herein. Lowett, der seinem Kollegen folgte, wirkte dagegen wie ein Sprinter, obwohl auch er hundertsiebzig Pfund wog.

„Wieweit sind wir?" fragte Brewer, blickte zu Lowett.

„Grundbericht fertig, alles andere angelaufen, Gatsky ist unterwegs aus der Morgue hierher!" berichtete Lowett.

„Sonstiges?" wandte sich der Oberinspektor an Sarg.

„Alle Meldungen an Inspektion drei und vier abgegeben!" meldete der Detektiv. „Mit Hinweis auf Überbeschäftigung bei uns. Die ersten Protokolle über den Mord im ‚Savannah' habe ich registriert. Labor, Erkennungsdienst und Fotodepartment versprachen, jedes anfallende Ergebnis einzeln herüberzugeben. Es wird immerhin noch einige Stunden dauern."

Brewer blickte auf die elektrische Wanduhr, die ihn immer an die Küche in seinem Elternhaus erinnerte:

„Drei Uhr fünfundvierzig! Order für alle Männer der Gruppe Brewer: Schlafengehen! Fünf Stunden Ruhepause. Um neun Uhr dreißig trifft sich wieder alles hier bei mir!"

Als er nach Hause fuhr, war er nicht weniger froh als seine unmittelbaren Mitarbeiter, sich ausstrecken zu können. In einem richtigen Bett und nicht auf dem Liegegestell der Nachtwache. Er wußte, daß nur ein ausgeruhter Körper einen frischen Geist gewährleistete, und jener wie dieser waren Voraussetzungen in einem Beruf, der das Physische und das Psychische gleichermaßen beanspruchte. Gewiß – die Wunderdetektive der Romanciers brauchten, schenkte man ihren Verfassern Glauben, keinen Schlaf. Sie jagten ihre Täter pausenlos, meist auf Nahrung und andere elementare Bedürfnisse verzichtend. Doch die Männer des Hauses

240 Center Street waren nicht aus Schreibmaschine, Farbband und Papier gezeugt, sondern aus Fleisch und Blut.

Der Weg nach Long Island, wo seine Eltern ein kleines Haus bewohnten, dehnte sich. Doch zur vierten Morgenstunde waren die Straßen selbst in dieser nie rastenden Stadt New York verkehrsarm, so daß sein Wagen schnell vorankam. Brewer gab lieber von der kurzen Ruhepause noch etwas ab, als auf die Stunden daheim zu verzichten.

David Brewer war der einzige Sohn seiner Eltern, die vor zwei Jahren silberne Hochzeit feiern konnten. Vater Brewer lebte im wohlverdienten Ruhestand nach vierzigjähriger Tätigkeit bei der Municipal-Polizei von New Jersey, wo er zuletzt Leiter des Verkehrs-Departments gewesen war.

David absolvierte mit Auszeichnung das York College, studierte in Harvard weiter, machte sein Staatsexamen, wurde Öffentlicher Ankläger und erreichte bereits mit seinem ersten Auftreten als „Prosecutor" die Verurteilung eines Angeklagten, der wegen Falschmünzerei vor Gericht stand. Das Urteil lautete, dem Antrag des jungen Staatsanwalts gemäß, auf „nicht unter sieben und bis zu zwanzig Jahren Zuchthaus" – eine Formulierung, mit der das amerikanische Strafgesetzbuch die Fristen für eine vorzeitige Entlassung zur Bewährung dem Ermessen des Richters anheimstellt.

Am Tage, nachdem das Urteil Rechtskraft erlangt hatte, wurde der Verurteilte tot in seiner Zelle gefunden. Es war ihm gelungen, sich mit einem geschliffenen Metallstäbchen die Handschlagader aufzuschlitzen.

David Brewer nahm nur dienstlich von dem Vorfall Kenntnis. Er schenkte ihm keine Bedeutung. Ein Verbrecher weniger, so dachte er.

Als sich vier Monate später die Unschuld des von ihm angeklagten Mannes herausstellte, beschloß er, seine Stelle als Staatsanwalt aufzugeben.

Es ging seiner inneren Einstellung zuwider, berufsmäßig anklagen zu müssen. Nichts als anklagen. Er glaubte, nur eine unmittelbare Berührung mit dem Täter, seiner Umwelt und seiner Tat könne Voraussetzung für ein gerechtes Urteil sein. Da es aber unmöglich war, zugleich Untersuchungsbeamter, Ankläger und Richter zu sein, da die scharfe Trennung der Ermittlungstätigkeit von jener der Strafverfolgung und der Rechtsprechung das ausschloß, wandte er sich jenem Gebiet zu, das ihm geeigneter schien, gerecht wirken zu können: der Überführung des Verbrechers aus dem unmittelbaren Erkennen des Menschen und seiner Handlung.

So trat er in die Dienste der Police. Er tat es trotz aller Warnungen seines Vaters, der seinem Sohne eine andere Laufbahn wünschte, als es die eigene in New Jersey gewesen war. Doch David Brewer ließ sich von seinem gefaßten Entschluß nicht abbringen. Und als er nach dem unter dem Namen „Pekari 7"* bekanntgewordenen, durch ihn gelösten Fall lange vor der üblichen Wartezeit zum Oberinspektor befördert wurde, da freute sich niemand mehr über den „Polizistensohn" als Vater Brewer. Es sei denn – die stolze Mutter . . .

Es war bereits heller Tag, als David Brewer so leise wie möglich die Haustür öffnete, die Schuhe auszog, in sein Zimmer schlich.

Auf dem Tisch fand er, mit einer großen Serviette zugedeckt, belegte Brote, ein Schüsselchen Salat, eine Flasche Porter.

Während er sich schon auszog, verschlang er das Essen, trank das Bier. Wenige Minuten später lag er in seinem Bett.

Er schlief nicht sofort ein. Es war eine stehende Redensart, er könne mit dem Jackett auch alle dienstlichen Probleme und anderen Sorgen ablegen. Aber von dieser Behauptung bis zur Praxis war ein langer Weg.

Während der wenigen Stunden seit der Entdeckung des Mordes, dem Einsatz der Gruppe Brewer und bis zum Beginn der Lagebesprechung um neun Uhr dreißig geschah folgendes:

Doc Kennedy, vom Hauptamt des „Chief Medical Examiner", Manhattan Office, nahm die Obduktion im Leichenschauhaus in der 29th Street vor. Sein Bericht gab die Todesursache des laut vorgefundener Ausweispapiere mit dem Namen Adonis Lavinio registrierten Mannes als „Folge einer Verletzung durch ein Bleigeschoß aus einer Handfeuerwaffe Kaliber 32" an. Das Projektil war nach Ablenkung durch einen Knopf im oberen Abschnitt, dem Manubium, eingedrungen und im Rückgrat plattgedrückt steckengeblieben. Eintrittsöffnung und Umgebung schlossen einen Nahschuß aus. Die Waffenmündung mußte mehr als vierzig Zentimeter von der Wunde entfernt gewesen sein. Die Verletzung führte zum sofortigen Tod durch Totallähmung infolge Zerstörung des Rückenmarks. Der Schußkanal wies acht Grad nach aufwärts, was darauf schließen lassen könnte, daß der Täter möglicherweise etwas kleiner war als sein Opfer, sofern dieses nicht im Augenblick des Schusses sich nach hinten aufgerichtet hatte.

Die Untersuchung des Mageninhalts ließ aus dem Verdauungsprozeß den bereits temperaturmäßig vermuteten Zeitpunkt des Todes auf zwischen elf und ein Uhr nachts bestimmen. Es fanden sich keine ungewöhnlichen Fremdstoffe wie etwa Gifte.

Von den inneren Organen zeigten Leber, Niere und Milz pathologische

* Frank Arnau: „Pekari Nr. 7" (Ullstein Buch Nr. 712).

Veränderungen. Mikrochemische Analysen erwiesen, daß der Tote zu seinen Lebzeiten erhebliche Mengen Heroin konsumierte, mit einer an Sicherheit grenzenden Wahrscheinlichkeit süchtig war und möglicherweise auch früher Kokain zu sich genommen hatte.

Am rechten Unterarm war eine Narbe von sieben Zentimetern, deren Aussehen darauf deutete, daß sie nicht ärztlich behandelt worden war. Die Wunde mochte drei Jahre früher entstanden sein.

Der rechte Oberschenkel wies Ein- und Ausschuß eines Projektils auf. Diese Wunde war älter, so daß keinerlei Rückschluß auf das Kaliber der Waffe mehr möglich war.

Der Körper ließ ein Lebensalter von etwa zweiunddreißig Jahren vermuten, was auch mit den Daten in den Identitätspapieren übereinstimmte.

Das abgeplattete Bleiprojektil war markiert und dem ballistischen Dienst im „Technical Research Laboratory" zugeleitet worden.

Im Erkennungsdienst lagen die dem Ermordeten abgenommenen Fingerabdrücke klassifiziert und auf Formelkartons registriert neben den in der daktyloskopischen Kartei ermittelten identischen Fingerabdrücken. Ein kompletter „Satz" der Abdrücke von den Fingern des Toten war durch den Bildsender an die FBI nach Washington übertragen worden, deren Antwort aber nur dieselben Angaben enthielt wie die der lokalen „Files". Politisch war der Mann unbelastet, ebenso im Sektor der Spionage und der Abwehr.

Die an den Türflächen und im Elevator gesicherten Abdruckspuren ergaben keinerlei identifizierbare Bilder. Sie waren fragmentarisch und schlossen eine Klassifikation aus.

Nach den Fingerabdruck-Karteikarten war der Tote tatsächlich Adonis Lavinio, auf welchen Namen seine Ausweispapiere, die sich in einer abgegriffenen Plastiktasche gefunden hatten, lauteten.

Nach den Strafakten war Adonis Lavinio 1927 in Neapel geboren, mit seinen Eltern 1932 in die Staaten eingewandert, mit elf Jahren aus dem elterlichen Hause durchgebrannt. Er trieb sich in New York herum, kam wegen eines versuchten Sittlichkeitsverbrechens mit sechzehn Jahren in eine Zwangserziehungsanstalt, brach aus dieser nach neun Monaten aus, wurde wegen Rauschgifthandels mit achtzehn Jahren zu zwei Jahren verurteilt, wegen guter Führung vorzeitig entlassen, ein Jahr später wegen des gleichen Deliktes zu vier Jahren Zuchthaus verurteilt, wegen guter Führung nach drei Jahren entlassen, mit dreiundzwanzig Jahren wegen versuchten Überfalls mangels Beweisen freigesprochen, mit fünfundzwanzig wegen mehrfacher Erpressung zu drei Jahren verurteilt. Es liefen gegen Lavinio mehrere Haftbefehle wegen erneuten Rauschgifthandels. Sämtliche Personaldaten gingen aus ihnen hervor.

Die Strafregisterauszüge enthielten die einzelnen Prozeßaktenzeichen.

Im „Technical Research Laboratory" war die von dem Ermordeten bei der Obduktion entnommene Blutprobe untersucht und als zur Gruppe „B" des Erbbildes B/B B/0 gehörend festgestellt worden. Identisch damit war das Blut aus der geronnenen Masse auf dem Läufer. Um eine unanfechtbare Bestimmung der Gleichheit beider Blutproben festzulegen, ermittelte das Labor weitere Untergruppen, die ebenfalls zu demselben Ergebnis führten.

Die aus den einzelnen Plastikbehältern des Spezialstaubsaugers analysierten Substanzen lieferten keine besonderen Hinweise. Nach dem unter den Fingernägeln gewonnenen Schmutz und den aus dem Haar isolierten Stoffen hatte der Tote eine starke fetthaltige, durch Zusatz von Fliederöl übermäßig parfümierte Pomade, wahrscheinlich ausländischen Fabrikats, benutzt.

In der Abteilung für Ballistik führten die mikroskopische Untersuchung und die Spektralanalyse zum Auffinden trotz des Verbrennungsprozesses erhalten gebliebener Textilfasern, die mit jenen, aus denen der Anzug des Ermordeten gefertigt war, übereinstimmten. Zusätzlich fanden sich Spuren von Asbest und Kupfer.

Das Projektil wies als Werkstoff die übliche Bleilegierung auf. Infolge der Abplattung waren keine Rillenspuren erkennbar. Aus dem Gewicht konnte es trotz der durch die Verbildung bedingten Änderung seiner ursprünglichen Form als Kaliber 32 festgestellt werden.

Für die Asbest- und Kupferspuren gab es keine zuverlässige Erklärung. Sie konnten von einem Schalldämpfer herrühren, obwohl keiner der in der Ballistik bekannten „Silencer" Asbest oder Kupfer als Werkstoff aufwies.

Als Brewer im Hauptquartier anlangte, ging er auf Umwegen in sein Dienstzimmer, um den zweifellos auf ihn harrenden Reportern auszuweichen. Auf längere Sicht war das aussichtslos. Aber im ersten Stadium einer Morduntersuchung hielt er die Presse eher für eine Gefahr als eine Hilfe. Große Berichte erweckten nicht nur das Interesse des Publikums, sondern auch das des Täters und aller an dem Verbrechen vielleicht Beteiligten. Bei Auffindung einer nichtidentifizierbaren Leiche mochte die Soforthilfe der Zeitungen höchsten Wert haben. Dieser Fall im „Savannah" gehörte jedoch in eine andere Kategorie. Brewer wollte erst dann Angaben machen, wenn er wußte, wie er durch sie die Verdächtigen ... in Sicherheit wiegen konnte.

Nachdem Brewer sich mit seinen vier engeren Mitarbeitern an den Beratungstisch gesetzt hatte, durchflog er zuerst die Zeitungen. Auch die zweiten Morgenausgaben brachten über den Mord im „Savannah" nur kurze Berichte. Der Oberinspektor wies seine Detektive an, alle Fragen der Reporter ausweichend zu beantworten.

„Und jetzt wollen wir uns die Berichte ansehen! Alle! Vom Polizeiprecinkt, den Uniformierten – bis zu den Gelehrten! Fangen wir an!"

Die Daten des Obduktionsbefundes wurden ausgewertet, ebenso des „Technical Research Laboratory", des Erkennungsdienstes und der Fotos.

Gatsky und Lowett legten die Liste des Tascheninhalts vor. Die Firmenetiketten der Lieferanten des Anzuges, des Hutes und der Unterwäsche sowie der Krawatte des Ermordeten waren sorgsam und, nach den längst wieder geschlossenen Nahtspuren zu urteilen, schon vor geraumer Zeit entfernt worden.

Außer dem Personalausweis enthielt dessen Plastikhülle einen Führerschein, eine vergilbte und nahezu unkenntliche Fotografie einer weiblichen Person und eine ebensolche Gruppenaufnahme.

An Bargeld hatte der Tote siebenunddreißig Dollars fünfzig Cents lose in der Tasche gehabt, ein Lederetui mit vier Schlüsseln an einem Ring, ein Perlmutt-Taschenmesser, einen Taschendolch mit einer durch Federmechanismus zu betätigenden Klinge, ein Feuerzeug, einen Kugelschreiber, ein sauberes und ein schmutziges Taschentuch, ein Kleinstradio. Eine automatische Pistole vom Kaliber 6,35 war an der Innenseite seines linken Schenkels durch zwei verstellbare Gummiträger befestigt gewesen. Das Magazin der Waffe wies sechs Patronen auf, eine siebente stak im Lauf.

Brewer teilte die Arbeit ein:

„Sloan wird Potters und O'Bryans Aussagen aufnehmen und im Berkeleyclub mit aller Vorsicht die Angaben Baldons nachprüfen. Lowett stellt fest, ob einer der Mieter bei uns oder der FBI in Washington in irgendeiner Kartei zu finden ist. Sarg und Gatsky teilen sich die Liste der in die Strafverfahren gegen Adonis Lavinio verwickelt gewesenen Personen. Sowohl die in den Prozessen Mitverurteilten wie die Freigesprochenen und desgleichen alle Entlastungszeugen der Verteidigung sind durchzukämmen. Ich selbst werde mir zuerst die Mieter vom zwölften bis sechzehnten Stockwerk ansehen, da Baldon wohl völlig ausscheidet, wenn sein Alibi zutrifft."

„Und die vom ersten bis zehnten Stockwerk?" wollte Gatsky wissen.

„Sie sind von sekundärer Bedeutung", erklärte Brewer. „Mit ihnen möchte ich mich erst befassen, wenn Lowett jeden einzelnen Namen nachgeprüft hat."

„Wäre es nicht viel richtiger, wenn Sie vor Ihren Recherchen auch über die Mieter der höheren Etagen erst alle Informationen, die ich erhalten kann, abwarten?" meinte Lowett.

„Die Mieter vom elften Stockwerk abwärts betrachte ich mehr als eine Formalität!" betonte Brewer.

„Weshalb?" interessierte sich Gatsky.

Brewer sah seinen Mitarbeiter etwas erstaunt an:

„Glauben Sie wirklich, daß jemand einen Toten treppauf tragen wird, um ihn loszuwerden, wenn er's treppab viel einfacher hat?"

„Deine zweihundert Pfund sind ein gewichtiges Argument, Gatsky", lachte Sloan, „aber wenn du schon keinen Gegenwert in kleinen grauen Gehirnzellen hast, so mußt du ja nicht unbedingt die dümmsten Fragen gerade bei einer gemeinsamen Lagebesprechung stellen."

Gatsky beugte sich etwas vor über den Tisch, soweit das mit seinem Brustkorb möglich war, ohne das Möbelstück wegzurücken:

„Meine Arme haben häufiger eure Köpfe gerettet als eure Köpfe meine grauen Zellen! Das nächste Mal kann jeder von euch allein sein Schutzengel sein!" Er meinte entschuldigend zu Brewer: „Aber das bezieht sich natürlich nicht auf Sie, Herr Oberinspektor!"

Um zehn Uhr zehn war das Dienstzimmer Brewers leer.

Während der Oberinspektor nach der Westend Avenue fuhr, um seine Besuchsreihe im „Savannah" zu beginnen, dachte er an die ungelöste Frage des Motivs. Die Ursache eines jeden Verbrechens ist für den Kriminalisten der sicherste Fingerzeig in die Richtung des Täters. Selbst bei Affekthandlungen mußte der auslösende Impuls erforscht werden.

Beim oberflächlichen Durchsehen der Mieter des „Savannah" war nicht einmal andeutungsweise an einen Zusammenhang zwischen ihnen und dem Ermordeten zu denken, bis – vielleicht – bei Jack Belandro, falls die Andeutungen des Portiers zutrafen. Belandro wollte Brewer jedenfalls erst nach dem Vorliegen der Recherchen Lowetts unter die Lupe nehmen. Aber auch, falls Belandro nicht hasenrein wäre – wo lag das Motiv?

Adonis Lavinio war eine kleine Nummer, irgendein Zuträger im Rauschgifthandel oder einer verwandten Branche. Selbst wenn einer der Mieter im „Savannah" – etwa Belandro –, unter solider bürgerlicher „Marke" lebend, in Wirklichkeit zur Unterwelt gehören sollte, so schien es ausgeschlossen, daß ein Subjekt wie Lavinio zu einem „Boss" direkten Eingang fände. Die Gefahr, durch Verbindung mit polizeinotorischen Elementen in unmittelbaren Verdacht zu geraten, ließ gerade die obersten Gangster größte Vorsicht üben und sich vor jeder direkten Beziehung mit verbrecherischen Personen abschirmen. Die „leitenden Männer" der verschiedenen „Crime Syndikate" thronten in lichten Höhen achtbarer Bürgerlichkeit. Der Weg von ihnen zu den ausübenden „Mitarbeitern" führte stufenweise über eine Skala von Verbindungsleuten, von denen jeder nur das unmittelbar unter und über ihm rangierende „Glied" der langen Kette kannte, so daß es keine direkten Kontakte von unten bis hinauf zum „Boss" gab. Dieses System erschwerte bis zur Unmöglichkeit die Überführung der leitenden Gestalten, denn es gab gegen sie nie unmittelbare Belastungszeugen. Und wenn je durch ein Versagen oder Versehen oder einen Betriebsunfall doch ein solcher Zeuge auftauchte, so erschien er nicht bei der Verhandlung, weil Zustellungen auf Friedhöfen nicht vorgenommen werden können ...

Der Tagesportier des „Savannah" führte Brewer, der sich nicht als Polizeibeamter legitimierte, sondern vorgab, eine Verabredung mit Lyonel Glennwood zu haben, zum Elevator.

Der Präsident der „American Shares Inc." empfing den Oberinspektor im Morgenanzug:

„Es ist ein Zufall, daß Sie mich noch antreffen. Ich fahre sonst schon um acht ins Büro. Aber eine leichte Erkältung hält mich heut bis zum Besuch meines Arztes zurück. Nehmen Sie Platz! Und sagen Sie gleich, worum es sich handelt."

Brewer betrachtete den Präsidenten mit sicherem Blick, schätzte die Umgebung ab, die nicht einfach Wohlstand zeigte, sondern Wohnkultur:

„Sie werden wahrscheinlich gehört haben –"

Glennwood unterbrach etwas ungeduldig:

„Der Mord im elften? Natürlich. So etwas bleibt nicht geheim. Abgesehen davon, daß es auch die Zeitungen berichten. Ich bekam schon vier Anrufe von Freunden, die sich um uns sorgten. Aber ich weiß nicht –" Er sah fragend seinen Besucher an.

„Eine Formalität, Präsident!" sagte Brewer zuvorkommend. „Aber wenn in einem Haus ein Mord geschah –"

„Hier im Hause?" fragte Glennwood. „Scheint mir unwahrscheinlich. Ich dachte, der Tote sei irgendwie hierhergeschmuggelt worden!"

„Wie dachten Sie sich das?" gab der Oberinspektor wieder. „Ein Leichnam ist weitaus schwieriger zu tragen, als es seinem eigentlichen Gewicht entspricht. Die Erfahrung lehrt es. Ein Sack von siebzig Kilo ist, je nach seinem Inhalt, dreiviertel oder einen Meter lang, kompakt, gewissermaßen solide. Seine gespannte Form gibt nur wenig nach. Ein toter Mensch, eineinhalb oder bis zwei Meter lang, besitzt keinen eigenen inneren Halt, zwei Arme und zwei Beine schlenkern bei jeder Bewegung – sofern nicht der rigor mortis eingetreten ist, denn Totenstarre ändert das natürlich. Aber der Tote im elften Stockwerk war noch körperwarm, als er gefunden wurde. Der Elevator für die Mieter stand unter ständiger Bewachung des Portiers. Der Service-Elevator kann nur mit dem Sonderschlüssel für die Nebeneingänge benutzt werden, so daß also die Leiche durch eine ganze Wohnung hätte getragen oder geschleift werden müssen – was Mitwisserschaft oder Mittäterschaft des betreffenden Mieters involviert. Wie also, Präsident, glauben Sie, daß der Erschossene von außerhalb vor die Tür Mister Baldons gebracht worden sein könnte?"

Glennwood versuchte ein Lächeln zu markieren, jedoch wirkte es erzwungen und ablehnend:

„An alles das habe ich nicht gedacht, Oberinspektor! Ich bin kein Kriminalist und lese auch keine Crime Stories. Meine Kenntnisse auf diesem Gebiet sind rudimentär. Dafür kann ich Ihnen vielleicht über Shares, Aktien, Anteilscheine, Börse und Devisen mit genauen Informationen dienen – ebenso genauen, wie es die Ihren auf dem Gebiet des Leichentransports sind."

„Fein!" dankte Brewer. „Wenn ich mir einmal von meinem Gehalt eine Aktie kaufen kann, werde ich Sie um Rat bitten. Zunächst muß ich mich allerdings mit Leichen begnügen. Und nun meine wirklich formellen Fragen: Ist Ihnen irgend etwas Besonderes aufgefallen, gestern oder schon vorher? Vielleicht begegneten Sie diesem Mann im Fahrstuhl –", er legte mehrere Großaufnahmen Adonis Lavinios vor sein Gegenüber, „– oder trug sich irgend etwas Ungewöhnliches zu –"

Glennwood verneinte, ohne zu zögern:

„Der Bursche ist mir unbekannt. Und unsympathisch nebenbei! Ich wüßte nicht, was ich Ihnen erzählen könnte, das Ihr Interesse erweckte – ich meine, im Zusammenhang mit diesem recht unliebsamen Vorfall. Ich lebe mit meiner Familie ohne Kontakt zu den anderen Mietern. Unser Kreis rekrutiert sich aus einem anderen Milieu." Er richtete sich etwas auf: „Meine Frau ist eine geborene van den Weelstraat, ein Name, der Ihnen ja bekannt sein dürfte – die Familie kam mit der ‚Mayflower' ins Land –, und meine Vorfahren gehen auf Glenn Wood zurück, der als Obrist in den Freiheitskriegen unter General –"

„Aber das weiß jedes Schulkind!" Brewer machte so etwas wie eine leichte Verbeugung. „Ich dachte nur, es wäre immerhin möglich, daß Sie sich über dies oder jenes Gedanken machten – man fährt ja schließlich trotz aller Absonderung mit anderen Mietern gelegentlich gemeinsam im Fahrstuhl –, eine Persönlichkeit Ihrer Stellung und Lebenserfahrung vermag mit einem Blick Spreu vom Weizen zu unterscheiden, ohne dazu genauere Unterlagen zu benötigen –"

Sogar ein Mann wie Präsident Glennwood, Ehemann einer Weelstraat, deren Vorfahren mit den ersten Einwanderern nach Amerika kamen, selbst Altamerikaner besten Pedigrees, zweifellos vermögend und angesehen, quittierte diese Worte dickaufgetragenen Lobes mit Dankbarkeit:

„Mein lieber Oberinspektor, gern hülfe ich Ihnen, wenn es in meiner Macht läge. Aber ich weiß wirklich nichts von Belang. Ganz unter uns gesagt –", er blickte nach der Doppeltür im Hintergrund des Salons, – „denn ich würde auf so etwas nicht gern im Beisein meiner Frau zu sprechen kommen – wir haben im Hause eine etwas – nun ja, um mich vorsichtig auszudrücken – eine etwas mysteriöse Dame. Sie heißt Evelyn Parker – was ich übrigens rein zufällig erfuhr –", fügte er entschuldigend hinzu. „Aber ich glaube doch, daß diese Dame – ich setze davor und danach Anführungszeichen – auf anderem Gebiet als jenem des Umbringens von Männern tätig ist –" Er lachte kurz, beugte sich zu Brewer: „Unter uns Männern – es muß auch so etwas geben, nicht wahr? . . . Aber sonst –" Er dachte nach, meinte schließlich: „Im fünfzehnten Stock zog vor einem oder anderthalb Jahren ein gewisser Donald Lerbody ein. Ich habe nichts gegen Taxis, besonders, wenn es sich um einige hundert in einer Hand handelt – aber sowohl Sheila – meine Frau – wie ich fanden es etwas shocking, gleich unter uns Vertreter einer doch ganz anderen Welt zu haben. Auch unser Sohn und unsere Tochter schüttelten den Kopf, als sie die Lerbodys und deren Kinder sahen. Aber wir leben in einer Zeit, wo andere Sitten um sich gegriffen haben, als wir sie in unserer Jugend kannten . . ."

„Leider!" bestätigte Brewer. Was er wirklich dachte, mußte er im Interesse seiner Mission verschweigen. Er formulierte die folgende Frage so defensiv wie möglich:

„Falls Sie gestern abend nicht allzu spät nach Hause kamen: Hörten Sie vielleicht eine Detonation oder etwas Ähnliches – es wird aus größerer Entfernung allerdings leicht ein Schuß mit der Fehlzündung eines Motors verwechselt –"

„Wir waren kurz nach zehn daheim, aber das einzige, was mich störte, war eine lärmende Gesellschaft, die im Elevator irrtümlicherweise bis hier heraufgefahren war, aber bald wieder nach unten verschwand. Irgendwo muß wohl eine Party gewesen sein. Doch ich hörte nichts von einer Detonation. Sicher vernahmen auch meine Frau und die Kinder nichts, sonst wäre darüber gesprochen worden. Wir waren übrigens gesten abend bei Freunden eingeladen, den Mundergasts aus Boston, die auf der Reise nach Paris kurze Station in New York machten. Wir aßen zusammen am Wilmington

Roofgarten – übrigens keineswegs die Qualität, die man erwartet. Aber der Einladung konnte nicht ausgewichen werden ... Mrs. Mundergast, eine geborene Tillburg, ist entfernt mit meiner Frau verwandt. Sie kennen sicher den Namen Tillburg – Rennstall und Konserven."

„Aber natürlich, wer kennt ihn nicht?" unterbrach Brewer hastig, um weitere familiengeschichtliche Erzählungen abzuwenden. „Ich bin Ihnen für alle Aufklärungen sehr dankbar." Er erhob sich.

Glennwood geleitete ihn bis zum Ausgang, wartete, bis der Fahrstuhl kam.

Brewer stoppte am dreizehnten Stock. Es war nur eine Routinemaßnahme. Er drückte lange und wiederholt auf die Klingel bei Mrs. Dorothy Shannon. Er versuchte, den Türknopf zu drehen. Er horchte. Nichts rührte sich. Die Dame schien wirklich verreist zu sein. Auch der an der Schwellenleiste angesammelte Staub sprach dafür, daß die Tür seit geraumer Zeit nicht mehr geöffnet worden war. Die reichen Leute genossen Hawaii – die armen blieben daheim oder nahmen mit Conny Island vorlieb. Der Unterschied war die Differenz.

Abraham Bannister und Donald Lerbody, Geschäftsleute, weilten sicher nicht um halb zwölf vormittags in ihren Privatwohnungen. Aber vielleicht bot gerade das Gelegenheit, um Informationen zu bekommen, die von den Mietern selbst schwieriger oder gar nicht zu erhalten waren. Eine unbedachte Äußerung aus dem Munde einer ahnungslosen Ehefrau oder eines dienstbaren Geistes führte häufig schneller voran als kompliziertes Aushorchen vorsichtiger Leute.

Brewer läutete bei Lerbody. Nach geraumer Weile öffnete ein dunkelbraunes junges Mädchen. Dem Typ nach nicht Negerin, eher von einer der Inseln der Karibischen See, vielleicht Puerto Rico oder Haiti, mit dem ganzen Reiz der Frauen dieser stark mischrassigen Gebiete.

„Ist Mister Lerbody zu sprechen?" Der Oberinspektor zeigte ein gewinnendes Gesicht, ließ unverhohlen seinen Blick mit Wohlgefallen über die breitschultrige und schlankhüftige Gestalt gleiten.

Das im ersten Augenblick etwas verschlossene Gebaren der Bediensteten änderte sich sogleich:

„Mister Lerbody geht immer sehr früh in das Hauptbüro, meist schon um sieben Uhr."

„Und Madame Lerbody?" erkundigte sich Brewer, doch ohne seinen Worten einen drängenden Ton zu geben.

„Madame Lerbody?" Das Mädchen sah ihn erstaunt an. Nach kurzem Zögern fragte sie: „Wollen Sie etwas verkaufen? Mister Lerbody hat für nichts Interesse, er bekommt alles zu Großhandelspreisen, meist sogar von den Fabriken direkt."

„Junge Lady –", schmunzelte Brewer, „– ich verkaufe gar nichts außer Bewunderung für weibliche Schönheit – und die gebe ich gratis ab ... Also machen Sie sich keine Sorgen. Ich möchte mich gern über manches bei Ihnen erkundigen. Finden Sie es nicht ungemütlich so zwischen Tür und Angel?"

Sie war unsicher:

„Es soll niemand in die Wohnung gelassen werden, wenn Mister Lerbody nicht zu Hause ist! Es kommt allerlei vor – was wollen Sie eigentlich? Wer sind Sie?"

Er trat dicht an sie heran:

„Ich würde das niemandem sagen, aber Sie machen einen so vertrauensvollen Eindruck –" Er zeigte ihr seine Legitimation.

Sie starrte ihn verängstigt an:

„Kriminalpolizei!" Plötzlich verstand sie: „Der Mord – heute nacht –, ist es das, was Sie herführt?"

Er nickte, schob sie sanft beiseite, drückte die Tür hinter sich zu:

„Sie brauchen wirklich keine Angst zu haben, junge Lady!" Er kannte den Schnitt der Wohnung von jener Baldons und Glennwoods, schritt aus, öffnete die Tür, winkte sie zu sich: „Sind wir allein? Nur dann kann ich ungeniert mit Ihnen sprechen!"

Das Mädchen fühlte sich geschmeichelt, kam etwas näher, blieb aber doch in einiger Entfernung vor ihm stehen, lehnte sich an die Tischkante:

„Ich komme immer um halb neun, Mister Lerbody frühstückt im Büro, in der Kantine. Bis nachmittags bleibe ich hier – allein."

„Und Madame Lerbody?" wiederholte Brewer seine Frage.

Wieder sah sie ihn sonderbar an, schließlich berichtete sie:

„Am besten, ich sage es Ihnen. Die Polizei bekommt ja sowieso früher oder später alles heraus. Also, Madame ist ihrem Mann vor drei Wochen durchgebrannt. Das weiß im Hause niemand. Es heißt, sie ist für ein paar Wochen bei ihren Eltern. Aber ich bin natürlich im Bilde. Sie lief mit dem Chauffeur davon –", erklärend fügte sie hinzu: „Es ist der Firmenchauffeur, der aber nur die Lerbodys fuhr. Zugleich eine Art Schutzgardist, früher Boxer im Mittelgewicht. Sie müssen wissen, daß es im Taxigewerbe manchmal hart auf hart geht, da kann man schon als Chef einen starken Mann gebrauchen. Mike Patterson war auch zuverlässig, solange er nur den Herrn zu fahren und zu beschützen hatte. Als er dann auch Madame in seine Obhut nahm, weil der Boss auf eine längere Reise mußte –", sie lächelte, „– da kamen sie eines Tages eben nicht mehr zurück. An Madame hängt Schmuck wie bei reichen Leuten Lametta am Weihnachtsbaum..."

„Ich verstehe", ermunterte Brewer freundlich. „Und bis heute kein Lebenszeichen von dem glücklichen jungen Paar?"

„Jung?" rief das Mädchen. „Ja, wenn Sie die fünfundzwanzig Jahre Mikes und die fünfundfünfzig der Madame addieren, so geht's noch einigermaßen – dann kommt auf jeden vierzig. Aber sonst sollten die beiden nur Mutter und Sohn spielen. Nun, lange wird's nicht halten. Dann kommt Madame wieder, und alles ist in Butter."

Brewer sah sie ungläubig an:

„Wie kommen Sie auf diese Idee? Lerbody wird sich scheiden lassen, aber doch nicht eine Frau ins Haus zurücknehmen, die durchgebrannt war – und noch dazu mit seinem Chauffeur!"

Sie hielt den Kopf etwas schräg, und ihre schönen, von langen Wimpern umrandeten dunklen Augen leuchteten schelmisch:

„Vielleicht bleibt ihm gar nichts anderes übrig?"

„Wieso?" wollte der Oberinspektor wissen.

Sie fühlte seinen Blick, richtete sich etwas auf, erwiderte geheimnisvoll:

„Mister Lerbody kann keinen Skandal riskieren. Seine Frau weiß zuviel. Ich habe Andeutungen am Telefon gehört – und die waren nicht von Pappe."

„Was kann sie wissen?" fragte Brewer so gleichgültig wie möglich. „Steuersachen? Dann wird Lerbody sich loskaufen. Seitensprünge? Das ist keine Waffe in der Hand einer Frau, die ihrem Mann mit einem anderen davonläuft. Also –" Er schüttelte den Kopf. „Ich glaube, da täuschen Sie sich!"

„Meinen Sie?" gab sie keck zurück. Ihre Stimme war voll von Widerspruchslust. „Möglich! Aber was ich gehört habe, das lasse ich mir nicht nehmen. Madame drohte ihrem Mann mit der – nu ja –, mit Ihnen! Mit der Polizei!"

„Nun, das kann schon sein", bagatellisierte Brewer, „eine wütende Frau bildet sich manches ein. Um wirklich gegen den Mann vorgehen zu können, müßte sie aber Beweise in der Hand haben. Handgreifliche Beweise strafbarer Handlungen. Und was sollte man Lerbody vorwerfen können?"

„Ich weiß es nicht", bekannte das Mädchen. „Madame hat natürlich nichts Genaues am Telefon gesagt. Aber es muß damit zusammenhängen, daß etwas mit den Taxis nicht in Ordnung war. Es könnten Leute ganz schön gegen Lerbody auspacken, meinte Madame einmal bei einem großen Krach hier in der Wohnung. Sie hatte zufällig herausgefunden, daß in ihrer Abwesenheit Damenbesuch bei Lerbody gewesen war – sie kenne Taxifahrer, drohte sie, die bestimmt bereit wären, gegen gute Bezahlung einiges auszusagen – wegen irgendwelchen geheimen Passagieren und dem Transport von Koffern –, wie gesagt, ich weiß nichts Näheres. Aber Madame hat ihren Mann ganz schön fest in der Hand, darauf können Sie sich verlassen. Der muß sie zurücknehmen oder bis zum Weißbluten zahlen!"

„Wäre interessant, wenn es zuträfe. Aber mich gehen die Privatangelegenheiten des Ehepaars Lerbody", bemerkte Brewer oberflächlich und tat, als wolle er gehen, „nichts an. Ich bearbeite den Mordfall von heut nacht. Und da Sie ein so kluges Mädchen sind und so viel hören, werden Sie mir vielleicht auch über diese Sache etwas berichten können. Und, nebenbei: Wie heißen Sie eigentlich, kleine Schönheit?"

„Innocencia Torlana!" nannte sie stolz ihren Namen. „Aber von dem Mord weiß ich überhaupt nichts. Ich las davon auf dem Weg hierher in der Subway. Der Portier meinte, der Mörder habe den Verdacht auf Mister Baldon lenken wollen und sein Opfer vor dessen Tür gelegt, was ich aber für reichlich dumm halte, denn auf so etwas fällt die Polizei bestimmt nicht 'rein."

Brewer zeigte das Foto des Ermordeten:

„Kannten Sie diesen Mann? Oder sieht er jemandem ähnlich, den Sie kennen? Sind Sie ihm vielleicht einmal in der Nähe des ,Savannah' begegnet? In der Garage? Im Service-Fahrstuhl? In der Halle – sonstwo?"

Sie verneinte nachdrücklich:

„Nie! Dabei ist es ein Gesicht, das man sich merken würde – nicht schön, aber gefährlich!"

Der Oberinspektor betrachtete die Aufnahme nochmals. Was ihm bisher nicht aufgefallen war und keiner seiner Mitarbeiter wahrgenommen hatte, erkannte dieses einfache Mädchen auf den ersten Blick:

Adonis Lavinios Gesicht drückte noch im Tode Gefahr aus.

„Nun ein Ratschlag, Innocencia!" mahnte Brewer. „Erwähnen Sie weder bei Mister Lerbody noch bei jemand anderem meinen Besuch. Das sage ich keinesfalls meinetwegen, sondern lediglich in Ihrem Interesse. Was Sie mir anvertrauten, wird niemand erfahren. Wozu also erst Ihren Chef oder andere Leute in die Angelegenheit hineinziehen? Er würde fragen, und schließlich könnte es passieren, daß Sie in Widersprüche gerieten – ersparen Sie sich, ihm und uns allen jede unliebsame Weiterung!"

„Ich werde ihm bestimmt keine Silbe erwähnen", bekräftigte sie, „wenn er nichts von Ihnen hört, wird er's nie erfahren!"

Brewer ging langsam zur Tür, blieb an der Schwelle stehen:

„Ihr Vorname ist Innocencia ... heißt das nicht Unschuld?"
Sie nickte zustimmend, selbstbewußt:
„Unschuld!"
Brewer drückte auf den Rufknopf zum Fahrstuhl, sah sie mit sehr männlichem Blick an:
„Ein Name – oder wirklich die Tugend?"
Sie trat an den Elevator:
„Das muß ein Mann selbst herausfinden –"
Der Fahrstuhl glitt in die Tiefe. Sie sah ihm lange nach.
Der Oberinspektor hielt im zweiten Stock an, wartete einen Augenblick, drückte dann den Knopf der zwölften Etage. Er wollte nicht, daß das Mädchen merkte, in welche Wohnung er sich jetzt begab.
Bei Abraham Bannister öffnete eine ältere Dame, löste aber nicht die Sicherheitskette. Erst nachdem ihr der Oberinspektor seinen Ausweis gezeigt hatte, ließ sie ihn eintreten.
„Kommen Sie weiter –", sie ging voran, führte ihn durch den Salon in ein kleines Zimmer, das als intimer Empfangsraum eingerichtet war, bot ihm einen Sessel an: „Sie kommen wahrscheinlich wegen dieses abscheulichen Vorkommnisses heute nacht –?"
„So ist es." Er meinte leicht fragend: „Mrs. Bannister?" Sie nickte, er fuhr fort: „Es handelt sich um die üblichen kleinen Belästigungen durch die Polizei. Leider ist das nicht zu vermeiden, denn es handelt sich ja immerhin um einen Mord. Sie wollen gewiß nicht, daß der Täter straflos bleibt – deshalb erbitte ich Ihre Hilfe. Können Sie mir irgend etwas aus eigenem Wissen über diesen Vorfall sagen? Ich werde Ihnen gleich die Fotografien des Toten zeigen – es sind keine besonders künstlerischen Porträtaufnahmen, sie sind nur auf Ähnlichkeit abgestellt, um ein Erkennen zu erleichtern –"
Er legte die Bilder vor sie auf den kleinen Tisch.
Sie betrachtete jedes sehr sorgsam. Als fiele ihr etwas ein, griff sie auf die kleine Etagere neben dem zartgeschwungenen Fauteuil:
„Sie rauchen? Das freut mich. Ich mag den Duft guter ägyptischer Zigaretten, nur die parfümierten Marken kann ich nicht leiden –"
„Danke!" Er steckte sich eine Khedive de Luxe an, so wenig er den orientalischen Geschmack auch mochte. Wie von weither kam ihm der Gedanke, daß die Dame durch ihre Gesten und Worte nur seine Aufmerksamkeit ablenken wollte. Aber als er in die klaren gütigen blauen Augen sah, hielt er seine Vermutung für einen Irrtum. „Nun? Glauben Sie, diesen Mann – er heißt Adonis Lavinio, und er ist alles eher als ein wirklicher Adonis – je gesehen zu haben?"

Sie schüttelte den Kopf:

„Einen Augenblick hatte ich den Eindruck – aber es ist bestimmt eine Täuschung. Ich war zweimal in Italien, voriges Jahr und in diesem – dort gibt's zahllose solche Typen – sie sehen sich alle ähnlich – für uns zum Verwechseln ähnlich. Aber wissentlich habe ich diesen Adonis nicht gesehen."

„Vielleicht einmal flüchtig, im Fahrstuhl, in der Halle oder in der Garage beim Abholen Ihres Wagens. Das könnte sich vielleicht mit einer Erinnerung an die Männer in Italien vermischt haben?" gab Brewer zu bedenken.

Sie überlegte eine Weile:

„Ich möchte weder eine Bejahung noch eine Verneinung auf meinen Eid nehmen, sondern einfach sagen, daß ich es eben nicht weiß. Aber – ist denn das so wichtig für Sie?"

„Es könnte uns auf eine Spur führen!" erklärte der Oberinspektor. „Nehmen wir an – rein theoretisch natürlich –, Sie hätten den Ermordeten einmal am elften Stock aus dem Fahrstuhl steigen und die Wohnung Mister Baldons betreten sehen –"

Sie blickte ihn ungläubig an:

„Sie denken doch wohl selbst nicht an die Möglichkeit, daß Mister Baldon einem solchen Burschen die Tür öffnet. Nein, aber das kommt ja gar nicht in Frage! Vielleicht als Gast der zehnten Etage? Mister Garwick schätzt das Künstlermilieu, oder was er darunter versteht. Ich sah zu ihm Leute gehen, die früher kaum am alten Broadway und nur in der Bowery anzutreffen waren... Auch zum siebenten Stock könnten solche Gäste passen – weibliche, meine ich –, man darf eben von einem Diplomaten der Qualitäten eines Señor Antonio de Alvarez nicht zuviel erwarten..."

„Ich verstehe, Mrs. Bannister! Ihre Hinweise sind beachtenswert!" bemerkte Brewer unverbindlich.

„Es sollten keine Hinweise sein, Oberinspektor", beeilte sie sich zu versichern, „ich habe lediglich laut gedacht..., aber nachdem Sie den Namen Baldon aussprachen, ging mir meine Zunge über. Ich kann gegen Garwick sowenig sagen wie gegen Alvarez oder Miss Evelyn Parker – vielleicht sehe ich manche Dinge mit meinen altmodischen Augen etwas verzerrt..."

„Aber", vollendete Brewer ihre Gedanken, „Sie meinen, natürlich rein gefühlsmäßig, ohne jeden konkreten Anhaltspunkt und ohne jemandem Unrecht zufügen zu wollen, daß Adonis Lavinio im ‚Savannah' kaum andere Mieter besucht haben könnte als Garwick, Alvarez oder Miss Parker. Und –"

Sie unterbrach ihn fast aufbrausend:

„Wie kommen Sie auf diese Idee? Haben Sie mich nach Jack Belandro gefragt?"

Er antwortete freundlich:

„Ich stellte eigentlich keine Fragen nach bestimmten Personen, Mrs. Bannister – es war Ihnen überlassen, Namen zu nennen. Nun erwähnen Sie also auch noch Belandro, den Mieter vom vierzehnten Stockwerk. Was veranlaßt Sie dazu?"

Sie lehnte sich etwas in den Polstersessel zurück:

„Ich teile die Menschen ein in für mich sympathische und für mich unsympathische. Mister Belandro und die anderen drei sind mir restlos unsympathisch. Und ich irre mich nie. Wenn der junge Mann hier –", sie deutete auf die Fotos, „– jemanden in unserem Hause besuchte, so bestimmt in einer der genannten vier Etagen."

„Den richtigen Mieter aus diesen vier auszuwählen wird nicht ganz leicht sein! Aber immerhin – nach Ihrer Meinung kommt sonst niemand in Frage?"

„Ausgeschlossen!"

„Noch eine letzte Frage" – Brewer erhob sich, drückte seine Zigarette aus –, „hörten Sie oder Ihr Gatte etwas Ungewöhnliches heute nacht? Zum Beispiel den Knall einer Fehlzündung?"

„Sie meinen – den Schuß?" gab sie etwas spöttisch zurück. „Nichts dergleichen! Lärm beim Kommen und Gehen der Gäste Garwicks – das sind wir gewöhnt. Wir wären schon längst umgezogen. Aber mit den vielen Radiogeräten überall kommen Sie heute nur vom Regen in die Traufe. Die Zeit der Distinktion ist vorbei. Ich hätte jedes ungewöhnliche Geräusch gehört, denn ich war bis zur Heimkehr meines Mannes wach. Ich las Galsworthy – wissen Sie, ich stamme aus altem englischem Landadel, da muß man zeitweise ein gutes ruhiges Buch lesen, um Ihr New York zu vergessen. Abraham Bannister kam um halb eins nach Hause, er war auf einer Sitzung der Börsenkammer. Leider nützten alle meine Warnungen nichts. Er kann es trotz seiner siebzig Jahre nicht lassen und muß herummachen wie die Jugend. Dabei haben wir es gar nicht nötig. Unsere Kinder sind versorgt und mehr als das. Aber Abraham kann ohne seine Geschäfte nicht leben." Nachdenklich fügte sie hinzu: „Vielleicht wäre er im Ruhestand auch längst nicht so alt geworden!"

Brewer bedankte sich. Es war ein Besuch in einem Milieu gewesen, das er eigentlich nur vom Hörensagen und aus Büchern kannte – ein Ausflug in eine Welt von gestern, von der er geglaubt hatte, es gäbe sie nur in der Phantasie mancher Schriftsteller. Mrs. Bannister hatte diese seine Ansicht geändert. Jene Menschen, von denen er annahm, sie seien nur erdichtet, gab es auch in der Wirklichkeit. Sogar in einem Apartmenthaus in der Westend Avenue, dicht am Central Park, im Jahre 1959.

Er überlegte, ob er Abraham Bannister in der „Trust Investment Inc." persönlich aufsuchen sollte. Jedoch nach der ausgiebigen Unterhaltung mit der alten Dame schien es ihm überflüssig geworden zu sein. Zumindest derzeit.

Er fuhr downtown, in die „Unterstadt", um in der Nähe seines Amtes zu lunchen. So konnte er etwas Zeit gewinnen, um nach dem Espresso, der stets den Abschluß der Mahlzeit bildete, den Bericht seiner Mitarbeiter zu hören. Die Erörterung der erzielten gemeinsamen Ergebnisse war von großer Bedeutung für die laufende Planung. Und vom Headquarter in der Center Street waren es nur einige Minuten bis zum Hauptbüro Lerbodys in der Spruce Street. Nachmittags würden dann Jack Belandro, James Garwick, Evelyn Parker an die Reihe kommen und jene Mieter, über die Lowett etwa belastende Eintragungen in den „Files" gefunden hatte.

Vier Männer arbeiten vier Stunden

Um zwei Uhr saßen Brewer und die nächsten Mitarbeiter am Konferenztisch. Jeder brachte die Ergebnisse seiner knapp vierstündigen Arbeit mit.

Als erster unterrichtete der Oberinspektor die vier Detektive über alle Resultate seiner Besuche im „Savannah".

Er blickte zu Lowett:

„Wie sieht's mit Ihren Recherchen aus? Vielleicht nehmen wir zuerst jene Mieter, über die Sie etwas in den Karteien gefunden haben!"

Der Detektiv nahm ein kleines Büchlein zur Hand, öffnete seine Aktentasche:

„Bevor ich zu den Leuten mit Eintragungen in den ‚Files' komme, möchte ich nur kurz erwähnen, daß ich zuallererst die Etagen eins bis vier kontrollierte, da sie ja nicht an Einzelpersonen, sondern an eine Firma vermietet sind. Ich glaube, es muß festgestellt werden, wer dahintersteht, um zu klären, ob etwa auf dem Umweg über eine solche Fassade unerwünschte Elemente sich im ‚Savannah' einnisten konnten."

„Richtig!" gab der Oberinspektor zu.

„Die Alleinmieterin der vier Stockwerke ist die ‚Finance & Savings Co.', die 1912 von einer Gruppe von Industriellen und Bankleuten gegründet wurde. Sie wird heute von den Söhnen und in zwei Fällen von den Enkeln der Gründer geleitet. Sie verfügt über einen soliden Kundenstamm, zu dem auch bedeutende Makler der Börse gehören."

„Woher haben Sie Ihre Kenntnisse?" fragte Brewer.

„Börsenvorstand, Maklerverband, Schutzgemeinschaft der Wertpapierbesitzer, Handelsvereinigung und Union der Bankangestellten. Fünf Fernschreiben haben es geschafft."

„Tüchtig!" Brewer sah zufrieden drein.

„Dann noch kurz ein Name, der meines Erachtens ausscheidet. Das ist Charles Burns, Leiter der Internen Abteilung des Edward Higgins Hospitals. Besitzt eine eigene Klinik. Wissenschaftlich hervorgetreten durch mehrere Bücher. Sehr vermögend. Dürfte in jeder Beziehung einwandfrei sein." Er blätterte um: „Jetzt kommen die anderen an die Reihe. Gerald Hamilton, sechste Etage, Chefingenieur der ‚Maryland Utilities'. Wegen Desertion aus einer Heimatformation 1942 degradiert, drei Jahre Militärgefängnis, vom Parole Board nach siebzehn Monaten begnadigt, Bewährungsfrist 1947 abgelaufen, Strafe 1957 gelöscht."

„Man sollte es doch nicht für möglich halten!" rief Brewer aus, „gleich ganz unten im ‚Savannah' der erste Vorbestrafte! Das kann ja fesch werden! Weiter!"

Lowett las vom nächsten Blatt:

„Antonio de Alvarez, Diplomat, zwei Vormerkungen wegen Verkehrsdelikte. Den Zusatzvermerken zufolge beide Male offenbar stark alkoholisiert. Da er Exterritorialität genießt, konnte kein Alkoholtest gemacht werden. Sonst in den allgemeinen Akten kein Vermerk. Ich notierte Rückfrage in Washington. Aber ich glaube, der Señor Alvarez ist bei den UN. In diesem Fall wird wenig zu machen sein, die Vereinten Nationen geben ungern Auskünfte."

„Das State Department kann immer noch unseren Botschafter im Heimatland des Alvarez nachforschen lassen. Vertraulich –" sagte Brewer.

„Evelyn Parker. Zweimal in eine Call-Girl-Geschichte verwickelt. Beide Gerichtsverhandlungen endeten mit Freispruch." Lowett zündete sich eine Pfeife an.

„Aber den Namen habe ich nie gehört", wandte Brewer ein, „es kann sich also nicht um eine größere Sache gehandelt haben?"

„Die Parker heißt mit richtigem Namen Pinney", erläuterte Lowett, „da sie aber zweimal irgendein Bühnenengagement hatte, wurde ihr die Führung ihres Künstlernamens zugebilligt. Sie ist also im ‚Savannah' als Parker gemeldet, gab aber beim Precinkt – bei der polizeilichen Anmeldung – ihren richtigen Namen an. Sie brachte gleich einen Künstleragenten mit, der das Gesetz kennt. Aber beim Narcotic Squad lagen mehrere Hinweise auf die Parker-Pinney aus den Kreisen von Süchtigen vor. Wer Rauschgift nimmt, hält nicht dicht. Das Mädchen wurde als Mittelsperson zwischen Großverteilern und Kleinhändlern bezeichnet. Es spricht vieles dafür, daß sie einige Nachtlokale in Greenwich Village mit ‚Stoff' versorgt oder zumindest versorgt hat. Wiederholte Festnahmen, Durchsuchungen und Leibesvisitationen blieben erfolglos. Die Kollegen vom Rauchgift-Dezernat nehmen an, der blonde Vogel, der übrigens dunkelbraun ist, sei jedesmal vor dem Zugriff gewarnt worden."

„Da taucht gleich die Frage auf, ob wohl der vornehme Greis den ‚Stoff' bei Evelin abliefert und der junge Mann ihn weiterleitet – oder ob letzterer ihn bringt und ersterer ihn verteilt!" bemerkte Sloan.

Lowett legte einen Satz Fotos auf den Tisch, die Evelyn in den üblichen Aufnahmen des Erkennungsdienstes und in privaten Posen zeigten. Die Bilder gingen von Hand zu Hand.

„Im neunten Stockwerk lebt der Schiffsmakler Oliver H. Merchant mit einer sechsköpfigen Familie. Feine Leute. Fünf Wagen, ständiges Hausmädchen, Aushilfsdiener, wenn Gäste kommen, Leihkoch, Stammgast im ‚Stork Club' und im ‚Club 21' – alles bestens o. k. bis auf die ‚Schwarze Liste', auf die das Handelsdepartment in Washington auch Merchants Namen von 1942 bis 1945 wegen Geschäften mit dem Feind setzte. Aber der Profit steht über dem Vaterland, ist auch eine Parole. Und die Mitmenschen vergessen schnell – wenn es sich lohnt."

„Es wird immer interessanter!" seufzte Brewer. „Leider dürfte der Lieferant des Feindes wenig mit dem Tod Adonis Lavinios zu tun haben. Aber es ist doch erstaunlich, wie dünngesät die wirklich ehrbaren Leute sind!"

„James Garwick von der zehnten Etage ist Bauunternehmer", setzte Lowett seinen Bericht fort, „aber wo und was er baut, habe ich noch nicht herausbekommen. Geld scheint er in ausreichender Menge zu haben. Er geht viel auf kurze Reisen. 1929 in Konkurs geraten – aber das passierte damals vielen. Es war nicht nur ein schwarzer Freitag, sondern ein schwarzes Jahr. Die Tatsache ist nicht amtlich registriert, aber in der Zentrale der Handelsauskunfteien wird es bei polizeilichen Anfragen mündlich und ohne Gewähr mitgeteilt. Garwick besaß bis vor einem Jahr die Bar ‚Shanghai' und wurde wegen Überschreitung der Sperrstunde sowie wegen Duldung Minderjähriger bei Nacktvorführungen zweimal mit Geldstrafen belegt. Hier unser Mann – frontal und im Profil. Der Charakterkopf eines Charakterlosen." Er ließ die Aufnahmen kursieren.

„Die Bar ‚Shanghai'", bemerkte Sarg, „ist in der Christofer Street. Sehr gemischtes Publikum – Frauen und Männer –, diese, die jene, jene, die diese, und jene, die beides suchen! Wechselte mehrmals das Lokal. Vordem Bedford, dann Blecker Street. Geschlossen, aufgemacht, geschlossen, wieder eröffnet. Prima Beziehungen."

„Das Lokal werde ich mir heute nacht einmal genau ansehen!" sagte Brewer gezogen. „Wer von Ihnen ist dort nicht bekannt?"

„Ich!" meldete sich sofort Gatsky. „Ich war niemals dort! Kenne derlei nicht! Glauben Sie, daß irgend jemand auf die Idee käme, ich sei von der Polizei?"

„Glaubst du, daß jemand nicht auf den Gedanken käme?" gab Sloan zurück.

„Schwergewichtler – das könnte sein!" erklärte Gatsky stolz. „Aber Boxer und Ringkämpfer sind gerade in solchen Lokalen gern gesehene Gäste. Mal was anderes! Für die Damen und für die Herren!" Er lachte vor sich hin.

Brewer meinte:

„Vielleicht ist das gar keine falsche Überlegung! Zu verschiedenen Zeiten kommend, weit voneinander sitzend" – er sah die anderen drei Detektive an: „Wer sonst kann dafür garantieren, daß er im ‚Shanghai' wirklich unbekannt ist?"

Lowett schloß sich aus. Er kam von der „Sitte", da war die Chance, bekannt zu sein, zu groß. Sloan gab zu bedenken, daß er während seiner Tätigkeit im Erkennungsdienst weitgehende „Bekanntschaften" in den Kreisen gleichgeschlechtlich gestimmter Elemente gemacht habe. Und Sarg lachte nur. Er mußte aus der Narcotic Squad vor vier Jahren ausscheiden, weil er durch ständigen Außendienst geradezu ein Aushängeschild geworden war. In Kreisen der Rauschgiftleute wich man ihm angstvoll aus.

„Also kommt Gatsky mit mir in die ‚Shanghai'. Erledigt. Wenn nichts anderes anfällt, ab Mitternacht. Ich komme später nach. Früher sind nur hoffnungsvolle Touristen in den Nepplokalen zu finden, die dann später als Hoffnungslose in ihre Hotels heimkehren – manchmal allerdings auch andere Quartiere aufsuchen." Er wandte sich an Lowett: „Weiter mit der Ehrenmänner-Galerie des ‚Savannah' –!"

„Jack Belandro" – Lowett hob seine Stimme – „ist ein alter Bekannter. Er hieß ursprünglich Giovanni Bigno, nahm aber vor drei Jahren, als ihm die Einbürgerung gelang, seinen jetzigen Namen an. Es ist eben leider das Naturalisierungsgesetz, das jedem frischgebackenen Bürger das Recht gibt, sich einen neuen Namen als Amerikaner zu wählen! Da sich Bigno seither nichts zuschulden kommen ließ, blieb diese Namensänderung nur ein Vermerk in den Personalakten des Belandro. Wahrscheinlich bekam er auch den Mietvertrag im ‚Savannah' nur, weil die Hausverwaltung den echten Namen des Mieters nicht kannte. Wie sollte auch der Administrator auf die Idee kommen, daß der Amerikaner Jack Belandro identisch mit dem italienischen Gangster Giacomo Bigno sei?"

„Strafregister?" fragte Brewer.

Lowett schob dem Chef eine Fotokopie und vier Karteikarten mit aufgeklebten Fotos zu:

„Blütenweiß! Viel Geld kauft beste Strafverteidiger! So unglaublich es klingt: Jack Belandro alias Giacomo Bigno hat bei siebenundzwanzig Festnahmen, die in New York, Chikago, Detroit, Los Angeles, Las Vegas, Miami, San Franzisko und Washington erfolgten, nicht eine einzige Verurteilung erlitten. Vier Anklagen wegen Mordes, neun wegen Beihilfe, zwei wegen verbrecherischen Überführens weiblicher Personen von einem Staat in das Gebiet eines anderen gemäß den Bestimmungen des ‚Man Act' und elf wegen Rauschgiftdelikten endeten ausnahmslos mit Einstellung des Verfahrens oder, soweit es zu einer ersten Verhandlung kam, mit Ablehnung der Überweisung an die Geschworenen, und wenn er vor den Geschworenen stand, wurde er freigesprochen. Also – nach dem Wortlaut des Gesetzes – ein nicht vorbestrafter Mann!"

Brewer machte sich Notizen, reichte die Aufnahmen weiter:

„Das ist der Segen der Justiz in einer echten Demokratie! . . . Ich hoffe nur, daß wir bald am Ende der Mieterliste des ‚Savannah' sind –"

„Eine letzte Nummer", erwiderte Lowett, „Donald Lerbody. Zweimal anonym angezeigt wegen nicht registrierten, also verbotenen Waffentransports. Er soll mit Taxis leichte und mittlere Maschinengewehre aus ungeklärtem Besitz an die diplomatische Vertretung eines lateinamerikanischen Staates geliefert haben. Die Ermittlungen verliefen im Sande. Der oder die Verkäufer konnten nicht ausgemacht werden. Der Empfänger durfte schweigen, da er nicht den amerikanischen Gesetzen untersteht. Lerbody wurde zuerst als Angeschuldigter einvernommen. Er verweigerte die Aussage auf Anraten seines Anwalts mit der Begründung, daß ihm das Recht der Aussageverweigerung als Angeklagtem zustehe. Das zweite Mal sollte er als Zeuge gehört werden. Nun lehnte er die Beantwortung der Fragen mit Berufung auf das 5th Emendment ab, da ihn seine Aussage belasten könne, wozu niemand verpflichtet sei. Und dabei blieb's." Lowett legte seine Akten zusammen, steckte sein kleines Büchlein ein.

Brewer blickte sich um, gab Sloan ein Zeichen.

„Aussagen Potters und O'Bryans protokolliert. Sie sagten genau dasselbe aus wie Ihnen gegenüber, Herr Oberinspektor", berichtete der Detektiv, „und im Berkeley Club wurden mir die Angaben Baldons bestätigt. Der Mann genießt dort großes Ansehen, ich mußte sehr vorsichtig sein, um keine unerwünschten Reaktionen hervorzurufen."

Brewer nickte, sah zu Gatsky und von ihm zu Sarg:

„Vielleicht übernimmt nur einer von euch beiden die Berichterstattung! Wenn ihr euch gegenseitig ins Wort fallt, wie wir's alle schon erlebt haben, so dient dies keineswegs dem besseren Verständnis! Also –"

„Sarg kann es besser", meldete sich Gatsky, „und wenn er steckenbleibt, helfe ich aus." Er zündete sich eine Zigarette an, um den Blicken seiner Kollegen auszuweichen. Jede seiner Bewegungen wirkte immer wieder eindrucksvoll, sosehr man sie kannte, denn es fiel ihm schwer, den Unterarm richtig im Ellbogen so weit zu krümmen, daß die Hand bequem die Lippen erreichte. Die Muskulatur hörte nicht beim Bizeps auf, sondern setzte sich in Strängen fort und zog der freien Beweglichkeit enge Grenzen. Dabei spannte sich der Stoff der Ärmel, der Weste und des Jacketts trotz des raffiniert weiten Zuschnitts.

Sarg entnahm einer flachen Tasche mit Reißverschluß seine Unterlagen:
„Die Jugendakten Lavinios aus der Zeit seiner Einlieferung in die Zwangserziehungsanstalt geben keinerlei Namen von Komplicen an. Zweifellos steht fest, daß er Verbindung mit Helfern außerhalb der Anstalt unterhielt, denn es genügte nicht, daß er ausbrach, er mußte vielmehr einen vorbereiteten Fluchtweg haben, um nicht sofort nach dem Alarm wieder eingefangen zu werden. Nach Ansicht der Anstaltsleitung wartete ein Wagen auf ihn in der Nähe des Wäschereigebäudes, durch dessen Heizhaus er auch tatsächlich geflüchtet war. Die befragten Zöglinge wußten natürlich, wie üblich in solchen Fällen, von nichts." Sarg zog die Akten zu sich herüber, die Gatsky auf den Tisch gelegt hatte: „1945 kam Lavinio wegen Rauschgifthandels vor die Geschworenen. Einer der besten Strafverteidiger stand ihm zur Seite, Popping, dessen bekannt hohe Honorare ein kleiner Dop-Peddler niemals hätte aufbringen können. Aber mächtigere Interessenten griffen helfend ein. Adonis kam mit zwei Jahren davon, der Staatsanwalt hatte zehn beantragt. Die Agenten des Rauschgiftdezernats setzten alles dran, um Lavinio zur Preisgabe seiner Auftraggeber und Lieferanten zu bewegen. Sie boten ihm Straffreiheit, falls er als Kronzeuge der Staatsanwaltschaft aussagen würde. Aber Lavinio kannte die Spielregeln. Man gibt lieber zwei Jahre Freiheit her als das ganze Leben. Zumal wenn das Schweigen und das kleine Opfer gut bezahlt werden. In diesem Prozeß tauchte kein Komplice auf, kein Mithelfer, wohl aber ein Entlastungszeuge, ein gewisser –" Sarg überflog die vor ihm liegende Aktenseite „– Albertino Mosilli – hier die Bilder des Erkennungsdienstes –" der Detektiv gab sie dem Oberinspektor „– der bereit war, zu schwören, er hätte gesehen, wie ein Unbekannter, kurz bevor die Agenten vom Narcotic Squad Lavinio festnahmen, diesem etwas in die Manteltasche gesteckt habe. Dadurch wollte der Strafverteidiger beweisen, daß Lavinio keinen ‚Stoff' bei sich trug, sondern daß ihm ein Rauschgiftvertreiber das Kokain in die Tasche praktizierte, um sich der gefährlichen Ware zu entledigen."

„Wer ist dieser Albertino Mosilli?" fragte Brewer und kritzelte den Namen auf seinen Schreibblock.

„Von Beruf Zuhälter", sagte Sarg, „macht auch sonst allerlei Dinge, die wir nicht gern sehen. So wurde er wegen eines Taschendiebstahls festgenommen. Das ist nicht aufregend. Überdies wurde er freigesprochen, denn Tatzeugen gab es nicht, und seiner Beute konnte er sich in dem Trubel, der der Entdeckung folgte, entledigen. Beachtenswert aber ist der Ort, wo er seinem Tatendrang freien Lauf ließ." Sarg sah von einem zum anderen der Kollegen und blickte den Oberinspektor an. Er wollte eben sein As ausspielen, als Gatskys Stuhl, auf dem er fortwährend geschaukelt hatte, zusammenbrach und seine zwei Zentner zu Boden krachten.

„Der dritte Sessel!" bemerkte Sloan lakonisch. „Vier Dollars. Kauf dir Stahlmöbel, sind zwar etwas teurer, aber auf lange Sicht billiger, und du mußt nicht dauernd Formulare ausfüllen."

Gatsky erhob sich, klopfte den Staub von seinem Anzug, holte sich eine neue Sitzgelegenheit:

„Wenn die Verwaltung Stühle für Babys kauft statt für erwachsene Männer, so bin daran nicht ich schuld! Übrigens, Sarg vergaß zu sagen, daß der Mosilli in der ‚Shanghai-Bar' hochgegangen ist!"

Das war die Rache des Schwergewichtlers. Er hatte sich die Pointe geholt.

„Das ist tatsächlich bemerkenswert!" rief Brewer sehr lebhaft. „Das wäre also doch ein Faden, wenn auch nur ein hauchdünner – aber immerhin. Lavinio wird im ‚Savannah' ermordet – dort wohnt die Parker-Pinney, die mit Rauschgift in Verbindung gebracht werden kann – James Garwick, dem das ‚Shanghai' gehörte, wohnt ebenfalls da –, und der Mann, der sich als Entlastungszeuge für Lavinio meldete, verkehrte in der ‚Shanghai-Bar' ... hm! Kann natürlich alles Zufall sein – aber jedenfalls ein Zufall, der zum Nachdenken anregt und zum Nachprüfen!" Er sah zu Sarg, der noch immer gekränkt vor sich hin blickte und Gatsky die kalte Schulter zuwandte. „Was weiter?"

„Ein neuer Zufall, Herr Oberinspektor!" erläuterte der Detektiv die aufgeschlagenen Akten. „Nachdem Lavinio schon nach einem Jahr begnadigt worden war, griffen ihn 1947 die Kollegen vom Rauschgiftdezernat auf frischer Tat. Diesmal war seine Behausung in mühevoller, monatelanger Kleinarbeit ausgemacht worden. Die Agenten vom Narcotic Squad mieteten sich in zwei möblierten Zimmern ein, die auf denselben Korridor mündeten wie Lavinios Raum. Sie hatten einen Mann beobachtet, der in regelmäßigen Abständen, aber zu immer verschiedenen Tageszeiten Lavinio aufsuchte. Das deutete darauf hin, daß die Zusammenkünfte verabredet waren. Als der Unbekannte sich wieder einmal bei dem Italiener aufhielt, brachen die Kollegen vom Rauschgiftdezernat in wenigen Augenblicken die Tür der Behausung Lavinios auf. Sie machten ihn dingfest, doch sein Besucher riß einen Schrank um, erreichte mit zwei Sätzen das Badezimmer und drehte von innen den Schlüssel um. Der eine Agent sicherte Adonis, der andere trat die Verbindungstür ein. Aber der Unbekannte war bereits aus dem Fenster über den Vorsprung zur Feuertreppe gelangt und kletterte sie hinunter. Auf dem Hof spielende Kinder schlossen den Gebrauch von Handfeuerwaffen aus. Der Mann entkam unerkannt. Lavinio schwieg. Sein Verteidiger war wieder Popping."

„Ich kann aber keinen Zufall im Sinne eines Zusammenhangs mit unserem Mord sehen!" stellte Brewer fest.

Sarg lehnte sich etwas über den Tisch, warf einen Blick zu Gatsky, als wollte er sich vergewissern, daß er ihm diesmal weder die Pointe stören noch vorwegnehmen konnte, und sagte dann mit besonderer Betonung:

„Der Besucher Lavinios mußte über den Hof und von dort das Nachbargrundstück erreichen. Bei den alten Bauten unten an den East Docks ist das keine Schwierigkeit. Zur Straße war ihm der Weg versperrt, die Tür zum Korridor zwischen Hof und Vorderhaus verschlossen. Während der eine Beamte mit Lavinio im Zimmer blieb, sondierte der andere die Vorderfront und die Umgebung. An der Ecke stand ein Chrysler-Windsor. Der Besitzer hatte den Zündschlüssel im Schloß steckenlassen – vielleicht Vergeßlichkeit, vielleicht eine vorsorgliche Maßnahme, um schnell wieder losfahren zu können. Der Detektiv zog den Schlüssel ab. Wahrscheinlich wollte er verhindern, daß Unbefugte sich des Wagens bemächtigten. Er sah dabei auf das Armaturenbrett. Der Name besagte nichts. Aber –"

„Mach's nicht so spannend!" rief Lowett.

Sarg sah nur den Oberinspektor an:

„Der Chrysler-Windsor war wenige Wochen vor der Festnahme Lavinios und vor der gelungenen Flucht des Unbekannten auf einen neuen Käufer übertragen worden. Der Erstbesitzer des Fahrzeuges hieß – Giacomo Bigno, heute Jack Belandro. Und dies ist der zweite Zufall. Lavinio wurde in dem Haus ermordet, in dessen vierzehnter Etage Belandro alias Bigno wohnt."

„Das ist allerdings eine Neuigkeit, die es in sich hat!" Brewer war aufgestanden, schritt auf und ab. „Drei Mieter des ‚Savannah', bei denen ein direkter oder indirekter Kontakt zu dem Ermordeten vorliegt! Ich glaube, wir sollten uns vor allem auf diese drei Leute konzentrieren. Aber bevor Belandro an die Reihe kommt, will ich Lerbody einen kurzen Besuch abstatten. Um einen persönlichen Eindruck zu gewinnen. Und von ihm geht's dann zu Jack." Er blieb stehen: "Sloan und Gatsky begleiten mich. Worauf es ankommt, das ist eine schnelle, aber gründliche Durchsuchung der Wohnung. Da wir auf Grund unseres sehr dürftigen Materials von keinem Richter die Genehmigung dazu erhalten, müssen wir uns selbst weiterhelfen. Das Eindringen in eine Wohnung ohne Genehmigung oder gar gegen den Willen ihres Besitzers ist verboten. Wie aber soll man sich verhalten, wenn man die Eingangstür unverschlossen vorfindet? Nun, für einen Polizisten ist es geradezu eine Verpflichtung, nachzusehen, ob nicht etwa unbefugte Elemente die offene Tür zu einem mißbräuchlichen Eintritt benutzt haben." Brewer machte eine kleine Pause. "Während Gatsky und ich eine kleine Unterhaltung mit Belandro haben werden, geht Sloan unauffällig zu der Eingangstür der Wohnung und führt einen Arretierstift in das Schnappschloß ein. Dann verlassen wir alle, Belandro in unserer Mitte, die Wohnung. Gatsky nimmt den Gangster ins Headquarter mit zum Verhör – das ist unter den gegebenen Umständen und bei Bewertung der Vergangenheit des Mannes rechtlich begründet. Während er dort festgehalten wird, kämmen Sloan und ich die Behausung durch."

"Eine heiße Sache, Herr Oberinspektor", gab Lowett zu bedenken. "Die härtesten Anwälte werden uns auf den Hals kommen –"

"Erstens hinterlassen wir keine Spuren", erwiderte Brewer, "so daß ein negativer Ausfall der Suchaktion gar nicht festzustellen sein wird. Finden wir aber Belastungsmaterial, so kräht nachher kein Hahn danach, wie wir es gefunden haben. Zuletzt bleibt immer noch der Hinweis auf die unverschlossen gefundene Tür. Und nach getaner Arbeit nimmt Sloan den Stift aus dem Schloß, und die Tür wird hübsch zugemacht."

"Wenn aber Belandro Widerstand leistet?" warf Gatsky ein.

"Ich dachte, daß Sie einigermaßen überzeugende Argumente für solche Fälle bereithalten?" gab Brewer zurück. "Um aber sicher zu sein, lasse ich mir auch noch eine Rückendeckung durch den Superintendenten geben. Übrigens hat Belandro bestimmt kein Interesse daran, durch alle Zeitungen geschleift zu werden. Wenn wir ihn nach ein paar Stunden freilassen, läuft alles reibungslos ab. Sollten wir Belastungsmaterial finden, das dem Staatsanwalt genügt, dann ist es Sache des Anklägers, einen Haftbefehl zu erwirken – und zu verantworten!" Er sah auf seine Uhr. "Zehn Minuten beim Chef. Zehn Minuten beim District Attorney oder dem stellvertretenden Staatsanwalt. Eine halbe Stunde für Lerbody. Um drei Uhr dreißig hole ich Gatsky und Sloan ab. Lowett und Sarg bleiben hier in Bereitschaft." Er setzte seinen Hut auf und ging.

Superintendent Coughlin ließ ihn sofort vor:

„Die Staatsanwaltschaft hat sich bereits lebhaft nach Ihnen erkundigt. Die Mittagsausgaben der Zeitungen blasen ja mächtig ins Horn! Unterwelt im vornehmen Westend – die Reporter haben immerhin eine ganze Menge über Adonis Lavinio herausgefunden. Leider!"

Brewer gab einen knappen Umriß der Situation. Als er seinen Plan einer etwas unformellen Durchsuchung der Belandroschen Wohnung andeutete, widersprach der Superintendent zunächst. Aber nachdem der Oberinspektor die Aussichtslosigkeit des Instanzenweges dargetan hatte, stimmte er schließlich zu. Wenn es überhaupt eine auch nur entfernte Möglichkeit gab, Belastungsmaterial in den Räumen des Gangsters zu finden, so nur durch das Überraschungsmoment. Kamen erst Rechtsanwälte mit einem „Habeas Corpus" und allen anderen Rechtstricks, wie es Coughlin nannte, ins Spiel, so konnte Belandro bequem die Wände frisch streichen lassen, bis die Polizei Gelegenheit zum Eingreifen erhielt.

„Und was soll wegen der Presse geschehen?" fragte Brewer.

„Ich lehnte alle Auskünfte ab. Tun Sie das gleiche und sorgen Sie dafür, daß aus Ihrer Abteilung nichts heraussickert", entgegnete Coughlin. „Ich befürchte, irgendein Reporter hat von der Revierstation Hinweise erhalten – anders ist nicht zu erklären, daß die Presse Lavinios Vorleben so schnell ermittelt hat. Wir halten daran fest, daß nichts vorliegt, was einen Zusammenhang der Mordtat mit der Vergangenheit des Opfers andeutet. Abschieben auf neutrales Niveau – soweit uns das abgenommen wird."

„Danke, Herr Superintendent! Ich gehe jetzt zur Staatsanwaltschaft!"

Brewer verließ zufrieden das Dienstzimmer seines unmittelbaren Vorgesetzten. Coughlin war so hart, wie die scharfgezogenen schmalen Lippen und die tiefreichenden Steilfalten seines gemeißelt wirkenden Gesichts es anzeigten. Aber er lebte in seinem Beruf und gab seinen Untergebenen die ganze Kraft seiner Autorität beim obersten Chef, dem Commissioner der Polizei.

District Attorney Patterson war etwas verschnupft, weil er den Mordfall erst aus den Zeitungen erfahren hatte. Aber Brewer lieferte ihm alle Aufklärungen:

„Zunächst war nichts Ungewöhnliches zu erkennen, Herr Staatsanwalt. Ein Mord wie viele andere. Kein Motiv, kein Fingerzeig. Erst mit dem Ergebnis der ersten Recherchen zeichnete sich der Hintergrund ab. Zusammenhänge mit der Unterwelt. Und als wir so weit waren, wollte ich zumindest ein Minimum an Tatsachen zusammenbringen, um Ihnen nicht mit vagen Vermutungen aufzuwarten, sondern Handgreifliches vorzulegen. Leider sind wir von diesem Ziel noch weit entfernt. Dennoch war es meine Pflicht, Sie zu informieren. Besonders die drei Aspekte im Zusammenhang mit Belandro, Garwick und Evelyn Parker-Pinney scheinen aussichtsvoll. Und wenn Sie mir zustimmen –"

Er entwickelte seinen Aktionsplan.

„Nehmen Sie Belandro nicht zu leicht!" warnte Patterson. „Wenn wirklich Belastungsmaterial gefunden wird, greife ich zu. Dann setze ich meine ganze Person und mein Amt ein. Aber – es muß eben schwerwiegendes Material sein. Sonst lieber warten. Besser, die Zeit zu verlieren als – das Gesicht. Belandro schlüpfte uns trotz engster Maschen durch die Paragraphen, Sie wissen es ja. Wenn Sie ihn zur Strecke bringen, wird es Ihr großer Fall sein. Aber wenn es nicht gelingt, den Burschen mit einem unerbittlichen Zuschlagen auf die Matte zu legen, so heißt es – Geduld! Ich vertraue Ihnen, das wissen Sie. Also – viel Glück!"

Brewer ging in die Bruce Street.

Das Taxi-Unternehmen Donald Lerbodys umfaßte einen ganzen Gebäudekomplex nebst Reparaturwerkstätten. Es war kein kleines Objekt, sondern ein Geschäft von Format. Von außen gesehen, wirkte es allerdings auf den ersten Blick düster wie die Mauern und Höfe ringsum. Und als der Oberinspektor das Büro im ersten Stockwerk betrat, glaubte er sich um viele Jahre in die Vergangenheit zurückversetzt. Die Räume, die Möbel, die ganze Aufmachung schienen sehr von gestern. Lerbody legte offenbar nur aufs Geldverdienen Gewicht. Komfort war gut für sein Heim, aber überflüssig für die Firma und die Angestellten.

„Mister Lerbody ist sehr beschäftigt", belehrte ein Buchhalter den Oberinspektor, „Sie müssen mir schon sagen, worum es sich handelt."

Brewer wollte kein Aufsehen erregen und jede Feindseligkeit Lerbodys vermeiden. Nur so konnte er schnell vorankommen.

„Es handelt sich um einen Kollektivtransport anläßlich eines Kongresses!" erfand er rasch einen Besuchsgrund. „Das ist nur mit dem Boss zu erörtern."

Der Mann verschwand, kehrte gleich darauf zurück, führte ihn über einen langen halbdunklen Korridor, stieß eine Tür auf, wies nach innen und entfernte sich wortlos.

An einem großen altmodischen Rollpult saß ein Mann in Hemdsärmeln. Er blickte über seine stahlgeränderte Brille auf den Besucher:

„Was ist das für ein Kollektivtransport, Mister –?"

„Brewer!" stellte sich der Oberinspektor vor. Er trat neben Lerbody, legte ihm seinen Ausweis vor: „Ich hielt es für angebracht, eine Ausrede zu gebrauchen, um Sie zu sprechen. Wozu sollen die Leute draußen erst große Augen machen?" Er setzte sich unaufgefordert, steckte seine Legitimation, die Lerbody aufmerksam geprüft hatte, wieder ein.

„Danke", begann nach einigem Zögern der Unternehmer, „ich mache mir zwar nichts daraus, was die Leute denken oder reden – immerhin weiß ich Ihre Rücksicht zu schätzen. Vielleicht sagen Sie mir nun, worum es sich handelt. Für meine Fahrer bin ich nicht verantwortlich, das ist in den Arbeitsverträgen eindeutig ausgeschlossen –"

„Ich weiß das", unterbrach ihn Brewer, „diese weise Klausel, die ein tüchtiger Anwalt Ihnen aufgesetzt hat, erleichterte auch Ihre Lage damals in dem Prozeß wegen der etwas heiklen Waffentransporte ... doch das nur am Rande. Ich kam, um etwas über den Mord zu hören, der heute nacht im ‚Savannah' geschah –"

Lerbody lehnte sich zurück, zog kräftig an seiner Zigarre, sah offen seinem Gegenüber in die Augen:

„Ihre Anspielung auf den Prozeß ist unwichtig. Das ist rechtskräftig erledigt, und ich war unschuldig wie ein frischgeborenes Lamm. Und über den Mord weiß ich bestimmt weniger als Sie. Es läge näher, wenn ich Sie ausfragte, als daß Sie mir Fragen stellen."

„Sind Sie immer so witzig, Mister Lerbody", gab Brewer zurück, „oder nur, wenn es sich um Kapitalverbrechen handelt?"

„Wenn Sie meinen Betrieb hätten, wären Sie genauso witzig, Oberinspektor!" Lerbody kaute heftig an seiner Zigarre. „Aber über den Mord kann ich Ihnen nur das sagen, was in den Zeitungen steht. Offenbar doch eine Abrechnung unter Gangstern."

„Erstaunlich richtig getippt!" bestätigte der Oberinspektor. „Wie kommt es, daß es Ihnen so gar nicht auffiel, daß die Verbrecher sich ausgerechnet ein Apartmenthaus von der Kategorie des ‚Savannah' als Schauplatz für ihr Vorhaben aussuchten?"

Lerbody rückte bequem nach hinten:

„Was wollen Sie eigentlich von mir? Ist irgendein Cabby aus meinem Betrieb in die Sache verwickelt? Dann nennen Sie mir den Mann, und wenn ich ihn zufallsweise kenne, so bekommen Sie von mir jede Auskunft. Sonst kann Ihnen die Personalabteilung dienlich sein. Aber mich lassen Sie in Ruhe. Ich habe andere Sorgen!"

„Waren Sie gestern abend zu Hause?" fragte Brewer, ohne auf die Bemerkungen seines Gegenüber einzugehen. „Und nachts?"

„Ich nahm das Dinner mit einem Geschäftsfreund im ‚Little Hungary' ein – die fettreiche Nahrung ist mir zwar ärztlich streng verboten, aber sie schmeckt zu gut, um zu verzichten. Um zwanzig Uhr dreißig war ich in meiner Wohnung und arbeitete an der Zwischenbilanz. Um dreiundzwanzig Uhr ging ich schlafen. Falls Sie daran zweifeln, so kann ich Sie nicht daran hindern. Solange der Staat nicht bereit ist, jedem Bürger einen eidfesten Zeugen ans Bett zu stellen, wird es kaum möglich sein, ein Alibi für die normale Zeit der üblichen Nachtruhe zu erbringen."

„In Ihrem Fall könnte ja Ihre Frau als Zeuge dienen. Gewiß braucht eine Ehefrau nicht gegen ihren Mann auszusagen, aber nichts hindert sie, für ihn aufzutreten!" lächelte Brewer.

Lerbody zerdrückte die halbgerauchte Zigarre:

„Meine Frau ist nicht in New York."

„Schade!" bedauerte der Oberinspektor. „Eine genaue Zeittafel ist oft recht nützlich! Nun, daß Sie nach dem Abendessen um halb neun nach Haus fuhren, ließe sich auch anders beweisen. Sie haben doch einen Chauffeur – der wäre ein unparteiischer Zeuge."

„Ich steuerte meinen Wagen selbst!" Lerbody zeigte deutliche Anzeichen einer zunehmenden Nervosität.

„Wie kommt das?" wollte Brewer hartnäckig wissen. „Wozu ein Chauffeur, wenn man sich selbst an den Volant setzen muß?"

„Einmal muß man ja auch seinem Fahrer einen Abend freigeben – oder wissen Sie so wenig über die Arbeitszeitgesetze?" Lerbody hielt noch an sich.

„Wissen Sie", erwiderte der Oberinspektor ohne besondere Betonung, „wir Polizisten suchen in jeder Suppe nach einem Haar. Welcher Zufall, sage ich mir, daß der Chauffeur unseres Freundes Lerbody gerade an dem Abend frei vom Dienst ist, wenn ihn sein Chef so gut als Zeuge gebrauchen könnte! Aber solche Zufälle gibt's. Man muß sich damit abfinden. Jedenfalls geben Sie mir Name und Adresse Ihres Fahrers" – er nahm einen Taschenblock zur Hand –, „vielleicht kann uns der Mann den einen oder anderen Hinweis geben. Sie wissen ja, Chauffeure hören und sehen viel, oft mehr, als ihrer Herrschaft erwünscht ist."

Lerbody schwieg eine Weile. Er holte umständlich eine Zigarre aus einem Kistchen mit abgebrochenem Griff. Langsam rauchte er sie an einem überlangen Streichholz an:

„Sie haben Pech, Oberinspektor! Sie können gern Name und Adresse haben, aber der Fahrer ist verreist."

„Verreist?" fragte Brewer mit ungläubiger Miene. „Ich dachte, er hat gestern seinen freien Abend gehabt? Und nun ist er gar nicht in New York? Wo hält er sich denn auf?"

„Ich gab ihm zwei Wochen frei, um seine Verwandten zu besuchen –", versuchte Lerbody sich aus der unangenehmen Situation herauszuwinden, „– da ich nicht ahnen konnte, daß Sie solchen Einzelheiten Bedeutung beimessen, sagte ich einfach, er hatte einen freien Abend. Jetzt wissen Sie also, daß er seit zwei Wochen fort ist. Er vermag Ihnen also ebenfalls über den Mord nichts zu erzählen!"

„Er ist seit zwei Wochen fort?" ließ Brewer nicht locker. „Da er nur zwei Wochen Urlaub hatte, muß er also noch heute oder morgen zurück sein?!"

Lerbody schrie plötzlich:

„Was wollen Sie eigentlich – verdammt noch mal!? Was?! Darf ich den Urlaub meines Chauffeurs nur mit Polizeierlaubnis verlängern? Ich gab ihm eine Woche dazu – na – und was weiter?! Ist das verboten?!"

„Aber, aber!" schüttelte Brewer den Kopf. „Nun wollte ich alles ganz diskret machen, und Sie brüllen so laut, daß es die Angestellten weithin hören müssen! Natürlich denkt die Polizei nicht daran, Ihnen Vorschriften über die Urlaubszeiten Ihres Fahrers zu machen. Sie wird nur mißtrauisch, wenn ein Chauffeur zuerst zufallsweise gerade an dem Abend frei hat, an dem in Ihrem Haus ein Mord geschieht – dann angeblich zwei Wochen Urlaub bei Verwandten genießt – und schließlich eine dritte Urlaubswoche dazubekommt... Aber wir kommen darauf später zurück. Sie erwähnten vorhin, daß Ihre Gattin nicht in New York ist. Dürfte ich erfahren, wo sie sich aufhält? Und seit wann?"

„Bei Verwandten!" erwiderte Lerbody kurz. „Seit zwei Wochen."

„Auch bei Verwandten!" wiederholte Brewer unerbittlich. „Wieder so ein Zusammentreffen! Ihre Frau weilt bei Verwandten – seit zwei Wochen, Ihr Chauffeur hält sich bei Verwandten auf – auch seit zwei Wochen."

Lerbody sprang auf:

„Schön, Sie haben gewonnen. Woher Sie es wissen, ist mir unerklärlich. Aber wenn auch meine Frau mit meinem Fahrer durchgebrannt ist, so hat das erst recht nichts mit dem Mord im ‚Savannah' zu tun! Das wird Ihnen doch auch einleuchten! Oder ist das Brett vor Ihrer Stirn zu dick?"

„Ihre Gattin ist also mit Ihrem Chauffeur auf und davon?" meinte Brewer und sah nachdenklich den transpirierenden Ehemann an. „Ganz offen gestanden – ich wußte es nicht. Allerdings führten Sie mich durch Ihre sonderbaren Antworten zu gewissen Schlußfolgerungen..." Er stand auf: „Sollen wir eine Suchaktion einleiten?"

„Sie sollen Ihre Nase nicht in meine privaten Angelegenheiten stecken!" Lerbodys Erregung war noch zu erkennen. „Bilden Sie sich nur nicht ein, daß es mir schwerfiele, Ihre Taktik zu durchschauen! Sie wollen eine Pression gegen mich ausüben, um mir die Zunge zu lockern! Aber ich weiß nichts!"

„Auch nicht, wenn Sie sehr nachdenken?" bohrte Brewer weiter. „Zum Beispiel Ihre Mitbewohner – einige unter ihnen – die nette Evelyn Parker – der lebenslustige Garwick – der Mieter unmittelbar unter Ihnen – Belandro – oder kennen Sie ihn vielleicht unter einem anderen Namen?"

Lerbody gab bei. Er schien müde, gealtert, verdrossen, ließ sich in den Lehnstuhl fallen:

„Von dem Mord weiß ich nichts. Das ist nun einmal eine Tatsache. Aber ich kenne Belandro. Ich erkannte ihn bei der ersten Begegnung im Fahrstuhl. Wir sprachen kein Wort. Auch seither nicht. Mein Eindruck ist, daß er sich sehr verändert hat. Gelegentliche Besucher bei ihm sind nicht immer vertrauenerweckend – aber was geht mich Belandro an! Oder die Parker! Man hört von Chauffeuren manchmal allerlei Geschichten. Kluge Leute vergessen schnell. Die Parker weiß voranzukommen. Was geht's mich an! Einmal widerstand ich nicht, ging ihr auf den Leim, besuchte sie. Es sollte eine nette halbe Stunde werden. Dann kam der alte Trick, auf den ich auch wie ein Schuljunge 'reinfiel. Der sogenannte Bräutigam tauchte auf, ganz plötzlich. Sie riß sich einen Augenblick vorher das Kleid auf – vom Halsausschnitt bis zur Taille. Da stand ich nun – als Vergewaltiger – und neben ihr der Zeuge. Sie wissen, daß auf Gewaltanwendung gegen eine Frau Zuchthaus steht. Ich zahlte. Ließ dabei mehr Geld, als ich Haare auf dem Kopf habe. Seitdem drehe ich mich immer um, wenn der Elevator am achten Stock vorbeifährt."

„Hat Ihnen der blonde Engel nicht ganz besondere Vergnügungen versprochen –", tastete Brewer sich vor, „– ein wenig ‚Stoff' – oder Nackttänze minderjähriger Mädchen ...?" Er betrachtete sein Gegenüber aufmerksam.

„Kleine Mädchen – ja. ‚Koks' hielt sie wohl bei mir für aussichtslos." Lerbody sah den Oberinspektor lange an: „Wozu verdient man hart sein Geld? Wozu? Die eigene Frau haut mit Schmuck und Nerz ab. Die Evelyns halten den Erpresser gleich im Salon bereit, um die alten Narren nicht erst ins Schlafzimmer zu bemühen!" Er stand auf: „Wenn Sie mich fragen, hat Garwick nichts mit dem Mord zu tun. Es kommt nur die achte Etage und die vierzehnte in Frage. Oder die Leiche wurde von draußen ins Haus praktiziert. Garage, Service-Elevator, ein gutwilliger Mieter, der den Transport durch seine Wohnung genehmigte – Geld öffnet alle Türen."

„Viele", korrigierte Brewer, „nicht alle! Aber ich möchte wissen, Mister

Lerbody, ob Sie gegen Mitternacht schliefen. Wegen der Detonation. Niemand hat einen Schuß gehört!"

„Ich auch nicht!" kam die prompte Antwort. „Das Haus ist sehr solide gebaut. Dicke Wände. Alle Vorplätze und das Treppenhaus sind teppichbelegt. Sie haben vielleicht auch schon einmal etwas von Geräuschdämpfern gehört – sie sind sogar bei Autos beliebt ..."

Brewer verabschiedete sich. Dieser Besuch wäre nicht notwendig gewesen, doch hielt er ihn für nützlich. Im Ausmerzungsprozeß war er immerhin vorwärtsgekommen.

Lerbody mußte zu einer anderen Kategorie als jener, aus der sich Mörder rekrutieren, gezählt werden – Auftraggeber und Auftragnehmer. Wer im Zusammenhang mit dem Verbrechen im ‚Savannah' stand, gehörte zu einem Männertypus, der sich nicht von einer Evelyn Parker und ihrem Zuhälter erpressen ließ. Lerbody war ein Geldraffer – und als Mann ein Schwächling.

Brewer holte Sloan und Gatsky vom Headquarter ab. Sie fuhren mit zwei Uniformierten im Dienstwagen nach der Westend Avenue. Der Oberinspektor ließ einen Block vor dem Ziel in der Seitenstraße halten.

Voneinander getrennt, drei einzelne Männer, so schritten sie in das Apartmenthaus.

Der Portier erkannte Brewer sofort:

„Eben sind wieder drei Reporter hiergewesen! Man kann sich nicht mehr vor ihnen retten. Es fällt zwar einiges dabei ab, aber ich kann auch nicht mehr sagen, als ich weiß."

„Sie sollen gar nichts sagen! Es wird schon viel zuviel geredet!" Er tippte den Neger warnend auf den Arm. „Wissen Sie, ob Jack Belandro oben ist?"

„Seit heute früh, als ich den Dienst von Potter übernahm, hat er das Haus nicht verlassen. Er müßte also in seinem Apartment sein", antwortete der Portier.

Brewer ging mit seinen Begleitern zum Fahrstuhl und sagte beim Aufwärtsfahren:

„Zuerst läute ich. Wenn Belandro öffnet, drücke ich die Tür zurück – ich hoffe nicht, daß sie eine Sicherheitskette hat. Erst nachher folgen Sie. Sollte wider Erwarten irgendeine Vorrichtung das Öffnen der Tür hemmen, so muß sofort Gewalt versucht werden. Das Risiko trage ich."

Rechts und links neben der Tür standen die beiden Detektive eng an die Wand gelehnt.

Brewer hielt den Finger eine Weile auf den Klingelknopf, machte eine Pause, wiederholte.

Die Tür ging plötzlich lautlos auf.

Ein überlebensgroß wirkender Bodyguard, ein Leibwächter, hielt sie mit der linken Hand halb geöffnet und stützte sich mit der rechten gegen den Rahmen:

„Sie haben es wohl sehr eilig, Mister?"

Brewer trat einen Schritt vor und preßte die Schulter gegen die Türfüllung.

Der Bodyguard zog seinen rechten Arm zurück und ballte die Hand zur Faust.

Dieser Zeitverlust des Bruchteils einer Sekunde genügte Brewer, um einen Schlag von der Genauigkeit einer Präzisionsmaschine am Kiefer des Mannes zu landen. Das Aufeinanderklappen der Zähne klang wie ein Hammerschlag. Die massive Gestalt geriet ins Wanken, stolperte zurück. Brewer trat über die Schwelle. Der Leibwächter gewann sein Gleichgewicht. Er duckte sich, ging mit der Linken in Deckung und ließ die Rechte vorprallen.

Brewer wich aus, landete einen zweiten Schlag, einen Treffer auf das Kinn. Wie gefällt fiel der Wächter vornüber zu Boden.

Sloan und Gatzky traten näher, hoben ihn auf, drückten die Gestalt in einen Sessel an der Wand. Dünne Fäden Blut rieselten aus Mund und Nase des Mannes über das Gesicht, die keckbunte Fliegenkrawatte, das Hemd, die hellbraune Weste.

Die Tür im Hintergrund wurde aufgerissen.

„Was zum Teufel ..." Belandros Stimme stockte. Er blickte um sich, als suchte er Hilfe – wissend, daß es keine gab. Plötzlich lief er an Brewer vorbei auf den Vorplatz. Er schrie: „Polizei! Polizei! Hilfe!"

Gatsky erwischte ihn mit einem sicheren Griff von hinten, wirbelte ihn in die Wohnung zurück. Sloan schloß die Tür.

„Sie brauchen gar nicht nach der Polizei zu rufen, Bigno", sagte Brewer in aller Ruhe, „wir arbeiten prompt und sind schon hier!"

„Ich heiße Jack Belandro, Sie größenwahnsinniger Idiot", keuchte der Gangster, „mein Anwalt wird Ihnen wegen dieses Überfalls einheizen, daß Ihnen Hören und Sehen vergeht!"

Gatsky trieb im eisernen Griff die hilflos sich windende Gestalt über die Schwelle in das Wohnzimmer, schob sie auf eine breite Couch, schlug ihr mit der Handkante in die Weichteile der Hüfte:

„Das schmerzt, du Lump, aber hinterläßt keine Spuren! Jetzt halte den

Mund und rede nur, wenn du gefragt wirst! Ein Wort zuviel – und ich drücke dir die Leber ab, daß du all deine Toten wieder lebendig vor dir sehen wirst!"

Belandro saß regungslos in sich geknickt. Sein Gesicht war kalkweiß – vor Schmerz entstellt. Langsam zog er die Arme hoch, hielt sie verkrampft gegen seine Lenden.

Brewer sah Gatsky mißbilligend an:

„Muß das sein?"

Der Detektiv betrachtete aufmerksam seine Hände:

„Ich hab' nichts gesehen, Herr Oberinspektor" – er blickte zu Sloan –, „hast du etwas gesehen?"

„Wüßte nicht, was ich gesehen haben soll – höchstens das hübsche Bild dort an der Wand – etwas sparsam angezogen die Dame – aber sonst –" Er zündete sich eine Zigarette an.

Belandro begann zu husten.

Gatsky klopfte ihm wohlwollend auf den Rücken:

„Kutz-kutz, Kleiner! Hübsch tief Luft holen, dann ist's gleich wieder gut, und der brave kleine Jack bekommt ein feines Bonbönchen!"

Brewer sprach leise einige Worte zu Sloan. Der Detektiv entfernte sich und kam, den Leibwächter im Schlepptau, zurück. Er ließ ihn auf einer Perserbrücke in der entferntesten Ecke des Raumes nieder. Dann ging er wieder in den Vorraum. Als Brewer die Tür zuzog, sah er Sloan eifrig mit dem Schnappschloß beschäftigt.

Belandro öffnete die Augen, sah um sich, als erwachte er aus langem Schlaf:

„Überfall – Mörder – aber das werdet ihr büßen –", seine Stimme verklang.

Brewer ging an einen Wandschrank, hinter dessen facettierter Scheibe eine Flaschenbatterie stand. Er wählte einen Scotch Bourbon und flößte Belandro den scharfen Alkohol in den Mund:

„Es ist unziemlich, wenn ein vielfacher Mörder von Mördern spricht. Aber das nur nebenbei. Hauptsache, Sie verhalten sich manierlich. Sie wissen ja, daß heute nacht drei Stockwerke tiefer ein sympathischer junger Mann ermordet wurde, ein Bekannter von Ihnen, Adonis Lavinio –"

„Sie verdammter Hund", keuchte Belandro, „Sie wissen genau, daß ich nicht einmal den Namen kenne! Aber meine Anwälte –"

„Leise!" mahnte Brewer, „überanstrengen Sie nicht Ihre Stimmbänder, vielleicht brauchen Sie noch einmal die Kraft zum Aufschrei – wenn

Sie die Schwelle des mit abwaschbarer Ölfarbe grün gestrichenen Raumes überschreiten, in dessen Mitte ein interessant gebauter Stuhl steht!"

Belandro griff nach der Flasche Scotch Bourbon, nahm einen kräftigen Schluck, richtete sich ein wenig auf:

„Mir werden Sie nichts in die Schuhe schieben! Mir nicht! Ich bin Amerikaner! Genauso wie Sie!"

„Nicht ganz genauso", belehrte ihn Brewer. Der Gangster war zwar im Bilde, worauf es ankam, doch dem Beamten tat es wohl, den Unterschied zu betonen: „Ich bin in diesem Land geboren und kann nicht ausgewiesen werden. Aber Sie sind eingebürgert, und wenn wir Ihnen auch nur die allerkleinste Unrichtigkeit in den Angaben, die zu Ihrer Naturalisierung geführt haben, nachweisen können, so werden Sie deportiert! Dagegen gibt's keine Arznei! Nicht einmal Lucky Luciano konnte es von sich abwenden. Und er hat mehr Morde auf dem Gewissen als Sie – und verfügte über mehr Geld und mehr Macht, als Sie je hatten!"

„Was wollen Sie von mir!?" schrie Belandro. „Was?! Ich erfuhr von dem Mord erst aus den Zeitungen! So wahr mir die Heilige Mutter Gottes helfe!"

„Als Sie durch die ‚Mörder Inc.', diese Gesellschaft gedungener Mörder, unliebsame Gauner umbringen ließen, haben Sie nicht die Heilige Mutter Gottes angerufen, sondern Ihre Opfer!" Gatsky ging langsam auf Belandro zu, der beide Hände schützend vor sein Gesicht hob.

„Später –", griff Brewer ein, „– wenn ihr allein seid. Nur keine Zeugen – ich liebe es nicht, falsche Aussagen machen zu müssen – bis auf Sonderfälle –" Er sah Belandro an: „Also, wie war das mit Lavinio?! Der Kleine wurde dir unbequem, du fettes Schwein, er wußte zuviel, er wollte mehr von dem schmierigen Nutzen abhaben."

„Ich kenne keinen Lavinio, und wenn Sie mich totschlagen, bleibe ich dabei!" brüllte Belandro weiter.

Brewer holte tief Luft:

„Du kennst keinen Lavinio?! Du kennst auch nicht zufallsweise den Komplicen des Ermordeten, dem du deinen alten Chrysler-Windsor verkauft oder geschenkt hast?! Das alles ist dir unbekannt?!"

Zu Brewers Erstaunen antwortete der Gangster viel ruhiger:

„Meinen Windsor habe ich beim Kauf meines neuen Cadilllac, den ich heute noch fahre, in Zahlung gegeben. Es schert mich der Teufel, an wen der Händler ihn weitergab!"

Der Oberinspektor überlegte. Er blickte sich um, sah zum Telefon:

„Schafft Belandro ins Nebenzimmer, stellt das Radio an, ich möchte telefo-

nieren. Er muß nicht unbedingt hören, mit wem und worüber ich rede!"
Alleingeblieben, wählte er SP-73100 und ließ sich mit Sarg verbinden.
Er wartete am Apparat, bis er die gewünschte Auskunft bekam:
Der Chrysler war tatsächlich von einem Händler beim Verkauf des Cadillac an Belandro in Zahlung genommen worden. Später ging der Wagen an den Besitzer eines Automatenbüfetts, der ihn an demselben Tag als gestohlen gemeldet hatte, an dem die Festnahme Lavinios und die gleichzeitige Flucht seines Komplicen erfolgte.

Brewer fluchte laut und vernehmlich. Er ließ nichts an Deutlichkeit zu wünschen übrig, als er Detektiv Sarg aufklärte, daß er mit halben Informationen nichts beginnen könne. Die Feststellung Bignos als Vorbesitzer des Chrysler-Windsor verlor jeden Wert durch die nachfolgenden Tatsachen.

Er ging ein paarmal im Zimmer auf und ab, öffnete die Verbindungstür, ließ die beiden Detektive und Belandro wieder hereinkommen.

„Der Händler, der Ihren Chrysler-Windsor in Zahlung nahm", erfand Brewer, „glaubt sich genau zu erinnern, daß er das Fahrzeug einem von Ihnen empfohlenen Interessenten verkaufte. Also steigen Sie gefälligst von Ihrem hohen Roß herunter! Und packen Sie endlich aus, was Sie über Lavinio wissen!"

„Ich weiß von nichts! Ich bin unschuldig wie ein neugeborenes Kind!"

„Der eine ist unschuldig wie ein Lamm – der andere wie ein Kind!" Der Oberinspektor ließ kein Auge von dem Gangster. „Unschuldig sind sie alle. Noch auf dem elektrischen Stuhl. Sofern es uns gelingt, sie bis dorthin zu bringen. Ein Segen, daß gelegentlich die Konkurrenten sich untereinander liquidieren. Und dann erwartet man von uns noch, daß wir die Vollstrecker längst fälliger Urteile verfolgen! Es war uns unmöglich, den Gangsterkönig Anastasia zu überführen. Eine Phalanx eidfester Zeugen schützte ihn. Die gerissensten Anwälte holten ihn aus jeder Schlinge heraus. Wir wußten von seinen Kapitalverbrechen. Dennoch gelang es nicht, diesen dutzendfachen Mörder auf den Friedhof der Hingerichteten zu bringen. Bis endlich zwei sehr unformale Gentlemen ohne jedes Gerichtsverfahren den Verbrecher auslöschten, gerade während er von seinem Friseur verschönt wurde. Was die ganze Metropolitanpolizei nicht vermocht hatte, gelang ihnen. Und wir sollen nun die Vollstrecker eines längst fälligen gerechten Urteils zur Rechenschaft ziehen ...! Aber in Ihrem Fall ist es anders, Giacomo Bigno! Der kleine Lavinio war kein Mörder. Er vertrieb für Sie und ihre Hintermänner nur das weiße Pulver. Das ist keine Ursache, um eine Menschen umzulegen."

Belandro erhob sich mühsam:

„Ich habe seit drei Jahren nichts mehr mit diesen Dingen zu tun, ich lebe zurückgezogen –"

Brewer unterbrach ihn:

„Ein friedlicher Rentner – wie? Und wer sind die beiden Spießgesellen, mit denen Sie gestern abend nach Hause kamen? Die bis einundzwanzig Uhr dreißig bei Ihnen geblieben waren?"

Jetzt begann Belandro schallend zu lachen; es war ein echtes, ein völlig unbeschwertes Lachen. Er schien wie verwandelt:

„Das ist großartig! Unüberbietbar! Also weil gestern abend zwei Spießgesellen, wie Sie es nennen, bei mir waren, wollen Sie mich in den Mordfall verwickeln! Da sind Sie aber schlecht informiert! Wissen Sie, wer meine Besucher waren?"

„Nein gab Brewer zu, „aber wir bekommen es so sicher heraus, wie Sie Giacomo Bigno heißen!"

„Aber Sie werden wenig Freude damit haben!" Die Stimme Belandros klang so verändert, daß Brewer unsicher wurde.

„Finden Sie es heraus, und ich sorge dann schon dafür, daß es in die Zeitungen kommt – aber so, daß die beiden Herren überzeugt sind, daß Sie ihre Namen vor die Wölfe geworfen haben!" Er zündete sich eine Zigarette an, massierte zeitweise seine Hüfte.

„Machen Sie sich fertig", forderte ihn der Oberinspektor auf, „Sie können Ihre Aussagen im Headquarter zu Protokoll geben. Aber beeilen Sie sich!"

„Wie Sie meinen!" gab der Gangster ruhig zurück. „Sie wissen natürlich, daß ich auf jede Frage nur eine Antwort gebe: no comment! Denn ich rede ausschließlich im Beisein meiner Anwälte. Aber ich warne Sie vor Ihren eigenen Fragen." Er schritt zu seinem Leibwächter, der mit dem blutgetränkten Taschentuch vor dem Gesicht scheinbar völlig uninteressiert am Boden hockte: „Mach dir keine Sorgen, Ben, meine Anwälte werden dich ebenso beschützen wie mich." Er wandte sich an Brewer: „Sieht Ihr Plan, mich zu beschuldigen, auch eine Anklage gegen Ben vor, oder kann er seiner Wege gehen?"

„Ihr Leibwächter", sagte Brewer spöttisch, „kann Sie zur Einvernahme begleiten. Vielleicht erweist er sich als ein Singvogel, der niedliche kleine Geheimnisse aus seiner Kehle trillert? Doch jetzt haben wir genug Zeit verloren. Los!"

Belandro nickte, sah zu Gatsky, ging von ihm gefolgt ins Nebenzimmer und machte sich fertig zum Spaziergang. Der Leibwächter wusch sich laut schnaubend im Badezimmer.

Als sie zu fünft durch den Vorraum schritten, war Sloan der letzte in der Reihe. Er zog die Tür mit lautem Ruck hinter sich zu.

Im Erdgeschoß wandte sich Brewer an Gatsky:

„Bringen Sie Belandro und seinen Bodyguard in mein Dienstzimmer. Ich hole nur noch den –" Er gab Gatsky ein Zeichen, unterbrach sich selbst, als sei er beinahe daran gewesen, einen weiteren Namen zu nennen. „Sie wissen, wen ich meine – damit wir gleich eine Gegenüberstellung vornehmen können. In zehn Minuten bin ich im Headquarter."

Die Bemerkung des Oberinspektors über eine Gegenüberstellung verfehlte ihre Wirkung nicht. Belandro versuchte gleichgültig dreinzuschauen, aber ein geschultes Auge erkannte seine Beunruhigung. Die altbewährte Taktik des routinierten Polizisten erwies sich als immer wieder richtig. Man mußte als Kriminalbeamter so tun, als wüßte man sehr viel, als läge überreiches Material gegen den Verdächtigen vor, als wären strengbehütete Geheimnisse aus seinem Leben bekannt.

Gatsky verließ mit seinen Schutzbefohlenen so unauffällig wie möglich das „Savannah" und führte sie zum Dienstauto.

Brewer fuhr mit Sloan zurück in den vierzehnten Stock.

Ein leichter Druck genügte, und die Tür ging auf. Sloan entfernte den Hemmstift aus der Zunge des Schnappschlosses und zog die Tür hinter sich zu.

Der Oberinspektor begann mit der Durchsuchung im Vorraum, der Detektiv vom anderen Ende des Apartments her, in der Küche.

Es gibt eine ungeschriebene „Technik" des Durchkämmens einer Wohnung. Sie ist in keinem Lehrbuch beschrieben, in keiner Dienstanweisung, in keinem Polizeihandbuch. Sie erlernt sich nur im Beruf. Sie setzt ein sicheres Auge voraus, die intuitive Fähigkeit, eigentlich völlig unauffällige geringste Kleinigkeiten wahrzunehmen – etwas zu erspähen, was des Blickes gar nicht wert erscheint und dennoch Verborgenes anzudeuten vermag.

Brewer genügte der Blick in einen geöffneten Schrank, um zu fühlen, ob es sich lohnte, weiterzusuchen. Er „roch" ein Versteck, er witterte es.

Aber in Belandros Wohnung war scheinbar nichts Verborgenes, nichts, was bei einer Hausdurchsuchung unentdeckt bleiben sollte.

Anzüge, eine Überfülle feinster Maßanzüge, deren jeder mit Sicherheit über hundert Dollars gekostet hatte. Seidenhemden von „Sacks" in der Fifth Avenue stoßweise. Unterwäsche, Pyjamas aus Shantungseide, Krawatten in allen Farben, monogrammierte Taschentücher. Schuhe auf Holzleisten, alles Handarbeit – ein Luxus der obersten Klassen. Kein Paar unter siebzig Dollars.

Brewer tastete die Innen- und Außentaschen der Anzüge und Mäntel ab. Es fand sich nichts. Die Schubfächer eines Zierschreibtisches waren leer, als stünde das Möbel seit langer Zeit unbenutzt oder nur mit bedeutungslosen Reklamebriefen, quittierten Rechnungen, Klubeinladungen angefüllt. Allerdings von Klubs, die keine Ballotage kannten, keine Auslese und jeden Träger einer gefüllten Brieftasche bereitwillig aufnahmen.

Sloan inspizierte jedes einzelne Bild, hob es von der Wand, suchte nach einem darunter in das Mauerwerk eingebauten Panzerfach; schob Möbel beiseite, nahm Polsterkissen von den Fauteuils, Schaumgummimatratzen vom Bett. Machte Stichproben im Bücherschrank, der aber nur eingepreßte Buchdeckelreihen mit Goldprägung enthielt. In den leeren Kartonhüllen der Attrappen fand sich nichts.

Der Oberinspektor und Sloan krochen die Teppiche entlang. Blutspuren hielten sich lange. Sie waren nur auszuwaschen mit starken Lösungsmitteln, die unvermeidlich wieder helle Stellen hinterließen. Nicht auffallende, sogar leicht übersehbare. Aber wenn man bewußt nach solchen Flecken suchte, waren sie kaum zu übersehen, besonders nicht beim Auffallen des schrägen Lichtstrahls aus einem sehr starken Leuchtstab.

Nichts!

Brewer durchschritt nochmals jeden Raum, zog in der Küche die Schubladen heraus, sah im Eisschrank nach, sogar im Eisbereiter mit den Würfelfächern.

Nichts!

„Entweder wir befinden uns in einem Irrtum", sagte er enttäuscht zu Sloan, „oder Belandro ist klüger, als wir vermuteten. Es ist nichts Verdächtiges zu sehen. Sollte er allerdings die Sache seit langer Hand vorbereitet haben, so käme dem negativen Ergebnis der Durchsuchung wenig Bedeutung zu. Er konnte eine Unterlage aus Plastikstoff, hauchdünn und undurchlässig, an der Stelle auf den Teppich legen, wo Lavinio liquidiert werden sollte. Nach Gebrauch verschwindet sie im Müllschlucker. Und jede Blutspur ist vernichtet. Doch solche Erwägungen nützen nichts. Sie bringen uns nicht vorwärts."

Der Summer ertönte.

Brewer schob Sloan hinter den Fenstervorhang.

Ein livrierter Mann stand vor der Tür und blickte ihn verwundert an.

„Kommen Sie herein!" sagte der Oberinspektor: „Was möchten Sie?"

„Die Wohnung fertig aufräumen", erwiderte der Livrierte," – falls Mister Belandro keine andere Anordnung trifft." Er sah den Oberinspektor mißtrauisch an: „Ich kenne Sie gar nicht – wo ist der Boss –"

„Mister Belandro mußte zu einer Unterredung. Beim Verlassen des Apartments vergaß er, die Tür zu schließen. Da wir gerade vorbeikamen, wollten wir nur nachsehen, ob alles in Ordnung ist." Er zeigte seinen Ausweis. „Sie kommen wie gerufen. Ich möchte Ihnen einige Fragen stellen." Er führte ihn in den Salon. „Wie heißen Sie?"

„Abe Harris."

„Seit wann stehen Sie in Diensten bei Belandro?"

„Es sind jetzt drei Monate her, daß er mich einstellte."

„Wohnen Sie hier in der Wohnung?"

„Nein. Ich komme um neun, mache das Frühstück, räume einen Teil der Wohnung auf, gehe gegen zwölf und komme spätnachmittags zurück, um den Rest des Apartments in Ordnung zu bringen. Manchmal bereite ich ein kaltes Abendessen für den Herrn."

„Waren Sie gestern aben hier?"

„Bis sieben. Mister Belandro speiste mit Freunden außerhalb."

Brewer zog die Fotos Lavinios, die er bei sich trug, hervor:

„Ein Bekannter von Ihnen oder von Mister Belandro?"

Harris schüttelte energisch den Kopf:

„Nie gesehen! Keine Ahnung!"

„Auch nicht in der Zeitung? Heute mittag?"

„Ich lese erst am Abend die ‚News‘, Herr Oberinspektor."

„Was wissen Sie über den Mord, der heute nacht hier im Hause geschah?"

„Nur, was Potter und der Garagenwächter erzählten."

„Sie wissen, was ein ‚accessory after the fact‘ ist?"

„Nein –"

„Das ist eine Person, die durch ihr Verhalten nach einem Verbrechen zum Gelingen desselben nachträglich beiträgt oder die Aufklärung zu verhindern hilft oder dem Täter die Flucht erleichtert. Darauf steht bis zu lebenslangem Zuchthaus. Sie haben mich verstanden?"

„Ja, Herr Oberinspektor. Aber –"

„Wenn Sie irgend etwas verschweigen, was Sie wissen und was mit dem Mord in Zusammenhang steht oder stehen könnte, oder wenn Sie irgend etwas tun, was die polizeilichen Ermittlungen benachteiligt, so haben Sie dieselbe Strafe zu gewärtigen. Verstanden?"

„Ja, Herr Oberinspektor –" Harris stand unsicher auf den Beinen.

„Sie sind sich also jetzt über Ihre Pflichten im klaren und wissen, was Ihnen droht. Ich frage Sie also: Ist Ihnen etwas aufgefallen, was man als ungewöhnlich bezeichnen müßte, seitdem Sie bei Belandro als Diener tätig sind? Sahen Sie je eine Schußwaffe in seinem Besitz? War er heute morgen, als Sie kamen, erregt? Und nun überlegen Sie sich die Antwort genau!"

Aber Harris wußte nichts auszusagen. Es war ihm nie etwas Besonderes aufgefallen. Nie hatte er eine Waffe bei Belandro gesehen. Das ganze Benehmen des Boss sei an diesem Tage genauso gewesen wie an jedem anderen. Nach den Angaben des Dieners, die wahr und ungekünstelt klangen, durfte Belandro als das Idealbild eines feinen Mannes gelten. Ein wohlwollender Chef, großzügig und ohne Hochmut.

„Ich war bei Lord Walford vier Jahre als Kammerdiener", sagte Harris mit sichtbarem Stolz, „und ich bliebe für keinen noch so hohen Lohn bei einem Herrn, der – keiner ist!"

Brewer notierte sich Name, Adresse, Nummer der Indentitätskarte des Dieners:

„Wenn Ihr Chef zurückkommt, so können Sie ihm sagen, er sollte nie vergessen, die Tür seiner Wohnung zu schließen. Das sei ein großer Leichtsinn!" Plötzlich blickte Brewer den Diener mißtrauisch an: „Wie kommt es eigentlich, daß Sie am Haupteingang läuteten? Haben Sie keinen Schlüssel zum Service-Eingang?"

„Doch, Herr Oberinspektor", Harris zog sein Schlüsselbund hervor, „aber es wird gerade jetzt die Signalanlage des Personalfahrstuhls kontrolliert. Deshalb mußte ich hier heraufkommen."

Brewer schritt mit Harris ins Nebenzimmer, gab im Vorbeigehen Sloan einen Wink.

„Nun gehen Sie an Ihre Arbeit! Falls wir noch etwas von Ihnen wissen wollen, bekommen Sie Bescheid!"

Als er mit Sloan, der schon ins Treppenhaus gegangen war und dort auf ihn wartete, das Ergebnis der Untersuchung der Einvernahme des Dieners erörterte, kamen sie zu einem sehr wenig befriedigenden Ergebnis.

„Ich bin nur gespannt, was der alte Gangster inzwischen im Headquarter aufgeführt hat!" unkte Sloan.

„Mit Gatsky an der Seite verhalten sich die meisten Besucher eigentlich sehr wohlerzogen!" erwiderte Brewer. „Hoffentlich war er klug genug, uns einen Wagen herzuschicken –"

Um die Ecke stand das Polizeifahrzeug.

Als Brewer sein Dienstzimmer betrat, blieb Belandro auf dem Stuhl neben dem Schreibtisch sitzen. Aber Gatsky machte hinter dem Rücken des Mannes eine vielsagende Geste.

„Alles in Ordnung, Chef", sagte er mit betonter Ungezwungenheit, „Mister Belandro lehnte den ihm angebotenen Kaffee mit Kuchen ab.

Ich will damit nur sagen, daß ich nicht vergaß, was sich bei feinen Leuten gehört." Er deutete verstohlen auf die Tür zum Nebenzimmer. „Den Leibwächter ließ ich zum Onkel Doktor führen. Er ist auf der Treppe ausgerutscht und hat ein häßliches Weh-Weh am Mündchen."

Brewer sah nachdenklich Belandro an:

„Sie kommen gleich an die Reihe. Ich muß nur einen Augenblick mit meinem Mitarbeiter sprechen." Er wies Sloan den Stuhl neben der Tür an und ging mit Gatsky in den anschließenden Raum.

Der Detektiv zog ihn in die Fensternische, sprach leise:

„Belandro verlangte nach seinem Anwalt. Das lehnte ich ab. Er müsse warten, bis Sie zurückkämen. Dann begann ich, ihn etwas zu rädern wegen der beiden Unbekannten, die gestern abend bei ihm gewesen sind. Er benahm sich recht komisch. Er habe mit den Herren gemeinsam diniert, so sagte er, ehe sie ihn ins ‚Savannah' begleiteten. Und schließlich nannte er ihre Namen."

„Gut gemacht!" lobte Brewer. „Haben Sie gleich die Streifen per Polizeifunk angewiesen, nach den Brüdern Ausschau zu halten? Wie heißen Sie? Gute Bekannte?"

Gatsky dämpfte seine Stimme noch mehr:

„Sie werden staunen, Herr Oberinspektor! Der eine ist Jo Dalongi und der andere Mickey Finnigan!"

Brewer starrte den Detektiv ungläubig an:

„Das ist doch nicht Ihr Ernst? Dalongi? Finnigan? Die Stadtverordneten?"

„Die Stadtverordneten, die überdies der herrschenden Partei angehören und einen tadellosen Ruf genießen!" ergänzte Gatsky.

„Vielleicht ist das Ganze ein Lügengespinst Belandros?!" suchte Brewer nach einem Ausweg.

Gatsky verneinte besorgt:

„Es ist leider Tatsache, Herr Oberinspektor. Natürlich erkundigte ich mich nicht direkt bei den beiden Politikern. Aber ich wußte von Belandro, daß sie zu dritt im ‚Stork Club' gewesen sind. Das Feinste vom Feinen. Also rief ich sehr diskret bei Sherman Billingsley an. Er kennt alle Leute. Also auch Dalongi, Finnigan und Belandro. Sie speisten gemeinsam gestern abend. Das ist Tatsache. Und damit müssen wir nun sehen, wie wir unseren Gast auf elegante Weise loswerden. Ehe er die beiden Big Shots des Stadtparlaments zu Coughlin schickt – oder gar beim Commissioner intervenieren läßt."

Brewer fluchte leise vor sich hin:

„Das fehlte noch! Aber ich glaube nicht, daß Belandro einen Vorteil darin sieht, auch nur ganz am Rande eines Mordfalles genannt zu werden. Und es wäre ihm im ‚Savannah' mehr als unangenehm, wenn sein wirklicher Name bekannt würde. Ich kann mir gut denken, daß Finnigan und Dalongi für Belandro eintreten. Aber ob sie es sich leisten können, ihren Namen mit dem des Giacomo Bigno zu beschmutzen? Das ist unsere einzige Stärke!"

Er blieb vor Gatsky stehen: „Jetzt laufen Sie ins Archiv, holen drei möglichst dicke Aktenbände, kleben schnell auf jeden ein vorher verschmutztes Etikett mit der Aufschrift ‚Belandro' und bringen sie zu mir. Legen Sie die Bände wortlos, aber eindrucksvoll auf meinen Schreibtisch. Verstanden?"

Der Detektiv schmunzelte und entfernte sich durch die Tür zum Korridor.

Der Oberinspektor ging zurück in sein Zimmer.

Ein Fernschreiben brachte die Antwort des State Department aus Washington. Alvarez war bei den UN akkreditiert als volkswirtschaftlicher Bevollmächtigter seiner Regierung für die zuständigen Organe der Vereinten Nationen. Es lag gegen ihn nichts Nachteiliges vor. Größte Vorsicht wurde für jede eventuelle Nachforschung anempfohlen.

„Zu den Akten! Bleibt vorzumerken!" Brewer reichte die Meldung Sloan. Er setzte sich, sah Belandro eine Weile wortlos an: „Sie wollten mit Ihrem Anwalt in Verbindung treten?"

„Worauf Sie sich verlassen können! Sie haben mich hier gegen Recht und Gesetz festgehalten. Das wird Sie Ihren Posten kosten!" Belandro war seiner Sache sicher oder tat zumindest so, als sei er es.

„Die Polizei hat das Recht der Einvernahme verdächtiger Personen und solcher, die möglicherweise über ein Verbrechen etwas wissen", belehrte ihn Brewer. „Wir halten Sie hier nicht fest –"

„Dann kann ich also gehen?!" unterbrach ironisch der Gangster.

„Nach Ihrer Aussage – wahrscheinlich!" erwiderte der Oberinspektor. „Es kommt ganz auf das Gespräch an, das wir führen werden. Die Polizei kann einem netten Manne gegenüber nett sein – und wenn jemand uns das Leben schwer machen will, so haben wir auch verschiedene Möglichkeiten, unfreundlich zu sein."

„Was Sie nicht sagen!" meinte Belandro überheblich. „Vorhin behandelten Sie mich wie einen Schwerverbrecher –"

„Ich respektierte lediglich Ihre Vergangenheit", warf Brewer ein, „einem berühmten Gangsterchef zollt ein kleiner Polizeibeamter immer die ihm gebührende Ehre!"

„Davon habe ich wenig gemerkt", sagte Belandro mißmutig, „aber wenn Sie jetzt friedlich sind, wird das seinen Grund haben. Wahrscheinlich schlottern Ihre Beine bei dem Gedanken, daß Finnigan und Dalongi sich bei Ihrem Oberchef beschweren werden. Doch das hätten Sie sich früher überlegen müssen!"

„Ich bin eben beim Überlegen", lächelte der Oberinspektor, „etwa, wie die beiden zum Beispiel auf großaufgemachte Zeitungsartikel reagieren würden, in denen man diese ausgezeichneten Stadtväter als Tischgäste Giacomo Bignos feierte!"

Belandro starrte den Beamten sekundenlang an, beugte sich über den Tisch:

„Wollen Sie meine Einbürgerungsurkunde sehen? Ich heiße Jack –"

„– weder Finnigan noch Dalongi wissen, daß Sie früher der Gangsterchef Bigno waren!" ergänzte Brewer. „Oder die beiden Politiker wollen es zumindest nicht wahrhaben. Aber da werden wir ihrem schwachen Gedächtnis nachhelfen – noch bevor sie bei Coughlin oder gar beim Commissioner intervenieren. Wie gefällt Ihnen das?"

„Ich bin unbescholten!" erklärte Belandro heftig.

Doch Brewer merkte, daß die Sicherheit in seinem Benehmen wieder schnell nachließ.

„Unbescholten?" fragte er. „Sie wollen sagen, daß Sie nicht vorbestraft sind. Das stimmt. Aber niemand kann –" Er brach ab, als Gatsky das Zimmer betrat und drei dicke Aktenbände auf dem Schreibtisch ablud.

Er schien interessiert die Aufschriften zu lesen, betrachtete nachdenklich die Etiketten, blätterte in den Akten, sah zu dem Detektiv: „Und die Unterlagen von ED 18? Und PX 211?" Es waren frei erfundene Nummern.

„Ich habe sie angefordert, aber OG 219 kann sie erst morgen früh herüberschicken, da sie noch in Evidenz gehalten werden!" antwortete Gatsky.

„Schön, lassen Sie das nicht aus den Augen! Und kümmern Sie sich um den Leibwächter unseres Freundes hier!" mahnte der Oberinspektor. Er sah Belandro, ließ seine Hand liebevoll die drei Aktenbände streicheln: „Sie sagten doch vorhin: unbescholten? Nun, hier haben wir einige Antworten auf diese Unbescholtenheit – und weitere sind im Anrollen. Was meinen Sie, wie lange Ihres Bleibens im ‚Savannah' wäre, wenn dies Material hier frisch aufgeputzt und im Zusammenhang mit dem Mord an

Lavinio auf den Titelseiten erschiene?! Dazu diskrete Hinweise auf Ihr Dreierbankett im ‚Stork Club'?!"

„Das sind geheime Gerichtsakten! Die können Sie nicht veröffentlichen! Das ist gegen das Gesetz!" schrie Belandro.

„Wieviel geschieht unablässig gegen das Gesetz – ungestraft!" meditierte Brewer. „Niemand weiß besser als Sie, daß es ein weiter Weg ist von der Übertretung des Gesetzes zur Verurteilung! Natürlich geben wir niemals Geheimakten preis. Aber es gibt Zufälle. Die Journalisten sind unberechenbar. Ein Reporter steckt die Nase in so einen Band, während ich gerade für zehn Minuten mit meinem Freunde Belandro zum Erkennungsdienst hinübergehe!"

Er schlug einen völlig anderen Ton an: „Sie möchten ungeschoren bleiben, Jack Belandro, und nichts von Giacomo Bigno wissen, hören und lesen. Schön. Ich habe nur ein Interesse: den Mörder Adonis Lavinios zu fassen. Vielleicht sind Sie wirklich diesmal unschuldig. Vielleicht! Ich wünsche es Ihnen. Aber Sie kennen Zusammenhänge, Belandro, die wir erst mühsam ergründen müssen. Sie mögen heute aus irgendwelchen Gründen nicht im Betrieb stecken, aber diese Art von Fäden reißt nie ab. Ich mache Ihnen einen Vorschlag. Sagen Sie mir, was Sie wissen, was Sie denken, was Sie vermuten. Und ich vergesse Giacomo Bigno." Er sah sein Gegenüber sehr ernst an.

Belandro überlegte angestrengt. Er biß sich auf die Lippen.

Brewer schob ihm sein Zigarettenetui über den Tisch.

Belandro zögerte. Schließlich bediente er sich.

Brewer wußte, daß er die Partie gewonnen hatte. Aber er ließ dem Mann Zeit. Mit einem Seitenblick sah er zu Gatsky und Sloan. Beide gingen unauffällig aus dem Raum.

„Ich habe noch nie jemanden verpfiffen", begann Belandro, „und so etwas kommt auch gar nicht in Frage. Ich weiß auch über den Mord an Lavinio nichts. Aber jedes Geschäft besteht aus Geben und Nehmen. Also muß ich Ihnen einen Dienst erweisen, damit Sie mir einen gewähren."

„Goldrichtig!" nickte der Oberinspektor. „Also schießen Sie los!"

„Evelyn Parker unterhält einen regen Verkehr mit verschiedenen Leuten. Daß sie Pinney heißt, dürfte Ihnen ja nicht unbekannt sein!" begann Belandro. „Da ist Sam Cohen, der sich Cunnings nennt, ein vielgereister Mann, dem man gute Beziehungen in der Hafengegend nachsagt, besonders bei einem bestimmten Dock, wo kleinere Schiffe aus Europa anlegen. Cunnings ist ein distinguierter Herr von einigen fünfzig Jahren – so sieht er wenigstens aus. Ich kannte ihn noch, als er mit schiefen Absätzen seinen

„Stoff' absetzte." Belandro blies den hellgrauen Rauch in wohlgeformten Ringen zur Decke. „Dann ist da Mac Allister, der Strohmann Garwicks in der ‚Shanghai-Bar' – ich sah ihn häufig zu Evelyn kommen."

„Garwick und die Parker?" fragte Brewer ungläubig. „Das klingt doch recht unwahrscheinlich! Bis jetzt deutete nichts darauf hin!"

„Deutete etwas dagegen?" gab Belandro zurück. „Natürlich weiß ich nichts, es sind nur Vermutungen. Aber Allister gehört zur Parker oder sie zu ihm. Und Garwick nahm den jungen Mann als Aushängeschild für die ‚Shanghai-Bar', um sich ganz seinem Baugeschäft zu widmen. Welcher Art dies Geschäft ist, weiß niemand. Angeblich baut er Siedlungshäuser. Für meinen Geschmack ist er etwas zu häufig in Chikago und Miami. Aber jedenfalls liefert ihm das Bauunternehmen einen soliden Hintergrund."

„Entschuldigen Sie mich eine Minute!" Brewer stand auf, nahm die drei Aktenbände, begab sich nach nebenan.

Gatsky, Sloan und Sarg sowie Lowett saßen beisammen. In der Ecke döste der Leibwächter.

„Das scheint geklappt zu haben!" sagte Gatsky verhalten. „Als ich die Bände vor Sie hinlegte und der Gangster seinen Namen auf den Etiketten las, ist ihm ganz übel geworden!"

Brewer gab eilig Orders:

„Die Parker und Garwick sind sofort zu beschatten! Teilt euch das ein, wie ihr wollt. Schichtweise kann jeweils ein Mann für vier Stunden ausruhen, hier im Haus natürlich, sofort erreichbar. Ich möchte schnellstens Material über Albertino Mosilli! Und den Bodyguard schickt in die nächste Caféteria, dort kann er auf seinen Schützling warten!" Brewer ging schnell in sein Zimmer zurück.

„Was macht Ben?" wollte Belandro wissen.

„Er wartet in der nächsten Caféteria auf Sie, machen Sie sich keine Sorgen!" beruhigte ihn Brewer. „Aber nun erzählen Sie weiter! Sie scheinen ja den achten und zehnten Stock sehr genau unter Beobachtung gehalten zu haben!"

„Nur aus Sorge", antwortete der Gangster, „denn ich fragte mich oft, wie lange das gut geht. Die Parker stand doch auf der Liste wegen der Call-Girl-Affäre. Cohen-Cunnings ist auch kein unbeschriebenes Blatt. Allister ebensowenig. Garwick mußte durch die ‚Shanghai-Bar' irgendwann einmal in Schwierigkeiten geraten. Und ich wollte endlich einmal von alledem nichts wissen." Er sah dem Oberinspektor in die Augen: „Es kostete mich ein Vermögen, um aus dem Ring auszusteigen. Wenn man unseren Ring verläßt, kann man sehr leicht k. o. geschlagen werden –

für immer. Also kaufte ich mich los. Sie glauben es mir nicht, ich fühle das. Aber es gibt wirklich auch unter uns Leute, die einmal Ruhe haben wollen. Wissen Sie, Oberinspektor, meine verstorbene Mutter war Französin. Aus der Provinz. Bauersleute. Irgendwie denke ich an die Erde. Die schwere, trächtige Erde. Einmal bekommt man dies Leben hier satt."

Brewer betrachtete sein Gegenüber. Ein Fünfziger, mit reichlich angesetztem Fett belastet, schlaffen Gesichtszügen leicht olivgelber Tönung, starken Lippen, gewelltem, beinahe gekräuseltem Haar. Sein Anzug war untadelhaft – er mußte bei dieser Figur von einem Künstler der Schere und der Nadel geschaffen worden sein. Am kleinen Finger der linken Hand strahlte ein vielkarätiger, garbenstreuender Brillant in Platinfassung. Von außen gesehen – ein Mann, der rauchte. Und in dessen Vergangenheit der Mord alltäglich gewesen war, ein Geschäft wie jedes andere, Gewinnabschlüsse mit dem Tod.

„Gestern abend ist Ihnen nichts aufgefallen?" Brewer schüttelte seine Gedanken von sich. „Nachmittags oder abends! Ein Wagen vor der Tür? Oder in der Seitenstraße beim Garageneingang? Irgendeine herumlungernde Gestalt? Ein bekanntes oder unbekanntes Gesicht?"

Belandro wiegte bedauernd den Kopf:

„Nichts! Ich würde auch niemanden verpfeifen und hochgehen lassen. Aber wenn ich durch Schweigen selbst in Verdacht geriete..." Er rauchte. „In den ungerechtfertigten – dann ändert sich die Lage... Ich zog mich nicht in die solide Atmosphäre des ‚Savannah' zurück, um durch einige Kokshändler oder Mädchenvermittler gefährdet zu werden. Rauschgift ist eine ‚Federal Offense' – ich will mit den Bundes-Kriminalagenten noch weniger zu tun haben als mit euch von der Polizei! Rauschgift ist für mich gestorben."

„Kannten Sie Adonis Lavinio wirklich nicht? Wie paßt dieser Mann in das Bild des ‚Savannah'?" meinte Brewer.

Belandro überlegte eine ganze Weile:

„Ehrenwort, er ist mir unbekannt. Aber wenn Sie mich fragen, Oberinspektor, so glaube ich nicht, daß der achte oder zehnte Stock mit dem Mord etwas zu tun hat. Garwick lebt davon, daß er sich hinter einem ernsten Beruf versteckt. Er läßt es sich etwas kosten, nicht in Verdacht zu geraten. Das Baugeschäft ist eine Fassade – soweit ich es übersehen kann –, und eine teure dazu! Evelyn wird sich hüten, Aufsehen zu erregen. Allister dürfte bei genauem Hinsehen auch kein unbeschriebenes Blatt sein." Er schüttelte wieder den Kopf: „Das alles paßt nicht zusammen!"

„Also –?!" drängte Brewer.

„Sie überfragen mich! Wirklich! Es gibt Spezialisten, die ihr Handwerk verstehen. Lavinio war ein Leichtgewicht. Einmal liquidiert, konnte er von jedem Stockwerk aus vor die Tür Baldons gelegt werden."

„Niemand wird eine Leiche mehrere Stockwerke hinauftragen, wenn es viel leichter ist, sie die Treppe hinunterzuschaffen!" widersprach Brewer.

„Niemand?" entgegnete Belandro gedehnt. „Im Gegenteil! Jeder einigermaßen vernünftige Täter müßte sich sagen, daß die Polizei durch logisches Denken zu der Schlußfolgerung gelangt, eine Leiche sei leichter die Treppe hinab- als hinaufzutragen. Folglich wird er, um die Kriminalisten irrezuführen, den Toten ganz gewiß einige Etagen hinauftragen. Damit lenkt er den engeren Verdacht auf die Mieter, die höher wohnen. Zum Beispiel – in unserem Fall – auf mich. Oder auf Lerbody. Es wäre auch gar nicht so abwegig, wenn der Mörder sich sagte, die Polizei wird bestimmt auch die Wohnung der verreisten Dorothy Shandon genau durchsuchen. Wer immer einen Schlüssel zu diesem Apartment besaß, konnte ja die Tat dort ungestört begehen..."

Brewer blickte sein Gegenüber verdutzt an:

„Schade, daß jeder von uns auf einer anderen Seite der Barrikade steht! Auf den Gedanken mit der Wohnung im dreizehnten Stock bin ich – ganz offen gesagt – noch nicht gekommen. Aber das ist nachzuholen. Allerdings deutet die angesammelte Staubschicht zwischen Schwelle und Tür mit großer Wahrscheinlichkeit darauf hin, daß die Tür seit langer Zeit nicht geöffnet wurde."

„Ich will nicht zu weit gehen", bemerkte Belandro, „aber es böte keine Schwierigkeit, diesen Eindruck künstlich hervorzurufen. Eine Tüte angefeuchteter Staub, der gut haftet..." Er verzog die Lippen: „Kein unerschwingliches Material!"

Brewer erhob sich und sah sinnend Belandro an:

„Das ist der Vorteil des Mannes, der die Tat vom Gesichtspunkt des Täters aus betrachtet" – er winkte eine Protestbewegung der fleischigen Hand ab –, „ich meine es nicht persönlich, sondern grundsätzlich. Man müßte sich als Polizist ausgiebiger und tiefer nicht allein in die Psyche des Verbrechers einleben, sondern in seine Planung, in seine Gedankenarbeit. Man müßte sich immer fragen, was man als Täter selbst vorsorglich täte, um die Entdeckung zu vermeiden. Ein Kriminalist sollte nicht vom Augenschein auf das Verbrechen folgern, sondern zu ergründen suchen, welchen Augenschein der Täter planmäßig vortäuscht, um die Nachforschungen von Anfang an auf falsche Fährten zu leiten..." Er schritt bedächtig zur Tür: „Sie sind ein freier Mann, Jack Belandro. Auf Sie paßt das Wort eines großen Rechtsanwalts, der auf die Frage, ob er den von ihm verteidigten

Angeklagten für einen Ehrenmann halte, mit der Feststellung antwortete: mein Klient ist ein hochachtbarer Mann. Man kann ihm nichts beweisen..."

Belandro erhob sich. Seine Stimme klang aufrichtig beleidigt:

„Sie tun mir unrecht, Oberinspektor! Und das, trotzdem ich nach besten Kräften Ihnen zu helfen versuchte!..."

Er ging durch das Nebenzimmer, sagte kein Wort mehr, entfernte sich. Seine schweren, etwas schleppenden Schritte hallten die Steinfliesen des Korridors entlang.

„Ich habe die Akten ins Archiv zurückgetragen", sagte Gatsky. „Sloan ruht sich aus. Sarg und Lowett sind unterwegs. Ich gehe später, denn Sie brauchen mich ja erst um Mitternacht in der ‚Shanghai-Bar'. Außerdem komme ich mit wenig Schlaf aus. Sloan und Sarg sind nach Westend Avenue."

„Sobald sie sich melden, soll Lowett bei der Verwaltung des ‚Savannah' die Öffnung der Wohnung im dreizehnten Stock anordnen. Missis Shannon ist verreist. Ich glaube zwar, daß es zu nichts führt, aber dieser Belandro hat mir einen Floh ins Ohr gesetzt. Lowett muß feststellen, ob die Tür des Haupteingangs in letzter Zeit, also in den letzten Tagen, benutzt wurde."

Gatsky notierte sich den Auftrag:

„Ich weiß nicht, wann ein Anruf kommen wird! Wir vereinbarten, daß sie nur telefonieren, wenn sich etwas Greifbares ergeben hat. Ich könnte den Hausverwalter anrufen und ihn ersuchen, den Schlüssel beim Portier für Lowett oder Sarg zu hinterlegen. Sonst machen die im ‚Savannah' noch das Büro zu, ehe wir den Schlüssel haben!"

„Gute Idee!" stimmte Brewer zu. „Für die nächsten Stunden bin ich in Australien. Aber wenn's brennt, so erreichen Sie mich auf meinem Feldbett. Da es eine lange Nacht werden kann, will ich doch etwas ruhen. Mit fünf Stunden Schlaf in eineinhalb Tagen komme ich nicht aus – da müßte man schon von Ihren zweihundert Pfund Vorrat zehren können."

„Zweihundertzwanzig!" blähte Gatsky seinen Brustkorb.

„Na, na – weiter unten ist auch noch etwas!" deutete Brewer auf den reichlich gewölbten Bauch des Detektivs und warf die Tür hinter sich zu.

Die Nacht nach dem Mord

Ausgeruht, frisch geduscht, nach einem einfachen, doch kräftigen Abendessen betrat Brewer um dreiundzwanzig Uhr sein Dienstzimmer.

Sloan erstattete Bericht.

Gatsky schlief seit einundzwanzig Uhr, er wollte nachher unmittelbar in die „Shanghai-Bar" fahren.

Alle Bemühungen, eine Spur Albertino Mosillis zu finden, waren erfolglos geblieben.

Lowett hatte Schwierigkeiten mit dem Verwalter gehabt, der lange zögerte, ehe er ihm das Apartment im dreizehnten Stock aufschloß, weil kein richterlicher Durchsuchungsbefehl vorlag. Er ließ Lowett in der Wohnung keinen Augenblick allein. Die sorgfältige Prüfung der Türen beider Eingänge, für die Herrschaft wie für die Dienerschaft, ergab zweifelsfrei, daß in den letzten Tagen keine der beiden geöffnet, ja daß sie seit längerer Zeit nicht mehr benutzt worden waren. Sarg hatte sich viermal gemeldet. Er beobachtete das Apartment Garwicks. Der Mieter war zunächst nicht daheim, die Fenster blieben bei zurückgezogenen Vorhängen dunkel. Der Portier der Nachmittagsschicht hatte Garwick weder kommen noch gehen gesehen. Der Nachtportier wußte auch nichts über ihn. Gegen zehn Uhr dreißig kehrte Garwick ins „Savannah" zurück.

Lowett begann die Beschattung der Wohnung Evelyn Parkers sofort nach Abschluß der Untersuchung jener Türen in der dreizehnten Etage. Die Mieterin war zu Hause. Der Tagesportier wußte nur vom Mechaniker der Garage, daß Evelyns Putzfrau früher als sonst fortgegangen war. Später kam ein Unbekannter, sprach selbst durch das Haustelefon mit Evelyn, die dem Portier Weisung gab, den Besuch zu ihr hinauffahren zu lassen. Da anschließend in kurzen Intervallen mehrere Leute das Haus verließen, konnte sich der Portier nicht mehr mit Sicherheit erinnern, ob sich unter ihnen auch der Herr befand, der zu Evelyn gekommen war.

Während Sloan von einem kleinen Zettel die einzelnen Angaben ablas, läutete das Telefon.

Brewer hob den Hörer. Sarg meldete sich. Der Oberinspektor lauschte eine Weile:

„Lowett soll weiterhin bleiben. Falls die Parker das Haus verläßt, ist sie zu beschatten. Behalten Sie auch die Wohnung Garwicks im Auge. Wenn er ausgeht, folgen Sie ihm. Weitere Meldungen hierher, Sloan macht Dienst."
Er legte den Hörer auf: „Garwick ist noch in seinem Apartment. Bei der Parker dröhnt ein Lautsprecher."

Wieder schrillte das Telefon.

„Ich kann Ihnen das abnehmen, Herr Oberinspektor..." Sloan trat an den Schreibtisch.

Brewer winkte dankend ab und nahm den Hörer an sein Ohr. Niemand meldete sich.

„Hallo! Ist jemand am Apparat?!" Es kam keine Antwort. Er wiederholte: „Hallo!"

Eine Stimme, die so laut klang, daß Sloan sie in drei Meter Entfernung verstehen konnte, fragte:

„Oberinspektor Brewer?"

„Ja!" erwiderte der Beamte ungeduldig. „Was wollen Sie?"

Die Stimme dröhnte:

„In der ‚Shanghai-Bar' arbeitet ein Barkeeper namens Albertino Mosilli –"

„Hallo!" rief Brewer in die Muschel. „Hallo! Hören Sie! Hallo!"

Aber die Leitung war erstorben. Nur das kaum merkliche Summen des Stromes vibrierte. Der unbekannte Sprecher hatte abgehängt.

„Eine wirksame Methode, um eine Stimme zu verstellen", bemerkte Sloan, „ist sehr lautes Reden. Es verändert den Klang völlig."

Brewer sah vor sich hin, schloß die Augen:

„Trotzdem kenne ich diese Stimme – ohne allerdings zu wissen, wem sie gehört. Eines Tages –" Er schwieg, legte den Hörer auf, zündete sich eine Zigarette an.

„Wir haben nach Mosilli nur in den zur Hand stehenden Kartotheken nachsehen können", erklärte Sloan. „Wenn er als Arbeitnehmer organisiert und gemeldet ist, würden wir ihn morgen sowieso aufgespürt haben. Aber heute gab's für uns keine auswärtigen Recherchen, die anderen Ämter sind nicht so verrückt wie wir. Die machen um siebzehn Uhr Schluß. Feierabend..."

„Holen Sie aus den Strafakten Lavinios, die noch bei uns liegen, die Bilder Mosillis. Ich will mir den Jungen einmal ansehen. Es wäre verfehlt, erst in der ‚Shanghai-Bar' Aufsehen zu erregen. Alles nur ganz unterm Tisch.

Und nicht beim Angeln eines Fischleins das gesamte Wasser trüb machen."

„Es kann auch eine bewußte oder unabsichtliche Irreführung sein!" gab Sloan zu bedenken.

„Kaum!" widersprach Brewer. „Ein Gefühl sagt mir, daß der Hinweis stimmt!"

Er sah Sloan plötzlich mit völlig verändertem Gesichtsausdruck an: „Verlangen Sie einen Dienstwagen! Sofort! Ich fahr' nach dem ‚Savannah' und sehe mir auch Garwick selbst einmal an! Das läßt sich in einer Stunde machen, Zeit genug für den Besuch in der ‚Shanghai-Bar' nach Mitternacht. Falls Sarg sich meldet, geben Sie ihm Bescheid, daß ich unterwegs bin!"

Brewer klangen die Worte Belandros im Ohr. Was hatte doch der Gangster gesagt? ... Ein besonders intelligenter Täter würde sein Opfer treppauf und nicht treppab getragen haben. Die Andeutungen richteten sich gegen Garwick, der im zehnten Stock wohnte. Sie wirkten in der Erinnerung deutlicher als in jenem Augenblick, da sie ausgesprochen worden waren.

Und im selben Augenblick wußte Brewer auch, von wem der „Tip Mosilli" gekommen war. Die laute, künstlich entstellte Stimme gehörte Belandro. Es war die gleiche Stimme, die die Hilferufe ausgestoßen hatte, als Brewer zur Einvernahme in seiner Wohnung erschienen war.

Mit heulenden Sirenen jagte der Polizeiwagen über die Ninth Avenue, hielt vor dem „Savannah", stellte den Warnton ab, löschte das kreisende Signallicht und fuhr lautlos zum Seiteneingang des Hauses vor der Einfahrtrampe zur Garage.

In der Halle kam Sarg auf den Oberinspektor zu:

„Garwick ist in seiner Wohnung. Die Parker läßt das Radio auf voller Lautstärke spielen. Lowett ist auf Posten. Der Garagenwächter O'Bryan, den ich ersuchte, Augen und Ohren offenzuhalten, da ja jeder Mieter über den Service-Ausgang kommen und gehen kann, sagte mir, daß Garwick nachmittags einen ziemlich schweren Koffer aus seinem Wagen geladen und im Service-Elevator hinaufbefördert hat."

„Aber O'Bryan tritt doch erst abends seinen Dienst an?" wandte Brewer ein.

„Sein Kollege, der nachmittags die Garage betreut, war von Garwick gebeten worden, beim Transport des Koffers zu helfen. Er bekam dafür drei Dollars und erzählte das O'Bryan aus diesem Grunde", berichtete der Detektiv.

„Wir wollen in die zehnte Etage, Sarg, um uns einmal den munteren Vogel anzusehen! Ich unterließ das bisher, weil er gestern Geburtstag feierte, mehrere Gäste bei sich hatte und damit ein sicheres Alibi. Aber jetzt sind mir Zweifel gekommen –"

Potter, der wieder Nachtdienst tat, öffnete mit einer Verbeugung die Fahrstuhltür, schloß sie hinter Brewer und Sarg, blickte der schnell nach oben entschwindenden Kabine nach.

Die Eingangstür des Apartments im zehnten Stock wurde, kurz nachdem der Summerton bis auf den Vorplatz hörbar gewesen war, geöffnet.

Ein Mann in mittleren Jahren, stämmig, doch wohlproportioniert, stand an der Schwelle. Er trug einen lilaseidenen Hausanzug, roch penetrant nach Friseursalon und rauchte eine süßlich duftende Zigarette aus einer langen Elfenbeinspitze mit goldenem Ansatz. Er betrachtete die beiden Besucher erstaunt, doch nicht unfreundlich:

„Was kann ich für Sie tun?"

„Uns einlassen, Mister Garwick!" antwortete Brewer und schritt, ohne eine Antwort abzuwarten, gleich an Garwick vorbei in das Vestibül des Apartments. „Oberinspektor Brewer – hier mein Ausweis – und das ist Detektiv Lowett."

„Sie haben einen Search-Warrent, nehme ich an", sagte der Mann im Teagown, „oder vergaßen Sie, sich vom Gericht die Erlaubnis zum Betreten meiner Wohnung geben zu lassen?"

„Da wir keine Hausdurchsuchung beabsichtigen", belehrte Brewer, „erübrigt sich eine derartige Formalität."

Garwick öffnete die Tür zum Salon, schritt voran:

„Ich weiß nicht, ob Ihre Handlungsweise legal ist!" sagte er bedacht. „Ich werde meinen Anwalt anrufen –" Er ging zu einem kleinen Taburett, auf dem das Telefon stand.

Brewer legte schwer seine Hand auf den Apparat:

„Später, Garwick! Weshalb diese Besorgnis? Haben Sie ein schlechtes Gewissen? Wenn die Polizei zu einem braven Bürger kommt, so steht er zuerst Antwort. Nachher kann er sich dann mit seinem Rechtsanwalt besprechen – falls er glaubt, einen Strafverteidiger zu benötigen!"

„Strafverteidiger? Ich gebrauchte die Bezeichnung Rechtsanwalt! Sie wissen als erfahrener Beamter, daß ich kein Wort zu sagen brauche!" gab Garwick zurück. „Ich habe ein gesetzliches Recht, mich mit einem Anwalt zu beraten, ehe ich eine Aussage mache." Er wandte sich plötzlich um, ließ in einen der überdimensionalen Klubsessel fallen: „Aber Sie sollen nicht denken, daß ich irgend etwas zu verbergen habe. Ich wollte nur den legalen Standpunkt klarmachen. Damit Sie wissen, daß ich im Bilde bin und mir das Recht vorbehalte, gegen Sie alle Schritte einzuleiten, die dieser völlig ungerechtfertigte Besuch zu später Stunde herausfordert! Und nun können Sie mit Ihrem Fragespiel beginnen, meine Herren!"

Brewer gefiel diese Situation nicht. Er hatte sich weit vorgewagt. Man konnte ihm vorwerfen, kurz vor Mitternacht, anstatt zu üblicher Zeit, willkürlich ein Verhör in der Privatwohnung eines Mannes anzustellen, der tagsüber genauso zu erreichen gewesen wäre. Es lag nichts vor, was eine so außergewöhnliche Maßnahme rechtfertigen konnte. Im Hintergrund die „Shanghai-Bar" und – vielleicht – der schwere Koffer, den Garwick aus seinem Auto geladen und in die Wohnung befördert hatte – das war aber auch alles. Und Andeutungen eines Gangsters... Der Oberinspektor fühlte die Schwäche seiner Position. Er wußte, wie leicht sich ein Richter fände, der einen solchen Vorfall bereitwillig zum Anlaß nähme, um der Polizei eines auszuwischen... Er durfte sein Gegenüber nicht fühlen lassen, daß er auf schwankendem Boden stand. Er mußte durch Härte zu täuschen versuchen. Allerdings – in Grenzen. Er setzte sich lässig auf die Lehne eines der üppigen Fauteuils, steckte eine Zigarette zwischen die Lippen, rauchte an, blies den Rauch von sich:

„Sie wissen natürlich, warum wir Sie besuchen?"

Es war Garwick anzumerken, daß er sich genau überlegte, welche Antwort die klügste, die glaubwürdigste und gewissermaßen die unauffälligste wäre. Nach einem tiefen Inhalieren sah er – die Zeitspanne zwischen Frage und Reaktion überbrückend – dem sich verflüchtenden Rauch nach:

„Es dürfte mit dem Mord zusammenhängen, der vor vierundzwanzig Stunden geschah –"

Brewer hakte sofort ein:

„Woher wissen Sie den genauen Zeitpunkt des Verbrechens?"

„Aber, aber", spottete Garwick, „bedienen Sie sich doch nicht so billiger Hilfsmittel, Herr Oberinspektor! Von einem Beamten der Mordkommission –"

Brewer unterbrach ihn:

„Woher wissen Sie, daß ich von der Mordkommission bin?"

Garwick beugte sich nach vorn. Er schien ungeduldig zu werden:

„Den Zeitpunkt der Tat las ich in den Zeitungen. Ihren Rang und Ihre Dienststellung ebenso. Es ist recht kindlich, wenn Sie so tun, als ob meine Kenntnisse verdächtig wären. Millionen Menschen erfuhren dieselben Einzelheiten des Verbrechens – wobei es eine andere Frage ist, ob die Berichte zutreffen oder nicht. Es ist mir völlig gleichgültig, wann das Verbrechen geschah, wo es geschah, wie es geschah, und noch viel gleichgültiger ist mir, ob Sie bei der Mordkommission oder im polizeilichen Sanitätsdienst tätig sind." Er drückte auf den goldenen Ansatz seiner Zigarettenspitze, der Stummel fiel heraus in den Aschenbecher, er zündete sich eine neue Zigarette an, lehnte sich bequem in die Polster zurück und sah von Brewer zu dem neben dem Kamin stehenden Lowett.

„Wann haben Sie die ‚Shanghai-Bar' verkauft?" platzte der Oberinspektor in die Pause. „Und weshalb?"

„Vor einem Jahr ungefähr –", antwortete Garwick, „weil mir der ganze Betrieb nicht mehr zusagte. Übrigens geht Sie das gar nichts an. Wenn Sie Einzelheiten wissen wollen, wenden Sie sich an die Steuerbehörde, sie wird der Polizei Auskunft geben, obwohl es verboten ist, ohne Gerichtsverfahren Informationen zu erteilen. Aber die Behörden halten ja doch zusammen, wenn es gegen den Bürger geht."

Brewer überhörte den Kommentar:

„Sie waren gestern nacht – von gestern auf heute also –"

Garwick unterbrach heftig:

„Sie wissen genau, daß ich meinen Geburtstag feierte, mit vierzehn Gästen. Tun Sie nicht so, als ob Ihnen das eine Neuigkeit wäre. Sie haben das ganze Haus durchgekämmt, und wenn Sie nun fragen sollten, woher ich das weiß, so will ich es Ihnen gleich sagen – die Vögelchen im Central Park haben's von den Bäumen gepfiffen. Ich verfüge also über vierzehn Alibizeugen für die Zeit von zehn Uhr abends bis nach Mitternacht."

„Der Mord kann nach ein Uhr begangen worden sein", erklärte Brewer mit nicht ganz leicht bewahrter Ruhe, „also genau zu dem Zeitpunkt, wo Ihr Alibi aufhört."

„Werden Sie nicht komisch, Oberinspektor!" Garwick machte eine wegwerfende Handbewegung. „Meine letzten Gäste verließen die Wohnung hier nach ein Uhr nachts. Dr. Mintley sah noch auf seine Uhr, bevor er den Fahrstuhl betrat. Es war zwanzig Minuten nach eins – er sagte es laut und mahnte mich, gleich zu Bett zu gehen. Er ist mein Hausarzt und macht sich Sorgen wegen meines hohen Blutdrucks. Aber das nur am Rande. Sie müßten also einer Grand Jury glaubhaft machen, daß die Tat nach ein Uhr zwanzig begangen wurde. Ob Ihnen – sofern die Zeitungsnachrichten zutreffen, daß der Mord zwischen dreiundzwanzig Uhr und ein Uhr verübt wurde – das Schwurgericht zwanzig Minuten Zeitirrtum abkauft, möchte ich bezweifeln. Ebenso halte ich's für unwahrscheinlich, daß Ihr Experte bereit wäre, sein Gutachten über den Zeitpunkt des Eintritts des Todes um eine so große Zeitspanne zu verändern. Natürlich gehen die Gutachter willig auf Anregungen der Polizei ein, sie werden ja von ihr bezahlt, aber die bereits festgestellte Karenzzeit von hundertzwanzig Minuten um zwanzig zu verlängern, überschreitet bestimmt das zulässige Maß von Entgegenkommen. All das zu Ihrer rechtzeitigen Orientierung, damit Sie sich sinnlose Mühe und Arbeit ersparen. Und – eine Blamage dazu!"

Brewer hielt den Atem an, bis er seinen eigenen Herzschlag fühlte. Die Versuchung, seine Faust in dem spöttisch verzogenen Gesicht gegenüber landen zu lassen, lastete schwer auf ihm. Das penetrante Parfüm reizte seine Geruchsnerven. Die dazwischenschwebenden Wolken des süßlichen Zigarettenrauchs bereiteten ihm Übelkeit. Aber er mußte seine Ruhe bewahren. Garwick hieß tatsächlich Garwick, war geborener Amerikaner und kein naturalisierter italienischer Gangster. Und praktisch lag nichts gegen ihn vor.

„Sie haben heute – es ist bald gestern gewesen – einen reichlich schweren Koffer aus Ihrem Wagen geladen und hier in Ihre Wohnung transportiert", schoß Brewer seine zweite und letzte Patrone ab, „Sie werden sicher verstehen, daß uns unter den gegebenen Umständen der Inhalt interessiert."

„Aber gewiß!" lächelte Garwick zwischen abfällig herabgezogenen Mundwinkeln. „Ihre Neugierde ist nur allzu verständlich. Vielleicht war in dem Koffer eine zweite Leiche, die dann plötzlich vor der Tür eines anderen Mieters des ‚Savannah' auftaucht? ... Nun also, holen Sie sich Ihren Kadaver selbst!"

Garwick stand auf, blickte zu Brewer und Sarg, lud beide mit einer theatralischen Verbeugung ein, ihm zu folgen.

In einem fast leeren Raum neben der Küche stand ein großer Koffer. Garwick öffnete ihn. Er enthielt in mehreren Schichten verschiedenfarbige Rollen aus einem hochglänzenden Material.

Brewer betrachtete prüfend den Inhalt, stöberte herum, sah fragend zu Garwick:

„Bis auf den Boden nur diese Rollen?"

„Überzeugen Sie sich, Herr Oberinspektor", er begann den Koffer auszuräumen, aber es kamen immer wieder nur neue Schichten des glänzenden Stoffes zum Vorschein. „Das sind Muster eines noch nicht im Handel eingeführten Plastikbelages, den ich für Neubauten erstmals verwenden werde. Der Stoff haftet auf jeder Fläche, ist geschmeidig, selbstklebend und überdies abwaschbar. Für meine im Bau befindlichen Einfamilienhäuser eine ideale Lösung. In diesem Zimmer hier, das ein unbenutzter Dienerschaftsraum ist, soll das Material ausprobiert werden. Wenn es Sie interessiert, dürfen Sie dem Versuch beiwohnen", fügte Garwick herablassend hinzu.

Brewer schwieg, schritt langsam den Verbindungsgang entlang, durchquerte das Schlafzimmer, anschließend eine Art Speisesaal mit eingebauter Bar, ging dann im Salon auf und ab. Er tastete mit wachen Augen die Teppiche, die Brücken ab, die Möbel. Er sah, daß Sarg das gleiche tat.

„Geben Sie Detektiv Sarg die Namen Ihrer Gäste an und die Adressen, soweit sie Ihnen bekannt sind, das erleichtert unsere Arbeit. Vergessen Sie Ihren Hausarzt nicht", betonte Brewer.

Sarg setzte sich vor den Rauchtisch, nahm sein Notizbuch und den Kugelschreiber zur Hand.

„Welchen moralischen und möglicherweise geschäftlichen Schaden Sie mir durch eine solche Umfrage verursachen, ist Ihnen klar?" fragte Garwick.

„Machen Sie sich keine Sorgen!" Brewers Stimme klang abweisend. „Wir werden nur im Rahmen des Unerläßlichen Ihren Angaben nachgehen. Niemand kann sich etwas für Sie Nachteiliges denken, wenn die Polizei unter ausdrücklichem Hinweis auf eine Routinepraxis einige Fragen stellt." Er stand auf: „Sie haben gestern nichts Auffälliges bemerkt?"

„Nichts!"

„Beim Nachhausekommen keine verdächtige Gestalt gesehen? Ich meine, in der Nähe des ‚Savannah' oder im Hause selbst?"

„Nichts!"

„Keine Detonation gehört? Vielleicht einen Knall wie bei einer Fehlzündung?" „Nichts!"

Brewer hielt Garwick die Fotos Lavinios vor:

„Ein Bekannter?"

„Nie gesehen! Sieht nur den Bildern des Ermordeten sehr ähnlich, die die Zeitungen brachten!"

„Sie kommen nicht auf die Idee, daß es der Ermordete ist? Lavinio?"

„Nachdem Sie mich darauf aufmerksam machen, ist es mir klar."

„Danke!" gab Brewer zurück. „Und jetzt wird Detektiv Sarg die Gästeliste aufnehmen..."

Während Garwick Name und Adresse jedes Einzelnen ansagte, ging der Oberinspektor hin und her. Er suchte – wußte aber nicht, was. Er spürte, daß Garwicks Blicke ihm folgten.

„Fertig", meldete Sarg.

„Sie können jetzt Ihren Anwalt anrufen, Mister Garwick!" Brewer sah Garwick an.

„Danke für die Erlaubnis, aber sie kommt zu spät. Ich glaube, daß ich es nicht mehr nötig habe!"

Brewer wandte sich mit Sarg zur Tür:

„Glauben macht selig", sagte er spöttisch und fügte langsam hinzu: „– manchmal, nicht immer!"

Sie gingen mit einem Kopfnicken. Sarg drückte auf den Knopf. Der Elevator kam. Sie stiegen ein, ohne sich nach dem auf der Schwelle stehenden Mann im lilaseidenen Hausanzug noch einmal umzublicken. Dadurch entging ihnen eine ungewollte Bewegung Garwicks.

Mit heulenden Sirenen und intermittierendem Rotlicht raste der Dienstwagen zum Headquarter. Brewer saß schweigend neben dem Detektiv. Erst am unteren Broadway meinte er verdrossen:

„Zuerst war ich überzeugt, daß Garwick sehr viel Dreck am Stecken hat. Aber jetzt bin ich meiner Sache nicht mehr so sicher. Er hat zwar manchmal seine selbstgewählte Rolle überspielt, doch dieses Maß von unbekümmerter Frechheit wagt kaum ein Mörder. Und vierzehn Alibizeugen ...! Ich glaube, Garwick ist ein gerissener Gauner, der sogar das – nach Belandros Meinung ursprünglich nur als Aushängeschild aufgezogene Bauunternehmen zu einem lukrativen Geschäft umzugestalten weiß ..." Der Wagen hielt. Der Oberinspektor bat Sarg, die Fotos Mosillis zu holen, blieb selbst im Wagen sitzen.

„Wir fahren weiter?" erkundigte sich der uniformierte Polizist am Steuer.

„Sobald Sarg zurückkommt. Nach Greenwich Village. In die ‚Shanghai-Bar'. Aber wir halten drei Blocks vor dem Lokal. Dort warten Sie."

Sarg brachte einen Satz Fotografien vom Erkennungsdienst. En face und en profil. Mosilli war keine Schönheit – so mit offenem Kragen, ohne Krawatte, im harten Scheinwerferlicht der rücksichtslos alle Einzelheiten erfassenden Polizeikamera. Das Gesicht ließ die gewollte Verkrampfung erkennen, mit der Mosilli seine Züge, soweit es unauffällig möglich war, zu entstellen versuchte. Die meisten Verbrecher gaben sich alle Mühe, die Aufnahmen unähnlich werden zu lassen. Wenn auch der Fingerabdruck unweigerlich die Identifizierung sicherstellte, selbst bei vollendet äußerer Maskierung, so erschwerte ein unähnliches Foto die Festnahme auf Grund eines Fahndungsbefehls. Der Beamte konnte unsicher werden. Wurden ihm dann noch Papiere auf einen anderen Namen als den des Gesuchten vorgewiesen, so konnte es vorkommen, daß ein verzerrtes Konterfei wenigstens im Augenblick akuter Gefahr ein Entwischen erleichterte. Wenn auch nur für einige Zeit. Doch der Grundsatz „Kommt Zeit – kommt Rat" gilt nirgends mehr als in der Verbrecherwelt.

„Lowett gab eine Meldung durch, daß Evelyn Parker mit einem Begleiter das ‚Savannah' verließ, ihren Wagen aus der Garage holte und losfuhr. Lowett folgte ihr. Der Mann stieg am Waverly Place aus dem Wagen, Evelyn fuhr die Sixth Avenue weiter, kreuzte West Broadway, bog Chambers Street ein und hielt vor Block Catherine und Henry Street in Chinatown. Sie ging in das Haus Nummer 36. Lowett wartete einige Minuten. Das elfte Fenster von links nach recht wurde kurz danach erleuchtet. Lowett rief aus einem Counter an, in größter Eile, denn er riskierte, daß die Parker inzwischen wieder losfuhr. Da er aber nachher nicht wieder telefonierte, dürfte es gelungen sein, ihr auf den Fersen zu bleiben."

Brewer verdaute die Meldung:

„Ein sonderbares Ziel für eine junge Dame – und völlig absurd um diese Zeit. Catherine Ecke Henry Street..." Er beugte sich zu Sarg: „Fahren Sie nach Chinatown Nummer 36. Versuchen Sie festzustellen, wer in dem Raum wohnt, der dem elften Fenster von links entspricht. Wenn's wichtig ist, finden Sie mich in der ‚Shanghai-Bar' – aber Vorsicht! Sonst melden Sie das Ergebnis an Sloan, kehren hierher zurück und bleiben in Bereitschaft."

„Die Befragung der Gäste Garwicks bleibt für morgen?" wollte Sarg wissen. „Oder soll ich trotz der späten Stunde mit Anrufen beginnen?"

Brewer verneinte:

„Das hat Zeit. Seien Sie überzeugt, daß wir nichts Unerwartetes hören werden." Er wollte das Gespräch beenden, fügte dann aber doch hinzu: „Sie könnten eigentlich bei Dr. Mintley klingeln. Wenn er sich nicht gleich meldet, so hängen Sie ab, falls er aber so schnell zum Apparat kommt, daß man annehmen kann, er habe noch nicht geschlafen, so beginnen Sie vorsichtig ein Gespräch. Wichtig ist nicht, wann der Arzt und die anderen Gäste Garwick verließen, sondern ob unser Freund ununterbrochen in der Wohnung war. Aber auf diesen Punkt dürfen Sie nur sehr vorsichtig lossteuern, sonst bekommen wir Ärger." Plötzlich hielt Brewer inne. Er stieg aus: „Nehmen Sie diesen Wagen ins Depot und lassen Sie sich ein Fahrzeug ohne Sirene, ohne Signallicht und vor allem ohne jegliches polizeiliches Kennzeichen geben. In Greenwich Village flitzt die Kunde von einem Dienstauto in Minuten von einem Lokal zum anderen."

Nach wenigen Minuten hielt ein unansehnliches dunkelblaues Coupé neben Brewer. Er stieg ein.

Sie überquerten Varick Street, fuhren die Christofer Street entlang, vorbei an der „Shanghai-Bar", deren rotschimmerndes Aushängeschild nicht größer war als die Namenstafel eines Arztes. In der Perry Street ließ der Oberinspektor den Wagen halten, gab dem Fahrer Weisung, bis auf weitere Order zu warten, schritt sodann langsam zurück zur Christofer Street und betrat die „Shanghai-Bar." Es war Viertel vor eins.

Das Lokal lag in rötlichem Licht. Der Saal mochte zehn auf achtzehn Meter messen, kaum mehr. An den beiden Längsseiten befanden sich durch reichlich hohe Holzverschalungen getrennte Nischen. Vorhänge waren polizeilich verboten, doch seitlich zusammengeraffte Draperien fielen nicht genau unter diese vorsorgliche Bestimmung. Man konnte nur bedingt von außen sehen, was in den Kojen vor sich ging.

An den frei gruppierten Tischen saßen schwer definierbare Gäste, teils Männer unter sich, teils Frauen, teils gemischt.

Auf der Miniaturtanzfläche bewegten sich vier oder fünf Paare, darunter zwei Frauen, die miteinander schaukelten, und zwei Männer, die sich fest umschlungen hielten und kaum fortbewegten. Ein Klavierspieler, ein ausgemergelter Knabe mit einem ihn fast erdrückenden Akkordeon und ein Jazztrompeter machten die Musik. Die Luft war rauchgeschwängert, zum Schneiden dick, es roch nach scharfen billigen Parfüms, Ausdünstung und kalter Asche.

Brewer setzte sich an einen kleinen Ecktisch, blickte sich um, fand Gatsky bei einem Glas Likör in angeregtem Gespräch mit einem Jüngling, dessen scharf auf Taille gearbeitetes Jackett einen besonders komischen Kontrast zu der massigen Figur des Detektivs bildete.

Worüber sich das Walroß mit der Gazelle unterhalten konnte, blieb dem Oberinspektor ein Rätsel. Les extrêmes se touchent, dachte er. Vielleicht war Gatsky der Lieblingstyp des Schlanken. Traf diese Vermutung zu, so konnte es Informationen einbringen.

Ein merkwürdig gekleideter Mann kam vorbei, schätzte Brewer irgendwie ab, winkte nach reiflicher Überlegung einem Mädchen und deutete auf den neuen Gast. Der Geschäftsführer, dachte Brewer. Es mußte ein Mann mit sicherem Blick sein, um sofort zu entscheiden, wer weibliche und wer männliche Bedienung wünschte.

Die junge Dame trug eine kleine flotte Mütze ganz in den Nacken geschoben, ihre rotblonden gelockten Haare umspielten den lackierten Schirm. Als sie sich zu Brewer niederbeugte, um seine Bestellung entgegenzunehmen, stand ein maskenhaft erstarrtes, überbetontes Lächeln auf ihrem Gesicht. Sie zeigte freigebig ihre in aufrechter Haltung verborgenen Reize.

„Martini!" bestellte Brewer. „Trocken."

„Zwei?" fragte sie, und das Lächeln drückte sich tiefer in das junge und schon verlebte Gesicht.

„Zwei?"

„Zwei – falls Sie mir auch einen Drink spendieren wollen –"

„Zwei – einverstanden "

Brewer blickte zu der Bar, die sich seitlich von der Musikgruppe in einem Halbkreis der hinteren Wand anschloß.

Mosilli war auf den ersten Blick zu erkennen. Er mixte für zwei oxygenblonde Latten Drinks, schüttelte in rhythmischen Bewegungen den Becher, auf dessen blinkendem Metall die Lichter der rotglühenden verdeckten Lampen wie dumpfer Dunst lagen. Ein Barkeeper wie tausend andere auch.

Eine Zigarettenverkäuferin blieb vor Brewer stehen. Sie trug eine Husarenuniform. Die vollen Oberschenkel drohten die Nähte zu sprengen, die Litewka umschloß aufs engste die schwere Brust, die Arme waren bis über die Schultern nackt – ein aufreizendes Kostüm.

„Sie können bei mir alles haben", sagte sie gedämpft und ergänzte nach einer Atempause: „Jede Marke – jede Sorte."

Brewer schüttelte bedauernd den Kopf:

„Das ist nichts für mich, mein Kind – das Rauchen habe ich schon im College aufgegeben" – er machte eine Atempause und setzte hinzu –, „ich meine – das Zigarettenrauchen –"

„Ah!" machte sie verständnisvoll, suchte seinen Blick, prüfte die ganze Erscheinung, sagte dann langgezogen: „Sie haben sich wohl zu Zigarren bekehren lassen, Mister – damit kann ich dienen –, nur mit Kautabak bin ich schlecht versehen –"

Er griff verstohlen nach ihrer Hand. Die Musik spielte einen Tango, die Paare lösten sich ineinander auf, die fast klebrige Luft trug unzusammenhängende Satzfetzen vorbei. Er sagte leise, doch eindringlich:

„Sind Sie nicht mit anderem versehen –"

Sie spürte nicht nur den Druck seiner Hand, sondern gleichzeitig das Knistern von Papier in der ihren. Verstohlen sah sie die Banknote an, erkannte den Fünfer. Ihr Gesicht verlor etwas von dem maskenhaften Lächeln, sie ließ eine Zigarettenpackung absichtlich fallen, beugte sich, flüsterte unmittelbar in der Höhe seines Ohres:

„An der Anrichte vorbei, durch die Küche – die Hand mit dem Daumen nach oben gestreckt halten – Treppe in den ersten Stock – ‚Reefer' sind heute ausgegangen – nicht zum Rauchen – aber es gibt andere Sachen ..."

Sie ging in die Richtung der Bar, ohne sich umzudrehen.

„Reefer" – dachte Brewer, Marihuana-Zigaretten gibt es nicht – aber „Stoff".

Er wartete auf die Martinis. Es kam nur einer. Das Mädchen zuckte mit den Schultern:

„Ich hielt es vor Durst nicht aus, trank meinen gleich an der Bar – auf

Ihr Wohl, Mister –" Sie legte den Kassenscheck neben das Glas. Drei Dollars.

Er gab ihr drei und einen halben, sie betrachtete wenig vergnügt die Münzen, strich sie mit der geübten Bewegung eines Croupiers ein.

Unauffällig sah Brewer zu Gatsky hinüber, der ihn längst bemerkt haben mußte, sich aber weiter eifrig mit seinem Jüngling unterhielt. Nur eine von niemandem sonst deutbare, ganz leichte Kopfbewegung ließ Brewer erkennen, daß etwas im Gange war. Er signalisierte dem Detektiv zurück, erhob sich umständlich und ging, ohne nach rechts oder links zu sehen, an der Anrichte vorbei, mit unauffällig gehobener linker Hand und hochgestelltem Daumen durch die Küche, sah hinter einer Glastür die Treppe, stieg zum ersten Stock hinauf.

Durch eine wattierte Tapetentür betrat er einen fast verdunkelten Saal, an dessen Ende ein durchsichtiger Tüllvorhang eine winzige Bühne vom Publikum trennte. Er sah tanzende Gestalten.

Eine Hand legte sich auf seinen Arm, und eine weiche Stimme fragte:
„Sie sind allein? Wünschen Sie Gesellschaft?"

Seine Augen hatten sich an das Dämmerlicht gewöhnt. Der Mann an seiner Seite mochte dreißig Jahre alt sein. Er schien etwas geschminkt, trug einen Mittelscheitel und am Handgelenk ein mit farbigen Steinen besetztes goldenes Armband.

„Zunächst möchte ich mir allein die Vorstellung ansehen", meinte Brewer. Er tastete mit den Augen die Umgebung ab.

„Wie Sie wünschen", hörte er die larmoyante Stimme. „Ich stehe jederzeit zur Verfügung."

Der schlecht gelüftete Raum war nur schwach besetzt. Auf zwei Bänken, die sich an beiden Seiten der Wand entlangzogen, unterhielten sich leise sonderbare Gestalten. Die Darbietung hinter dem Schleier ging lautlos vor sich. Eine Tänzerin – der scharf umrissenen Silhouette nach zu urteilen unbekleidet – setzte die Töne eines sordino gespielten Klaviers in Bewegung um. Kam sie dicht am Vorhang vorbei, zeichneten sich die Konturen ihres knabenschlanken Körpers zum Greifen nah ab. Brewer nahm an einem niedrigen Tisch Platz.

Ein einfallender und schnell wieder verlöschender Lichtschein zeigte das Öffnen und Schließen einer Tür an. Brewer drehte sich um. Eine Frau kam von der gegenüberliegenden Seite, durchschritt den Raum, blickte sich suchend um.

Brewer erkannte Evelyn Parker. Er sah die Fotografien vor sich, die Lowett beschafft hatte. Das charakteristische Profil – nicht nur des

Gesichts. Die ganze Erscheinung des bewußt und betont kopierten Filmstars.

Der Mann mit dem Mittelscheitel tauchte auf, ging zu Evelyn, setzte sich mit ihr in eine Ecke, hörte ihr zu, machte dann eine Geste in Richtung der Tapetentür.

Evelyn stand auf, schlenderte zum Tisch des Oberinspektors und setzte sich ihm gegenüber. Sie betrachtete prüfend ihre Fingernägel. Nach einer Weile fragte sie:

„Einsam?"

Er nickte:

„Ja! Meine Frau ist mir durchgebrannt!"

„Oh, wie entsetzlich! Aber Sie sind bereits auf der Suche nach Ersatz?"

„Ersatz? Nein. Wenn schon Tröstung, dann nicht mit Ersatz."

Sie fragte unvermittelt:

„Wer hat Sie hierhergeschickt?"

Er überlegte blitzschnell. Zögern konnte verräterisch wirken:

„Fred –", sagte er, „– aus der ,Cinderella' –"

Es war ein ähnliches Lokal.

Sie schaute ihn verwundert an:

„Die Konkurrenz?"

„Ich war eilig. Fred konnte mir nicht sofort helfen – Transportstörung. Fred ist Liebhaber kleiner grüner Kupferstiche mit dem Kopf eines Präsidenten der Vereinigten Staaten in der Mitte – ich habe eine kleine Kollektion –, so gab er mir die Adresse hier –"

„Was für ein Zusammentreffen!" erwiderte sie. „Ich sammle nämlich ebenfalls diese Gravuren – besonders Präsident Jackson hat's mir angetan –"

Brewer nickte anerkennend. Präsident Jackson zierte die Zwanzig-Dollars-Noten.

„Von einem armen verlassenen Ehemann müssen Sie sich ein anderes Porträt für Ihre Galerie aussuchen –" Er ließ einen Fünf-Dollars-Schein in ihre Hand gleiten.

Sie steckte ihn nonchalant in das Seitenfach ihrer kleinen schwarzen Lackledertasche, stand dann auf:

„Vielleicht sehe ich Sie wieder, wenn Ihr Kupferstichkabinett besser sortiert ist –"

Applaus ertönte, der Tüllvorhang öffnete sich, das Licht erlosch, nur im Hintergrund der Bühne glommen rote Scheinwerfer auf und konturierten die Mädchengestalt an der Rampe. Das Bild blieb nur wenige Augenblicke.

Dann verschluckte die Dunkelheit die Erscheinung. Als im Saal die dämmrige Beleuchtung wieder einsetzte, war die Tänzerin verschwunden, der Vorhang hing regungslos vom Plafond bis zur Bühne hinab.

Brewer blickte sich um.

Von Evelyn keine Spur.

Er stand auf.

Sein Blick fiel auf die Marmorplatte des Tisches. Ein kleines weißes Kuvert lag vor ihm. Es fühlte sich weich an, es enthielt ein Pulver.

Er steckte es hastig in seine Westentasche, erhob sich, eilte zu der Tapetentür, stieß sie auf. Auf dem Vorplatz stand der Mann mit dem Mittelscheitel und starrte ihn erstaunt an.

Brewer schob ihn beiseite, ging eilig die Treppe hinab, durch die Küche, an der Anrichte vorbei in den Saal.

Die gleichen Gestalten – vielleicht waren es auch andere, doch von denen, die vorhin die Plätze besetzt hielten, nicht zu unterscheiden – füllten den Raum. Derselbe süßliche Geruch umfing ihn. Die Verkäuferin in der straff anliegenden Husarenuniform lehnte an einer Säule.

Gatsky saß allein. Als Brewer den Blick des Detektivs kreuzte, deutete dieser zur Eingangstür.

Der Oberinspektor senkte kaum merklich den Kopf, zwängte sich an den Tanzenden vorbei, verließ das Lokal. Er prüfte die Straße in beiden Richtungen.

Von Evelyn war nichts zu sehen.

Ein leiser Pfiff kam aus dem etwas zurückgebauten Torbogen des Nachbarhauses.

Lowett stand im Schatten der Wand. Als der Oberinspektor neben ihn trat, berichtete er:

„Die Parker kam eben aus dem Lokal, eilte über den Hof, verschwand durch die Tür, die ins Büro der ‚Shanghai-Bar' führt. Ich konnte Verbindung mit Sarg bekommen, der gerade aus Chinatown zurück war. Das elfte Fenster gehört zu einem Zimmer, dessen Mieter seit zwei Tagen nicht gesehen worden ist. Die Personenbeschreibung paßt genau auf Lavinio."

„Los!" befahl Brewer.

Er ging mit Lowett über den Hof, drehte vorsichtig am Knopf einer vergitterten Tür mit einer schwach erleuchteten mattierten Glasscheibe. Sie war nicht verschlossen, gab den Eintritt frei. Man kam in einen kleinen kahlen Vorraum. Aus dem Nebenzimmer drangen Stimmen.

Brewer und Lowett lauschten. Die Worte waren nicht zu verstehen. Plötzlich verstummte jeder Ton.

Brewer versuchte die Tür zu öffnen. Sie gab nicht nach. Er drückte sie auf.

Evelyn stand vor einem Wandspiegel und richtete sich das Haar. Sie wandte sich beim Bersten des Schlosses um, ihre Augen drückten Erstaunen aus, jedoch weder Furcht noch Erschrecken:

„Was fällt Ihnen eigentlich ein –"

„Mit wem haben Sie sich hier eben noch unterhalten?!" fragte Lowett und trat dicht an das Mädchen heran.

Sie sah nur zu Brewer:

„Was soll das heißen?"

Er ließ sie seinen Ausweis sehen:

„Sind Sie jetzt im Bilde? Also los! Machen Sie den Mund auf! Und etwas plötzlich! Es handelt sich um Rauschgift!"

Sie sah ihn mit weitgeöffneten Augen an:

„Sie sagten Rauschgift? Aber wie kommen Sie auf eine solche Idee?!"

Er wandte sich an Lowett:

„Holen Sie den Barkeeper herein. Mosilli wird kaum Schwierigkeiten machen. Falls er es dennoch versucht, so hilft Gatsky nach. Wenn möglich, machen Sie alles geräuschlos. Aufsehen kann nur schaden."

„Ich verstehe!" Der Detektiv entfernte sich.

Brewer klemmte eine Zigarette zwischen die Lippen, nahm aus seiner Westentasche das kleine weiße Kuvert:

„Das schickt Sie für die nächsten fünf Jahre ins Zuchthaus!"

Sie kam einen Schritt auf ihn zu:

„Was schickt mich ins Zuchthaus? Ich kann nicht sehen –"

Er hielt ihr das Kuvert unter die Nase:

„Erkennen Sie's jetzt? Kokain!"

Sie trat wieder vor den Spiegel, hantierte unbekümmert an ihrem Haar herum:

„Interessant! Kokain? Und wie kamen Sie zu Kokain, und was habe ich damit zu tun?"

Brewer konnte der Haltung Evelyns eine gewisse Anerkennung nicht versagen:

„Sie nehmen es tapfer, Miss Parker, doch es nützt Ihnen nichts! Ich werde vor den Geschworenen unter Eid aussagen, daß Sie mir diese Dosis für fünf Dollars verkauft haben!"

Sie wandte sich um, wieder standen ihre Augen weit und unschuldig offen:

„Sie wollen einen Meineid leisten, Oberinspektor?"

„Wieso einen Meineid!?"
„Ich habe Ihnen doch nichts verkauft! Weder diese Packung, von der Sie behaupten, sie enthalte Kokain – was erst festzustellen wäre –, noch etwas anderes."
„Der Fünf-Dollars-Schein, mit dem ich bezahlte, war markiert, außerdem ist seine laufende Nummer und die Serie notiert. Das genügt zur Überführung."
Sie ließ keine Angst spüren:
„Sie haben also mit dienstlich markiertem Geld, das heißt mit dem Geld der Steuerzahler, ein unschuldiges Mädchen sich gefügig machen wollen. Ein feiner Polizei-Oberinspektor! Das wird aber die Geschworenen sehr interessieren! Da läßt sich ein Beamter Geld aus der Geheimkasse geben, angeblich, um Recherchen zu machen, geht in ein Nachtlokal, steckt eine gezeichnete Fünf-Dollars-Note einem Mädchen in den Blusenausschnitt – und weil sie sich weigert, seinen Zumutungen nachzugeben, beschuldigt er sie des Rauschgifthandels!" Plötzlich erhob sie ihre Stimme: „Sie wollen beeiden, daß ich Ihnen dieses angebliche Kokainkuvert gegeben habe?! Sie wären bereit, einen glatten Meineid zu schwören?!"
Er sah sie ungläubig an. Meinte sie die Frage ernst? Er sagte bedächtig:
„Sie kamen an meinen Tisch, wir führten ein unmißverständliches Gespräch, Sie forderten zuerst zwanzig Dollars, nahmen dann fünf und gaben mir das Kokain!"
„Ich gab es Ihnen? Wie? Mit der rechten oder mit der linken Hand?!"
„Sie legten es auf den Tisch!"
„Ich?! Haben Sie das gesehen?"
„Schön, wenn Sie technische Details lieben – ich sah es nicht. Aber als ich mich an den Tisch setzte, lag nichts darauf. Nachdem ich Ihnen die fünf Dollars gegeben hatte und Sie fortgegangen waren, lag es da."
„Wir waren ganz allein in dem Saal – wie?! Niemand sonst weit und breit?! Und das Licht war keinen Augenblick erloschen – wie?! Niemand konnte das Kuvert vor Sie hinlegen – wie?! Nur ich?! Und das wollen Sie den Geschworenen weismachen – mit mir in der Anklagebank?" Sie lachte schrill auf, hob ihren Rock etwas in die Höhe, ließ prachtvoll geformte Beine sehen. „Viel Glück, Sie Schürzenjäger! Aber nach der Verhandlung werden Sie die Stunde verfluchen, in der Sie den Entschluß faßten, mit mir in den Gerichtssaal zu gehen!"
Brewer kreuzte seine Arme auf dem Rücken, hielt eine Hand in der anderen fest. Tätlichkeiten gegen eine Frau – was immer sie war – konnten bei

der Einstellung der Öffentlichkeit katastrophale Folgen haben. Er mußte sich beherrschen, so schwer es auch fiel.

Die Tür wurde unsanft aufgestoßen. Mosilli stand auf der Schwelle. Gatsky und Lowett schoben ihn ins Zimmer, zogen die Tür hinter sich zu.

Brewer betrachtete den Barkeeper von allen Seiten, wie man ein Pferd, auf das ein Gebot abgegeben werden soll, prüft. Nach einer Weile fragte er:

„Sie sind ein eidfester junger Mann, Mosilli? Vor Gericht beschworen Sie, daß Adonis Lavinio nichts mit Rauschgift zu tun hatte und daß ihm die in seinen Taschen gefundenen Kokainpäckchen von einem Unbekannten zugesteckt worden waren?" Er hielt dem Barkeeper das kleine weiße Kuvert vor die Nase: „Woher das kommt, wissen Sie natürlich auch nicht?"

Mosilli zuckte die Schultern:

„Ich weiß überhaupt nicht, was Sie von mir wollen."

„Nichts Besonderes, mein Junge", antwortete Brewer. „Du sollst nur hübsch die Wahrheit sagen. Wir packen euch alle miteinander ein, dich und die Verkäuferin in der Husarenuniform und die Bedienerin und den Mann mit dem Mittelscheitel und Evelyn –"

„Mund halten!" rief die Parker dem Barkeeper zu. „Nur im Beisein des Anwalts –"

Gatsky hob sie in die Höhe, blickte zu Brewer, ging mit seiner Last zur Tür:

„Headquarter – ja?"

Brewer nickte.

„Führen Sie Mosilli zu meinem Wagen", wies er Lowett an, „ich spreche noch ein Wort mit dem Geschäftsführer und komme dann nach."

Der Mann mit dem steinbesetzten Armband glättete nervös sein Haar:

„Sie dürfen überzeugt sein, Herr Oberinspektor, daß hier alles in bester Ordnung ist. Miss Evelyn kommt gelegentlich zu mir, ein Gast wie jeder andere. Es bestehen sonst keinerlei Beziehungen zwischen ihr und dem Unternehmen."

„Wer hat denn das Lokal von James Garwick erworben?" fragte Brewer.

„Ein früherer Oberkellner des ‚Cabana Cubana' in Miami. Er konnte es nur kurze Zeit halten, gab es an eine Miss Ryder ab, und sie verpachtete die Bar an Mosilli und mich. Wir tun alles, um unsere Kunden zufriedenzustellen –"

„– woran ich nicht zweifle", unterbrach ihn Brewer. „Wahrscheinlich wird Sie dieser Kundendienst einmal ins Zuchthaus bringen. Aber mir geht's jetzt nicht um Ihre Rauschgiftgeschäfte und die Nackttänze Minderjähriger. Ich bin von der Mordkommission." Er zog die Fotos von Lavinio aus der Tasche: „Kennen Sie den Mann?"

„Ich kannte ihn nicht!" sagte der Pächter sofort.

„Wie kommen Sie darauf, in der Vergangenheit zu sprechen? Sie sagten eben, Sie kannten ihn nicht. So spricht man doch nur über Tote?" Brewer sprach gedämpft. Er wollte die Gäste nicht scheu machen.

„Das rutschte mir nur so heraus –", stotterte der Mann und glättete sich eifrig den Scheitel, „– oder ist es, weil mir das Gesicht aus den Zeitungen bekannt vorkam?" Er tippte sich an die Stirn: „Aber natürlich! Der junge Mann, der im ‚Savannah' ermordet wurde –"

„Ich werde Ihnen die Agenten der Narcotic Squad schicken", erklärte der Oberinspektor, „hoffentlich bedienen Sie die Herren ebenso zuvorkommend wie Ihre anderen Gäste!"

„Herr Oberinspektor", die Stimme ließ Angst erkennen, „machen Sie uns nicht unglücklich! Sie wissen, was es bedeuten würde – und dabei sind wir unschuldig –, wenn einmal ein Gast – was können wir dagegen tun – mit unserem Wissen geschieht nichts Unrechtes –, aber wenn die Spezialagenten erst einmal –"

„Haben Sie Adonis Lavinio gekannt?!" fragte Brewer noch einmal scharf. „Verkehrte er im Lokal, seitdem Sie es übernommen haben? Wir wissen, daß Mosilli in ganz bestimmten Beziehungen zu dem Ermordeten stand. Sagen Sie die Wahrheit, und ich will sehen, ob mein Gedächtnis wegen der ‚Shanghai-Bar' gegenüber den Narcotic-Leuten ein wenig versagt –"

Der Mann zog Brewer zur Seite hinter die Theke:

„Lavinio und Mosilli waren in letzter Zeit bitter verfeindet. Lavinio kam wochenlang nicht mehr hierher. Das ist die reine Wahrheit."

„Kennen Sie Garwick? Verkehrt er hier?"

„Bestimmt nicht!"

„Miss Parker sorgt für den ‚Stoff', den einige Gäste wünschen?"

„Ich weiß von nichts –"

„Begreifen Sie denn nicht, Sie Trottel? Mir sind Ihre schmierigen Maschen völlig gleichgültig. Es handelt sich um einen Mord! Welche Verbindung besteht zwischen der Parker und Mosilli? Zwischen Mosilli und Garwick? Wo paßt Lavinio in dieses Mosaikbild?"

„Man hört viel in meiner Stellung. Aber nichts von einem Mord. Alle Leute hier und ebenso Mosilli und die Parker mögen ihre Eigenheiten haben, aber für ein Gewaltverbrechen kommen sie nicht in Frage. Lavinio muß sich umgestellt haben und in Schwierigkeiten geraten sein. Er redete wahrscheinlich zuviel. Es gibt Menschen, die dafür kein Verständnis aufbringen ..." Er blickte den Oberinspektor wie ein geprügelter Hund an: „Richten Sie mich nicht zugrunde, und ich verspreche Ihnen als Gegenleistung –" Er schwieg.

„– was? Wenn's um die eigene Haut geht, verpfeifen Sie auch Ihren eigenen Bruder?" Brewer empfand Ekel vor der erbärmlichen Erscheinung. „Wenn Sie wüßten, wie ich durch Ihresgleichen gelernt habe, die Menschen zu verachten! Aber in meinem Beruf muß ich mich nun einmal unentwegt mit Dreck besudeln. Es liegt im dienstlichen Interesse, daß man sich mit Lumpen verständigt. Dies vorausgeschickt, werde ich Sie in Ruhe lassen. Dafür melden Sie mir, was immer im Zusammenhang mit dem Mord an Lavinio zu Ihrer Kenntnis gelangt. Wenn Sie mich hinters Licht führen, ist Ihre Bude tags darauf geschlossen. Habe ich mich verständlich ausgedrückt?"

Er wartete keine Antwort ab, durchschritt das Lokal, betrat die Straße. Er empfand die nächtliche, frische Luft als Wohltat. In weitem Bogen spuckte er über den Straßenbord hinweg auf den Fahrdamm. An der Ecke wartete Lowett:

„Gatsky hat die Parker in seinem Wagen mitgenommen. Der Mosilli wartet neben Ihrem Fahrer."

Sie schritten beide die drei Blocks entlang, setzten sich in Brewers Wagen, der in scharfem Tempo zum Headquarter fuhr.

Lowett blieb im Vorraum bei Mosilli. Sloan und Sarg breiteten beim Eintreten des Oberinspektors ihre Zeitungen über den Tisch. Darunter lagen Karten. Spielkarten.

Sarg stand eilige auf:

„In Chinatown –"

„Lowett hat mir bereits berichtet. Erreichten Sie den Arzt?" drängte Brewer, blickte gleichzeitig warnend in Richtung Mosillis.

„Er war in einer Sekunde am Apparat", erklärte der Detektiv, „und bestätigte jedes Wort unseres Freundes."

Der Oberinspektor ging in sein Dienstzimmer. Etwas erstaunt zögerte er auf der Schwelle. Gatsky stieß eben mit Miss Parker an. Importierter Whisky stand auf dem Tisch.

„Hoffentlich störe ich nicht –", meinte er und setzte sich dann auf seinen Stuhl.

Er fing Gatskys Blick auf und begriff.

„Miss Parker bestand darauf, eine Wegzehrung zu kaufen –"

„Sie wissen, daß Sie wegen Bestechung mittels Alkohol ein Disziplinarverfahren gewärtigen könnten?!" drohte Brewer, doch seine Stimme klang gar nicht so.

„Sie dürfen auch einen Schluck nehmen", rief Evelyn, die ein völlig verändertes Verhalten zeigte, „der Dicke hier –", sie deutete auf Gatsky, „– ist ein netter Kerl, gar nicht so wie Sie – wir verstehen uns glänzend!"

Gatsky stimmte zu:

„Miss Parker dachte, Herr Oberinspektor, daß Sie die Sache mit dem kleinen Kuvert den Bundesagenten melden wollten. Das wäre für sie natürlich sehr unangenehm, auch wenn sie von der ganzen Angelegenheit nichts weiß – wie sie ausdrücklich erklärt. Ich machte ihr nun klar, daß es für uns nur darauf ankommt, den Mörder Lavinios zu finden. Nur das interessiert uns. Wer da mithilft, kann mit unserer Dankbarkeit rechnen. Das ist doch so – Chef –?"

Brewer fühlte, wie Evelyns Augen ihn beobachteten. Sie traute dem Frieden nicht. Sie wußte, wo die Macht eines Detektivs endete und die eines Oberinspektors begann. Sie spielte mit ihrem ganzen Gehabe eine wohldurchdachte Rolle. Der Einsatz war ihre Freiheit. Und sie wußte es. Er ließ sie nicht im Zweifel darüber:

„Die Morduntersuchung ist uns wichtiger als alles andere. Aber ich kann eine schwere Gesetzesverletzung – und Rauschgifthandel zählt dazu – nicht einfach ignorieren. Wenn ich es täte, machte ich mich selbst strafbar. Dennoch –", er lehnte sich gemächlich in seinen Wippstuhl zurück, „– es könnte sein, daß ich selbst zu der Ansicht käme, das bewußte Päckchen sei von einem Unbekannten auf die Marmorplatte meines Tisches in der ‚Shanghai-Bar' gelegt worden. Und in diesem Falle wäre Miss Parker völlig entlastet. Aber um meine Meinung so radikal zu ändern, müßte sie schon ein klein wenig aus dem sicherlich reichen Schatz ihres Wissens auspacken –"

„Wenn ich alles erzähle, was ich weiß – lassen Sie mich dann ungeschoren?"

„Was wissen Sie?" antwortete Brewer mit einer Gegenfrage.

„Adonis Lavinio war mehr als einmal im ‚Savannah'. Ich sah ihn wiederholt durch die Garage ins Haus gehen. Einmal, als ich gerade meinen Wagen zur Rampe fuhr, ein andermal nachts, als ich ihn abstellte – drei- oder viermal. Er fuhr im Service-Elevator hinauf."

Brewer hörte aufmerksam zu. Was sie sagte, konnte wahr sein – oder erfunden, nur um etwas zu erzählen und sich freizureden. Sie ahnte nicht, daß ein Detektiv ihr in die Chinatown gefolgt und das Zimmer, zu dem das elfte Fenster gehörte, ermittelt worden war ...

„Und wen besuchte nach Ihrer Ansicht der kleine Adonis?" forschte der Oberinspektor.

Sie schwieg. Man sah, wie ihre Gedanken arbeiteten. Lauernd tastete sie das Terrain ab:

„Vielleicht Belandro? Den kannte ich schon, als er noch Bigno hieß – aber das wissen Sie ja längst –" Sie musterte Brewers Miene, suchte in Gatskys Zügen nach einer Rekation. Sie fand keine.

„Wer sonst käme in Frage?" wollte Gatsky wissen.

„Im fünfzehnten Stock wohnt Lerbody, ein Großunternehmer der Taxibranche" – sie redete sich leer – „der hatte auch einmal eine unangenehme Geschichte –" Sie überlegte, schwieg wieder.

„Das passiert älteren Herren, wenn sie gegen junge unschuldige Damen in unsittlicher Weise vorgehen und dabei vom Bräutigam überrascht werden – aber das ist eben ein Risiko, das man mit in Kauf nehmen muß", dozierte der Oberinspektor, auf Allister anspielend, doch ohne eine Miene zu verziehen. Er sprach, als handle es sich um eine Geschichte, die mit Evelyn gar nichts zu tun habe. „Was ist Ihnen sonst noch aufgefallen?"

Sie richtete sich auf:

„Man hat Sie häßlich angelogen, Herr Oberinspektor – ich werde Ihnen einmal alles erklären –, aber jetzt interessiert Sie doch mehr, was ich wegen Adonis zu sagen habe –", sie trank ihr Glas mit einem Zug leer, „– vielleicht war Adonis bei Garwick –"

„Könnte sein, Miss Parker", nickte Brewer, „aber gerade in der Mordnacht war das nicht möglich. Mister Garwick feierte seinen Geburtstag. Vierzehn Gäste, großer Rummel, Tanz, Vergnügen – da wäre ein Typ wie Lavinio sehr unangenehm aufgefallen. Garwick besitzt also durch seine Gäste ein Alibi. Ein unantastbares. Er ist der einzige Mieter, der beweisen kann, während der ganzen Zeit, die in Frage kommt, vierzehnfach beobachtet worden zu sein."

„Ich verstehe", erwiderte sie, sah lange wie geistesabwesend vor sich hin, steckte die Zigarette mit dem glühenden Ende in den Mund, fluchte kurz, aber wie ein Marktweib, legte frisches Rouge auf die Lippen, goß ihren nächsten Whisky wieder mit einem Schluck hinunter. Nach geraumer Zeit sah sie zu Brewer und meinte unvermittelt: „Lavinio verkehrte seit Wochen nicht mehr in der ‚Shanghai-Bar'. Er verkrachte sich mit Mosilli."

„Weshalb?!" unterbrach Brewer. „Die Ursache möchte ich wissen!"

„Schön, Sie haben mir versprochen, mich laufen zu lassen, wenn ich auspacke – also gut!" Sie holte tief Atem. „Mosilli bezog laufend ‚Stoff' von Lavinio. ‚Reefer' – aber auch Koks. Ganz plötzlich gab's einen fürchterlichen Streit. Lavinio war bestohlen worden, und zur selben Zeit erklärte Mosilli, einen anderen Lieferanten gefunden zu haben. Daraufhin behauptete Lavinio, sein Lager sei von Mosilli geplündert worden. Damit war's zwischen beiden aus."

„Interessant!" stellte Brewer fest. „War Mosilli in der Nacht vom Sonntag zum Montag wie üblich an der Bar?"

Sie riß die Augen auf – etwas zu schnell –, zu sehr bewußt:

„Daran habe ich noch gar nicht gedacht! Warten Sie, vorgestern – da war ich nicht in der ‚Shanghai-Bar', aber –" Sie hielt inne.

„Das ist leicht festzustellen." Gatsky erhob sich auf einen Wink des Oberinspektors, verließ das Zimmer, kehrte kurz darauf mit Albertino Mosilli zurück: „Er sagt, daß er im Dienst war."

Der Barkeeper blickt sich um. Seine Augen wanderten von Brewer zu Gatsky und Evelyn Parker, machten die Runde in umgekehrter Richtung. Sein Gesicht blieb ausdruckslos, als er sich an das Mädchen wandte:

„Haben Sie die Idee gehabt, mich zu verdächtigen? Ich war von zehn bis morgens vier hinter der Theke – zehn Zeugen, zwanzig, fünfzig werden es beschwören –, weil es wahr ist. Und Sie wissen es auch. Und Sie selber haben mit mir telefoniert. Zwischen dreiundzwanzig und zwei Uhr. Vielleicht wollen Sie mich in die Tinte tauchen, um einen anderen reinzuwaschen?! Aber – ich warne Sie –"

„Nur Ruhe!" Gatsky drückte Mosilli in einen Stuhl neben der Korridortür: „Miss Parker beschuldigt niemanden, wir sprachen nur ganz zufällig über den Mord an Adonis Lavinio, so neben der Sache mit dem Rauschgift – übrigens: von wem beziehen Sie jetzt Ihren ‚Stoff', nachdem doch Lavinio als Lieferant ausgeschieden ist?" Er klopfte sich an die Stirn: „Man wird alt und vergeßlich! Sie lösten ja die Verbindung zu ihm, schon bevor er ermordet wurde! Das hätte ich beinahe vergessen!"

Mosillis Augen wurden zu schmalen Schlitzen:

„Was soll die angebliche Rauschgiftsache mit dem Mord im ‚Savannah' zu tun haben? Will hier jemand Dinge verdrehen, um den eigenen Kopf aus der Schlinge zu ziehen?"

„Aber wer redet von Schlinge!" warf Gatsky dazwischen. „Im Staat New York wird nicht gehängt, hier haben wir viel modernere Methoden – nicht wahr, Chef?" Er sah Brewer an.

Der Oberinspektor erhob sich, ging zur Tür, rief einen uniformierten Beamten herein, deutete auf Mosilli und Evelyn:

„Leisten Sie den Herrschaften etwas Gesellschaft. Ich bin gleich wieder zurück." Er begab sich, von Gatsky gefolgt, ins Nebenzimmer, winkte Sloan, Sarg und Lowett.

Sie nahmen am Konferenztisch Platz.

„Ich fand noch keine Gelegenheit, Herr Oberinspektor", begann Gatsky, „um Ihnen von dem Jüngling aus der ‚Shanghai-Bar' zu erzählen, mit dem Sie mich sitzen sahen. Er ist neunzehn, liebt abgöttisch Boxer und Ringkämpfer, gehört einem Athletikverein an und wollte mich zu einer Vorführung überreden. Als ich schließlich recht deutlich ablehnte, zog er sich beleidigt zurück. Zwischendurch aber bekam ich einiges zu hören. Die ‚Shanghai-Bar' muß sehr gute Beziehungen haben – bisher sind alle Zugriffe ergebnislos verlaufen. Niemals wurde ‚Stoff' gefunden. Wenn eine Sittenstreife erscheint und noch so schnell die Treppe zum ersten Stock hinaufeilt, findet sie nur eine wohlbekleidete Tanzdame. Es klappt alles. Aber nicht bei uns, sondern gegen uns."

„Soll sich die ‚Sitte' und die Rauschgiftabteilung den Kopf über diesen Betrieb zerbrechen – mich interessiert jetzt nur noch der Mord an Lavinio. Und ich habe hierüber meine bestimmten Gedanken." Brewer zog die Schale mit Kaffee, die ihm Sloan zuschob, zu sich heran, trank den heißen schwarzen Sud schluckweise. Er kratzte den Zucker vom Boden der Tasse, schleckte den Löffel ab, zündete sich eine Zigarette an: „Was die Parker über Belandro, Lerbody und Garwick auftischte, trägt alle Anzeichen von Verlegenheitslösungen an sich. Erfindungen – um freizukommen. Das könnte sie durch ihren Anwalt erreichen, der bestimmt eine Habeascorpusorder zu ihren Gunsten erwirkt, denn wir haben keine Beweise gegen sie in Händen – leider." Er berichtete kurz über Evelyns meisterhafte Verteidigung in der Sache des Kokainkuverts. „Auf alle Fälle schicken Sie es ins Labor" – er gab das Päckchen an Sloan –, „ich würde lachen, wenn's Milchzucker ist und nicht Koks. Aber eigentlich glaube ich das kaum. Die Kokshändler verdünnen den ‚Stoff' oft zur Verbesserung ihres Gewinns – aber sie betrügen nicht. Es ist zu gefährlich –" Er lehnte beide Ellenbogen auf den Tisch: „Alles deutet darauf hin, daß Evelyn enge Verbindung zu Lavinio unterhielt – und ich bin bereit, mein Polizeischild zu wetten, daß sie wenigstens ahnt, wer ihn ermordete. Wenn wir sie festhalten, erfahren wir nichts. Wir müssen sie laufenlassen, damit sie uns auf die richtige Fährte bringt!"

„Aber sie kennt uns – wie soll sie beschattet werden?" gab Gatsky zu bedenken.

„Lowett fährt mit einem Telefonspezialisten ins ‚Savannah' – der Mann ist sofort aus dem Bett zu holen, denn es kommt auf Minuten an –, die Leitung der Parker muß angezapft werden!" Brewer sprach schnell und sehr entschieden. „Keine Zeit ist zu verlieren. Jedes Gespräch abhören und auf Band aufnehmen! Die Gerichte lassen die Tonbandaufnahmen zwar nicht als Beweismittel zu, aber uns dienen sie."

„Hoffentlich kann ich einen Fachmann zu dieser Stunde auftreiben!" Lowett verließ seinen Platz, winkte kurz und ging.

„Kommen wir nun zu Mosilli!" setzte der Oberinspektor die Besprechung fort. „Ich glaube nicht, daß ein Konflikt unter Leuten dieser Art zu einem Mord führt. Die Rauschgiftler sind Lumpen. Geschossen wird, wenn es um die großen Einsätze der eigentlichen Gangsterchefs geht, nicht wegen ein paar armseliger Packungen. Die Verteiler sind zumeist Feiglinge. Also dürfte nach aller Erfahrung der Barkeeper als Täter ausscheiden. Abgesehen von seinem Alibi. Bliebe übrig – ein von ihm gedungener Mörder. Jedoch ist das ein zu teurer Spaß im Verhältnis zum Objekt. Was ich für wahrscheinlicher halte, ist, daß Mosilli mehr ahnt, als es den Anschein hat. Er sah die Parker nicht nur haßerfüllt an, sondern drohend. In diesem Blick der verkniffenen Augen standen unhörbare Worte, die nichts Erfreuliches bedeuteten. Ich möchte Mosilli freilassen, genau wie Evelyn – aber auch unter Beobachtung halten. Er kennt weder Sloan noch Sarg. Ich glaube nicht, daß er euch beide hier gesehen hat. Also fährt Sloan in die ‚Shanghai-Bar', und Sarg bleibt in der Christofer Street auf Beobachtungsposten, am besten einen Block vom Lokal entfernt, am Steuer eines Wagens. Scheinbar schlafend." Brewer machte eine Atempause, setzte hinzu: „Vorher möchte ich eine genaue Lageskizze des Hauses, das Evelyn aufsuchte." Er sah Sarg an: „Woher bekamen Sie die Personalbeschreibung des Mieters?"

„Im Erdgeschoß wohnt eine Art von Hausmeister", entgegnete der Detektiv und stand auch auf, „er kam gerade von einer Versammlung der Dockarbeiter, er hilft am Pier der ‚Transatlantic' aus."

„Gut!" meinte Brewer und erhob sich als letzter aus seinem Sessel. „Gatsky bleibt hier, bis alle berichtet haben. Lowett setzt sich in Bewegung wegen der Telefonleitung der Parker, Sloan und Sarg bleiben Mosilli auf den Fersen. Ich selbst fahre zur Henry Street und sehe mir einmal das Zimmer an, das zum elften Fenster gehört." Er blickte auf seine Armbanduhr: „Halb drei. Möglichst um drei Uhr die ersten Meldungen! Dann werden wir weitersehen!"

Er ging in sein Dienstzimmer, dankte dem Uniformierten:

„Hoffentlich haben Sie sich nicht gelangweilt? Na also! Unsere Gäste hier können bald gehen. Lassen Sie Miss Parker und Mister Mosilli ruhig passieren, wenn sie durch Ihr Zimmer kommen." Nachdem der Beamte gegangen war, setzt sich Brewer: „Wie Sie hörten, werde ich Sie freilassen. Nicht aus Gutmütigkeit. Ich behielte Sie gern in unserer Obhut, jedoch es fehlen mir die Beweismittel. Aber eines Tages habe ich sie beisammen. Und dann beten Sie zu Gott um Gnade!" Er streckte seine langen Beine aus, stieß den Papierkorb um, wies Mosilli die Tür: „Hauen Sie ab!" Der Barkeeper verschwand wortlos.

„Er hat mit dem Mord nichts zu tun", begann Evelyn Parker die Unterhaltung von sich aus, „dazu ist er zu dumm und zu feige. Wenn Sie mich fragen –"

Der Oberinspektor brachte sie zum Schweigen:

„Ich frage Sie aber nicht, Miss Parker! Sie haben mich enttäuscht, das ist alles. Meiner Überzeugung nach wissen Sie mehr, als Sie zugeben. Mit Gewalt kann man Menschen wohl zum Sprechen bringen, nicht aber dazu, die Wahrheit zu sagen. Sie können also gehen. Ich werde Sie nicht den Narcotic-Agenten melden. Aber das ist kein Freibrief. Denken Sie an meine Worte!"

Sie stand auf, ging um den Tisch herum, versuchte zu lächeln:

„Ist eine Belohnung für die Auffindung des Mörders ausgesetzt?"

Er sah sie ernst an:

„Als Kronzeuge der Staatsanwaltschaft kann man den Kopf retten – ist das nicht eine beachtliche Prämie?!"

„Sicher", antwortete sie gedehnt, „für einen Verbrecher. Aber ich kann Ihnen und der Staatsanwaltschaft weder etwas gestehen noch Wichtiges berichten. Meine kleinen Hinweise sollten nur die Ermittlungen erleichtern – ein Gegendienst, wie wir's verabredet haben."

„Ich vermisse Ihre kleinen Hinweise auf MacAllister und Cohen-Cunnings!" bemerkte der Oberinspektor.

Sie wurde etwas unsicher, suchte einen plausiblen Ausweg:

„Darf man denn nichts fürs Herz haben? Und etwas für das Taschengeld – die guten Onkels sind ja sowieso nicht allzu zahlreich!"

„Ich verstehe", gab er zurück, „also die beiden Herren sind reine Privatbekanntschaften. Frei von geschäftlichen Interessen." Er fügte gemächlich hinzu: „Die Menschen ändern offenbar ihren Charakter. Ich hätte darauf geschworen, daß MacAllister so gar kein Liebhabertyp ist, wenn er dabei nicht gut verdient – und Cohen-Cunnings paßt viel besser in die Gegend der Docks als in das Boudoir einer verwöhnten jungen Dame ... Aber – nicht wahr? – irren ist menschlich!"

Sie nahm die Whiskyflasche vom Tisch, rollte sie in das Einwickelpapier, das aus dem Papierkorb gefallen war, reichte ihm die Hand:

„Jetzt muß ich noch in die Christofer Street, um meinen Wagen zu holen.

Ihr Schwerathlet hatte mir nicht erlaubt, mit meinem Wagen hierherzufahren. Es ist entsetzlich, wie mißtrauisch Polizisten sind!"

„Ich werde Sie in einem neutralen Wagen nach Greenwich Village bringen lassen." Er ließ sich mit dem Transportdienst verbinden, gab Weisung. Er hoffte damit, Evelyns Besuch in der Bar zu verhindern, wo sie Sloan gesehen hatte. „Wir sind uns einig darüber, daß Sie ohne weitere Umwege nach Hause fahren – wie? Ich wünsche nicht, daß Sie vorher noch in die ‚Shanghai-Bar' gehen. Und das ist mehr als ein Wunsch. Es ist ein Befehl. Verstanden?"

„Ohne Grobheit ginge es ebensogut!" gab sie zurück. „Meine Sehnsucht ist nur mein Bettchen." Sie ging mehr als dicht an ihm vorbei und um den Schreibtisch herum: „Sie dürfen es nicht einmal ansehen –"

Er antwortete nichts. Sie verstand ihn dennoch und schlenderte davon.

Er ließ sich nochmals mit dem Fahrdienstleiter verbinden und gab Weisung, die zur Mitnahme nach der Christofer Street sich meldende Dame möglichst langsam ans Ziel zu bringen.

Dadurch gewann Lowett Zeit für die Anzapfung der Telefonleitung. Beim „Einklinken" der Ableitung konnte es passieren, daß der Apparat läutete. Es mußte vermieden werden, Mißtrauen zu erwecken.

Brewer ging den Korridor entlang. Nachdenklich, unbefriedigt. Irgendwo ging die Rechnung nicht auf.

Er fuhr zur Henry Street, ließ einen Block nach der Kreuzung in Richtung East River halten und ging zu Fuß zu dem Haus, das Sarg genau beschrieben hatte, zurück.

Er stieg die eiserne Treppe zum zweiten Stock hinauf, fand die von Sarg markierte Tür.

Er sah sich um. Der Gang lag im Halbdunkel. Nur aus der Ferne kamen unentwirrbare Geräusche, irgendwo spielte eine Juke-Box, das langgedehnte Signal einer Lokomotive oder eines Ferry-Boats zitterte durch die warme Luft.

Brewer horchte einige Augenblicke, bückte sich bis zur Schwelle hinab. Der Raum innen war nicht erleuchtet.

Er nahm einen kleinen, ledernen Behälter aus der Hüfttasche und begann verschiedene „Master-Keys" in das Schloß einzuführen. Keiner paßte.

Er klemmte einen kurzen Stahlheber seitlich zwischen Tür und Rahmen, drückte ihn nach unten gegen den Schnapper, schob ihn zurück. Die Tür pendelte geräuschlos nach innen.

Der Oberinspektor betrat den Raum, schob die Tür zu, lehnte einen Stuhl dagegen, um zu verhindern, daß sie wieder aufging.

Vom Fenster kam ein graugelber Schimmer. Das Fehlen von Vorhängen oder auch nur eines Stores, die abblätternde Tapete an den Wänden, der kahle, schmutzverstaubte Fußboden wirkten trostlos.

In der Ecke stand ein weißgestrichenes Bettgestell mit Messingknöpfen, von denen die gelbe Metallfolie stellenweise abgeblättert war, so daß der stumpfe Untergrund zum Vorschein kam.

Brewer band sein Taschentuch vor die Linse des Leuchtstabes und begann das Zimmer zu durchsuchen.

Neben dem Bett befand sich ein morscher Schrank mit offenen Türen. Der Spiegel war durch einen Sprung in zwei Teile zerlegt. Ein Anzug hing an einem Nagel, eine Hose lag am Boden. In den Fächern befand sich frische und gebrauchte Wäsche durcheinander. Ein offener kleiner Karton enthielt Seife, Zahnbürste, Paste und eine große Tube Pomade. Mit größter Vorsicht nahm sie Brewer an den äußersten Kanten in die Hand. Noch bevor er den Verschluß abschraubte, erkannte er das penetrante Fliederparfüm. Er las auf der Etikette etwas von „pomata" und „sambuco" und einen langen, italienischen Namen und „Napoli". Es war zweifellos die Pomade Lavinios. Er legte die Tube für sich allein in die Schachtel, um etwaige Fingerabdrücke nicht zu gefährden. Er durchforschte den Schrank, die beiden Schubladen des Tischchens, einen Vulkanfiberkoffer, zwei Reisetaschen.

Es fand sich nur eine Menge bedeutungslosen Krimskrams, zwei zerbrochene Kämme, ein angerosteter Rasierapparat, neue und gebrauchte Klingen, ein einzelner vergoldeter Manschettenknopf, verspeckte Krawatten, zwei Paar abgetretene Schuhe.

Brewer suchte nach anderen Dingen, wenigstens ihren Spuren. Aber er fand nichts. Sollte Evelyn – fragte er sich – gründlich aufgeräumt haben? Oder hatte es schon vor ihr Mosilli getan?

Er ging zum Fenster, blickte in die menschenleere Straße hinunter.

Sein Knie berührte die Verschalung unterhalb des Simses. Das Holz gab dem leichten Druck nach, knackte, bog sich dann wieder in seine ursprüngliche Lage zurück.

Brewer kniete nieder und tastete die Bretter ab.

Die Sperrholzplatte ließ sich aus ihrer Führung herausziehen.

Dahinter war ein Leerraum, etwa acht bis zehn Zentimeter tief, so breit wie das Fensterbrett und vom Boden bis zu ihm hinaufreichend.

Der gedämpfte, diffuse Kegel des Leuchtstabes tastete ihn ab.

Den Boden bedeckte ein Karton aus gewelltem Packpapier.

Der Oberinspektor hob ihn behutsam empor.

Darunter lag eine Schicht Cellophanpapier.

Als er es aufblätterte, kamen, fein säuberlich in mehrere Reihen gelegt, kleine weiße Kuverts zum Vorschein. Er prüfte eins. Es sah genau wie jenes aus, das Evelyn Parker auf den Marmortisch in der „Shanghai-Bar" gelegt hatte.

Brewer nahm eins der Kuverts an sich, legte sorgfältig die Plastikfolie an ihren Platz zurück, darüber den Pappkarton, fügte das Brett wieder genau in seine Führungsleiste.

Er ging zum Schrank, nahm den Karton mit der Pomadetube, zog den Stuhl von der Tür weg, blickte vorsichtig den Korridor entlang und trat aus dem Zimmer. Das Schloß schnappte kaum hörbar wieder ein.

Er verließ das Haus, eilte mit langen Schritten über die vereinsamte Straße, setzte sich ans Steuer und fuhr in die Centre Street.

Gatsky berichtete: Lowett hatte einen Facharbeiter gefunden, die Telefonleitung Miss Parkers angezapft, ein Tonbandgerät eingeschaltet und in der verdunkelten Loge des Nachtportiers Potter, der bereitwilligst mithalf, Posten bezogen. Er konnte Evelyns Heimkehr beobachten. Aber auch nachdem sie in ihre Wohnung hinaufgefahren war, gab das Telefon kein Signal. Miss Parker wurde weder angerufen, noch stellte sie eine Verbindung her. Ihr Apparat schwieg.

Brewer nickte:

„Das Zimmer in der Henry Street ist Lavinios Quartier gewesen. Unter dem Fenster, in einem Leerraum zwischen Wand und Holzverschalung, hielt er seine Lagervorräte. Morgen früh soll der Laborwagen die Bude genau durchsuchen, alle Spuren sichern, den ‚Stoff‘ sicherstellen und zur Analyse mitnehmen. Ein Muster brachte ich bereits mit, das geben Sie weiter." Er überreichte dem Detektiv das kleine weiße Kuvert.

„Der Inhalt des Päckchens, das Sie aus der ‚Shanghai-Bar‘ zur Untersuchung gaben", berichtete Gatsky, „ist nach vorläufiger Analyse mit Milchzucker vermengtes Kokain. Das genaue Ergebnis kommt morgen."

Brewer sah auf seine Uhr:

„Drei Uhr zwanzig! Es wird allmählich Zeit, um schlafen zu gehen. Hat Sarg sich gemeldet? Und Sloan?"

„Nur Meldungen, daß sie auf Posten sind. In der ‚Shanghai-Bar‘ geht der Betrieb weiter, als sei nichts gewesen. Mosilli telefonierte mehrmals, das ist alles. Sarg sah Miss Parker in unserem Wagen vorbeifahren. Nach einiger Zeit kam der Fahrer zu ihm und teilte mit, sie sei in ihren Wagen umgestiegen. Sie hatte ihm zwei Dollars in die Hand gedrückt, er wollte sie sofort zurückgeben, aber sie lief so schnell über den Damm zu ihrem Auto, daß er sie nicht mehr erreichen konnte. Er wird die zwei Dollars deponieren."

„Für die Wohlfahrtskasse der Rauschgifthändler!" Der Oberinspektor gähnte. „Lassen Sie auf die Nachtinspektion umschalten. Wenn unsere Leute sich melden, sagen Sie ihnen, sie mögen ins Bett gehen. Schleunigst. Morgen um neun sehen wir weiter. Vielleicht hat bis dahin das Telefon Evelyns geklingelt und etwas verraten. Dann werden wir uns MacAllister vorknöpfen. Der junge Mann weiß natürlich, daß Lerbody sich schwer hüten wird, gegen ihn und die Parker wegen der Erpressung Anzeige zu erstatten, aber es lohnt sich der Versuch, mit der Drohung einen Druck gegen ihn auszuüben. Vielleicht genügt's um aus ihm etwas herauszuholen. Und dann möchte ich morgen an Cohen-Cunnings einige Fragen stellen. Er hat eine solche Polizeiliste, daß er jeden Zusammenstoß mit uns liebend gern vermeiden wird. Die Angst, in eine Mordaffäre verwickelt zu werden, dürfte seine Zunge lösen – wenn uns das etwas nützt. Und jetzt – gute Nacht!"

Brewer fuhr nach Hause. Er nahm sich vor, von dem Augenblick an, da er sich an das Steuer seines Wagens setzte, alles zu vergessen, was mit dem Dienst zu tun hatte. Alles!

Er wollte schon auf dem Heimweg ausspannen. Gewissermaßen den Beruf ruhen lassen, das Amt abschalten – an irgend etwas Nichtssagendes, Unwichtiges denken.

Trotz dieses Vorsatzes ließen ihn die Gedanken an den Mordfall Lavinio nicht los. Er beschloß, mit dem Betreten des Elternhauses, das ihm immer ein echtes Heim gewesen war, endgültig und definitiv den Oberinspektor draußen auf der Straße zu lassen.

Vorsichtig, jedes Geräusch vermeidend, stieg er die Treppe hinauf.

Aber auch dann noch dachte er weiter an das „Savannah" und an den Nachtportier Potter, an Baldon und Lerbody, an die „Shanghai-Bar" und Evelyn Parker – er dachte an alles, aber an nichts ohne Zusammenhang mit dem Mord.

Er erinnerte sich, mit einem müden Blick auf die Weckeruhr, der Geschichte von jenem Manne, der eine Million bekommen sollte – unter der Bedingung, daß er an alles denken dürfe, nur nicht an weiße Elefanten.

Brewer schlief mit seinen weißen Elefanten ein . . .

Das letzte Wort

Evelyn Parker drückte auf den Anlasser, gab Vollgas im gleichen Augenblick, als der Motor ansprang. Sie war froh, endlich von allem, was nach Polizei schmeckte, loszukommen. Der Fahrer, der sie zur Christofer Street gebracht hatte, schien ein netter junger Mann zu sein, und sie gab ihm gern die zwei Dollars, fuhr auch deshalb so schnell wie möglich weiter, damit er ihr das Geld nicht zurückgeben konnte. Sie freute sich bei dem Gedanken, daß er die noch fast volle Whiskyflasche auf dem Rücksitz finden würde. Aber – Polizist blieb Polizist.

Während sie schnell die Seventh Avenue entlangfuhr, überlegte sie jeden Schritt, der noch vor ihr lag, dachte an jede Eventualität, formte jedes Wort.

Trotz der starken Erregung spürte sie wohltuende Heiterkeit bei dem Gedanken, daß Oberinspektor Brewer ihr den Joker in die Hand gedrückt hatte – ohne es zu ahnen.

Das war geschehen, als er ihr von den vierzehn Alibizeugen Garwicks erzählte und es ihr wie Schuppen von den Augen fiel. Vierzehn Leute waren also bereit, zu bestätigen, daß Garwick während der kritischen Zeit, innerhalb welcher der Mord begangen worden war, seine Wohnung nicht verlassen habe. Und alle waren überzeugt von der Richtigkeit ihrer Aussage. Denn in einer bewegt fröhlichen, trinkenden und tanzenden Gesellschaft fällt es nicht auf, wenn jemand einige Minuten – Zeit genug, um einen Mord zu begehen – verschwindet.

Alle gaben James Garwick ein eisenfestes – ein „iron"-clade-Alibi. Aber sie, Evelyn Parker, konnte es wie ein Glasröhrchen zerbrechen.

Am Sonntagabend war MacAllister bei ihr gewesen, bis spät in die Nacht. Er verließ ihr Apartment durch den Dienerschaftsausgang, um im Service-Elevator zur Garage hinunterzufahren und unbemerkt das „Savannah" zu verlassen. Es mußte nicht unbedingt jeder Besucher, den sie empfing und der spät ging, von Potter kontrolliert werden.

MacAllister, mit dem sie für Montag abend verabredet war, rief sie nach

Mitternacht an. Er sagte das Zusammentreffen ab, da er in einer eiligen Angelegenheit nach Chikago reisen müsse. Er wolle sich bei ihr am Freitag melden, sofort nach seiner Rückkehr. Nebenher erwähnte er, daß er beim Einbiegen in den Broadway um ein Haar ihren gemeinsamen Bekannten James Garwick überfahren hätte, der in größter Eile dicht vor seinem Wagen die Straße überquerte. Allister meinte, das Geburtstagskind habe wohl für seine Gäste Nachschub an Alkohol gesucht.

Diese ganz beiläufige Bemerkung MacAllisters war Evelyn entfallen. Sie schien bedeutungslos. Natürlich – die Leute in der zehnten Etage sprachen den Getränken heftig zu, die Flaschen leerten sich schnell, der Hausherr lief, um für Nachschub zu sorgen. Und in der Nacht vom Sonntag zum Montag ahnte sie noch nichts von einem Mord an Lavinio. Und als sie davon erfuhr, dachte sie nicht mehr an Allisters Anruf.

Erst als Brewer von dem unanfechtbaren Alibi Garwicks sprach, wurde ihr die Bedeutung der Worte Allisters klar.

James Garwick hatte genau in der kritischen Zeit, innerhalb jener zwei Stunden, da der Mord geschah, seine Wohnung verlassen.

Und sie, Evelyn Parker, wußte es: der Mann, den Brewer nicht verdächtigte, weil er ein unumstößliches Alibi besaß – dieser Mann hatte sich zur Zeit des Mordes nicht in seiner Wohnung befunden. Vielleicht war es nur um Minuten gegangen. Vielleicht war Garwick tatsächlich nur schnell fortgegangen, um Schnaps zu holen. Aber wenn erst einmal die Polizei Verdacht schöpfte, daß alle vierzehn Alibizeugen irrten – wissentlich oder unwissentlich –, dann allerdings drohte Garwick ein Verhör, um das ihn niemand beneiden würde.

Und dann war es Evelyn Parker klar, daß Garwick keinesfalls fortgegangen sein konnte, nur um ein paar Flaschen Scotch oder Whisky zu holen, denn das hätte er offenkundig getan – mehr noch: er würde mit seiner Bemühung geprahlt haben. Was aber vierzehn Leute wußten, durfte er der Polizei nicht verschweigen.

Garwick mußte also einen ungleich wichtigeren Grund gehabt haben, um die Gesellschaft zu verlassen. Ganz geheim und in größter Eile. Sonst hätte er ja den Weg zum Broadway nach dem Fortgehen seiner Gäste machen können. Aber um ein Uhr schloß O'Bryan den Garageneingang. Wer nach ein Uhr nachts das Haus verließ oder betrat, mußte am Garagenwächter oder an Potter vorbei. Unbeobachtet konnte niemand das „Savannah" betreten. Wenn also Garwick das Risiko auf sich nahm, aus dem Kreise seiner Gäste zu verschwinden, so tat er es, um von niemandem gesehen zu werden, um unbemerkt zum Broadway zu gelangen und ebenso zurückkehren zu können. Dafür mußte ein besonders wichtiges Motiv vorliegen.

Was aber war ein wichtigeres Motiv als ein Kapitalverbrechen – oder der Versuch, ein begangenes zu verdunkeln? ...

Sie wußte nicht die genauen Gründe für Garwicks Verhalten, nicht die Zusammenhänge. Aber das Wesentliche war ihr klargeworden. Garwick hatte aus zwingenden Gründen sein Apartment zu der Zeit, da der Mord geschah, verlassen. Das Alibi der vierzehn Zeugen war – wenn sie, Evelyn Parker, den Mund auftat – wertlos.

Sie verlangsamte das Tempo ihres Wagens am Broadway.

Ihr Wissen ließ sich in Geld umsetzen. In viel Geld. In sehr viel Geld. Sie brauchte dabei Garwick gar kein Wort über Allisters Anruf zu sagen. Sie konnte einfach erklären, daß sie selbst ihn gesehen habe, nicht rechts und nicht links blickend, zum Broadway jagend. Und daß sie bereit sei, zu schweigen. Wenn –

Die große Frage war, wie hoch sie ihr Schweigen bewerten sollte –

Kam MacAllister aus Chikago zurück, so hatte er möglicherweise die gleiche Idee, falls bis dahin die Einzelheiten des Mordes nicht bereits vergessen waren, so daß ihm die Bedeutung seiner Begegnung mit Garwick nicht mehr bewußt wurde. Aber wenn Allister den Braten roch, so würde auch er seinen Anteil bei Garwick kassieren.

Sie bog rechts zur Westend Avenue, fuhr am „Savannah" vorbei und über die Rampe in die Garage.

„Guten Abend, Miss Parker!" grüßte O'Bryan mit seiner immer gleichbleibenden Stimme. „Schöner Tag gewesen, etwas warm für die Jahreszeit, aber schön –"

Sie dankte, übergab ihm den Wagen:

„Sie können ihn nach hinten stellen, morgen stehe ich später auf."

„Gern, Miss Parker!" Er half ihr beim Aussteigen. „Soll ich Sie zum Elevator begleiten oder –"

„Danke", wehrte sie eilig ab, „ich will noch Potter wegen der Post fragen."

Sie schritt den Gang entlang zur Verbindungstür in die Halle.

Der Nachtportier grüßte höflich, sagte ihr, es sei kein Brief gekommen, beeilte sich, die Fahrstuhltür zu öffnen. Er drückte den Knopf zum achten Stock, zog seine Mütze.

Sie stieg vor ihrer Wohnung aus, schickte den Fahrstuhl zurück.

Wartete.

Alles lag in tiefer Stille.

Sie lief die Treppe hinauf in die zehnte Etage, blieb an Garwicks Tür fast atemlos stehen, lauschte.

Nach einer Weile legte sie ihren Finger auf den Klingelknopf.

Ihr Blut kreiste mit erhöhtem Druck. Sie fühlte es in der Halsschlagader. Es klopfte, hämmerte.

Sie hörte den Summer. Am Fußboden erschien ein dünner Lichtstrahl. Ihr angespanntes Gehör vernahm gedämpfte Schritte.

Sollte Garwick noch wach gewesen sein –

„Wer ist da?" fragte seine Stimme.

„Ich" – sie setzte erklärend hinzu: „Evelyn."

Eine Pause folgte.

Langsam wurde die Tür geöffnet.

James Garwick sah sie erstaunt, doch nicht unfreundlich an. Sein Haar war zerzaust, aber die Augen waren nicht verschlafen. Auf seinem Gesicht zeigten sich die ersten Stoppelfelder. Er sagte mit einem ungenierten Räkeln, das in ein Gähnen überging:

„Treten Sie ein, Evelyn –" Er schloß hinter ihr die Tür, rieb sich die Augen: „Es muß wohl etwas sehr Wichtiges sein, daß Sie zu dieser Stunde zu mir kommen –" Er geleitete sie in den Salon, ließ sich lässig in einen Polstersessel fallen, zündete eine Zigarette an, schob ihr die goldene Tabatiere zu: „Nehmen Sie Platz und legen Sie los!"

Sie machte es sich bequem, als sollte nun eine anregende Unterhaltung folgen. Sie begann zu rauchen, sah mit leicht herabgezogenen Mundwinkeln zu dem Mann im lilaseidenen Morgenrock:

„Ihre Geburtstagsfeier war also ein schöner Abend? Vierzehn Gäste – eine ganze Menge ... Schade, daß Sie bei den Einladungen nicht auch an mich gedacht hatten –"

Er blickte sie von der Seite an:

„Sie haben mich doch nicht im Morgengrauen geweckt, um Ihre Enttäuschung zum Ausdruck zu bringen, daß ich Sie nicht einlud? Oder, genauer genommen, darauf verzichtete, Sie zu mir zu bitten, weil Ihr ganzes Verhalten in letzter Zeit so gar keinen Anlaß für eine solche Freundlichkeit bot!"

„Wenn wir etwas auseinanderkamen, so lag das nur an Ihnen, James", erwiderte sie herablassend, „denn Sie wollten ja nichts mehr von mir wissen."

„Weil mir Ihre Verbindung mit Typen wie Allister und Cohen-Cunnings nicht paßte!" entgegnete er hart. „Ich habe mir mühsam eine tadellos saubere Fassade aufgebaut als Bauunternehmer, die keinesfalls durch solche Elemente gefährdet werden darf. Darüber ließ ich Sie nie im Zweifel."

„Wie vornehm!" gab sie ironisch zurück. „Aber der Umgang mit Adonis Lavinio war Ihnen fein genug?"

Er beugte sich weit nach vorn, sie spürte seinen Atem:

„So etwas rühre ich nicht einmal mit der Feuerzange an –"

„Seit wann benutzen Sie ein so nützliches Instrument?" fragte sie unnachgiebig. „Da Sie durch Lavinio den ‚Stoff' vertreiben ließen und einen Menschen wie ihn nur mit der bewußten Zange anrühren, so mußten Sie sich in letzter Zeit eine solche Zange angeschafft haben, um den Verkehr aufrechtzuhalten?!"

Er antwortete nicht, erhob sich, ging auf und ab und blieb dann vor ihr stehen:

„Wollen Sie mir nicht endlich erklären, was Sie von mir wollen?!"

„Aber gewiß" – sie schien sich zu mokieren –, „das ist ja der Zweck meines Kommens. Doch vorher eine kleine Frage –" Sie brannte sich eine neue Zigarette an: „Hat Sie eigentlich Oberinspektor Brewer verhört?"

Er blieb stehen:

„Natürlich – wie alle anderen Mieter auch. Und" – er ließ sie nicht aus den Augen – „auch Sie. Allerdings unterhielt er sich mit mir hier in meiner Wohnung – und mit Ihnen in seinem Dienstzimmer, was mich sogar etwas wunderte –"

„Woher wissen Sie das?" fragte sie überrascht.

„Man hat schließlich Freunde – und es könnte sein, daß Sie schon einmal den Namen Bell gehört haben, den Namen des Mannes, der vor sehr langer Zeit jene nützliche Erfindung machte, die es ermöglicht, daß sich zwei räumlich voneinander getrennte Menschen mündlich unterhalten können. Die von diesem Erfinder gegründete Bell Telephon Company sorgt auch heute noch dafür –"

Ein unangenehmes Gefühl überkam sie. Es konnte nur Mosilli telefoniert haben. Deshalb war Garwick noch wach.

„Schön – was weiter, kluger James?" Sie war entschlossen, ihren zu Beginn gewählten Ton beizubehalten. „Brewer vernahm mich. Und dabei erfuhr ich sehr interessante Dinge. So zum Beispiel" – sie machte eine Effektpause –, „daß Sie in der Mordsache Lavinio ganz und gar einwandfrei dastehen, völlig jenseits auch nur des leisesten Verdachts – weil ja doch vierzehn Geburtstagsgäste für ein einwandfreies Alibi sorgen –"

Er ließ sich wieder in den Sessel fallen:

„Sie langweilen mich, Evelyn! Früher einmal war ich auf Sie hereingefallen – es ist mir heute unverständlich, wie das geschehen konnte –, aber jetzt gehen Sie mir auf die Nerven! Wenn Sie Konversation machen wollen, so suchen Sie sich einen anderen aus –"

„Daß Sie trotz der vierzehn Alibizeugen kein Alibi haben" – jedes ihrer Worte schlug ihm ins Gesicht –, „wissen Sie so gut wie ich!"

„Soll das ein Scherz sein? Oder ein Trick nach einem Rezept von Brewer?"

„Weder ein Scherz noch ein Trick, mein Lieber", erwiderte sie gelassen, „sondern eine klare und eindeutige Feststellung. Zu Ihrer Beruhigung – Brewer weiß nichts davon – noch nicht – weder Brewer noch sonst jemand."

„Ich verstehe Sie nicht" – er sprach nüchtern, ohne auch nur ein Wort besonders zu betonen –, „wovon weiß Brewer nichts?"

Sie zog ihren Joker:

„– das James Garwick in der Mordnacht für eine Zeitspanne nicht in seiner Wohnung war. Es können zehn Minuten gewesen sein – vielleicht fünfzehn. Das genügt, um einen Mord zu begehen!"

Er lehnte sich zurück, sah sie aus großen Augen an:

„Die vierzehn Zeugen sollten alle an Halluzinationen leiden?"

„Versuchen Sie nicht, ausgerechnet mich dumm zu machen!" rief sie böse. „Die vierzehn Gäste tranken, sprachen, tanzten, hörten Musik, debattierten, flirteten, standen vor dem Fernsehschirm – keiner kontrollierte Sie –, nichts leichter, als kurz zu verschwinden –"

Er schien gelangweilt:

„Vielleicht findet Brewer an einer solchen Hypothese Spaß? Einmal etwas anderes. Studium für die Polizeikurse. Überschrift: Können vierzehn Zeugen irren? Oder: Tiefenpsychologie bei einer Geburtstagsfeier –" Er lächelte, wußte jedoch im gleichen Augenblick, wie kümmerlich es wirkte.

„Sie sind ein schlechter Komödiant, James Garwick!" Sie stand auf, stellte sich vor ihn: „Wenn ich dem Oberinspektor melde, daß Sie nach ein Uhr in der Nacht vom Sonntag zum Montag in größter Hast zum Broadway eilten, beinahe in einen Wagen hineinliefen, weil Sie weder nach links noch rechts sahen, so wird er gern wissen wollen, wo Sie hinwollten, was Sie taten, weshalb Sie ihm verschwiegen haben, daß Sie durch die Garage aus dem Haus gegangen waren –"

„Wenn Sie ihm das sagen, so wird er es Ihnen nicht glauben. Es stehen dann mein Wort und die Worte von vierzehn anderen Leuten gegen das Ihre!" sagte er belehrend.

„Aber Sie sind aus dem Haus gegangen", beharrte sie, „und Brewer können Sie belügen, aber nicht mich, denn ich sah Sie. Aber Brewer wird auch meine Aussage genügen, um die gesamte Mordkommission aufzubieten und um festzustellen, wohin Sie wollten. Entweder waren Sie verabredet und suchten jemanden – oder Sie wollten etwas kaufen – es gibt wenige offene Läden zu dieser Nachtzeit –" Sie lachte ihm ins Gesicht: „Haben Sie Zirkulationsstörungen? Sie werden ganz weiß. Komisch, jetzt könnten Sie einen Bajazzo spielen –"

Er war aufgesprungen, umfaßte ihr Handgelenk mit einem eisernem Griff:

„Was wollen Sie?"

Unter dem Druck seiner muskulösen Hände schrie sie heiser auf:

„Loslassen!" Sie massierte sich die rotunterlaufenen Stellen. „Jetzt begreifen Sie wohl, wieviel Uhr es geschlagen hat?! Wie?!"

Er wiederholte leise mit aufeinandergebissenen Zähnen:

„Was wollen Sie?!"

Sie zögerte nicht:

„Geld. Viel Geld! Mein Schweigen ist für Sie einiges Gold der Erde wert! Wenn ich rede, bekommen Sie den ‚dritten Grad' verpaßt – stundenlang tausendkerzige Scheinwerfer in die Augen, bis die Bindehaut entzündet anschwillt – und bis Sie gestehen –" ihre Stimme überschlug sich plötzlich, „– bis Sie den Mord gestehen!"

Seine Stimme blieb unverändert:

„Sie wissen so gut wie ich, daß ich keinen Mord begangen habe. Aber ich möchte allen Unannehmlichkeiten aus dem Wege gehen, wenn es möglich ist. Ich will meine Ruhe. Sie wollen Geld. Also gut. Was bieten Sie mir für mein Geld?" Er begann wieder auf und ab zu gehen.

„Schweigen – auf Ehre!" versicherte sie ernst und plötzlich fast würdevoll. „Absolutes Schweigen. Niemand wird je erfahren, daß Sie trotz Ihrer vierzehn Alibizeugen Ihr Apartment in der kritischen Zeit verließen –"

„Wieviel?" kam es von seinen Lippen.

Sie war auf diese Frage vorbereitet. Aber als sie jetzt vor ihr aufklang, wußte sie doch nicht, was sie verlangen sollte. Sie hatte zuerst an zehntausend Dollars gedacht. Dann an fünfzehn. Jetzt, da er sich geschlagen gab, sagte sie entschlossen:

„Fünfzigtausend Dollars!"

Seine Stimme wiederholte, als hätte er nicht recht verstanden:

„Fünfzigtausend?"

„Genau. Bar. In kleinen abgenutzten Scheinen!"

„Die ganze Summe auf einmal?"

„Schweigen verkauft sich nicht auf Abzahlung wie ein Kühlschrank!"

„Und wenn Sie nach Erhalt des Geldes zu Brewer gehen und mich verpfeifen?"

„Ich gebe meine Ehrenwort! Ich schwöre!"

„Fünftausend bar – den Rest monatlich mit dreitausend. Dann weiß ich, daß Sie schweigen werden. Sonst würden Sie zum Mitschuldigen, zum ‚acessory after the fact' – das bedeutet Zuchthaus."

„Und eben deshalb will ich Bargeld. Sonst speisen Sie mich mit fünftausend ab und lachen mich aus, weil die Zeit, während der ich Sie hätte anzeigen können, ohne selbst straffällig zu werden, verstrichen ist."

Er ging unentschlossen auf und ab. Er wußte, daß er um sein Leben spielte. Evelyn Parker spekulierte folgerichtig. Ihre Aussage würde Brewer genügen, um einen Riesenapparat aufzubieten. Dann begänne der eine zu reden, ein anderer würde folgen, ein dritter spräche, um die eigene Haut zu retten. Und Brewer ließe keinen Nagel in der Wand, ohne dessen Spitze zu untersuchen.

Er blieb vor ihr stehen:

„Fünfundzwanzigtausend! Mehr habe ich nicht, Evelyn!"

„Zahlen Sie fünfundzwanzig in bar und fünfundzwanzig in ‚Stoff' – den kann ich schon zu Geld machen – im Laufe der Zeit." Sie hüstelte vor Aufregung. Sie wußte, daß sie die Partie gewonnen hatte. Sie blickte sich um: „Haben Sie nichts zu trinken? Mir ist die Kehle ausgetrocknet –"

Er deutete nach dem Barschrank an der Wand.

Sie lachte nervös:

„Wir wollen den Friedensschluß begießen –" Sie öffnete die Glastür, musterte die Flaschen.

„Fünfundzwanzigtausend", wiederholte er, „ich kann nicht mehr aufbringen –" Er blieb hinter ihr stehen.

Sie nahm eine Flasche Triple Sec Napoléon, zog den Korken im vergoldeten Knopf ab:

„Fünfzigtausend! Sie haben nur die Wahl zwischen dem elektrischen Stuhl und diesen Fünfzigtausend!" Sie rief es laut und übermütig.

Er fragte geduldig:

„Ist das Ihr letztes Wort?"

Sie nahm zwei kleine geschliffene Kognakgläser von der Etagere:

„Ja –"

Es war es.

Die Zeugen sagen aus

Am Dienstag um neun Uhr betrat Brewer sein Dienstzimmer.

Zur selben Zeit fuhr Bessy Adamson, neunundzwanzig Jahre alt, seit zwei Jahren halbtägig bei Evelyn Parker als Putzfrau tätig, im Service-Elevator des „Savannah" in den achten Stock.

Um neun Uhr fünf ließ Brewer die vier Detektive seiner Abteilung durch den Intercommunicator zu sich in sein Dienstzimmer bitten.

Aus dem „Savannah" hatte das Abzapfgerät nichts registriert.

Um neun Uhr sechs betrat Bessy Adamson das Schlafzimmer Miss Parkers, um sie zu wecken, wie sie es täglich außer an den freien Sonntagen tat. Sie zog die schweren, lichtabweisenden Brokatvorhänge auseinander, trat an das Bett, tupfte der Schlafenden, die auf dem Bauch lag, den Kopf in die Kissen gebettet, auf die Schulter. Als sich Evelyn Parker nicht rührte, hatte das Mädchen plötzlich ein unheimliches Gefühl. Sie drängte es zurück, drehte Evelyn sacht um.

Bessy Adamson riß ihre Hände zurück.

Sie schrie leise auf.

Flüchtend raste sie zum Service-Ausgang. Der Fahrstuhl stand noch in der achten Etage. Sie zwängte sich in die Kabine, als sei nicht genügend Platz vorhanden. Ihr schlanker Körper zitterte. Sie hielt beide Hände vor der Brust gekreuzt.

„Mister Donald!" rief sie, bevor noch der Fahrstuhl in der Garage zum Stillstand kam. „Mister Donald! For God's sake! Um Himmels willen!"

Der Garagenwächter kam herbeigelaufen:

„Aber Miss Bessy, was –"

Sie klammerte sich an ihm fest. Sie begann zu schluchzen. Stoßweise brachte sie nur unzusammenhängende Worte hervor. Schließlich verstand er sie. Miss Evelyn Parker lag tot in ihrem Bett. Mit Würgemalen am Hals.

Um neun Uhr acht Minuten standen Gatsky, Sarg, Sloan und Lowett vor dem Oberinspektor.

Das Telefon läutete. Brewer nahm den Hörer ab.

„Emergency Call!" sagte eine monotone Stimme.

„Mord im ‚Savannah'-Apartmenthaus Westend Avenue. Mieterin achte Etage – Evelyn Parker erwürgt aufgefunden. Antwortet!"

Der Oberinspektor wiederholte jedes Wort, setzte hinzu:

„Ende!" Er legte den Hörer in die Gabel, sah einen Augenblick von einem der vier Detektive zum anderen.

Um neun Uhr fünfzehn rasten die Dienstfahrzeuge der Mordkommission von Centre Street los.

Zwei Blocks vor dem „Savannah" wurden die Signale abgestellt. Brewer wollte jedes Aufsehen vermeiden. Er hatte angeordnet, daß alle Wagen direkt in die Garage des Apartmenthauses einfuhren. Er rief Lowett zu sich:

„Diskret den Ausgang und die Ausfahrt bei der Rampe abriegeln. Keine Kommentare, wer auch immer Fragen stellt. Niemand verläßt das Haus ohne Legitimation. Wer herein will, wird genau überprüft."

Bessy Adamson saß im Ruheraum des Garagenwächters. Einige Bedienstete standen tuschelnd davor. Donald öffnete Brewer die Tür, deutete auf das Mädchen:

„Man sollte einen Arzt holen –"

„Haben wir mit!" erwiderte der Oberinspektor kurz, winkte Doc Kennedy herbei: „Fühlen Sie ihr den Puls, wird wohl nichts weiter sein – aber kein Zeitverlust, es geht um jede Minute!"

Der Polizeiarzt sprach beruhigend auf Bessy ein, entnahm seinem schwarzen Köfferchen ein Röhrchen, sah zu Donald, der bereits ein Glas Wasser in der Hand hielt, reichte es dem Mädchen und schob ihr eine Tablette in den Mund:

„In drei Minuten ist alles wieder gut!"

Brewer zog den Garagenwächter beiseite:

„Erzählen Sie! Aber keine Märchen! Tatsachen!"

Donald erstattete Bericht, als stünde er vor seinem Sergeanten. Auch seine Haltung war wie damals, vor fünfzehn Jahren, als er noch die Uniform trug:

„Ich kann also nur wiederholen, was Miss Bessy mir sagte. Ich habe nichts Auffälliges bemerkt, allerdings kam ich ja erst heute früh zum Dienst."

„Sie können das Mädchen jetzt vernehmen", meinte der Polizeiarzt zu Brewer, „der Schock klingt ab. Aber seien Sie nicht zu energisch."

Bessy Adamson erzählte dem Oberinspektor, wie sie die Wohnung betreten, alles wie sonst vorgefunden und Evelyn Parker zu wecken versucht hatte. Sie wiederholte auf weitere Fragen Brewers hartnäckig die gleichen Worte.

Plötzlich sah sie ihn erschrocken an:

„Als ich die Wohnung verließ, habe ich wohl die Tür offengelassen –"

Brewer drehte sich mit einem Ruck um, winkte dem Polizeiarzt, Gatsky und Sloan:

„Los! Hinauf! Sarg geht in die Eingangshalle, stellt so unauffällig wie möglich fest, wer das Haus betritt und wer es verläßt. Sobald ich den Tatort gesehen habe, kommt der Rest!" Dabei deutete er auf die Beamten des Labors und des Erkennungsdienstes und auf die Fotografen.

Er fuhr mit Doc Kennedy und den beiden Detektiven ins achte Stockwerk.

Die Tür zum Service-Eingang war nur angelehnt.

Brewer blieb auf der Schwelle stehen, betrachtete den Fußboden aus Kunststein, sah ihn im Schräglicht an. Auf der leicht abgetretenen matten Fläche waren keine Spuren zu bemerken.

Er ging durch den Vorraum, betrat die Küche, prüfte wieder die Fliesen, schritt weiter. Die anderen folgten ihm.

Über den Korridor – alle Wohnungen des „Savannah" hatten den gleichen Grundriß, und den kannte er längst – kam er zur Tür des Schlafraums. Sie stand ebenfalls offen, wie sie das davoneilende Mädchen gelassen hatte.

Der Raum war durch das sehr breite Doppelfenster gut ausgeleuchtet. An der Rückwand stand das luxuriöse Bett auf einem etwa zwei Hand hohen Mahagonipodium. Ringsum Eisbärfelle. Ein goldbetreßter Baldachin mit dunkelroten Brokatdraperien, im selben Farbton wie die Ruhestatt, schien in der Luft zu schweben.

Brewer prägte sich jede Einzelheit ein.

Er sah nachdenklich auf die regungslose Gestalt.

Vor wenigen Stunden noch hatte Evelyn Parker an seinem Schreibtisch gesessen. Sie konnte kaum vor halb vier, eher später, ins „Savannah" heimgekehrt sein. Um neun Uhr wurde sie tot aufgefunden. Fünf Stunden. Davon ging die Zeit ab seit dem Eintritt des Todes, die Doc Kennedy ziemlich genau festlegen konnte. Dann blieben nur zwei oder drei Stunden als „kritische Zeit". Es war wie im Mordfall Lavinio.

Er trat zur Seite, gab dem Arzt den Platz frei.

Doc Kennedy berührte die Tote mit großer Vorsicht, um die Lage des Körpers nicht zu verändern, beugte sich zu ihr nieder, legte seine Hände auf die bloßen Schultern, schob das kleine Thermometer in die Armhöhle, sah auf die Uhr, wartete. Nach zwei Minuten blickte er auf das Quecksilber, überlegte:

„Bei Bewertung der durch das Bett konservierten Körperwärme glaube ich mit Sicherheit sagen zu können, daß der Tod vor nicht weniger als drei Stunden und nicht mehr als fünf Stunden eingetreten sein muß. Weitere Angaben nach der Obduktion – wie üblich. Aber es wird keine nennenswerten Korrekturen geben, schätze ich."

„Todesursache?" fragte Brewer. „Erwürgen – aber ..." Er schwieg.

„Kein Aber!" gab der Polizeiarzt zurück. „Erwürgt. Deutliche Druckspuren der Finger. Solche Einkerbungen sind nur als Folgen einer Kraftanwendung sichtbar, wenn der Tod durch Erwürgen angestrebt wird. Mit anderen Worten: solche Spuren sind nur bei tödlicher Wirkung zu finden. Es spricht alles dafür. daß der Täter sein Opfer von hinten angriff, mit beiden Händen umklammerte. Aber Endgültiges kann ich hierüber erst nach der Autopsie sagen. Immerhin ein kleiner Hinweis, Brewer. Wenn der Täter die Frau im Bett erwürgt hätte, so müßte er bei der großen Kraftaufwendung den Kopf tief in die Kissen gepreßt haben. Das ist jedoch nicht der Fall. Er liegt ganz leicht obenauf. Ich vermute, daß sie bereits als Tote ins Bett gelegt wurde."

„Danke, Doc, eine gute Beobachtung!" Der Oberinspektor wandte sich an Sloan: „Lassen Sie zuerst die Fotografen heraufkommen!"

Und wieder griff ein Zahnrad ins andere.

Fotos aus drei Blickwinkeln. Der Tatort. Das Opfer.

Fingerabdrücke der Toten. Spurensicherung im Schlafzimmer. Da der Verdacht bestand, die Tat könne in einem anderen Raum des Apartments begangen worden sein, wurden Abdruckspuren in allen Räumen im Graphit-Staub-Verfahren sichtbar gemacht und auf Plastikstreifen fixiert.

Als die Spezialisten des Erkennungsdienstes mit ihrer Arbeit fertig waren und gehen wollten, hielt Brewer sie zurück:

„Ich würde empfehlen, die Schuhe, die hier etwas unter die Kommode gerutscht sind, mitzunehmen."

„Meinen Sie?" fragte der Mann mit dem Einstaubgerät. „Ich spreche aus Erfahrung, Herr Oberinspektor, Schuhe bringen uns nie voran. Es ist recht erstaunlich, aber gerade an ihnen finden sich niemals Abdrücke. Bei Männern mag's noch manchmal vorkommen, aber bei Frauen nie. Die ordentlichen streifen ihre Schuhe ab, schieben sie nebeneinander und heben sie mit einer erstaunlich gleichgearteten ‚Technik' auf, um sie beiseite zu stellen. Mit dem Daumen der rechten Hand halten sie die rechte innere Seite des linken Schuhes fest, mit dem Zeigefinger derselben Hand die linke Innenseite des rechten Schuhes. Das heißt, sie berühren die äußere Fläche gar nicht, so daß auch keine Fingerabdrücke entstehen können."

„Interessant!" anerkannte Brewer. „Dennoch wäre ich dafür, daß Sie in diesem Fall die Schuhe entweder hier untersuchen oder mitnehmen. Da es, schon nach Ihrer Darlegung zu urteilen, selbst im günstigsten Falle nur ganz schwache Spuren sein dürften, wird wohl die Prüfung im Labor zweckmäßig sein."

Dem Sachverständigen machte es zweifellos wenig Spaß:

„Was können wir schon auf den Schuhen der Toten finden? Doch nur ihre eigenen Fingerabdrücke – wenn überhaupt..."

„Sie haben voraussichtlich recht", erwiderte Brewer, ohne nachzugeben, „aber schließlich soll man nichts unversucht lassen. Ich würde sogar die Schuhe anschließend ins technische Labor schicken. An den Sohlen kann man mitunter – wenn man Glück hat, mein Lieber – sehr charakteristische Spuren finden, die gute Rückschlüsse darauf zulassen, wo der Träger zuletzt herumspazierte. Wir fanden einmal Fäden eines sehr kostbaren Seiden-Keschan-Teppichs in den Rillen einer Kunstgummisohle – und damit erbrachten wir den Beweis, daß der Träger dieser Schuhe auf jenem Teppich gestanden hatte, der unter dem Ermordeten lag. Die Seidenfäden wurden für den Täter zum Verhängnis – zum Todesurteil."

„Wie Sie wünschen, Herr Oberinspektor, Sie haben zu bestimmen. Es sollte mich nur freuen, wenn gerade unsere Arbeit die Ihre erleichtern könnte. Sie wissen, daß der Erkennungsdienst immer zur Verfügung steht!" Er holte sein Köfferchen aus dem Vorraum, legte die beiden federleichten Schuhe gegeneinander und, gegen das Futter der Tasche abgestützt, in das mittlere Fach.

Die Beamten des Labors saugten wieder mit ihrem Handgerät den Staub aus den Eisbärfellen, von den Brücken im Schlafzimmer, füllten Zigarrenreste aus dem Aschbecher in numerierte Plastikbehälter, nahmen Proben des Lacks von den Fingernägeln der Ermordeten, sicherten Schmutzspuren, die sich unter den Nägeln fanden, und bewahrten alles in markierkierten Röhrchen.

Die Bediensteten der Morgue transportierten auf ihrem Gestell die ermordete Evelyn Parker mit fachmännischen Griffen aus dem Schlafgemach in den Elevator, trugen sie durch die Garage in den Leichenwagen, fuhren davon.

„Gegen vierzehn Uhr bekommen Sie den ersten Bericht!" versprach der Polizeiarzt, klemmte seine Bestecktasche zu, hob die Hand an die Krempe seines Hutes und empfahl sich.

Brewer begann eine sorgfältige Untersuchung aller Räume.

In der Tür zum Haupteingang stak der Schlüssel. Das Schloß war nur eingeschnappt. Aber das besagte nichts. Viele Leute begnügen sich mit dieser Sicherung. Yale-Schlösser konnten ebenso schwer geöffnet werden, wenn sie verschlossen oder nur eingeschnappt waren. In jedem Fall erforderte das Öffnen dieselbe komplizierte, zeitraubende Arbeit. Andererseits hielt er es für wahrscheinlicher, daß eine Frau wie Evelyn Parker die Wohnungstür abschließt, als sie nur zuzuwerfen. Aber diese Erwägung besaß kein reales Fundament.

Auf dem kleinen Sofa im Salon lag Evelyns schwarze Handtasche, an die er sich noch gut erinnerte. Er wollte sie in die Hand nehmen, als er seine spontane Bewegung stoppte.

Auf dem Lackleder sah er die Spur eines Fingerabdrucks.

Er rief Sloan und Gatsky:

„Sollten die Kollegen vom Erkennungsdienst die Tasche übersehen haben? Kaum glaublich! Aber dieser Abdruck ist nicht eingestaubt. Gehört er Evelyn Parker, so wäre wenigstens mit hochgradiger Wahrscheinlichkeit bewiesen, daß sie in diesem Apartment den Tod fand. Denn es scheint mir ein logischer Ablauf: sie kommt nach Haus, legt zunächst ihre Handtasche nach Betreten des Salons hier aufs Sofa – und nun gibt es zwei Erklärungen für den weiteren Verlauf: entweder der Täter kam mit ihr zusammen, oder er hielt sich bereits in der Wohnung versteckt, was ihm die schweren Vorhänge sehr erleichtern konnten. Jedoch bevor wir weiter zu folgen versuchen, muß dieser Abdruck vom Lackleder schnellstens gesichert werden."

„Wir finden noch einen Pappkarton", meinte Gatsky, „in der Küche oder in einem Kleiderschrank –" Er entfernte sich.

„Was soll mit dem Schmuck geschehen, der auf der Glasplatte liegt?" fragte Sloan. „Er ist nicht von großem Wert, aber immerhin –"

„Wie üblich", wies Brewer an, „genau aufnehmen, Liste in zwei Ausfertigungen. Genauso mit etwa gefundenem Geld verfahren. Für uns ist nur bedeutungsvoll, daß der Mörder die Wertsachen nicht anrührte, so daß eine Raubabsicht als Motiv ausscheidet. Es sei denn, Evelyn Parker hatte bedeutende Werte – Schmuck oder Bargeld – versteckt aufbewahrt, die er fand oder – nicht. In diesem Fall ließ er den kleinen Schmuck unangetastet, eben um das Raubmotiv nicht erkennen zu lassen."

Gatsky kam mit einem Schuhkarton zurück:

„Etwas groß, aber einen anderen fand ich nicht." Er hob die Lacklederasche an ihrem Bügel auf, legte sie mit der Seite des Fingerabdrucks nach oben. „Dann fahre ich gleich zum Erkennungsdienst."

„Unverzüglich!" bekräftigte Brewer. „Lassen Sie sofort feststellen, ob

der Abdruck von der Toten herrührt. Das ist in wenigen Minuten zu machen. Und wenn es kein Fingerabdruck von Evelyn Parker ist –"
Er pfiff leise vor sich hin, sah Gatsky nach, wie er einen Polizeiwagen bestieg. Zu Sloan gewandt sagte er: „Sie fahren in Potters und O'Bryans Wohnung. Bringen Sie beide gleich mit. Sie werden ebenso ehrlich aussagen wie vorgestern und ebenso unbrauchbar. Aber natürlich müssen wir zu allererst klären, wer nachts das Haus betrat und wer es verließ – soweit das möglich ist. Wobei nicht zu vergessen ist, daß Mörder weder bei einem Nachtportier noch bei einem Garagenwächter sich zu melden pflegen."

„Potter und O'Bryan decken beide Ausgänge", sagte Sloan.

„Gewiß", erwiderte Brewer, „doch nur Potter ist wirklich auf dem Posten. O'Bryan wird bestenfalls erzählen, daß irgendein Unbekannter nach Mitternacht durch die Garage geisterte, daß jemand, lautlos wie sein Schatten, kam und ging. Aber auch das weiß er nur vage. Erst ab ein Uhr nachts wird die Garagentür geschlossen und um sechs Uhr morgens wieder geöffnet. Sichere Kontrollen beschränken sich also nur auf diese Zeit. Was vorher und nachher geschah, ist immer ungewiß. Immerhin – wir werden es versuchen." Er ging durch das Schlafzimmer, blickte nochmals nachdenklich auf das Bett, schritt den Korridor entlang, durch die Küche zum Service-Elevator, drückte auf den Rufknopf: „Wir schließen ab. Ich will erst die Ergebnisse aus dem Erkennungsdienst und dem Labor abwarten, ehe es an die Arbeit geht. Und außerdem habe ich einen entsetzlichen Kaffeedurst. In zwanzig Minuten bin ich wieder hier."

Der Fahrstuhl hielt. Er fuhr mit Sloan hinunter in die Garage, sprach kurz mit Bessy Adamson, hörte sich den Bericht von Lowett und Sarg an: einige Mieter hatten das „Savannah" verlassen, einige Bedienstete und Lieferanten es betreten. Alle Namen standen in den Notizen der beiden Detektive. Neugierigen Fragen waren sie mit ausweichenden Antworten begegnet.

Sarg begab sich in die Haupthalle, Sloan fuhr mit einem Dienstauto zu Potter und O'Bryan.

Brewer ging zum Broadway. Er betrat denselben Drugstore, den er in der Nacht des Mordes an Lavinio aufgesucht hatte. Die Spuren der nächtlichen Besucher waren beseitigt, alles war frisch für den Tagesbetrieb eingerichtet. Er setzte sich an den „Counter" auf einen hohen Barhocker, bestellte Kaffee.

„Schon wieder im Dienst?" fragte er erstaunt den Barkeeper, der ihm die duftende schwarze Flüssigkeit in die Schale goß.

„Eine Nacht Dienst – einen Tag und eine Nacht Ruhepause – dann einen

Tag im Betrieb!" klärte der junge Mann ihn auf. Er fügte freundlich hinzu: „Jetzt haben wir auch wieder Benzin. Die kleinen Nachfülltanks sind gestern gekommen." Er holte eins vom Wandregal.

„Danke, inzwischen fülle ich mein Feuerzeug zu Hause nach!" wehrte Brewer ab.

Die Stimme des Mädchens aus dem Hintergrund meldete sich:

„Wir sind sonst immer gut versorgt" – sie kam nach vorn, eine gutaussehende Blondine von kaum mehr als zwanzig Jahren –, „aber man rechnet natürlich nicht damit, daß plötzlich jemand kommt und den ganzen Restbestand von fünf Nachfülltanks aufkauft – und das um Mitternacht."

Er war dabei, den Zucker in seiner Tasse umzurühren, hielt inne, sah sie ungläubig an:

„Sagten Sie eben Mitternacht – und fünf Behälter auf einmal?"

„Ja", antwortete sie und blickte ihn leicht verwundert an: „Es ist ungewöhnlich, aber daß Sie so verblüfft sind, verstehe ich nicht. Sie ahnen kaum, wie viele sonderbare Käuze nachts bei uns auftauchen –"

„Und Ihr Kunde", drängte er, vergaß den Kaffee, „verlangte in der Nacht von Sonntag auf Montag diese Nachfülltanks?"

„Ja, etwa um Mitternacht" – sie griff über die Marmorplatte –, „Achtung, Mister, Sie verschütten Ihren Kaffee!"

„Ich möchte einige Worte ungestört mit Ihnen sprechen", sagte der Oberinspektor, trank den Rest des Kaffees aus, beugte sich nach vorn, zeigte ihr – für die anderen Gäste unsichtbar – seine Legitimation.

„Durch den Flur", nickte sie, „die erste Tür links."

Er zahlte hastig und ging.

Sie erwartete ihn in einem kleinen Vorratsraum.

„Wie sah der mitternächtliche Kunde aus, Miss –" fragte er eilig.

„Jane Evans." Sie zeigte ihm ihren Führerschein. „Keine so gewichtige Legitimation wie die Ihre, aber so wissen Sie wenigstens, daß ich meinen richtigen Namen nannte. Und was den eiligen Benzinkäufer anbelangt – der kam etwas atemlos, kaufte ein Päckchen Morris und sammelte gleich darauf die Nachfülltanks ein. Fünf Stück."

„Schildern Sie mir den Mann, so genau Sie es vermögen."

„Also mittelgroß. Ich würde sagen, ein Meter fünfundsechzig. Da wir nur die Körperhöhe über dem Bartisch zu schätzen brauchen, irre ich mich selten. Brünettes Haar, nach hinten gekämmt. Braune Augen. Starke Brauen. Eher viereckiger Kopf."

„Sie haben gute Augen und eine sichere Beobachtungsgabe! Ist Ihnen sonst etwas aufgefallen?" Er fragte aus Vorsicht. Die Beschreibung paßte auf James Garwick wie ein Steckbrief.

„Besondere Kennzeichen?" Sie überlegte. „Nein. Nur daß der Mann einen Smoking trug."

„Danke!" sagte Brewer. „Nun führen Sie mich zu Ihrem Boss. Ich möchte, daß Sie mich zwei Blocks weiter begleiten. Es dauert nur wenige Minuten. Denn ich setze voraus, daß Sie den sonderbaren Kunden bei einer Gegenüberstellung mit Sicherheit wiedererkennen?"

„Darauf können Sie sich verlassen!" betonte sie, ohne zu zögern.

Nach einem kurzen Gespräch mit dem Geschäftsführer legte Jane ihr Käppi ab, zog sich in wenigen Minuten um, ging an Brewers Seite zur Westend Avenue.

Er führte sie in die Garage.

Lowett zeigte ihm die neu hinzugekommen Namen auf der Liste:

„Alles Ihre Bekannten, Herr Oberinspektor: Glennwood, Bannister, Baldon. Sonst Lieferanten. Wohl unbedenklich, nicht wahr?"

„Jetzt genau aufpassen! James Garwick von der zehnten Etage verläßt unter gar keinen Umständen das Haus! Er ist, falls er auftaucht, sofort festzunehmen. Handfesseln! Geben Sie sofort diese Order an Sarg weiter. Ich warte solange hier."

Jane Evans blickte sich um:

„Ich möchte nicht neugierig sein, aber –" begann sie, doch er schüttelte den Kopf.

Lowett kam im Laufschritt zurück. Am Haupteingang war alles in Ordnung, Sarg informiert. Dieselben drei Mieter, die in ihrem Wagen das Haus über die Garagenrampe verlassen hatten, waren auch von Sarg am Hauptausgang notiert worden. Doch wichtiger war eine andere Meldung:

„Gatsky rief bei Sarg an, Herr Oberinspektor. Der Fingerabdruck auf der Lackledertasche stammt nicht von Miss Parker. Aller Voraussicht nach rührt er von der Hand eines Mannes her. Er wird in den Registern gesucht."

Eine dunkle Frau in mittleren Jahren kam durch den Garageneingang.

Lowett hielt sie an:

„Wohin möchten Sie?"

„Was geht das Sie an?"

„Eine ganze Menge!"

„Ich kenne Sie nicht!"

„Darf ich mich vorstellen?"

„Ich lege keinen Wert darauf!"

„Aber ich! Lesen Sie einmal diesen kleinen Pappdeckel! Und schauen Sie sich diese hübsche Metallarbeit an!"

Sie betrachtete den Polizeiausweis und die Kennmarke:

„Meinethalben! Was weiter?"

„Sie heißen?"

„Anne Hopkins."

„Beruf?"

„Aufwartefrau."

„Arbeiten Sie hier im ‚Savannah'?"

„Ja, bei Mister Garwick."

Brewer trat näher:

„Kommen Sie jeden Tag um diese Zeit?"

„Ja. Auch sonntags. Doppelter Stundenlohn."

„Immer um" – er sah auf seine Armbanduhr – „Viertel vor elf?"

„Meist um halb, aber heute verpaßte ich den Anschluß von Bronx."

„Sie wohnen in Bronx?"

„Sonst würde ich nicht dort den Anschluß verpassen!"

„Wäre es Ihnen lieber, im Headquarter bei der Mordkommission verhört zu werden anstatt hier?"

Sie sah von Lowett zu Brewer:

„Mordkommission?"

„Sie wissen doch, daß Sonntag nacht ein Mord im ‚Savannah' geschah. Und nun – aber das hat Zeit. Worauf es mir ankommt –" Er sah Anne Hopkins prüfend an: „Sie haben einen Schlüssel zum Service-Elevator und einen zum Dienerschaftseingang?"

Sie zog sie aus der Handtasche:

„Natürlich!"

„Und wenn Sie in die Wohnung kommen – ist dann Mister Garwick schon auf? Oder schläft er noch?"

„Der schläft. Darauf können Sie sich verlassen. Ich wecke ihn, aber erst, nachdem ich den Frühstickstisch gedeckt habe. Wenn er aufsteht, geht er schnell unter die Brause, doch dann muß alles bereit sein – Kaffee, Hörnchen, Eier, Butter, Aufschnitt, Fruchtsaft, Obst –"

„Dann werden wir jetzt mit Ihnen in den zehnten Stock hinauffahren", sagte Brewer, „Sie beginnen Ihre Arbeit wie jeden Tag – und wir übernehmen es, Mister Garwick aufzuwecken." Er wandte sich an Lowett: „Sie kommen mit. Den Ausgang hier durch die Garage kann unser Freund doch nicht benutzen, und wahrscheinlich schläft er –"

Er ließ Jane und Anne vorausgehen, folgte mit Lowett.

Sie langten am Service-Elevator an, als der Garagenwächter gelaufen kam. Er zog den Oberinspektor erregt beiseite:

„Es wurde gerade vom Headquarter angerufen. Detektiv Gatsky sei unterwegs hierher, es handle sich um etwas sehr Wichtiges!"

„Kann ich nicht inzwischen nach oben, um das Frühstück zu machen?" fragte die Aufräumefrau ungeduldig.

„Sie müssen etwas warten", meinte Brewer, „aber wir tragen die Verantwortung, falls Ihr Chef Ihnen Vorwürfe machen sollte. Was er übrigens nicht tun wird", fügte er zuversichtlich hinzu.

Der Oberinspektor ging mit dem Detektiv wenige Schritte von den beiden Frauen auf und ab, erzählte dem Detektiv mit leiser Stimme den Vorfall mit den kleinen Tanks für Feuerzeugbenzin, wiederholte die Personenbeschreibung, die Jane von dem mitternächtlichen Kunden gegeben hatte und die genau auf Garwick zutraf.

„Wenn jetzt noch der Fingerabdruck auf der Handtasche von Garwicks Hand herrührt", meinte Lowett, „dann sind beide Fälle gelöst."

Ein Polizeiauto fegte über die Rampe in die Garage herunter, hielt mit knirschenden Bremsen.

Gatsky sah sich um, lief dann zu Brewer und Lowett:

„Jetzt halten Sie an sich, Chef! Wir haben ermittelt, von wem der Fingerabdruck auf der Lackledertasche ist –" Er holte Atem, schnaufte.

„Garwick!" sagte Brewer wie selbstverständlich, als gäbe es gar keine andere Möglichkeit.

Gatsky sah ihn mit vorgestrecktem Kopf an, zog ein Karteiblatt:

„Pat Fadden!"

Brewer blickte reichlich verständnislos seinen Mitarbeiter an:

„Pat Fadden? Wer soll das sein? Sie sagen das, als müßte ich den Namen kennen –"

„Ich dachte, Sie hätten ihn vielleicht einmal zufallsweise gehört", antwortete Gatsky mit einer Stimme, die etwas Ungewöhnliches verhieß: „Pat Fadden ist der Fahrer, der Evelyn Parker heute morgen um halb vier vom Headquarter in die Christofer Street gebracht hat. Seit fünf Jahren im Dienst, sechsundzwanzig Jahre alt, verheiratet. Zwei Leute sind unterwegs, ihn zu holen."

Der Oberinspektor griff Gatsky an die Schulter:

„Sind die beim Erkennungsdienst denn wahnsinnig geworden? Das kann doch nur eine Verwechslung sein!"

Gatsky blickte zu Lowett:

„Du warst ja früher bei der Daktyloskopie! Was hältst du von Verwechslungen?"

„Nichts!" war die lakonische Antwort.

Brewer strich sich mit der Hand über die Stirn. Nach einer Weile sagte er mit veränderter, fast gleichgültiger Stimme:

„Es gibt solche Entgleisungen. Pat Fadden mag einem plötzlichen Trieb erlegen sein. Miss Parker war zu ihren Lebzeiten eine reizvolle Person – besonders für einen Mann, der wahrscheinlich noch nie die Chance zu einem solchen Abenteuer hatte. Miss Parker kam übrigens nicht beim Haupteingang ins ‚Savannah', sie konnte nur durch die Garage kommen, also an O'Bryan vorbei, der ja die Einfahrt öffnen mußte. Wir werden also von ihm noch hören, ob sie allein kam oder mit einem Begleiter. Und wie der aussah und wann er ging."

Brewer dachte laut: „Pat Faddens Fingerabdruck auf der Lacktasche ist für mich noch gar kein Beweis für seine Schuld." Er lachte plötzlich hell auf. Seine Stimme klang völlig verändert: „Das ist es! Pat Fadden hatte die Tasche natürlich in der Hand. Aber nicht oben in der Wohnung, sondern im Wagen. Denn als sie ausstieg, reichte er sie ihr. Dabei hinterließ er einen genauen Fingerabdruck auf dem Lackleder. Was ein Mörder keinesfalls tun würde. Und sollte es ihm einmal passieren, so wischt er ihn wieder ab."

Lowett wiegte den Kopf bedenklich hin und her:

„Eine gute Erklärung, Chef – aber Theorie. Und wir lernten doch von Ihnen, daß nur Tatsachen entscheiden."

Der Garagenwächter winkte in der Tür seines Aufenthaltsraumes:

„Telefon!"

Brewer eilte selbst an den Apparat.

Als er wenige Minuten später zum Elevator zurückkehrte, blickte er zufrieden die beiden Detektive an:

„Los! Nach oben!" Er schob zuerst Anne und Jane in den Fahrstuhl, drehte sich dann zu den beiden Detektiven: „Pat Fadden ist okay. Er war heute nacht nur siebenundzwanzig Minuten unterwegs. Ordergemäß langsamfahrend zur Christofer Street. Normales Tempo zurück. Aus- und Einfahrt registriert. Und – es ist, wie ich vermutete." Er lächelte. „Als Miss Parker aus dem Wagen stieg, reichte er ihr die Handtasche. Nach der Rückkehr gab Pat Fadden im Headquarter zwei Dollars und eine halbvolle Flasche Importwhisky ab." Brewer lachte befriedigt, betrat den Fahrstuhl, Lowett und Gatsky folgten.

„Die Flasche war halbvoll?" fragte Gatsky.

Brewer sah ihn fragend an:

„Weshalb?"

Gatsky wischte sich über den Mund:

„O nichts, Chef." Er schwieg. Halbleer – dachte er. Dabei war sie noch dreiviertelvoll gewesen, als er sie wieder zukorkte.

Ehe Brewer nochmals fragen konnte, hielt der Fahrstuhl am zehnten Stock. Der Oberinspektor legte sein Ohr an die Tür. Nichts war zu hören.

Er winkte Anne Hopkins:

„Schließen Sie auf! Machen Sie die Tür laut zu und nachher wieder ganz leise auf, damit wir eintreten können. Hantieren Sie herum, wie Sie es immer tun. Nehmen Sie von uns keinerlei Notiz. Aber gehen Sie noch nicht ins Schlafzimmer!"

Sie schloß auf, drückte die Tür sehr laut zu, um sie gleich darauf lautlos wieder zu öffnen.

Brewer trat ein, Lowett folgte. Gatsky ließ Jane vorangehen, zog die Tür behutsam hinter sich zu.

Die Putzfrau machte das Küchenfenster auf, zog Schubladen auf, holte aus dem Küchenschrank Lebensmittel, knallte die Tür des Kühlschranks, füllte Wasser in den elektrischen Kaffeepercolator.

„Miss Jane", flüsterte Brewer zu dem jungen Mädchen, „Sie warten hier mit Detektiv Lowett, bis wir Sie rufen." Er winkte Anne Hopkins: „Gehen Sie jetzt genauso wie jeden Tag ins Schlafzimmer, als sei der Frühstückstisch bereits gedeckt. Jedoch öffnen Sie nur die Tür, bleiben aber draußen. Das Aufwecken übernehmen wir. Wenn Sie das erste laute Wort hören, schalten Sie das Licht ein!"

Sie folgten der Bedienerin den Korridor entlang. Sie zog im Salon die Vorhänge zurück, öffnete die Fenster, blickte zu Brewer, der ihr mit Gatsky dicht folgte, schritt zur Tür an der gegenüberliegenden Wand, drehte den Knauf, drückte sie auf.

Der Oberinspektor und der Detektiv betraten das Schlafzimmer. Ihre Augen mußten sich erst an das Halbdunkel gewöhnen.

Das breite französische Doppelbett stand in der Mitte der rechtsseitigen Längswand. Der Mann unter der gesteppten gelben Seidendecke atmete tief und ruhig. Er schlief.

Brewer ging an die eine Seite des Bettes, Gatsky an die andere.

„James Garwick!" sagte Brewer laut und rüttelte die schlafende Gestalt an den Schultern. Im gleichen Augenblick wurde der Raum durch verdeckte Neonröhren, die den Plafond anstrahlten, hell erleuchtet. „Aufwachen! Kriminalpolizei!"

Garwick räkelte sich zunächst gemächlich. Doch ganz plötzlich wurde er hellwach. Er setzte sich auf, starrte Brewer und Gatsky an, lehnte seinen Körper zurück, als befürchte er einen Schlag:

„Was soll das?"

„Stehen Sie auf! Und schnell! Wir legen auf große Toilette keinen Wert –" Brewer blickte sich um, hob den ihm wohlbekannten lilaseidenen Morgenmantel vom Boden auf: „Das genügt für's erste! Zur Fahrt zum Headquarter können Sie sich dann anziehen."

„Mit welchem Recht –" protestierte Garwick.

Gatsky trat ganz nahe an das Bett, richtete sich zu voller Größe auf: „Mund halten und aufstehen!"

Garwick kroch aus den Daunen. In seinem faltenreichen Pyjama, mit dem zerzausten Haar, dichten Bartstoppeln auf Kinn und Wangen machte er keinen sehr imposanten Eindruck.

Der Oberinspektor reichte ihm den Morgenmantel:

„Und jetzt bitte um etwas Beschleunigung!"

Gatsky trat neben ihn, Brewer schritt voran in den Salon, wo Anne Hopkins ängstlich neben dem Fenster wartete.

„Schön gradestehen hier", ermunterte Gatsky, „mit dem Gesicht zum Licht – so was wie Sie sieht man gern sehr genau!"

Brewer ging zu Anne Hopkins:

„Sagen Sie der jungen Dame draußen, ich ließe bitten –"

Jane Evans kam, von Lowett begleitet, mit schnellen Schritten in den Salon, sah sich suchend um. Der Detektiv blieb an der Tür stehen. Als sie Garwick erblickte, rief sie laut:

„Das ist er!" Sie kam unbefangen näher, neugierig, doch nicht mehr, sprach unmittelbar zu Garwick: „Wie geht's Ihnen, Mister? Dadurch, daß Sie uns die letzten Nachfülltanks abgekauft haben, konnten wir dem Herrn Oberinspektor, der nach Ihnen sein Feuerzeug auffüllen wollte, nicht mehr dienlich sein!"

Garwick wandte den Kopf zur Seite. Seine Stimme war beherrscht:

„Ich weiß nicht, wovon Sie reden. Ich kenne Sie nicht."

„Was sagen Sie?!" Jane Evans lief rosarot an und empfand es als schwere Beleidigung, daß der Mann sie Lügen strafte: „Sie kennen mich nicht? Ich sehe Sie so leibhaftig vor mir stehen an der Theke wie jetzt. Nur, daß Sie einen Smoking trugen! Mit blütenweißem Pikeehemd – bis auf den kleinen Fleck unterhalb der schwarzen Fliege –, vielleicht können Sie sich jetzt erinnern? Und daß ich Ihnen eine Zwanzig-Dollars-Note wechseln mußte, weil Sie kein Kleingeld bei sich hatten?"

Brewer ersuchte Lowett, die Putzfrau hereinzuholen. Als sie auf der Schwelle stand, fragte er:

„Wo wird die Schmutzwäsche aufbewahrt?"

„Wir haben im Badezimmer einen Wäschebehälter. Aber der ist leer. Ich brachte gestern alles in die Laundry –"

„Geben Sie denn die Wäsche täglich fort?" drängte Brewer.

„Ich lasse sie jeden Sonnabend von der Waschanstalt abholen."

„Hm! Aber gestern war nicht Sonnabend, sondern Montag?"

„Mister Garwick befahl, sie sofort wegbringen zu lassen."

„Schreiben Sie sich auf, was an die Wäscherei geht?"

„Natürlich! Sonst bekäme man ja nur die Hälfte zurück."

„Und was steht auf der gestrigen Wäscheliste?"

„Das habe ich im Kopf: ein Abendhemd, eine Garnitur Unterwäsche, drei Paar Socken, ein Pyjama – Jacke und Hose –, vier Taschentücher."

„Ist es mehr als sonst? Weniger? Ebensoviel?"

Die Antwort kam nach einigem Zögern:

„An Sonnabenden pflegt es natürlich mehr zu sein. Viel mehr."

„Kam es Ihnen nicht merkwürdig vor, daß Mister Garwick plötzlich an einem Montag die Wäsche aus dem Haus haben wollte?"

Sie meinte mit einem Achselzucken:

„Wer zahlt, bestimmt. Sein Geld, seine Sorge. Seine Wäsche."

„Sie verständigten die Waschanstalt telefonisch?"

„Ja."

„Können Sie jetzt anrufen und bitten, daß die Wäsche so, wie sie ist, also ungewaschen, zurückgeschickt wird?"

Sie schüttelte den Kopf:

„Sie wurde bereits heute zurückgeliefert. Expreßdienst!"

„Danke. Warten Sie in der Küche. Sie müssen nachher zur Einvernahme mit uns ins Headquarter kommen."

Anne entfernte sich, ohne ein weiteres Wort.

„Sie hatten es recht eilig, das Abendhemd mit dem Fleck in die Wäscherei zu schicken!" stellte Brewer fest. Seine Stimme klang drohend verhalten. „Sie trauten dem Benzin wohl nicht? Haben Sie vielleicht irgendwo gelesen, daß Blutspuren von Benzin nicht ganz aufgelöst werden?"

Garwick versuchte, den Oberinspektor mit einem kurzen spöttischen Lächeln anzublicken:

„Auf der einen Seite muten Sie mir zu, über die Lösbarkeit von Blutspuren ausgezeichnet unterrichtet zu sein, auf der anderen Seite wollen Sie mir durch diese liebliche Polizeizeugin nachweisen, daß ich zu Reinigungszwecken fünf kleine Nachfülltanks mit Feuerzeugbenzin gekauft habe!"

Brewer kniff die Augen bis zu einem schmalen Schlitz zusammen:

„Woher wissen Sie, daß der Kunde in besagtem Drugstore bei Jane Evans *fünf* solche Nachfülltanks gekauft hat?"

Garwick starrte den Inspektor haßerfüllt an. Schließlich sagte er wegwerfend:

„Mit so etwas fangen Sie mich nicht! Fünf – oder zehn – ich habe halt irgendeine Zahl genannt, aber dabei nichts Bestimmtes gemeint!"

„Ausgezeichnet!" stimmte Brewer zu. „Ihr Strafverteidiger wird große Mühe haben, eine Geschworenenbank zusammenzubekommen, die Ihnen das, was Sie eben sagten, abkauft! Doch weiter! Wo ist Ihr Smoking? Die schwarze Fliege?"

„In der chemischen Reinigung. Oder sollte das verboten sein?"

„Aber keineswegs!" Brewer ließ wieder die Putzfrau holen.

„Brauchen Sie mich noch?" fragte Jane Evans. „Ich muß ins Geschäft, ich bin dort jederzeit zu erreichen –"

„Gehen Sie nur, sagen Sie Ihrem Boss, daß wir Sie zur Protokollierung Ihrer Aussage im Headquarter vernehmen müssen. Die Sache ist jetzt für die Staatsanwaltschaft reif. Es kann daher etwas länger dauern. Und kommen Sie bitte gleich zurück und warten Sie in der Garage. Sprechen Sie mit niemandem über die Angelegenheit!" Er sah sie freundlich an und folgte ihr mit den Blicken bis zur Tür.

„Miss Hopkins" – Brewer ließ Garwick nicht aus den Augen –, „haben Sie auch den Smoking abholen lassen?"

„Ja."

„Dieselbe Firma wie die Wäsche?"

„Anzüge gehen immer in eine spezielle chemische Reinigung, die gleichzeitig Ausbesserungen im Expreßdienst vornimmt."

„Dann kommt auch der Smoking heute bereits gesäubert zurück?"
Nach langem Zögern kam es kleinlaut von Anne Hopkins Lippen:

„Nein."

Garwick drehte sich ruckartig zu der Bedienerin.

Gatsky drehte seine Rechte um den Unterarm des Mannes.

„Nein?" fragte Brewer verwundert. „Wieso?"

Nach langem Schweigen sagte die Frau mit gesenktem Kopf:

„Ich rief zunächst wiederholt in der Reinigungsanstalt an. Es war immer besetzt. Und dann – dann ... vergaß ich es schließlich."

Garwick sprang vor, doch bevor er Anne Hopkins erreichen konnte, riß ihn Gatsky zurück, drückte die Gestalt wie einen willenlosen Sack in einen tiefen Sessel:

„Artig, mein Sohn! Sonst –"

„Sie haben Ihre Pflicht verletzt, Miss Hopkins", sagte Brewer mit vollendet markiertem Ernst, „und ich nehme an, daß Mister Garwick auf Ihre Dienste verzichten wird – wahrscheinlich für immer ... Aber der District Attorney und die Polizei sind Ihnen zu großem Dank verpflichtet." Er sah Garwick an, sprach aber zu der Putzfrau: „Bringen Sie uns doch den Smoking herein. Detektiv Lowett wird Sie begleiten, damit nichts passiert. Wir haben im ‚Technical Research Laboratory' eine ganz besonders gut eingerichtete Reinigungsabteilung" – er setzte sehr langsam hinzu –, „die sogar Blutflecke völlig zu beseitigen vermag – allerdings erst, nachdem festgestellt worden ist, zu welcher Gruppe das Blut gehört –"

Anne Hopkins entfernte sich. Lowett folgte ihr. Nach wenigen Minuten kamen sie zurück. Die Putzfrau legte auf den Rauchtisch ein Smoking-Sakko, die dazugehörige Hose und die Fliege.

Brewer nahm das dünne Seidengewebe in die Hand:

„Sacks, Fifth Avenue. Beste Bezugsquelle. Und ganz neu! ... Wo ist die, die Mister Garwick an seinem Geburtstag trug?"

„Das weiß ich nicht. Ich fand nur diese."

„Wo haben Sie die Fliege vom Geburtstagsabend?" Der Oberinspektor sah Garwick an.

„Sie haben sie in der Hand!"

„Sie wissen, daß wir bei ‚Sacks' feststellen werden, wann diese hier gekauft wurde. Sie weist nicht die geringste Zerknitterung auf. Sie ist neu. Noch niemals getragen. Also – wo ist die alte?"

„Haben Sie noch nichts von knitterfreiem Material gehört? Es ist in jeder Beziehung praktisch und empfehlenswert."

Brewer winkte Gatsky ab, der den Fragen des Oberinspektors auf seine Weise Nachdruck verschaffen wollte:

„Alles zu seiner Zeit!" Er wandte sich an Lowett: „Fahren Sie in die Fifth Avenue und legen Sie diese Fliege vor. Falls man den Käufer dem Namen nach nicht kennt, so lassen Sie sich seine Personenbeschreibung geben und laden den Verkäufer gleich zur Identifizierung des Kunden zum Headquarter ein. Sorgen Sie für schnellste Vorführung Cohen-Cunnings und MacAllisters. Den Smoking können Sie ebenfalls gleich zum Labor mitnehmen –" Er ging an den kleinen Tisch, betrachtete das Sakko von allen Seiten, hob es auf, drehte es nach allen Richtungen, hielt es schräg gegen das einfallende Licht: „Da unterhalb des Kragens – schon etwas am Rücken –" Er zeigte es Lowett: „Da scheint die Oberfläche des Tuches etwas bearbeitet worden zu sein –" Er roch an dem Stoff: „Nichts zu merken – das wäre eine schöne Aufgabe für einen Jagdhund –" Plötzlich hielt er inne, es wirkte, als nähme er Witterung, sein Gesicht verriet stärkste Konzentration. Nach einer Weile sagte er zu Garwick: „Was für ein Parfüm verwenden Sie? Welche Haarkrem?"

„Kalifornischen Mohn", erwiderte der Mann im Sessel, „herb – und als Haarfixativ Brillantine von Pinaud. Riecht nach Spanisch Leder."

„Bemerkenswert!" Brewer trat vor, hielt ihm das Sakko unter die Nase: „Das ist weder Kalifornischer Mohn noch Spanisch Leder. Wissen Sie, wonach es riecht? Hier – an der Schulter?"

„Es ist mir sehr gleichgültig!"

„Flieder!"

„Flieder? Und wenn schon? Was weiter?"

„Adonis Lavinio benutzte Fliederpomade!"

„Geschmacklos – jedenfalls für einen Mann!" antwortete Garwick nach wenigen Sekunden, aber dem gleichgültigen Ton stand die nervöse Spannung seiner Gesichtszüge entgegen.

„Wir werden die Haarkrem Lavinios genau analysieren und ebenso die Spuren hier an Ihrem Smoking."

„Mein Anwalt wird Sie fragen, ob die Fliederpomade exklusiv für Adonis Lavinio gemacht wurde oder nicht etwa allgemein zum Verkauf steht – für jedermann –"

„Meine Antwort wird ihn wenig befriedigen. Die Pomade Lavinios kommt aus Neapel."

„Es wird viel aus Italien importiert!"

„Kluger Knabe! Aber ich habe nur zu beweisen, daß sich an Ihrem Smoking-Sakko Spuren der Haarpomade Adonis Lavinios befinden. Sie müssen dann erklären, wieso sie auf dies Tuch hier gerieten."

„Vielleicht umarmte ich eine Frau, die Fliederpomade benutzte?"

„Warum nicht? Es genügt, die Zeugin beizubringen. Natürlich wird die Dame beweisen müssen, wo sie diese Krem kaufte."

„Lassen Sie das die Sorge meines Verteidigers sein!"

„Worauf Sie sich verlassen können! Er wird übrigens mehr als diese eine Sorge haben!" Er reichte den Smoking und die Hose Lowett: „Es darf keine Zeit verloren werden. Alle Spuren prüfen! Alle! Genauestens!" Er sah Garwick an: „Sie können sich jetzt unter Detektiv Gatskys Aufsicht ankleiden."

Lowett steckte die Fliege ein, legte Sakko und Hose behutsam über den Arm und verließ den Raum.

„Sie haben kein Recht, in meiner Wohnung zu bleiben!" protestierte Garwick. „Ich mache Sie auf die Folgen aufmerksam! Ich wünsche sofort meinen Anwalt –"

Die Worte erstickten im Griff Gatskys:

„Wenn du noch ein Wort riskierst, kann dich dein Verteidiger gleich im Leichenschauhaus besuchen! Verstanden?" Er stieß ihn mit einem kurzen Nackenschlag vor sich her.

Garwick stöhnte, torkelte, rutsche aus, versuchte sich am Kaminsims festzuhalten. Seine Hand griff die silberbeschlagene Zigarrenkiste, er konnte sich nicht mehr halten und fiel vornüber auf den Teppich. Gatsky zog ihn hinter sich her ins Schlafzimmer.

Zigarren lagen umher. Brewer bückte sich. Der Deckel der Kiste war zugefallen. Im silbernen Rahmen eingefaßt leuchtete ein munteres Jagdbild, eine Reproduktion nach einem englischen Farbstich.

Brewer hob den Behälter auf. Er war ungewöhnlich schwer. Er öffnete den Deckel. Der Boden der Kiste schien etwas schief.

Als der Oberinspektor ihn zurechtrückte, gab die Platte nach.

Darunter lag ein Revolver mit Elfenbeingriff.

„Lowett!" rief Brewer und eilte zur Ausgangstür.

Der Detektiv kam zurück:

„Wo brennt's?"

„Hier! Nehmen Sie das Zigarrenkistchen mit – die Ballistiker sollen der Waffe alle Sorgfalt widmen! Kaliber 38 – scheidet deshalb im Mordfall Lavinio aus. Aber vielleicht lohnt sich's, einige Testschüsse abzufeuern. Möglicherweise diente sie bei anderen Verbrechen."

Lowett verließ die Wohnung.

Brewer läutete zum Portier, bat Detektiv Sarg zu sich. Er ging nachdenklich hin und her.

Jetzt liefen beide Kapitalverbrechen parallel nebeneinander.

Alles begann Formen anzunehmen.

Der große Umriß wurde erkennbar:

Garwick stand in engem Kontakt mit einem Rauschgiftring, in dem er eine führende Rolle spielte. Abgeschirmt durch das Aushängeschild einer prosperierenden Bauunternehmung, war er der ideale Mann für einen leitenden Posten.

Adonis Lavinio, ein kleiner Dop-peddler, der den „Stoff" nur „versilberte", konnte keine direkte Verbindung zu einem führenden Mann des

Ringes haben. Alles ging über Mittelsleute. Der „Untere" kannte jeweils nur seinen „Nächstoberen" – nie den, der darüber rangierte. Also mußte Adonis Lavinio ganz gegen die „Gesetze" des Syndikats an James Garwick herangekommen sein.

Was konnte einen hohen Syndikatsmann veranlassen, den kleinen „Verteiler" zu empfangen? Noch dazu an seinem Geburtstag?

Dafür gab es nur eine einzige Erklärung. Lavinio mußte Druckmittel besitzen, die den „Chef" zwangen, ihm die Tür zu öffnen. Druckmittel – dachte Brewer –, das bedeutete Erpressung. Und dafür kannte das „Gesetz" des Syndikats nur eine einzige Strafe.

Unerklärlich schien, daß Garwick selbst handelte. Das besorgten sonst nur berufsmäßige Killer. Wenn Garwick zugriff, handelte er also unter einer so schweren Drohung, daß ihm kein anderer Ausweg blieb. Wie er den Erpresser liquidiert hatte, war noch unklar. Er trug ihn jedenfalls nach der Tat ein Stockwerk hinauf – weil er wußte, daß die Polizei logisch das Gegenteil annehmen würde.

Brewer schämte sich ein wenig. Nicht ihm, sondern einem ehemaligen „Kunden" der Polizei war der Denkfehler sofort bewußt geworden. Einem ausrangierten Gangster – Giacomo Belandro ...

Doch wie paßte Evelyn Parker alias Pinney in das Gruppenbild?

Es ließ sich nur damit erklären, daß sie mehr wußte, als sie ausgesagt hatte. Wenn sie schwieg – um sich von Garwick ihr Schweigen abkaufen zu lassen. Aber zunächst mußte erst bewiesen werden, daß Evelyn überhaupt in Garwicks Apartment gewesen war! Und auch das wäre erst ein Indiz! Er konnte behaupten, sie sei tags zuvor aus irgendeinem triftigen Grund bei ihm vorbeigekommen. Eine Tote widersprach nicht mehr ...

Sarg kam in das Zimmer:

„Hier bin ich, Chef, Sie ließen mich rufen –"

„Wir werden diese Wohnung völlig umstülpen, keinen Winkel unbeachtet lassen. Sobald Gatsky mit Garwick, der sich nebenan nur anzieht, fort ist, beginnt die Arbeit. Wenn sich etwas besonders Wichtiges zeigt, lassen wir die Laborleute nochmals antreten. Es kommt schließlich darauf an, James Garwick zwei Morde zu beweisen. Hieb- und stichfest. So unwiderlegbar, daß der Staatsanwalt mit unserem Material vor jeder Jury durchkommt, vor jedem Schwurgericht – und gegen den besten Strafverteidiger New Yorks! Denn nicht nur Garwick wird in der Anklagebank sitzen, sondern – wenn auch unsichtbar – einer der mächtigsten Sektoren der Unterwelt. Daher spielt in diesem Falle Geld keine Rolle für die Verteidigung. Bei uns heißt es ja leider in engen Grenzen rechnen. Aber –"

Gatsky kam mit seinem Schutzbefohlenen zurück. Der Mann sah noch immer etwas „groggy" aus. Er blickte aus glasigen Augen um sich.

„Wir setzen unseren Freund gleich mal richtig unter die Sonne! Drei Scheinwerfer wirken oft Wunder!" kündigte der Detektiv an. „Bis Sie dann selbst kommen, Chef, hat er sicher schon eine ganze Menge ausgepackt –"

Garwick trat schwerfällig auf Brewer zu:

„Sie machen nicht den Eindruck eines Totschlägers, aber wenn Sie tatenlos zusehen, wie Gewalt angewendet wird, dann werden Sie ebenso zur Rechenschaft gezogen werden wie Ihre –"

„Aber, aber!" wehrte der Oberinspektor ab. „Nur keine Beleidigungen! Ich habe nichts gesehen, und bei der Mordkommission gibt's keine Klagen. Außer – wegen Mordes! Oder Doppelmordes! Aber darüber unterhalten wir uns später –"

„Sie haben keinen Durchsuchungsbefehl –" begann Garwick.

Gatsky sah ihn mißbilligend an:

„Immer wieder unzufrieden! Immer reklamieren wollen! Wohin soll das führen?" Er legte seine Pranken auf Garwicks Unterarm: „Jetzt wollen wir den Onkel hier nicht weiter stören, sondern als gute Knaben brav zur Schule gehen, um eine gediegene Lektion zu lernen!" Seine Finger schlossen sich.

Er ging mit Garwick den Korridor entlang zum Service-Elevator.

„Rufen Sie die Hopkins!" sagte Brewer. „Wir sichern der Aufräumefrau eine gute Entschädigung zu und lassen uns alles ganz genau zeigen. Wir können mit ihrer Hilfe viel Zeit sparen."

Sarg kehrte mit der Putzfrau zurück:

„Miss Hopkins meint, daß anderthalb Dollars pro Stunde ihr üblicher Lohn sind, aber in einem Sonderfall möchte sie zwei..."

Brewer sah die Frau freundlich an:

„Drei Dollars, damit Sie nicht zu kurz kommen!"

Das strenge Gesicht veränderte sich. Es war kein Lachen, nicht einmal ein Lächeln, aber die Härte wich:

„Das ist ein Wort, das läßt sich hören –"

The people Versus James Garwick

Staatsanwalt Patterson, der diensttuende District Attorney der Anklagebehörde New Yorks, legte den Akt *Das Volk gegen James Garwick* aus den Händen. Er hatte den umfangreichen Band genau studiert. Die erste Seite war eine kurze polizeiliche Meldung. Die letzte, nur vier Tage später, das Resumee Oberinspektor Brewers:

„So glaube ich, einen lückenlosen Beweis erbracht zu haben, der alle Elemente enthält, die der Staatsanwaltschaft die Erhebung der Anklage wegen zweifachen Mordes ermöglichen, mit einer an Sicherheit grenzenden Wahrscheinlichkeit, daß ein Schuldspruch erfolgt."

„First degree murder" bedeutete für den Angeklagten im Falle eines Schuldspruchs der Geschworenen den elektrischen Stuhl. Nur die Qualifizierung der Tat als „Second degree murder" konnte dem schuldig befundenen Täter die Todesstrafe ersparen.

District Attorney Patterson wußte, daß er einem Verteidiger von bestem Ruf gegenüberstand. Rechtsanwalt Floyd Talbot kannte alle Tricks der Praxis. Neunzehn des Mordes oder des gedungenen Mordes angeklagte Männer hatte er freibekommen und ungleich mehr durch seine großartige Gerichtssaaltechnik vor dem elektrischen Stuhl gerettet. Sie waren mit Freiheitsstrafen davongekommen.

Floyd Talbot standen die unbegrenzten Geldmittel jener Kreise zur Verfügung, die in Garwick sich selbst verteidigen lassen mußten.

District Attorney Patterson blätterte immer wieder in dem Akt „The People versus James Garwick".

Brewer irrte nicht. Das Material gegen den Angeklagten war erdrückend. Dennoch –

Die Tür wurde mit merklichem Elan geöffnet. Der Oberinspektor fragte kurz: „Darf ich eintreten?" und merkte gar nicht, daß er bereits auf den Staatsanwalt zuschritt, ehe eine Antwort erfolgt war.

„Ist etwas passiert?" begrüßte ihn Patterson.

Brewer ließ sich in einen Sessel neben dem Schreibtisch fallen:

„Jane Evans ist verschwunden!"

Der District Attorney lehnte sich nach vorn:

„Ich habe wohl nicht richtig gehört? Jane Evans verschwunden?"

Brewer zündete sich nervös eine Zigarette an:

„Sie sollte vor zwei Stunden erscheinen, um ihre Aussage zu Protokoll zu geben und vor Zeugen Garwick als den Mann zu identifizieren, der in der Mordnacht Lavinio im Drugstore die fünf Nachfüllfläschchen Feuerzeugbenzin gekauft hatte. Als sie nicht erschien, ließ ich telefonisch bei ihrer Firma anfragen. Es konnte ja sein, daß sie dienstfrei hatte und von ihrer Wohnung direkt zu uns kam. Die Antwort des Geschäftsführers klang nicht gerade ermunternd. Er sagte, ein Polizeibeamter habe Jane Evans zur Einvernahme abgeholt. Sie können sich denken, daß ich sofort zum Broadway fuhr. Ergebnis – Null. Ein mittelgroßer Mann in Zivilkleidung, glattrasiert, etwa dreißig bis fünfunddreißig Jahre alt, grauer Anzug, ebensolcher Filzhut, keinerlei besondere Kennzeichen, war mittags in den Drugstore gekommen, hatte nach dem Geschäftsführer gefragt, ließ sich von ihm zu Jane bringen, teilte ihr mit, er käme von mir, um dafür zu sorgen, daß sie unbehindert zum Headquarter käme. Er machte eine Andeutung über allerlei Gefahren, die einer Zeugin drohten, deren Aussage einen bedeutenden Gangster belaste."

Patterson schüttelte ungläubig den Kopf:

„Ein dritter Mord –?"

Brewer verneinte:

„Das glaube ich nicht. Es sei denn, daß Jane Evans unzugänglich oder allzu störrisch ist. Sonst wird man sie ‚verfrachten', mit ausreichenden Geldmitteln versehen – gegen Quittung, um sie jederzeit wegen Beihilfe nach der Tat anzeigen zu können. Man wird sie ‚außer Zirkulation' halten, bis der Prozeß vorbei ist. Falls Garwick in Sing-Sing braten muß, läßt man sie laufen, dann schadet ihre Aussage niemandem mehr. Kommt Garwick mit Zuchthaus davon, läßt man das Urteil rechtskräftig werden. Nachher kann Jane erzählen was sie will. Wiederaufnahme des Verfahrens gibt's nicht."

Patterson lehnte sich in seinen Stuhl zurück:

„Und Sie nehmen das Verschwinden der Zeugin einfach zur Kenntnis? Ohne –"

„Bestimmt nicht!" unterbrach Brewer. „Sie sehen, daß ich schwitze. Das kommt nicht vom Klima. Aber es ist aussichtslos, die Zeugin Evans zu suchen. Völlig aussichtslos. Sie wird entweder tot auftauchen oder lebend – auf jeden Fall aber, wenn's zu spät ist, um auszusagen. Damit müssen wir uns abfinden. Eine Großfahndung würde nur dazu führen, daß diese Gangster das Mädchen sofort beseitigen. Mir graut schon vor den Zeitungsberichten. Während der vergangenen zwei Tage war die Hölle los. Wenn jetzt auch noch diese Nachricht durchsickert, bleibt alles an mir hängen, weil ich die Zeugin nicht bewachen ließ oder sie an einer sicheren Stelle unterbrachte. Hinterher ist alles immer sehr einfach. Aber als ich der Evans nur eine Andeutung machte, sie beschützen zu lassen, explodierte sie fast. Sie glaubte mir nicht, daß sie in Gefahr sei – dem Mann im grauen Anzug traute sie. So ist das nun einmal. Und jetzt ist nichts mehr zu ändern."

„Sie sind sich darüber im klaren –", begann der District Attorney, „daß Jane Evans die einzige Person ist, die gegen Garwick aussagen kann? Alle anderen Zeugen sind – stumm! Und Sie wissen auch, was wir von Floyd Talbot auf diesem Gebiet zu erwarten haben?"

„Gewiß!" erwiderte Brewer. „Aber er weiß nicht, was er von mir zu erwarten hat. Denn ich bringe Ihnen nicht nur die Alarmnachricht über Jane Evans' Verschwinden. Ich bringe auch als Ergänzung zu meinem Gesamtbericht das beste Beweisstück für Ihre Anklage!"

Er griff in die Tasche und legte einen sechs bis sieben Zentimeter langen Gegenstand auf Pattersons Schreibtisch.

Es war ein kleines Stück Isolierrohr.

„Sind Sie unter die Installateure gegangen, Oberinspektor?" fragte Patterson. „Oder spielen Sie in Ihrer Freizeit Elektriker?"

„Es hat schon ein wenig mit Elektrizität zu tun", antwortete Brewer bedachtsam, „mit Starkstrom. Er wird in Sing-Sing verwendet. In einem Zimmer, dessen Wände hellgrün mit abwaschbarer Ölfarbe gestrichen sind."

Brewer stieß im Vorzimmer des Staatsanwalts beinahe mit einem Herrn zusammen, der sich in größter Eile befand.

„Sorry", sagte der Besucher.

„Hallo!" gab Brewer zurück. „Habe Sie lange nicht mehr gesehen, Floyd Talbot!"

Der Anwalt blieb einen Augenblick stehen:

„Oberinspektor Brewer! Der Mann, der ohne richterlichen Befehl Haussuchungen bei ehrsamen Bürgern vornimmt!"

„Mal bei Bürgern, mal bei Mördern!"

„Auch Mörder sind Menschen!"

„Kann sein, Floyd. Das ist Ansichtssache."

„Und bevor sie nicht rechtskräftig verurteilt sind, gelten sie als unschuldig!"

„Dann wird Ihr Mandant nicht mehr sehr lange als unschuldig gelten!"
Der Verteidiger trat an Brewer heran:
„Ich werde die ganze Geschichte mit den sogenannten Indizien in tausend Stücke zerpflücken! Sie werden es bereuen, diesen Fall in die Hand genommen zu haben. Und Patterson wird sich verwünschen, gegen Garwick Anklage erhoben zu haben!"
Brewer blickte den Anwalt gelassen an:
„Und was werden Sie und Ihre Auftraggeber an einem frühen Morgen bei Sonnenaufgang sagen, wenn ihr Klient seinen letzten Gang antritt?" Er fügte hart hinzu: „Gegen Erfolgshonorar würden Sie Garwick wohl kaum verteidigen?!"
Talbot preßte die Lippen aufeinander, machte kehrt, ließ Brewer stehen und verschwand im Zimmer des Staatsanwalts.
Pattersons Gesicht zeigte betontes Staunen, als der Besucher eintrat:
„Was verschafft mir diese besondere Ehre?"
Talbot setzte sich unaufgefordert:
„Kommen wir gleich zur Sache. Sie wissen, daß Ihre Polizeibeamten wieder einmal rücksichtslos das Recht mit Füßen traten."
Patterson unterbrach:
„Dieses Pathos mag bei den Geschworenen Eindruck machen – nicht bei mir. Also sprechen Sie weniger theatralisch!"
„Mein Mandant James Garwick wurde gegen das Gesetz ohne Haftbefehl einfach aus seinem Apartment geholt. Während seiner Abwesenheit wurde seine Wohnung ohne richterlichen Befehl durchsucht. Schränke wurden ausgeräumt, Schubfächer, Koffer – wie die Wandalen hausten die Polizisten!"
„Gründliche Leute", war alles, was der Staatsanwalt erwiderte.
„Man hinderte meinen Mandanten, mit mir Fühlung aufzunehmen! Damit verstießen die Beamten gegen das elementare Recht eines Angeschuldigten!"
„Entsetzlich! Man wird sich bei Ihnen und Garwick entschuldigen! Aber inzwischen gab ich doch Anweisung –"
„Heucheln Sie nicht, Patterson!" rief der Verteidiger erregt. „Sie mußten Befehl geben, mich zu Garwick vorzulassen, und gleichzeitig veranlaßten Sie hintenherum, daß man ihn irgendwohin überführt, so daß er für mich weiterhin unerreichbar bleibt!"
„Das muß ein Irrtum sein. Eben war Oberinspektor Brewer bei mir. Ein vorzüglicher Beamter übrigens, und er sagte mir, Garwick nehme gerade an einem Lokaltermin teil. Das ist doch eine durchaus legale Maßnahme!"

„Aber damit verhindern Sie, daß Garwick mich formell als seinen Verteidiger bevollmächtigt."

„Wie bedauerlich. Doch treten Sie als sein Rechtsbeistand auf!"

„Ihnen gegenüber mag das gehen. Sie wissen aber genauso wie ich, daß kein Richter einen Antrag auf Haftentlassung entgegennimmt, wenn der Anwalt ohne formelle Vollmacht handelt!"

„Das ist allerdings dumm. Mein lieber Talbot, ich bin untröstlich. Sobald Garwick vom Lokaltermin zurückkommt, sorge ich –"

Talbot stand auf und ging um den Tisch herum:

„Wozu dieses Spiel? Wenn Ihre Polizisten Garwick jetzt zurück ins Headquarter überführen, verschwindet er eine Minute später zu irgendeiner Gegenüberstellung. Ausreden finden sich genügend. Ich kam jedoch nicht hierher, um Katze und Maus mit Ihnen zu spielen. Ich biete Ihnen einen Vergleich an!"

„Einen Vergleich?" fragte der Staatsanwalt. „Zu einem solchen gehören zwei Parteien. Jede Partei muß etwas zu bieten haben. Ich glaube nicht, daß Sie mir ein reizvolles Angebot machen könnten –"

Talbot setzte sich wieder, streckte seine langen Beine von sich:

„Ihre Anklage steht auf schwachen Füßen. Sie haben einen einzigen Zeugen, genauer genommen eine einzige Zeugin, der Rest ist ein Indizienkuchen, der nicht jedem Richter und noch viel weniger jedem Geschworenen schmecken wird."

„Das hängt von der Zubereitung ab", lächelte Patterson „und auch davon, wie er serviert wird. Jane Evans ist jedenfalls kein Indizienbeweis, sondern ein sehr handgreiflicher Zeuge. Übrigens: –" Patterson zündete sich eine Zigarette an – „Sie werden es mir nicht glauben, aber man ließ sie verschwinden!"

„Ach!" Talbot hüstelte. „Das ist aber eine Überraschung! Offen gestanden, ich bedaure so etwas. Ich betrachte es keinesfalls als fairen Vorteil für mich. Natürlich begrüße ich alles, was meinem Klienten helfen kann, aber nicht um einen solchen Preis."

Der Staatsanwalt blickte auf seine Fingernägel. Blitzartig kam ihm eine Idee:

„Ich weiß Ihr korrektes Verhalten zu würdigen. Jedoch klappte es auch nicht mit der Entführung –"

„Wie?" Talbot stieß dieses Wort unbeherrscht hervor.

„Künstlerpech!" meinte Patterson und beobachtete sein Gegenüber genau. „Jane ist ein kluges Mädchen. Sie ging zwar zunächst auf den Leim, aber dann kam ihr die Sache doch nicht geheuer vor. Der Mann arbeitete mit einem alten Trick und gab sich als Polizeibeamter aus, sogar als Beauftragter Brewers, führte sie zu seinem Wagen auf dem Parkplatz, ließ sie einsteigen. Während er um den Wagen herum zum Führersitz ging, stieg Jane Evans wieder aus, lief zwischen den parkenden Wagen hindurch und erreichte das Einfahrttor." Patterson hatte die ganze Geschichte im Handumdrehen erfunden.

Die Reaktion des Verteidigers war vielsagend. Nach einer verräterisch langen Pause brachte er schließlich hervor:

„Da haben Sie aber Glück gehabt! Und jetzt werden Sie bestimmt die Zeugin gut bewachen lassen –" Er brach den Satz ab.

„Das wird zweifellos geschehen", bestätigte der Staatsanwalt. „Die Freunde Ihres Mandanten werden keine Gelegenheit mehr erhalten, sie noch einmal verschwinden zu lassen. Nun, das wäre also geklärt. Jetzt brauchen Sie keine Vorschläge auf unrealistischer Basis mehr zu machen, unter irrigen Voraussetzungen. Nun lassen Sie Ihren Vorschlag zur Einigung hören!"

Talbot rückte auf seinem Stuhl hin und her. Schließlich meinte er:

„Ich kann mit den Übergriffen Ihrer Polizeibeamten großen Staub aufwirbeln. Sie wissen, wie die Presse darauf reagiert. Auch verfüge ich über eine ganze Anzahl von Sachverständigen, die die Gutachten Ihrer Experten widerlegen werden! Außerdem meldete sich, ganz zufällig, ein Zeuge, der Adonis Lavinio in der fraglichen Nacht um halb zwei an der 42nd Straße gesehen hat, so daß die zeitliche Bestimmung des Mordes durch den Polizeiarzt nicht stimmen kann."

„Und wie viele Vorstrafen hat Ihr Zeuge?" fragte Patterson.

Triumphierend erklärte Talbot:

„Nicht eine! Führungszeugnis erster Klasse, blütenweiß! Ein anderer Zeuge sah Evelyn Parker in der Nacht vom Montag zum Dienstag, nach fünf Uhr morgens in Begleitung eines Mannes – beachten Sie die Zeitangabe! Es handelt sich um eine sehr wichtige Aussage, die das Gerüst Ihrer Anklage weiter erschüttern muß."

„Bedeutungsvoll!" sagte Patterson, und es war nicht zu erkennen, ob er es ernst oder spöttisch meinte. „Wenn aber die Chancen Ihres Klienten so gut stehen, verstehe ich nicht, daß Sie mir einen Vergleich vorschlagen..."

Talbot beugte sich über den Schreibtisch:

„Sie wissen, daß man so seine Informationsquellen hat. Über das Ergebnis polizeilicher Ermittlungen zum Beispiel. Ich möchte meinem Klienten, mir und Ihnen eine schonungslos geführte Verhandlung ersparen. Ihr

Interesse ist, Garwick zu verurteilen. Mein und meines Mandanten Interesse ist es, daß er glimpflich davonkommt."

„Aber so, wie Sie die Sache zu sehen scheinen, können Sie doch die Anklage widerlegen. Sie haben doch angeblich zwei famose Zeugen und bestimmt eine Unzahl Sachverständiger. Warum wollen Sie also nicht Freispruch beantragen?" Diesmal war der Spott unverkennbar.

„Das strebe ich nicht an und halte es auch nicht für möglich, das wissen Sie genau. Aber es lassen sich genügend Zweifel in die Hohlköpfe der Geschworenen tröpfeln, um aus zwei ‚first dregree'-Morden zwei ‚second degree'-Morde werden zu lassen. Weshalb soll ich das in offener Schlacht erkämpfen? Weshalb wollen Sie die Niederlage riskieren? Wir haben uns öfter als einmal im Rahmen der Möglichkeiten, die die Strafprozeßordnung und das Strafrecht geben, verständigt. Weshalb nicht auch in diesem Fall?"

„Und Ihr Vorschlag, Counselor?" fragte der District Attorney, als spräche er im Gerichtssaal zum Verteidiger des Angeklagten.

„Ich stelle zunächst zunächst fest, daß meine nachfolgenden Ausführungen Präliminargespräche sind, die ich in keiner Weise im Namen meines Mandanten führe, dessen Zustimmung ich nachträglich einholen müßte", begann Talbot vorsichtig. „Garwick wird keinesfalls eine Schuld zugeben, ebensowenig auf ‚schuldig' plädieren oder sich der Gnade des Gerichts empfehlen. Auch ist jedes Geständnis ausgeschlossen. Es sei denn – und hier ist also mein Vorschlag –, daß die Staatsanwaltschaft ihn nicht wegen ‚first degree-', sondern nur wegen ‚second degree'-Morden anklagt."

„Wie soll die Tat geschildert werden, Counselor, um aus einem ganz und gar eindeutigen Mord eine nicht unbedingt mit dem Tode zu ahndende Tat zu machen? Wie stellen Sie es sich vor, mildernde Umstände einzuschalten?" Patterson ließ sein Gegenüber nicht aus den Augen. Wenn Talbot in diesem Falle wie bei früheren Anlässen, wenn er einen Klienten vor dem elektrischen Stuhl bewahren wollte, einen Vergleich anbot, so mußte er selbst von dem Gewicht der Beweise gegen seinen Mandanten überzeugt sein. Andererseits jedoch schien er die Anklage nicht für so durchschlagend fundiert zu halten, daß er den Versuch eines Vergleichs für aussichtslos ansah. „Sie wollen also, daß ich auf den Kopf des zweifachen Mörders verzichte und mich damit begnüge, daß er eine neunundneunzigjährige Zuchthausstrafe bekommt und damit die Chance, in zwanzig oder dreißig Jahren freizukommen?"

„Nehmen wir an, ein Mann wird erpreßt", tastete sich Talbor vor, „und bei einer Begegnung mit dem Erpresser kommt's zur Gewaltanwendung. Das Opfer –"

„Meinen Sie den später Ermordeten oder den vorher Erpreßten?" unterbrach der Staatsanwalt ironisch.

„So kommen wir nicht weiter, Patterson!" brauste Floyd auf. „Wenn Sie einen Schaukampf haben wollen, meinethalben. Aber ich warne Sie! Mein Vorschlag sollte allen dienen. Ihnen, mir, Garwick. Seinen Kopf bekommen Sie nie! Dazu reicht Ihr Arsenal nicht aus!"

„Was wissen Sie von meinem Arsenal?!" entgegnete Patterson. Seine Hände spielten mit dem kleinen Isolierröhrchen.

„Mehr, als Sie ahnen!" rief der Verteidiger.

„Mehr – das ist möglich. Aber längst nicht alles." Patterson nahm den dicken Aktenband in die Hände. „Die Anklage ist so fest untermauert, daß ich nicht zögere, Ihnen die Beweismittel aufzuzählen! Das ist wohl ein seltener Fall, Floyd Talbot. Er mag Ihnen zeigen, wie hoffnungslos Ihre Position ist."

„Da bin ich aber gespannt!" sagte herablassend der Anwalt.

Patterson neigte seinen Kopf über die Blätter. Seine Stimme klang monoton:

„Wir haben Cohen-Cunning aufgestöbert. Er sitzt bereits. Er fühlt sich bei uns besser als draußen in der Freiheit – überhaupt, wenn es in seinen Kreisen bekannt wird, daß er nicht dichthielt."

„Sie wollen doch nicht etwa behaupten, der Mann hat ‚gesungen'?"

„Ein wenig, doch uns genügte es vorläufig!" erwiderte Patterson. „Ich gebe zu, daß wir unsere kleinen Tricks anwandten. Der Mann bekam zunächst die echten Analysen des Inhalts der kleinen weißen Kuverts zu essen, die bei ihm und in der Wohnung von der Parker und Allister sowie Lavinio gefunden worden waren – milchzuckerdurchsetztes Kokain. Das ist eine schwere Anklage. Anschließend an diese echte Analyse ließen wir einige Zeugen aufmarschieren, die Cohen-Cunning als den Verkäufer des Rauschgiftes identifizierten. Sie wissen ja aus der Praxis, Counselor, daß sich manchmal in der Not ganz zufällig vorzügliche eidfeste Zeugen finden ... So knickte unser Mann zusammen. Er wußte nicht viel, aber wie gesagt, es reichte aus, um das Motiv des Mordes an Lavinio zu geben. Der kleine Italiener hatte irgendwie herausbekommen, daß Garwick sehr nahe an der Spitze der Rangleiter des Syndikats steht. Aus diesem Wissen glaubte er, bare Münze schlagen zu können. Er wollte sein Schweigen an Garwick verkaufen. Doch der wußte, daß nur tote Zeugen schweigen.* Und er handelte danach." Der Staatsanwalt schob eine Pause ein. „Wir versprachen Cohen-Cunnings, ihn nicht nach Sing-Sing zu bringen, sondern in

---
* Frank Arnau, Nur tote Zeugen schweigen (Ullstein Buch Nr. 777).

ein solides, bürgerliches Provinzgefängnis, wo er vor jedem Racheakt des Syndikats sicher ist. Und, Counselor, ein ähnliches Arrangement wäre im Falle Ihres Mandanten möglich, wenn er uns den Namen des Mannes an der Spitze des Syndikats nennen würde. Den Namen, den die anderen nicht kennen. Garwick hat die Wahl zwischen zwei Alternativen: Den Namen zu nennen oder ihn mit ins Grab zu nehmen."

„Es ist Ihnen bekannt", wehrte Talbot ab, „daß Verrat Tod bedeutet!"

„Nicht, wenn wir für eine wohlgeschützte Unterkunft sorgen!" erklärte Patterson. „Übrigens war ich der Meinung, daß Sie gar nicht im Namen Ihres Klienten sprechen. Wäre es nicht angebracht, ihn erst zu fragen, bevor Sie so entscheidende Erklärungen abgeben? Mit dem Tod vor Augen ändern sich manche Ansichten ... Es gibt Leute, die tatsächlich stumm den letzten Weg antraten. Andere redeten, doch zu spät. Aber vielleicht ändern Sie ihre Ansicht, wenn Sie mehr über die Ermittlungen erfahren. Wir holten MacAllister per Flugzeug aus Chikago. Und siehe da, er wußte nichts. Als er aber das Risiko fühlte, selbst in eine Mordsache verwickelt zu werden, als ihn der Garagenwächter des ‚Savannah' als den einen nächtlichen Besucher wiedererkannte, als ihm eine Anklage wegen Mordes oder zumindest wegen Beihilfe drohte, da besserte sich sein Gedächtnis zusehends. Er gab seine Beziehungen zu Evelyn Parker preis, auch deren Zusammenarbeit mit Albertino Mosilli, die Verteilertätigkeit Lavinios. Dann holten wir uns Mosilli. Wissen Sie, daß es Leute mit sehr empfindlichen Augen gibt, die eine starke Abneigung gegen starke Scheinwerfer haben?" Patterson blickte auf, vertiefte sich aber sogleich wieder in die Akten: „Aber das war nur Vorgeplänkel, mein lieber Talbot. Bedeutsamer sind die Fingerabdrücke auf der Außenseite des linken Schuh der Parker. Sie rühren von Garwicks Zeige-, Mittel- und Ringfinger der linken Hand her."

„Auf dem Schuh der Parker?!" rief der Anwalt ungläubig.

„Ganz recht. Auf dem Schuh der Parker, Counselor. Das erklärt Brewer auch ungemein logisch: Nachdem Garwick das Mädchen erwürgte, lud er sie auf die linke Schulter, um den rechten Arm frei zu haben. Die Tote ruhte mit den Hüften auf seiner Schulter, ihr Oberkörper auf seinem Rücken, Oberschenkel und Beine auf seiner Brust. Mit der linken Hand hielt er sie an den Füßen fest. Nämlich am linken Schuh! Und nachdem er die Parker in ihr Schlafzimmer getragen hatte, streifte er hastig die Schuhe ab, warf den Körper aufs Bett – und türmte. An Fingerabdrücke auf dem Schuh dachte er nicht."

„Sie müssen natürlich beweisen, daß Garwick mit der Parker überhaupt in der fraglichen Nacht zusammengetroffen ist. Das dürfte Ihnen kaum gelingen. Der Fingerabdruck kann ebensogut vom Vortag sein. Dafür finde ich schon eine Erklärung: Garwick ist Schuhfetischist, er warf sich vor der Geliebten auf die Knie, umklammerte ihre Füße – machen Sie sich keine Sorgen, wenn nötig, bringe ich einen Sexual-Psychologen vor das Gericht!" Talbot versuchte, heiter zu wirken.

„Abwarten!" riet der Staatsanwalt. „Wir fanden auf dem Teppich in Garwicks Salon Spuren eines rötlichen Bohnerwachses, das in seiner Wohnung nie gebraucht wurde. Dagegen ermittelten wir, daß die Putzfrau der Parker diese Bohnermasse verwendet. Sie ließ sich auch zwischen Absatz und Klebeplatte an den Schuhen der Parker feststellen. Von dort war sie auf Garwicks Teppich geraten. Also war Evelyn Parker in Garwicks Salon, natürlich, nachdem der Teppich mittags von Betty Adamson gesaugt worden war."

„Das stößt immer noch nicht meinen Einwand um, Garwick sei ein Schuhliebhaber. Schön, sie war also bei ihm im Salon. Sagen wir, kurz bevor sie wieder ging. Und zwar lebend; denn Tote laufen bekanntlich nicht von Wohnung zu Wohnung."

„Witzig, Counselor, sehr witzig. Hoffentlich vergeht Ihnen nicht die gute Laune. Denn nun kommen wir zu einer weiteren beachtlichen Arbeit des ‚Technical Research Laboratory', deren Bedeutung Sie nicht unterschätzen sollten. Da Brewer überzeugt war, Garwick empfände sicher seinen seidenen Morgenmantel als hinderlich beim Transport einer Toten, ließ er alle Anzüge im Labor untersuchen. Und da fanden die Spezialisten auf dem linken Revers eines Sakkos zwei Haare. Gefärbte Haare –"

„Lassen Sie sich nicht auslachen, Patterson!" polterte der Verteidiger los. „Sie spielen Sherlock Holmes? Millionen Frauen färben ihr Haar. Der Himmel weiß, wann Garwick dieses Sakko trug und welche Schönheit er dann umarmte. Er genoß halt sein Leben."

„Zweifellos – und warum auch nicht? Aber die beiden auf dem Sakko gefundenen Haare waren ‚lebensfrisch'. Und sie stammten nicht vom Kopf. Es waren Augenwimpern. Zwei schwarzgefärbte Augenwimpern. Mit dem gleichen Farbstoff gefärbt wie die Wimpern der Parker. Natürlich werden Sie nun wieder sagen – Millionen Frauen und so weiter. Aber trifft das zu? Vielleicht sind's doch nicht Millionen. Und nicht alle verwenden das gleiche Präparat. Aber gut – noch ein Zufall. Aber die Zufälle mehren sich, Counselor: Wir fanden unter dem Nagel des Daumens der rechten Hand von Miss Parker ein winziges Stück Haut. Kaum einen Millimeter lang und nur 0,4 Millimeter breit. Und weil dieser Brewer so genau arbeitet, ließ er

Garwick von den Füßen bis zur Kopfhaut auf eventuelle Verletzungen untersuchen. Und am Nacken fand sich ein kleiner Hautritzer."

„Sie dürften meinen Einwand ahnen, Patterson? Man kratzt sich oft gerade am Kopf und Nacken, es ist auch gesetzlich nicht verboten", versuchte Talbot zu spotten.

„Aber gewiß nicht!" antwortete der Staatsanwalt. „Das Gesetz verbietet auch nicht, den beim Einritzen der Haut ausgeschälten kleinen Gewebeteil einem Menschen unter den Fingernagel zu schieben. Aber wer tut das schon ... Es wäre auf alle Fälle ungewöhnlich – und nicht fein. Gerade einer Dame gegenüber sollte man es vermeiden. Natürlich ist die Lage völlig anders, wenn man eine Dame von hinten um den Hals faßt, sie zu würgen beginnt und das Opfer in seiner Todesangst mit beiden Armen um sich schlägt und schließlich mit der einen Hand rücklings greift und den Würger am Nacken zu fassen sucht. Dann mag eine solche allerkleinste Rißwunde entstehen, und das Hautteilchen bleibt unter einem Fingernagel des Opfers. Nun, dieses winzige Hautteilchen paßt genau in die Kratzwunde am Nacken Garwicks. Ein Zufall mehr ... Sie müssen zugeben, die Zahl wächst beängstigend! Und nun dürfen wir unseren kleinen Kokainhändler Lavinio nicht vergessen."

„Keinesfalls!" Talbot behielt den Ton bei, aber er klang hohl. „Den hat Garwick gewiß als eine Art Bravourakt vor den Augen seiner Geburtstagsgäste erschossen! Wirklich eine nicht alltägliche Idee!"

„Sie überschätzen die Exhibitionslust Ihres Klienten und unterschätzen seine Kaltblütigkeit!" dozierte der Staatsanwalt. „So, wie Brewer den Ablauf rekonstruiert hat, spielte sich die Angelegenheit völlig anders ab. Lavinio wollte Garwick überraschen, gerade an seiner Geburtstagsfeier. Das war eine einmalige Gelegenheit, ihn gewissermaßen gefahrlos erpressen zu können. Der kleine Italiener spekulierte eigentlich theoretisch richtig. Jedoch praktisch fehlte ihm die Erfahrung. Er sagte sich vermutlich, Garwick würde lieber zahlen, als einen Skandal riskieren. Einen Skandal, der mit seinem guten Ruf als Bauunternehmer nicht vereinbar war. Und dann, so dachte Lavinio wohl, konnte Garwick ihm vor einer Schar von Gästen nichts antun. Aber da irrte er. Denn Garwick ließ ihn herein, hörte das Sprüchlein des Erpressers, versprach, sofort Geld zu holen, und bat ihn, in dem kleinen Abstellraum zu warten. Er holte nicht das Geld, sondern den Revolver. Brewer konnte durch sehr vorsichtige Gespräche mit zwei weiblichen Gästen des bewußten Abends feststellen, daß der Gastgeber um Mitternacht auf einmal die Raumlautsprecher des Fernsehgeräts so laut stellte, daß wenige Minuten später alle Anwesenden protestierten und den

Apparat wieder leise stellten. Doch Garwick genügte diese kurze Zeit, um Lavinio zu erschießen."

„Ach!" Der Verteidiger steckte sich wieder eine Zigarette an, warf Patterson einen Blick zu, der ironisch sein sollte. „Aber Garwick besaß nur eine Waffe Kaliber 38 – eine andere wurde nicht gefunden –, und Lavinio starb an einem Projektil 32! Dieses Wunder müssen Sie mir noch erklären! Und daß niemand den Schuß hörte. Selbst bei starker Radiomusik ist das unmöglich!"

Der Staatsanwalt antwortete geduldig:

„Sie verfügen über erstaunlich gute Informationen, Counselor! Das werde ich mir merken . . . Doch zu Ihrer Frage: Ich will sie Ihnen beantworten. Lassen Sie mich chronologisch vorgehen: Daß Lavinio in dem Abstellraum erschossen wurde, konnte durch die mikroskopisch geringen, aber in der chemischen Analyse unwiderlegbar bewiesenen Spuren rauchlosen Pulvers ermittelt werden. Die Pulverspuren waren frisch. Die Streuung ist auf einen ‚Silencer' zurückzuführen. Die Schalldämpferaufsätze verändern die Detonation, bringen es jedoch oft mit sich, daß eine Streuung der festen Partikelchen der Verbrennungsprodukte erfolgt. Es ist eben nichts vollkommen . . . Aber damit haben Sie zugleich die Erklärung, weshalb der Schuß nicht gehört wurde: der Schalldämpfer . . ."

„Alles Theorie!" sagte der Verteidiger unruhig. „Kombinationen. Und das Kaliber der Mordwaffe?"

„Lassen Sie mich folgerichtig den Ablauf erklären", sagte Patterson. „Spuren eines Schusses sind keine Kombinationen, sondern Tatsachen." Patterson blätterte in den Akten hin und her. „Dann haben wir hier noch einen prächtigen Befund des Labors . . . Er betrifft Spuren von Fett und ätherischen Ölen, die auf dem Smoking Garwicks sichergestellt und analysiert werden konnten. Wieder begegnen wir einem Zufall, Counselor! Es sind genau die Substanzen, die sich in der in Neapel hergestellten Haarpomade Lavinios finden. Ein erstaunliches Zusammentreffen. Garwicks Smokingsakko weist dieselben Bindemittel, dasselbe Fett, dieselbe Emulsion und dasselbe Fliederöl auf, wie es in der von Lavinio benutzten Pomade enthalten ist. Und der Läufer im Abstellraum der Wohnung Garwicks ist vollgesogen von Benzin, aber nicht gewöhnlichem Benzin, sondern dem parfümierten, jenem also, das für Feuerzeuge dient und von dem Jane Evans fünf Nachfüllfläschchen an Garwick verkaufte. Und wieder ein Zufall . . . genau in der kritischen Zeit, nachdem Lavinio ermordet worden war! Auch der Smoking ließ die Reinigungsversuche mit demselben Feuerzeugbenzin erkennen. Zuerst hatte Garwick das Kleidungsstück wohl hastig mit etwas Seifenwasser gesäubert, um wenigstens zu seinen Gästen zurückkehren zu können, ohne aufzufallen. Seine Smokingfliege reinigte er auf die gleiche Weise, warf sie später in den Müllschlucker, kaufte sich montags bei Sacks, Fifth Avenue, eine neue. Der Verkäufer identifizierte ihn. Der Smoking durfte nicht plötzlich verschwinden. Es war auch nicht ratsam, ihn mit verdächtigen Flecken in eine chemische Reinigung zu schicken. Also – eine Vorsäuberung mit Feuerzeugbenzin..."

Floyd Talbot rauchte die fünfte Zigarette an einem Stummel an:

„Alles ganz hübsch ausgetüftelt, Patterson! Aber wie kann man ein Projektil 32 aus einem Revolver 38 abschießen?"

Der Staatsanwalt erhob sich:

„Einfach und überraschend, Counselor. Ich habe Brewer versprochen, daß er es den Geschworenen im Gerichtssaal vorführen darf! Sehen Sie..."

Er nahm aus dem Schreibtischfach den als Beweisstück markierten Revolver Kaliber 38, der in Garwicks Zigarrenkiste sichergestellt worden war. Er legte die Waffe vor sich hin. Dann führte er das kleine Isolierröhrchen vorsichtig in den Lauf ein, lächelte: „Das ist das ganze Kunststück! Wir wären nie dahintergekommen, wäre nicht bei der Prüfung des Projektils, das Lavinio tötete, aufgefallen, daß ihm allerkleinste, aber doch noch nachweisbare Spuren von Asbest anhafteten. Als Garwicks Waffe untersucht wurde, fanden sich in ihrem Lauf ebenfalls Asbestspuren. Nun, wir haben uns ja in diesem Fall an viele Zufälligkeiten gewöhnt – aber Asbest auf dem Projektil und Asbest im Lauf der Waffe, das wäre etwas zuviel an Zufälligkeiten. Da kam Brewer die Idee, ‚Asbestfutter' zu suchen. Ein Röhrchen, das sich in den Waffenlauf einführen ließe und den inneren Durchmesser von 38 auf 32 verringerte. Der Schlagbolzen mußte die kleinere Patrone ebenso zur Detonation bringen wie die große. Brewer stellte nach dieser Schlußfolgerung Garwicks Wohnung buchstäblich auf den Kopf. Er hatte wenig Hoffnung, das Corpus delicti zu finden. Alles sprach dafür, daß Garwick sich dieses für ihn entscheidenden Beweisstückes entledigt hatte. Der Müllschlucker war in Griffweite. Aber sich von diesem kleinen wertlosen Stück Isolierrohr trennen, das konnte er nicht." Patterson zog es wieder aus dem Lauf heraus. „Wahrscheinlich leistete es ihm schon manchen guten Dienst. Den Silencer ließ er verschwinden. Er war leicht wiederzubeschaffen. Ein Wort, und man besorgte ihm einen neuen. Aber diese einmalig gute Idee, aus einem Revolver Kaliber 38 mit Munition 32 zu schießen, die wollte er niemandem preisgeben. Selbst neues Isolierrohr zu kaufen, schien er zu scheuen. Deshalb hob er das Röhrchen auf. Gut versteckt. Im hohlen Fuß einer Stehlampe. Aber wenn ein Mann wie Brewer etwas sucht, dann findet er's, wo immer es auch verborgen sein mag!" Patterson schob die Akten beiseite: „Und nun mein Vorschlag, Counselor! Lehnen Sie den Fall ab, sofern das für Sie seitens des Syndikats keine Lebensgefahr bedeutet!"

Talbot stand auf:

„Wenn sich Garwick schuldig bekennt, sich der Gnade des Gerichts überantwortet, wie das Gesetz es zuläßt –"

Pattersons Gesichtszüge wurden hart:

„Von mir darf er die Gnade nicht erwarten. Wenn die Geschworenen weich werden, so ist das eine andere Sache. Aber ich halte es für unmöglich."

„Aber Sie sind doch nicht im Zweifel darüber, daß es sich um eine Abrechnung im ‚Milieu' handelt, daß weder Lavinio noch die Parker alias Pinney Ihre sittliche Empörung und Ihr Aufgebot an fanatischer Rechtsfindung verdienen! Beide . . ."

Der Staatsanwalt unterbrach ihn heftig:

„Verteidigen Sie nicht Garwick, indem Sie Menschen angreifen, die von seiner Hand getötet wurden! Meine Aufgabe ist es nicht, Adonis Lavinio und Evelyn Parker anzuklagen. Sie werden sich vor einem höheren Richter zu verantworten haben, als es unser Schwurgericht ist. Mein Amt ist es, der Gerechtigkeit zu dienen. Die Gesellschaft zu schützen vor einem Verbrecher. Ich bin nicht Ankläger in eigenem Namen. Sie Talbot, vertreten den Mörder. Ich das Volk. Deshalb" – er deutete auf die Akten – „steht hier dieser Satz: The People versus James Garwick!"

„Schon gut", wehrte der Rechtsanwalt ab, „für mich brauchen Sie keine Reden zu halten, das hat Zeit für den Schwurgerichtssaal. Aber ich möchte endlich wissen, wo und wann ich Garwick sprechen kann!"

Patterson kam um den Tisch herum:

„Sie wollen Vollmacht von ihm haben, um zum Richter zu gehen?"

Talbot zerdrückte unwillig die Zigarette:

„Eins von beiden. Die Vollmacht verlangen oder –"

„Oder?" wollte Patterson wissen, als Talbot schwieg.

„– oder ihm raten, sich einen anderen Verteidiger zu nehmen!" kam es zögernd von den Lippen des Anwalts.

„Es wäre das erstemal, daß Sie einen Klienten fallenlassen", bemerkte der District Attorney, „und auf das Honorar verzichten. Aber schließlich ist das Ihre Angelegenheit." Er ging wieder an seinen Schreibtischplatz. „Wenn sich Garwick schuldig bekennt, genügt das nicht, um –" Er brach den Satz ab. Nach kurzer Pause fügte er hinzu: „Er müßte bereit sein, auszupacken."

„Sie wissen genau, Patterson, daß er einen Verrat nicht überleben würde", stellte der Verteidiger eindeutig fest.

„Wir könnten etwas für ihn tun", deutete der Staatsanwalt an. „Wie für Cohen-Cunning, gibt's auch für Garwick Zuchthäuser, wo ich für seine Sicherheit beinahe bürgen kann. Wenn er bereit wäre, zu sprechen..."

„– und dann?" drängte Talbot.

„Sie müssen sich mit diesem einen Wörtchen ‚dann' begnügen, Counselor, und mit der Zusicherung, daß niemals und niemand unter keinen Umständen auch nur eine Silbe unseres Gesprächs in diesen vier Wänden erfahren wird. Ich weiß, es könnte für Sie unerfreuliche Folgen haben!" Patterson spielte mit dem Asbeströhrchen. „Und glauben Sie ja nicht, daß ich aus einem auch nur mikroskopischen Gefühl für Sie oder Ihren Mandanten handle. Aber die Sprengung des Syndikats – zumindest die Zerschlagung seines Führungsgremiums – lasse ich mich etwas kosten. Möge Garwick im Zuchthaus enden anstatt auf dem elektrischen Stuhl, wenn uns um diesen Preis der vernichtende Schlag gegen die Könige des Rauschgifthandels gelingt!"

Der Verteidiger rückte seinen Sessel zurück, kam zu Patterson:

„Wenn es mir nicht an den Kragen geht, einverstanden. Und: wann und wo kann ich Garwick sagen, wie hoch der Preis seines Lebens ist?"

Patterson ging an Talbot vorbei, schritt zur Tür, die dem Eingang gegenüberlag, bedeutete dem Verteidiger, ihm zu folgen:

„James Garwick! Ihr Anwalt wünscht Sie zu sprechen! Sie können sich mit ihm allein unterhalten. Detektiv Gatsky wird an der Ausgangstür Posten beziehen. Und ich – warte hier!"

Floyd Talbot starrte den Staatsanwalt ungläubig an. Dann schritt er langsam über die Schwelle. Er blickte sich unauffällig um, nickte kaum merklich.

Patterson drückte die Tür ins Schloß. Er setzte sich an seinen Schreibtisch, ließ den Oberkörper in die schwingende Rücklehne gleiten, zündete eine Zigarette an und blickte vor sich hin. Er empfand plötzlich große Müdigkeit. Trotzdem nahm er den Hörer ab und verlangte eine Verbindung mit Oberinspektor Brewer. Er wartete, bis die trockene Stimme sich meldete, und sprach verhalten:

„Ich glaube, daß Sie heut noch eine ausführliche Unterredung haben werden, Oberinspektor, mit unserem Freund. Sie wird Ihnen und den Bundesagenten der Narcotic Squad Freude bereiten. Aber das ist das Wichtigste, was Sie verdient haben. Lassen Sie es meine Sorge sein, mit

Caughlin zu sprechen. Sie haben hervorragende Arbeit geleistet! Ich gratuliere Ihnen!"

„Danke! Aber Ihr Lob gebührt nicht mir!"

„Nicht Ihnen?!" Patterson wurde trotz der Müdigkeit lebhaft. „Sondern wem?"

Die Stimme Brewers tönte kurz zurück:

„Der Mordkommission! Police Department 240th Center Street."

Bevor der Staatsanwalt noch etwas entgegnen konnte, hatte David Brewer den Hörer aufgelegt.

Bibliographie

Callender, G. R., *Wound Ballistics;* mechanism of prod. of wounds by small bullets, etc., War Med., 1943, 3/337.

Gonzales, Thomas A., Chief Medical Examiner of the City of New York, Prof. of Forensic Medicine–and

Vance, Morgan, M. D., New York Police Academy, etc., etc. Prof. of Forensic Medicine–and

Helpern, Milton, M. D., Chief Medical Examiner of the City of New York, Prof., etc., etc.–and

Umberger, J. Charles, Ph. D., Toxicologist, Prof. of Forensic Toxicology, New York Univertity, etc., etc.

„*Legal Medicine Pathology and Toxicology*"–Appleton Century Crofts, Inc., New York, 1954.

Harvey, E. N. & Associates, *Mechanism of Wounding,* W. M., 1945, 8/91.

Kockel, H., *Kriminaltechnisches Neues* zur Frage des Nahschusses. Deutsche Zeitschr. f. d. gerichtl. Medizin. 1934. 24/55.

Kuhne, F., *Finger Print Instructor,* Munn & Co., New York 1935.

Merkel, H., *Über Todeszeitbestimmungen* an menschlichen Leichen, Deutsche Zeitschr. f. d. Gesamte Gerichtl. Medizin, 1930, 15/285.

Reports of the Chief Medical Examiner in the City of New York, N. Y., 1918/1951.

Smith, S., *Forensic Medicine,* J. & A. Churchill, Ltd., London 1940.

Smith, W. H. B., *Pistols and Revolvers.* Vol. 1. The National Rifle Association of America. Washington, D. C. Vol. 1.

Snyder, Le Moyne, M. D., Medicolegal Consultant: *Homicide Investigation.* Charles C. Thomas, Publ., Springfield, Ill., U. S. A., 1944/1953.

Södermann, H. and O'Connell, J. J., *Modern Criminal Investigation,* 4th ed., Funk & Wagnalls Co., Philadelphia 1952.

Walker, J. T., *Bullet Holes* and chemical residues in shoting cases. *American J. Police* Sc., Journal of Criminal Law & Criminology, 1940, 31/497.